À Élisabeth,

Voici un chapitre de l'histoire du Québec que j'ai pu lire le plus grand [...] de portemps.

Ta marraine,

LE GRAND BUIES

Mireille Maurice

Du même auteur, chez d'autres éditeurs

Longue Haleine, conte poétique, Sherbrooke, Éditions Cosmos, 1970.

Menuhin, récit poétique, Sherbrooke, Éditions Cosmos, 1973, réédition, Éditions Naaman, Sherbrooke, 1980.

La pointe aux Corbigeaux, roman, Montréal, Éditions Select, 1980.

L'Auberge du Loup, roman, Montréal, Éditions Select, 1980.

Mireille Maurice

LE GRAND BUIES

roman

septentrion

Cet ouvrage a été publié avec l'appui du Programme de subvention globale du Conseil des Arts du Canada et du ministère de la Culture du Québec.

Illustration de la couverture: Marie-Annick Viatour

Correction: Marie Guinard

Si vous désirez être tenu au courant des publications
des ÉDITIONS DU SEPTENTRION,
vous pouvez nous écrire au
1300, av. Maguire, Sillery (Québec) G1T 1Z3
ou par télécopieur (418) 527-4978

Dépôt légal – 4ᵉ trimestre 1994
Bibliothèque nationale du Québec

ISBN 2-89448-017-2

© Les éditions du Septentrion   Distribution Univers
1300, avenue Maguire   845, rue Marie-Victorin
Sillery (Québec)   Saint-Nicolas (Québec)
G1T 1Z3   G0S 3L0

Avis au lecteur

Ce livre est un roman historique. J'ai respecté la chronologie des événements qui ont marqué l'histoire à l'époque d'Arthur Buies. À l'aide de ses écrits, j'ai essayé de me rapprocher le plus possible de la vraie nature de cet écrivain tant contesté. Pour les besoins du récit et poussée peut-être par un désir un peu pervers que n'aurait pas dédaigné ce fameux chroniqueur, j'ai tiré parti de certaines faiblesses reconnues à quelques grands personnages, notamment Wilfrid Laurier, John Macdonald, Sa Grandeur de Montréal (Mgr Ignace Bourget) et le curé Labelle. Mais ce livre demeure un roman, et les diverses personnalités dont j'ai doté mes personnages sont nées uniquement de mon imagination.

«Les paroissiens s'adressaient souvent au bon jugement du curé afin de les aider à réfléchir sur une décision à prendre. Ainsi, un jour, selon la coutume, un père de famille demanda au curé Martel s'il devait faire instruire son fils: "Je ne te le conseille pas, répondit-il. Il n'y en a rien qu'un d'instruit dans la paroisse et c'est une tête de cochon."»

Relatée par Thérèse Sauvageau dans *Au matin de notre histoire*, cette anecdote justifie à elle seule le ton délibérément railleur et malicieux de mon roman envers ce très respectable et intraitable clergé du XIXe siècle.

MIREILLE MAURICE

Personnages réels

Les deux grands-tantes d'Arthur Buies: Luce-Gertrude et Louise-Angèle;

Victoria, sa sœur;

Édouard Lemoine, mari de Victoria;

Francois-Xavier Garneau, historien (1809-1866);

Alfred Garneau, fils de l'historien Francois-Xavier Garneau;

Laurence Perrier, nom fictif d'un personnage ayant réellement existé;

Rodolphe Laflamme, Joseph Doutre, Gonsalves Doutre, Arthur Letendre, Alphonse Geoffrion, Oscar Perreault, Oscar Archambault, tous membres de l'Institut canadien de Montréal;

Joseph Guibord, membre de l'Institut canadien de Montréal et imprimeur du journal *Le Pays*;

Henriette Guibord, femme de Joseph Guibord;

Wilfrid Laurier, futur premier ministre du Canada;

Le docteur Gauthier, sa femme et sa fille Emma;

Zoé, femme de Wilfrid Laurier;

Émilie Lavergne, amie des Laurier;

Mila Catellier, femme d'Arthur Buies;

Ludger-Aimé Catellier, régistrateur général adjoint du Canada à Ottawa et père de Mila;

Le curé Labelle, le vrai «roi du Nord» (1833-1891);

La mère du curé Labelle;

George Sand, romancière française (1804-1876);

Richard Cortambert, géographe français;

Ulric de Fonvielle, compagnon d'Arthur Buies dans l'armée de Garibaldi et auteur de *Les aventures d'une chemise rouge*;

Alphonse Peyrat, rédacteur de l'*Avenir National* de Paris;

Sa Grandeur de Montréal, jamais nommée autrement;

Sa Grandeur de Québec, jamais nommée autrement.

Remerciements

Je tiens à remercier ma fille Chantal pour sa très précieuse collaboration.

À Arthur Buies,
petit-fils d'Arthur Buies

Peut-être en ai-je trop dit, hélas! je ne sais jamais où va ma plume et je suis plein d'indulgence pour cette bonne vieille amie qui m'a joué tant de mauvais tours. J'ignore la discrétion, cette vertu des sages et souvent de ceux qui ne savent rien dire. Où en seriez-vous, grand dieu! s'il fallait que je fusse discret, tout en étant chroniqueur?

ARTHUR BUIES

I

J'avais revêtu deux gros capots, mis une paire
de grandes bottes et des jambières en caoutchouc,
plus un casque, de sorte que j'étais immobilisé
dans une enveloppe qui aurait pu m'être fatale
si la Providence n'avait des vues sur moi.

ARTHUR BUIES

«C'est lui!» Victoria, émue, laissa retomber le rideau de
dentelle.

L'une des nombreuses carrioles se croisant dans la rue Saint-
Louis venait de s'arrêter devant la maison des seigneuresses.
Encore secoués, les grelots prolongeaient leur écho joyeux dans
l'air glacial. Les flancs fumant de sueur et les naseaux raidis de
froid, le cheval s'ébrouait. Le cocher prit la couverture à ses
pieds, sauta à terre et la lui jeta sur le dos. Puis il se retourna vers
son passager, qui n'avait encore tenté aucun mouvement pour se
débarrasser de sa peau de buffle, et lui cria:

— Vous êtes arrivé, monsieur Buies!

Une voix étouffée lui répondit:

— Au pôle Nord?

Le cocher éclata de rire.

— Mais non! chez vous, à Québec.

— En êtes-vous sûr? Arthur risqua un œil, puis l'autre, et
s'armant de tout son courage, décida de risquer sa vie en rejetant

17

brusquement la fourrure de côté. Le froid mordant le saisit et l'étouffa presque. Il sauta en bas de la carriole et, enjambant le banc de neige, s'élança d'un bond vers la porte de la maison.

Pendant ce temps, Victoria s'était précipitée vers la salle à manger. Ses deux grands-tantes jetaient un dernier coup d'œil à la table. Elles voulaient fêter leur petit-neveu qui, en ce soir du 24 janvier 1862, revenait d'un séjour de six ans en France et, par un heureux hasard, arrivait le jour même de son vingt-deuxième anniversaire de naissance.

La jeune femme poussa les deux battants de la porte vitrée et, d'une voix vibrante, leur annonça: «Arthur arrive!»

Louise-Angèle, toute menue dans sa robe de soie grise, gardait, malgré son âge, un petit air juvénile et un teint rose sur une peau à peine ridée. Ses cheveux, autrefois châtains, étaient devenus presque blancs. Au cri de Victoria, elle rajusta fébrilement son mantelet de dentelle sur ses épaules, tout en tournant vers sa sœur un regard voilé d'émotion.

— Mon Dieu! Luce! tu as entendu, notre petit est enfin de retour!

Luce-Gertrude, très digne dans sa robe noire, se redressa. Son châle de cachemire se tendit sur sa lourde poitrine. Elle tapota la parure de velours qui retenait ses cheveux gris, et répondit narquoisement: «Allons donc accueillir ce petit qui promettait déjà, à seize ans, d'avoir la haute taille de son père!» Et, prenant le pas sur sa sœur et sa petite-nièce, elle se dirigea fermement vers le grand salon.

La cloche carillonna vigoureusement à la porte d'entrée. Rose, la servante, d'un pas pressé mais retenu pour ne pas froisser son grand tablier blanc amidonné, se dirigea vers le vestibule. Elle ouvrit la porte, un jeune homme s'y engouffra aussitôt, en poussant un «ouf» de soulagement. Revêtu d'une ample mante de loden, un bonnet de fourrure calé jusqu'aux yeux, la moustache blanche de givre, il offrit à la jeune fille impressionnée un sourire radieux. Rose y répondit timidement tout en l'invitant à se débarrasser de sa mante. Mais à peine avait-il eu le temps d'enlever sa toque que déjà Victoria lui tombait dans les bras. Il l'enlaça aussitôt en la serrant fougueusement contre lui, pendant que celle-ci éclatait en sanglots.

Lui-même, très ému, savourait le bonheur inouï de retrouver sa sœur après six ans d'absence. À elle seule n'incarnait-elle pas toute sa famille, puisqu'ils étaient orphelins?

Les deux vieilles dames, assises dans le grand salon, attendaient discrètement la fin des premiers épanchements du frère et de la sœur. Les souvenirs anciens, encore vivaces, affluaient à leur esprit.

Luce-Gertrude revoyait devant elle, en ce matin de janvier 1841, dans ce même salon, William Buïe, grand, imposant, leur demandant d'une voix autoritaire, à elle et à sa sœur, de prendre soin de ses deux enfants pendant quelque temps. Il allait exploiter une plantation de canne à sucre en Guyane britannique, plus précisément à Berbice. Il devait s'y rendre le plus tôt possible avec Léocadie, sa femme, pour voir à leur installation.

— En Guyane britannique? avait balbutié Louise-Angèle.

— C'est en Amérique du Sud, sur les rives de l'Atlantique, entre le Venezuela et la Guyane hollandaise, avait laissé tomber William Buïe d'un ton condescendant, sachant très bien que ces vieilles femmes n'avaient aucune idée de l'endroit où se situaient ces contrées lointaines.

— Mais... Léocadie est d'accord? avait demandé Luce-Gertrude, qui doutait de l'assentiment de sa nièce dans cette décision subite.

— Une d'Estimauville de Beaumouchel peut-elle refuser d'aller vivre avec force serviteurs dans un château, fut-il colonial? avait rétorqué l'Écossais avec hauteur. Sachez que votre nièce apprécie ce projet, madame!

— Et les enfants?...

— Nous n'en aurons que pour un mois ou deux à nous installer et nous les ferons venir. Alors vous acceptez? avait-il rajouté, pressant.

Elles n'avaient pas eu le choix.

Louise-Angèle s'était chargée d'aller chercher les enfants à Montréal, pour les ramener à Québec. Elle s'en souvenait comme si c'était hier. Victoria était alors âgée de trois ans, et Arthur d'un an seulement. Aller chercher deux bébés en plein hiver, dans un traîneau inconfortable et sur une aussi longue distance était un projet insensé. Et contrairement à ce que M. Buïe avait laissé entendre, sa nièce lui avait paru tourmentée. Elle ne cessait de prendre ses petits dans ses bras et de les embrasser jusqu'à ce que son mari, agacé, y mette un terme.

Non, Léocadie ne partait sûrement pas de gaieté de cœur. Son dernier regard portait déjà le poids d'une implacable fatalité.

Et l'inconcevable, l'invraisemblable se produisit: les parents ne revinrent jamais chercher leurs enfants.

Au mois d'avril 1842, Léocadie mourait d'étranges fièvres, et William Buïe se remariait, recommençant comme si de rien n'était à fonder une famille.

Les deux grands-tantes, consternées, avaient dû, à leur âge, assumer l'éducation des deux enfants jusqu'à leur majorité.

Arthur écarta Victoria de lui et la regarda.

— Je te retrouve peu changée Victoria, sauf peut-être quelques ridules aux coins des yeux. Serait-ce déjà les ravages de deux petits mois de mariage? demanda-t-il malicieusement.

Celle-ci essaya de sourire à travers ses larmes.

— C'est toi, vilain frère, qui m'a donné ces rides. Ce sont des rides d'ennui. Tu es resté absent trop longtemps.

— Je ne repartirai plus, Victoria, je te l'assure. L'exil, c'est bien fini pour moi.

Victoria leva un regard heureux vers son frère.

— C'est bien vrai, Arthur?

— Absolument! Le jeune homme se pencha et baisa doucement le front de sa sœur comme pour sceller sa promesse.

D'après les tantes, Victoria tenait de sa mère par sa petite taille, ses cheveux châtains et ses yeux clairs. Arthur était le portrait de son père: très grand, les cheveux fauves et les yeux bruns.

Il se départit de ses mante, foulard et gants, que Rose, qui s'était tenue discrètement à l'écart, s'empressa de prendre.

— Merci! mademoiselle...?

— Rose!

— C'est un joli nom! dit Arthur en lui souriant.

La servante répondit timidement à son sourire.

Victoria prit familièrement son frère par le bras et l'amena dans le grand salon où les tantes les attendaient. Le jeune homme s'empressa vers elles.

— Bonjour tantes! Comment allez-vous?

Il se pencha vers Luce-Gertrude et lui baisa la main.

— Tout va bien, mon cher enfant. Nous avons reçu ton télégramme. Nous t'attendions!

Il se tourna vers Louise-Angèle, mais elle était déjà debout et l'étreignait en balbutiant: «Mon petit... mon petit...!»

— Tante Louise-Angèle! Que je suis heureux de vous revoir!

— Tu as fait un bon voyage?

— Excellent! Mais j'avais oublié le froid agressant des hivers canadiens. Ça me surprend qu'on n'en meurt pas plus.

— Ce n'est donc pas l'hiver en France?

— Oui!... Enfin, c'est ce que les Français appellent l'hiver, mais qui ne dépasse jamais les froids et les pluies glacées de nos mois de novembre.

— Ils n'ont jamais de neige alors? s'étonna Victoria.

— Très rarement! Et quand ils en ont, c'est un événement.

Arthur s'approcha de la cheminée où un bon feu flambait, et y présenta ses mains.

— Tu veux un cherry, Arthur, proposa Luce-Gertrude?

— J'apprécierais, tante. On a beau s'envelopper par-dessus la tête de fourrures, le vent glacial finit fatalement par nous rejoindre et nous laisse glacé jusqu'aux os.

— Je vais sonner Rose!

— Laissez, tante, tout est sur le guéridon, je vais servir.

Et sans voir la désapprobation de sa grand-tante, Arthur remplit les verres de cristal et passa le plateau à la ronde avant de se servir et d'aller s'asseoir dans un fauteuil près de la cheminée. Il étendit ses longues jambes devant lui en poussant un grand soupir de satisfaction. Puis, il leva son verre pour un toast discret et savoura une première gorgée, en appréciateur.

Tout en dégustant sa liqueur, il jetait un coup d'œil autour de lui. Rien ou presque n'avait changé ici. Le même papier peint fleuri tapissait les murs. Les mêmes petits tableaux de maître étaient accrochés aux mêmes endroits et probablement aux mêmes clous.

L'horloge à balancier de bronze était toujours décorée de sa housse de lin, brodée par les doigts experts de sa grand-tante Louise-Angèle. La commode Régence supportait encore les deux chandeliers de cuivre qu'encadrait la collection d'œufs en porcelaine qu'on lui défendait de toucher quand il était petit.

Peut-être un peu plus usés, les tapis faisaient des taches de couleur sur le parquet aux larges planches de pin toujours bien ciré. Les mêmes meubles aux styles mêlés étaient disposés exactement comme avant.

Se pouvait-il que pendant qu'il vivait sur un autre continent, visitait des villes aussi différentes que Paris et Naples, rencontrait des gens aux idées révolutionnaires, découvrait d'autres langues, d'autres coutumes, d'autres races, ici, rien n'ait changé? Toutes les choses semblaient être restées à la même place, peut-être un peu pâlies par la fine poussière du temps.

Son œil inquisiteur s'attarda un moment sur le petit meuble victorien, conçu pour recevoir la boîte à ouvrage musicale, fascination de son enfance. Inconscient du silence qu'il provoquait par son examen muet des lieux, il se leva et se dirigea vers l'objet convoité. Il en souleva lentement le couvercle. La mélodie retrouvée se fit entendre dans ses notes cristallines. La même mélodie ancienne qui le ravissait encore autant. Il sourit et l'écouta jusqu'au bout. Il la fit jouer une deuxième fois, puis une troisième, attendant malgré lui l'interdit qui lui couperait brutalement sa joie, comme dans son souvenir. Mais aujourd'hui, personne ne l'empêchait d'aller au bout de son contentement.

Se laissant aller au désir de toucher les choses autrefois défendues, il se dirigea vers la commode de bois de rose où les œufs de porcelaine peints d'exquises couleurs avait été aussi objets de convoitise. Arthur les prit délicatement un à un et, les faisant rouler d'une main dans l'autre, les caressa de ses longs doigts, éprouvant ce plaisir rassurant de la permission enfin accordée.

Repassant derrière le sofa Régence, le préféré des tantes, sur lequel d'ailleurs elles se tenaient assises bien droites en ce moment, il reprit pied dans la réalité.

Il retourna à sa place et, se tournant vers elles:

— Pardonnez-moi, tantes, vous disiez?

Un peu déconcertées par son attitude, les tantes hésitèrent...

— Tu reprendrais bien un peu de cherry, Arthur? les devança Victoria, en s'amusant des agissements un peu bizarres de son frère.

— Bien volontiers!

Pendant que le jeune homme s'offrait de nouveau à faire le service, Victoria ne le quittait pas des yeux. Tapotant les plis de sa jupe de taffetas bleu, arrondie par sa crinoline, elle lui posa enfin la question qui lui brûlait les lèvres:

— Arthur, quelle est la mode à Paris?

— Je dois avouer que vos crinolines paraissent bien modestes à côté des jupes extravagantes que la princesse Eugénie exhibait avant mon départ.

— Donc, ça se porte encore beaucoup? se rassura Victoria.

— Savais-tu qu'en six ans, la plus grande fabrique de Saxe a livré neuf millions de crinolines, juste en France?

— Neuf millions? répéta celle-ci, éberluée.

— Exactement! Un farceur a même fait le calcul: en comptant 90 aunes de fil de fer par crinoline, on pourrait faire treize fois le tour de la terre.

— Tu crois cela, Arthur?

— Mais c'est un fait, tante Luce-Gertrude.

— Parle-nous encore de la princesse Eugénie, Arthur, reprit Victoria, curieuse.

— Eh bien!... À l'un de ses derniers bals, il paraît qu'elle portait une robe de satin blanc si large que les invités devaient se tenir à dix pieds d'elle pour ne pas la toucher. Parce qu'au cas où tu l'ignorerais, on ne touche pas aux jupons «sacrés» des nobles de la cour sans être accusé de crime de lèse-majesté. Conséquence de cette mode outrancière: dans cette cour, les confidences autrefois chuchotées derrière deux éventails discrets s'étalent maintenant à la limite démesurée des crinolines et deviennent des nouvelles publiques lancées à la volée, dévoilant ainsi à tout venant des secrets d'alcôve et des secrets d'État.

Victoria éclata de rire: «Quelle tirade!»

— On meurt moins de scarlatine à Paris, le saviez-vous? C'est un progrès! On meurt de crinoline, maintenant. C'est une mode!

— Oh! Arthur!

— Je n'invente rien, tante Louise-Angèle! Dernièrement, alors que la rubrique de mode d'un journal parisien louangeait les créations de Worth, la rubrique funéraire du même journal nous apprenait qu'une jeune fille était morte d'avoir porté une crinoline; trop serrée à la taille, elle lui avait comprimé les côtes au point de lui perforer le foie.

— Quelle horreur! s'exclama Victoria! Mais la crinoline a au moins l'avantage de tenir les importuns à distance, tu ne penses pas?

— Et que fais-tu des autres, qui perdent un temps précieux dans les barbelés «crinoliniens»?

Victoria rougit: «Arthur!»

Les vieilles dames, scandalisées, firent semblant de n'avoir pas entendu.

Pendant que le jeune homme souriait à quelque souvenir intime, les trois femmes essayaient de reconnaître, sous les traits de cet inconnu racé, évoluant plein d'aisance et s'exprimant dans le plus pur accent de France, le boudeur et turbulent adolescent d'autrefois. Il les intimidait.

Arthur, inconscient de l'effet qu'il produisait, se laissait maintenant envahir par une bienheureuse torpeur. Il était enfin revenu chez lui. Malgré une correspondance suivie, dans laquelle il avait raconté à mesure les événements de sa vie, personne ne saurait jamais réellement les tourments de ses années d'exil.

Mais ce soir, malgré l'air un peu étouffant de ce grenier-souvenir, près de sa chère Victoria qui le contemplait sans dissimuler sa joie, et devant l'attitude accueillante de ses grands-tantes, il se sentait bien. Il aurait trempé longtemps dans cette atmosphère douillette sans le carillon de la porte d'entrée qui annonçait un visiteur.

— C'est probablement Édouard! s'exclama Victoria, qui se leva pour aller au-devant de lui. Quelques minutes plus tard, elle revenait, accompagnée d'un homme d'environ trente ans, montrant déjà un peu d'embonpoint. Il avait l'air placide et assuré d'un notaire bien établi. Il salua courtoisement les tantes et avança une main tendue vers Arthur.

— Mon cher beau-frère, sans doute!

Celui-ci, réservant son opinion pour plus tard, se leva vivement et lui serra chaleureusement la main, pendant que Victoria les présentait:

— Arthur! mon mari, Édouard!

— Je suis enchanté de faire votre connaissance, cher... beau-frère.

ళ్ళ

Un peu plus tard, ils étaient attablés dans la salle à manger. Les tantes avaient vraiment fait les choses en grand. Sur la nappe de toile brodée brillaient les lourds plats d'argent et les délicates assiettes de porcelaine. Les mets étaient exquis et le vin aussi bon qu'abondant.

Rose faisait le service, discrètement, disparaissant et reparaissant sans bruit, par la porte battante. De temps en temps, Arthur levait les yeux sur elle, et quand elle s'en apercevait, elle lui souriait gentiment. Ce qui lui réchauffait curieusement le cœur.

— Permettez-moi de vous féliciter, chères tantes, fit soudain Arthur, cette sarcelle aux groseilles sauvages est digne des meilleurs restaurants de Paris.

— Nous en sommes très heureuses, mon petit, répondit Louise-Angèle, en le couvant des yeux.

Victoria renchérit:

— Arthur a raison, c'est vraiment délicieux.

Quand Édouard, peu enclin aux compliments, y rajouta les siens, les vieilles dames se regardèrent et se congratulèrent dans un sourire complice.

Mais déjà, Victoria, insatiable, reprenait ses questions:

— Édouard, quand tu es arrivé, Arthur nous parlait de la princesse Eugénie, c'était passionnant.

— Je n'en doute pas!

— Et la reine Victoria, Arthur, tu peux nous en parler aussi?

— Victoria reste inconsolable de la mort de son Albert. La nuit, dit-on tout bas... elle dort avec ce qu'il en reste, c'est-à-dire ses longs caleçons à pieds, et déplore amèrement ce triste coucher.

Devant l'indécence de ces révélations, Victoria s'empourpra, les tantes faillirent s'étrangler, pendant qu'Édouard déplorait l'inconvenance du propos. Mais Arthur, habitué à un franc-parler, continuait sur sa lancée.

— Tous les matins, il paraît que son valet porte à son fantôme de l'eau chaude pour son rasage. Cette eau, non prisée par Albert-fantôme, refroidit sans servir. On la jette. Quel gaspillage!

— Ce ne sont que des rumeurs! Comment pouvez-vous ajouter foi à de tels ragots, Arthur? s'étonna Édouard un peu méprisant.

— Les secrets de la cour finissent toujours par transpirer, mon cher Édouard. Surtout quand on s'y ennuie. Victoria a mis la cour entière en deuil, pavoisé de noir tous ses châteaux, et commandé à tous ses enfants et serviteurs de prendre l'air lugubre de circonstance, c'est-à-dire le sien.

— Son peuple doit la plaindre quand il la voit passer solitaire, dans son carrosse, s'apitoya la petite tante.

— Il ne la voit plus! Elle a coupé court à toutes les apparitions publiques, quelles qu'elles soient. On a essayé de la raisonner mais, butée, elle n'a passé que trois jours à Londres cette année. Ses ministres sont bien embêtés.

— Est-elle jolie? demanda Victoria, toujours friande de détails.

— Loin de là! C'est une petite boulotte, mal fagotée, maintenant grossie, toujours habillée de noir. Et qui ne sourit jamais.

— Heureusement qu'elle a ses enfants pour la consoler! Avec une pareille famille, elle ne peut qu'être très maternelle.

— Apprenez, chère tante Luce-Gertrude, que Victoria faisait une crise de rage aux premiers signes de maternité, toujours à ce qu'on dit. Elle n'aurait pas désiré son premier enfant, ni le deuxième, pas plus le troisième que le quatrième, et ainsi de suite, jusqu'au neuvième, de sorte que le pauvre Albert, à l'annonce de chacun, devait s'excuser à sa femme de le lui avoir fait.

Les tantes étaient cramoisies d'entendre parler de choses aussi intimes sur ce ton désinvolte, mais Victoria insistait.

— Elle ne l'aimait donc pas?

— Elle l'aimait passionnément, d'un amour exclusif, qui est tout à l'honneur d'une reine, mais aussi d'un amour tyrannique, qui n'est pas de tout repos pour un prince consort. Il en est mort!

— Mis à part ces potins plus ou moins crédibles, Arthur, la cour de Victoria ne semble pas la réplique de celle d'Eugénie? fit remarquer Édouard, que les réparties du jeune homme finissaient par amuser.

— Rien de comparable, en effet! C'est le soleil et l'ombre. L'étalement du luxe dans les réceptions et les fêtes des Tuileries et les appartements sombres et muets de Windsor. En deux mots: l'exubérance et le flegme. En résumé: la France et l'Angleterre.

— On voudrait bien, ici, trouver un moyen de fusionner ces deux races toujours jugées incompatibles. L'assimilation en est un, mais on la refuse férocement, au grand dam de l'Angleterre doit-on dire.

— Substituer le mot «mariage» au mot «assimilation» serait peut-être un premier pas fait dans cette direction, Édouard, mais le colonisateur ne s'abaisse jamais à une telle mésalliance, vous le savez.

— Et c'est ainsi qu'il faut toujours compter plusieurs générations avant que le temps n'efface les différences.

— Mais qui le souhaite parmi les Canadiens français? Personne, je l'espère!

Édouard fronça les sourcils et préféra se taire.

Le petit groupe était revenu au salon pour prendre le café et le porto. Édouard était intrigué par la personnalité de son jeune beau-frère. Il le devinait impatient, fougueux voire intrépide, prêt à se battre pour une cause, quelle qu'elle soit. Qu'avait vécu ce tout jeune homme, sans parents et sans maître, pendant ces six années? Il lui enviait secrètement ce côté téméraire qu'il n'aurait jamais, lui, et il était curieux de l'entendre raconter ses aventures. Mais comment l'inviter à le faire sans choquer les vieilles dames?

Quelques-unes des frasques d'Arthur étaient parvenues jusqu'à Québec, malgré les efforts des tantes pour essayer de les étouffer. Mais la rumeur courant plus vite que le vent et n'ayant ni frontière ni discrétion avait glissé dans l'oreille scandalisée ou amusée de l'entourage des seigneuresses assez de potins friands pour s'en nourrir abondamment. Parce qu'on potinait joyeusement à Québec, non par méchanceté mais par distraction! Un plaisir comme un autre, un genre de passe-temps qui occupait les gens pendant le long hiver.

— Gardons-nous encore quelque ressemblance avec le peuple de France? lui demanda-t-il, choisissant pour le moment de rester dans les généralités.

— Avec ceux des campagnes, sans doute! Mais votre parler n'est plus le même. L'anglais s'y est immiscé et un Parisien comprendrait malaisément cette langue bâtarde. Je ne parle évidemment pas des gens instruits comme vous, Édouard.

— Vous n'y allez pas de main morte! Le notaire se sentait malgré tout offensé.

Arthur partit d'un grand éclat de rire.

— À Paris, on dit les choses comme elles sont. Mais ce n'est pas là votre plus grand malheur!

— Ah non! Et quel est l'autre? demanda Édouard intrigué.

— L'hiver en Canada, n'est-ce pas là le pire des fléaux?

— Bah! On s'en accommode en se divertissant. Et à Québec, souvenez-vous, l'hiver dure sept mois sur douze, il faut bien passer le temps!

— Mais à faire quoi, Grand Dieu? s'exclama Arthur, qui pensait déjà à la vie trépidante de Paris qu'il venait de laisser.

— Des veillées de danses, des veillées de conteurs, des veillées de chants et même, de temps en temps, des veillées de «placotage» entre femmes, tout en piquant une courtepointe, rajouta Victoria en gloussant.

— Qu'on puisse arriver à se divertir bien au chaud dans les maisons, passe encore, mais il faut bien finir par sortir. Et dehors, c'est le froid glacial, les bourrasques de neige et le cruel nordet! Sans parler des rues qui m'ont paru à peu près toutes impraticables. Je dois admettre que j'avais oublié ce climat sibérien.

— Mais on s'habille en conséquence, Arthur. Tu aimais la neige autrefois, dit la grand-tante Luce-Gertrude, sur un ton un peu excédé qui n'encourageait pas les plaintes.

— J'aimais la neige, il est vrai, mais pas le froid! J'ai tellement gelé en traversant le fleuve de Lévis à Québec que je croyais en perdre la vie!

— Eh bien! Si jamais vous mourez aussi glorieusement, Arthur, on vous élèvera une statue de glace, c'est la coutume maintenant à Québec, plaisanta Édouard.

— Une statue élevée au courage d'être revenu volontairement braver les hivers canadiens? À la rigueur, j'accepterais cet honneur! Je crois en avoir tout le mérite... Mais en glace, jamais! J'ai horreur du froid comme «l'homme a horreur du vide». Merci beaucoup de votre pieuse intention, Édouard, mais pensez à d'autres pour vos monuments.

— C'est malheureux, Arthur, vous venez peut-être de perdre une belle occasion de devenir célèbre, continuait à le taquiner le notaire.

— J'en trouverai d'autres, allez!

— Mais consolez-vous, vous ne perdez rien au fond parce que les statues qu'on fait à Québec fondent toutes au printemps!

— Vraiment? se moqua Arthur, alors ma gloire aurait été éphémère! Ce qui est loin de vouloir fondre, par contre, c'est le pont de glace. Et je l'ai trouvé lisse comme jamais je ne l'ai vu auparavant. Le cheval en faisait du patin de fantaisie, à son corps défendant, je vous l'avoue.

— On a été chanceux cette année. Le pont a pris pendant les jours de mortes-eaux sur un fleuve étale. Il est resté à la glace fine. C'est une patinoire, il est vrai. Si tu veux rechausser tes patins, Arthur, c'est le temps! Tiens, pourquoi n'irait-on pas demain? rajouta Victoria enthousiaste.

— Si mes souvenirs sont bons, toi, tu préférais les descentes en traîne sauvage au Pain de sucre de Montmorency, non? Mais c'était peut-être pour apercevoir ton cher Édouard, qui te plaisait déjà?

Victoria rougit et regarda furtivement son mari qui, ravi de la révélation d'Arthur, s'exclama:

— Est-ce vrai, Victoria? Moi qui allais glisser pour la même raison et ne voyais que ton indifférence!

— J'avoue que je te guettais et la glissade avait moins d'intérêt quand tu n'étais pas là, avoua la jeune femme.

— Vous voyez, Édouard, que les choses les plus secrètes finissent toujours par voir le jour, lui fit remarquer Arthur, moqueur. Pour ce qui est de ta proposition, Victoria, j'aurai peut-être le temps de me réchauffer d'ici là. Je t'accompagnerai alors avec plaisir.

Rose apparut à la porte, suivi d'un jeune homme tout souriant, qu'Arthur reconnut aussitôt. Il se leva vivement et lui tendit la main.

— Alfred! Mais d'où sors-tu?

— Ce serait plutôt à moi de te poser la question, fit celui-ci en riant. J'ai eu la chance, hier, de rencontrer Victoria qui m'a annoncé ton retour pour ce soir, alors j'ai pris la liberté de venir te saluer. Et, se tournant vers les tantes: «Excusez mon sans-gêne, chères mesdemoiselles, je ne me suis pas annoncé.»

— Les amis de notre petit-neveu sont les bienvenus en tout temps, monsieur Garneau.

— Je vous remercie.

— Alors, quoi de neuf, Alfred?

— Mais c'est toi qui a des choses nouvelles à raconter, Arthur. Depuis six ans que tu es parti, j'ai hâte de t'entendre. D'ailleurs, c'est ce qu'on a toujours fait ensemble: tu parles, j'écoute.

— On a peut-être changé, on ne sait jamais!

— Il n'y a rien de moins sûr! dit Alfred en riant. Parle-moi de ton lycée impérial Saint-Louis, par exemple, ressemblait-il à notre séminaire?

— Le jour et la nuit. D'abord, on se réveillait au son du tambour plutôt qu'au marmonnement de quelques litanies. D'ailleurs là-bas, aucun ecclésiastique n'assombrit de sa robe noire et de sa face lugubre les corridors de ce collège renommé.

— Mais... Arthur! murmura Louise-Angèle, scandalisée, pendant que sa sœur se pinçait les lèvres.

— Je dis ce qui est, tante. J'imagine qu'ici, ils font toujours la pluie et le beau temps au séminaire.

— Hem!... Oui! ils y sont toujours. Alfred n'était pas sûr d'avoir engagé la conversation sur la bonne voie. Mais son ami était parti dans ses souvenirs.

— Tu te souviens du gros Louis qui avait si peur d'eux? Il était incapable de se défendre.

— Il n'était pas le seul. Les prêtres étaient si sévères qu'ils nous terrorisaient littéralement!

— Même toi, Alfred?

— Tous l'étaient plus ou moins! Sauf toi, évidemment! Tu avais le toupet de tenir tête à n'importe lequel d'entre eux.

— Je ne pouvais supporter l'attitude de ces jésuites outragés, respirant dans toute leur personne une autorité dominatrice, écrasante.

— Et on guettait tes réponses qui, immanquablement, les faisaient réagir violemment et toujours de la même façon: «Dehors, Arthur Buïe!» Tu te souviens?

Arthur riait.

— Je combattais la bêtise et l'injustice, Alfred.

31

— Ça prenait quand même de l'audace!

— Mais je n'y avais aucun mérite! Quand je croyais avoir raison, je devenais d'airain de la tête aux pieds et personne ne pouvait plus me faire plier, même moi, l'aurais-je voulu, c'était trop tard!

Ignorant l'hilarité générale, la tante Louise-Angèle, encore sous le choc des dernières remarques de son petit-neveu, pencha la tête vers lui:

— Mais tu as dû changer, Arthur, depuis tout ce temps que tu es parti?

— J'ai changé une chose, en effet, tante, mon nom.

— Ton nom? s'écria Luce-Gertrude, indignée.

— Oui! mon nom! Sachez tous que je ne m'appelle plus «Buïe», avec ce lourd accent écossais, mais «Buies», dans un bruissement doucement français.

— Mais c'est le nom de ton père, Arthur! reprit Luce-Gertrude d'un ton accusateur.

— Je n'ai plus de père, comme vous le savez, tante! répondit durement le jeune homme.

— Mais tu n'as pas le droit de renier ton nom!

— Tout droit est relatif. Mon père s'est bien donné celui de renier son fils, ce qui est pire à mon avis!

— Ça ne te portera pas chance, mon petit, dit peureusement la tante Louise-Angèle.

— Comme de devenir orphelin, peut-être?

Les yeux de Victoria s'emplirent de larmes. Édouard s'en aperçut et intervint aussitôt:

— Vous oubliez que vous n'êtes pas le seul orphelin de la famille, Arthur!

Celui-ci, alerté par la remarque de son beau-frère, se tourna aussitôt vers sa sœur et, apercevant son émotion, se leva vivement et alla vers elle. Il lui prit les deux mains et, dans un regret sincère:

— Chère Victoria, je t'en prie, pardonne-moi ces propos un peu fougueux! Tu es la dernière personne au monde que je voudrais blesser.

— Mais oui, Arthur! Je t'ai compris. On ne peut pas nier notre état d'orphelin. Mais comme la blessure semble toujours vive, autant pour toi que pour moi, il vaudrait mieux ne plus en parler. Tu veux bien?

— Tu as raison, ma petite sœur. Et Arthur se pencha et lui embrassa tendrement la joue, elle lui répondit par un sourire chaleureux et une légère caresse de la main.

Chacun réalisa que personne n'aurait jamais accès à l'étroite intimité qui liait ces deux-là. Édouard le comprit aussi et se jura, à l'avenir, de défendre envers et contre tous ce frère si chéri de sa femme, même s'il semblait choisir délibérément la controverse.

Alfred voulut sortir son ami du moment d'embarras qui suivit et s'informa de ses projets:

— Que comptes-tu faire, Arthur, maintenant que tu es revenu au pays?

— Devenir écrivain!

— Eh bien! ce ne sera pas chose facile de vivre de ta plume, ici, en Canada?

— J'aime écrire et j'aime parler. Je ne sais rien faire d'autre. Alors, comme tu vois, mon avenir est clair comme de l'eau de roche. À Paris, on m'a parlé de l'Institut canadien. Je vais donc prochainement prendre contact avec ses membres. On m'a dit que c'était un groupe de libéraux inconditionnels «pour la plupart, hommes de profession et politiciens, dont le but est de s'unir pour créer une force dans un travail commun afin de faire progresser la liberté». Donner des conférences pour faire connaître ses idées me semble passionnant. Ici, le but véritable doit être de devenir le porte-parole des Canadiens français. Et par le fait même, devenir le défenseur de leurs droits! Que dites-vous, tante Luce-Gertrude?

— Je disais, Arthur, que tu devras faire bien attention à ce que tu écriras.

— Et pourquoi donc, tante?

— Parce que les prêtres n'approuveraient peut-être pas tes opinions.

— Les prêtres? Et alors?

— Mon Dieu! Arthur! sursauta Luce-Gertrude.

— Eh bien quoi? Ils feront partie de mes lecteurs au même titre que tous les autres, ni plus ni moins.

— Tu ne peux quand même pas ignorer l'autorité du clergé?

— Mais qu'il l'exerce dans sa sphère! En quoi est-ce que cela me regarde?

— Mais sa sphère s'étend à tout ce qui s'écrit. Il lui faut protéger les catholiques des fausses vérités qui seraient étalées sans pudeur, et sans prudence surtout.

— Sachez, tante, que «l'écrivain a le devoir sacré, inaltérable, absolu de dire tout ce qu'il pense, et tout ce qui est», parce qu'en définitive, il parle au nom des autres. C'est évident qu'il ne peut plaire à tout le monde.

— Mais l'Église peut condamner tes propos? s'entêtait Luce-Gertrude, alarmée.

— Je ne dirai que la vérité. Mais vous avez raison sur ce point, tante, ce ne serait pas la première fois, ni la dernière d'ailleurs, qu'elle condamnerait celui qui la dévoile au prix de sa propre réputation, fit Arthur railleur. Je n'ai peut-être pas eu assez de courage pour tuer des hommes dans l'armée de Garibaldi, je tuais le temps, et plutôt bien ma foi, rajouta-t-il d'un ton égrillard. Mais pour écrire la vérité, comptez sur moi, je n'en manque point, affirma-t-il, déterminé.

— Et... avec qui tuais-tu si bien ton temps, Arthur? fit son ami qui voulait alléger quelque peu l'atmosphère.

— Avec les belles de Sicile, Alfred!

Cette réponse franche n'amusa que les hommes. Les tantes commençaient à se demander jusqu'où irait l'impudence des propos d'Arthur. Craignant une altercation plus sérieuse entre tantes et neveu, Édouard laissa passer quelques minutes et se leva, incitant sa jeune femme à prendre congé. Alfred en fit autant et avant de sortir, il chuchota à l'oreille de son ami:

— C'est plus sage de partir, Arthur, mais on se reverra, et tu me feras des confidences sur ta guerre habile et virile... en Sicile.

Celui-ci éclata de rire, tout en répondant sur le même ton bas:

— Tu auras les primeurs mais ailleurs qu'ici. Les tantes, comme tu vois, n'apprécient pas tout à fait mes prouesses à leur juste valeur.

En embrassant son frère, Victoria crut bon de lui glisser aussi quelques mots:

— Nos tantes sont de vieilles femmes, Arthur. Essaie de les ménager. N'oublie pas qu'elles nous ont élevés.

— Je n'oublie rien, ma petite sœur.

Édouard le salua chaleureusement et l'invita à venir chez lui aussi souvent qu'il lui plairait.

La porte se referma sur eux.

Il retourna dans le salon, qu'il trouva vide. Ses tantes s'étaient-elles déjà retirées? et sans le saluer? Perplexe, il se servit un cognac et alla se caler dans un fauteuil pour réfléchir.

Le clergé! Quel poids avait-il encore dans ce pays? D'après les tantes, il semblait redoutable! Bah! c'était de vieilles femmes! Mais comme on le lui avait appris à l'expédition des Mille, en Italie, il valait mieux connaître les positions de l'ennemi avant la bataille. Il faut dire que pour cette guerre, il s'en était tenu à la théorie. Et ce n'était pas «sa» guerre. La sienne serait de dénoncer tout ce qui pouvait entraver la liberté.

Il en était là de ses réflexions quand Rose, sortant de la salle à manger, fit glisser par mégarde les verres vides qu'elle transportait sur un plateau. Elle fit un geste pour les rattraper, mais l'un d'eux se brisa.

Arthur se leva aussitôt et s'empressa de l'aider. La servante, confuse, leva la tête vers lui et avant qu'elle puisse ouvrir la bouche, il lui murmura:

— Vous avez de beaux yeux, Rose!

Rose rougit.

— Ça paraît que vous arrivez de Paris, monsieur Arthur.

— Ah oui? Et pourquoi donc?

— Là-bas, ils font beaucoup de compliments, à ce qu'on dit!

— Peut-être! mais moi, je ne dis toujours que la vérité, Rose!

꘎

À l'étage, les deux tantes, chacune devant sa chambre, chuchotaient.

— Nous n'aurions pas dû monter sans saluer Arthur, Luce!

— Je viens de t'expliquer, Louise, que ce n'est qu'une façon de désapprouver ses propos irrévérencieux envers l'Église.

— Tu exagères un peu. C'était juste pour se faire valoir parce qu'il a vécu en France. Et puis, il faut lui donner le temps d'arriver.

— Et le laisser tenir ce genre de discours devant sa sœur, son beau-frère et son ami, qui ont déjà l'air d'approuver ses drôleries?

Louise-Angèle eut un petit rire étouffé.

— C'est vrai qu'il est drôle. On ne sait jamais ce qu'il va dire.

— Louise! Ne va surtout pas l'encourager dans ses pitreries! S'il n'avait été élevé que par toi, je me demande bien ce qu'il serait devenu, à voir déjà son arrogance de ce soir.

— Tu en fais des manières pour quelques malheureuses phrases!

— Des phrases indignes d'un jeune homme bien éduqué!

— Il a été élevé sans ses parents, ne l'oublie pas. Ça fait toujours des enfants plus difficiles.

— Ce n'est plus un enfant, c'est un homme maintenant. Et s'il avait accepté l'offre de son père quand je l'ai envoyé le rejoindre en Guyane, il y a six ans, il aurait étudié en Irlande, et il aurait une belle profession aujourd'hui.

— Arthur avait tout à fait le choix d'étudier dans le pays de sa mère, Luce. Et tu vois qu'en déshéritant son fils et en coupant définitivement les ponts avec lui pour sa désobéissance, William Buïe a prouvé qu'il s'en désintéressait complètement, une fois de plus. Et rappelle-toi, si tu n'avais pas insisté pour qu'il le reprenne à seize ans — parce que tu disais n'en plus venir à bout — il aurait complètement oublié qu'il avait encore des enfants ici. Si Victoria est orpheline de père, Arthur lui, l'est deux fois.

— Inutile de me rappeler ce que je sais aussi bien que toi, Louise, mais il s'agit d'aujourd'hui. Il est de retour et tu l'as entendu, il veut devenir écrivain! Tu te rends compte?

— Je ne vois pas...

— Évidemment, tu ne vois pas! Et changer son nom, tu approuves ça, peut-être?

— J'avoue que ça m'a un peu ébahie.

— Un peu? Moi, j'en ai été renversée. Rien ne peut plus me surprendre de sa part! Dorénavant, attendons-nous au pire!

— Chut! Je l'entends monter!

— On s'en reparlera demain. Bonsoir, Louise!

— Bonne nuit, Luce!

Pendant que Luce-Gertrude disparaissait dans sa chambre, la petite tante entra dans la sienne en laissant sa porte entrouverte. Quand, quelques secondes plus tard, elle entendit des pas, elle l'ouvrit toute grande et, un doigt sur la bouche, attira Arthur, en refermant doucement la porte derrière lui.

— À quoi rime cette conspiration, tante Louise-Angèle? demanda Arthur, amusé.

— Parle plus bas, Arthur. Je voulais simplement te dire bonsoir.

— J'en suis très heureux, tante, mais pourquoi tous ces mystères?

— Bien... je vais te le dire, Arthur. Tu sais combien Luce-Gertrude tient à sa réputation?

— Oh oui! À moins qu'elle n'ait beaucoup changé pendant mon absence. Ce dont je doute, par la façon dont elle est montée sans me saluer.

— Il ne faut pas lui en tenir rigueur, tu sais. Elle veut tellement que tu réussisses dans la vie, que quand tu te laisses aller à dire trop ce que tu penses, elle craint que ça ne te nuise.

— Ne gaspillez pas votre salive, tante Louise-Angèle, je

comprends très bien l'attitude de tante Luce-Gertrude. Si elle a déjà pensé à moi — ce que je lui concède — c'est à sa réputation qu'elle pense maintenant. Mais ne vous tourmentez pas pour moi, ma petite tante! Ah! Je vous retrouve bien là, comme avant, lorsqu'elle me punissait et que vous m'apportiez un morceau de sucre à la crème en cachette.

— Je le referai encore, Arthur, si elle te punit de nouveau, lui dit-elle, taquine.

— Chère petite tante! je vous adore, s'exclama Arthur en la serrant dans ses bras!

— Pas plus que moi, Arthur. Tu te souviens comme je te dorlotais quand tu étais petit?

— Oui, mais toujours à l'insu de tante Luce-Gertrude!

— Que veux-tu, grande et forte comme elle est, je crois qu'au fond, j'en ai toujours eu un peu peur. Et puis, elle a eu beaucoup de peine quand son mari est mort. Elle était dans la trentaine. C'est jeune pour devenir veuve. Elle a dû administrer la seigneurie de Rimouski à peu près seule par la suite. Moi, je ne m'y entendais guère. C'est beaucoup de responsabilités, tu sais.

— Je comprends tout cela, tante, mais moi, je dois faire ma vie maintenant, comme je l'entends. Et je ne crois pas pouvoir tolérer de barrières, quelles qu'elles soient, sauf celles que je m'imposerai moi-même. Il vaudra mieux vous y habituer. Maintenant, il est assez tard pour vous. Je vous souhaite une bonne nuit et je vous embrasse.

— Bonsoir mon petit. Dors bien.

Le lendemain, le temps était clair, le froid sec. Au milieu de nombreux autres patineurs, Victoria et Arthur évoluaient sur le fleuve lisse, dans une harmonie parfaite, entre le Cap Diamant, brillant au soleil, et la pointe de Lévis, aux contours bleutés. Se tenant par la main, ils avaient d'instinct retrouver les gestes tendres de leur douce complicité d'autrefois. Ils souriaient, contents, quand une jeune fille, entraînée sans doute par un faux mouvement, tomba et, les mains encore emprisonnées dans son manchon, glissa jusqu'à eux. Ceux-ci, tout à leur conversation, ne purent l'éviter et tombèrent aussi. Après un premier moment de surprise, ils se regardèrent et éclatèrent de rire.

Arthur se releva le premier et aida galamment les deux jeunes filles à se remettre debout.

— Vous n'êtes pas blessées, au moins?

— Non! moi je n'ai rien, dit Victoria en riant encore, et toi, Laurence?

Celle-ci, impressionnée par la haute taille et la beauté du jeune homme, en oubliait presque sa chute. Elle ne pouvait en détacher les yeux et c'est d'une voix distraite qu'elle répondit:

— Ça va... moi aussi! J'ai dû m'accrocher dans le bord de ma jupe. Je m'excuse de vous avoir fait tomber.

— Mais ne vous excusez pas! Victoria, tu veux bien me présenter à cette exquise apparition?

— Je te présente Laurence Perrier.

— Je suis très heureux de vous connaître, mademoiselle Perrier.

— Ainsi, c'est vous, Arthur, le frère de Victoria?

— Lui-même! pour vous servir, fit Arthur, moqueur, en exécutant quelques virevoltes savantes devant la jeune fille.

— Vous êtes revenu pour de bon? fit-elle amusée.

— Je le crois! Mais la vie nous réserve parfois des surprises. Repartirai-je? On ne sait jamais!

— Et... vous allez demeurer à Québec?

— Ma carrière me retiendra la plupart du temps à Montréal, je le crains. Et je le regrette un peu maintenant que je vous ai vue. Mais je reviens toujours à Québec. C'est ma ville.

— À Montréal, il y a de beaux théâtres et de beaux squares. J'espère y aller aussi bientôt. Je vais vous laisser maintenant, je commence à avoir froid. Il y a bien une heure que je patine.

— Mais je ne demanderais pas mieux que de vous réchauffer!

— Une autre fois... peut-être, répondit-elle dans un sourire enjôleur. Et elle s'élança sur la glace en criant bonjour à Victoria!

— Bonjour Laurence!

— Au plaisir de se revoir, mademoiselle, lança Arthur en la suivant des yeux.

Le frère et la sœur reprirent leur tandem.

— Est-ce une de tes amies, Victoria? demanda Arthur, visiblement impressionné par la jolie patineuse.

— C'est la sœur d'une de mes compagnes de couvent. Elle est âgée d'environ quinze ans, je crois.

— C'est encore une enfant mais quelle beauté!

— Tu trouves?

— Assurément! C'est assez rare de voir des cheveux noirs et des yeux bleus. En plus, elle semble gentille.

— Oui et non!

— Comment, oui et non? Tu ne l'aimes pas?

— Elle est gentille, mais... il y a quelque chose en elle qui me gêne. Tu vois, sa chute, par exemple?

— Quoi, sa chute?

— Je ne suis pas certaine qu'elle n'ait pas fait exprès de venir tomber juste devant nous.

— Mais pourquoi aurait-elle agi ainsi?

— Elle me voit avec un inconnu et comme elle me sait mariée, elle veut savoir de qui il s'agit.

— Tu ne trouves pas cette explication un peu grosse, Victoria?

— Peut-être! Je ne sais pas! Bon! oublie ce que je viens de te dire, Arthur!

— Ah! les femmes!

— Quel ton désabusé, mon jeune frère! Aurais-tu une femme sur le cœur, par hasard?

— Pas une n'est encore montée jusque-là! Crois-moi!

Victoria se demanda tout à coup si Arthur n'avait pas laissé des attaches, là-bas, à Paris! C'était possible, après tout! Elle réalisait que ce n'était plus un gamin. Même que cet homme qui était devant elle avait maintenant quelque chose d'étranger, qui ne ressemblait plus tout à fait à son petit frère. Mais elle n'insista pas.

— Alors que disions-nous avant que la fée des étoiles, pâmée, ne tombe sur le derrière en te voyant? le taquina la jeune femme.

— Tu l'auras cherché Victoria! Et Arthur, la tirant par la main, la fit tourner autour de lui à une vitesse vertigineuse. Victoria, surprise, poussa un cri puis, à travers ses éclats de rire, tenta de l'arrêter:

— Arrête, Arthur! Je suis une dame respectable maintenant! Arrête! De quoi on a l'air? Mais Victoria avait beau être fâchée, elle n'en riait pas moins, et Arthur que cette joie encourageait ne ralentissait pas son élan. Des patineurs s'étaient même arrêtés pour les regarder.

— Je t'en supplie, Arthur! lui criait Victoria, qui commençait à perdre pied.

— Alors, on ne taquinera plus son frère? lui demanda-t-il, en essayant de prendre un ton sévère.

— Juré! Arthur!

— Bien!

Arthur lui fit faire une dernière voltige et s'arrêta pile, en la ramenant brusquement dans ses bras. Victoria riait à se tordre pendant que les patineurs, amusés, reprenaient leur élan. Elle finit par se calmer et, regardant son frère dans les yeux, lui demanda tendrement:

— Tu ne regrettes pas Paris, Arthur?

— Pas encore Victoria! lui répondit-il tout aussi tendrement.

❦

Deux jours plus tard, il neigeait à plein temps! Arthur, désireux de revoir Alfred, avait décidé de se rendre chez lui malgré tout. Plutôt que de faire atteler Menace, le cheval de ses tantes, il décida de marcher.

Vaillamment, s'enfonçant dans un pied de neige, il descendit la rue Saint-Louis, tourna rue du Parloir, reprit à droite, rue Donnacona en longeant le couvent des Ursulines, continua rue des Jardins pour se retrouver debout sur un banc de neige, évitant de justesse deux carrioles qui venaient d'emmêler leurs patins en se croisant de trop près dans cette rue étroite et enneigée. Les cochers essayaient vigoureusement de les dégager. Arthur leur donna un coup de main et chacun essaya de reprendre son chemin.

Qu'on était loin de la France! se disait-il. Le préfet Haussmann était peut-être un maniaque de la démolition, mais il avait dégagé les rues de Paris en faisant disparaître des portes, des masures et des ruelles comme la rue de la Vieille-Lanterne, où deux hommes se croisaient difficilement. Une rue? Plutôt une impasse! Arthur approuvait vigoureusement la détermination de cet homme qui coupait de grandes tranches d'air dans cette ville comprimée depuis des siècles.

Ici, on était loin des grands boulevards parisiens mais, naïvement, il s'était dit que le progrès, insécable à un pays neuf, suivrait sûrement dans peu de temps. Il avait compté sans la neige! Aucun étranger, sauf un Russe peut-être, ne pouvait l'imaginer! Qu'aurait fait Haussmann d'un pareil fléau?

Et dire qu'il neigeait sans arrêt depuis la nuit dernière, et que ça pouvait durer encore un, deux, peut-être même trois jours, on ne savait jamais!

Il s'arrêta soudain et regarda autour de lui. Distrait, il avait dépassé depuis longtemps la rue où demeuraient les Garneau. Il était rendu rue Saint-Paul, au bord du fleuve. Il devait rebrousser chemin. Une porte décorée d'une figure de proue, enseigne de la maison d'un sculpteur, attira son attention. Un peu las de sa marche forcée, il décida d'y entrer, ne serait-ce que pour se reposer quelques minutes, tout en regardant l'artiste travailler.

Il secoua la neige accumulée sur sa mante et sa toque de fourrure, puis il frappa, sonda la poignée. La porte cédant, il entra. Il se trouvait dans un petit vestibule. Il enleva sa toque et secoua ses bottes. La deuxième porte céda tout aussi facilement.

Il eut l'idée d'appeler, mais ne voulut pas interrompre le travail de l'artiste.

Il hésitait à avancer quand, levant la tête, son regard fut attiré par un tableau saisissant, qui le figea sur place.

Au fond de la pièce, à la réplique d'une impressionnante proue de navire, était fixée une sculpture de bois. Elle représentait une jeune fille, nue jusqu'à la taille. De ses longs cheveux châtains, balayés en arrière, quelques mèches échappées ourlaient deux seins ronds, fermes et satinés comme des pierres de lune. La robe plaquée sur elle, comme par le vent, dessinait ses longues cuisses, ses genoux, les pieds se perdant dans les plis de laine verte. Les bras tendus en arrière semblaient protéger le vaisseau des assauts d'une mer en furie. D'une fenêtre haute lui faisant face, des rayons obliques diffusaient une lumière rosée, qui éclairait doucement la figure de proue.

On l'aurait cru vivante!

Fasciné par ces seins qui semblaient bouger sous la lumière, Arthur avança lentement, les deux mains déjà tendues pour éprouver la douceur du bois sculpté, quand il «vit» un regard accrocher le sien... «Rose!...»

Celle-ci, reconnaissant Arthur, n'avait pu faire un geste ni ouvrir la bouche. Paralysée par sa présence, incapable de réagir, elle le voyait s'avancer... Il était maintenant tout près d'elle et ne pouvait détacher ses yeux de ces seins aimantés, attirant irrésistiblement ses mains ensorcelées. Captives d'un jeu de va-et-vient opérant sous le charme, les mains envoûtées subjuguaient les seins séduits... qui, cédant au sortilège, s'offraient malgré eux... Les deux grandes paumes brûlantes s'y posèrent doucement. Arthur ferma les yeux, une chaleur fondante l'envahit et l'assoiffa. Alors il se pencha et il but. Il but avidement à même la chaleur de Rose, à même sa douceur et son goût de mère. Le cœur d'Arthur atteignait enfin le pôle tendre d'un pays qu'il avait cru perdu, et ces gorgées de tendresse, prises à cette source, comblaient un besoin très ancien, resté insatisfait.

Il appuya son front à la naissance des seins de Rose quand soudain, un sanglot venant de nulle part le submergea, lui noya le cœur et l'entraîna violemment vers le fond d'un gouffre de détresse. Il étouffait et se cramponnait aux bras de Rose, essayant désespérément de remonter à la surface.

En viendrait-il à bout? Il entendait son cœur battre à grands coups. Son cœur?... Mais non... celui de Rose. Rose qui, pendant tout ce temps, n'avait pas bougé. Elle le recevait tout simplement, attendant patiemment que l'orage passe...

Et l'orage passa. Le cœur d'Arthur, désolé, vit s'éloigner ce doux pays où il venait d'aborder et qu'il n'avait su nommer.

Lentement, il reprenait pied dans son ancien et familier désarroi, dans cet espace sans chaleur, délaissé sans raison par un soleil fuyant sans cesse. Il leva la tête vers Rose et d'une voix enrouée, il lui murmura: «Rose, j'ai si froid!» Celle-ci le regarda et derrière ces traits d'homme tourmenté, devina aisément la panique d'un petit garçon cherchant désespérément à retrouver quelque chose d'essentiel qu'on lui avait volé, jadis. Sans hésiter, elle se libéra et l'enveloppant de ses deux bras, elle le pressa sur elle en le berçant doucement pour l'apaiser.

Quand, plus tard, le sculpteur entra avec ses tubes neufs de peinture, il vit Rose, songeuse, debout devant la fenêtre. Elle était tellement absorbée qu'elle ne l'avait pas entendu entrer. Ce n'est que quand il lui mit la main sur l'épaule qu'elle se retourna.

— Ça va Rose?

— Oui! monsieur Colin, ça va bien. Je me suis libérée comme vous voyez.

— Vous avez bien fait. D'ailleurs, vous pouvez partir, je n'aurai plus besoin de vous aujourd'hui. À la semaine prochaine!

Quand elle revint chez les seigneuresses, Rose n'eut que le temps de se changer et de revêtir son long tablier qu'on la sonnait déjà pour le thé.

Peu de temps après, elle pénétrait avec son plateau dans le boudoir, où les tantes aimaient bien se retrouver l'après-midi pour faire de la broderie. Avant de les quitter, elle embrassa d'un coup d'œil le plateau pour s'assurer qu'il ne manquait rien. «Rose, commanda Luce-Gertrude, de sa voix autoritaire, quand vous retournerez à la cuisine, dites à Joseph de chauffer un peu moins la cheminée du salon, nous n'y sommes que le soir.»

— Mais, madame Luce, monsieur Arthur est si frileux! ne put s'empêcher de dire la servante.

— Frileux? Monsieur Arthur? Mais comment le savez-vous? Rose, perdant contenance, se trouva encore plus confuse en entendant répondre Arthur, qui venait d'entrer et avait saisi ses paroles.

— Mais, chère tante, le bon sens dit que six ans passés loin du froid doit demander au moins six jours pour s'y réhabituer. Si jamais on s'y réhabitue! Mais je vous remercie, Rose, de votre sollicitude à mon égard. Et tout en parlant, il la regarda dans les yeux avec un sourire goguenard qui fit presque douter à la jeune fille la scène étrange vécue avec lui il y avait une heure à peine.

Elle lui fit un salut timide et sortit. Elle retourna dans la cuisine, prit un sac de légumes et alla s'installer à la grande table de pin pour les nettoyer.

Joseph, l'homme à tout faire de la maison, assis sur un tabouret près du poêle, fumait en silence.

Rose se souvint du message.

— Joseph, madame Luce demande de ne pas trop chauffer dans le grand salon.

— Oublie-t-elle que c'est l'hiver? regimba le serviteur. On entend siffler le vent dans les lucarnes en haut. Tu dois geler tout rond dans ta chambrette sous le toit.

— Ici, on est bien logé, Joseph! Je ne voudrais pas me voir dans les masures de la rue Sous-le-cap, d'un côté secouées par le vent du fleuve, et de l'autre toujours menacées de recevoir des pans de roc sur la tête.

Rose leva la tête, regarda dans le vague et rajouta: «Et avec une marmaille en plus!»

Joseph lui jeta un regard furtif et ne répondit pas. Il savait, lui, que Rose était née dans cette rue et y avait vécu jusqu'à seize ans. Quand il regardait cette belle grande fille blonde, aux gestes paisibles, avec son air «aristocrate» — terme favori des seigneuresses — il ne pouvait l'imaginer dans cette rue misérable. Si elle allait poser pour un sculpteur, ce qu'il avait su, c'était uniquement pour apporter un peu plus d'argent à son père.

Rose, de son côté, pensait que tant qu'elle serait ici, elle ne manquerait de rien. Même si les dames étaient un peu difficiles, surtout madame Luce-Gertrude, elle était bien traitée et bien rémunérée pour ses services. Sa chambre n'était pas si chaude, c'est vrai, et elle était petite, mais bien à elle. En plus, elle aimait travailler dans cette maison de pierre, tellement confortable.

Les fauteuils étaient tous capitonnés, rembourrés, ornés de passements de toutes sortes. Il y avait de grands miroirs devant lesquels Rose s'attardait en passant. Elle aimait frotter les tables et les boiseries jusqu'à ce qu'elles brillent comme du verre. Les bibelots la fascinaient. Elle les prenait souvent dans ses mains pour les admirer.

Mais à ses yeux, l'argenterie représentait le summum de la richesse. Deux ans auparavant, quand elle était entrée au service des seigneuresses, mademoiselle Louise-Angèle, de sa voix douce, lui avait expliqué l'usage de chaque pièce: celui des couteaux, des fourchettes et des cuillères, évidemment, mais aussi, des petites cuillères à sucre, des fourchettes miniatures à hors-d'œuvre, des couteaux à poisson. Comme si un seul de ces ustensiles n'était pas suffisant pour manger.

Et la porcelaine! Des assiettes blanches et bleues, des carafes roses, bordées d'une ligne d'or pur, des soupières, des plats à légumes, de mignons moutardiers, des pichets en porcelaine à bec de cuivre et des petits coquetiers peints de paysages dont ils se servaient ici pour manger leurs œufs. La jeune servante se plaisait au milieu de toutes ces belles choses.

La porte de la cuisine s'ouvrit soudain, laissant passer Arthur, qui rapportait le plateau à thé. Rose, stupéfaite, se précipita pour le lui enlever des mains:

— Mais vous n'auriez pas dû, monsieur Arthur!

— Et pourquoi donc, Rose?

— Ce n'est pas votre travail!

— Vous avez peur que je casse la précieuse porcelaine des

tantes, ou que j'écorche leur service en bel argent «sonnant-zé-trébuchant»?

— Voyons, monsieur Arthur!

— Ça ne se brise pas si facilement, vous savez, Rose! Quand Charles Ier, roi d'Angleterre, fut décapité par les bons soins d'un dénommé Cromwell, ceux qui possédaient de la vaisselle d'or et d'argent durent l'enfouir sous terre parce que ce mauvais vivant avait instauré un régime d'austérité. Régime plus sévère encore pour son cher peuple que pour lui-même, comme il se doit chez ceux qui règnent. Mais à l'avènement de Charles II, la belle vie reprit. On déterra la vaisselle et, hop! un petit coup de torchon et elle reluisit de nouveau comme avant.

Tout en parlant, Arthur regardait Rose. La scène de l'après-midi lui revint en mémoire dans toute son acuité. Comment s'était-il laissé aller à ce point! Et d'où lui était venu ce chagrin subi? Qu'est-ce qu'il lui avait pris tout à coup? Mais Rose n'avait pas eu l'air scandalisé, ni choqué, ni même gêné par son attitude pour le moins étonnante. Elle n'avait pas agi par réflexe de servitude, mais plutôt comme si cela allait de soi. Sans étonnement aucun, elle l'avait laissé faire... Troublé, il avait encore sur les lèvres le goût de ses seins chauds... et gardait autour de ses épaules, la douceur de ses bras!

Ignorant les pensées d'Arthur, la servante s'était remise tout naturellement à nettoyer ses légumes. Joseph continuait de fumer en silence, gardant ses impressions secrètement cachées derrière un masque d'impassibilité digne d'un Indien. Le poêle à deux ponts jetait une bonne chaleur. Un morceau de bœuf aux herbes mijotait sur le feu. Arthur se sentit envahi de bien-être. Il s'appuya au dossier du grand banc en poussant un long soupir de contentement. Assis près de Rose, et recevant comme par osmose cette paix qui émanait d'elle, il n'avait plus envie de bouger.

Soudain, on frappa à la porte. Rose alla ouvrir. Un prêtre se tenait debout sur le paillasson: «Bonjour, Rose, je peux entrer?»

— Mais oui, faites donc, monsieur le curé!

— Tu vas bien?

— Oui, merci.

Joseph, qui s'était levé à l'arrivée du prêtre, se retourna pour laisser Arthur le saluer avant lui, mais celui-ci avait bizarrement disparu.

— J'ai voulu entrer par la porte de devant, mais je me suis heurté à deux pieds de neige. As-tu abandonné la pelle, Joseph?

— Non, monsieur le curé, et n'ayez crainte, vous ressortirez par la grande porte, foi de Joseph. C'est qu'avec la bordée qu'on a eue ce matin, j'ai dû pelleter un chemin jusqu'en arrière pour qu'on puisse sortir la sleigh, au cas où monsieur Arthur en aurait eu besoin, mais il a préféré marcher.

— J'avais justement entendu parler de son retour et je venais le saluer. Je tiens aussi à saluer mesdames les seigneuresses. Voulez-vous m'amener près d'eux, Rose?

— Suivez-moi, monsieur le curé, je vais vous conduire dans le petit boudoir où les dames se tiennent en ce moment.

Rose, précédant le prêtre, frappa discrètement à la porte, l'ouvrit et s'effaça pour le laisser entrer.

— Monsieur le curé! annonça-t-elle d'un ton respectueux.

Les deux vieilles dames se levèrent en même temps et s'approchèrent pour lui donner la main.

— Bonjour mes très chères paroissiennes. Comment allez-vous?

— Assez bien, monsieur le curé. Et vous-même?

— À part un peu de rhumatisme, je me porte bien pour le temps. J'ai entendu dire que vous aviez de la belle visite?

— En effet, notre petit-neveu est arrivé cette semaine.

— Aurai-je le plaisir de le voir?

— Certainement, nous allons le faire venir. Luce-Gertrude tira sur le cordon de la sonnette, placé près de la porte!

Rose parut quelques secondes plus tard.

— Rose, veuillez avertir monsieur Arthur de nous rejoindre ici!

— Je vais voir s'il est dans la maison, madame Luce!

— Il ne doit pas être bien loin, il prenait le thé avec nous il y a encore quelques instants. Dites-lui que nous l'attendons.

— Bien, madame.

Le prêtre attendit que Rose se fut éloignée pour demander:

— Cette jeune servante vous donne-t-elle toujours satisfaction, mesdames?

— Pour une fille née dans une des maisons sordides de la rue Sous-le-cap, elle a appris assez vite les usages.

— Tu peux rajouter, Luce, que Rose est une enfant docile, très polie et pleine de gentillesse.

— Bien sûr! bien sûr! cela n'empêche pas qu'elle sort quand même de cette rue misérable.

— Tu en parles comme si c'était sa faute.

— Pauvre Louise! Tu exagères toujours! Ne me fais pas dire ce que je n'ai pas dit. Si nous gardons Rose ici, c'est assurément parce qu'elle fait l'affaire.

La porte s'ouvrit de nouveau, et Arthur, ignorant délibérément le visiteur, s'informa à la volée de l'urgence de la demande.

— Qu'y a-t-il, tantes?

— C'est moi qui ai tenu à vous saluer, jeune homme. Je suis le curé de votre paroisse, dit celui-ci, jovial.

— Vous voulez dire, sans doute, de la paroisse de mes grands-tantes.

— De la vôtre aussi, par la même occasion.

— Vous ne m'avez pas compris, monsieur. Personnellement, je ne me rattache à aucune paroisse.

— Arthur veut dire qu'étant nouvellement arrivé, il ne sait pas encore s'il habitera Québec ou Montréal, s'empressa de dire Louise-Angèle. N'est-ce pas, Arthur?

— Ah bon! parce que j'espère, jeune homme, que vous nous revenez au pays dans de meilleures dispositions?

Arthur sursauta intérieurement.

— Puis-je me permettre de vous demander ce que vous entendez par «meilleures», étant donné que ne m'ayant jamais vu, vous ne connaissez ni mes bonnes ni mes mauvaises, que je sache?

— Votre réputation a traversé la mer avant vous, monsieur!

— Tiens! tiens! Elle a volé de ses propres ailes! Sans doute poussée par le vent favorable de la calomnie? Est-ce trop présumer de penser cela?

— Arthur! l'intima Luce-Gertrude.

— Je constate malheureusement, chères seigneuresses, que votre neveu persiste dans son attitude insolente.

— Persiste? Encore là, où avez-vous remarqué, avant aujourd'hui, cette attitude que vous me prêtez?

— Vous l'avez eue, jeune homme, devant des défenseurs d'une noble cause!

Arthur se retint d'éclater de rire et c'est sur un ton suave qu'il s'informa:

— Ces... défenseurs auraient-ils par hasard un nom qui commence par la dernière lettre de l'alphabet, comme dans... zouave? Et des culottes qui bouffent de la taille aux chevilles pour se protéger d'un coup bas?

— Mais... Arthur! Les tantes s'étranglaient presque, pendant que le curé était rouge de colère.

— Porter ce costume vous aurait peut-être mis un peu de plomb dans la cervelle, jeune homme!

— Dans la cervelle! Vraiment! J'en douterais!

— Arthur! Dieu du ciel! Luce-Gertrude suffoquait.

Mais Arthur en eut assez de cette comédie.

— Il suffit! Si vous ne m'avez appelé que pour me laisser insulter par cet homme, permettez que je me retire, tantes!

— Mais oublies-tu que «cet homme», comme tu dis, est monsieur le curé? murmura Louise-Angèle, horrifiée.

— Et ce titre lui donne tous les droits y compris celui de me manquer de respect?

— Mais!... Tu inverses les rôles, Arthur! Es-tu en train de perdre la tête? Luce-Gertrude n'avait jamais été aussi humiliée.

— Pour quelle raison ne m'y attendrais-je pas quand celui-ci a droit à un respect sans borne et inconditionnel! Je ne comprends pas.

— Mais... tu le fais exprès, Arthur! murmura la petite tante, éplorée.

— Votre orgueil vous perdra, jeune homme! tonna le curé qui n'avait jamais encore rencontré autant d'effronterie.

— Eh bien! tant pis pour moi qui aurai refusé de suivre l'exemple de votre grande humilité... monsieur! Et maintenant, j'ai sûrement la permission de me retirer!

Il s'inclina légèrement, et avant que l'un de ses trois interlocuteurs n'ait pu réagir, la porte se refermait doucement sur un Arthur hilare, dont on entendit le rire décroître pendant qu'il s'éloignait. Il déboucha dans la cuisine, riant toujours. Rose le regarda l'air interrogateur.

— Ah! Rose! je ne croyais pas si bien m'amuser!

— C'est monsieur le curé qui vous fait tant rire?

— Justement! Mais si je ris de bon cœur, les tantes, elles, doivent rire jaune, en ce moment! Et Arthur riait de plus belle.

Rose, pour sa part, commençant à percer le caractère frondeur d'Arthur, se demandait, avec un peu d'inquiétude, ce qui lui causait une si grande hilarité.

— Comme je suis attendu chez Victoria pour souper, vous m'excuserez auprès des tantes, Rose. Inutile de m'exposer à leurs foudres. Je les verrai demain, avant mon départ.

— Vous repartez déjà demain, monsieur Arthur?

— Je vous trouve très gentille, Rose, et n'était que de vous, je resterais plus longtemps ici, mais l'atmosphère étriquée des tantes me gêne aux entournures et m'étouffe.

— Ce ne sont pas de mauvaises personnes, monsieur Arthur!

— Non! Elles ne font que m'empêcher de vivre!

— Mais elles vous aiment bien, j'en suis sûre!

— Voyez-vous Rose, avec ce genre de personnes, on dit toujours cela, on les laisse faire et rien ne change! Neuf dixièmes des gens tremblent devant le dixième qui reste et qui les regarde de haut. Et de quel droit? Mais, bon sang! en France, on a coupé toutes les têtes qui dépassaient et on les a jetées dans les paniers de cuir.

— Mais... c'était en France! Et il y a longtemps!

— Mais ça recommence! On a beau faire, c'est une manie! L'élite ou ceux qui se prennent pour telle écrase les autres de toutes les façons. Mais la pire façon, c'est en les abusant! En leur faisant croire qu'il y a des puissants et des impuissants, des maîtres et des esclaves, des supérieurs et des inférieurs, pour la bonne raison que c'est dans l'ordre des choses, parce que Dieu le veut ainsi. Et qui peut se permettre d'être contre Dieu, n'est-ce pas? termina-t-il, la voix pleine de colère.

Arthur se promenait de long en large dans la grande cuisine en frappant du poing dans sa main.

Il finit par s'arrêter devant la jeune servante, surprise de cette violence: «Mais je me battrai, Rose! Je dirai les choses comme elles sont! Je les dénoncerai! Je ne les contournerai pas, ni ne les camouflerai pour sauver les apparences ou garder mon prestige, ni même pour faire plaisir! Je vous jure que je me battrai!»

Rose éleva la main pour l'apaiser, Arthur s'en saisit et la pressa dans les siennes. La servante lui jeta un tel regard de douceur qu'Arthur eut envie de se réfugier encore une fois dans ses bras, mais il se retint. Il la regarda longuement, puis lui murmura «Adieu Rose!» et il sortit.

II

Que la civilisation soit l'œuvre du temps,
c'est possible, mais je ne vois pas pourquoi
les hommes ne s'en mêleraient aussi un peu.

ARTHUR BUIES

Dans un long sifflement, le train entra à la gare Bona-venture. Dehors, une dizaine de carrioles alignées les unes derrière les autres attendaient patiemment les voyageurs. Arthur sortit et se dirigea vers l'une d'elles. Le cocher descendit, le salua d'un air jovial et hissa ses malles dans l'espace à bagages.

Quelques minutes plus tard, installé confortablement, les genoux recouverts d'une peau de buffle, il se laissait amener dans les rues enneigées de Montréal. Il s'informa auprès du cocher d'un bon hôtel pour y passer quelques jours.

— Vous avez le choix, monsieur. Tout dépend de vos goûts et de vos moyens.

— Dites toujours!

— Vous avez l'hôtel Québec, moyen en tout, l'hôtel de l'Industrie et l'Auberge du Canada, assez confortables, l'hôtel Richelieu, renommé pour sa bonne cuisine française. Il y aussi l'hôtel Rasco, un peu plus cher. Tous ceux-là se trouvent rue Saint-Paul. Si vous voulez du luxe, essayez le nouveau, le St-Lawrence Hall. Derrière tous ces hôtels, c'est le fleuve!

Pendant que le cocher parlait, Arthur retrouvait Montréal avec plaisir. Malgré de nouveaux édifices, construits après son départ, quelques très belles maisons victoriennes, deux ou trois rues bordées de maisons en terrasses, comme il en avait vues à Londres, la ville lui semblait petite et les rues très étroites, encore qu'à Québec, elles l'étaient davantage.

À l'évidence, ce n'était pas Paris ici non plus. Les préfets haussmanniens étaient rares, et encore plus rares les princes-présidents, pour leur donner carte blanche.

Ici, on semblait vivre au ralenti, et l'hiver, comme partout ailleurs dans le pays, n'avait pas perdu sa vieille habitude d'empirer les choses.

Le conducteur parlait toujours... «Vous voyez c't'encombrement? Ça revient régulièrement, tous les mardis et tous les vendredis.»

— Que se passe-t-il donc ces jours-là? s'informa distraitement Arthur, qui ne faisait que soutenir la conversation.

— Jours de marché, monsieur! Vous avez le marché Sainte-Anne dans la rue des Enfants-Trouvés, le Marché neuf à la place Jacques-Cartier, en plus du marché Bonsecours. À 4 h du matin, les rues se remplissent du bruit des marchands; les clients arrivent une heure plus tard. Ça crie, ça rit sans discontinuer jusqu'après dîner. Nous autres, on est habitué, mais j'aime mieux vous prévenir au cas où vous auriez l'oreille fine, parce que n'oubliez pas que tous les hôtels ou presque que je vous ai nommés sont situés près des marchés... Wo!... Wo!... Regardez-moi toutes ces maudites voitures qui débouchent de partout! Les chevaux sont nerveux... Mais ça donne rien de s'impatienter, hein, on n'arrive pas plus vite! À propos, vous m'avez pas encore dit à quel hôtel vous vouliez descendre?

— Je penche pour l'hôtel Richelieu, puisque vous semblez dire un grand bien de sa cuisine française.

— Alors, va pour l'hôtel Richelieu!

Dès son entrée dans le hall, l'ambiance plut à Arthur. Une bonne chaleur se dégageait d'un gros poêle en fonte, enjolivé de nickel et de faïence bleue. Les chaises berçantes, placées en demi-cercle et capitonnées de coussins colorés, donnaient une impression de confort.

La porte ouverte sur la salle à manger laissait entrevoir des tables rondes recouvertes de nappes blanches. Des lustres brillants faisaient reluire le bois poli d'un énorme vaisselier de hêtre roux s'harmonisant avec les petites fleurs bleues et blanches du papier peint sur lequel il s'appuyait. Un murmure de voix feutrées assourdissait le choc cristallin des verres et de la porcelaine.

Un gros homme à l'air affable vint au-devant de lui.

— Bonjour, monsieur! c'est pour une chambre ou un repas?

— Les deux, si vous n'y voyez pas d'inconvénient.

— Au contraire, je n'y vois que des avantages, dit-il en riant. Je suis le propriétaire, J. A. R. Beliveau! et il tendit une main accueillante au voyageur.

— Arthur Buies!

— Monsieur Buies, vous êtes ici chez vous!

— Je vous remercie, monsieur. Quelqu'un peut-il s'occuper de mes malles?

— Mais oui, mais oui! Il donna l'ordre à un garçon d'aller les chercher dans la carriole.

Pendant ce temps, il invita Arthur à inscrire son nom dans le registre de l'hôtel. Il lui remit la clef de sa chambre. Le garçon revenait avec les bagages.

— Vous venez de loin? dit l'aubergiste en remarquant les nombreuses étiquettes collées sur les valises. Vous êtes Américain?

— Non. J'ai fait une escale seulement à New York. En réalité, je reviens de France.

— De France? Ah oui! ça s'entend à l'accent! Comme ça, vous êtes Français?

— Encore là! non, monsieur! même si j'ai fait un long séjour là-bas, je suis Canadien, comme vous.

— Natif de Québec, alors?

— Je vis à Québec, mais je suis né à Montréal.

— Eh bien! monsieur, j'aurai perdu sur toute la ligne! Je n'ai pas parié, heureusement, mais j'ai bien envie de vous offrir votre souper.

— Mais vous n'y êtes nullement obligé!

— C'est la maison qui vous l'offre.

— En ce cas, j'accepte avec grand plaisir. D'autant plus qu'on dit votre cuisine excellente. C'est d'ailleurs ce qui m'a amené ici.

— Vous ne serez pas déçu, monsieur Buies, foi d'aubergiste. On va monter vos malles dans votre chambre. Prenez le temps de vous installer.

En entrant dans sa chambre, Arthur se dirigea directement vers la fenêtre. La vitre était complètement givrée; il gratta une partie assez grande pour apercevoir un peu du fleuve gelé, des quais arrondis de neige, des embarcations de toutes grandeurs hissées sur la berge, des toits de hangars, de magasins, quelques toits de maisons et des clochers. Combien de clochers? Juste dans son petit tour d'horizon, il en comptait au moins une dizaine! Il reconnaissait une église, entre autres, l'église Notre-Dame. Somptueuse, d'après les Canadiens français. Après avoir vu plusieurs cathédrales d'Europe, toutes les églises d'ici lui paraissaient des chapelles, malgré que celle-ci, il lui fallait l'admettre, était assez imposante.

C'était beaucoup d'églises pour une petite ville comme Montréal, se dit Arthur. Et encore, il n'en voyait qu'une partie. Les grands-tantes avaient-elles raison de le mettre en garde contre ce clergé si bien établi? Il décida de réfléchir plus tard à la question, il avait trop faim pour le moment. Il fit sa toilette et descendit à la salle à manger.

Les tables étaient presque toutes occupées de clients gais et bavards. Le propriétaire vint de nouveau au-devant de lui: «Monsieur Buies, préférez-vous manger en solitaire ou en compagnie?»

— Je préfère de beaucoup manger en compagnie, si c'est possible.

— Il n'y a rien de plus simple. Vous voyez ces hommes attablés dans le coin droit? Ce sont des intellectuels; ils font partie de l'Institut canadien. Je ne sais si ça vous dit quelque chose. C'est un groupe de libéraux, disons... plus rouges qu'il n'est permis, selon certains. Ils viennent ici, presque tous les soirs. Vous plairait-il de vous joindre à eux?

— Cette fois, monsieur, vous tombez dans le mille, répondit Arthur, rayonnant. Si vous en aviez fait un pari, vous l'auriez gagné. Je devrais peut-être payer mon repas, en contrepartie, lui offrit-il, reconnaissant de ce bienheureux hasard.

— Non, monsieur Buies. Ce qui est promis est promis. Maintenant, venez que je vous présente.

— M'accepteront-ils de bonne grâce? Je ne voudrais pas être importun!

— Allons leur demander.

Arthur suivit le gros homme. Il avançait entre les tables, s'informant à gauche et à droite:

— C'est à votre goût, madame Dubreuil?

— Excellent, monsieur Beliveau!

— Et ce bordeaux, capitaine?

— Un vrai nectar! répondit celui-ci la bouche pleine.

— Eh bien, tant mieux! Bon appétit! Il arriva enfin devant la table en question.

Sept hommes, jeunes pour la plupart, mangeaient avec appétit tout en discutant ferme. Apercevant l'aubergiste, accompagné d'un jeune inconnu, ils se turent, intrigués.

— Je vous amène quelqu'un tout frais débarqué de New York, enfin... de France. L'acceptez-vous à votre table?

Ils repoussèrent leurs chaises et se levèrent: «Nous en sommes très heureux, répondirent-ils, aimablement.

— Je vous remercie messieurs. Je vous présente donc monsieur Arthur Buies!

Chacun lui tendit la main et se présenta: Alphonse Geoffrion, Gonsalves Doutre, Rodolphe Laflamme, Wilfrid Laurier, Alphonse Lusignan, Oscar Perrault, Oscar Archambault. Tous avocats, possédant une étude ou enseignant le droit à l'Université McGill.

— Je reviens d'un long séjour en France. Vous me voyez très heureux, messieurs, de vous rencontrer dès ce soir!

— Vous connaissez sans doute l'Institut impérial de France, auquel nous sommes affiliés? s'enquit Alphonse Geoffrion.

— C'est par un de ses membres, en effet, que j'ai entendu parler de l'Institut canadien, et je serais très intéressé à en connaître davantage.

— Vous aurez tout le loisir de vous renseigner auprès d'eux, monsieur Buies, mais avant, il vous faut commander votre repas! annonça l'aubergiste.

— Monsieur Beliveau ne laisse jamais languir ses clients bien longtemps, comme vous voyez, dit l'un d'eux.

— Alors, monsieur Buies, êtes-vous prêt à goûter ma cuisine?

— Je me sens en appétit! Que m'offrez-vous?

— Que diriez-vous... d'un veau en crotte d'âne roulé à la Neuville, nappé d'une sauce au singe vert?... Ou encore de poulets en chauve-souris... flottant dans une sauce au bleu céleste?

Incrédule devant l'énumération de ces mets à résonnance pour le moins exotique, mais qui lui rappelaient vaguement quelque chose, Arthur jeta un regard d'étonnement sur ses compagnons de table pour apercevoir à temps leur sourire mal dissimulé. M. Beliveau devait donc jouer ce tour à tout nouveau client.

Arthur hésitait mais dans un éclair, l'origine de ce menu lui revint en mémoire.

— Monsieur Beliveau! Quel honneur vous me faites en m'offrant des mets que l'on dégustait dans *les soupers de la Cour*!

— Est pris qui voulait prendre! fit le gros aubergiste d'un ton admiratif. Monsieur, vous êtes très fort! Vous gagnez encore une fois. Je me vois donc dans l'obligation morale de vous offrir la bouteille qui accompagnera votre repas.

— Je n'oserai plus ouvrir la bouche de crainte de vous acculer à la faillite, répondit Arthur en riant. Mais je l'accepte volontiers, pour la partager avec mes compagnons, qui ont eu la courtoisie de m'accueillir à leur table.

— L'honneur est pour nous, monsieur Buies, lui répondit-on.

— Je vous remercie, messieurs!

— Je vous apporte un champagne bien frais que l'on garde pour les grandes occasions, dit joyeusement l'aubergiste. Mais avant, monsieur Buies, voici le menu de ce soir, le vrai, ajouta-t-il, l'œil malicieux: potage à l'oseille, mousseline de ris de veau, perdrix au chou, côte de bœuf Richelieu, pomme de terre duchesse, endives braisées, fromage glacé à la fleur d'oranger. Et pour dessert, une tarte aux prunes sauvages. Qu'en dites-vous?

— Il m'en dit plus que le premier menu, monsieur, et avant que vous passiez à un troisième, je le retiens comme choix défi-nitif. M. Beliveau s'éloigna en riant. Son flair lui faisait pressentir un futur habitué dans ce nouveau client de ce soir.

Quelques moments plus tard, on trinquait comme de vieux amis à la table des huit.

— Pouvons-nous savoir ce que vous faisiez en France, monsieur Buies?

— J'apprenais par cœur *Le triomphe de la démocratie* du comte de Tocqueville, messieurs.

— Il est critiqué ici!

— Vraiment?... J'étudiais également Taine: «La nature, c'est la chimiste éternelle, plus belle que la femme, qui déploie perpétuellement Dieu, sous nos yeux.»

— Celui-là est condamné!

— Condamné? Eh bien!... Je m'amusais à lire *Le charivari* de Rochefort, qui s'insurge contre la censure de Napoléon III muse-lant encore trop la liberté d'expression du peuple. Il passerait mal ici...

— En effet, il ne passerait pas du tout!

— Ma parole! Et les progrès de la science que je découvrais dans la théorie de l'évolutionnisme, qui remet en cause les idées traditionnelles sur les espèces animales et sur l'homme?

— Théorie rejetée comme grave atteinte aux bases mêmes de l'enseignement de l'Église! Qu'appreniez-vous d'autre, monsieur Buies?

— Je réfléchissais à la pensée de Renan, qui dit que «toutes les religions sont fausses et que seul le sentiment religieux est vrai qui nous fait ressentir le divin partout et trouver Dieu nulle part.» Quelle trouvaille!

— À elle seule, cette réflexion vous mériterait l'excommunication!

— Sans blague! Et que dit-on de Le Verrier, qui a découvert Neptune? Et de Fontenelle, qui rêve d'une façon d'aller sur la Lune?

— L'ordre du firmament est immuable! Le dénier est un blasphème aux yeux de l'Église! Voilà ce qu'on en dit!

— Juste ciel! Mais où sommes-nous? Là-bas, on désavoue fortement la puissance temporelle du pape, qui ressemble comme un jumeau au Mammon récrié par son chef, Jésus-Christ.

— Ici, vous pensez bien, on la défend farouchement!

— Et quoi encore? Connaît-on Hugo, ce grand écrivain qui prône l'exaltante idée de la liberté de l'enseignement et du droit du peuple à des écoles gratuites et laïques?

— Ici, toutes les écoles primaires, secondaires et supérieures sont dirigées par le clergé, comme c'était le cas d'ailleurs quand vous avez quitté le Canada.

— C'est juste. Mais à vivre librement plusieurs années en dehors de son pays, on en oublie vite ses contraintes.

— Oui, ça se comprend!

— Et que faisiez-vous d'autre? me direz-vous. En France, messieurs, je m'appropriais l'esprit de mes ancêtres, l'esprit gaulois qui est fait de sarcasmes lancés contre toute autorité abusive! L'esprit libertin qui refuse toute morale impitoyable, intransigeante et aveugle! Dans ce pays, je n'avais ni dieu ni maître!

— Ici, comme les Canadiens français ne peuvent se réfugier chez les Anglais protestants, pas plus qu'en pleine forêt avec les Indiens, ils sont condamnés à vivre entre eux, dans cette province où même l'air qu'ils respirent est clérical. Ils sont pris au piège de la soumission totale au clergé. S'en défendre, comme s'en soustraire, les condamne tout autant.

— À Paris, je respirais un souffle vivifiant de liberté. À entendre vos sombres commentaires, je me demande si je n'aurais pas mieux fait d'y rester!

— À moins de vous battre, comme on ne cesse de le faire. Mais l'ennemi est tellement puissant qu'un essoufflement commence à se faire sentir parmi nous. Le savoir est fait pour être diffusé, mais si les moyens nous sont coupés l'un après l'autre, nous deviendrons impuissants et notre œuvre s'éteindra. Combien de temps tiendrons-nous encore! C'est avec l'acharnement d'un certain désespoir que nous défendons encore nos buts.

— En France, le clergé file doux depuis la Révolution, même si les Napoléon l'ont remis à la mode pour servir leurs intérêts.

— Ici, c'est toujours le maître après Dieu! C'est le maître à la place de Dieu! De cet archange qu'il était après la Conquête, il est devenu un céphalopode, une pieuvre monstrueuse qui étend ses innombrables tentacules partout où elle trouve la moindre prise. Ce poulpe boulimique avale toute la liberté du peuple canadien-français, et l'étouffe en lui faisant croire que c'est la seule façon dont Dieu veut qu'il vive, s'emporta Gonsalves Lusignan.

— Essayez-vous de m'épouvanter en me décrivant l'horreur de cette bête fabuleuse? fit Arthur en riant.

— Ce n'est pas une fable, monsieur Buies, peu s'en faut! C'est une bête qui porte un nom: l'ultramontanisme, dit Alphonse Geoffrion.

— Ah ça! Mais cette bête est connue en France et on l'a matée! Ou vous la repoussez ou vous l'ignorez! N'est-ce pas possible de faire l'un ou l'autre, ici?

— Aussi incroyable que cela puisse vous paraître, cette bête omniprésente est en même temps inaccessible, donc, par le fait même, invulnérable.

— Comment a-t-elle pu prendre autant d'ampleur sans que personne ne pense à la juguler?

— Laissez-nous vous faire un rappel de la montée de la puissance du clergé au Canada.

Chacun y alla de son explication, non sans véhémence.

— Cela s'explique, en partie du moins, par le fait que, de la Conquête au temps des Patriotes, les Anglais ont toléré la présence des prêtres catholiques déjà sur place, mais refusé d'en faire venir d'autres de France. Donc, avec les années, leur nombre diminua et le peuple réclama qu'ils soient remplacés, selon la promesse qu'on leur avait faite. Les Anglais finirent par accepter de laisser venir quelques membres du clergé français qui avaient échappé aux tortures de la Terreur et demandaient asile au Canada.

— Mais dans le seul but de leur faire raconter les horreurs de la guerre civile pour flétrir aux yeux des Canadiens français l'image de leur mère patrie et les en détacher à tout jamais.

— Ce qui fait que, pendant des décennies, notre peuple a été dirigé par un clergé restreint et éparpillé, qui ne pouvait apporter régulièrement et à tout le monde «les secours» — si justement nommés en l'occurrence — de la religion. Alors, pendant cette période qui a suivi la Conquête, les Canadiens français, à peu près livrés à eux-mêmes, reprirent les mœurs assez libres du temps de Louis XIV.

— Chassez le naturel, il revient au galop, fit Arthur, avec ironie.

— Eh bien! cette nouvelle joie de vivre n'a pas plu à Sa Grandeur qui, dès le premier jour de sa nomination à Montréal, lança toute une série de mises en garde contre la liberté de ces mœurs jugées par elle démoniaques. Le relâchement de la religion catholique s'étant étendu dans toute l'Europe, le Canada, selon le désir du pape, devait compenser en ferveur. Le souverain pontife s'appuyait sur le fait que ce pays avait eu pour mission d'évangéliser ces demi-hommes sans loi et sans dieu, ces sauvages païens!!! Ce devait être son seul et noble but et les Blancs l'avaient oublié. On ne permettrait donc plus qu'ils se laissent aller plus longtemps. Ils devaient donner l'exemple.

— Alors, on se remit à évangéliser toutes les tribus indiennes et on fit preuve d'un aussi grand zèle avec les Canadiens français, comme si eux aussi devaient réapprendre l'abécédaire religieux.

— C'est ainsi qu'ayant carte blanche, Sa Grandeur l'évêque de Montréal devint ambitieux, fanatique et plus romain que

Rome. Abusant d'une autorité irréfragable et se dotant d'un pouvoir inamissible, il multiplia les collèges, les couvents, les hôpitaux, les asiles et les orphelinats — ce qui n'était pas un mal en soi — recruta partout le personnel religieux pour ces institutions, imposa ses règlements. ET RÉGNA!

— Fier de son œuvre et conscient de son ascendant sur toute cette gent religieuse et sur le peuple, il finit par tout dominer, mais absolument tout: l'enseignement à tous les niveaux, la littérature, la politique, la presse et les consciences.

— Il n'y a que le climat qui lui échappe, et encore, quand la pluie s'éternise, on se demande s'il ne la fait pas durer pour châtier les rares qui ne lui sont pas encore soumis, ironisa Oscar Archambault.

— Et le pire, vous ne le croirez pas.

— Parce qu'il y a pire... railla Arthur.

— Voyez vous-même: des touristes viennent de partout pour observer ce phénomène!

— Pour Sa Grandeur?

— Non! pour voir la province de Québec «dominée» par Sa Grandeur! C'est une situation unique au monde, à ce qu'il paraît.

— Eh quoi! Il ne se trouve vraiment personne pour s'opposer à cette odieuse autocratie?

— Notre Institut lui tient encore tête, mais pour combien de temps? Depuis 1858, un autre organisme, se prévalant du nom d'Institut canadien-français, marche sur nos brisées. Il est situé rue Notre-Dame, juste en face de nous.

— Comment cela?

— Le clergé voulait que nous retirions de notre bibliothèque de plus de 7000 volumes tous les livres condamnés par la Congrégation de l'Index. En cas de refus, il exhortait nos membres à quitter l'Institut.

— Et alors?

— Nous avons refusé, évidemment! mais au moins cent cinquante membres, menacés de sentences par le clergé, ont rendu leur carte.

— Pour ce qui est de nous, il est revenu à la charge en nous rappelant que de s'obstiner à désobéir, c'était violer un des articles du concile de Trente et encourir l'excommunication.

— Nous avons persisté dans notre refus jusqu'à tout dernièrement. Nous lui avons alors soumis la liste de nos livres en lui demandant de radier ceux qui ne lui convenaient pas.

— Je suppose qu'il a rayé le tout? conclut ironiquement Arthur.

— Pire. Il n'a même pas daigné répondre. Nous ne pouvons renier la raison d'être de notre Institut, qui est de favoriser la liberté de savoir. Notre Institut se veut toujours libre de divulguer toute l'information susceptible de renseigner nos lecteurs sur ce qui se passe dans le monde entier.

— Vos membres ne semblent pas aussi convaincus que vous, qu'ils vous délaissent à la moindre menace!

— C'est la peur de l'excommunication qui les fait fuir. Ils ont beau être membres de notre Institut, ce sont toujours des catholiques. Et vous devez être au courant, monsieur Buies, des conséquences d'une excommunication: interdiction d'assister à toutes les fêtes religieuses, quand on sait qu'il y en a au moins cent soixante obligatoires dans l'année, sans compter les dimanches. Pour une petite communauté comme la nôtre, c'est autant de rencontres perdues.

— Et non seulement sont-ils rejetés par l'Église, mais ils le sont aussi par les autres catholiques qui les voient comme des pestiférés. On leur refuse en plus tout accès aux sacrements et tout secours spirituel, quel qu'il soit. Non satisfait de ne plus les bénir, on les maudit. Et quand on leur affirme qu'ils sont à jamais séparés de Dieu, ils ressentent un isolement tel qu'ils préfèrent encore la soumission au clergé à leur nouvelle autonomie.

— Cette foi irraisonnée dans cette Église despote me semble invraisemblable!

— C'est à l'Institut canadien-français que je me suis inscrit en arrivant à Montréal, leur avoua soudain Wilfrid Laurier.

— Et pourquoi n'y êtes-vous pas resté? demanda Arthur, curieux.

— Parce que ma conviction est que les sujets qui refusent l'obéissance à l'autorité quand elle est juste et équitable pèchent contre la doctrine de l'Église. De même l'autorité qui exige l'obéissance quand elle est arbitraire, injuste ou inique, tyrannique même, pèche aussi contre la doctrine de l'Église, et n'a pas droit à l'obéissance du sujet, et le sujet a droit de la lui refuser. Là, je n'y ai pas vu ce respect de la liberté et je suis venu ici.

— Mais c'est un vrai plaidoyer contre le clergé que votre déclaration! s'exclama Arthur en riant.

— Plutôt contre l'autorité abusive. Ce sera toujours ma conviction. Mais je constate, comme mes confrères, que les convictions, si fermes soient-elles, n'assurent pas la pérennité de notre Institut, que le clergé cherche à abattre.

— Je ne mets pas votre parole en doute, messieurs, mais j'ai peine à croire que l'Institut canadien ne possède pas la capacité de le déjouer? s'entêtait Arthur, toujours incrédule.

— Nous possédons, monsieur Buies, une bibliothèque unique au Canada, dit fièrement Gonsalves Doutre. Notre salle de lecture reçoit une centaine des plus importants journaux du monde. Nous avons encore plus de quatre cent cinquante membres, parmi lesquels on retrouve plus d'intellectuels que dans tout le pays: jeunes, ardents, projetant une pensée large, libératrice des fausses peurs limitatives, sclérose des consciences. Nous comptons des pionniers comme Louis-Joseph Papineau, Dessaulles et Côté.

— Le recours aux armes des Patriotes ayant mené les uns à la potence, les autres à la déportation, nous, de l'Institut canadien, avons choisi l'instruction comme moyen le plus juste, le moins meurtrier et le plus efficace pour défendre les droits des Canadiens français.

— Ça me paraît l'instrument idéal, en effet.

— Oui! mais on ne peut contourner le clergé qui, brandissant les spectres «infernaux et vicieux» de la liberté, nous pointe maintenant du doigt et alerte les Canadiens français dès que nous prononçons une parole ou que nous imprimons une ligne. Nous sommes devenus l'exemple à éviter, la menace à fuir, le

démon à abattre. Et c'est sous le feu d'une croisade acharnée
qu'il se dresse sans relâche contre nous.

— Nous, «les anticléricaux»! comme il nous accuse.

— J'en suis! s'exclama Arthur en levant son verre.

— Nous, «les rouges sataniques»! comme il nous accuse
encore.

— J'en fais partie dès maintenant! continua Arthur en
vidant son verre d'un trait!

— Nous, «les anticonformistes»!

— Je l'ai toujours été!

— Nous! les défenseurs de la liberté qu'il taxe de «pernicieuse, subversive et diabolique», et c'est là leur plus grande
accusation.

— C'est ma mission! clama Arthur d'une voix forte en se
levant cette fois!

Tous éclatèrent de rire devant les affirmations de leur nouvel
ami!

— Vous venez de faire votre profession de foi envers notre
Institut, Arthur Buies, dit Alphonse Geoffrion, riant encore.

— Et je vous fais le serment que je ne changerai point,
dussé-je me retrouver seul, les mains nues, en face de Sa
Grandeur!

— Ce jour est encore loin! Parce que si Sa Grandeur se bat,
c'est dans les coulisses, jamais devant ses adversaires.

— Je me sens prêt à l'attaque! Je le poursuivrai jusque dans
ses derniers retranchements! affirma Arthur, avec la fougue d'un
d'Artagnan.

— Vous ne le trouverez pas!

— J'en appellerai au peuple, s'il le faut.

— Il ne vous suivra pas!

— Et pourquoi pas?

— Parce qu'il a peur du feu! répondit laconiquement
Rodolphe Laflamme.

Arthur le regarda déconcerté et se rassit.

— Du feu?

— De cet enfer dont on les menace constamment, ils ont

contracté une «sainte» horreur du feu. Et on leur dit que tout ce qui parle de liberté peut les y jeter.

— Alors, au jour d'aujourd'hui, au Canada français, on se terre, on se tasse, on se tait et on prie, pendant que les Anglais, les Écossais, les Irlandais, travaillent et construisent ce pays à leur goût. Ils y creusent des canaux, tracent des chemins de fer, construisent des navires, se bâtissent des châteaux et remplissent les banques. Ils redessinent le pays sous notre nez. Et les Canadiens français n'y participent même pas, trop occupés qu'ils sont à édifier leur ciel hypothétique!

— Évidemment, on ne peut être au four et au moulin, railla Arthur.

— Voilà, monsieur Buies, la situation humiliante de vos compatriotes en cette année de 1862, conclut Alphonse Lusignan, amer.

— Mais il faut les brasser! les secouer! les réveiller, que diable! s'emporta Arthur, excédé.

— Trop tard! Les Canadiens français sont désabusés. On a beau leur parler de la liberté des citoyens de France. Ils y croiraient s'ils le pouvaient encore. Mais qui dit vrai? se disent-ils. On est loin de la mère patrie, et après tout, ici, on n'est pas si mal. Pas si libres non plus! Mais enfin, à quel saint se vouer? Et la solution est simple pour eux: à tous les saints qu'ils prient depuis le début de la colonie, avec ce clergé fidèle qui ne les a jamais abandonnés, lui.

— Et un peu plus soumis, ils se réfugient encore et toujours sous l'aile devenue indispensable de ce puissant protecteur. Ils ont trouvé la solution la plus facile et il faudrait une fameuse bourrasque pour secouer leur inertie, conclut Oscar Perrault.

— C'est inouï! s'exclamait Arthur, littéralement dépassé par ce sombre tableau.

— Que voulez-vous? ces descendants des colons de Louis XIV ont besoin d'obéir à un roi. Comme la reine de cette lointaine et étrangère Angleterre n'en est pas une pour eux, ils ont choisi le clergé qu'ils laissent régner en roi et maître, et en qui ils ont abdiqué leur volonté en toute sécurité.

— N'ordonne-t-il pas au nom de Dieu? Et depuis qu'ils ont perdu leur roi, les Canadiens français ne connaissent rien de plus fort que la «volonté de Dieu», qu'ils confondent avec celle du clergé. C'est cette vue de l'esprit qui rend possible la soumission aveugle des Canadiens français.

— Et qui en fait des hommes bigots, des femmes pudibondes et des enfants timorés, laissa tomber Alphonse Lusignan, méprisant. Tout ce beau monde catholique vit dans la constante peur du péché mortel: cause malsaine guidant tous leurs gestes et toutes leurs paroles. Ils fuient comme poison tout ce qui n'a pas odeur de cierge et d'encens.

— Eh bien! je vous sais infiniment gré de me renseigner sur cette belle race dégénérée qui est la mienne, fit Arthur un peu écœuré. Moi qui pensais y trouver femme!

— Ah! pour ça, vous trouverez, Arthur! Il y en a quantité de belles qui rivalisent de charmes. Mais vous ne pourrez que les regarder, à moins de les marier. Elles sont intouchables!

— Au début des fréquentations, peut-être? espéra Arthur.

— Elles restent froides devant la plus grande ardeur, on vous l'assure!

— Je ne vous crois pas! Comme les autres, elles doivent fondre devant le feu des aveux?

— Elles ont toutes peur du feu, on vous l'a dit!

— Ah ça! quelles andouilles! s'exclama le jeune homme dépité. Mais se reprenant: alors, aimons les Anglaises! Elles n'ont pas la phobie du feu, au moins, celles-là?

— Les Anglaises n'ont peur de rien, mais elles restent de glace. C'est dans leur tempérament!

— Et les Irlandaises, alors?

— Beaucoup plus ardentes, en effet! Si vous êtes un fervent catholique.

— Il vous reste les Écossaises, essayez de ce côté peut-être!

— Parbleu! J'ai rompu avec les Écossais, ce n'est pas pour renouer avec les Écossaises!

En voyant Arthur réellement démonté par leurs remarques, les sept n'en continuaient pas moins de le taquiner.

— Alors, la solution est simple, Arthur, restez célibataire! Pour ce qui est de la tendresse, on trouve toujours des bras chauds et assez habiles pour glisser entre les mailles du filet du clergé.

— Dieu! Quand serons-nous délivré de cette engeance! s'exclama Arthur. Messieurs, vous serez d'accord avec moi pour dire que nulle part au monde, on ne se serait laissé enfermer dans un tel carcan si on avait eu la chance d'échouer dans un pays neuf, où tout porte à la créativité et à la liberté.

— Cette triste réalité vous paraît d'autant plus invraisemblable que vous arrivez d'un pays qui a gagné sa liberté.

— En effet, la Révolution française, malgré les excès inévitables qu'elle a pu engendrer, a donné le droit au peuple. Un peuple qui s'est défendu parce qu'il mourait de faim et qui se battra toujours si on lui enlève encore le pain de la bouche.

— Si ventre affamé n'a pas d'oreilles, ici, on mange encore, monsieur Buies. On n'a donc aucune raison de cesser d'écouter!

— Dire qu'en Europe, les pays cherchent à effacer de leur mémoire le souvenir encore oppressant des bûchers! Et comprenez, messieurs, que ce n'est pas la foi en Dieu qui a disparu, mais la confiance en ses ministres qui tuent la liberté en Son Nom.

— En effet, monsieur Buies! Voyez en Italie où on a vu l'armée républicaine de Garibaldi oser enfoncer l'armée du pape à Castelfidardo pour se rendre à Naples.

— Mais... nous ne voyions pas d'autres voies à prendre!

— Nous? Ne nous dites pas que vous y étiez?

— J'y étais, en effet!

— Vraiment?

— Assurément!

— Parmi les zouaves?

— Ah non! Leur costume ne me seyait pas. J'ai préféré la «chemise rouge».

— A beau mentir qui vient de loin, dit Alphonse Geoffrion en riant. Devons-nous croire que vous êtes l'un des Mille à avoir réuni les Deux-Siciles?

— J'en suis un témoin vivant, messieurs, et entraîné par cette ardeur garibaldienne, après les Deux-Siciles, ce fut les Siciliennes!

M. Beliveau jeta un coup d'œil du côté de «ses rouges» et se félicita de son initiative en les voyant rire à gorge déployée. D'habitude, ils discutaient presque sans relâche, et même s'ils faisaient honneur à sa table et à son vin, leur ton demeurait grave et leur expression, sérieuse. Mais le nouveau client semblait pour le moins décontracté et il les amusait. Tant mieux. Justement, on lui faisait signe.

— Monsieur Beliveau, apportez-nous un bon vieux bordeaux. Nous avons un toast à porter à un grand héros de la guerre... sicilienne!

Celui-ci, en apportant le vin, fit un clin d'œil aux autres: «J'avais cru comprendre que monsieur Buies revenait de France!... mais il revient aussi d'Italie? Alors, ce fameux Garibaldi, vous l'avez vu de près?»

— Comme je vous vois, monsieur Beliveau, l'assura Arthur.

— Et comment est-il?

— Eh bien! c'est un véritable *condottiere* qui a mené sa vie agitée jusqu'en Chine, et même en Amérique. C'est d'ailleurs ici, paraît-il, qu'il a pris l'habitude de porter au cou un genre de fouet en lanière de bœuf, dont il se sert pour exciter ses chevaux. Mais je l'ai aussi vu frapper à tour de bras ses ennemis autour de lui. Il fait peut-être un peu ridicule avec son petit caluron grec collé sur le côté de la tête, mais si peu guerrier qu'il paraisse, il vaut mieux ne pas le défier.

— Et... vous l'avez fait, dit Alphonse Geoffrion, qui, comme ses amis, commençait à percer le personnage et s'en amusait.

— Le 7 septembre 1860, triomphalement, nous entrions dans Naples derrière Garibaldi. Le lendemain, il courait derrière moi, me menaçant de son fouet. Nous étions en conflit d'intérêts. J'étais venu voir Naples mais pas jusqu'à mourir... Je n'aimais pas la guerre! Lui ne vivait que par elle. Je le lui ai dit: «Mes vacances au soleil sont finies. Continuez sans moi. Je rentre.» Il n'a pas aimé. Je me suis sauvé. J'ai failli y laisser ma chemise!...

À la cinquième bouteille, ils en étaient rendus à s'appeler par leurs prénoms. À la sixième, ils se tutoyaient.

Arthur, au comble de l'euphorie, retrouvait dans ces compagnons bénis du premier soir, le caractère exubérant, plein de verve et d'esprit de ceux qu'il avait laissés à regret à Paris. Maintenant, la relève étant assurée, il se réjouissait réellement d'être rentré au pays.

Et ceux-là, comme s'ils avaient entendu les réflexions d'Arthur, y faisaient écho. Ils levèrent leur verre et le tendirent vers le jeune homme pour lui porter un toast:

— À ce nouveau venu...

— Qui n'est pas le premier venu...

— On souhaite sincèrement la bienvenue!

— Que j'ai bien fait d'être venu! leur répondit Arthur, aussi moqueur qu'ému!

Un pacte d'amitié venait d'être conclu!

Dès le lendemain, Arthur parcourait la rue Notre-Dame cherchant à reconnaître l'édifice de l'Institut canadien, où ses amis lui avaient donné rendez-vous. On devait lui montrer les lieux et le présenter à d'autres membres. Il avait hâte de pénétrer dans ce temple laïque, voué entièrement aux idées libérales.

Dans la brume des explications de la veille, il n'avait pas retenu l'adresse exacte. Il avançait donc lentement, essayant de se rappeler quelques détails, quand il se trouva devant un agréable édifice qui lui fit croire être le bon. On y accédait par un large escalier aux rampes de bois verni.

Cette bâtisse ressemblait assez à la description qu'on lui en avait faite. Dès qu'il pénétra dans le hall, il entendit du fond d'un guichet exigu:

— On peut vous aider, monsieur?

— Certainement! voulez-vous m'annoncer: Arthur Buies. On m'attend.

— Si vous voulez prendre la peine de vous asseoir dans le petit parloir, à droite. Ce ne sera pas long.

— Je vous remercie, mademoiselle.

71

Arthur se dirigea vers la petite pièce qu'on lui avait indiquée. Il ressentait une impression bizarre. Perplexe, il regardait autour de lui, quand il aperçut, accrochés au mur lui faisant face, deux grands tableaux religieux, très imposants dans leurs cadres dorés. Sur un autre mur, un grand crucifix au Christ exsangue pendait au bout d'un long fil métallique, fixé à une haute corniche. Finissant son tour d'horizon, il resta sidéré devant un portrait de Sa Grandeur, peint en pied, dans toute sa grandeur!

Il n'y comprenait rien! Ses amis l'avaient-ils berné?

Entendant quelqu'un venir, Arthur se retourna, prêt à se moquer de la décoration moins que laïque de ces lieux... quand il se trouva face à face avec ... un dénommé Testard, zouave de l'armée du pape contre laquelle il s'était battu en Italie. Arthur nageait dans la plus grande confusion.

Le dénommé Testard réagit le premier.

— Arthur Buies!... Vous, ici? Sortez, monsieur! ne venez pas salir de votre présence ce lieu sanctifié par les personnes respectables qui s'y trouvent.

Arthur, un moment ahuri, comprit tout à coup qu'il s'était tout simplement trompé d'Institut et s'esclaffa devant cette situation aussi loufoque qu'inattendue.

Quelle bonne farce à raconter à ses amis, se dit-il soudain! Et à imaginer l'air incrédule qu'ils ne manqueraient pas d'avoir à son récit, son hilarité redoubla. Il se reprit au prix d'un grand effort et parvint à articuler:

— Comme le monde est petit! Il n'y a que le hasard pour nous jouer de pareils tours... n'est-ce pas?

Le zouave, outré de l'attitude inconsidérée d'Arthur, l'invectiva.

— Je pense que vous ne respectez rien, monsieur! ni dieu! ni diable! Sortez, vous dis-je!

Cette situation amusait grandement Arthur.

— Mais attendez que je vous insulte en bonne et due forme avant de riposter de cette manière cavalière, comme au beau temps de la guerre.

Rouge comme un coq, le président se redressa de toute sa dignité.

— Vous avez ri de moi, monsieur. N'est-ce pas assez m'insulter?

— Votre susceptibilité n'a d'égale que votre étroitesse d'esprit. Rajoutez à cela une attitude partisane à mon égard, plus un grave manque de courtoisie et je retrouve là peut-être toutes les qualités requises par votre maison! Est-ce que je me trompe?

Le zouave, suffoqué par cette outrecuidance, en bégayait.

— Tout... tout ce que monsieur trouve, c'... c'est faire de l'esprit!

— On fait ce qu'on peut avec ce qu'on a! déclara Arthur, avec superbe. Vous-même en auriez eu un trait, monsieur, un seul, et je m'attardais ici, mais la balourdise m'a toujours fait fuir, elle m'ennuie!

— Alors, déguerpissez, s'il vous plaît!

— Oh là! Je fuis peut-être, mais ne me sauve point!

— Disparaissez, monsieur, vous dis-je! répétait le zouave, qui ne se possédait plus.

— Dame! Mais vous me prêtez des pouvoirs qu'on ne retrouve que chez vos plus grands saints. Et, me reconnaissant quelques vertus — admettons-le puisque vous insistez — ne disparaît pas qui veut!

Le zouave, excédé, se prit la tête à deux mains, essayant mais sans y parvenir de maîtriser sa rage. Et c'est d'une voix sourde et contenue qu'il parvint à prononcer:

— Si vous ne quittez pas ces lieux immédiatement, je serai dans l'obligation de faire appel à la force publique pour vous y contraindre! M'entendez-vous?

— Je vous entends fort bien, monsieur! et je reconnais en même temps la couardise des lâches, qui ne trouvent d'autres moyens que la force pour se débarrasser d'un importun alors qu'une seule phrase de politesse eut suffi. Je vous salue, noble zouave! Je ne puis m'attarder plus longtemps, j'en suis navré, mais on m'attend ailleurs, en face! Adieu, monsieur.

Et Arthur, après un bref salut, marcha d'un pas désinvolte vers la sortie.

Arthur riait encore quand il entra dans l'édifice de l'Institut canadien. Ses amis discutaient quand ils l'aperçurent.

— Bonjour Arthur, nous vous attendions plus tôt!

— Je visitais vos nombreux Instituts, messieurs, et j'ai le plaisir de vous informer que je me plais infiniment plus ici... qu'en face.

Et Arthur de raconter à ses amis amusés sa mésaventure avec le zouave.

— On l'a louangé à son retour, celui-là! lui déclara-t-on.

— Il était blessé?

— Pas du tout! Il est revenu comme il était parti.

— Ah! encore chanceux d'être rentré de sa grande guerre sans la plus petite égratignure sur la peau ni le moindre accroc dans sa culotte de héros.

En entendant rire le petit groupe qui entourait le nouveau venu, un homme plus âgé s'approcha. On s'empressa de le présenter à Arthur.

— Arthur, voici Joseph Doutre, président de l'Institut canadien et ardent défenseur des Patriotes de 1837.

— Je suis très honoré, monsieur!

Joseph Doutre regarda Arthur dans les yeux.

— Comptez-vous devenir un de nos membres, monsieur Buies?

— Je le suis déjà de cœur, en attendant de l'être de fait, monsieur.

— Travailler pour l'Institut canadien n'est pas de la rigolade. C'est une lutte acharnée de tous les instants. N'oubliez jamais cela, jeune homme.

Et l'homme aux traits durs se dirigea d'un pas résolu vers la porte de l'imprimerie.

Arthur resta surpris de cette attitude peu aimable. Alphonse Geoffrion s'en aperçut:

— Joseph est un ouvrier de la première heure. Il est resté assez amer depuis la défaite des Patriotes et il en a gardé une haine viscérale envers le clergé. C'est grâce à lui et à deux ou trois autres irréductibles si le feu sacré continue d'embraser cet Institut. Maintenant, venez que je vous montre les lieux.

La bibliothèque plut à Arthur. Les livres reliés en beau cuir bouton d'or, vert foncé ou lie de vin, s'alignaient derrière les étagères vitrées. Deux grandes tables, éclairées par des lampes suspendues, meublaient le centre de la pièce. De confortables sièges de cuir les entouraient. À cette heure, plusieurs étaient occupés par des lecteurs concentrés sur leur volume ou sur leur journal. Deux portes de chêne, décorées de vitraux aux teintes vives, ouvraient sur la salle de conférence.

Alphonse y fit entrer Arthur. La tribune des orateurs se trouvait tout au fond. Au mur était accrochée une grande toile de dix-neuf pieds qui représentait les armes de l'Institut canadien. Un candélabre de vingt pieds lançant cinquante jets de gaz l'éclairait le soir, le renseignait fièrement Alphonse Geoffrion. Il attira son attention sur deux sculptures placées de chaque côté de l'estrade.

— Comme vous voyez, si jamais Sa Grandeur interdisait l'accès de la salle au public, il resterait au moins l'Apollon du Belvédère et la Vénus de Milo pour nous porter une oreille attentive.

— S'ils ne sont pas occupés à autre chose, répondit Arthur en boutade.

Alphonse approuva en riant.

Ils firent le tour de la salle et s'attardèrent devant deux autres sculptures qu'Arthur reconnut: la Nymphe de Fontainebleau et le groupe de Laocoon.

— Ce sont des dons de Napoléon III!

— Vraiment?

— On le dit généreux!

— Je ne prise pas beaucoup ce Prince-président. Malgré quelques efforts entrepris dernièrement pour assouplir son autoritarisme, je me méfie. On ne sort pas si facilement un Napoléon d'un Bonaparte!

Puis, il rajouta, avec une pointe d'ironie:

— Ce qui ne m'empêche pas, évidemment, mon cher Alphonse, de reconnaître la magnanimité de son geste dans ce petit cadeau offert aux descendants des sujets de Louis XIV, ignorés de tous ses successeurs et qui, après cent ans de domination anglaise, sont toujours capables de lui dire en français: «Merci, Votre Majesté!»

Arthur plaisait de plus en plus à Alphonse Geoffrion. D'abord, cette culture étendue qui, sans ostentation, émanait de tous ses propos. Il aimait son humour, sa verve, son esprit caustique. Rien n'avait l'air d'échapper à son œil vigilant. Il voyait dans ce jeune homme ardent, à l'intelligence vive, un futur défenseur des buts de l'Institut canadien.

Le regard d'Arthur effleurait les hauts plafonds décorés de dorures, passait sur les nombreux sièges vides alignés qui semblaient attendre les auditeurs et revenait à la tribune. Celle-ci l'attirait; il se voyait monter les marches, s'avancer jusqu'au milieu, se retourner face à l'auditoire et dans une belle envolée oratoire, dire aux Canadiens français: «Vous habitez un des plus beaux pays du monde, un pays neuf où toutes les libertés se doivent de s'exprimer sans aucune contrainte.» Il s'entendait raconter les efforts tentés et réussis par d'autres pays pour secouer tous les jougs qui les opprimaient.

Il aurait continué encore longtemps son discours éloquent et muet, mais il se sentit presser le bras, Alphonse l'invitait à sortir de la salle.

— Alors, Arthur! quand vous joindrez-vous à nous? L'Institut et *Le Pays* vous y invitent!

— N'est-ce pas là le journal libéral officiel?

— Celui-là même dans lequel nous vous proposons dès maintenant d'exprimer vos opinions.

— Exprimer mes opinions? Mais c'est avec bonheur que j'accepte! répondit Arthur, enthousiaste, en serrant vigoureusement la main d'Alphonse.

— Nous en sommes très heureux! ce soir est soir de conférence. Nous en donnons toutes les semaines. Joseph Doutre parlera de la liberté de presse. Venez nous rejoindre ici à sept heures et nous vous présenterons au public.

— J'y serai comme un seul homme, comptez sur moi!

Arthur se retrouva rue Notre-Dame, le cœur animé d'un grand espoir. La vie lui sembla soudain légère. Des énergies nouvelles lui insufflaient une force de vivre peu commune. Flatté d'avoir été invité à servir la cause de l'Institut canadien, il se sentait investi d'une mission capitale: celle d'aider ses concitoyens à penser et à agir par eux-mêmes, et surtout à s'instruire en toute liberté. Quel programme enivrant! Il valait qu'on y mette toute son intelligence et toutes ses forces. Et ce projet lui paraissait si exaltant qu'il décida qu'il y consacrerait désormais toute sa vie.

Dans son enthousiasme, il avait oublié les contraintes imposées par l'attitude intransigeante du clergé. Sans vraiment douter de ses amis, il ne croyait pas à une ingérence aussi envahissante de sa part. Et craindre comme eux un éventuel anéantissement de leur œuvre lui semblait très exagéré. Ce clergé était quand même constitué d'hommes comme lui, de même race et parlant la même langue! Il devait donc y avoir un moyen de discuter et de s'entendre!

Il marchait d'un pas léger dans les rues de Montréal, tout en soliloquant, quand le désir lui prit de retourner sur les lieux de sa naissance. Il avait tout son après-midi devant lui. Il héla un cocher qui attendait patiemment dans sa carriole:

— À la Côte des Neiges, s'il vous plaît.

— Bien, monsieur!

Arthur aurait préféré continuer de marcher, mais la distance était trop longue et les chemins, embourbés par la neige accumulée, le permettaient difficilement. La carriole monta jusqu'à la rue Sherbrooke. Elle contourna le séminaire des Sulpiciens. Arrivé sur le dos de la Côte des Neiges — qui méritait bien son nom — une vue plongeante s'offrait aux regards. À droite, une longue muraille longeait le vaste terrain des seigneurs de Saint-Sulpice. À gauche, des clôtures de bois calées dans la neige séparaient les terrains privés des chalets d'été.

Tout en bas, au loin, le pont Victoria enjambait le fleuve Saint-Laurent. Son courant remontait jusqu'au lac Ontario, que se partageaient la province de l'Ontario et l'État de New York: le Canada et les États-Unis.

Le cocher arrêta la carriole pour laisser reposer son cheval. Arthur mit pied à terre et s'avança sur le chemin. Longeant les clôtures de bois, il regardait les maisons, cherchant à reconnaître celle qui l'avait vu naître.

L'une d'elle attira son attention. Il s'y arrêta. C'était une maison blanche en bois, placée un peu de guingois. Des glaçons pendaient tout autour du toit comme une lourde dentelle de cristal. La galerie était remplie de neige. Toutes les fenêtres étaient barricadées.

Curieusement ému, Arthur sut que c'était là!

Il la regardait intensément quand, soudain, la façade s'effaça devant ses yeux et un boudoir douillet lui apparut avec des personnages. Comme dans un tableau animé, il vit une jeune femme en robe de broderie blanche se pencher avec amour sur un berceau où lui souriait un bébé heureux. Une petite fille, la tenant par la main, regardait aussi l'enfançon. Légèrement en retrait, un homme aux contours flous se tenait debout derrière sa petite famille.

Brusquement, un tableau sombre vint remplacer le premier. C'était lui, à genoux, dans un petit cimetière de Guyane où, aveuglé par les larmes, il essayait fébrilement de dégager une croix de fer rouillée prise dans les ronces et la terre durcie. Il ne pouvait déchiffrer qu'un prénom: Léocadie. Et une date à peine lisible: 29 avr... 1842.

Et tout s'effaça devant la maison blanche.

Ébranlé par ces visions, le séjour qu'Arthur avait passé chez son père lui revint en mémoire. Ce n'est qu'à ce moment-là qu'il s'était réellement senti orphelin de sa mère. Il avait seize ans.

Dans son adolescence, pendant ses années de collège, les parents venaient bien rendre visite de temps à autre à leurs enfants. Les mères leur apportaient des sucreries et les pères les encourageaient ou les sermonnaient. Lui, pendant ce temps, errait dans les longs corridors sombres, pris, à chaque fois, d'un sentiment d'angoisse qu'il ne comprenait pas.

Le regard qu'il jetait sur sa situation familiale, différente de celle des autres élèves, était plus, à ce moment-là, une simple constatation qu'une véritable prise de conscience. Si les autres pensionnaires avaient un père et une mère, lui, avait des vieilles tantes et une sœur, qui lui donnaient tout l'amour dont elles étaient capables.

Mais en Guyane, ce jour-là, se relevant de la tombe abandonnée de sa mère, il s'était précipité vers la maison de son père. Bousculant les serviteurs, il avait brusquement fait irruption dans la grande pièce ensoleillée où son père et sa femme se reposaient après le dîner. Ceux-ci avaient sursauté devant cette entrée intempestive. Il revécut la scène: lui, rouge de colère, les deux points serrés, vint se planter devant William Buïe, le plus riche exploitant de Berbice, le maître de cinquante serviteurs: son père.

— Cher père! cracha-t-il, méprisant, aviez-vous une raison valable pour nous abandonner au berceau, ma sœur et moi? Et une autre pour avoir laissé mourir ma mère de fièvres pour le moins suspectes à son âge? Et une troisième pour ne pas entretenir sa tombe?

M. Buïe, se levant lentement, se trouva face à face avec son fils, qui ne bougea pas d'un poil. Ils étaient de la même taille et se regardaient durement dans les yeux. Puis M. Buïe prononça d'une voix glaciale:

— De quel droit, monsieur, me parlez-vous sur ce ton?

— Du seul droit d'un fils qui pleure sa mère que vous avez tuée... d'une façon ou d'une autre, monsieur! laissa tomber Arthur, accusateur.

— Je suis votre père et à ce titre, je représente l'autorité. Je n'ai donc aucun compte à vous rendre.

— Je tiens à vous dire que ce que vous m'avez donné à ce jour, comme père, n'est que la paternité biologique d'un bœuf à son veau.

Sous l'insulte, l'Écossais avait réagi violemment.

— Préparez vos malles, monsieur, vous repartez demain!

Ainsi, il n'avait jamais su pourquoi son père les avait abandonnés, Victoria et lui. Ni la cause exacte du décès de sa mère.

Sa femme avait dû le raisonner. Le lendemain, on lui offrait en même temps que son billet de retour, la possibilité de faire des études en Irlande. Il repartit donc par le premier bateau.

Il avait visité l'Angleterre, l'Écosse et l'Irlande. Et pays étranger pour pays étranger... il avait choisi la France. Le pays de sa mère. Rendu à Paris, il avait informé son père de son choix.

Celui-ci avait refusé catégoriquement.

Arthur s'était entêté.

Son père l'avait déshérité.

Depuis ce temps, faisant fi de toute autorité, Arthur vivait comme un cerf en pleine liberté.

Grâce aux souvenirs remontés à sa mémoire aujourd'hui et auxquels il avait osé faire face, il venait d'exorciser les spectres de son enfance.

Enfin, il le pensait.

Le cocher, aussi reposé que son cheval, attendait patiemment. Il se demandait bien ce qui pouvait attirer à ce point l'attention de son client. Cette maison montrait un visible état de délabrement, peut-être même était-elle abandonnée depuis des années? Quel intérêt y avait-il à rester planté là par ce froid? Mais, en tant que cocher, il en avait vu des plus bizarres.

Arthur, le cœur maintenant allégé, revenait vivement vers la carriole. Il sauta dedans.

— Fouette cocher, on repart!

— Voulez-vous prendre ma place? fit le cocher pour blaguer, vous me semblez bien fringant, tout à coup!

— Si je pouvais, je prendrais celle du cheval et je galoperais ventre à terre! Mais si vous m'offrez la vôtre, j'accepte! Donnez-moi les guides et vous allez voir ce que vous allez voir!

Le cocher, mal à l'aise, regrettait sa présomptueuse proposition. Autant ce client paraissait inoffensif il y a une heure, autant maintenant son attitude fantasque semblait inquiétante.

— Hue donc! lança Arthur, en faisant claquer les guides.

Le cheval, surpris, leva ses deux pattes de devant et partit au galop dans un nuage de neige pendant que le cocher retombait brutalement assis sur le siège.

Le conducteur improvisé, debout, fier et décidé comme César passant le Rubicon, poussait à toute allure la carriole dans la descente, en assenant de grands coups de fouet au cheval. Celui-ci, emporté, dévalait la Côte des Neiges avec la rapidité aérienne du légendaire Pégase.

Ils se retrouvèrent dans la rue Sherbrooke en un rien de temps... Et cul par-dessus tête. Seul le cheval, dans un tour de force, avait réussi à se maintenir debout. Mais la carriole, entraînée par le mouvement giratoire du dernier tournant, venait de verser.

Arthur partit d'un grand éclat de rire pendant que le cocher restait la bouche ouverte comme un ravi de crèche. Un petit flacon de rhum glissa de dessous le siège et vint rejoindre les voyageurs, étalés un peu plus loin dans la neige. Arthur s'en empara aussitôt, l'ouvrit, but une longue rasade et la passa au cocher qui, sans plus «farfiner», s'en empara à son tour et cala le reste.

Puis, ils se relevèrent en se tâtant un peu pour voir s'ils n'avaient rien de brisé. Ils redressèrent la carriole et, le plus naturellement du monde, chacun reprit sa place pour le reste du voyage: le cocher en avant, le client en arrière.

Déjà, à sept heures et demie du soir, les sièges de la salle de conférence de l'Institut canadien était presque tous occupés. Un bourdonnement se faisait entendre depuis une demi-heure. On attendait les conférenciers. À huit heures, les grandes portes

s'ouvrirent et un groupe de jeunes hommes entrèrent et s'avancèrent, fiers et souriants dans l'allée.

Henriette Guibord, femme de l'imprimeur du journal *Le
Pays* et Eulalie Geoffrion, épouse d'Alphonse, tournèrent la tête
vers eux. Toutes deux étaient des amies inséparables et des
auditrices fidèles des conférences.

— Il y a un nouveau conférencier ce soir, Eulalie?

— Alphonse m'a parlé d'un jeune homme qui arrive de
Paris et désire devenir membre de l'Institut. C'est peut-être cet
étranger qui accompagne nos maris?

— À moins que ce ne soit l'invité de la conférence de ce
soir?

— C'est possible, mais j'espère que non!

— Qu'est-ce que tu veux dire?

— Il est tellement bel homme qu'on devrait l'inviter, mais
pour rester.

— Oh! Eulalie! À tes yeux, tous les hommes sont beaux!

— Tu ne peux nier, Henriette, que celui-ci l'est particulièrement. Regarde-le: grand, mince, le front haut plein de
noblesse, les cheveux frisés, bien coiffés vers l'arrière, le beau
nez! Et ses yeux!... as-tu remarqué ses yeux quand il s'est
retourné vers nous, en passant dans l'allée?

— Oui! Tu as raison, c'est un bel homme, répondit Henriette, après avoir observé discrètement Arthur. Mais ce
n'est pas une raison pour tomber en pâmoison. Si Alphonse
t'entendait!

— Alphonse n'est pas laid non plus, mais celui-là sort
vraiment de l'ordinaire! C'est sûrement lui qui vient de Paris.
Il n'y a qu'à voir sa façon de s'habiller pour s'en rendre compte:
la coupe de sa redingote, le tissu de sa veste et cette cravate en
soie aux couleurs vives nouée par-dessus son collet. Quelle élégance! Pour moi, il a dû lire *L'Art de mettre sa cravate enseigné en
seize leçons* du baron l'Empesé.

Les deux jeunes femmes pouffèrent.

— Pas de barbe! pas de favoris! continuait Henriette malgré
elle.

— Mais quelle moustache affriolante!

— Oh! Eulalie! là tu exagères, dit son amie, feignant d'être scandalisée. Mais elles se regardèrent et éclatèrent de rire.

M. Doutre, assis sur la tribune au milieu des autres conférenciers, se leva. On se tut aussitôt. Il s'adressa à l'auditoire.

— Bonsoir mesdames et messieurs. La conférence de ce soir portera sur la liberté de presse. Mais avant de commencer, je voudrais vous présenter un nouveau membre qui, nous le croyons déjà, honorera le nom de notre Institut. J'ai nommé M. Arthur Buies.

Arthur, qu'on avait invité à s'asseoir à la première rangée avec quelques-uns des membres les plus éminents, se leva et salua.

Après l'exposé longtemps applaudi de M. Doutre, celui-ci invita Arthur à le rejoindre à la tribune et lui proposa de dire quelques mots. Ce qu'il accepta sans gêne apparente. Il s'avança jusqu'au milieu de l'estrade et, semblant regarder chacun dans les yeux, s'adressa à l'auditoire.

Eulalie, se penchant vers son amie, lui chuchota:

— Une seconde de plus à me faire regarder comme ça et je perds connaissance.

Son amie retint mal un fou rire. Avec Eulalie, les extrêmes se touchaient et la gardaient dans une constante exubérance. Elle lui pressa le bras pour l'intimer à se taire.

Les quelques phrases exprimées dans un style ciselé, prononcées d'une voix ferme et dans un si bel accent français, séduisirent l'auditoire. On se leva à la fin pour l'applaudir.

Le jeune homme n'avait pas déçu ses amis. On décelait déjà, dans le ton de la voix, la fermeté des idées ébauchées, et dans les mots choisis de ce court exposé, un talent indéniable d'orateur. L'écho de son patriotisme ardent apportait un nouveau souffle à l'Institut.

Dans la salle, on se pressait pour le féliciter et on en profitait pour lui souhaiter une chaleureuse bienvenue. Entouré de toutes ces personnes qui lui faisaient un aussi bon accueil, Arthur se jura de gagner leur confiance, même si celle-ci lui paraissait, dès ce soir, visiblement acquise.

Eulalie et Henriette n'allaient pas manquer l'occasion de le congratuler. Cette dernière craignait presque que son exubérante amie lui saute au cou. À voir la façon dont elle le regardait, comme une biche au printemps, ce n'est sûrement pas l'envie qui lui manquait.

Alphonse vint au-devant de sa femme.

— Arthur! permettez-moi de vous présenter Eulalie, ma femme, et Henriette Guibord, l'épouse de notre imprimeur.

Les yeux bleus d'Eulalie et les yeux noirs d'Henriette se levèrent vers lui.

Arthur, après leur avoir baisé la main, ne put s'empêcher de réciter:

— «Bleus ou noirs, tous aimés, tous beaux,
Des yeux sans nombre, ont vu l'aurore...»

Les deux jeunes femmes rougirent en même temps.

— Vous êtes un séducteur, monsieur Buies! murmura Eulalie.

— Mais j'ai des yeux pour voir, moi aussi, répondit Arthur, en riant. Je suis très heureux de faire votre connaissance, mesdames.

Pendant qu'elles s'éloignaient, il se tourna vers Alphonse Geoffrion, qui avait écouté en souriant, et lui dit sur un ton narquois:

— Ces femmes charmantes sont bien des Canadiennes... n'est-ce pas?

— Assurément, Arthur! mais... mariées, malheureusement!

— On ne m'avait pas parlé de celles-là, hier, il me semble, fit-il remarquer sur un ton accusateur. Dois-je comprendre que ce sont là les bras tendres, assez habiles pour déjouer le filet clérical?

— Quand elles réussissent à glisser d'abord... du filet marital! le mit en garde, Alphonse. Mais... ce ne serait pas loyal!

— Je suis condamné alors à vivre en solitaire, c'est fatal! déclama Arthur, d'un ton faussement tragique!

— En attendant, vous avez notre Institut national!

— Vous avez raison! et je vais m'y dévouer, foi d'animal!

Les deux amis rieurs se serrèrent la main, dans un geste spontané.

Tôt le lendemain matin, Arthur, assis dans la bibliothèque de l'Institut canadien, commençait à rédiger un premier article pour *Le Pays*.

Dans cet Institut, il venait de trouver en même temps qu'un groupe d'amis, un lieu de travail, une source de documentation, un journal pour exprimer ses idées et une tribune pour les exalter.

Il était comblé.

III

Nous étions des compagnons d'étude, de plaisirs, de...
tout ce que vous voudrez, [...] nous allions jusqu'à faire
des vers anglais, nous, l'espoir de la langue française,
mais nos vers finissaient toujours par la même rime,
en y, telles my, sy, ty, py et même un peu souvent en rye.

ARTHUR BUIES

Ah! Les giboulées de mars! Au moment où on croyait en avoir fini avec l'hiver, voilà qu'une tempête pire que la dernière affligeait encore les habitants de Montréal.

Confiné depuis le matin dans son appartement de la rue Saint-Jean-Baptiste, afin de rédiger calmement le texte de sa prochaine conférence, Arthur n'avait pas vu le temps passer. Maintenant, debout devant sa fenêtre, il contemplait, ahuri, ce paysage fantomatique.

Une épaisse couche de neige recouvrait les rues de la ville de deux pieds au moins, calait ses maisons d'autant, encapuchonnait ses toits, masquait ses fenêtres et coiffait les feux de ses réverbères.

Un silence rond, blanc, douillet, inusité s'était lové dans le creux de cette ville, où tout mouvement de vie semblait figé. Il en profitait. Quiet et souverain, il savourait ce moment tout en s'amusant malicieusement de l'immobilité forcée de ces humains, toujours impatients de bouger et par trop grouillants.

Camouflé dans sa fourrure de neige, le silence narguait Arthur.

Arthur aimait le silence, mais à ses heures et à son gré. Comme tout le reste, d'ailleurs. Agacé, il piétinait sur place. Jetant un œil à la pendule, il vit qu'il était huit heures. Ce n'était pas possible qu'un samedi soir, à huit heures, il soit pris ici comme dans une souricière! Il ne put supporter cette idée! Il devait sortir à tout prix.

D'abord, il fallait essayer d'ouvrir la porte. Il s'apprêtait à s'habiller quand il crut entendre chanter. Rêvait-il?

«Nous étions... trois capitaines,
Nous étions... trois capitaines.
De la guerre revenant,
　Brave, brave,
De la guerre revenant
　Bravement...»

En se penchant à la fenêtre, Arthur reconnut trois de ses amis, Alphonse Geoffrion, Oscar Archambault et Rodolphe Laflamme, qui arrivaient en raquettes devant sa porte. Alors, il enchaîna avec enthousiasme, de l'intérieur:

«Nous entrâmes dans une auberge:
Nous entrâmes dans une auberge:
Hôtesse, as-tu du vin blanc!
　Brave, brave,
Hôtesse, as-tu du vin blanc?
　Bravement.»

Et dans un grand rire heureux, il réussit à entrouvrir la porte d'un bon coup d'épaule et passa la pelle à ses amis pour qu'ils lui dégagent une sortie. En un tour de main, ce fut fait. Il se retrouva dehors, raquettes aux pieds, enfin délivré de sa prison.

Il leva la tête pour faire un clin d'œil au silence. Il n'était plus là.

Maintenant, les quatre compagnons avançaient allègrement sur un coussin de neige moelleux, entre deux rangées de lumières tamisées.

— Ah! mes amis! vous m'avez sauvé d'une mort certaine! s'écria Arthur, reconnaissant.

— Du froid? s'enquit Alphonse.

— De la claustrophobie? dit Rodolphe.

— Peut-être du désespoir? avança Oscar

— De l'ennui! leur répondit Arthur. Le spleen qui chagrine et assassine!

— On a pensé qu'enfermé plus longtemps, tu n'aurais pas fière mine!

— Une idée maligne, fit Arthur en riant. Et où allons-nous maintenant?

Alphonse proposa une randonnée au mont Royal.

— C'est une bonne idée, approuva Rodolphe. Et prenons Wilfrid chez le docteur Gauthier en passant.

— Il semble bien frileux, fit remarquer Arthur. Acceptera-t-il de se joindre à nous?

— Il est un peu faible des poumons. Sa mère et sa sœur sont mortes de tuberculose et il craint toujours d'attraper le même mal. Mais ce soir, il fait doux, et ça lui fera peut-être du bien de prendre l'air.

Quelques minutes plus tard, ils arrivaient rue Saint-Louis et sonnaient à la porte de la grande maison cossue du docteur Gauthier, chez qui Wilfrid prenait pension.

On fut surpris de les voir apparaître si tôt après cette grosse tempête, et on s'en réjouit.

— On croyait qu'il n'y avait plus âme qui vive dans la ville, fit Emma Gauthier, visiblement heureuse de voir les jeunes gens.

— Des âmes! peut-être pas, Emma, répondit Arthur le plus sérieusement du monde, mais des corps ardents et aguerris, il y en a au moins quatre et les voici. Emma Gauthier éclata de rire.

— C'est toujours un plaisir de vous voir, Arthur. La soirée s'annonçait assez morne.

— À dire vrai... hésita Rodolphe, nous venions proposer à Wilfrid de nous accompagner pour une randonnée en raquettes au mont Royal. On ferait une pose au relais pour boire un Tom & Jerry, question de se réchauffer. À notre retour, s'il n'est pas trop tard, Zoé pourrait nous faire la joie de jouer du piano. Qu'en pensez-vous?

— Je pense que j'aimerais bien être un homme pour pouvoir vous accompagner... Ce serait si agréable de se promener ce soir sur la neige.

— Mais il n'en tient qu'à vous de courir vite vous habiller et de nous suivre, chère Emma, s'empressa de dire Arthur.

— Oh! Arthur! c'est bien de vous ça, et les convenances, qu'en faites-vous?

— Je n'en fais rien, justement! nous sommes quatre jeunes hommes respectables et nous nous portons garants de votre sécurité. N'est-ce pas mes amis? rajouta-t-il en se tournant vers eux. Ils acquiescèrent spontanément. Et l'essentiel, Emma, n'est-il pas de vous promener au grand air par cette belle nuit blanche, et de préférence accompagnée, pour éviter les mauvaises rencontres?

— Oui! mais... ce ne serait pas bien, répondit la jeune fille, hésitante.

— Mais où voyez-vous le mal dans cet innocent projet? prudente Emma.

— Ça ne se fait pas, Arthur, c'est tout!

— Mais vous en avez grandement envie?

— Oui! je l'avoue! mais les convenances m'obligent à m'en passer, comprenez-le!

— Mais qui décide des convenances? Vos parents? Non! Vos amis? Non plus! Pas même le tout-puissant clergé. Ce qui était défendu hier l'est moins aujourd'hui et ne le sera plus demain. Sachez, Emma, que ce qui vous prive de ce grand plaisir est une mode. Et les modes passent!

— Mais la mode, il faut s'y conformer. Vous imaginez les femmes porter des robes toutes droites, sans crinoline, aujourd'hui?

— Seriez-vous plus à l'aise sans crinoline?

— Assurément!

— Alors, pourquoi acceptez-vous d'en porter si cela vous contraint?

— Mais voyons, Arthur, nous vivons dans une société qui a ses règles et nous devons forcément les suivre.

— Épousez-vous les idées libérales de votre père, Emma?

— Oui!

— Vous voyez, déjà vous n'êtes plus à la mode politique du jour. Le rougisme pâlit alors que le bleu déteint sur tout. En ce domaine, vous défiez la mode.

— Oui, mais là, c'est sans conséquence.

— Vous voulez dire qu'une crinoline plus ou moins large vous juge mieux aux yeux de la société que la pertinence de vos idées?

— Peut-être..., hasarda la jeune fille un peu ébranlée.

— Et vous acceptez les règles faussées de cette société qui ne juge que sur les apparences?

— Mais...

— Savez-vous bien ce que sont les apparences, Emma? Elles sont le reflet d'une réalité et non la réalité elle-même, comme l'écho est la répercussion de la voix et non la voix. Alors, vous voulez obéir à du vent? à une illusion? à rien?

— Comment faire autrement? Pouvez-vous me le dire? fit la jeune fille, le défiant cette fois.

— En suivant l'inclination de vos désirs, qui est la voix du cœur! c'est élémentaire! et pour commencer, en décidant tout simplement de nous accompagner, ce soir.

Emma se troubla, hésita, mais finit par répondre:

— Je ne peux pas, Arthur, je regrette!

Arthur, déçu, la regarda s'éloigner.

Mme Gauthier avait délaissé sa broderie pour écouter les jeunes gens.

— Monsieur Buies, aimez-vous l'atmosphère de notre maison?

— Mais oui, je m'y plais beaucoup! répondit-il, un peu étonné par cette question.

— La présence de la femme au foyer y contribue largement. Croyez-vous cela?

— J'y crois assurément, chère madame. Mais les femmes ont

besoin de se distraire, comme nous. Si Emma n'avait pas été tentée de se joindre à nous, je n'aurais pas insisté. Mais elle en a grande envie. Alors, pourquoi s'en priver? Parce que c'est une femme?

— Oui! La femme est différente de l'homme, vous savez.

— Mais ce n'est pas une raison!

— Justement, monsieur Buies, c'est «la» raison! dit doucement madame Gauthier.

Le docteur Gauthier cru bon d'intervenir dans la discussion.

— Arthur! vous me savez un libéral convaincu. Comme vous, je m'oppose au pouvoir temporel du pape. Comme vous, je prône la séparation de l'Église et de l'État. Comme vous, je souhaite la démocratie et me bats pour la liberté d'expression. Mais je ne verrais jamais les femmes venir décider de ces choses. Ce sont des affaires d'hommes dont elles sont et seront toujours totalement exclues. D'une part, elles en seraient incapables, et d'autre part, ce n'est tout simplement pas leur rôle. Le rôle qui leur revient est immuable: c'est celui de conserver la plus haute moralité en faisant preuve d'obéissance et de soumission envers leur mari, et de dévouement à l'égard de leurs enfants. Et cela se passe à la maison. Quant à l'homme, son rôle est de penser, de construire à partir de ses idées et de diriger l'avenir de son pays.

— En somme, monsieur, vous refusez carrément aux femmes le droit de penser.

— Ah! Elles peuvent penser si elles le veulent, mais dans leur cuisine!

— Vous les en croyez incapables, ma parole! s'indigna Arthur. Et dire que je me trouve peut-être dans une des maisons les plus libérales de Montréal!

— Vous y êtes assurément, jeune homme.

— Eh bien! si vous voulez mon avis, je trouve inconcevable qu'en ce dix-neuvième siècle, on refuse toujours à la femme le droit de s'affirmer. Et le pire, c'est qu'elle accepte encore la puissante domination de l'homme.

Et Arthur jeta un coup d'œil vers Mme Gauthier, toujours souriante.

— Mais... c'est normal, lui répondit-elle, naïvement.

— Et pourquoi, chère madame? fit Arthur ahuri, nous sommes tous égaux devant Dieu que je sache.

— Ce n'est pas ce que l'Église dit.

— L'Église! laissa-t-il tomber, méprisant. C'est une belle référence, en effet! Saviez-vous que ce n'est qu'au début du siècle que le pape a reconnu une âme aux Indiens? Et qu'il n'avait reconnu celle de la femme que juste un peu avant? La femme! madame Gauthier, la moitié du genre humain et la mère de «tout» le genre humain, y compris du pape, si inaccessible qu'il vous paraisse. Mais comme disait Montaigne: «Si haut qu'on soit placé, on est toujours assis que sur...»

— Arthur! vous vous oubliez! coupa brutalement le docteur Gauthier.

— Je ne faisais que citer un grand auteur. Excusez-moi si je vous ai offensé, dit Arthur, retenant à grand-peine un sourire.

Et sans se démonter, il continua sur son idée en s'adressant toujours à Mme Gauthier.

— Et quelle sorte d'âme a-t-on reconnue à la femme? Le clergé est resté vague dans sa définition, comme s'il était incapable de trouver un moyen terme entre Ève, qui aurait inventé le péché, et Marie, qui l'aurait ignoré.

Et Arthur continuait, toujours ironique.

— Puisque la femme, déjà soulagée d'apprendre qu'elle a une âme, peu importe sa qualité, ne revendique rien d'autre, rien ne presse. Sa Sainteté peut s'asseoir tranquille sur son trône et prendre encore un autre millénaire pour digérer cette grande affirmation, puisque, au bout du compte, elle est sans poids et n'a rien changé dans votre vie...

— Arthur! l'interrompit le docteur Gauthier, regardez mes femmes, dans ma maison, et dites-moi si elles ont l'air malheureuses sous ma protection?

— Je dois admettre, docteur, que «vos» femmes dans «votre» maison ont l'air d'apprécier «votre» protection.

Le docteur Gauthier ignora volontairement l'ironie.

— Eh bien, vous voyez?

— C'est qu'elles ont tout simplement renoncé à se battre.

— Mais contre qui, Grands Dieux?

— Contre nous, qui les avons tenues en esclavage pendant des milliers d'années et qui les avons utilisées comme monnaie d'échange, au même titre que du blé ou du bétail. Des milliers d'années de répudiations, de mépris, de harcèlement. Et ce n'est pas fini. Vous savez très bien, docteur, que les femmes et les enfants des vaincus servent toujours de butin aux vainqueurs. Ils sont asservis, violés, torturés...

— Mon Dieu! fit Mme Gauthier, en portant une main à son cœur.

— Mesurez vos propos, monsieur Buies, les femmes sont sensibles, lui rappela le médecin, contrarié.

— Justement, monsieur, je leur épargne les détails! Mais elles ont le droit de savoir, en gros, ce que la moitié du genre humain leur fait subir depuis le commencement du monde, sinon pour se venger, du moins pour se méfier et se demander sérieusement si elles n'auraient pas droit, elles aussi, à autant de liberté que nous.

— Et que feriez-vous d'une femme comme celles-là, Arthur Buies?

— Je l'amènerais faire de la raquette et boire un Tom & Jerry au mont Royal! lança-t-il, en boutade.

Ce qui fit rire et allégea l'atmosphère, devenue un peu trop tendue.

— Il n'y a pas à dire, Arthur, tu as de la suite dans les idées, fit Alphonse, amusé.

— Et vous, distingués confrères, avez-vous des idées sur la suite?

— Oui! partons si on veut revenir, répondirent-ils, en se levant.

— Mais toi, Wilfrid, tu sembles hésiter?

— Oui! Je ne sais pas si je puis me permettre cette randonnée. Il se tourna vers le docteur Gauthier.

— Bien habillé, mon garçon, la poitrine et la gorge bien couvertes, je crois que cette marche au grand air ne peut pas te nuire.

— Vous en êtes certain?

— Mais oui! mais oui! tu n'es pas malade, Wilfrid, juste un peu sensible au froid. Tu n'as qu'à te couvrir plus que les autres. Disons que je me porte garant de ta santé. Et comme le suggère tes amis, ne te gêne pas pour prendre ce Tom & Jerry. C'est le meilleur remède quand on a froid. Foi de médecin!

Wilfrid se tourna alors vers une jeune fille, assise discrètement dans un coin du salon et qui n'avait pas ouvert la bouche.

— Et vous, Zoé, nous attendrez-vous pour nous jouer un peu de piano au retour?

Celle-ci rougit devant l'invitation de Wilfrid. Elle savait qu'il n'aimait pas particulièrement faire de la raquette ni aucun autre sport d'ailleurs. Par amour, elle aurait bien remplacé le jeune homme, si cela avait été possible. Elle le savait dolent, préférant les longues soirées de lecture près de l'âtre. De son côté, Wilfrid appréciait la présence de Zoé sans avoir jamais pensé à analyser ce sentiment de bien-être. Professeur de piano auprès des enfants Gauthier, elle logeait, elle aussi, dans cette grande maison.

— Je vous attendrai, soyez assuré, lui dit-elle en levant timidement les yeux sur lui.

— Et vous, Emma, rajouta Arthur, vous ne changez pas d'idée?

— Je vous attendrai aussi! dit la jeune fille, avec un sourire un peu contraint.

Enfin, les cinq compères, tout emmitouflés, amorcèrent leur randonnée. Ils traversèrent la ville et avancèrent gaiement entre les arbres croulants de neige du mont Royal.

Quand Arthur ne parlait pas, il chantait. Il avait entonné le refrain de la chanson *Vive la raquette*. Et les autres enchaînèrent:

«Vive la raquette, marchons sans retard,
La saison s'y prête, vive la raquette,
La saison s'y prête, vive la raquette,
Et les montagnards... ards... ards!»

Arthur reprit le couplet en solo.

«La seule chose qu'on regrette,
C'est de ne pas voir avec nous,
Pour nous rendre les sons plus doux,
Des jeunes filles en raquettes,
Aussi nous profitons des jours,
Où l'amitié nous les rassemble,
Pour leur promettre tous ensemble
Fidélité dans nos amours.»

Et «Vive la raquette...», reprenait le quintette...

Tout en chantant, ils continuaient d'avancer sur ce coussin de neige légère. La neige, c'est le froid qui tombe, disait un dicton populaire. Ils avaient à peine les joues refroidies après une heure de marche, mais ils furent contents quand ils aperçurent les lumières du relais.

Ils plantèrent leurs raquettes dans la neige et prirent soin de secouer leurs mocassins avant de s'engouffrer à l'intérieur. Il faisait chaud! Il faisait bon! Ils purent enfin commander ce Tom & Jerry tant désiré. Le serveur le prépara sous leurs yeux: dans un mélange d'œuf battu et de lait, il versa une bonne rasade de rhum bouillant, sucré.

Wilfrid avala le sien d'un coup, et en commanda aussitôt un autre.

— Un par poumon! déclara-t-il, d'un ton décidé!

— Diable! tu n'y vas pas de main morte, remarqua Arthur. Combien as-tu de poumons, toi, Oscar?

— À vrai dire... je ne les ai jamais comptés, fit celui-ci, malin.

— Et toi, Rodolphe?

— Hem! Ça dépend!

— Et toi Alphonse?

— Je respire toujours à pleins poumons. De là à dire combien?

— Alors... résuma Arthur, si on en buvait deux chacun, comme Wilfrid?

— C'est une bonne moyenne! approuvèrent-ils.

— Trinquons!

Tous levèrent leur verre et les toasts se succédèrent: aux Rouges! Aux Canadiens français! À la liberté! À Emma! À Zoé! La mémoire étant une faculté qui oublie, ils trinquaient, buvaient, trinquaient, buvaient, si bien qu'oubliant de compter, les cinq se retrouvèrent, plusieurs Tom & Jerry plus tard, dehors, la tuque à l'envers, le veston boutonné de travers et réchauffés jusqu'à l'incandescence.

Ils avaient tous attrapé la belle couleur vive de leur idéal politique, et bien malin aurait pu deviner lequel de ces compères était «faible des poumons».

Dire qu'ils s'en revinrent en ligne droite serait méconnaître le plus court chemin entre deux points. Une confusion régnait quelque part. Ils étaient pourtant partis dans un bel ensemble, mais ils se retrouvaient, dix minutes plus tard, dispersés et désorientés.

Deux d'entre eux avaient chaussé leurs raquettes à l'envers et ne retrouvaient plus, comme à l'allée, ce bel élan qui les avaient portés si naturellement en avant. Ils étaient plutôt portés à pencher vers l'arrière. En regardant à leurs pieds, la queue de leurs raquettes démontrait qu'ils s'en retournaient, mais quand ils jetaient un coup d'œil derrière eux, la trace sur la neige leur indiquait clairement le contraire.

C'est ainsi que ces deux-là aboutirent devant celui qui, ayant chaussé une raquette à l'endroit et l'autre à l'envers, faisait encore du sur-place en face du relais. Il avait la vague impression qu'il n'allait pas aussi vite que ses compagnons, puisqu'il ne les voyait plus. Mais leur arrivée le rassura.

Pendant ce temps, les deux autres qui, par un hasard inexplicable, avaient chaussé leurs raquettes comme du monde, ne voyant pas leurs amis autour d'eux, avaient fait demi-tour... plusieurs fois, jusqu'à ce qu'ils découvrent leurs traces, qui les avaient ramenés à la case départ. Le fait de se retrouver tous ensemble leur causa au moins autant d'étonnement que de joie...

Se remettant en ligne tant bien que mal pour repartir du bon pied... deux sur cinq seulement avancèrent, et c'est alors qu'ils découvrirent l'erreur dans le dessin.

Rire n'est pas le mot pour décrire la délirante explosion d'hilarité qui éclata entre eux. Leurs grands éclats de gaieté folle se répercutaient d'arbre en arbre, en échos joyeux, si bien qu'on aurait dit que la forêt tout entière était pâmée de rire.

Mais ils devaient repartir, et par le même moyen de locomotion... C'était ça le problème! Assis dans la neige pour plus de précaution, ils essayèrent tant bien que mal de chausser leurs raquettes, en s'appliquant à en diriger la tête vers le sud-est, s'il voulait arriver directement chez le docteur Gauthier.

Quelque temps plus tard, toujours euphoriques quoique à peu près dégrisés, ils finirent par réapparaître à la maison du médecin.

On reconnut sur leur visage les couleurs d'une saine randonnée en plein air. Mais le docteur Gauthier, qui n'était pas dupe, décela dans leur faciès la quantité de rhum absorbée et ne put s'empêcher de glisser à l'oreille d'Arthur: «Nierez-vous qu'une sortie entre hommes s'arrose mieux?»

— Une griserie compense l'autre, docteur. Ce qui ne veut pas dire que l'une vaut l'autre. Mais j'avoue que celle de ce soir m'a particulièrement amusé, répondit Arthur, les yeux rieurs.

On servit du café et des petits gâteaux, et Zoé se mit au piano.

D'un naturel timide et réservé, cette petite bonne femme mettait une fougue peu commune dans son jeu. Un jeu musclé! Un jeu d'homme! Et cette polonaise de Chopin, qu'elle exécutait avec tant de ferveur en ce moment même, trahissait une passion de vivre insoupçonnée. On l'applaudit!

Zoé, retrouvant sa timidité, se leva et inclina la tête en rougissant. Mais c'est dans les yeux admiratifs de Wilfrid qu'elle trouva sa récompense.

Elle se rassit au piano, les jeunes gens l'entourèrent et on chanta des airs romantiques. Les mots épousant les notes s'élevaient dans l'air, y flottaient un moment et s'estompaient dans un souffle... légèrement parfumé de rhum.

꿎

La semaine suivante, on jouait *La Mégère apprivoisée* de Shakespeare au Théâtre Royal. Les amis d'Arthur prenaient toujours des places au «paradis», le seul dans lequel ils croyaient parce qu'ils en avaient la jouissance ici même, de leur vivant, disaient-ils. Comme tout paradis, ce balcon surplombait le parterre et permettait d'embrasser toute la scène. Et, chose non négligeable, il donnait accès à un bar où l'on servait un très bon rhum pendant l'entracte. Ce qui n'était pas pour déplaire à ses adeptes.

Arthur devait rencontrer ses amis dans le hall. Le long de la grille qui menait à l'entrée du théâtre, il marchait prudemment sur le trottoir de bois que les gels et dégels successifs avaient rendu glissant quand soudain une femme perdit pied devant lui. Il n'eut que le temps de la retenir solidement par la taille d'une main et de s'agripper à la grille de l'autre. Surprise et apeurée, elle essaya de se dégager tout en tentant de voir par-dessus son épaule qui se permettait une telle audace, oubliant que ce geste l'avait sauvée d'une chute certaine. Elle lui jeta un regard noir! Enfin... bleu! Mais ce bleu-là, Arthur l'avait déjà vu... Où? Il était avec Victoria... Ils patinaient... Laurence!

— Laurence Perrier! s'exclama Arthur. Le regard de la jeune fille s'adoucit, elle le reconnaissait aussi.

— Le frère de Victoria!

— En personne! répondit-il, ravi. Mais vous faites des progrès, chère demoiselle! La première fois, vous glissiez à mes pieds! Aujourd'hui, vous glissez dans mes bras! Jusqu'où glisserez-vous la prochaine fois?

Avant que celle-ci n'ait eu le temps de répondre, un homme assez âgé pour être son père se retourna, impatienté:

— Voyons, que t'arrive-t-il, Laurence?

— J'ai glissé, papa, et M. Buies m'a retenue pour m'empêcher de tomber.

— Buies? Arthur Buies? dit M. Perrier en se retournant à demi.

— Lui-même, monsieur! répondit celui-ci en inclinant la tête, courtoisement.

— C'est bien vous qui faites *Le Pays* depuis deux ans?

— Il faut bien que quelqu'un le fasse, monsieur, puisque d'autres s'acharnent par tous les moyens à vouloir le défaire!

— C'est bien vous! Je reconnais là votre ton railleur et suffisant!

— Si vos accusations brutales trahissent vos couleurs conservatrices et ultramontaines, je me flatte, monsieur, de vous savoir un de mes lecteurs assidus, quoique cela m'étonne!

Surpris par une riposte qu'il n'avait pu parer _ on l'avait pourtant prévenu — M. Perrier choisit de couper court par un sec: «Je vous salue, monsieur!» et, prenant fermement sa fille par le bras, il lui fit monter l'escalier du théâtre plus vite qu'elle ne l'aurait voulu!

Risquant un regard en arrière, Laurence vit Arthur, le sourire narquois, qui les suivait des yeux. Elle eut à peine le temps d'ébaucher un petit geste d'excuse à l'endroit de son père avant de disparaître dans la salle.

En avançant dans le hall, Arthur voyait encore devant lui ces yeux bleus, tour à tour furieux, adoucis, puis implorants, comme une image qui n'arrive pas à se dissiper. La beauté de la jeune fille l'impressionnait tout autant que lors de son apparition sur le Pont de glace, à Québec, en cet après-midi d'hiver. Il avait oublié cette rencontre pour le moins aussi fortuite que celle de ce soir. Mais, cette fois, il avait eu le temps de mesurer sa taille fine et de sentir son parfum. «Vétiver...» Il lui semblait avoir déjà respiré l'arôme de cette plante... En Guyane, peut-être.

Il la cherchait des yeux quand Wilfrid lui prit le bras:

— Nous sommes ici mon cher! À moins que tu ne cherches quelqu'un d'autre? Une femme peut-être?

En guise de réponse, Arthur, la main sur le cœur, s'élança dans une envolée poétique digne des plus grands romantiques: «Un éclair... puis la nuit! Fugitive beauté
Dont le regard m'a fait soudainement renaître,
Ne te verrai-je plus que dans l'éternité?
Ailleurs, bien loin d'ici! trop tard! jamais peut-être!...»
— Alors..., qu'en pensez-vous? dit Arthur, cabotin, à ses amis qui l'avaient entouré.
— Beaudelaire n'aurait pas dit mieux! répondit l'un d'eux, en riant.

Et selon leur habitude, chacun d'y aller de sa rime:
— Mais il est grand temps, messieurs, de laisser tomber la fée...
— Pour *La Mégère apprivoisée!*
— Malheureusement, s'attrista Arthur, les fées passent... fugaces.
— Si tu ne nous suis pas... on te prendra ta place!
— Au rêve évanoui, je préfère mes amis! Allez devant, je vous suis!

Et c'est en riant qu'ils entrèrent dans la salle. On leva la tête et on les reconnut. Plusieurs les saluèrent, d'autres, d'un air méprisant, détournèrent les yeux. Soulevant constamment des controverses par leurs opinions libérales, clamées ouvertement, ils étaient adorés, craints ou haïs.

Henriette Guibord et Eulalie Geoffrion, habituées de voir leur mari s'attarder dans le hall, avaient déjà pris place. Elles sourirent au groupe de jeunes gens quand ils passèrent près d'elles en les saluant. Alphonse et Joseph les rejoignirent et s'assirent côte à côte, laissant leurs femmes continuer à bavarder.

Henriette se pencha vers son amie:
— Eulalie, je reste encore sur l'impression du discours d'Arthur, tu ne trouves pas qu'il y est allé un peu fort hier?
— Quand je l'ai vu entrer, revêtu de la veste rouge de Garibaldi qu'il porte chaque fois qu'il est en colère contre le clergé, je me suis dit qu'il dépasserait peut-être la mesure. Mais

comme on le calomnie sans cesse, je crois qu'il a raison de se défendre.

— On peut dire qu'il ne laisse rien passer.

— Lors de sa première apparition à l'Institut, il avait juré de toujours dire la vérité. Tu te souviens? Eh bien! c'est ce qu'il fait.

— Si je me souviens? Je l'avais trouvé franchement impressionnant!

— Et moi, si beau! Et je le trouve toujours aussi bel homme. Mais on dirait que de ton côté, tu ne l'admires plus autant?

— C'est que j'ai peur, Eulalie!

— Peur? Mais de quoi?

— Je ne sais pas au juste. La force de Sa Grandeur est si grande.

— On ne peut pas dire le contraire! et Monseigneur méprise l'attitude libérale de l'Institut, mais il ne peut quand même pas nous condamner à mort.

— Non, mais il menace nos maris d'excommunication. Et tu sais ce que ça veut dire, être excommunié? Pas de messe ni même de Noël ou de Pâques! Pas de sacrements! Pas de funérailles! On est hors de l'Église, réalises-tu ça?

— Et quand on sait que «hors de l'Église, point de salut!», ils seraient sûrement mal pris, dit Eulalie en pouffant.

— Tu ris! s'indigna son amie. Je sais que ton mari admire beaucoup Arthur Buies et quand on admire on est porté à imiter. Mais Arthur est un anticlérical déclaré. Peut-être pas aussi pire que certains qui sont purement athées, eux, mais il n'en est pas loin. Ce n'est pas le cas de Joseph qui, même s'il est imprimeur pour *Le Pays*, n'en reste pas moins un bon catholique. Et s'il imprime les discours des autres, ce n'est pas lui qui les compose.

— C'est tout comme! avoue-le!

— En tous cas, d'après lui, ça pourrait chauffer encore plus fort. Et qu'arrivera-t-il d'eux, alors? dit Henriette, visiblement tourmentée. Déjà que c'est défendu d'assister à leurs conférences.

— On est quand même allé à celle d'hier soir!

— Pour ma part, c'était la dernière fois, je t'assure. J'ai comme un pressentiment de malheur imminent.

— Bon, Henriette! tu vas te calmer et ne pas voir de tempête où il n'y a qu'un peu de vent.

— Oublies-tu que «qui sème le vent récolte la tempête»?

— Ça, c'est de la littérature!

— Je n'en suis pas si sûre!

Henriette reprenait quand même un peu de sérénité au contact de cette femme toujours rassurante.

— Je suis persuadée que tu t'inquiètes pour rien. Puis oublie tout ça, pour le moment. Tu vois les lumières s'éteignent, la pièce va commencer!

❧

Le rideau venait de tomber sur le dernier acte. Il était dix heures. On ralluma.

Un brouhaha se fit entendre dans la salle de théâtre. Arthur se leva, suivi de ses amis. Du haut du paradis, il se pencha et son regard chercha vainement Laurence et son père. Il se dépêcha alors de gagner la sortie, assuré de les retrouver dehors. Mais encore là, il eut beau chercher parmi les spectateurs, il ne vit aucune trace d'eux. À croire qu'ils s'étaient volatilisés. Hésitant un moment sur le parti à prendre, il fut rejoint aussitôt par ses amis. Alors oubliant délibérément sa déconvenue, il leur lança, enthousiaste:

— Au café Procope?

Les autres approuvèrent et répondirent en chœur: «Au café Procope!»

Une heure plus tard, le groupe d'amis fidèles festoyait à qui mieux mieux à l'hôtel Richelieu. Ils étaient à la table du coin, au fond de la salle à manger, maintenant toujours réservée à leur nom, et toujours servie par le même garçon, Glenn, Irlandais d'origine et sympathique à leur cause. Celui-ci aimait bien écouter ces membres célèbres de l'Institut canadien dont les propos ardents proclamaient bien fort le patriotisme.

Comme tous ses compatriotes, Glenn désirait un parlement national pour son Irlande natale et une plus large autonomie, en attendant qu'elle reprenne un jour son indépendance. Voir sa patrie revivre dans la liberté et la fierté était son rêve, comme celui de tout Irlandais. Mais pour le moment, on mourait de faim dans son pays. Et ce n'était pas Victoria, reine d'Angleterre et d'Irlande, qui pouvait y changer quelque chose! N'ayant jamais mis les pieds sur leur sol, comment aurait-elle pu savoir dans quel fond de misère ils étaient tombés? Plutôt que de leur donner des moyens de vivre chez eux, l'Angleterre les embarquait par pleins bateaux pour les envoyer dans ses colonies où ils subissaient, à peu de chose près, les mêmes conditions pénibles que «le bois d'ébène».

C'est ainsi qu'ils débarquaient dans les pays étrangers affamés, humiliés, malades et qu'en propageant les maladies mortelles dont ils souffraient, ils soulevaient la colère des habitants.

On disait cette reine bonne pour ses serviteurs. Sa magnanimité s'arrêtait là. Elle ignorait même les conditions abjectes dans lesquelles vivaient, à sa porte, les citoyens des bas-fonds de Londres.

Il ne fallait jamais se faire d'illusions sur le bon cœur des souverains.

Si les Irlandais retrouvaient la même race honnie d'Anglais ici, ils pouvaient par contre partager leur foi religieuse avec les Canadiens français. Et malgré la différence de langue, les deux peuples sympathisaient, jusqu'à un certain point toutefois, que les Canadiens français, obstinément, ne dépassaient pas.

Au-delà de ce point, ils ne suivaient plus les Irlandais dans leur haine contre les Anglais. Curieusement, leur ressentiment s'arrêtait là.

Depuis la guerre des Patriotes, on ne peut pas dire que les Canadiens français avaient rendu les armes, mais ils ne passaient plus à l'action. Ils semblaient même gais, sereins... mais l'étaient-ils vraiment? Glenn en doutait. Il les entendait dire: «Les Anglais sont maîtres ici. C'est normal, ils ont gagné. Et après cent ans, il serait aussi normal que l'on soit assimilé. Ce serait plus facile pour tout le monde. Mais on ne l'est pas. On ne le scra jamais. Parce qu'on est toujours chez nous. On l'était avant eux et on le sera encore après eux.»

Butés, voilà ce qu'ils répétaient. Et pourtant, ils subissaient toujours le conquérant. C'était à n'y rien comprendre. Une drôle de race, pensait parfois l'Irlandais.

Distrait par ses réflexions, Glenn renversa du cognac sur la nappe. Il rougit et s'en excusa aussitôt auprès de ses clients.

— Vous êtes tout pardonné, Glenn, dit Arthur, magnanime. Peut-être est-ce l'amour qui vous distrait?

— On peut appeler ça de l'amour, monsieur Buies. Puis-je vous poser une question?

— Mais allez-y!

— Croyez-vous qu'à force de cohabiter, deux peuples peuvent finir par vivre en bonne amitié si l'un a été conquis par l'autre?

— Difficilement! Comment voulez-vous qu'il en soit autrement? Le conquérant s'approprie le pays sans que son opposant n'ait la force, ni la ruse, ni même les moyens de se défendre. Puis, pour assurer sa prise de possession, il impose son roi, son drapeau, ses lois, sa langue et sa religion. Avec, en prime, plus ou moins d'arrogance. C'est selon! Et après avoir dépouillé sans vergogne un peuple de tout ce qu'il avait, il exige de lui une soumission totale à son autorité. C'est ce qui s'est passé en Irlande et ailleurs. Je ne vous apprends rien, Glenn.

— Mais ici, vous avez quand même gardé votre religion et votre langue, n'est-ce pas là une chance?

— Pour ce qui est de la religion, j'estime que c'est un cadeau empoisonné... obtenu par notre clergé. Quant à la langue, nous parvenons à la conserver par nos propres efforts. Difficilement. Nous devons nous battre constamment et ensemble. L'union fait la force et donne du poids à nos revendications. Mais il faut être capable d'en payer le prix. Et le prix est à la mesure de l'amour de ce que nous voulons garder.

— Moi, ce n'est pas de l'amour que j'ai au cœur pour ma patrie, c'est de la passion, monsieur Buies.

Arthur, que l'heure tardive et les vapeurs du cognac rendaient moins polémique, prit un ton plus léger.

— Mais la passion, ça se chante, Glenn!

Et d'entonner une chanson d'amourette que tous ses amis accompagnèrent de leur voix:

«Gentille est ma concitoyenne,
Fleur de nos climats rigoureux...
Blonde ou brune la Canadienne
Sait captiver les amoureux.
Ornement de toutes les fêtes,
Avec ses petits airs vainqueurs,
Elle fait tourner bien des têtes,
Mais elle enchaîne bien des cœurs!»

Les huit compères s'en donnaient à cœur joie, en chantant à gorge déployée, au grand plaisir de Glenn, qui apprenait ainsi, au fur et à mesure, toutes les chansons canadiennes-françaises.

L'heure du cognac était toujours l'heure heureuse au café Procope. Le gros propriétaire avait été flatté qu'on prête ce nom reconnu à son hôtel. C'est Arthur qui l'avait baptisé ainsi, ayant souvent fréquenté l'original à Paris, rendez-vous des intellectuels et haut lieu de discussion et... de dégustation.

En levant leur verre, les huit invitaient les clients de la salle à manger à reprendre le refrain avec eux:

«Célibataires qui cherchez
Une moitié qui vous convienne,
Si vous prenez femme, tâchez
Que ce soit une Canadienne.»

Arthur, debout, reprit le refrain de sa belle voix de ténor: «Célibatai...ai...ai...res». Mais, les jambes molles, il retomba assis sur sa chaise!

— Le célibataire flancherait-il en toi? le taquina Alphonse.

— Mes jambes me trahissent peut-être mais la tête reste lucide, rétorqua Arthur, en essayant de se remettre debout! Il y parvint! La preuve, messieurs, je peux de ce pas vous haranguer en latin!

— En latin!

— Certes! comme vous le savez, c'est la langue du pouvoir, de tous les pouvoirs! De la Rome des temps antiques à la Rome d'aujourd'hui! Et nous nous devons d'en connaître quelques rudiments, messieurs, si nous voulons traduire la largeur de vue du Syllabus qu'on s'apprête à diffuser bientôt à toute l'Église et qui, en substance, dit ceci: «Je suis contre le progrès, le libéralisme et la civilisation moderne!» *Hoc volo, sic jubeo, sit pro ratione voluntas*, ce qui signifie: «Je le veux, je l'ordonne, que ma volonté tienne lieu de raison»! César le disait déjà et c'est ce que l'on répète en haut lieu dans un bel esprit de continuité. À quoi le bon peuple, qui n'a pas changé d'un iota, répond: *Ave Caesar, morituri te salutant*, «Salut César, ceux qui vont mourir te saluent!»

Et moi, je dis messieurs: *Delenda Carthago*. «Il faut détruire Carthage!»

Tous les huit se levèrent d'un seul mouvement et, d'une seule voix, clamèrent en levant leurs verres: «Il faut détruire Carthage!»

— Amis! trinquons à la vocation manquée d'Arthur, qui est doué plus que de raison pour faire des sermons, proposa Oscar, en riant. Arthur s'emporta.

— Sachez tous que je ne pourrais jamais rien prôner qui puisse entraver quelque liberté que ce soit. Je laisse cela à ceux qui, du haut de leur chaire, ont une vision déformée de la réalité.

— Quelle intolérance envers le clergé, cher Arthur, fit Wilfrid, se souvenant qu'il lui avait déjà servi la même remarque.

— Intolérance? Mais oui! À bien y penser... Il faut le comprendre, le pauvre! Et Arthur prit le ton doucereux du Tartuffe. Comment voulez-vous que nous, pauvres mortels volant en rase motte dans l'obscurité de notre ignorance, ayons une vue globale et juste de ces choses inaccessibles. Même la conscience ne nous appartient plus puisque nous l'avons abdiquée entre ses mains. De quel droit, il est vrai, messieurs, devons-nous penser par nous-mêmes? Réfléchissez, voyons! mais nous aurions toutes les chances de nous tromper. Remettons-nous-en plutôt à ceux qui

reçoivent directement leurs Lumières d'En-Haut et cessons de
nous obstiner à vouloir à tout prix nous servir de nos têtes! Nos
genoux! messieurs! Nos genoux à genoux! Mais, par sagesse,
gardons-nous quand même un pied en réserve, pour nous en
servir le cas échéant!

«Lève ton pied, légère bergère,
Lève ton pied légèrement.
Derrièr' chez nous, y a-t-un étang,
Lève ton pied légèrement.
Trois beaux canards s'en vont baignant.
J'aimerai jamais ces amants volages!
J'aimerai tendrement ces amants constants!»

Arthur avait commencé à fredonner la chanson tout doucement en battant l'air avec une baguette imaginaire, en déployant
sa voix de plus en plus, pendant que ses amis, hilares, reprenaient le refrain avec force:

«J'aimerai jamais ces amants volages,
J'aimerai tendrement ces amants constants.»

Les derniers clients, qui commençaient à s'appesantir sur
leurs verres, enchaînèrent en tapant des mains, contents que les
chansons reprennent:

«J'aimerai jamais ces amants volages,
J'aimerai tendrement ces amants constants.»

M. Beliveau aimait bien voir ses jeunes fous chanter. Ils
avaient de belles voix et mettaient les clients de bonne humeur.
En revanche, il aimait moins leurs discussions sur la religion.
Même aubergiste, même habitué au public depuis longtemps, il
ne pouvait s'empêcher, par moment, d'être scandalisé de les
voir mépriser aussi ouvertement le clergé. Il avait été élevé dans
le respect des prêtres et on lui avait appris à ne pas les juger.
Mais que pouvait-il faire? En tant qu'hôtelier, il lui était impossible de morigéner ses clients, à moins qu'ils ne causent un
chahut incontrôlable. Ce qui n'était pas le cas pour ceux-là!
Alors...

Habitués aux extravagances de cette faune bizarre et imprévisible, les clients, attablés en groupes ou en amoureux solitaires, enchaînaient naturellement aux premiers mots des chansons. Et la gaieté animait les quatre coins de la salle à manger.

Après tout, que pouvait désirer de plus un aubergiste au caractère heureux et indulgent comme M. Beliveau!

Aux petites heures du matin, gais plus que de raison et peu solides sur leurs jambes, les jeunes gens se séparèrent pour rentrer chez eux.

Arthur referma la porte sur son petit appartement. Jetant son chapeau et sa canne sur un fauteuil, il regarda autour de lui en essayant de reprendre ses esprits. Il faisait froid. Il mit quelques bûches dans l'âtre et alluma. La chaleur envahit bientôt les deux pièces.

Il n'avait pas choisi cet endroit pour son confort, loin de là, mais parce que ses amis demeuraient alentour. Et de sa fenêtre, il pouvait voir le fleuve. Il cherchait toujours le fleuve. L'avoir sous les yeux était aussi nécessaire à sa survie que l'air qu'il respirait. Et même si ce fleuve d'eau douce de Montréal n'était pas vraiment le sien, il y conduisait.

Le vrai fleuve, à ses yeux, était salé et avait l'odeur iodée du varech. Mais en voyant celui-ci, on pouvait très bien imaginer celui-là et arriver à respirer juste assez pour l'attendre. Ce qui devait nécessairement arriver tôt ou tard, s'il voulait éviter l'asphyxie.

Et ce lieu unique, c'était Rimouski. Les tantes devaient déjà se préparer à s'y rendre, comme à chaque année, pour le 1er mai. Il les rejoindrait plus tard, pour refaire son plein de vent du large.

La perspective de son départ prochain pour son cher village atténuait ce soir la tristesse qu'il éprouvait toujours à rentrer seul dans son appartement. Les filles qu'il courtisait occasionnellement n'arrivaient jamais à combler sa solitude.

Il avait hâte de revoir Rose. Elle lui manquait. Sa présence le ravissait à chacune de ses visites à Québec. L'aimait-il? Mais qu'était l'amour au juste?

On en donnait plusieurs définitions, toutes plus farfelues les unes que les autres. Pour lui, ce mot prenait une résonnance obscure, un peu malsaine, et évoquait des expériences décevantes qui l'avaient laissé à chaque fois désenchanté. On ne trouvait nulle part d'exemple parfait. Comme si ce sentiment, pourtant à la portée de tous, demeurait inaccessible. Qu'était donc l'amour?

Il ne pouvait s'aider d'aucune référence. Ses vieilles tantes et sa sœur l'avaient toujours entouré d'affection. Mais leur constante sollicitude était restée impuissante devant cette faim impérieuse, exigeante, commune à tout le monde, et que seule une mère pouvait combler.

Quand Arthur, au bout de ses réflexions, arrivait inévitablement au mot «mère», c'était l'angoisse. Il avait beau se rappeler son âge, son statut social devenu assez prestigieux, son talent, même ses amis, rien n'y faisait, il se sentait perdu.

Le fœtus s'appuie de tout son petit corps à la sphère chaude de sa mère. Il n'y a pas un endroit qu'il ne peut toucher à tout moment pour s'assurer de son territoire. Quand il naît, après le premier choc de la séparation, son nouveau territoire se mesure à la limite circonscriptible de la tendresse de sa mère. Mais s'il ne la trouve pas, il hésite, désorienté, dans cet espace non délimité, qui n'est pas vraiment un espace mais un vide à risque s'il s'y aventure.

Et il demeure un apatride du cœur, errant sans fin autour d'un pays perdu, comme ces oiseaux de mer tournoyant sans repos autour de ce qui fut leur île, à jamais engloutie!

Il n'y avait pas pire! C'est dans ces moments d'angoisse qu'Arthur avait le plus besoin de Rose.

Il se versa un verre de whisky, le but d'un trait, se jeta sur son lit et s'endormit aussitôt.

Les cloches le réveillèrent à six heures le lendemain matin. Était-ce Noël? Pâques? La Toussaint? Un mariage, peut-être? Rien de tout cela! ce n'était qu'un jour ordinaire de la semaine où, comme tous les matins, une trentaine d'églises et autant de couvents, secouant leurs battants à qui mieux mieux, appelaient les paroissiens à la messe.

Si Arthur n'aimait pas la messe, par contre, le tintement des cloches le ravissait toujours, et malgré ses couchers tardifs, il ne se plaignait jamais qu'elles le réveillassent si tôt.

Il fit sa toilette et sortit déjeuner. Il marchait depuis quelques minutes quand un homme, échevelé, la redingote ouverte sur sa chemise, l'air hagard, fonça sur lui!

Arthur, instinctivement le repoussa des deux mains.

— Halte-là! que vous prend-il?

— Mais n'est-ce pas là le tocsin que l'on entend?

— Le tocsin? C'est la cloche qui appelle les fidèles à la messe quotidienne, monsieur!

— Et en quel honneur, s'il vous plaît?

— Mais en l'honneur de Dieu, monsieur!

— Permettez-moi de m'étonner, mais je suis étranger et chez moi, nous ne célébrons la messe qu'une fois par semaine. Je suis néanmoins certain que Dieu y est tout aussi bien honoré et tout autant aimé, sans tout ce vacarme. Cela dit sans vous offenser!

— Vous l'aimez sûrement, je n'en doute point, répondit Arthur en ramenant sa canne devant lui et en s'y appuyant des deux mains pour répondre plus commodément. Mais nous, nous l'idolâtrons, monsieur! Me croirez-vous si je vous dis que ce «tocsin» recommencera à midi et encore ce soir pour l'angélus, et que cela se répète tous les jours de l'année. Aujourd'hui, vous tombez dans l'Ordinaire, comme on appelle les jours réguliers dans le calendrier liturgique, mais bientôt ce «tocsin» sonnera en plus tous les soirs, pour célébrer le mois de Marie. Malheureusement, vous venez de manquer le Carême, où vous aviez un office tous les après-midis. Et... vous l'ignoriez sûrement, mais si vous aviez choisi le mois d'octobre pour vos vacances... on vous offrait tous les «sept heures» du soir du mois du Rosaire. Et mine de rien, le mois de novembre, mois des Morts, aurait suivi, offrant plus ou moins les mêmes divertissements... Et si à tout hasard vous y aviez pris goût, vous restiez et profitiez de tous les «jours de l'Avent», qui durent jusqu'à Noël. Après Noël, l'Épiphanie. On revient au Carême! à Pâques! Et la boucle est bouclée. Et je vous fais grâce des cent autres fêtes religieuses d'obligation réparties dans les temps morts et pour lesquelles, monsieur, ce que vous prenez pour le «tocsin» sonne toujours. Sans compter les chemins de croix et les croix de chemin, les processions pour les sauterelles, les bénédictions pour les veaux, les neuvaines pour les graines! les carillons de mariages, les tintons d'anniversaires, les glas d'enterrements! Il y a aussi les cérémonies de confirmation, de première communion, de communion solennelle et de baptême! et j'avoue que là, vraiment, monsieur, les cloches s'en donnent à cœur joie! Et il arrive... Oui! que, comme partout ailleurs, le TOCSIN, le vrai, sonne, monsieur, pour avertir d'un désastre! Et pourquoi? Par-ce-que-les-parois-siens-l'au-ront-mé-ri-té! leur grand péché, voyez-vous, aura été la «ruse» de trouver un infime moment entre leurs innombrables exercices religieux pour penser à quelque chose de répréhensible. Je dis bien «penser» parce que pour «faire», ils ne leur restaient ni le temps! ni la force! ni le goût! Mais les gens d'ici, monsieur, aimeraient mieux changer de Dieu plutôt que de changer leurs pratiques religieuses.

L'étranger n'avait pas ouvert la bouche durant la longue tirade d'Arthur, c'est-à-dire qu'il ne l'avait pas refermée, tellement éberlué par ce qu'il venait d'entendre. Cet homme au langage châtié, aux manières courtoises, malgré un air quelque peu ironique, ne pouvait l'avoir berné au point de lui mentir dans la totalité de son discours. Mais devait-il le croire?

Il regarda autour de lui et aperçut des gens attroupés, attirés sans doute par les propos de son interlocuteur. Il ignorait son nom mais beaucoup semblaient le reconnaître. Quelques-uns riaient, d'autres, jetant des regards furtifs autour d'eux, n'osaient pas, de peur d'être dénoncés à quelques membres du clergé, sans doute, en déduisit-il.

Ils avaient raison de faire attention parce que, justement, un prêtre de Sa Grandeur revenait de dire la messe à l'église Notre-Dame des Victoires, attenante au couvent des religieuses de la Congrégation de Notre-Dame.

Reconnaissant Arthur, et ayant saisi ses derniers mots, il fut tenter de l'invectiver en public, mais son instinct lui dicta de s'en abstenir. Le mauvais rôle lui échouerait sûrement. La réputation de persifleur de ce blanc-bec touchant au génie du diable n'était pas surfaite, loin de là! Et elle n'avait d'égal que ses arguments hérétiques. Il fallait donc beaucoup d'adresse et une rare verve pour répondre à ses sarcasmes sans perdre la face; ce qu'il ne souhaitait à aucun prix.

Il valait mieux passer sans l'aborder. Mais il fallait informer Sa Grandeur de cet incident dans les plus brefs délais. Et surtout lui répéter cette dernière phrase tellement... tellement... blasphématoire, c'est le mot, qu'il osait à peine se la rappeler: «Les gens d'ici... aimeraient mieux changer de Dieu...»

Il n'y a pas si longtemps, cette affirmation, lancée en public, aurait mérité le bûcher à celui qui l'avait prononcée. Malheureusement, on ne disposait plus de ces moyens radicaux et définitifs pour se débarrasser des destructeurs de conscience, de ce nouveau type d'hérétiques qu'étaient ces «rouges», par exemple! se disait rageusement l'abbé. De son grand pas nerveux, il faisait virevolter sa soutane autour de lui, et la servante qui le précédait en faisait de même avec ses jupons, pressés tous deux qu'ils étaient d'aller servir leur maître.

Il faudrait bien finir par mettre ce Buies, le pire de tous, hors circuit! mais il fallait tenir compte des dames seigneuresses, ses grands-tantes, si généreuses envers l'Église et qu'on ne pouvait vraisemblablement écarter.

Rodolphe et Wilfrid se dirigeaient vers le petit restaurant où ils avaient donné rendez-vous à Arthur pour déjeuner quand ils se heurtèrent à un groupe de badauds. Tout en bavardant, ils cherchaient distraitement à connaître la cause de cet attroupement lorsque, amusés, ils en reconnurent l'auteur. Ils s'approchèrent d'Arthur et lui lancèrent:

— Hé! Arthur! As-tu besoin d'aide?

— Non, merci! Je finissais justement de renseigner monsieur que voici sur nos petites habitudes de vie en Canada!

— Lesquelles, par exemple?

— Je peux résumer ainsi: le Canada français est un immense couvent où la cloche appelle sans relâche le peuple à la prière, tous les jours de l'année, de matines à matines.

— C'est à peine exagéré! approuva Rodolphe, en riant. Puis il baissa la voix: parmi tes auditeurs, je viens de voir filer comme un mauvais vent ce qui m'a semblé être le rapporteur de Sa Grandeur. Méfie-toi! Arthur!

— Je n'ai raconté que des faits vérifiables. D'ailleurs, ces gens sont là pour témoigner.

— Et tu sais très bien qu'ils ne témoigneraient jamais en ta faveur contre l'évêque!

— Je ne les exposerais pas non plus à ses foudres, car ils ne pourraient y parer, les pauvres. Et de toute façon, cela me priverait du plaisir pervers que j'éprouve à répondre à ses attaques. Et maintenant, allons déjeuner!

Pendant ce temps, le touriste retournait lentement à son hôtel. Il se trouvait dans une grande perplexité. La question qu'il se posait était celle-ci: si les gens de ce pays, au dire de ce monsieur, passait autant d'heures à l'église, quand prenaient-ils le temps de travailler?

Le soir venu, il n'avait trouvé aucune réponse satisfaisante, mais il remercia Dieu de lui avoir donné une religion qui lui laissait assez de temps pour gagner sa vie et celle de sa femme et de ses enfants.

De son côté, l'abbé Coton, arrivé au Palais épiscopal, se précipita vers les appartements de l'évêque. Il frappa discrètement, attendit un moment et entra en refermant la porte avec préciosité.

Quand il vit Sa Grandeur continuer sa méditation sur son prie-Dieu sans plus s'occuper de lui, il refréna son impatience et n'eut d'autre choix que d'attendre le bon plaisir du prélat.

Après dix minutes, celui-ci se leva, fit un grand signe de croix et se tourna vers l'abbé, lui présentant son cabochon à baiser. L'abbé s'exécuta avec déférence.

— Alors, monsieur l'abbé! qu'est-ce qui vous amène ici si tôt?

— Monseigneur, je vous présente mes excuses, mais j'ai cru de mon devoir de venir vous prévenir contre une personne qui tient en public des propos dangereux.

— Et de qui s'agit-il?

— Arthur Buies! Monseigneur!

— Encore lui! Il n'y a qu'à le faire taire!

— Ce n'est pas si facile!

— Et pourquoi donc, s'il vous plaît?

— Ses grands-tantes sont seigneuresses, Monseigneur.

— Et, alors? Les seigneurs du Canada n'étaient que des gens ordinaires à qui on avait accordé des titres et privilèges en échange de leurs loyaux services envers le roi. Je reconnais bien la valeur de leurs titres, mais ce ne sont quand même pas des nobles.

— Arthur Buies l'est, Monseigneur.

— Buies n'a pas une consonance noble que je sache. Comme tous les intellectuels, il se prend pour un aristocrate!

— Il l'est véritablement, Monseigneur, par sa mère, Léocadie, qui était fille de Jean-Baptiste Philippe d'Estimauville, lui-même fils de Jean-Baptiste Philippe Charles D'Estimauville, sire et baron de Beaumouchel, né à Louisbourg, fils de Jean-Baptiste Philippe D'Estimauville, sire et baron De Beaumouchel, celui-là né à Trouville, en France. En fouillant davantage, j'ai appris que les D'Estimauville sont originaires de Normandie. Leur noblesse remonterait au début du XIVe siècle. L'un deux, Jacques D'Estimauville, sire de Guenneville, a même été l'un des fondateurs du Havre...

— Assez l'abbé! Allez-vous remonter au déluge? Il y a beaucoup d'autres nobles qui ont des titres et qui ne s'en vantent pas.

— On dit de lui, Monseigneur, qu'il ne rappelle jamais ses origines. Je me suis bien renseigné à son sujet.

— Alors, où prend-il son arrogance s'il ne tire pas vanité de sa noblesse?

— De son franc-parler, Monseigneur.

— Et de quel droit?

— Il vous répondrait: de celui «de la liberté primordiale qui permet à l'homme par la perfection de l'intelligence et de la volonté d'embrasser la vérité et de soupeser l'erreur pour formuler ensuite un jugement personnel».

— C'est un élément plus que dangereux, en effet, répartit Sa Grandeur, le regard assombri. Il faut absolument le garder à l'œil et l'empêcher de nuire. Surveillez-le, monsieur l'abbé, et rapportez-moi, à mesure, ses propos tendancieux.

— Bien, Monseigneur.

L'abbé Coton sortit, non sans s'être agenouillé encore une fois pour baiser l'anneau de son évêque.

Le prélat s'attarda un moment debout pour réfléchir, puis décida d'aller prendre son premier repas de la journée. Il disposait d'une salle à manger privée, qui lui servait à recevoir des invités de marque ou à discuter de choses confidentielles. Autrement, comme aujourd'hui, il mangeait dans la salle à manger commune. Et le matin, il mangeait seul.

Il s'installa au bout d'une grande table de chêne, recouverte d'une nappe blanche en damassé. Dans des plats d'argent munis de couvercle, des omelettes étaient gardées chaudes. D'autres plats contenaient des crêpes fondantes. Un gros jambon, coupé à moitié en tranches épaisses, remplissait un plat de service en porcelaine. Du pain blanc comme la neige et tout aussi léger attendait, emmitouflé dans une serviette de toile d'Irlande, à côté d'une motte de beurre doux de Kamouraska. Un pichet de porcelaine d'Angleterre à bec de cuivre reluisant était rempli à ras bord d'un sirop d'érable onctueux. Un pot de miel de fleurs sauvages voisinait avec un pot de confitures de fraises des bois. Sur un réchaud fumait un café odorant.

Au centre de la table, un vase de cristal était rempli de belles pommes rouges et d'oranges fermes.

Une humble religieuse se tenait à chaque extrémité de la table, prévenant le moindre désir du prélat. Les grandes portes vitrées restaient obligatoirement fermées pendant une demi-heure. Le service se faisait en silence.

Sa Grandeur déjeunait.

Mais, exceptionnellement aujourd'hui, après avoir goûté à tous les plats, il refusa les fruits. Il les affectionnait pourtant d'habitude, à la fin de son repas. Une des deux religieuses s'inquiéta:

— Vous ne vous sentez pas bien ce matin, Votre Grandeur?

— J'avoue avoir moins d'appétit que d'habitude, ma sœur. Un grave problème me tourmente.

— Je vais offrir ma journée à Dieu pour que vous trouviez une solution heureuse, Monseigneur.

— Je vous en remercie, ma sœur.

Sa Grandeur s'essuya la bouche délicatement, déposa sa serviette près de son assiette et se leva. Une religieuse s'empressa de repousser sa chaise derrière lui. Puis, il sortit après que l'autre religieuse lui eut ouvert les grandes portes et se fut effacée devant lui.

Cinq minutes plus tard, les vicaires et autres prêtres visiteurs entraient à leur tour dans la salle à manger où les deux religieuses se mettaient à leur service.

Si le prélat préférait manger seul le matin, c'était pour mieux réfléchir aux décisions qu'il aurait à prendre dans la journée.

Une chose le tiraillait plus particulièrement depuis quelque temps, et pas seulement depuis les révélations de l'abbé Coton. L'existence de ce journaliste, demeuré trop longtemps dans cette France impie, activait par son ardeur diabolique l'influence déjà nocive de cet infâme Institut canadien, dont il n'arrivait pas à tuer les idées libertaires dévastatrices.

Cette influence néfaste menaçait constamment les efforts qu'il déployait depuis tant d'années pour sauvegarder la foi religieuse dans le pays.

Dieu sait s'il avait travaillé sans relâche à la christianisation en profondeur de son diocèse. Il y avait installé au bas mot plus de dix-huit communautés religieuses de femmes et d'hommes depuis environ vingt ans. Il avait recruté des membres jusqu'en France. Certaines communautés assuraient l'instruction publique des Canadiens français dans tout le pays. D'autres avaient pris en charge les hôpitaux, les asiles et les orphelinats. Il avait les moyens d'envoyer des missionnaires partout où il y avait des Indiens, au Bas-Canada mais aussi du Manitoba jusqu'à Vancouver.

Incapable d'assurer leur subsistance, le clergé avait eu l'idée de demander à toutes ces communautés de vivre le plus possible en autarcie. Elles recevaient des dons, cultivaient la terre et fabriquaient leurs vêtements comme la plupart des habitants du pays. Satisfait, il les avait vu faire preuve de plus en plus d'ingéniosité à force d'exercer tous les métiers.

Il avait secouru les pauvres en fondant partout des sociétés de Saint-Vincent-de-Paul. Il avait même créé un enseignement pour les sourds-muets.

Que n'avait-il fait encore? Lors des épidémies, n'avait-il pas été le premier à organiser l'aide nécessaire pour sauver ces malheureux de la mort, par des soins rapides et efficaces, mais aussi du feu éternel, par l'administration des derniers sacrements?

Il pensait même acquiescer aux demandes réitérées des colons canadiens-français qui réclamaient des prêtres dans leurs «Petits Canadas», où ils avaient émigré. S'il hésitait encore, c'était qu'il craignait de voir ses ouailles traverser de plus en plus nombreux du côté américain. Comment entretiendrait-il toutes ses églises ici, et comment maintiendrait-il toutes ses œuvres s'il n'y avait plus personne pour les payer? Et quelle raison aurait-il de rester au Canada s'il n'y avait plus de catholiques?

En imaginant tous ses efforts anéantis, un sentiment d'angoisse le prit à la gorge. N'avait-il pas réformé la liturgie, les cérémonies religieuses et même le costume ecclésiastique? N'avait-il pas multiplié les processions, les croix de chemin, les sermons sur la tempérance et la pureté? Et n'avait-il pas éloigné Satan en bannissant toutes les danses, de la simple gigue à la valse et à la polka, ces trémoussements infâmes qui menaient directement à la perdition?

Oubliant un moment ses craintes, il s'appuya plus fortement à son haut dossier et, joignant les mains de satisfaction, il se laissa aller à savourer la somme de son travail, comme un avare compte son or, amassé depuis longtemps.

Et il reconnaissait, non sans orgueil, que son œuvre véritable avait été de reconstituer, ici, dans cette colonie perdue et constamment menacée par l'emprise du protestantisme, une petite Rome, honorée! respectée! obéie!

Dommage que ce ne soit pas dans les attributions d'un pape de visiter ses ouailles! Sa Sainteté aurait été aussi surpris par l'œuvre impressionnante de son évêque zélé que rassuré par l'implantation solide de l'Église en Canada, gage de sa pérennité.

Et ce, grâce à lui!

Poursuivant son but sans relâche, il avait réussi à étendre et surtout à imposer son pouvoir à tous les Canadiens français, si bien que leur entière soumission et leur ferveur accrue étaient admirées jusqu'en Europe.

Il avait réussi à avoir la mainmise et le contrôle sur tout sauf... sur ce petit noyau de récalcitrants butés de l'Institut canadien. Les menaces brandies de l'enfer et du refus des sacrements, qui ramenaient les pécheurs dans le droit chemin, n'avaient aucune prise sur ces renégats.

Où avait-il manqué? De quelle arme oubliée ne s'était-il pas encore servi? La menace de l'excommunication avait créé assez de peureux pour former le nouvel Institut canadien-français. Mais rien n'ébranlait ces anticléricaux qui, bien que toujours polis et courtois — il fallait l'avouer — n'avaient aucun respect pour l'autorité établie, c'est-à-dire pour l'Église, c'est-à-dire pour lui. Il ne pouvait souffrir qu'on lui résiste. N'était-il pas le porte-parole de l'unique Vérité?

Dernièrement, on l'avait attaqué dans ce journal de Satan: *Le Pays*. Il avait encore ces paroles en mémoire: «Sa Grandeur l'évêque se calque tellement sur Rome que dernièrement, il accusait les garibaldiens de s'être battus contre «lui» pour «le» déposséder de «ses» biens en envahissant «ses» États. En résumé, Sa Grandeur usurpe un rôle qui ne lui appartient pas, enfin... pas encore... en se prenant pour Sa Sainteté. Son zèle n'a d'égal que son ambition.»

Il avait eu la faiblesse de répondre dans son journal *Les Mélanges religieux*: «J'appelle la vengeance du Très-Haut sur ceux qui osent insulter un haut représentant de Dieu, vous, les éteignoirs dangereux de notre belle flamme religieuse.» Et il avait terminé en leur lançant ce cri de leurs amis, les révolutionnaires de 1789: «À la lanterne, tous!»

Il avait eu tort, parce que déjà dans le numéro de ce matin, on lui ripostait du tac au tac par cette célèbre réplique: «Eh bien! quand vous m'aurez mis à la lanterne, y verrez-vous plus clair?»

Cette répartie pertinente, il fallait bien l'admettre, ne pouvait venir que de ce journaliste étranger. Cet humour sagace lui allait comme un gant.

Une idée lui vint tout à coup! Comme tout journaliste, cet Arthur Buies devait aimer la satire. Il devait guetter avidement les ripostes à ses attaques pour ensuite y répondre brillamment, et à travers sa plume vitriolique, faire valoir son esprit et son talent. Eh bien, il l'en priverait! Quelle meilleure arme que de rester muet! Humilié d'abord, et n'ayant plus rien pour alimenter ses satires, il déposerait enfin les armes.

Sa Grandeur se frotta les mains de satisfaction. La sœur converse avait dû bien prier pour qu'il trouve un moyen aussi subtil de régler en partie son problème.

Il sentait déjà son appétit revenir pour le repas du midi.

Arthur était loin de penser qu'il altérait la faim de Sa Grandeur. Il était trop occupé à écrire à Victoria, qu'il avait négligée depuis quelque temps:

> Je te promets, ma petite sœur, que lorsque nous nous retrouverons cet été à Rimouski, je te raconterai en détail la vie gaie et passionnante que je mène avec mes amis de l'Institut canadien. Nous reprendrons comme autrefois nos grandes marches au bord du fleuve et nous passerons des heures à lire sur l'île Barnabé. Notre île. Qu'en dis-tu?
>
> Je sais que tu m'écris plus régulièrement que je ne le fais. Et que de recommandations! Tu m'enjoins de tempérer l'ardeur de mes propos qui scandalisent littéralement les tantes. Et où vais-je en venir en continuant de faire fi des menaces du clergé?

Personne ne les brave jamais bien longtemps sans que les châtiments ne suivent de près les menaces, me dis-tu.

Mais tu me mets en garde contre des choses que je sais déjà, Victoria. Je ne peux que te répondre que je continuerai à servir la vérité envers et contre tous. On ne dit pas les choses uniquement par complaisance, autrement, il vaut mieux se taire.

Et moi je ne me tairai point. Je l'ai déjà écrit, «ce qui a été le malheur et la perdition de toutes les sociétés ou le clergé était le maître, c'est l'orgueil ecclésiastique. Oh! l'orgueil ecclésiastique! Tous les autres péchés réunis, et seraient-ils innombrables, ne seraient que poussière comparés à ce péché-là. C'est l'incommensurable dans l'infini. Ça n'a ni borne ni terme. On sait un peu ou ça commence, mais on ne voit nulle part ou ça finit. Vous piquez légèrement l'épiderme d'un ecclésiastique de première année, l'Église tout entière se gonfle, éclate et fulmine. Regarder un bedeau de travers n'a pas encore été décrété de sacrilège, mais on sent qu'il n'y a que la formule qui manque.»

Et je répète, Victoria, «qu'il n'y a pas d'exemple dans l'histoire d'un pouvoir parvenu à son apogée, devenu capable de tout oser et de tout imposer à la fois, qui n'ait vu son déclin commencer avec ses excès mêmes.»

Mais ce n'est pas pour aujourd'hui, et en attendant, Sa Grandeur exige toujours de nous une totale soumission en visant une reddition pure et simple.

Jamais il n'aura la mienne! À moins que, mourant, d'une voix que je ne reconnaîtrai pas et que je renie d'avance, je la prononce «in extremis» et du plus profond de mon coma!

Je te fais peut-être frémir Victoria, mais rappelle-toi que les verbes préférés de cet homme de Nazareth étaient aimer et non asservir, comprendre et non juger, pardonner et non condamner. Je n'accepterai de son Église que ce langage et aucun autre!

À bientôt, ma chère petite sœur. On se retrouve au vent du large!

Je t'embrasse,

Arthur

IV

... Je la tenais encore! [...]
et son œil expirant
s'éteignait dans le mien;
elle n'eut qu'un instant pour mourir,
et qu'un jour pour aimer et le dire [...]

ARTHUR BUIES

On sonna à la porte. Victoria alla ouvrir.

— Bonjour Agnès! Entre! Je suis presque prête.

— Prends ton temps, Victoria, la débâcle nous attendra bien encore un peu.

— La glace est pourrie depuis une grosse semaine et le soleil s'est maintenu. Ça ne va sûrement pas tarder. Bon! allons-y!

Les deux jeunes femmes, bras dessus, bras dessous, descendirent la rue Buade, tournèrent sur Du Trésor, prirent la rue Ste-Anne et se dirigèrent vers la terrasse Durham.

Elles n'étaient pas les seules à venir guetter la débâcle. Depuis une semaine, les gens allaient et venaient à tout heure du jour pour être les premiers à voir la glace du fleuve se rompre.

Appuyées sur la balustrade et bien serrées l'une contre l'autre pour mieux garder leur chaleur, les deux amies, les yeux rivés sur le fleuve, surveillaient le premier signe d'éclatement. Le bruit sourd que faisait l'eau pour se libérer des glaces semblait s'accentuer. Ces derniers jours, on avait débarrassé le fleuve des nombreuses cabanes qui servaient pendant l'hiver à abriter les vendeurs de boisson, les patineurs, les coupeurs de glace et les nombreux voyageurs qui faisaient la traversée Québec-Lévis.

On vit deux jeunes garçons partir, chacun de leur rive, pour atteindre le milieu du fleuve où ils s'étaient donné rendez-vous.

Chaque année, de jeunes téméraires se risquaient à défier la débâcle en se hasardant sur le fleuve de plus en plus tard dans la saison. C'était un jeu dangereux, car personne ne pouvait prévoir le moment exact de la rupture des glaces. Il y avait déjà eu des noyades, mais la passion du risque l'emportait sur la prudence. En fait, cette course contre la montre était attendue et on pouvait presque la considérer comme le dernier sport de l'hiver. Tous les jours du mois d'avril, on venait applaudir les audacieux.

Soudain, le grondement qui durait depuis le matin s'amplifia rapidement et, dans un bruit de tonnerre assourdissant, éclata dans un énorme fracas. L'eau, dans une dernière poussée de violence, venait de trouer le fleuve. On vit alors un puissant geyser jaillir et propulser d'énormes blocs de glace, qui retombèrent en se bousculant. Une faille en zigzag s'était dessinée d'une rive à l'autre.

Les deux garçons, qui étaient sur le point de se rejoindre et de crier victoire, se figèrent sous le choc du jet glacé. L'enthousiasme fit place à l'horreur. Sans faire ni une ni deux, ils virèrent lof pour lof et détalèrent à toute vitesse. Glissant, tombant, se relevant, reprenant leur course effrénée, chacun essayait de regagner sa rive, pendant que l'eau s'engouffrait dans les fissures et que le bruit tumultueux emplissait l'air de son vacarme menaçant.

Maintenant, plus rien ne pouvait freiner la force du courant. Poussées par le grossissement de leurs eaux et ralenties par la résistance de la glace, les rivières se bousculaient dans la débâcle.

Pendant le mois d'avril, comme des couvées de poussins sortant de leur coquille, toutes les rivières du pays, à commencer par celles du versant sud, la Richelieu, la Yamaska, la Bécancour, la Chaudière, cassaient la glace qui les retenait prisonnières.

Redevenues fondantes, souples et vives, elles glissaient alors librement dans leur lit en se hâtant vers la mer.

Des deux côtés du fleuve, les Québécois applaudissaient la débâcle comme le plus beau des spectacles. Elle promettait l'herbe verte, les arbres feuillus, les fruits sucrés, le foin odorant, les fleurs variées et la bonne chaleur. Mais leur attention restait fixée sur les deux garçons. Alors que le jeune de Lévis semblait s'en tirer, on ne pouvait en dire autant de celui de Québec. Sa course affolée tournait à la tragédie. La glace s'était rompue sous ses pas et il venait de disparaître sous l'eau. Deux canotiers quittèrent subitement la rive et poussèrent vivement leur embarcation pour aller à sa rescousse. Le garçon avait refait surface et tentait désespérément de s'agripper à l'une des parois de glace. Mais la fissure se refermait et il allait être écrasé. Il vit sa fin imminente. Fou d'épouvante, il rassembla ses forces et hurla: «Au secours! par pitié! au secours!» Ses cris se mêlèrent lugubrement au bruit déjà terrifiant de la débâcle.

Les canotiers l'avaient rejoint et ils eurent à peine le temps de l'attraper et de le hisser, à moitié inanimé, dans le canot, que déjà la fissure se refermait dans un choc brutal en les aspergeant d'eau glacée.

Les spectateurs, qui avaient suivi le drame avec angoisse, jetèrent un «ouf» de soulagement. Plusieurs se signèrent. Agnès, qui l'avait soudain reconnu poussa un cri perçant: «Guillaume!»

— Qu'est-ce que tu dis, Agnès? s'écria Victoria, affolée.

— C'est mon frère, Victoria! c'est Guillaume! et elle joignit les mains dans un geste désespéré! mon Dieu! Vierge-Marie! bonne sainte Anne! saint Jude! faites qu'il ne meurt pas!

Ne sachant plus à quel saint se vouer, Agnès sanglotait tout en continuant ses invocations.

On s'agita autour d'elle.

— Mais oui, c'est le jeune Perrier!

— En êtes-vous certain?

— Oui, on l'a reconnu!

Victoria, sans hésiter, prit fermement Agnès par le bras. Elles se frayèrent un chemin à travers la foule et se précipitèrent vers la rue Sous-le-cap, où les canotiers ne manqueraient pas d'accoster.

Rose, assise dans la maison de son père, buvait une tasse de thé. Celui-ci tentait d'alimenter un maigre feu dans l'âtre, mais cela ne suffisait pas à réchauffer la pièce. Il économisait son bois de peur d'en manquer avant la fin des grands froids. Ces pauvres attisées enlevaient tout juste le cru de l'humidité et Rose frissonnait sous son manteau qu'elle n'avait pas voulu enlever. À chacune de ses visites, elle constatait amèrement qu'on ne se déshabillait jamais, l'hiver, dans les maisons de la rue Sous-le-Cap. Elle était venue donner un peu d'argent à son père. C'était la meilleure façon de l'aider, même s'il en buvait la moitié.

Rose ne ressemblait pas du tout à son père. C'était un homme petit, chétif, le cheveu rare et noir. Sa mère aussi avait eu les cheveux noirs et la peau sombre d'une indienne. Rose était la seule blonde de la famille. Ses frères et sœurs ressemblaient tous à leurs parents.

— Où sont les autres, papa? demanda-t-elle.

— Angèle est partie acheter de la farine et peut-être bien des œufs. Elle a promis aux jeunes de leur faire des crêpes à soir. Les deux filles vont revenir de l'école, ça sera pas long. Les garçons, eux autres, doivent être au bord du fleuve à regarder la débâcle.

— Ils devraient être en classe eux aussi. Vous devriez être plus sévère avec eux, papa. Ils sauront mieux gagner leur vie en sachant lire et compter.

— Pour ça, t'as raison, ma fille! mais pour suivre les autres, il faut des livres, des cahiers et du linge. On leur demande aussi d'être propres. C'est pas facile quand on n'a même pas l'eau courante. Angèle fait ben son possible, ta mère, de son vivant, essayait de s'en tirer avec encore moins de moyens. On peut pas faire des miracles avec ce qu'on a. Mais avec ce que tu nous apportes, on survit. La débâcle va nous aider un brin. Plus tard, j'irai arpenter la grève avec mes gars pour ramasser les bois d'épave. Il y a des années où on en trouve pas mal.

Ils entendirent parler bruyamment dans la rue. Rose se leva et regarda par la fenêtre. Des gens pressés arrivaient devant leur masure. On frappa aussitôt à grands coups dans la porte. Elle se dépêcha d'ouvrir. Un homme portait dans ses bras un adolescent inanimé, aux vêtements trempés et raidis par le froid. Quelqu'un l'accompagnait. Plusieurs personnes s'étaient attroupées devant la maison.

— Vite, mam'zelle, lui dit l'homme qui le portait, il faut lui ôter son linge pis le frictionner pour pas qu'il attrape son coup de mort. Et s'adressant au père de Rose, il lui lança sur un ton autoritaire:

— Chauffez plus, monsieur Brosseau!

Celui-ci, qui avait reconnu les canotiers, s'empressa d'aller puiser dans sa réserve de bois. Il avait beau être pauvre, secourir les autres était sacré. À la grâce du bon Dieu, se dit-il, et il revint les bras pleins de bûches. Quelques minutes plus tard, le feu flambait et réchauffait la maison comme elle ne l'avait jamais été.

Tout à coup, la porte s'ouvrit en coup de vent, laissant entrer Agnès, en larmes, et Victoria.

— Où est mon frère? cria Agnès. On m'a dit qu'il était ici.

Victoria aperçut Rose et s'étonna de sa présence à cette heure et dans cette maison.

Rose répondit à Agnès en la rassurant.

— Il est ici, mademoiselle, ne vous inquiétez plus!

Puis, elle se tourna vers Victoria qui s'était approchée et lui chuchota: «Rose? Que faites-vous ici?»

— Vous êtes ici... chez mon père, mademoiselle Victoria!

Pendant que celle-ci s'efforçait vivement de reprendre contenance pour ne pas blesser la jeune servante, Agnès s'était précipitée vers son frère.

Revenu à lui, il grelottait de la tête aux pieds dans sa mince couverture. Il était confus de causer tout ce dérangement, mais heureux de se retrouver en vie. Rose lui apporta une tasse de thé sucré dans laquelle, en passant et sans «farfiner», son père versa une bonne rasade de rhum, tout en s'en prenant une lui aussi.

— Bois ça, mon garçon! ça va te remettre d'aplomb en un rien de temps!

Quelques minutes passèrent sans que personne ne songe à parler. Tous regardaient le jeune homme boire son grog à petites gorgées. Il tenait sa tasse à deux mains et, malgré la gêne qu'il éprouvait à se sentir observé de la sorte, il souriait. Une bonne chaleur l'envahissait doucement. Bien qu'âgé de quatorze ans, Guillaume n'avait jamais bu d'alcool. Chez lui, comme dans toutes les familles bourgeoises, on était très strict sur ce point.

La figure sévère de son père se présenta soudain à son esprit... Seigneur! qu'est-ce qu'il allait prendre comme réprimandes ce soir! Il n'osait y penser. Sa sœur aurait peut-être pu taire son aventure. Mais dans les circonstances, tout Québec devait déjà être au courant... Il n'aurait pas dû faire ce maudit pari devant ses amis du collège. Qu'est-ce qu'il allait devoir supporter comme railleries!

Qu'était devenu son copain de Lévis? s'inquiéta-t-il, soudain. Avait-il eu la chance comme lui, d'être sauvé? Il n'osait questionner son entourage qui, toujours anxieux sur son sort, attendait qu'il reprenne définitivement ses couleurs. Dans un éclair, il se revit glisser dans l'eau glacé et frissonna encore de terreur. Il regarda les canotiers, puis M. Brosseau et leur murmura:

— Je vous remercie beaucoup de m'avoir sauvé la vie.

M. Brosseau lui répondit en montrant les deux canotiers:

— C'est grâce à ces deux-là, mon garçon. Oublie jamais ça! Parce que tu l'as échappé belle! On peut pas dire... tu l'as échappé belle!

Le soir même, Mme Edmée Perrier recevait la visite d'amies qui venaient s'informer de la santé de Guillaume. Parmi elles, Victoria, qui avait tenu à revoir Agnès, et que son mari accompagnait.

Mme Perrier, encore belle femme malgré son âge, avait un air quelque peu hautain. Elle racontait à ses deux amies, Pauline et Élisa, l'accident de son fils. Mais ce dernier n'y était pas. Son mari l'avait confiné à sa chambre jusqu'au lendemain, en attendant mieux... ou pire!

— Vous comprenez, disait-elle tout bas, que quand j'ai appris où on lui avait donné les premiers soins et quand j'ai vu la couverture crasseuse dans laquelle on nous l'a ramené, je lui ai fait prendre un bain sans attendre. Et je l'ai frictionné avec mon onguent à base de gomme de pin pour le désinfecter. Dieu sait ce qu'il a pu nous rapporter de cette sordide maison!

— Je ne voudrais pas avoir à me rendre dans cette rue-là, dit Pauline en frissonnant de dégoût. Il paraît que c'est la misère noire! Guillaume t'en a-t-il parlé, Edmée?

— Je t'assure qu'il n'a pas eu la chance de faire de grands discours. Aussitôt les soins donnés, mon mari s'est enfermé avec lui dans sa chambre. Quand il en est sorti, au bout d'une demi-heure, on a tous reçu ordre de ne le rejoindre sous aucun prétexte.

— Et s'il faisait de la fièvre cette nuit, après cette horrible plongée dans l'eau glacée? s'indigna Élisa.

— Tu sais bien que je vais trouver le moyen d'aller le voir avant de me coucher. Mon mari est peut-être sévère mais moi, je suis rusée.

Dans un coin du salon, debout devant une grosse fougère, M. Perrier conversait avec Édouard. Il ne tenait pas à parler de l'incroyable bêtise de son fils et discutait politique. C'était un homme si orgueilleux que cet accident, même s'il avait failli causé la mort de son enfant, l'avait atteint comme une insulte personnelle.

— Que pensez-vous des propos scandaleux que votre beau-frère étale à pleines pages dans *Le Pays*, maître Lemoine?

— J'ai toutes les indulgences pour la femme que j'aime, mais j'avoue en avoir quelquefois moins pour son frère. Sa trop grande franchise lui attire des ennemis dont il pourrait se dispenser, il me semble.

— Franchise? Mais ce qu'il raconte n'est que vantardise de jeune frustré qui, on l'a su, n'a même pas réussi à obtenir son diplôme de droit à Paris!

Édouard, choqué, fronça les sourcils.

— On peut bien ne pas approuver son arrogance, mais force nous est de reconnaître sa grande culture. Arthur a vécu pendant six ans au cœur de l'Europe, là où les grandes idées se développent. Par le biais de tous les journaux du monde, il a eu accès à une mine d'informations. Il a ainsi pris conscience de toutes les tendances religieuses, sociales et politiques des pays aussi nombreux que diversifiés qui forment ce continent. Et c'est sur place qu'il a vu se dérouler les grands événements. Il a été en mesure d'en saisir les causes et les effets.

— Mais, maître Lemoine, nous sommes au courant de tous ces événements!

— Peut-être! mais ils nous arrivent décalés de trois mille milles de distance et de quelques semaines de retard. Et s'ils sont nouveaux pour nous, ils sont déjà passés à l'histoire pour l'Europe. Pour posséder la connaissance d'Arthur, témoin oculaire des faits qui se sont déroulés au cours de ces six dernières années, il nous aurait fallu l'information instantanée. Ce qui est impensable, vous croyez bien!

— Vous surestimez les connaissances de votre beau-frère, monsieur. Il a tout juste une idée géographique des villes où il a perdu son temps alors qu'il aurait dû s'adonner à des études sérieuses.

— Permettez-moi de vous faire remarquer, maître, que nous n'y étions pas. Et il faut lui rendre cette justice qu'en plus de sa grande éloquence, Arthur s'exprime dans un français impeccable, difficile à imiter ici.

— Tous ces beaux acquis n'arrivent quand même pas à lui donner un diplôme reconnu.

— Peut-être pas! mais ce jeune homme de vingt-quatre ans, raffiné par ce long séjour à l'étranger, aura toujours, à mon avis, une longueur d'avance sur nous. J'ose rajouter, monsieur, que si nous le comptions dans nos rangs conservateurs, sa verve augmenterait encore le nombre de nos membres.

— Mais justement, il est et demeurera un libéral fanatique. Il n'est point permis d'en douter.

— Attendons! il est encore très jeune!

— Il a déjà pris un pli dangereux qu'il lui sera difficile de redresser, croyez-moi.

À l'autre bout du salon, Victoria, Agnès et Laurence, assises côte à côte sur le grand canapé, se parlaient sur un ton de confidence.

— Devine, Victoria, qui j'ai vu la semaine dernière quand je suis allée à Montréal avec mon père?

— Quelqu'un que je connais?

— Je dirais même, très bien!

— Et à quel endroit, précisément?

— Au Théâtre Royal!

— Pas mon frère?

— Ton frère en chair et en os! Et en charme!...

— Qu'est-ce qu'on y jouait?

— La *Mégère*... quelque chose, d'un auteur anglais. Enfin, je suis loin d'avoir tout compris.

— La pièce était jouée en anglais?

— Oui!

— Et Arthur, a-t-il aimé la pièce, lui?

— Je ne l'ai pas revu. Mon père l'avait déjà invectivé quand je suis tombée dans ses bras.

— Tu es tombée dans ses bras? s'écria Agnès, scandalisée.

— Je ne l'ai pas fait exprès, tu penses bien! Le trottoir était comme de la glace, j'ai glissé et le frère de Victoria, qui me suivait, m'a retenue.

— Et pourquoi donc ton père l'a-t-il invectivé?

— Ah! c'est toujours une question de politique! Il lui a parlé du journal *Le Pays*. Laurence éclata de rire... Mais je te jure qu'Arthur n'a pas la langue dans sa poche, il lui a bien répondu. Ici, Laurence baissa encore le ton: au fond, je n'étais pas fâchée.

Mon père pense toujours avoir raison et personne n'ose le contredire.

— Voyons, Laurence!

— C'est vrai, Agnès! tu ne peux pas dire le contraire, il faut toujours faire à son idée.

— Mais regarde comme il encourage mon amitié avec James. Il le reçoit toujours avec une grande déférence.

— Oui! ça paraît bien aux yeux des autres que sa fille soit courtisée par un officier anglais.

— Et notre mère est toujours très attentionnée à son égard.

— Mais ils n'accepteront jamais, Agnès, que tu maries un protestant.

— En attendant, ils le reçoivent bien dans leur maison et ils sont enchantés quand James essaie de dire quelques mots de français.

— «Ouwé« et «sié-vo-pla», tu trouves que c'est du français, ça?

— C'est un effort, en tous cas, répondit Agnès, vexée.

— Les Anglais vivent avec nous depuis cent ans et c'est tout ce qu'ils ont appris alors que nous, qui avons toujours dû nous battre pour préserver notre langue, nous savons suffisamment d'anglais pour nous débrouiller. Ne te fais pas trop d'illusions, Agnès. Nos parents sont fiers de frayer avec l'Angleterre car ils s'imaginent que cela les élève d'un cran dans l'échelle sociale, mais jamais ils ne marieront leur fille à un Anglais. Et jamais non plus nous ne verrons un Anglais renier sa langue et sa religion pour marier une fille de colonisés. Dis-toi bien cela.

— N'accable pas ainsi ta sœur, Laurence, dit Victoria, qui ne pouvait s'empêcher de penser comme elle.

— Je veux seulement la prévenir. Ils sont tous pareils ces officiers anglais, reprit la jeune fille, légèrement méprisante.

— En tous cas, l'attitude de nos parents me laisse croire qu'ils préféreraient James à un Canadien français du genre d'Arthur Buies, se défendit Agnès... Et réalisant soudain sa gaffe, elle voulut aussitôt la réparer. Oh! excuse-moi, Victoria, on aime ton frère, nous, tu le sais bien.

— Mais oui, je le sais, Agnès. Et je sais aussi ce qui lui vaut cette réputation détestable, crois-moi!

— Je te remercie de ne pas m'en vouloir! En tous cas, James a sûrement deviné mon sentiment pour lui.

— Et il l'entretient! Pourtant, c'est lui qui te laissera quand sa garnison repartira pour l'Angleterre, tu verras. Je t'assure, Agnès, que les Anglais n'ont pas plus de respect qu'il faut à l'égard des Canadiens français. Ils considèrent qu'ils appartiennent à une race inférieure.

— Tu exagères, comme d'habitude, Laurence, et tu es injuste envers les Anglais.

— Je ne dois pas exagérer beaucoup, à moins que ton James ne soit une exception, on ne sait jamais. En tout cas, moi, je vais marier un Canadien français. Marie-toi à ta porte avec un garçon de ta sorte, comme dit l'adage! Et... un genre comme le bel Arthur ne me déplairait pas, rajouta Laurence, rêveuse.

— Pour être accepté, il faudra qu'il soit un fervent catholique et qu'il adopte les idées du parti conservateur. Je ne vois pas comment un libéral, anticlérical par surcroît, pourrait trouver grâce ici, lui fit remarquer sa sœur.

— On n'est quand même plus au Moyen Âge. Je vous jure que si j'aimais Arthur Buies et qu'il me payait de retour, personne au monde ne m'empêcherait de le marier.

— On a beau dire, ce n'est pas facile de rencontrer le parti idéal. Il y a toujours quelque chose qui cloche. Tu es chanceuse, toi, Victoria, de l'avoir trouvé, dit Agnès.

Victoria rougit et instinctivement regarda en direction de son mari qui levait justement les yeux vers elle tout en devisant avec M. Perrier. Le regard chaleureux qu'il lui rendit confirma aux deux sœurs le sentiment profond qui les unissait.

— On ne verra pas ton frère, Agnès? demanda Victoria pour dissiper sa gêne.

— Il se repose jusqu'à demain!

— Tu veux dire, ma chère sœur, qu'il dort sur sa punition, traduisit carrément Laurence.

— Je ne veux pas l'accabler, il est assez puni comme cela.

Il a eu peur pour mourir. Heureusement, Victoria, que le père de Rose, la servante de tes grands-tantes, l'a reçu dans sa maison!

— J'ai été tellement surprise de la voir là! J'ignorais tout à fait où elle habitait, répondit la jeune femme, toujours étonnée.

— Il me semble qu'elle n'est pas comme sa famille. Je ne parle pas seulement du manque de ressemblance physique, mais de ses belles manières, qui nous font croire qu'elle vient d'un autre milieu. Tu ne trouves pas?

— Oui, c'est vrai, je l'ai toujours remarqué. Quand elle nous sert à table chez les tantes, on la prendrait pour l'hôtesse.

— Je la trouve très belle, renchérit Agnès, et si mince.

— Un peu trop, peut-être!

— Pourquoi dis-tu cela! Moi, je trouve qu'on n'a jamais la taille assez fine, affirma Laurence.

— J'ai remarqué qu'elle avait beaucoup maigri cet hiver. Chez les grands-tantes, je l'ai surprise à tousser à plusieurs reprises.

— Ce n'est sûrement qu'un mauvais rhume. Ce ne serait pas surprenant, après avoir respiré de l'air glacé pendant sept mois!

— Un jour, un médecin nous dira peut-être que c'est bon pour la santé. On ne sait jamais! et on viendra jusqu'ici pour faire des cures d'air froid, dit Laurence en riant.

⁂

Rose finissait le grand ménage de la maison. Les seigneuresses partaient dans quinze jours pour leur manoir de Rimouski. Elles n'en reviendraient que le 1er octobre, comme à l'accoutumée.

Depuis qu'elle était à leur service, Rose accompagnait les dames à leur manoir et s'en réjouissait. Mais cette année, il allait falloir trouver la force de déménager et, depuis quelque temps, elle se sentait tellement fatiguée que, chaque matin, il lui fallait faire un effort inouï pour se lever. Le grand ménage, qu'elle menait rondement d'habitude et avec tellement d'enthousiasme dans la hâte du départ pour Rimouski, l'avait complètement épuisée.

Tous ces rideaux de soie épaisse et ces tentures lourdes de velours qu'il avait fallu laver ou secouer, puis suspendre. Ces nombreux tapis qu'il lui avait fallu battre jusqu'à ce qu'on ne voit plus de poussière! Elle n'en serait jamais venue à bout sans l'aide de Joseph.

Taciturne mais attentif, il avait dû s'apercevoir de sa faiblesse même si elle avait tout fait pour la dissimuler. Mlle Louise-Angèle s'était rendue compte de son rhume et s'en était inquiétée, mais Rose l'avait rassurée vivement dans sa peur d'être renvoyée. D'ailleurs, ce n'était pas la première fois qu'elle attrapait un rhume mais cette fois-ci, en plus d'une toux persistante, elle avait une douleur au dos qu'elle avait plus ou moins mis sur le compte du grand ménage.

Et puis Rose avait espoir dans les bienfaits du printemps. La débâcle venait de fixer son retour définitivement.

Ce samedi matin, les tantes se levèrent à leur heure matinale, firent leur toilette et descendirent dans leur petite salle à manger où elles prenaient le déjeuner et la collation du soir. La table était mise de la veille, comme d'habitude. Elles sonnèrent Rose et attendirent quelques minutes. Ne la voyant pas venir, Luce-Gertrude, impatientée, sonna de nouveau. On n'entendait rien dans la maison.

— Mais pourquoi ne répond-elle pas? dit-elle, irritée.

— Elle est peut-être malade? s'inquiéta Louise-Angèle.

— Et de quoi souffrirait-elle à son âge? fit la vieille femme, impassible.

— Je t'ai mentionné dernièrement, Luce, que Rose ne me semblait pas bien.

— Ce ne peut être que la fatigue des préparatifs pour Rimouski. Jeune et forte comme elle, on s'en remet assez vite.

Soudain, la porte s'ouvrit et Joseph apparut avec un cabaret chargé d'une cafetière pleine de café chaud et d'un plat rempli de pain grillé beurré, accompagné d'un petit pot de confitures. Il déposa le tout sur la table, devant les dames, muettes de surprise.

— Mais que se passe-t-il, Joseph? demanda Luce-Gertrude, mécontente.

— Il se passe, madame Luce-Gertrude, que Rose est incapable de se lever ce matin, répondit le serviteur, se retenant de prendre un ton accusateur.

— Je te l'avais bien dit, Luce! fit Louise-Angèle, sur un ton de léger reproche.

Faisant fi de la remarque de sa sœur, la vieille dame, agacée, demanda:

— Et peut-on savoir ce qui l'en empêche?

— Elle a toussé toute la nuit et elle est tombée de faiblesse quand elle a voulu se lever, expliqua Joseph. J'étais monté pour réparer la lucarne qui laisse passer le moindre petit coup de vent dans sa chambre. C'est là qu'elle m'a demandé, en pleurant, de la remplacer au moins pour le déjeuner, puisqu'elle ne pouvait pas le préparer elle-même. Elle va essayer de se lever pour le dîner, qu'elle m'a assuré. Mais moi je dis qu'il n'y a rien de moins sûr. Elle a l'air bien mal en point, la Rose! En attendant, si vous voulez, je peux bien dire à mon Héloïse de venir.

— Il faudrait peut-être faire venir un médecin, Luce? suggéra Louise-Angèle.

— Attendons! elle n'est pas mourante! répondit sa sœur en rejetant la proposition d'un revers de la main. Allez lui dire que nous monterons la voir plus tard, Joseph. Maintenant, espérons que ce café sera buvable. Le pain me semble déjà assez sec, merci.

— Nous vous remercions, Joseph, de vos services.

— Vous êtes bien bonne, Mlle Louise-Angèle! Le serviteur sortit et attendit de ne pas être entendu pour maugréer sur le manque de compassion de la grosse seigneuresse. Elle n'était pas vraiment méchante, mais les jours de mauvais temps, elle devenait carrément déplaisante, et aujourd'hui, il pleuvait à verse.

Après leur déjeuner, les deux vieilles dames se rendirent dans leur petit boudoir pour faire leurs prières du matin, toujours suivies du chapelet qu'elles récitaient trois fois par jour. Elles n'allaient pas à la messe quotidiennement, mais à leur demande, un prêtre de la paroisse venait la dire chez elles.

Luce-Gertrude décida enfin, après son dernier signe de croix, de monter voir sa servante. Louise-Angèle, assez anxieuse, suivait sa sœur dans l'escalier. Elles arrivèrent essoufflées au dernier étage. Après avoir longé l'étroit corridor, elles se retrouvèrent devant la porte entrouverte de la petite chambre de la jeune fille.

En apercevant les deux vieilles dames, Rose essaya de se soulever, mais sa tête retomba sur l'oreiller. On entendait gémir le vent qui s'engouffrait dans les interstices du châssis de la fenêtre et refroidissait la chambre, ce qui rendait presque inutile le petit tuyau d'eau chaude qui courait le long du plafond.

Louise-Angèle, frissonnante, serra son châle de laine contre elle. Rose, une mince couverture ramenée jusqu'au cou, grelottait de tous ses membres et transpirait tellement qu'elle en avait tous les cheveux mouillés. Elle avait les joues rouges et les yeux brillants.

— Alors, Rose, avec ce beau teint, vous me semblez n'avoir qu'une fièvre passagère! remarqua Luce-Gertrude, avec soulagement. Mais restez au lit aujourd'hui, si vous ne pouvez vraiment pas vous lever. Demain, après une journée de repos, vous devriez aller mieux, il me semble!

Au moment où Rose ouvrait la bouche pour la remercier, elle fut prise d'une quinte de toux qui l'obligea à s'asseoir. Louise-Angèle s'empressa de lui ramener un pan de la couverture sur ses épaules en s'apitoyant:

— Pauvre petite, mais vous n'allez pas bien du tout. Et comme pour confirmer la remarque de la bonne dame, Rose se remis à tousser de plus belle pour finir par cracher du sang dans son mouchoir.

— Vous vous irritez la gorge à force de tousser, lui reprocha Luce-Gertrude. Je vais envoyer Joseph chez le docteur pour qu'il vous prescrive un sirop.

— Je vous remercie, madame Luce, parvint à dire la pauvre fille, épuisée.

— En attendant, ma petite, je vais aller vous préparer un grog moi-même, avec du bon vin chaud, lui promit Louise-Angèle, vraiment inquiète.

— Ne vous donnez pas cette peine, Mlle Louise.

— Vous méritez bien cela, Rose. Je viendrai vous le porter! Mais en attendant je vais vous chercher d'autres couvertures à la lingerie.

— Ce n'est pas une prison, ici, Rose, dit Luce-Gertrude en remarquant la mince couverture qui réchauffait à peine sa servante. On ne vous a jamais défendu d'en prendre autant que vous en aviez besoin. C'est bien votre faute si vous avez attrapé le rhume.

— Je sais, madame Luce, mais je les avais toutes lavées pour le départ de Rimouski et je n'avais pas prévu ce froid des derniers jours.

La vieille seigneuresse s'adoucissait toujours quand on parlait de Rimouski.

— C'est bon, Rose, on va essayer de vous faire soigner et dans quelques jours vous serez de nouveau sur pied, espérons-le.

Mais l'espoir des vieilles dames tomba à zéro dès le lendemain quand le médecin, appelé d'urgence, diagnostiqua une phtisie déjà avancée.

Les dames étaient consternées. Assises dans le petit boudoir, elles écoutaient le médecin sans arriver à le croire tout à fait.

— Il n'y a pas d'autre solution que l'hôpital, mesdames.

— Mon Dieu! vous en êtes sûr, docteur? dit Louise-Angèle, les larmes aux yeux.

— Oui, mademoiselle! cette maladie est contagieuse, comme vous le savez, et malheureusement mortelle. On n'a encore trouvé aucun remède pour la guérir. La science a ses limites.

— Elle est si jeune!

— C'est justement chez les plus jeunes que la maladie semble avoir le plus de prise.

— Qu'est-ce qu'on fait, Luce?

— Je pense que nous n'avons pas le choix. Il nous reste

maintenant à nous chercher une autre servante, et cette fois-ci, nous n'irons sûrement pas la cueillir dans cette rue Sous-le-cap!

— Parce qu'elle vient de là? s'exclama le médecin. Ce n'est donc pas surprenant qu'elle ait succombé à la maladie au premier rhume un peu long. Les conditions plus que précaires dans lesquelles vivent ces gens est un scandale pour un pays comme le nôtre. Enfin, on ne refera pas le monde en si peu de temps. En attendant, je vais me rendre à l'hôpital pour faire son admission. Je vous demanderai une chose, mesdames, c'est de lui taire l'issue fatale de sa maladie. Inutile d'ajouter le désespoir à cette infection impardonnable qui contient déjà sa trop grande part de souffrance.

Quelques jours plus tard, bien installée dans son petit lit blanc, à l'hôpital, Rose se sentait presque heureuse. À cause de la contagion, on lui avait donné le dernier lit, près du mur, au bout d'une des deux grandes rangées qui se faisaient face. Et comme elle était timide de nature, elle appréciait ce demi-isolement.

Tout était propre et blanc dans cette grande salle. Les rideaux de toile plissés étaient attachés aux montants de chaque lit, sauf pendant les soins et la sieste. On les laissait à demi fermés pendant la nuit. Le parquet aux larges planches de pin était lavé tous les jours. Les religieuses étaient discrètes, silencieuses et efficaces.

Elles avaient reçu Rose avec une grande bonté quand la voiture du docteur l'avait amenée ici. Elle se souvenait à peine de sa première nuit tellement elle était malade. On lui faisait des. injections régulièrement, et on lui appliquait des ventouses sur les points douloureux de son dos, de sorte qu'aujourd'hui, elle toussait un peu moins.

Elle n'avait rien d'autre à faire que se laisser soigner et dormir le plus possible. Jamais elle n'avait connu de repos depuis son enfance, lui semblait-il. Rester étendue du matin au soir lui donnait un sentiment de culpabilité, mais même les religieuses voyaient dans le repos complet, une des conditions essentielles à sa guérison.

Peu habituée à se faire servir, elle était encore intimidée quand on lui apportait son plateau. On lui demandait même si c'était à son goût. Elle n'avait jamais reçu autant d'attentions.

Les vieilles dames étaient venues la saluer avant de partir pour Rimouski. Elles avaient dû prendre une autre servante en attendant son complet rétablissement. Leur compassion avait un peu surpris Rose. Elle avait reçu une jolie boîte de bonbons de Mme Luce et une image de la Sainte-Vierge de Mlle Louise. Celle-ci l'avait quitté les yeux pleins de larmes. La servante crut également déceler une pitié sincère dans le regard de Mme Luce, ce qui l'étonna. Mlle Louise, elle, lui avait toujours montré de l'affection.

Rose leur avait dit qu'elle se sentait encore bien fatiguée, mais avec de bons soins, payés grâce à leur bonté, elle se remettrait assez vite. Elle espérait tant pouvoir aller passer au moins les deux derniers mois près du si beau fleuve de Rimouski.

À 4 heures de l'après-midi, c'était l'heure du chapelet. Le troisième. On priait beaucoup dans cet hôpital. À l'entrée de la salle, près des grandes portes vitrées donnant sur le long corridor, une religieuse se tenait assise à une table. La nuit, une autre prenait sa place. C'est elle qui commençait les prières. Tout à coup, on entendait «Au nom du Père et du Fils et du Saint-Esprit...» Toutes les patientes sortaient aussitôt leur chapelet de dessous leur oreiller et le récitaient avec elle. Rose n'avait jamais vraiment eu le temps de prier. D'une tâche à l'autre, elle se rendait jusqu'au soir où, à bout, elle s'endormait invariablement sur les premiers mots.

Mais ici, le moment qu'elle préférait entre tous était celui des prières du soir. C'était quelque chose de lénifiant et de réconfortant, comme si une présence protectrice se penchait sur tous les malades et les enveloppait d'une grande tendresse.

La religieuse avait une voix douce et terminait toujours par ces mots: «Reposez-vous maintenant dans les bras de Dieu!» Plusieurs s'endormaient souvent avant la fin. Mais Rose, comme si ce souhait ne s'adressait qu'à elle, luttait contre le sommeil souvent envahissant, pour entendre ce message venu du ciel.

Certains soirs, elle avait peine à s'endormir. On éteignait toutes les lumières sauf une veilleuse au fond de la salle et une autre près de la religieuse de nuit. Toutes les patientes dormaient, et c'est à ce moment-là qu'elle repensait à M. Arthur.

Elle essayait bien de s'en défendre, mais la scène de l'atelier du sculpteur lui revenait toujours avec force. Elle la revivait jusque dans ses plus petits détails, du moment où la porte s'était ouverte sur lui jusqu'à celui où il était reparti si rapidement.

Rougissant malgré elle, elle ressentait encore ses lèvres se presser sur ses seins et la douceur de cette caresse jamais connue. Puis elle le revoyait sangloter sur sa poitrine comme s'il avait attendu d'être rendu là pour se vider enfin d'un chagrin trop longtemps contenu.

Et c'est avec la même émotion qu'elle revivait la scène où son grand corps s'abandonnait peu à peu dans ses bras, accueillant sa tendresse qui comblait pour un moment tous ces trous de solitude qu'il avait accumulés dans ses années d'errance.

Cette scène, qui l'avait marquée d'une manière indélébile, profitait de la nuit pour s'animer. Et tout en s'endormant, Rose continuait de bercer Arthur en l'amenant doucement avec elle dans le pays des rêves.

À Rimouski, en cette fin de mai, le nordet faisait rage depuis le matin. Les fenêtres du manoir, secouées sans arrêt, gémissaient dans la tourmente. La lourde houle se soulevait du fleuve agité et venait retomber pesamment sur la grève. À chaque ressac, des paquets d'algues savonneuses s'accrochaient aux crans noirs et coupants pour s'en détacher à la houle suivante. La marée grondante, propulsée violemment par ce vent déchaîné, menaçait à chaque poussée de monter jusqu'au manoir.

En face, l'île Barnabé tenait tête au vent.

Sur la galerie, les lourdes chaises berceuses se balançaient toutes seules, comme occupées par des âmes tourmentées.

Geignant sous les coups violents, le toit craignait à tout moment de voir ses lucarnes arrachées par les rafales. Même s'ils en avaient vu d'autres, les murs du manoir tremblaient de tout leur bois.

Les arbres, se tordant sous les assauts du vent, se défendaient de leur mieux pour déjouer ses ruses. Parce qu'il n'y avait pas plus rusé que le vent. Et rien de plus imprévisible. Tour à tour furieux, doux, insinuant, cajoleur, menaçant, séduisant, il imposait sa présence de mille et une façons. De l'angoisse au vertige, il menait les humains à son gré.

La rivière Rimouski, grossie par la fonte des neiges, surgissait de la montagne, derrière le domaine. Elle le contournait et, mêlant son tapage joyeux à la puissante voix des vagues, venait se fondre dans le fleuve.

Le vent continuait sans relâche à charrier de gros nuages lourds et gris ardoise. Mais ce n'était pas pour déplaire à Louise-Angèle. Il lui rappelait son plus beau souvenir...

Mais il y avait si longtemps déjà...

Elle venait d'avoir seize ans. Par une journée sombre et venteuse comme aujourd'hui, elle avait vu arriver celui qu'elle aimerait toute sa vie. Elle l'avait su dès le premier regard. Heureuse, elle avait reconnu la même flamme dans ses yeux. Cinq ans de suite, ils avaient nourri, à l'insu de tous, ce sentiment muet et partagé. Et enfin, un soir, il lui avait avoué son amour.

Il n'était jamais revenu.

Par les fenêtres à carreaux, le jour gris laissait entrer une lumière blafarde qui éclairait pauvrement la grande pièce familiale.

Leur ouvrage de broderie laissés en plan entre leurs mains immobiles, les seigneuresses se berçaient en silence, en regardant le fleuve à travers les arbres dénudés.

Louise-Angèle laissa soudain échapper, malgré elle:

— Comme j'aime ce temps!

Sa sœur sursauta.

— Qu'est-ce que tu dis? Comment peux-tu aimer un temps pareil, quand ce vent lugubre fait entendre des gémissements dignes de l'enfer?

— J'adore le vent, Luce!

— Mais ce ciel noir et oppressant ne t'accable-t-il pas?

— J'ai... peut-être une raison qui me fait préférer ce temps.

— J'ai beau me creuser la tête, je ne peux en imaginer aucune qui ait du bon sens, Louise!

— Écoute-moi, Luce! Te souviens-tu de l'instituteur ambulant qui arrivait jadis, à peu près à ce temps-ci de l'année, avec son alphabet et son ardoise?

Celle-ci, intriguée, se tourna vers sa sœur.

— Oui! je me souviens. «Le colporteur d'intelligence», comme on l'appelait.

— Il y en a un... entre autres, qui est venu plusieurs années de suite.

— Ça se peut! mais j'ai oublié son nom.

— Il s'appelait Maxime Feuilleraie.

— Oui! tu as raison. Maintenant je me souviens. Mais de là à te le décrire...

— Il était assez grand, très mince, les cheveux châtains, un front large et un peu dégarni, de longues mains, des yeux bleus pâles. Il avait des fossettes. Dès qu'il souriait, l'air sévère qu'il affichait pour nous impressionner disparaissait. C'était un tout autre homme. Il aimait particulièrement la poésie. Il pouvait réciter par cœur vingt-cinq poèmes sans en passer un mot.

L'étonnement de Luce-Gertrude grandissait à mesure que sa sœur décrivait aussi fidèlement cet inconnu de jadis. Celle-ci continuait...

— Il préférait les rivières aux lacs et les fleuves à la mer. Les soirs lui étaient doux et les matins pénibles. Il avait le vin gai et le rhum sentimental. Sa pierre était l'ambre, son oiseau, le geai bleu, sa fleur, la capucine. Je l'aimais!

Luce-Gertrude regarda sa sœur, ébahie.

— Tu... as aimé cet instituteur?

— Oui! Dieu sait que je l'ai aimé!

— Mais... Louise, tu n'as jamais rien dit?

— Pourquoi l'aurai-je fait?

— Et pourquoi ne l'as-tu pas fait?

— Parce que je n'avais pas le droit de l'aimer. Il est venu cinq ans de suite. Je me souviens du dernier soir où, ayant deviné depuis longtemps le sentiment que j'éprouvais pour lui, il m'avoua enfin son amour. On se promenait sur la grève... Je ressens encore la joie inouïe de cet aveu. Je ne pouvais le croire. Puis il a rajouté... et le ciel est devenu noir: «Mais, chère Louise-Angèle, c'est un amour impossible. Je suis marié!...» Et je ne l'ai jamais revu!

— Mon Dieu! comme tu as dû souffrir!

— Au début, je ne pouvais accepter une rupture définitive et, dans une attente coupable... je l'espérais à chaque printemps. J'ai fini par me consoler dans le souvenir de son dernier aveu et de son tendre baiser.

— Tu l'aimes encore?

— Oui! son souvenir vit en moi comme une fleur toujours vivace. C'est pour cette raison que les journées de vent comme aujourd'hui me le ramènent, comme jadis.

— C'est étrange comme on peut vivre des années avec une personne sans jamais la connaître vraiment. Je ne t'aurais jamais cru capable de tomber amoureuse, Louise.

— Et pourquoi donc?

— Tu es tellement timide et réservée!

— C'est peut-être la raison obscure qui m'a fait choisir un amour impossible. Mais toi, Luce, si forte, pourquoi trembles-tu devant ce temps gris et venteux?

— Tu ne te souviens donc pas? Mon Thomas est décédé par un temps pareil. Pire encore, c'était l'automne. Jamais je ne m'en suis consolée.

Et, à la grande surprise de Louise-Angèle, de grosses larmes coulèrent des yeux de sa sœur sans qu'elle tente même de les essuyer.

— Souviens-toi quand Arthur a parlé de la peine inconsolable de la reine Victoria à la mort du prince Albert. Sans être tombée dans ses extravagances, je me suis reconnue dans son désespoir. Malheureusement, comme elle, mon caractère s'est aigri et tout mon entourage a eu à en souffrir, toi surtout, ma pauvre Louise.

— Voyons Luce!

— Ne proteste pas, va! Je me connais assez pour m'en rendre compte et le déplorer. Depuis la mort de Thomas, ce temps maussade, je le porte sans cesse en moi, et c'est la raison pour laquelle je ne peux le supporter. Ce temps lourd m'entraîne au cœur d'une désolation sans fond et je me navre sans remède. Comprends-tu ça, Louise?

— Mais oui, ma bonne Luce! Ayant aimé moi-même, je ne peux faire autrement que de te comprendre. Je pense bien que personne n'a jamais perçu ta vulnérabilité derrière l'attitude rigide que tu t'imposes.

— Pendant qu'on en est aux confidences, Louise, j'avoue avoir toujours apprécié et même envié ta douceur. Je considère comme un privilège de cohabiter avec toi. Te rends-tu compte que finalement on a passé toute notre vie ensemble?

Louise, émue, ne pouvait que hocher la tête. Elle n'avait jamais pensé recevoir de pareils aveux de sa sœur. Aujourd'hui, ce jour de grand vent apportait une douce brise dans leurs vieux cœurs.

Elles se regardèrent en se souriant timidement, et Louise crut voir enfin, comme un reflet de paix dans le regard de sa sœur.

Le cœur allégé par les aveux, elles reprirent leur broderie. Et comme pour que les deux vieilles amoureuses profite de cette journée, le vent s'en retourna, remballant avec lui tous les nuages qu'il avait apportés.

Le soleil s'étala librement dans un ciel dégagé, qui reprit son plus bel azur et le refléta sur le fleuve enfin calmé.

Ses rayons éclairèrent d'un coup la grande salle du manoir, s'accrochèrent aux poutres brunes du plafond; ses reflets dorés glissèrent sur le plancher de pin ciré et les cadres de bronze, flambèrent le grand balancier de cuivre de l'horloge et firent reluire les notes d'ivoire satiné du piano en bois de rose.

À l'Hôtel-Dieu de Québec, l'heure de la sieste venait de se

terminer. Rose, qui s'était soulevée sur un coude pour répondre à sa compagne, se laissa retomber épuisée sur son oreiller.

— Vous ne vous sentez pas bien, Rose?

— Ça ne va pas du tout aujourd'hui! je me sens comme étouffée et j'ai tellement mal dans le dos.

— Il faut le dire à la religieuse.

— Non, Alice! on me donne tous les soins qu'il faut. Mais j'en suis à me demander si je guérirai un jour. Il y a déjà plusieurs semaines que je suis à l'hôpital et il me semble que je perds des forces tous les jours.

— De quoi souffres-tu, au juste?

— Ce n'est pas bien grave, j'ai négligé un mauvais rhume. Mais ce qui m'inquiète, c'est que si je ne guéris pas assez vite, les seigneuresses vont garder la servante qui me remplace et je vais perdre mon emploi.

— As-tu de la famille, Rose? Sauf les deux vieilles dames qui sont venues au début, je ne t'ai jamais vu d'autres visiteurs.

— Ma famille est très pauvre. Je leur ai défendu de venir me voir de peur qu'ils attrapent mon rhume. Dans les conditions où ils vivent, eux ne s'en remettraient pas.

Arthur, installé dans le train, relisait pour la énième fois la dernière lettre de sa grand-tante Luce-Gertrude, odieusement pratique comme toujours: «... phtisie avancée, nous avons donc dû engager une autre servante, qui, à notre avis, n'égalait pas Rose. Je l'ai renvoyée. On se contentera de Joseph et de sa femme Héloïse, qui est bonne au moins pour les gros travaux. Le médecin nous a donc écrit que Rose n'en a plus pour longtemps. Ne pouvant effectuer ce long trajet deux fois de suite, nous te demandons, Arthur, de rencontrer les membres de la direction de l'hôpital le plus tôt possible. Comme nous avons payé les frais d'hospitalisation — nous n'avions pas le choix puisque nous ne pouvions compter sur sa pitoyable famille — nous assumerons aussi tous les frais qu'occasionnera le décès de Rose, le moment venu. Ce qui ne tardera pas si on se fie aux pronostics du médecin...»

La veille, revenu à son appartement l'esprit brumeux pour avoir encore trop fêté, Arthur avait enfin ouvert la lettre qu'il avait reçue quelques jours auparavant de sa grand-tante Luce-Gertrude. Comme il s'attendait à y trouver ses sempiternelles remontrances, il ne comprit rien sur le moment.

Mais que racontait-elle au sujet de Rose? Malade, Rose? À l'hôpital?... Arthur, hébété, n'arrivait pas à décoder ces deux mots. Deux mots sans consistance, secs, vides, insensés. Et inapplicable à la jeunesse de Rose! à la force de Rose! à la beauté de Rose! il l'avait jetée sur son chiffonnier et, abruti par ses libations, s'était couché et endormi aussitôt.

Quand il se réveilla au petit matin, il aperçut la lettre gisant ouverte à côté de lui. Alors, la nouvelle invraisemblable devint réelle à la douleur qu'il en ressentit. Dans un éclair, il se retrouva debout. Il sauta sur la missive et la relue... Rose mourante?... Mais c'était impossible!... Comment pouvait-il envisager sa disparition? Elle avait comblé un trop grand trou de solitude pour qu'il accepte cette amputation de tendresse, de chaleur et de sécurité dont il avait tant besoin. Ces derniers temps, il avait eu de plus en plus hâte de la revoir. Et voilà que maintenant... Un sanglot lui monta à la gorge. Non! non! il ne pouvait croire cela! Il demeurait là, assommé, lettre en mains! Et s'il arrivait trop tard!

Préparant alors ses bagages en vitesse, il était parti en coup de vent sans prévenir aucun de ses amis.

Il était à peine arrivé à Québec que déjà il se précipitait à l'Hôtel-Dieu. Il se présenta. On le prévint de la mort imminente de la jeune fille et après maintes recommandations, on l'introduisit dans la salle des femmes. Le cœur noué et la gorge sèche, il s'avança au milieu des deux rangées de lits sans voir les regards curieux que toutes posaient sur lui.

Enfin arrivé au dernier lit, il la vit! Une respiration sifflante sortait avec effort de sa gorge et soulevait péniblement sa poitrine. Elle était tellement amaigrie que les os de ses joues saillaient sous la peau.

Arthur se laissa tomber à genoux à côté du lit en gémissant:

«Dieu!... Rose!» Fébrilement, il lui prit la main. Rose ouvrit lentement les yeux et le reconnut.

— Monsieur Arthur! murmura-t-elle, et elle sourit, heureuse.

Arthur réprima avec peine un sanglot.

— Mais que vous arrive-t-il, Rose!

— Je me meurs... monsieur Arthur...

— Oh, non! Rose!

— Je m'en vais pour toujours!

— Mais vous ne pouvez pas me laisser, Rose, j'aurai tellement froid sans vous! Arthur était déchiré.

— Ah!... monsieur Arthur... continuait Rose, la voix à peine audible, croyez que j'ai bien du regret... de vous quitter.

— Mais je vous aime, Rose! s'écria Arthur.

— Maintenant... que je vais mourir... je peux bien vous avouer... que je vous aime aussi...

— Vivez, alors Rose! vivez, je vous en supplie! Arthur pressait ses mains dans les siennes comme pour lui redonner de la force.

— C'est trop tard... et ma condition... ne m'aurait pas...

La jeune fille parlait avec de plus en plus de difficulté, chaque effort semblait lui causer une grande souffrance. Arthur s'en rendit compte.

— Ne parlez pas Rose, je vais le faire pour vous. À cause de votre condition, dites-vous, vous ne vous seriez pas permis de m'aimer librement. Mais je suis au-dessus de toutes conventions, vous le savez bien! Rose!... s'inquiéta soudain Arthur. Elle avait fermé les yeux... M'entendez-vous? Rose!

Après un temps qui lui parut une éternité, Rose finit par ouvrir péniblement les yeux, le regarda, lui fit un grand sourire heureux. Sa respiration diminua, devint presque inaudible et s'arrêta enfin... pendant que son regard devenu absent restait encore accroché à celui d'Arthur.

Celui-ci, incrédule, n'ayant jamais vu mourir personne et ne croyant pas la mort aussi subite, secouait sa main encore chaude, en l'appelant d'une voix angoissée:

— Rose!... par pitié, ne partez pas!... Rose!...

Quand il comprit qu'elle ne répondrait plus, il laissa tomber son front sur la main de la jeune fille et sanglota sans retenue, oubliant complètement, dans sa douleur, qu'il n'était pas seul dans cette salle d'hôpital.

Toutes les patientes avaient assisté, muettes, à cette si belle scène d'amour. Elles pleuraient devant l'immense chagrin de ce jeune homme, arrivé juste à temps pour voir mourir sa bien-aimée. Comme il paraissait l'aimer! Mais pourquoi n'était-il pas venu la voir plus tôt? D'où venait-il? On ne l'avait jamais vu avant aujourd'hui. Même Alice, sa compagne devenue plus intime avec Rose à cause de la proximité de leur lit, n'en avait jamais entendu parler.

Deux religieuses, qui se tenaient debout au pied du lit depuis l'entrée en agonie de Rose, s'étaient un peu retirées pendant les derniers aveux échangés entre leur patiente et le jeune homme éploré. L'une d'entre elles, la plus jeune, ne pouvait retenir ses larmes devant la détresse de ce bel amoureux dont le sentiment ardent était impuissant à retenir sur la terre celle qu'il aimait. Oubliant momentanément son état religieux, elle se prenait à désirer être aimée de la sorte. C'était si beau!

Elles attendirent que la douleur du jeune homme se calme un peu, puis se rapprochèrent du lit. D'autres religieuses se joignirent à elles et on entendit: «Au nom du Père et du Fils et du Saint-Esprit...» Revenant à la réalité, Arthur se releva vivement, et regardant autour de lui, se vit entouré de religieuses. Il regarda Rose intensément une dernière fois, brisa le cercle de prières et passa, l'air absent, entre la haie des patientes sans voir les regards apitoyés qui le suivaient.

Il sortit précipitamment de la salle. Une vieille religieuse l'attendait, elle le prit par le bras et le força à s'arrêter:

— Monsieur, êtes-vous parent avec cette pauvre Rose qui vient de nous quitter?

— Non, ma Mère! mais, je l'aimais! rajouta Arthur, la voix brisée.

La religieuse le regardait, attendrie.

— Cette jeune fille avait un grand cœur!

— Oh oui! elle aidait de ses deniers sa famille vivant misérablement près du port.

— Où gagnait-elle son argent, monsieur?

— Rose était notre servante, ma Mère.

La vieille religieuse comprit alors que l'amour de ce jeune homme pour cette jeune fille aurait été bien difficile à vivre dans une société où les classes sociales ont tellement d'importance. Il semblait bien affecté. Mais si toute mort est sur le coup ressentie comme une déchirante absence, elle savait par expérience que le temps finit toujours par en effacer l'amertume.

— Je vais prier pour elle et pour vous aussi, monsieur, afin qu'un jour, vous trouviez une femme aimante. Vous le méritez bien.

— À quoi voyez-vous mon mérite, ma Mère? fit Arthur, un peu surpris.

— Dans le monde d'aujourd'hui, un jeune homme de haute famille qui avoue franchement son amour pour une servante, serait-elle la plus gentille possible, possède un noble cœur. On ne peut s'y méprendre. Je vous remercie, monsieur, d'être venu réchauffer le cœur de Rose avant sa mort.

— Elle avait réchauffé le mien... ma mère, je le lui devais bien. Et Arthur, trop ému pour parler davantage, salua la religieuse d'un signe de tête et sortit de l'hôpital.

Il marcha longtemps dans les rues de Québec, essayant de s'alléger de ce poids trop lourd qui l'étouffait.

Il se retrouva sans l'avoir cherché devant l'atelier du sculpteur. Comme la première fois, il entra sans frapper, et cette fois encore, le sculpteur était absent.

Instinctivement, il leva les yeux, espérant malgré lui voir Rose en figure de proue, les seins gonflés, translucides comme des globes de verre rosés... tendres... et chauds... Mais aucune sculpture n'ornait aujourd'hui la proue du faux navire.

Il fit lentement le tour de l'atelier. La pièce était froide et vide. Le cœur transi, il sortit.

Tout à ses réflexions amères, il reprit sa marche. Ses tantes cherchaient encore une autre servante. Le sculpteur devait avoir trouvé un autre modèle. Et une patiente occupait peut-être déjà le lit de Rose! Comme si, en se dépêchant de combler les vides de l'absence, on voulait disputer l'espace aux morts.

C'était le rôle des vivants de vivre! La vie finissait toujours par prendre le dessus. Mais vivre sans Rose! Le cœur douloureux, Arthur devait oublier d'une manière ou d'une autre. Pour le moment, il choisit l'autre, et entra dans le Bar aux Matelots, au bord du fleuve, où ses pas l'avaient conduit.

Il dut pencher son grand corps pour entrer par la porte basse. La fumée qui sortait des bouffardes s'étalait dans l'air comme des cheveux d'ange et rendait flous les traits de tous les clients présents. Il se dirigea vers une petite table du fond et commanda une bière.

Il jeta un œil autour de lui. Ces hommes semblaient tous ou presque des marins, et vu de près, ils avaient en commun les yeux rieurs et le teint recuit par le vent et le soleil. Ils buvaient en se racontant des histoires de mer, toujours les mêmes, toujours lugubres, où des bateaux, ayant sombré dans les tempêtes avec tout leur équipage, devenaient des fantômes errants. Quelquefois, ils réapparaissaient des années et des lieux plus loin, repoussés par les vagues. On en avait vus. D'autres, engloutis à moitié, se balançaient entre deux eaux et causaient des naufrages. On les redoutait. Et quelques-uns au destin plus heureux avaient accosté encore tout fringants dans des lagons bleus sertis de rives émeraude, et comme Ulysse, y avait été retenus plus longtemps que de raison. On les regrettait encore.

L'aventure! La chimère! Le rêve! Vie quotidienne des marins!

Dans la pièce sombre, solitaire devant sa bière, Arthur sentait l'odeur de leurs capots mouillés mêlée aux relents du houblon et du tabac. À travers les voix fortes, quelques accents étrangers, des rires sonores. Un monde d'hommes nageait dans une complicité parfaite pour un moment.

Peu à peu, l'ambiance du bar le gagnait et le ralliait à ce groupe. Il finissait par se croire un des leurs. Pris par l'intensité des émotions que suscitait le récit de ces histoires toutes plus fantastiques les unes que les autres, Arthur en venait à s'imaginer les avoir vécues lui aussi. Et s'y méprenant tout à fait, comme eux, il rêvait de les recommencer.

Le monde était vaste, la tristesse incommensurable, mais l'imagination de l'homme allait encore plus loin. Elle n'avait pas de borne et le sauvait du vertige de la douleur. Libre et omniprésente! impondérable et toute-puissante! intrépide et rassurante! et toujours à sa portée! il ne s'agissait que d'y faire appel. C'était le meilleur refuge offert à l'homme pour le mettre à l'abri de la tentation de se laisser glisser sur le chemin de ses morts bien-aimés.

La douleur d'Arthur s'engourdissait lentement. Entouré d'hommes, il se sentait toujours rassuré et libre d'agir à sa guise. Il avait l'espace et le temps pour se ressaisir.

Les femmes l'entraînaient plutôt dans des mondes fantasques à la réalité troublante et fluide. Il était alors la proie de leurs charmes mouvants et de leurs mobiles insaisissables. Monde féminin, fascinant et obsédant, dans lequel, à son corps défendant, il le savait, il se laisserait encore prendre.

Arthur revint à la maison de ses grands-tantes. Tous ces meubles recouverts de housses lui firent penser à des linceuls et le silence des pièces le ramena brutalement à la réalité et à l'absence définitive de Rose.

Il sortit en trombe de la maison et fonça droit chez sa sœur, qui l'avait toujours compris et consolé et chez qui il se savait toujours attendu! Victoria, son ultime refuge!

V

Si les États-Unis n'annexent pas le Canada,
ils annexent les Canadiens.

GOLDWIN SMITH

Deux semaines après le décès de Rose, Arthur débarquait sur le quai de Rimouski où Joseph l'attendait. Il laissa repartir le serviteur avec voiture et bagages et se rendit à pied au manoir. Il était 10 h du soir. Les rues étaient désertes. Il marchait lentement, reprenant peu à peu possession de l'âme de son village. Il respirait avec ivresse l'air salin du fleuve qu'il devinait plus qu'il ne voyait dans les crêtes blanches des vagues phosphorescentes.

Il arriva devant le manoir. Repoussant la barrière de bois, il s'engagea dans la longue allée bordée d'épinettes. Au fond, la grande maison blanche luisait doucement sous les reflets de la lune montante. De la fumée sortait des cheminées. Sur la galerie, les grosses chaises berceuses se balançaient doucement. Le vent glissait sur les arbres et lui chuchotait la bienvenue. Le clapotis de la rivière faisait comme une petite musique de fond. La marée montante venait battre la grève dans un bruit de draps mouillés claquant au grand vent.

Envahi par les bruits familiers de son enfance, Arthur retrouvait son «chez lui», où il avait coulé des jours heureux. Ses compagnons de jeux avaient été les enfants des colons et malgré

153

un certain respect pour sa condition de petit seigneur, ils l'avaient toujours considéré comme un des leurs.

Mais un soir de septembre, il avait huit ans, on l'avait arraché de son village et mis pensionnaire dans un collège. Son sentiment de solitude commençait là. Le froid de ce premier soir dans ce sinistre dortoir lui avait laissé comme un noyau de glace dans le cœur et rien n'avait encore réussi à le faire fondre. Il vivait transi depuis ce temps. Mais il le dissimulait si bien qu'on ne l'aurait pas cru si, dans un moment de détresse, il s'était mis à nu.

Dans la société où il vivait, dévoiler ses états d'âme était taxé d'indécence. Le grand mot lâché. Parce qu'aujourd'hui, l'indécence, le plus grand de tous les crimes, était pointée du doigt, proscrite et condamnée. On la voyait comme une tare. On la voyait partout.

Et ce siècle puritain voilait tout ce qui pouvait l'évoquer. Parmi les quelques grands tableaux d'inspiration religieuse accrochés ici et là, on tournait face au mur ceux que l'on jugeait impudiques. On recouvrait les tapis de carpettes pour dissimuler les motifs susceptibles de blesser l'œil chaste. On habillait les fauteuils de tissus lourds qu'on surchargeait de dentelles ou de passements de toutes sortes. Les fenêtres aux petits carreaux s'assombrissaient de tentures drapées sur des rideaux déjà épais. On tendait de soie ou de velours les murs déjà recouverts de papier peint pour faire disparaître les dessins. On chaussait même de chiffons les pattes sculptées des pianos au cas où une forme évoquerait des images impures.

On ne se lavait pas pour ne pas se déshabiller. Les gens mariés faisaient l'amour à travers la modeste robe de nuit de «flanellette», par une petite ouverture spécialement conçue à cet effet, les mains jointes, les yeux fermés, cachés sous les draps et toutes lumières éteintes.

Pour fuir la tentation de la chair, le camouflage ne connaissait plus de borne et tournait à l'obsession.

Au nom de la sacro-sainte décence, ce dix-neuvième siècle hypocrite ne connaissait qu'un verbe: cacher! cacher! cacher tout! sauf... les poitrines féminines, que les corsages largement échancrés dénudaient sans scrupules. Curieusement, l'indécence n'allait pas jusque-là!

Une cheville non cachée sous de nombreux jupons comme un poignet non ganté était devenu plus impudique qu'un mamelon découvert. Devions-nous nous repaître de ces appâts exposés si généreusement à nos yeux? s'était un moment réjoui Arthur. Nenni! on étalait sans offrir. Un seul regard posé sur ces seins insolents était déjà perçu comme étant impudique, et s'il s'y allumait une flamme de convoitise, on glissait illico dans la concupiscence.

Arthur, lucide et sarcastique, trouvait de plus en plus insupportables les escobarderies de toute la gent féminine qui jouait sans vergogne la parodie de la vertu. Il déplorait ce comportement, parangon de tartuferie.

Quel triste siècle c'était là!

— Je vous souhaite une bonne nuit, monsieur Arthur, dit Joseph, qui se berçait sur la galerie tout en fumant sa pipe.

Arthur sursauta!

— Vous n'auriez pas dû m'attendre, Joseph.

— Vos grands-tantes s'excusent, elles sont allées se coucher. Elles ne sont plus très jeunes, vous savez.

— C'est très bien, Joseph, je les verrai demain.

Le serviteur hésitait à partir.

— On veut vous dire... mon Héloïse et moi, qu'on a eu beaucoup de peine... nous aussi... pour la mort de mam'zelle Rose.

Arthur, saisi, ne répondit pas tout de suite. Les serviteurs étaient très respectueux à l'endroit de leurs maîtres. Silencieux et discrets, ils n'en devinaient pas moins leurs secrets.

— Merci Joseph! finit-il par répondre, ému.

Le serviteur lui ouvrit la porte du manoir et s'effaça devant lui.

Arthur monta à l'étage et rejoignit sa chambre sans bruit. Puis, il ouvrit les fenêtres, repoussa les volets et, jusqu'à l'aube, écouta le chant du fleuve.

৵

Avertis de l'arrivée d'Arthur, les habitants du village le guet-
tèrent en vain pendant plusieurs jours. C'était à se demander si
Joseph ne leur avait pas menti.

Les grands-tantes non plus ne l'avaient pas vu beaucoup.
Elles se berçaient devant le fleuve, comme chaque après-midi,
quand Louise-Angèle fit part de son inquiétude à sa sœur.

— Luce, tu ne trouves pas le petit étrange depuis son retour?
On se couche, il n'est pas rentré, on se lève, il est déjà sorti. Où
va-t-il, pour l'amour du bon Dieu?

— Avec Arthur, ce n'est pas difficile à deviner: ou il a
retrouvé ses anciens amis avec lesquels il a toujours eu la
fâcheuse habitude de boire un peu trop, ou alors il rumine un
texte dangereux pour son journal.

— Tu n'es pas juste envers lui. Il m'a paru tellement triste
à son arrivée.

— C'est qu'il n'a plus d'argent. Ne t'inquiète pas, Louise, tu
le verras bientôt apparaître le sourire aux lèvres, cajoleur, affectueux, jusqu'à ce qu'on lui remplisse ses poches de nouveau.

— Voyons, Luce. Arthur ne vient pas quêter de l'argent,
mais bien réclamer une part de «son» héritage. C'est bien
différent.

— Et si je lui donnais tout ce qui lui revient, dans un mois
ses poches seraient tout aussi vides. On ne peut pas lui faire
confiance. Ni pour cela ni pour autre chose d'ailleurs.

— Il a un grand talent d'écrivain. Pourquoi le dénigres-tu
toujours?

— J'ai hâte de voir jusqu'à quelle extrémité ce grand talent
va nous mener. Tu as lu ce qu'il a encore écrit la semaine dernière?

— Non... pas vraiment!

— Évidemment, tu le protèges encore! Attends-moi, je vais
chercher mes lunettes et je vais t'en faire la lecture pour te
rafraîchir la mémoire.

Luce-Gertrude se leva et, de son pas pesant, alla chercher
l'article et ses lunettes dans le salon. Elle revint et se rassit lour-

dement dans la chaise berceuse, puis elle regarda Louise-Angèle
dans les yeux:

— Maintenant, écoute!: «Une recette indispensable pour
garder bonne conscience! Elle me vient d'une dame très
respectable... Je ne vous l'aurais certes pas confier sans cela. La
voici donc: "Vous faites un péché véniel si vous vous laissez
embrasser. Il est grave si vous y ajoutez de la complaisance. Il
s'estompe si vous vous en repentez. Le regret léger laisse des
traces. En revanche, le regret sincère vous lave l'âme. Alors,
riche de cette expérience, à la première occasion, je devrais
dire... tentation, vous avancez hardiment jusqu'à la limite du
péché véniel et là, vous vous étirez en quelque sorte jusqu'au
côté mortel pour en respirer le dangereux parfum. Cette dernière
prouesse d'équilibre vous tient suspendu dans une zone grise,
impossible à définir, située entre le bien et le mal et pleine de
risques pour les âmes qui s'y hasardent. Et, de rajouter la dame
non sans retenir un petit frisson, c'est ici que ça devient délicat.
On marche comme sur des œufs. On retient son souffle. Et juste
avant d'être aspirée, on fait marche arrière pour se retrouver sain
et sauf dans l'air léger du péché véniel. Évidemment, cela
demande du doigté. C'est ainsi que tout en pratiquant agréablement la vertu, on se sauve des tourments de l'enfer qu'un simple
faux pas nous aurait mérité", conclut fièrement cette acrobate de
la moralité. Conclusion, mes chères lectrices, cette recette sur le
dosage minutieux de la vertu devrait vous faire économiser un
grand nombre de péchés mortels et vous garder dans cette belle
honnêteté qui répond parfaitement aux divines subtilités de la
foi catholique, telle qu'on l'entend au Canada français.» Signé:
Arthur Buies! conclut la vielle dame sur un ton glacial. Alors,
Louise, comment apprécies-tu le grand talent de ton neveu?

— Eh bien!... Il faut avouer que c'est finement dit!

— Tu veux dire que le poison est subtilement administré?
Tu ne reconnais donc pas, encore une fois, les propos de Satan?
s'indignait Luce-Gertrude.

— Ce ne sont pas les siens, il dit rapporter les propos d'une
inconnue, fit naïvement la douce tante.

— Fais-tu exprès pour être stupide, Louise? Il occupe son temps à dénigrer la religion. Passe encore s'il le faisait pour lui-même! Dieu lui demandera des comptes. Mais comme écrivain, il a le devoir de ne pas troubler les consciences par des écrits scandaleux. C'est une honte pour la famille!

— Au fond, Arthur réprouve ces pratiques, si on y pense bien, fit remarquer Louise-Angèle sans se démonter. Et il le fait à sa manière.

— Qui est de ridiculiser l'Église, par exemple? Ton affection exagérée pour cet enfant impie te fait perdre la tête, ma sœur.

Sur ce, la forte seigneuresse se tira péniblement de sa chaise berceuse et amorça une sortie digne d'un prélat outragé.

Comme tous les matins depuis son arrivée, Arthur allait se réfugier dans l'île Saint-Barnabé. L'île se trouvait à un mille au large de Rimouski et faisait face au manoir. Jadis, c'était son terrain de jeu favori. Aujourd'hui, elle lui servait de refuge pour réfléchir. De chaque côté de l'espèce de baie que formait la grève, de gros rochers noirs, ronds, s'avançaient dans la mer comme pour la garder.

Héloïse, à qui il avait demandé de taire son lieu de retraite, lui préparait un panier de victuailles et il y passait la journée. Il ne revenait au manoir qu'à la fin de l'après-midi. Une fois sur l'île, il la contournait et allait s'installer du côté nord. Pour le moment, il ne tenait pas à être vu des gens de Rimouski. Il préférait encore sa solitude.

De ce côté-là, on se trouvait à trois milles de la rive nord. L'eau du fleuve y était profonde. C'était l'endroit idéal pour regarder passer les navires. Par beau temps, on pouvait voir le petit village de Forestville, celui de Sainte-Anne-de-Portneuf un peu plus à l'ouest, et plus loin encore, Les Escoumins. C'était là que les capitaines de transatlantiques avaient ordre de s'arrêter pour prendre à leur bord un pilote qui devait les remplacer à la barre jusqu'à Québec. À partir de cet endroit, les hauts-fonds étaient nombreux.

Arthur connaissait la côte nord aussi bien que la rive nord de la péninsule. Il pouvait nommer les villages même s'il ne les distinguait plus. Il savait qu'après les Escoumins venait Tadoussac, où on avait construit un superbe hôtel. La rivière Saguenay passait devant cet ancien poste de traite et allait s'engouffrer tumultueusement dans le fleuve. Partie du lac Saint-Jean, elle avait voyagé entre des fjords semblables à ceux de la Norvège. Les yeux de sa mémoire voyait ensuite La Malbaie, joyau de Charlevoix et lieu de villégiature pour les bien nantis de toutes nationalités, particulièrement les Américains. Ces dernières années, beaucoup d'entre eux s'étaient fait bâtir des cottages, tous plus beaux et plus confortables les uns que les autres.

De ce côté-ci, des Anglais venaient de jeter leur dévolu sur Cacouna. Des Écossais préféraient Métis Beach, où la brume familière leur rappelait leur pays.

Arthur, lui, préférait encore Kamouraska. Il se rappelait l'été de ses quinze ans... Angélique... ses grandes tresses blondes, ses petites taches de rousseur, ses grands yeux candides. Il avait eu le béguin pour elle. Il se demanda ce qu'elle était devenue: mariée sûrement, comme toutes celles de son âge, et entourée d'une ribambelle d'enfants braillards et encombrants. Que ça lui paraissait ennuyant tout cela! Dire qu'il lui avait demandé de l'attendre! Il espérait bien qu'elle ne l'avait pas fait.

De l'eau avait coulé sous les ponts depuis ce temps. Dieu lui était témoin qu'il aimait les femmes mais pas jusqu'au mariage. D'ailleurs, à quelle femme se fier! Quand minaudaient-elles et quand étaient-elles sincères? Rose, elle, avait la simplicité des pauvres gens. Mais les femmes de «son» monde, que ses grands-tantes ne cessaient de lui présenter, ne valaient pas un engagement aussi définitif.

Les yeux rivés au paysage, Arthur laissait ses pensées vagabonder. Souvent, les rives de la côte nord apparaissaient claires et bien dessinées, mais aujourd'hui leurs contours s'estompaient dans un brouillard bleuté.

Il pensait à Toussaint Cartier, qui avait passé quarante ans sur cette île au siècle dernier. Quelle peur bleue il avait dû éprouver sur le navire qui l'amenait au Canada pour avoir fait la promesse de se faire ermite jusqu'à la fin de ses jours, alors qu'il avait à peine vingt ans au moment de son arrivée, en 1730.

Comment un jeune homme, loin de sa Bretagne natale, loin des siens, avait-il pu demeurer seul, isolé sur cette île, à l'écart de toute société pendant tout ce temps! On dit que le seigneur de l'île avait fait preuve de générosité à son endroit en lui donnant une vache et des poules et en l'autorisant à occuper la partie de l'île qui se trouvait du côté sud, face au village.

Il «s'était arraché», disaient les gens d'ici. C'est vrai, il avait réussi à survivre. De l'eau de pluie, du lait frais, des œufs, une poule grillée de temps en temps et tous les poissons du fleuve, en plus d'un petit jardin de légumes, l'été, et du bois de l'île pour se chauffer, l'hiver... C'était peut-être suffisant, effectivement.

Il faut dire aussi qu'avoir constamment sous les yeux ce paysage marin devait procurer un certain bonheur, pour ne pas dire un bonheur certain.

Mais quand, jour après jour, nuit après nuit, on ne peut échanger ses impressions avec qui que ce soit, comme le temps doit se languir!

On le disait atteint d'épilepsie. Cette maladie, dite honteuse, semait l'effroi au sein des populations ignorantes qui voyaient dans les crises spectaculaires qu'elle provoque une manifestation dégradante du démon. Se voir repousser comme un lépreux avait peut-être été la seule raison à l'origine de l'isolement volontaire de ce pauvre garçon. Personne ne pouvait le dire au juste. Le temps, comme la poussière, recouvre les événements et ne les laisse subsister que sous forme de légendes. De toute façon, aujourd'hui, aucune trace de vie domestique ne témoignait de l'existence de l'ermite de Saint-Barnabé.

L'ermite!... L'ermite? s'écria soudain Arthur. Mais s'il ne se secouait pas, c'est ce qu'il deviendrait en restant plus longtemps ici. Déjà une semaine qu'il s'apitoyait sur son sort. Évidemment, s'il décidait d'y rester, l'île serait peut-être sanctifiée encore une fois... mais le monde serait privé d'un grand homme!...

«Hop! debout, Arthur!», se dit-il. Tu es jeune, plein de santé, de vie, de talent. Tes concitoyens attendent de toi que tu les réveilles! ton pays, que tu le délivres de ses chaînes! et tes amis de Rimouski, que tu ailles boire avec eux la bonne eau de la Jamaïque. Debout! jette ton grabat et cours vers le plaisir, l'amitié et la liberté!

Comme si le diable lui avait piqué les fesses de sa fourche — ici, on voyait cela tous les jours — Arthur se leva d'un bond, ramassa le reste de ses victuailles et revint en vitesse sur le côté sud de l'île. La marée s'apprêtait à monter. Sautant d'un cran à l'autre, il parvint sain et sauf, quoique les bottes un peu humides, sur la grève du manoir.

Il entra par la porte de la cuisine. Héloïse sortait un gâteau du four. Elle se retourna.

— Vous êtes de bonne heure, aujourd'hui, monsieur Arthur?

— C'est vrai, Héloïse! et à partir de demain, plus de victuailles à préparer! Je vous donne congé. Tenez, je vous ai rapporté vos plats, dit-il en les déposant sur la grande table de bois.

— Vous ne retournerez plus dans l'île?

— J'y retournerai certainement, mais pas en ermite. Fichtre! ça sent bon ici!

Le gâteau avait l'air si appétissant qu'Arthur voulut s'en prendre un morceau, mais Héloïse l'arrêta.

— C'est trop chaud, monsieur Arthur. Ça va vous rester sur l'estomac. Vous feriez mieux d'attendre au souper.

— Bon! alors j'attendrai, fit-il résigné.

— Vous savez, vos tantes s'inquiétaient, mais je n'ai rien dit.

— Je vous remercie de votre discrétion, Héloïse. J'avais besoin de m'isoler, mais il y a un temps pour la réflexion et un temps pour l'action.

— Vous ne repartez pas déjà pour Montréal?

— À moins que mes tantes ne me chassent!

— Voyons! monsieur Arthur!

— Ah! Vous verrez peut-être cela un jour, dame Héloïse! Elles n'aiment pas toujours ce que je fais. Et ce que je dis, encore moins. Quant à ce que j'écris, on n'en parle pas! En attendant, je vais puiser des forces dans ce que l'homme a inventé de mieux jusqu'à maintenant: le rhum et autres nectars de cet acabit! Et dans un sourire espiègle, il sortit.

Il se dirigea vers le village. C'était la fin de l'après-midi. Certains villageois rentraient chez eux. D'autres allaient faire un dernier achat au magasin général. Il décida de s'y rendre. Il n'était pas sitôt entré qu'on l'entoura en le bombardant de questions.

— Salut, Arthur! on avait entendu parler de ton retour!

— Où est-ce que t'étais?

— On commençait à douter de la parole de Joseph!

— On te pensait malade!

— J'étais sobre, mes amis! voilà le mal dont j'étais affligé! Mais je viens en chercher ici la panacée!

— T'as des mots de dix piastres qui sont point aisés à comprendre!

— Mais je vous comprends très bien, moi! fit Arthur en riant.

— Y manquerait plus rien que ça!

— Et si on allait au café!

— Au «café»! Mais si... mais si, se moqua Baptiste-Baptiste.

Il se tourna vers ses amis et les invita d'un large geste de la main:

— Emmenez-vous, vous autres! on s'en va au «café», comme dit «mossieur» qui a vécu, comme vous le savez, dans les vieux pays. À *Marée haute.*

Ils sortirent en s'esclaffant et se dirigèrent vers le lieu indiqué. Chemin faisant, d'autres se joignirent au groupe en reconnaissant Arthur. Ils étaient toujours heureux de le revoir, lui qui avait partagé leurs jeux d'enfance et qui, malgré son nouvel accent et une notoriété déjà acquise par ses articles et ses conférences, semblait encore se considérer comme un des leurs.

On commanda de la bière pour tout le monde. Après avoir avalé une longue rasade de cette boisson fraîche et mousseuse,

Arthur se retourna vers ses compagnons et, s'appuyant d'un coude au comptoir, il alla aux nouvelles.

— Alors, quoi de neuf par ici?

Un homme, qui était déjà attablé à leur arrivée, se leva de son banc, s'approcha lentement en repoussant les autres d'un ample mouvement des bras et, l'air crâneur, vint se planter devant Arthur. Les hommes se poussèrent du coude en riant tout bas.

Arthur ne le reconnut pas sur le coup. Intrigué par le personnage, il l'examina de la tête aux pieds. Son habillement tranchait carrément sur celui des autres. Il portait des pantalons de coupe étrangère et un manteau de drap largement ouvert sur une veste voyante à carreaux. Il possédait une montre de poche dont l'éclat accrochait l'œil et qu'il sortait constamment dans un geste étudié pour allumer la convoitise de son entourage. Des bottes de cuir jaune complétaient cet ensemble insolite. Le chapeau, bord relevé et poussé vers l'arrière, ajoutait à l'arrogance du personnage. D'un énorme cigare qu'il tenait entre le pouce et le majeur, il tirait de longues bouffées, puis il ouvrait grande la bouche, libérant ainsi un nuage de fumée qui, mollement, dérivait vers la figure d'Arthur. Celui-ci reconnut Nazaire, naguère pauvre et timide, et voulut se payer un peu sa tête.

— Vous dirigez un cirque, monsieur?

— *Well!* je viens des États! et, ouvrant grand les bras: Arthur, tu me reconnais pas?

— J'avoue que déguisé comme tu l'es, Nazaire, je ne t'aurais jamais pris pour un Canadien français, dit Arthur amusé. Mais... *well*, tu es *swell*.

— J'arrive de Lowell'â, répondit-il avec emphase, en accrochant ses pouces à ses bretell'â...

— À rame ou à voell'â? s'informa Arthur dans le plus pur ton de la moquerie.

Les gars riaient et se réjouissaient d'avance de ce qu'Arthur, qu'ils connaissaient bien, n'en laisserait pas passer une.

— Par les gros chars, *my boy!* répondit Nazaire en faisant l'important. Et en *first class* à part de ça.

Arthur prit un ton confidentiel.

— Serais-tu devenu millionnaire par hasard?

— *Not yet! not yet!* mais on roule sur l'or là-bas.

— Ne serait-ce pas plutôt les marchands d'or qui vous roulent? Arthur doutait visiblement de la grande valeur de sa montre-breloque aux reflets trop brillants.

Nazaire avait suivi son regard.

— C'est de l'or jaune, en bonne «limitation», tu sauras, Arthur!

— Comme celui de tes bottines, peut-être?

— Ça, c'est une peau de veau!

— J'espère que tu ne parles pas d'un de tes compatriotes.

— Je te le dis, Arthur, *the best of the world!* clamait le nouvel Américain, qui n'avait pas vu l'ironie.

— Et ta femme, elle s'y plaît aussi?

— *Very well!* elle travaille douze heures par jour dans une manufacture de textile avec trois de mes enfants, répondit-il fièrement, en se «pétant» les bretelles.

— Ils ne vont pas à l'école? s'étonna franchement Arthur.

— On est là pour gagner de l'argent, pas pour flâner, voyons.

— Vraiment! et quand tes enfants seront grands, que feront-ils?

— Y continueront à travailler dans les manufactures, *I guess!* À moins qu'y deviennent commerçants avec l'argent qu'y auront ramassé. Si y sont assez fins, on sait ben!

— Sans instruction!

— Ben, *well!* tu sauras, mon p'tit garçon, que là-bas on peut devenir n'importe qui si on veut!

— Comme président des États-Unis, par exemple?

— C'est faisable! Évidemment, faut être Américain, pis parler l'anglais! mais...

— Mais... quoi?

— *Well!...* C'est que les Canadiens français, aux États, y veulent pas parler anglais parce qu'y veulent pas perdre leur français.

— Et leur religion?

— Ben, encore moins!

— Et... «aux États», on refuserait un président de langue française et de religion catholique, d'après ce que tu nous laisses entendre?

— *Well!*... J'en ai pas encore vu un arriver jusque-là. Mais, *we never know! we never know*, Arrtheurr!... Ah!... Excuse-moi, c'est quand je m'emporte. Que veux-tu, on entend rien que parler anglais là-bas. Mais c'est pas grave, le principal, c'est qu'y a du travail pour tout le monde!

— Du travail harassant qui épuise ta femme et tes enfants? Au fait, combien en as-tu?

— J'en ai... cinq!

Nazaire n'allait quand même pas leur avouer qu'il en avait perdu trois en bas âge. Quand il était arrivé à Lowell avec sa famille et peu d'argent en poche, il avait dû prendre un logement exigu, délabré et insalubre. Les premiers temps avaient été difficiles. Beaucoup plus qu'il ne l'aurait pensé. Après la mort du troisième enfant, sa femme éplorée et découragée avait voulu revenir au pays. Il avait carrément refusé. Revenir avec trois enfants en moins et les poches vides, c'était avouer son échec devant tout le village. Il avait bien fait de rester. Aujourd'hui, il vivait sans crainte du lendemain. Il redressa les épaules et reprit:

— On reste dans un beau grand loyer pis toute la famille aide à le payer.

— Tu ne crains pas que tes enfants tombent malades à vivre enfermés dans une manufacture du matin au soir sans faire d'autre exercice que celui de manœuvrer habilement pour ne pas se faire estropier? dit Arthur, accusateur.

Là, Nazaire devint sérieux.

— Si j'avais pu vivre de ma ferme, mon petit garçon, on aurait tous été au grand air. Mais comme la ferme rendait pas, on avait de l'air en masse mais pas de pain. Rendu là, y faut choisir. Avant de partir pour les États, j'ai cherché à m'embaucher à Québec pis à Montréal. J'étais prêt à faire n'importe quoi ici, dans mon pays, pour nourrir ma famille. Mais y avait pas d'ouvrage nulle part. Ça fait qu'on a fait nos bagages, pis, *well,* on a décollé! Je regrette rien! Là-bas j'ai trouvé du travail, pis la liberté.

— La liberté de choisir entre deux manufactures!

— La liberté de travailler où on veut! Ici, on a toujours eu des maîtres. Les seigneurs pour commencer, excuse-moi, Arthur, mais c'était de même. Ensuite, les Anglais!

Nazaire, emporté, se tourna soudain vers tous les autres clients, qu'il connaissait, et les harangua en ces termes:

— Écoutez ben une chose, vous autres, pis réfléchissez. Quand j'ai décidé de partir d'icitte, de vendre mes animaux, de laisser mes bâtiments et ma ferme à l'abandon, de quitter mes parents et mes amis et surtout de changer de pays pour gagner mon pain, j'ai posé un geste d'homme libre. Êtes-vous capables de comprendre ça?

— T'avais pas peur? murmura une voix indécise.

— Oui, j'avais peur, Baptiste-Baptiste! On a été formé dans la peur. C'est ça qu'on connaît le plus au Canada. Mais quand t'as pus rien à manger, tu y penses moins. Pis quand t'as pris ta décision, tu y penses pus, tu fonces. C'est comme ça que tu deviens libre.

— Mais là-bas, tu connaissais personne? dit un autre, inquiet.

— Un cousin m'a aidé à me débrouiller au début. Y m'a indiqué où étaient les usines. Y en avait partout. J'ai choisi de travailler où je voulais. Encore aujourd'hui, si ça fait pas mon affaire, *well*, je change de maison, de quartier, de manufacture ou de ville.

— Ou de langue, si besoin est? reprit Arthur, toujours moqueur.

— Je parle anglais pour ma job, mais, *well*, je choisis de garder mon français. Y a aussi des dizaines de religions là-bas, mais je reste catholique. Partout, je fais comme je veux. Si y en a qui veulent devenir Américains, c'est leur choix. Y en a d'autres qui ramassent leur argent pour revenir le plus vite possible manger de la vache enragée au Canada, c'est encore leur affaire.

Moi, pour le moment, j'ai décidé de vivre aux États, pis de pas revenir. *That's it!*

— Entouré de millions de gens de langue anglaise et de religion protestante, combien de temps penses-tu tenir le coup, Nazaire, comme Canadien français catholique «pure laine»? demanda Arthur.

— Ça! pour le pure laine, ça va ben tomber un moment donné. Déjà qu'on nous appelle pus par notre nom.

— Comment ça? s'écria Baptiste-Baptiste, démonté, tu t'appelles pas Nazaire Laflamme aux États?

— *Well!...* commença Nazaire en se grattant le derrière de la tête, la première fois que le boss te crie du bout de la shop: «*Come here, Nazirr... Nazirr... who?*» T'es ben obligé d'y répondre «The Flame!» pour qu'y comprenne pis pour qu'y s'en rappelle. À la guerre comme à la guerre! comme on dit.

Les réactions étaient divisées. La moitié des hommes étaient consternés par la révélation de Nazaire, et les autres riaient aux larmes. «Nazirr The Flame!», répétaient-ils, est ben bonne celle-là!

Arthur ne pouvait s'empêcher de trouver pathétique l'histoire de Nazaire, mais il garda son ton ironique.

— Si déjà, tu as perdu ton nom... Nazirr, comment feras-tu, je te le répète, pour ne pas perdre le reste?

— Tu sauras, Arthur, qu'aux États, y a des journaux canadiens-français, des écoles où des Canadiens français enseignent et des paroisses dirigées par des prêtres français, de France même.

— Premièrement, tes journaux sont inutiles si tes enfants n'apprennent pas à lire, n'est-ce pas? Deuxièmement, pourquoi n'y-a-t-il pas de prêtres Canadiens français?

— *Well!...* Je le sais pas trop! Ah! y en a, mais pas beaucoup.

— Je vais t'en donner la raison, moi, Nazaire, dit Arthur, en changeant de ton cette fois. Le clergé canadien-français refuse de vous envoyer des prêtres parce qu'il désapprouve votre émigration aux États-Unis. Et pourquoi? Pour la simple raison que l'argent rentre moins ici et qu'accéder à votre demande serait encourager une plus forte émigration, ce qui réduirait d'autant leur revenu. Il soutient donc que vos âmes vont se corrompre dans ce pays de perdition, pour que vos dollars reviennent dans ses troncs... Voilà la seule rime qu'il comprend!

— Parle pas en écrivain, Arthur, réponds-moi, clairement.

— Toi-même, tu as dit tout à l'heure que les Canadiens français ont toujours obéi. Tu as parlé des seigneurs et des Anglais, mais tu as oublié les plus puissants. Car les seigneurs ont perdu leurs privilèges, comme tu sais, et bien que les Anglais soient à la tête du gouvernement, le seul qui mène les Canadiens français, c'est le clergé. Il faut savoir faire la différence entre les maîtres, Nazaire. Le clergé n'accepte pas que vous quittiez le pays ni d'ailleurs que vous preniez une décision, quelle qu'elle soit, sans sa permission, parce ce que c'est lui, ici, l'autorité suprême, et personne d'autre. Pas même le gouvernement. Et ne voilà-t-il pas, comme tu l'as dit si justement, que certains osent poser des gestes d'homme libre en fuyant la misère avec toute leur famille pour aller courageusement voir s'ils ne pourraient pas gagner leur pain ailleurs. Tu me suis?

— *Well!*... T'es ben parti!

— Bien! Le clergé n'est pas sans vous avoir vu vivre de plus en plus pauvrement, à mesure que la famille augmentait. Maintenant, il étouffe de dépit en voyant que vous choisissez de vous exiler plutôt que de continuer à croire que c'est en faisant chanter des messes et allumer des lampions que vous vous en sortirez. Pour ce qui est du gouvernement, il ne voit pas encore les conséquences néfastes de votre émigration. Et les plus fanatiques se disent ceci: si les Canadiens français pouvaient tous partir, on resterait enfin entre nous! Est-ce assez *«clear Nazirr»*? rajouta Arthur en se plantant devant le colon américain et en le regardant bien dans les yeux.

— Pour le gouvernement..., je sais pas, hésitait Nazaire, perplexe. Mais je te crois pas, Arthur, quand tu dis que les prêtres pensent qu'à leurs revenus. Y pensent d'abord à notre salut. Pis y va nous en falloir, des prêtres, parce que la guerre va prendre avant longtemps.

Zénon, qui pensait depuis quelque temps laisser lui aussi sa ferme pour émigrer, s'inquiéta.

— De quelle guerre tu parles, Nazaire?

— De la guerre avec les Irlandais.

— Mais y sont catholiques, eux autres aussi?

— Oui! Mais c'est des drôles de catholiques. Leurs sermons sont en anglais, d'abord...

— Ben, voyons, maudit fou, c'est normal, y parlent anglais! C'est comme les Irlandais d'ici.

— *Well!* t'as raison, Zénon! mais comme on est obligé, souvent, d'aller dans leurs églises pour avoir des messes catholiques, on voit comment ça se passe. Y font des messes ennuyantes, avec pas trop de musique, pas trop de chants. Y a pas de dorure, pas de broderies ni rien sur les ornements. Y font jamais de processions. Y ont pas de bannières, tu sais, comme nous autres, celle des Enfants de Marie, des Dames de Sainte-Anne, de la Ligue du Sacré-Cœur. Y ont rien de ça eux autres. Mais y ont des prêtres irlandais en masse, par exemple. Faut que ça change!

— Peux-tu faire la loi comme ça dans un pays qui est pas le tien, Nazaire? reprit Zénon, surpris.

— *Of course!* Les Américains ont besoin de nous autres pour faire marcher leurs manufactures. Pis, nous autres, on a besoin de prêtres canadiens-français pour exercer notre religion. Ça fait que, *well*, faut qu'y nous en donnent.

— Savez-vous la raison de cette grande discrétion des Irlandais dans la pratique de leur religion? leur demanda Arthur.

Les gars se regardèrent en haussant les épaules.

— Ils ont dû et doivent encore se défendre bec et ongles dans leur pays pour la garder. L'Angleterre a voulu asservir ce peuple fier et non seulement l'assimiler mais le priver de sa religion. Alors pendant des décennies, les Irlandais ont été forcés de pratiquer leur culte en cachette, avec les moyens du bord. Ils ont donc perdu l'habitude des cérémonies à grand déploiement de brocart, de satin, de dorures, de pierres précieuses et d'argent massif, tout ce qui constitue les signes extérieurs de la puissante religion catholique. Par la force des choses, ils ont été quittes pour la vivre dans la pauvreté de Notre-Seigneur. Voilà pour tes Irlandais, Nazaire!

— Mais depuis qu'y sont installés aux États, on peut dire qu'y rattrapent le temps perdu. Leurs évêques font tout pour ça. Pis les Américains disent rien.

— Tu nous as bien dit que vous étiez libres aux États-Unis, n'est-ce pas?

— *Well!* je le dis encore, Arthur!

— Mais tu ne laisses pas aux autres le droit d'être libres comme ils l'entendent!

— On n'est pas plus fou que les autres. Et on a besoin des secours de toute notre belle religion, comme on est habitué nous autres.

— Vous n'espérez tout de même pas avoir dans ce pays, pro-testant par définition, le même genre de services religieux qu'ici?

— *Well*, pourquoi pas?

Arthur s'emporta et marcha vers Nazaire qui, surpris, recula.

— Ici, vous nagez dans la vôtre jusqu'à l'asphyxie. On vous en gave jusqu'à l'indigestion. On ne cesse de former des prêtres pour en avoir continuellement une potée fraîche à votre service, pour ne pas dire à vos trousses: despote! omniprésente! foui-neuse!

— Wo!... Wo!... Arthur! murmurait Nazaire, scandalisé.

Mais, parti sur sa lancée, celui-ci n'avait aucun désir de s'arrêter.

— Les mille et une cérémonies du culte nécessitent chaque fois un décor différent et une main-d'œuvre considérable. À tra-vers elles, vous êtes constamment surveillés, observés, contrôlés, soumis, repris, censurés, menacés, condamnés, humiliés! Et cette chasse du zèle prend tellement de temps qu'il faut une meute toujours plus nombreuse et toujours plus habile pour empêcher que le moindre gibier ne s'échappe! Et tu veux expatrier «ça» dans le pays le plus démocratique au monde?

À force de reculer, Nazaire était tombé assis sur le premier banc. Il regardait Arthur comme si celui-ci venait d'une autre planète. Il lui répondit sans façon:

— Ça paraît que t'écris dans les grands journaux, Arthur. Tu viens de nous inventer une belle histoire de fou qui peut venir que de ton imagination.

Arthur le regarda un moment, puis retourna au bar pour se faire servir un double rhum. Il lui fallait quelque chose de plus corsé pour supporter pareil aveuglement.

Il en but une grande lampée et revint vers Nazaire. Ça ne parlait pas fort dans la taverne. Il se pencha vers lui.

— On ne peut faire boire un âne qui n'a pas soif, hein, Nazaire?

— Euh!... *What?*

— Toi qui as compris qu'en émigrant, tu posais un geste d'homme libre. Toi qui as gagné cette liberté parce que tu as eu le courage de tout laisser derrière toi, tu veux encore et toujours garder à ton cou ce vieux collier étrangleur qui te force à marcher au même pas que celui qui le tient?

— *Well, well!* qu'est-ce tu racontes, Arthur? J'suis attaché à ma religion, pas étranglé, comme tu dis.

— Tu veux rester libre?

— Euh!... *Yes!*

— En somme, tu veux rester libre comme le chien de La Fontaine!

— J'connais pas ce gars-là! Pis encore moins son chien!

— Il a écrit des fables pour faire réfléchir ceux qui ne prennent pas le temps de le faire. *Le Loup et le Chien,* entre autres. Veux-tu savoir l'histoire?

— Ben!... Nazaire ne savait pas trop où Arthur voulait en venir.

Arthur commença aussitôt son récit.

— C'est l'histoire d'un loup, qui n'a que la peau et les os. Il rencontre un chien puissant, beau, qui lui dit être bien nourri, bien logé et caressé par des mains affectueuses. Cela n'est pas donné à tout le monde, et encore moins à un loup. Donc, le chien lui apprend qu'il n'en tiendrait qu'à lui d'avoir la même chose. Le loup salive déjà, mais tout en cheminant à côté du chien, il remarque son cou pelé. Poliment, il s'informe. Celui-ci lui répond que ce n'est que la marque du collier dont il est attaché. «Attaché, dit le loup; vous ne courez donc pas où vous voulez?» «Pas toujours, répond le chien; mais qu'importe?» «Il importe si bien, lui rétorque le loup, que de tous vos repas je ne veux d'aucune sorte!» Et il reprend le chemin de la liberté! Alors, rajouta Arthur, qu'en penses-tu, Nazaire?

— À te voir la maigreur, *well,* j'en conclus que le loup, c'est pas d'autre que toi, Arthur? dit Nazaire, narquois.

— Tu as l'œil, répondit celui-ci, en riant. Et c'est cet œil qui t'a fait changer, Nazaire. Tu n'es plus tout à fait le même homme. Tu t'habilles différemment. Tu parles différemment. Je t'ai connu timide et voilà que tu t'adresses à tout le monde sans aucune gêne. Ton idée de la religion doit bien avoir changé aussi? insista-t-il.

— *Well!...* je suis pas encore rendu là, Arthur. Changer de pays, c'est à peu près tout ce que je peux envisager comme amélioration dans ma vie pour le moment. Vivre ma religion autrement me l'endommagerait.

— Et ta qualité de vie s'abaisserait encore d'un cran si tu endossais une autre nationalité, je suppose?

— Si c'est me faire Américain que tu veux dire, Arthur, je suis encore moins rendu là, t'as raison.

— As-tu pensé que quand on s'installe dans un pays d'adoption sans même demander la naturalisation, on doit avoir, sinon de la reconnaissance, du moins la décence de ne pas faire trop de vagues.

— Des vagues! Des vagues! C'est quand même pas une tempête. N'empêche qu'y paraîtrait que les Américains commencent à avoir peur de nous autres. Savais-tu ça?

— Ben, voyons, Nazaire! là, tu pousses pas mal fort, se récria Baptiste-Baptiste.

— Tu me crois pas? *Well,* là-bas, y en a qui pensent qu'on pourrait former comme un grand diocèse catholique avec la province de Québec et la Nouvelle-Angleterre si on continue à s'obstiner à vouloir garder notre langue, notre nationalité et notre religion, et à s'établir de plus en plus nombreux par là! C'est-tu assez fort, ça? Ça fait que les Américains nous verraient comme une race étrangère, distincte, avec un chef religieux pis politique en même temps, qui serait le Pape à Rome. Y veulent pas ça. Paraîtrait que si on s'assimile pas à la vie américaine, c'est comme si on était un État dans un État. Et ça, d'après eux autres, c'est contraire à la pensée des États-Unis. En tous cas, c'est ce qu'on a entendu dire. Ça ressemblerait peut-être ben à une annexion, ça. C'est quoi ton idée là-dessus, Arthur?

— Nous, les «rouges», nous prônons l'annexion du «Canada entier» aux États-Unis pour profiter de sa constitution démocratique et du même coup se débarrasser du joug britannique. Ce n'est pas pour étendre le ghetto catholique du Québec à un État des États-Unis. Jamais! au grand jamais! clama Arthur, en colère.

— Monte pas sur tes grands chevaux, Arthur! T'as beau les haïr, personne remplacera jamais ce monde-là. Tout ce qu'y font pour nous autres, c'est pas imaginable! Tu peux pas comprendre! Si tu vivais loin de chez vous, tu saurais à quel point on a besoin de nos prêtres pour nous donner du réconfort.

— Hé! Nazaire, tu oublies qu'Arthur a passé six ans dans les vieux pays.

— Tout seul?

— Eh bien! En Irlande, j'étais avec les Irlandais, en Écosse, avec les Écossais, en Italie, avec les Italiens et en France, avec les Français, dit Arthur, moqueur.

— On s'en doutait ben un peu!... Pis t'as jamais eu besoin du secours des prêtres? T'es trop fin pour ça, *I guess?*

— On a besoin de secours quand on perd son identité, Nazirr... Mais moi, nulle part au monde on ne m'a donné un autre nom que le mien, sauf en Italie où on a voulu m'appeler Buzzo et je suis parti.

Nazaire prit le parti de rire de la riposte d'Arthur. De toute façon, il savait qu'il n'aurait jamais le dernier mot avec lui. Et puis, avec des anticléricaux, il fallait faire attention. Les prêtres les mettaient en garde contre le danger qu'il y avait de discuter avec eux.

Les hommes remettaient leurs paletots pour s'en aller chacun chez eux. Zénon invita Nazaire à venir chez lui. Il voulait en savoir plus sur les conditions de vie aux États-Unis.

Ce soir-là, plus d'un se couchèrent en échafaudant secrètement des projets mirobolants. On pouvait imaginer tout ce qu'on voulait, ce n'était qu'un rêve après tout.

Mais Nazaire n'avait-il pas dit qu'il leur donnerait des adresses de logements et de manufactures? Ceux qui étaient intéressés n'avaient qu'à l'attendre le lendemain, sur le perron de l'église, après la grand-messe. Il n'y avait rien de mal à vouloir s'informer. Enfin, ils verraient bien.

À 10 heures le lendemain matin, les cloches appelaient les fidèles de Rimouski à la grand-messe.

La calèche des seigneuresses s'avança devant le perron. Joseph sauta de son siège et vint aider les vieilles dames à mettre pied à terre. Elles s'engouffrèrent sous le portique en tenant leurs jupes d'une main et leur chapeau de l'autre. Le vent tombait rarement au bord du fleuve. Elles s'attardèrent à remettre un peu d'ordre dans leur toilette et s'avancèrent dignement jusqu'à leur banc. Le premier — noblesse oblige — qui leur appartenait de droit en tant que seigneuresses. Le curé, assis dans le chœur, les salua avec déférence. Elles lui répondirent d'une inclination de la tête.

Aujourd'hui, la nef et le jubé se remplissaient de tous les paroissiens du village. On savait que Nazaire était ici. Des hommes l'avaient vu et lui avaient parlé. Mais on voulait l'entendre dire, de sa propre bouche, qu'aux États-Unis, la vie était plus facile qu'ici.

Le curé, flanqué de deux enfants de chœur, s'avança vers l'autel. L'organiste, assise bien droite devant son harmonium, attendait le moment de jouer. La messe commença.

Soudain, avec dix minutes d'un retard... calculé, Nazaire avança d'un pas sonore jusqu'à son ancien banc. Vêtu de ses habits américains du dimanche, il portait haut et fier son beau chapeau neuf, qu'il ne s'était pas résigné à enlever. Les nouveaux occupants lui avaient gardé une place. Un frisson passa dans la foule, car on connaissait la susceptibilité du curé Sanfaçon sur la ponctualité aux offices. Il ne tolérait tout simplement aucun retard.

L'œil en vrille, il se retourna lentement, cherchant, parmi ses ouailles, celle qui osait enfreindre aussi insolemment le règlement. Son regard inquisiteur, attiré soudain par un élément qui tranchait sur l'uniformité de la masse, s'arrêta pile. Dans l'énergumène aux attifements criards, il reconnut son ancien paroissien: l'émigrant honni. Comme on lapide, il lança à pleine force:

— Caches-tu ta fortune sous ton chapeau, Nazaire Laflamme, pour te le garder vissé sur la tête dans la maison de Notre-Seigneur?

Nazaire sursauta violemment et, en rougissant, se décoiffa d'un geste gauche tout en... se décoiffant. Il devinait ses cheveux dressés en épis, mais n'osa vérifier de peur qu'en levant la main, il ne s'attire de nouveau les foudres de son ancien curé. Les autres paroissiens, pour leur part, plongèrent le nez dans leur missel, craignant de se faire apostropher à leur tour. La messe continua dans une ambiance tendue jusqu'au moment du sermon.

Alors le curé Sanfaçon sortit lentement du chœur, contourna la balustrade et s'engagea dans l'escalier en colimaçon de la chaire. Les paroissiens ressentaient toujours une certaine crainte quand, l'ayant perdu de vue dans un tournant, ils le voyaient réapparaître, plus rouge et plus haletant à mesure qu'il montait. Le regard sans aménité qu'il leur décochait, quand il atteignait enfin la dernière marche, leur donnait l'impression qu'il les rendait responsables de son souffle trop court.

S'accordant le temps de reprendre haleine, il s'appuyait des deux mains au bord de la chaire et balayait l'assistance d'un regard inquiétant jusqu'à ce qu'il la sente mûre, c'est-à-dire assez apeurée pour trembler aux vérités de son sermon.

C'était le dimanche des Béatitudes.

Nazaire oublia l'humiliation que son curé lui avait infligée devant tout le monde — après tout, il en avait subi de pires aux États — et se reprit. Il éprouvait un indicible bonheur à se retrouver dans sa petite église natale. Il gardait les yeux fixés sur le beau tableau de la Vierge Marie suspendu au-dessus de l'autel et priait avec une ferveur jamais éprouvée avant aujourd'hui.

— Malheur à vous, les riches! car vous avez votre consolation ici-bas!

Cette phrase, criée à tue-tête du haut de la chaire, fit sursauter l'illuminé. Il leva les yeux et, à sa grande stupeur, vit le doigt du curé pointé vers lui. Il se raidit sans oser se retourner pour vérifier si ce doigt vengeur ne visait pas quelqu'un d'autre. Mais à la deuxième phrase, le doigt resté pétrifié dans sa direction lui fit baisser la tête de confusion.

— Malheur à vous, qui êtes repus maintenant! car vous aurez faim.

Faim? en s'adressant à lui? Le pauvre émigré commençait seulement à ne plus faire ces affreux cauchemars où il finissait toujours par mourir de faim avec sa famille.

— Malheur à vous qui riez maintenant! car vous connaîtrez le deuil et les larmes, continuait le curé sur la même note aiguë.

Rire? Nazaire en avait un peu perdu le goût. Des deuils, il en avait eu plus que sa part. Mal à l'aise, le doigt toujours pointé sur lui le brûlait comme du feu.

Soudain, le ton changea, devint chaud, enveloppant, presque tendre. Nazaire risqua un œil, pour voir, à son grand soulagement, le doigt le quitter pour diriger sa trajectoire au-dessus des fidèles.

— Heureux les pauvres! car le Royaume de Dieu est à vous. Heureux! vous qui avez faim maintenant, car vous serez tous rassasiés.

Nazaire respira.

Mais dans une nouvelle vague de fureur, le doigt du curé Sanfaçon revint se pointer sur lui. Sous le choc, Nazaire se roula en boule comme une chenille apeurée. *Well*, se disait-il, ça vas-tu finir?

— Et malheur à ceux qui quittent leur pays pour aller vivre dans un lieu de perdition! Ceux-là vont exposer dangereusement leur âme au contact empoisonné des protestants. Ce sont de mauvais exemples qu'il ne faut suivre en aucun cas, sous peine d'offenser grandement Notre-Seigneur, qui regarde avec amour cette province privilégiée, sa plus fervente et sa plus soumise.

Si les premières malédictions pouvaient en viser d'autres que lui, cette dernière lui était exclusivement destinée.

Le curé regarda vers le ciel, puis reprit encore une fois son souffle. Nazaire suspendit le sien. Obliquant de nouveau vers le coupable, la voix tonnante lança des anathèmes qui vinrent heurter de manière insupportable le tympan déjà meurtri du pauvre Nazaire.

— Traîtres à votre patrie et à votre religion! Vous n'êtes plus dignes de mettre les pieds dans une église que vous avez délaissée. Vous n'êtes plus dignes de fouler le sol du village que vous avez déserté. Vous n'êtes plus dignes de respirer l'air que les catholiques fidèles continuent de préférer à celui vicié des villes manufacturières! Que ceux qui ont des oreilles pour entendre s'en servent! et vite!

«*Well! well!*», c'est tout ce que pouvait se répéter le pauvre homme molesté. Le cou maintenant enfoncé dans les épaules, il se sentait petit, diminué, rabaissé. Il manquait d'air comme si un collier le serrait à l'étouffer. La vision de la corde étrangleur du chien d'Arthur lui revint en mémoire. Avait-il raison? Encore ce matin, il se sentait si fier de lui. Indépendant. Il respirait en toute liberté. Mais les mots du curé Sanfaçon lui avaient soufflé toute sa superbe. Maintenant, il se sentait misérable, humilié et condamné.

Il n'avait plus d'autres choix que de partir. Il attrapa son chapeau et, la tête basse, ignorant tous les regards posés sur lui, il sortit précipitamment de l'église.

Le soleil l'aveugla et justifia ses yeux mouillés. Il secoua ses épaules pour les remettre à la même hauteur que le matin, prit quelques grandes respirations, remit son chapeau sur sa tête et déjà, se sentit mieux.

Il descendit du perron et s'avança sur la grève. Le fleuve était bleu saphir et pour ce dimanche, ses vagues s'étaient coiffées de dentelle. Il ne l'avait jamais vu aussi beau. Étrangement, toute sa fierté lui revint.

Quelqu'un derrière lui l'appela. Il le reconnut. Dans la situation présente, c'était bien le dernier qu'il aurait voulu voir. Mais il lui fit face.

— Est-ce la mode, aux États, de partir avant la quête? dit la voix ironique.

Nazaire hésita. Il aurait bien voulu se taire, mais toute la paroisse avait été témoin de son humiliation. Mieux valait avouer.

— Le curé Sanfaçon m'a mis dehors... à sa façon! fit Nazaire avec une grimace. Y a pas l'air d'aimer les émigrés.

— Je t'avais prévenu, mon pauvre Nazaire.

— *Well!* j'ai mon bon droit pour moé. Je pouvais plus supporter la misère. C'est une bonne raison pour émigrer, ça, Arthur?

— Certes! Nécessité fait loi!

— Maintenant, qu'est-ce que les gens vont ben dire de moé!

— Quelle importance, Nazaire?

— Personne te critique, toé, Arthur, parce que tu vas pas à messe?

— Je suis peut-être l'homme le plus critiqué de toute la province de Québec, Nazaire!

— Pis ça te fait rien?

— Connais-tu la fable *Le Meunier, son fils et l'âne?*

— Y seraient-tu pas parents avec M. La Fontaine? demanda le colon, moqueur.

— Tu es malin, Nazaire! dit Arthur en riant. C'est une autre de ses fables, en effet.

— Tu les sais toutes par cœur, on dirait.

— Presque toutes! et tout le monde devrait les connaître aussi. Les leçons qu'on en tire sont pleines de bon sens. Elles font plus pour la morale que tous ces sermons menaçants, clamés dans le seul but d'effrayer. Veux-tu l'entendre?

— Vas-y donc! Il savait qu'Arthur aimait bien raconter des histoires.

— Écoute bien! Un meunier va vendre son âne au marché. Son fils de quinze ans l'accompagne. Pour ne pas fatiguer son animal et en avoir un meilleur prix, il le porte sur son dos. Mais quelqu'un le voit et le ridiculise en disant: «Le plus âne des trois n'est pas celui qu'on pense.» Gêné, le meunier le dépose à terre et y fait monter son fils. Mais il rencontre quelqu'un d'autre qui blâme le fils de laisser son père marcher péniblement pendant que lui est bien assis. Honteux, le fils descend vivement et lui cède aussitôt sa place. Un autre passe qui plaint la pauvre bourrique de devoir porter un pareil poids par cette chaleur. Quand ce manège a assez duré, le meunier se fâche: «Est bien fou du cerveau qui prétend contenter tout le monde et son père.» Et La Fontaine termine par ces vers:

«Je suis âne, il est vrai, j'en conviens, je l'avoue;
Mais que dorénavant on me blâme, on me loue,
Qu'on dise quelque chose, ou qu'on ne dise rien,
J'en veux faire à ma tête.» Il le fit et fit bien.

— C'est ben envoyé, ça! dit Nazaire, admiratif.

— Conclusion: que l'on aille ou non à la messe, le résultat sera le même. Regarde, ce matin, tu y étais, moi pas. Eh bien! nous serons tous deux sujet de commérage. Mais un homme libre n'en tient pas compte, Nazaire.

Le colon jeta un œil du côté d'Arthur. Celui-ci, l'air dégagé, s'était retourné vers le fleuve. Il semblait vraiment au-dessus de tout. Nazaire l'admirait. Il lui enviait son courage. Celui de faire exactement ce qu'il pensait dans une société où tout le monde passait son temps à guetter ce que faisait l'autre.

La fable lui paraissait encore plus claire. Il fallait apprendre à aller son chemin sans se bâdrer de niaiseries. My god! qu'est-ce qu'il était en train de se dire! La religion était loin d'être des niaiseries. Mais... des fois c'était difficile de mettre tout ça boutte à boutte.

Les cloches sonnèrent la fin de la messe. Les gens commençaient à sortir de l'église. Nazaire se dirigea vers eux. Zénon apparut dans les premiers. Il aperçut Nazaire et voulut l'esquiver, mais celui-ci lui empoigna le bras et le pris à part.

— Qu'est-ce qui te prend, Zénon? On dirait que tu veux pus me voir? J'ai apporté les adresses.

— Ben!... T'as entendu ce que le curé a dit!

— Y aurait fallu être sourd pour pas entendre, étant donné qu'y a fait le sermon rien que pour moé.

— J'veux pus partir, Nazaire... J'veux pas perdre mon âme, dit le fermier d'un ton buté.

— *Well!* regarde-moé, Zénon! j'ai-tu perdu la mienne?

— J'pourrais pas répondre à ça, étant donné qu'est invisible!

— Alors, si personne la voit, qui c'est qui peut dire si on l'a encore ou ben si on l'a pus?

— J'... peux pas répondre à ça non plus.

— *Well!* Si t'as pas plus de réponses que ça, mon Zénon, j'pense que t'es pas encore mûr pour passer les lignes. Mais veux-tu me garder chez toé encore jusqu'à demain?

— Pour ça, j'te dis oui!

— *Thank you, my friend!* si jamais, tu viens aux États, je vas te recevoir en monsieur.

Les deux compères allaient se séparer quand le curé Sanfaçon les vit ensemble. Pensant à juste titre que Nazaire faisait de la propagande pour entraîner d'autres colons à quitter le Québec, il l'invectiva.

— Peut-on savoir ce que tu vends, Nazaire Laflamme?

— Je vends rien en toutte, monsieur le curé. J'ai juste des adresses à donner à ceux qui voudraient émigrer comme moi, aux États.

— S'il n'en tient qu'à moi, il n'y a plus personne du village qui va abandonner sa ferme! Tu m'as compris?

— Même si y crèvent de faim?

— Le bon Dieu va finir par les aider.

— Y va les finir, si y les aide pas!

— Tu blasphèmes, Nazaire Laflamme!

— *Well!* excusez-moé, monsieur le curé. Mais vous savez pas ce que c'est que d'avoir une trop grosse famille à nourrir.

— C'est pour ça que t'es allé en faire mourir quelques-uns aux États-Unis? répondit le curé en regardant l'émigré jusqu'au fond des yeux.

Nazaire resta interdit. Il était sûr de n'en avoir soufflé mot à personne. Fâché, il s'enhardit.

— Vous avez combien d'enfants, vous, monsieur le curé? C'est facile de parler. Moé, il m'en reste encore cinq et ma femme en attend un autre. J'ai pas le temps d'attendre les miracles. Parce que, comme disait mon vieil oncle: «Le bon Dieu est ben bon, mais des fois, y est occupé.» Je vous salue ben, monsieur le curé.

Une heure plus tard, dans la petite salle à manger du presbytère, Ernestine, la ménagère, s'affairait à servir son curé.

— Que j'ai de bons paroissiens, Ernestine. Si tu savais comme je les aime, répétait-il, attendri.

Surprise, celle-ci le lorgna.

— Vous êtes sûr de ce que vous dites, monsieur le curé? parce que... vous y êtes pas allé de main morte, ce matin, avec ce pauvre Nazaire.

Il n'y a qu'à sa servante qu'il permettait cette familiarité.

— J'ai tout simplement mis mes paroissiens en garde contre une dangereuse propagande qui leur promet un pays de cocagne. Un tel pays n'existe pas, comme on sait. Je veux donc leur éviter une cruelle déception.

— Sur un ton plus doux, ils auraient peut-être compris tout aussi bien.

— Que veux-tu, ma bonne Ernestine, on a été formé à parler fort pour être sûr de se faire entendre.

— Oui, mais... tout le monde est pas sourd!

— Peut-être pas! mais c'est bon de leur frotter les oreilles de temps en temps pour ne pas qu'ils oublient qui est leur pasteur.

Et un qui mériterait de se les faire frotter, c'est le jeune Buies. Il n'était pas encore à la messe aujourd'hui. C'est un scandale pour la paroisse.

— C'est vrai que les dames seigneuresses sont toujours seules à leur banc.

— Pauvres vieilles demoiselles! C'est une bien grande épreuve que d'avoir un pareil neveu. Ce qu'il écrit dans les journaux depuis son retour leur promet des jours bien sombres.

Devant l'air interrogateur de sa ménagère analphabète, le curé fit diversion en la complimentant sur son dîner: ton filet de morue rôtie était délicieux, Ernestine. Pour ce qui est de la tarte au sucre, on n'en parle pas, ta réputation est faite depuis longtemps.

Ernestine se rengorgea. Elle connaissait bien son curé et la meilleure façon de l'amadouer était encore de lui cuisiner ses plats favoris. Il devait s'ennuyer, parfois, sans famille. Par contre, on savait bien que les prêtres étaient du monde à part. Malgré que... quand elle raccommodait ses combinaisons, comme toutes les femmes du village le faisaient pour leur homme, elle ne voyait pas grand différence, sauf... dans la petite croix rouge brodée sur l'encolure usée. Autrement, c'était difficile à démêler.

Comme d'habitude, le curé Sanfaçon monta à sa chambre faire sa sieste avant les Vêpres. Une fois sa vaisselle terminée, Ernestine alla se bercer sur la galerie d'en avant en disant son chapelet. Comme ça, tout en faisant ses dévotions, elle pouvait regarder les gens passer.

Arthur, lui, se promenait au bord de la mer, et il s'ennuyait, malgré la beauté du fleuve. À cette heure, le temps se traînait. Les dimanches à la campagne étaient mortels pour tout le monde. Il n'y échappait pas. Après le dîner, comme bien d'autres, ses deux tantes montaient faire leur sieste avant de retourner à l'église et le silence s'installait dans le manoir. Dans les familles, personne n'osait rien entreprendre parce qu'il fallait rester endimanché pour les Vêpres.

Somme toute, c'était les Vêpres qui gâtaient les dimanches. La messe, c'était autre chose. Les villageois avaient hâte de s'y rendre. D'abord, on avait l'occasion d'étrenner quelque chose, chapeau, gants ou mantille. On s'attardait sur le perron pour écouter la criée Puis on s'informait de tout. On échangeait des nouvelles. Ensuite, on revenait chez soi et on s'installait pour prendre le meilleur repas de la semaine.

En sortant de table, on était prêt à s'amuser et on n'avait pas envie de retourner chanter ces litanies au ton désespérément monotone. Mais comme on pouvait difficilement s'en dispenser, on y allait.

Arthur contourna le petit cimetière. L'idée lui vint d'y entrer. Il poussa la barrière en fer forgé et circula dans les allées en lisant les épitaphes. Il s'arrêta soudain devant une modeste croix de bois et lut: Ci-gît Églantine Généreux, servante du docteur Bois, décédée en 1841, à l'âge de 23 ans.

Arthur, le cœur noué, repensa à Rose, et un poème de Beaudelaire lui revint en mémoire:

«La servante au grand cœur dont vous étiez jalouse,
Et qui dort son sommeil sous une humble pelouse,
Nous devrions pourtant lui porter quelques fleurs.
Les morts, les pauvres morts, ont de grandes douleurs
Et quand octobre souffle, émondeur des vieux arbres,
Son vent mélancolique à l'entour de leurs marbres,
Certes, ils doivent trouver les vivants bien ingrats,
À dormir, comme ils font, chaudement dans leurs draps,
Tandis que, dévorés de noires songeries,
Sans compagnon de lit, sans bonnes causeries,
Vieux squelettes gelés travaillés par le ver,
Ils sentent s'égoutter les neiges de l'hiver
Et le siècle couler, sans qu'amis ni famille
Remplacent les lambeaux qui pendent à leurs grilles.»

Arthur frissonna. Les morts étaient encore plus morts que les moroses vivants de ce morne dimanche. Il ne devait pas s'attarder ici. Il sortit et allait refermer la grille quand il entendit son nom. Il se retourna. Le docteur Bouffard venait vers lui.

— T'es-tu reconnu de la parentèle, Arthur?

— Ma mère dort ailleurs. Et... mes amours aussi! répondit Arthur sur un ton laconique.

Le vieux médecin, qui l'avait connu enfant, perçut une note d'amertume dans sa voix. Il voulut faire diversion.

— Mais toi, d'après tes écrits dans les journaux, tu me sembles bien réveillé!

Une lueur s'alluma dans les yeux d'Arthur.

— Plus que jamais, docteur!

— J'avais envie de me promener moi aussi, pour profiter du beau temps. Me permets-tu de t'accompagner?

— Ce dimanche est tellement mortel! J'accepte votre présence avec plaisir.

— Ce sera toujours ça de pris, hein, mon garçon? dit malicieusement le vieux médecin.

— Excusez-moi, docteur! s'empressa de dire Arthur en éclatant de rire. Je ne voulais pas vous blesser. Au contraire, je suis très heureux de parler avec quelqu'un qui peut comprendre cet ennui des dimanches sans en être pour autant scandalisé.

— Ça m'en prend plus que ça, heureusement! Victoria ne vient pas cet été?

— Elle a retardé son arrivée. Peut-être ne savez-vous pas qu'ils ont eu un fils?

— Tu me l'apprends, en effet.

— Je suis le parrain.

— Tu es content?

— Ravi! mais je serai sûrement plus à l'aise avec lui quand il sera plus âgé et que je pourrai lui montrer des choses. Ma sœur, quant à elle, est folle de joie, et Édouard en est très fier.

— Et tes grands-tantes?

— Elles l'idolâtrent déjà.

Le médecin observait Arthur du coin de l'œil et se demandait ce qui lui donnait ce sourire un peu désenchanté.

— Alors, comme ça, tu te morfonds le dimanche! Qu'est-ce que tu faisais en Europe, toi, ce jour-là?

— Le dimanche? C'était un jour aussi vivant que les autres. Il y avait toutes sortes de divertissements, pas uniquement des offices religieux multipliés à l'infini. Le seul spectacle des monuments, des ponts, des terrasses, des jardins et des parcs vous tient dans un état constant d'émerveillement.

— Dois-je en déduire que tu ne te réadaptes pas à ton pays, Arthur?

— Difficilement, je l'avoue. Tout est plus petit, sauf la nature, évidemment, qui elle est si grande qu'il faut également s'y ajuster.

— Qu'est-ce que tu trouves petit? demanda le médecin qui aimait entendre le jeune homme s'exprimer.

— Par petit, je veux dire étriqué, obscur, intolérant! L'effet des tenailles, je suppose, dans lesquelles le clergé tient le peuple canadien-français.

— Bah!

— Absolument, docteur! quand un étranger débarque dans ce pays, il voit d'abord un peuple accueillant et joyeux. Il admire les grandes églises, toujours ouvertes, véritables havres de paix et de silence. Il envie ce peuple, un moment, jusqu'à ce qu'il sente dans l'air comme une lourdeur impalpable, insaisissable, impossible à définir mais qui l'étouffe. Il y croit à moitié et quand cette chose envahissante commence à l'asphyxier, il retourne vivement chez lui pour se refaire une santé, mais sans avoir bien saisi la cause de ce malaise. Pour lui, c'est un demi-mal, il n'y pense plus, puisqu'il ne reviendra peut-être jamais dans ce pays. Moi, par contre, qui l'ai quitté si longtemps et qui ai tellement désiré le revoir, voilà que j'y cherche désespérément de l'air pour ne pas étouffer.

— Tu trouves qu'on étouffe autant que ça, ici?

— J'étouffe! oui! pas vous?

— Oh! tu sais, les médecins vivent au rythme de leurs patients, la nuit comme le jour. Ils suivent la religion comme ils peuvent et en manquent des grands bouts. Personne n'oserait le leur reprocher!

— Mais tous les autres catholiques astreints à suivre ses rites scrupuleusement n'ont pas l'air d'étouffer non plus. Ce qui est pour le moins bizarre. La liberté, d'habitude, est ce qui épanouit l'homme. Ici, tout ce monde soumis chante à cœur de jour. Je ne comprends pas. J'écris un ouvrage dans lequel je résume mes impressions sur le sujet. Il prend la forme de lettres.

— Peut-on en savoir le titre?

— Tout simplement *Lettres sur le Canada*.

— Et de quoi parles-tu au juste?

— C'est une forme d'étude sociale sur les Canadiens français, une race probablement unique au monde par son ambiguïté.

— Explique-toi, mon garçon.

— Ce qui frappe d'abord, en arrivant dans cette «Nouvelle France», c'est l'impression de s'être trompé de siècle et d'en être toujours à la France monarchique, avec ses coutumes, le faste de ses fêtes religieuses, la naïveté de ses gens. On y retrouve aussi la même lenteur des idées et les mêmes projets laissés toujours aux bons soins de la Providence.

— Que veux-tu? Ce sont des gens paisibles qui n'ont pas connu la Révolution.

— Mais ils ont connu les Anglais de 1760.

— Oui! et ils se sont bien défendus.

— Ils ont perdu tout de même.

— D'une certaine façon! Tu sais bien, Arthur, qu'ils n'ont jamais reconnu la défaite de la France dans ce traité où l'on a cédé ici et gagné là en négociant les colonies. On n'en voulait plus. L'erreur, c'est qu'on a fait croire à ce peuple, prêt à verser son sang pour sa patrie, que la France n'avait plus d'argent.

— Elle n'en avait plus, c'est vrai.

— Mais curieusement, à peine dix ans plus tard et alors qu'elle était encore plus endettée, cette monarchie absolue trouvait des millions pour aider à créer la première république du monde. Tu avoueras, Arthur, que comme paradoxe, on peut difficilement trouver mieux! Et le peuple n'a pas été dupe, comme tu le sais. Quand Lafayette est venu mielleusement proposer aux Canadiens français de devenir Américains, ils ont compris qu'ils avaient été moins vaincus par l'Angleterre que floués par leur propre pays. Par dépit, pour oublier cette atteinte à leur fierté que leur a portée la France, ils auraient pu accepter. Mais ils ont préféré conserver leur nationalité et garder intacte leur fierté blessée comme un souvenir vivace.

— Et le clergé les a aidés dans leur choix, c'est le moins qu'on puisse dire. Il connaît si bien l'art de la manipulation. Comme je l'écris dans ma deuxième lettre, le nom de la France, si cher au peuple canadien, et cette nationalité pour laquelle il combat depuis un siècle et qu'il a payée parfois du prix des échafauds, ne sont, entre les mains de ce pouvoir et des politiciens qu'il façonne à son gré, qu'un moyen d'intrigues et de basses convoitises. Ce mot de nationalité, qui renferme toute l'existence d'une race d'hommes, n'est pour eux qu'un hochet ridicule avec lequel on amuse le peuple pour le mieux tromper. Si bien que le Canadien français ne peut plus se définir aujourd'hui.

Le médecin fronça les sourcils.

— Questionnes-en un, Arthur, pour voir s'il n'a plus de nationalité.

— Ah! Il me répondrait certainement qu'il en a une. Mais laquelle? Il boude la nationalité britannique dans le pays où il vit, repousse la nationalité américaine qui l'attire malgré lui, renie la nationalité française républicaine actuelle et s'agrippe à la nationalité française monarchique qui n'existe plus.

— La vérité, Arthur, c'est qu'il ne veut pas perdre son identité et cette identité se résume à sa langue, à sa foi et à son attachement au sol.

— Malheureusement, docteur, les Canadiens français ont perdu tout cela. Leur langue est devenue un dialecte, leur religion a dégénéré en une secte fanatique et leur pays natal est devenu un pont entre le Bas-Canada et les États-Unis.

— Mais ils se tiennent toujours ensemble comme peuple. Tu ne peux pas le nier, fit remarquer le médecin un peu choqué.

— Le «clergé» les tient ensemble. La nationalité des Canadiens français est cléricale et pas autre chose, croyez-moi!

«Ah! les jeunes!», se dit le vieux médecin en reluquant Arthur. Ils sont toujours excessifs dans leurs opinions! Avec eux, c'est tout noir ou tout blanc! Enfin! ils apprendront bien à voir les nuances! Arthur comme les autres!

Tout en devisant, ils avaient longé la grève sur une longue distance. Ils vinrent s'appuyer à un gros rocher et s'allumèrent un cigare. Puis, ils restèrent un long moment à fumer en silence tout en contemplant le fleuve dans une commune admiration.

— Je vous remercie, docteur, dit soudain Arthur, en se tournant vers lui.

— Mais de quoi donc? s'étonna le médecin.

— De m'avoir permis de m'exprimer à ma guise!

— Mais c'est de bon ton entre gens instruits!

— Et d'en être arrivés à la même conclusion!

— Ça, c'est de la présomption, mon garçon!

Arthur éclata de rire. Le docteur Bouffard en fit autant, heureux de voir la gaieté du jeune homme revenue. C'était commun chez les jeunes d'aujourd'hui d'éprouver un spleen de temps à autre. Ils oubliaient que la jeunesse était le plus beau don des dieux et qu'elle ne durait qu'un temps! hélas!...

C'était au tour du vieux médecin maintenant d'éprouver une certaine nostalgie.

VI

Une confédération de mille lieues de longueur,
dont les cinq sixièmes sont déserts, est une chose
si mirifique qu'un peuple, pour en être digne, doit ne pas
compter et savoir courir à sa ruine avec grandeur.

ARTHUR BUIES

Ce matin du 12 octobre 1864 se levait encore sous la pluie. Depuis trois semaines, des averses ininterrompues, tenaces et froides brouillaient tout le paysage et glaçaient les habitants de Québec jusqu'aux os.

Les rues étaient devenues des ruisseaux de boue, et les trottoirs, rendus glissants par cette glaise visqueuse, avaient viré en casse-cou. Tirées par des chevaux crottés jusqu'aux yeux, les voitures voyaient sans cesse leurs roues s'enfoncer dans les ornières et s'y piéger. Les cochers avaient beau fouetter les pauvres bêtes en y rajoutant «des mots d'église», rien n'y faisait, on s'embourbait.

L'encombrement inévitable, dans à peu près toutes les rues de la ville, prenait des allures de cauchemar à l'entrée des cinq portes. Le jour où deux camions chargés, l'un d'une tonne de mélasse, l'autre d'un boucaut de tabac, passeront de front là où s'élèvent les portes, alors Québec monopolisera le commerce du Saint-Laurent, disaient les habitants. En attendant, personne ne tentait quoi que ce soit pour améliorer la situation.

Se promener par ce temps était exclu. Les intrépides qui se risquaient à sortir se voyaient arrosés de la tête aux pieds par mille éclaboussures. Pour empirer les choses, il y avait eu, dans les derniers jours, alternance de pluie et de neige mouilleuse. On en venait à désirer le gel définitif pour pouvoir enfin circuler plus facilement.

Derrière ce rideau de pluie morne, on distinguait à peine le fleuve gris, qui se fondait dans un ciel bas, de la même humeur chagrine.

Au Parlement, dans la salle des séances du Conseil législatif, les membres éminents jetaient un regard distrait sur cette grisaille en passant devant les hautes fenêtres, avant d'aller prendre place.

Depuis le début d'octobre, on y discutait d'une nouvelle constitution pour l'ensemble du pays. Les traits tirés et les yeux pochés de ces messieurs laissaient croire qu'ils discutaient ferme et buvaient sec. Ou le contraire. En somme, qu'ils ne dormaient pas beaucoup.

À vrai dire, une première conférence avait réuni à Charlottetown, le 1er septembre, les ministres des provinces maritimes, qui avaient eu la bonne idée de se rencontrer pour discuter de leurs difficultés financières. Ils espéraient en arriver à un consensus sur les moyens à prendre pour réaliser une union commerciale. Ayant eu vent de cette réunion, le Canada-Uni avait demandé que s'y joignent cinq observateurs des deux Canadas.

Il faut dire que le 22 juin, John Macdonald avait présenté devant la Chambre des communes, une déclaration proposant la création d'une fédération unissant le Canada-Uni, les provinces maritimes, les Territoires du Nord-Ouest et la Colombie-Britannique, afin de résoudre les difficultés financières incontournables du gouvernement.

Lord Durham avait déjà eu cette idée en 1839 en proposant l'union des deux Canadas. Dans une vision fulgurante, il avait imaginé toutes les colonies parlant une seule langue et s'unissant pour former un seul pays, un pays qui serait assez fort pour contrebalancer l'influence américaine tout en demeurant sous l'hégémonie du tout-puissant empire britannique. Un grand rêve!

Le visionnaire avait même déclaré qu'en assimilant les Canadiens français du Bas-Canada aux Anglais du Haut-Canada, il leur faisait don, puisqu'ils n'en avaient pas... d'une histoire et d'une culture.

C'était beau de sa part! Et généreux! Ils s'en souvenaient encore!...

Et ce rêve, laissé en plan, avait ressurgi dans la tête de Macdonald un matin où il était exceptionnellement à jeun. Ce bref moment de sobriété lui avait révélé dans toute son ampleur à quel point il était mal pris. Contrairement à Durham, que la «culture» inquiétait, c'est un urgent besoin d'argent qui tourmentait Macdonald.

Déjà, dans la première Union des Canadas, l'argent des Canadiens français avait fondu dans les projets démesurés des marchands anglais. Il fallait trouver d'autres moyens pour diluer les dettes du pays. C'est ainsi que cette idée lumineuse était venue à l'esprit du grand homme: l'union de toutes les colonies. Et quand on sait que l'union fait la force, pourquoi n'en ferait-elle pas aussi les frais! Enveloppé dans une formule de beaux mots incitant à la grandeur, à la puissance et à la prospérité, ce projet purement spéculatif passerait haut la main, se disait l'astucieux endetté.

Donc, en ce sombre matin d'automne, l'ordre du jour n'est pas sitôt ouvert que déjà la bataille commence. Chaque province formule ses exigences. L'Île-du-Prince-Édouard demande un petit pont. La Nouvelle-Écosse réclame un chemin de fer. Le Nouveau-Brunswick s'enhardit et en exige un aussi. Quoique hostile à ce projet d'union, Terre-Neuve ne veut pas laisser passer sa chance d'améliorer sa condition.

En somme, ce que demandent les provinces n'est que par trop logique: si nous nous unissons, disent-elles, c'est pour communiquer, il faut donc nous en donner les moyens.

Pour ce qui est des Territoires du Nord-Ouest, personne ne les réclame puisqu'ils ne sont pas représentés. Mais M. Brown, député du Haut-Canada, fondateur et directeur fanatique du *Globe* et chef des non moins fanatiques «clear grits[1]» convoite ces régions avoisinantes, et il a sa petite idée. Enfin, la Colombie-Britannique se lève et stupéfie l'assemblée:

— Nous réclamons une ligne de chemin de fer, de vous à nous.

— C'est-à-dire?...

— De l'Atlantique au Pacifique.

— Réalisez-vous que votre demande mesure trois mille milles de long?

— Elle n'a que la longueur de votre ambition!

La clarté de l'exposé ne laisse aucune équivoque. Ni aucun choix, puisque le spectre du déficit est toujours aussi menaçant. Qu'à cela ne tienne, on promet tout. On clôt la conférence et on porte un premier toast au mirage de cette belle idée d'une Confédération ou Fédération, peu importe, on n'en est pas à une définition près. Un deuxième toast est porté au désir de chacun de faire de ces colonies réunies de plein gré... une grande famille. Et les toasts se succèdent devant la vision illimitée d'un *«coast to coast»*, *«a mari usque ad mare»*, de l'Atlantique au Pacifique.

Après plusieurs conférences, ni leur enthousiasme ni leur «verre» n'avait baissé d'un cran. Quant aux iotas, on les avait changés maintes fois au gré des intérêts personnels.

Des banquets et des bals arrosés de vin, et pourquoi pas, de champagne, agrémentaient ces discussions ardues et aidaient les récalcitrants à se décider pour le bien commun. Le matin, on se disputait, le soir, on trinquait dans un bel ensemble.

Tout se faisait dans une seule langue: l'anglais. On était entre nous. On trinquait à l'Angleterre! à la métropole! à son monopole! à sa très gracieuse majesté! au fils qui était resté dans le Devonshire! à l'oncle qui vieillissait doucement dans le

---

1. Nom qui servit à désigner les membres du parti réformiste haut-canadien et particulièrement les partisans du George Brown. Les principes de ce parti étaient clairs (*clear*) et hardis ou courageux (*grit*). Le parti s'acharnait contre tout ce qui était français et catholique.

Yorkshire! on poussait des soupirs. Plusieurs pleuraient d'émotion à l'évocation de leur ancienne patrie, qu'ils regrettaient
toujours.

George-Étienne Cartier, pris dans ce lacis d'émotions, en
oubliait son français de même que les Canadiens français qu'il
représentait au Parlement, et il trinquait à tous les toasts d'un
«shire» à l'autre... il n'y a aucun mal à parler l'anglais! Bien sûr
que non! À moins de nous traduire au fur et à mesure ce qui se
décide en notre nom, se disaient les Canadiens français. Faites-
moi confiance, mes intérêts sont en jeu, ruminait George-
Étienne. Ouais!... ce n'est pas pour nous rassurer, maugréaient les
Canadiens français encore plus sceptiques.

Le gouvernement s'interrogeait au sujet des Territoires du
Nord-Ouest sur lesquels la Compagnie de la Baie d'Hudson
régnait depuis deux cents ans. Comment persuader cette société
toute-puissante de lui céder ses droits territoriaux? Mais on n'en
était pas encore là. Et d'ici ce temps, on trouverait bien un
moyen, quelque chose à lui offrir, une imposante indemnité en
espèces par exemple, pour compenser la perte de son monopole.

En attendant, les ministres, plus gais que ce triste temps
d'automne, vidaient les questions aussi bien que les bouteilles. Ils
finissaient par s'écrouler aux petites heures du matin sur les
brouillons diffus de leur nébuleuse Constitution.

C'est dans cette atmosphère joyeuse et bon enfant, entre le
jour et la nuit, entre le vin et le whisky, dans les fastes et les
fantasmes, qu'à petits pas et à grands frais, on construisait le
vaste pays de demain. Et, disait ironiquement un journal perspicace, ce n'était pas une petite facture de deux mille dollars,
coût de la boisson du seul banquet d'hier soir, qui allait alourdir
une dette déjà sans fond.

Ce soir, le banquet devait se tenir chez le juge Stephen.

Debout au milieu de sa chambre à coucher, Mme Perrier s'habillait pour la circonstance.

Sur «l'inexpressible», que Léa, la servante, s'obstinait à
nommer impudiquement «pantalons», elle venait de passer une
chemise droite de batiste.

On frappa à la porte. La servante alla ouvrir. La tête de Laurence apparut. Elle chuchota:

— Où maman en est-elle rendue dans sa toilette, Léa?

— Elle n'en est qu'au corset, mademoiselle.

— Notre père demande qu'elle soit prête à 7 heures précises.

— Oh! elle le sera, mademoiselle Laurence!

— Voulez-vous lui rappeler, Léa, qu'Agnès et moi passons la soirée chez Mme Lemoine?

— Bien mademoiselle.

Une fois la taille bien ajustée, la servante, à l'aide de baguettes, éleva la crinoline au-dessus de la tête de Mme Perrier, qui l'attrapa et l'accrocha à son corset. Un premier jupon fut enfilé pour camoufler la cage. Un deuxième, très empesé, vint s'y superposer pour donner du corps à la jupe, et un troisième, brodé, pour décorer le bas de la crinoline.

À chaque jupon enfilé, Léa descendait de son petit tabouret et tendait le tissu tout autour. Restait la robe. Elle était de velours et pesait lourdement au bout des bras. La jeune fille s'y attela, mais quoique peinant, elle n'arrivait pas à la soulever assez pour que sa maîtresse s'en empare. Celle-ci s'impatientait.

— Voyons Léa, comment voulez-vous que je passe cette robe si je ne peux me retrouver dessous! Et surtout, ne vous avisez pas de me l'échapper sur la tête. Honorine a pris trois heures pour me réussir cette coiffure, je ne voudrais pas la voir démolie en trois secondes.

— Non, madame, n'ayez crainte! et la servante, dans un ultime effort, leva et maintint la robe assez longtemps pour que Mme Perrier s'en saisisse et la fasse glisser tant bien que mal sur ses nombreux jupons. Ouf! le pire était fait. Léa boutonna le dos du corsage et étala la jupe qui prit une ampleur impressionnante.

— Madame a l'air d'une reine, dit-elle d'un ton sincère.

— Merci, Léa. Vous êtes gentille.

La femme du juge Perrier se devait d'être parmi les plus belles. Elle se contemplait dans sa psyché en tournant lentement sur elle-même.

— Attention au feu, madame, l'ourlet de votre robe vient d'effleurer la braise de l'âtre.

— Ces chambres sont toujours trop petites. Les maisons devraient agrandir avec les robes, dit-elle, irritée.

Deux heures plus tard, les deux salons du juge Stephen bourdonnaient d'un bruit qu'on aurait dit continu. Mais si on s'attardait près de l'un ou de l'autre des invités, on pouvait saisir des bribes de conversation.

— C'est le meilleur moyen de ne pas être mangé tout rond par cette race de vaincus...

— Sinon, l'annexion avec les États-Unis est fatale...

— Le peuple canadien-français, méfiant comme d'habitude, refusera peut-être de voter...

— Cartier a réglé le problème en décidant de ne pas consulter «cette canaille», ce sont ses propres mots...

— Belle mentalité!...

— Il sait très bien que le clergé se pliera à la décision finale, quelle qu'elle soit, et fera obéir ses ouailles...

— Ces maudits papistes gagnent sur tous les points...

— Si cette Confédération se fait, mon cher, c'est enfin l'assimilation assurée...

— On a survécu à l'Union des deux Canadas, alors...

— En 1763, on leur a tout laissé: langue, religion, code civil. C'était une erreur...

— Méfions-nous quand même, avec les Anglais, on ne sait jamais...

— Le temps est à la réconciliation...

— La métropole nous appuiera...

— C'est à voir! «On ne tient pas plus qu'à un *farthing* à garder cette colonie.» Voilà ce qu'aurait lancé un ministre en plein parlement de Londres, dernièrement...

Prisonnières de leurs robes trop amples, les dames ne pouvaient s'asseoir à l'aise. Dès le banquet terminé, elles restaient donc debout et circulaient tout en tripotant nerveusement leurs flacons de sels, prêtes à s'en servir au moindre signe d'évanouissement. Toutes, elles en étaient menacées par la pression de leur corset et la fatigue que leur causait la lourdeur de leurs vêtements. Mais, sacrifiant à la mode, elles camouflaient leurs malaises sous un sourire héroïque, et pas un homme n'aurait pu deviner ce qui se cachait de résolution et de ténacité chez ce sexe faible.

Séduites par le spectacle des invités, souriant à celui-ci, à celui-là, ces dames bavardaient sans arrêt et s'écoutaient à peine. Elles parlaient de tout et de rien, de la pluie qui n'en finissait plus, de leurs enfants qui avaient tous attrapé des rhumes, de la mode d'hiver dans le dernier numéro de *L'Illustration*. Elles ignoraient, pour la plupart, la raison exacte de la présence des parlementaires au banquet de ce soir. Elles se contentaient du plaisir d'y être, tout simplement.

Si la plupart de ces femmes lisaient les journaux quotidiennement, elles passaient rapidement sur les questions de politique. De toutes façons, elles n'y entendaient pas grand-chose. Leurs maris en parlaient exclusivement entre eux. C'était une affaire d'hommes. Et d'après leur dire, même en leur expliquant, elles n'y auraient rien compris. Alors ces femmes du monde, malgré les rumeurs inquiétantes qui circulaient autour d'elles, se confinaient dans les petites questions de l'heure sans se soucier outre mesure de l'avenir du pays. Déjà installées dans le confort, un changement de gouvernement ne ferait qu'y ajouter l'aisance, croyaient-elles. Pour le moment, ce qui importait était de se lorgner les unes les autres, afin de juger laquelle avait la plus belle robe.

Combien de temps chacune d'elles avait-elle investi pour réussir, ce soir, ce déploiement d'élégance? Même leurs maris l'ignoraient. Il leur fallait plusieurs heures pour s'habiller et elles changeaient de toilette trois, souvent quatre et quelquefois cinq fois par jour. Il ne leur restait pas beaucoup de temps pour essayer de comprendre la politique compliquée du pays, à peine quelques minutes pour lire le nom du dernier ministre élu. Ce qui les ramenait à leur première préoccupation: quelle robe allaient-elles porter à la prochaine réception?

À quelques rues de là, chez Victoria, on s'amusait beaucoup. On jouait à un jeu de société où les objets mis en gage étaient des occasions de furtifs frôlements de mains, d'œillades et de coquetterie.

Édouard et Victoria avaient voulu faire une petite fête-surprise à Arthur, pour souligner la publication de ses *Lettres sur le Canada*, son premier ouvrage.

Arrivé de Montréal dans l'après-midi, il avait eu le temps de se nettoyer de toute cette boue dont il avait été éclaboussé depuis le matin, chose qu'il digérait assez mal. Mais en revoyant son petit filleul, Alphonse, âgé de dix mois et pour lequel il éprouvait des sentiments tout neufs d'oncle, il avait tout oublié.

Pour faire plaisir à son amie Agnès, Victoria avait invité James et quelques autres officiers anglais. Des amis de son mari s'étaient rajoutés à la liste, de sorte qu'ils étaient une vingtaine de jeunes gens à passer une soirée agréable, éloignés on ne peut plus des préoccupations de l'heure.

Arthur s'était réjoui à la vue de Laurence. Mais comme celle-ci avait dû donner son gage à John, l'un des officiers «rouges, blancs et or», elle n'avait maintenant d'yeux que pour lui. Agacé sans trop savoir pourquoi, Arthur lui chuchota:

— Méfiez-vous, Laurence, l'habit ne fait pas le moine.

— Mais il fait l'officier!

— C'est ce que je disais.

Pendant que la jeune fille, perplexe, essayait de saisir le sens de sa riposte, celui-ci continua tout bonnement à jouer. Pour sa part, Agnès, sous un air conventionnel, nageait dans une grande félicité. Juste le fait de savoir James assis non loin d'elle la rendait heureuse. Il ne lui avait pas encore parlé sérieusement d'amour, mais cela ne tarderait pas. La rumeur courait que les troupes britanniques seraient rappelées en Angleterre si l'union confédérative était adoptée. Et bien, si cela était, elle le suivrait, se disait-elle, déterminée. «Qui prend mari, prend pays!»

Plus tard, on délaissa les jeux, on goûta, et Victoria se mit au piano pour accompagner des ballades romantiques. Laurence faisait face à Arthur. Il chantait avec cœur et d'une belle voix chaude tout en regardant dans les yeux la femme d'un ami d'Édouard, comme pour lui dédier sa chanson. Sans raison, la jeune fille sentit qu'on lui volait quelque chose.

Arthur Buies avait une réputation de coureur de crinolines. Il aimait toutes les femmes et n'en aimait aucune, disait-on. Elle avait beau se répéter cela, il la troublait.

Elle tourna son regard vers son bel officier et, contrariée, ne ressentit rien. Il était comme vide sous son brillant uniforme. Arthur, lui, avait du feu, de la fougue, de l'entrain. On avait envie de l'écouter, de rire de ses saillies. Et quand il vous regardait, c'était d'une telle façon qu'on était tenté de s'approcher d'assez près pour que, spontanément, il vous ouvre les bras... Ce que son regard promettait sans retenue.

La vision de cette scène fit rougir la jeune fille. Voyons! dans quel rêve glissait-elle? Elle avait dix-sept ans, Arthur, au moins vingt-quatre. Quand elle en aurait vingt et un, l'âge de se marier, il en aurait vingt-huit. Un vieux garçon. Pouah! jamais!

Laurence, reprenant son aplomb, se rapprocha légèrement de l'officier qu'elle gratifia de son plus beau sourire.

Édouard, qui s'était absenté discrètement du salon quelques minutes auparavant, revint avec un air soucieux. Il attira aussitôt l'attention de ses invités.

— Mes chers amis, un accident grave vient de se produire, rue Champlain, et on demande aux soldats de se rendre à leur caserne.

Pendant que les officiers se préparaient vivement à partir, tout le monde parlait en même temps.

— Un accident?

— Quel genre d'accident?

— Un feu?

— Il y a des morts?

Édouard leva les épaules dans un geste d'ignorance.

— Je ne peux que vous répéter ce que l'on vient de me dire. La pluie torrentielle qui dure depuis trois semaines, comme vous le savez, vient de faire tomber un pan du cap sur la rue Champlain, écrasant trois maisons. On ignore encore le nombre de morts et de blessés.

Arthur, s'approchant de Laurence, lui glissa:

— J'aimerais bien profiter de l'absence de la garnison britannique, chère Laurence, pour me complaire un peu en votre présence. J'en suis vivement tenté...

Laurence, subissant malgré elle le charme de ces mots, voulut s'en défendre.

— Vous embarrassez-vous, d'habitude, d'un vulgaire obstacle comme une garnison entière quand il s'agit de séduire une femme, Arthur Buies?

— Vous avez raison, Laurence, rien ne m'arrête, en effet, répondit Arthur, vantard à souhait.

— Et bien, c'est non! dit la jeune fille en lui tournant le dos.

— C'est que... je ne demandais pas votre permission, dit-il, un peu gêné. Comme je me rends aussi sur les lieux du désastre, je voulais simplement vous laisser voir le regret que j'aurai à vous quitter.

Laurence rougit de dépit. Elle fit volte-face et lui lança étourdiment:

— Eh bien, partez! Et que le reste du cap vous tombe sur la tête! je n'en serai pas fâchée.

Arthur éclata de rire et se pressa vers la sortie pendant que la jeune fille pivotait sur ses talons et sortait vivement du salon.

Victoria fut surprise de voir son frère se préparer à partir.

— Mais ou vas-tu, Arthur?

— Je me joins aux sauveteurs, Victoria!

— Mais... tu ne fais pas partie de la garnison!

— Les cœurs ne battent-ils que sous un uniforme? Ils commencent à m'assommer sérieusement, ceux-là!

— Mais... que t'ont-ils fait?

— Ils aveuglent ceux qui les regardent. Mais je te raconterai cela une autre fois, petite sœur. Je dois m'en aller si je veux arriver à temps pour me rendre utile.

Il croisa James sur le trottoir, celui-ci l'invita aussitôt à partager sa voiture. Arthur n'hésita que quelques secondes et, bon prince, accepta.

Un spectacle affligeant s'offrit aux yeux des premiers secouristes qui arrivèrent sur les lieux. Un énorme pan de roc avait écrasé trois masures tuant tous leurs occupants sauf deux personnes qu'on entendait geindre quelque part sous les décombres.

Pour empirer les choses, un incendie s'était déclaré dans un des poêles allumés et montait à travers les débris. La pluie, responsable du sinistre, semblait moins pressée d'éteindre les flammes et le vent qui se levait menaçait de le propager aux autres bicoques.

Tous les habitants de la rue Champlain s'étaient attroupés. Ce n'était que gémissements et pleurs. On invoquait la Vierge, la bonne sainte Anne, saint Benoît, saint Jude, patron des causes désespérées, et tous les saints disponibles du ciel.

Mais il faut croire qu'au paradis, ou bien tout le monde dormait, ou bien la situation ne paraissait pas si pire de là-haut, pas un signe d'amélioration ne se faisait sentir. Au contraire, la pluie tombait, fine comme une poussière, laissant la part belle au feu qui prenait de l'ampleur sous le vent qui gagnait en force.

À l'arrivée des soldats, on espéra un miracle. Ceux-ci, avec tous les bras disponibles, s'employèrent aussitôt à déblayer le plus possible autour du feu pour lui faire lâcher prise.

Arthur, pour sa part, s'était dirigé vers la dernière maison que le roc n'avait écrasée qu'à demi et d'où on n'entendait plus qu'une seule plainte.

Quand il réussit à y pénétrer, il vit deux vieillards étendus côte à côte dans leur lit. L'homme semblait sans vie, mais la femme ouvrit les yeux et eut un regard de joie en l'apercevant. Une poutre du toit s'était détachée et pendait juste au-dessus d'eux. Le lit était recouvert de décombres.

Non sans peine, Arthur, aidé d'un des jeunes voisins, réussit à sortir la vieille femme juste à temps pour voir le feu s'attaquer à ce qui lui restait de maison.

Des gens avaient apporté des couvertures. On l'étendit dessus, et Arthur l'en enveloppa. Voyant le regard anxieux du jeune homme penché au-dessus d'elle, elle lui fit un beau sourire.

— Merci monsieur! je vais parler de vous au bon Dieu!

— Mais vous êtes bien vivante, lui répondit Arthur, rassurant.

— Ça ne m'empêche pas de parler au bon Dieu pareil, monsieur.

— Si cela vous fait du bien, ne vous en privez pas.

— Ça m'en aurait fait encore plus, c'est sûr, s'Il m'avait gardé mon vieux en vie et ma maison debout. Mais on peut pas trop en demander... hein, mon bon monsieur? dit la vieille femme, qui pleurait maintenant.

— Surtout qu'on le dit tout-puissant! murmura Arthur, entre les dents.

— Les voies de Dieu sont impénétrables!... Louons-Le et remercions-Le pour Ses grands bienfaits!...

C'était la voix vibrante d'un jeune prêtre qui s'amenait à grandes enjambées, le chapeau noir ruisselant et l'étole détrempée au cou. Il tenait un crucifix à bout de bras. Arthur se redressa vivement!

— Oh! que voilà des paroles qui tombent bien à propos! s'exclama-t-il sarcastique. Et Le remercier de quoi, s'il vous plaît? Que le roc ne soit pas tombé en entier et n'ait pas détruit la basse-ville au complet?

— Attention, monsieur! Le Dieu qui est tout-puissant est aussi omniprésent et donc ici, devant vous, répondit le jeune abbé, surpris et outré.

— Vraiment? Et où se cachait-Il pendant que ces pauvres gens mouraient écrasés et que le feu achevait de détruire leurs maisons? s'insurgeait Arthur, véhément. L'abbé resta quelques secondes interloqué devant une pareille impudence.

— C'était Sa volonté! Rien de plus, monsieur!

— Et rien de moins! C'est selon Son humeur! Votre dieu n'est qu'un capricieux, alors? Ou un sadique? Ou un désœuvré qui ne sait qu'inventer pour se désennuyer un jour de pluie? Vous Lui faites une belle réputation! rajouta Arthur, d'un air dégoûté.

— Comment traitez-vous Dieu, monsieur? Ai-je bien entendu? fit l'abbé, étouffé de stupeur et considérant comme un rare blasphème ces propos proférés avec autant de cynisme.

— Certes! vous avez bien entendu! Mais comme d'habitude, vous n'avez rien compris!

— Des hérétiques comme vous n'ont pas leur place ici, monsieur, et je me demande bien ce que vous y faites, s'insurgea le prêtre.

— Mais j'y guettais la Volonté de Dieu, monsieur. Maintenant que je l'ai vue dans toute sa bonté, je n'ai plus rien à y faire, en effet.

Arthur s'apprêtait à tourner les talons, quand il se sentit tirer par le bas de son manteau. Il baissa la tête, c'était la vieille dame qui voulait lui parler. Il s'accroupit près d'elle et prit entre les siennes ses mains glacées qu'il lui frotta pour les réchauffer.

— Vous avez un cœur généreux, monsieur. Dieu vous le rendra un jour.

— Je ne fais pas commerce de mes gestes, madame. Je vous ai sauvée dans un pur réflexe d'humanité et j'en suis très heureux.

— Dieu vous bénisse, mon jeune monsieur.

Le lendemain, Arthur se trouvait chez M. Garneau. Il venait visiter son ami Alfred, et par la même occasion, lui offrir ainsi qu'à son père un exemplaire de ses *Lettres sur le Canada*. Alfred était absent, mais M. Garneau le reçut avec une grande amabilité.

— Je vous remercie, Arthur. Je vais lire ces *Lettres* avec grand plaisir, lui promit-il.

— Ce n'est en rien comparable à votre *Histoire du Canada*, peu s'en faut! lui répondit Arthur, modeste.

— Il fallait bien quelqu'un pour riposter à la lapidaire remarque de lord Durham. Aurais-je eu le courage d'aller jusqu'au bout n'eût été ce défi qui m'y poussait? Je ne sais pas!

— Vous avez érigé un monument à l'histoire, monsieur Garneau. C'est tout à votre honneur.

— L'histoire se fait tous les jours. Vous en écrirez peut-être les prochains chapitres, Arthur. Avec ce qui se passe en ce moment, ces conférences sur une hypothétique confédération, vous ne manquerez pas de matière.

— Je ne crois pas être fait pour des œuvres de longue haleine telles que l'histoire d'un pays, fut-il le mien, avoua Arthur. Il faut pour cela réunir une trop grande documentation et posséder une patience que je n'ai pas.

— Saviez-vous qu'il y a des «détails» qu'on m'a demandé d'omettre? Détails qui auraient pu donner à mes lecteurs une moins bonne opinion des agissements de l'Église pendant le développement de la colonie.

— Il ne faut pas s'attendre à moins de ces gens-là.

— Mais, au fond, ce n'est pas bien grave! L'Église a tellement travaillé, et avec combien de foi et non moins de zèle qu'on peut bien lui pardonner ses coquetteries de prince.

— Pour la foi et le zèle, croyez qu'on ne peut manquer d'en voir les effets. Et leurs «coquetteries» ont des prétentions de femmes gâtées et capricieuses qui sont bien loin de la simplicité de cœur de leur chef, Jésus-Christ.

— Il faut regarder les œuvres, Arthur. On ne compte plus leurs institutions.

— Vous avez encore une fois raison, monsieur Garneau. Elles pullulent. Bientôt, leur nombre dépassera celui des masures des paroissiens pour qui on les construit et qui les paient d'une façon ou d'une autre.

Connaissant la hargne d'Arthur envers le clergé, le vieil homme ne voulut pas envenimer les choses. Il fit diversion.

— Alfred m'a dit grand bien de la conférence sur la question de la Confédération que vous avez prononcée dernièrement à l'Institut canadien. Au fait, il ne devrait plus tarder, prenez un peu de porto en attendant et mettez-moi au courant de ce qu'on dit à Montréal.

— En août, des jeunes de toutes tendances politiques se sont ralliés sous la bannière de Médéric Lanctôt, rédacteur en chef de *La Presse*, comme vous le savez. Leur intention est de combattre ce projet. Médéric a commencé son branle-bas de combat en changeant d'abord le nom de son journal.

— Oui! je l'ai appris: *L'Union Nationale*. C'est un bon titre.

— Ils ont formé un comité pour étudier ce projet et en sont venus à la conclusion que la Confédération serait préjudiciable aux intérêts du Bas-Canada. De plus, la population, qu'on a l'air d'oublier, devait être avertie de tout changement constitutionnel.

— C'est exact.

— Comme vous le savez, nous sommes actuellement sans gouvernement et la loi dit ceci: «Tout changement organique dans la Constitution actuelle du Canada doit être soumis à un nouveau Parlement, expressément élu pour prendre ces projets en considération, et aucune nouvelle Constitution ne doit être imposée au Bas-Canada, sans son consentement exprimé par la majorité de ses représentants.» Voilà ce que les citoyens lisaient dans le numéro du 3 septembre. Ils sont sortis de leurs gonds et se sont éparpillés dans les rues en vociférant contre «le maudit gouvernement» qui leur jouait dans le dos.

— Le peuple se souvient de 1840 et reste méfiant, il va sans dire.

— Avec raison! *Le Pays* a décidé de collaborer avec l'équipe de *L'Union Nationale*. *L'Ordre* fait de même. Nous parons aux attaques constantes de *La Minerve* et d'autres journaux de même farine. C'est une belle joute.

— Ce qui n'est pas pour vous déplaire, hein, Arthur?

— Reconnaissez avec moi, monsieur Garneau, qu'une plume bien aiguisée vaut la meilleure épée. De plus, l'escrime littéraire est une façon bien élégante de se défendre.

— J'en conviens. Mais pour être pamphlétaire, il faut un art que, sans conteste, vous possédez et que, pour ma part, je n'ai jamais eu. Chaque écrivain a son talent particulier. Je m'incline devant le vôtre, Arthur.

— Vous m'en voyez flatté, monsieur.

— Et cette annexion, vous y croyez toujours?

— Plus que jamais, monsieur Garneau.

— Même si la guerre de Sécession fait rage aux États-Unis?

— Elle se réglera. Le Nord et le Sud sont condamnés à s'unir s'ils veulent devenir un grand pays. C'est le vœu de M. Lincoln, en tous cas.

— Comme nous sommes nous-mêmes condamnés à vivre avec le reste du nouveau Canada, peut-être.

— Tudieu! que deviendrions-nous comme Canadiens français? Nous serions irrémédiablement condamnés à l'assimilation! Cette fois, ce serait inévitable! Comment pourrait-il en être autrement, à moins d'obtenir des lois solides pour protéger nos droits? Les Anglais, qui voient là l'occasion rêvée de nous faire perdre notre identité française ne nous feront pas de cadeaux, croyez-moi. Ne nous leurrons pas! Ils ne nous veulent pas comme «associés» dans leur grand projet, c'est entre eux, entre Anglais, qu'ils veulent régner d'un bout à l'autre du pays.

— Mais en s'annexant aux États-Unis, on se perdrait dans une mer encore plus grande d'anglophones.

— C'est loin d'être la même chose! En s'annexant, déjà, on fait un choix. Et en choisissant une république, on se débarrasse du joug de cette monarchie de droit divin. Dans une république, c'est le peuple qui vote! c'est le peuple qui élit le président de son choix. La liberté laissée au peuple d'observer, d'analyser, de juger, le rend capable de décider ce qui est bon ou mauvais pour lui. Cela fait des gens à l'esprit plus alerte et au jugement plus exercé que partout ailleurs. À mon avis, cette forme de gouvernement est l'idéal.

— Oui! et assez séduisante, il faut l'avouer.

— Les États-Unis invitent tous les peuples à bâtir une nation, en les acceptant tels qu'ils sont. Voilà leur originalité. Ils ont compris que chaque peuple trouve sa force dans sa propre identité. Mais une fois ce fait établi, chaque individu doit participer à la prospérité du pays en se déclarant citoyen à part entière des États-Unis d'Amérique.

— Un peu plus, Arthur, et je serais tenté par votre annexion... Mais je pense qu'ici, nous ne sommes pas encore prêts à faire ce grand plongeon dans ce pays, si républicain soit-il.

— Et pourquoi donc?

— La peur de perdre cette identité, justement, que l'on a dû défendre si âprement depuis la Conquête. Son souvenir encore vivace garde les susceptibilités toujours à vif.

— Les Canadiens français préfèrent continuer de se faire humilier par les Anglais, n'est-ce pas? Leur susceptibilité ne va pas jusque-là, semble-t-il. Mais on ne saurait trop les en blâmer, ils ne sont pas coupables de ce manque de fierté. Le clergé, qui redoute l'influence du protestantisme comme la peste — après celle de l'Institut canadien, il va sans dire — leur a fait croire que mettre toute sa fierté dans la prospérité d'un pays est chose profane, avilissante et condamnable. La patrie céleste! voilà la seule chose pour laquelle on peut se dévouer. Vous allez dire, monsieur Garneau, que je vois encore et toujours le clergé comme seul et unique obstacle à l'évolution des Canadiens français? Eh bien, oui! je le dis et je le répète parce que c'est la vérité.

Alfred fit soudain son apparition. Ce qui permit à M. Garneau de ne pas répondre à Arthur. Qu'aurait-il pu faire d'autre que lui donner raison. Il reconnaissait à ce tout jeune homme une vision peu commune de la véritable situation des Canadiens français. Mais il était un vieil homme maintenant, il n'avait plus la force de se battre. Toute son énergie était passée dans la rédaction de son *Histoire du Canada*. Voilà l'œuvre qu'il laisserait à son pays. Pour ce qui était d'aujourd'hui, il laissait la bataille à la jeunesse. En espérant qu'elle gagne!

Apercevant son ami, Alfred s'avança vers lui, main tendue, visiblement heureux de le voir. M. Garneau salua chaleureusement Arthur avant de se retirer pour laisser les jeunes gens ensemble.

Alfred offrit un porto à Arthur, qui ne refusa pas un deuxième verre, se servit et s'installa confortablement dans le fauteuil qu'avait quitté son père.

— Des rumeurs de toutes sortes circulent aujourd'hui dans notre bonne ville de Québec, Arthur.

— Commence par les plus importantes, Alfred!

— Ce soir, il y a grand bal à la salle du Parlement pour les acteurs de la conférence sur la Confédération.

— Ce n'est pas une nouvelle fraîche, tout le monde est au courant.

— C'est qu'on se demande comment des gens soi-disant normaux supporteront ce bal, arrosé comme il se doit, après avoir dévoré, dans la seule journée d'hier, trois banquets coup sur coup.

— Mais nous avons affaire à des Gargantuas, mon cher! on n'a qu'à voir le pantagruélique pays qu'on veut nous faire avaler. Et si les Canadiens français se laissent entraîner dans cette boulimie, je crains fort pour eux une de ces indigestions historiques dont ils se remettront difficilement.

— Appétit ou non, on n'aura peut-être pas le choix.

— Le plus beau tour à leur jouer, Alfred, c'est de filer à l'anglaise par la porte de l'annexion. Je t'assure que c'est la seule porte de sortie. C'est ce que j'ai suggéré à ton père!

— Et qu'a-t-il dit?...

— Je crois qu'il y réfléchit. Et que dit-on d'autre dans ce trou de boue qu'est encore, aujourd'hui, notre belle cité?

— Il paraît qu'un pan du cap Diamant s'est détaché et a écrasé trois maisons de la rue Champlain, hier soir.

— Vraiment? fit Arthur jouant l'étonné.

— Apparemment, on ne parlait que de cela aux Halles. Il semble que seule une vieille dame ait été sauvée. Mais on dit qu'elle a un peu perdu la raison. Elle est actuellement à l'Hôpital général.

— Qu'est-ce qui donne à croire qu'elle a perdu la raison? Elle était très lucide au moment où il l'avait quittée, il en était certain.

— Elle dit à tout venant qu'après avoir entrevu les flammes de l'enfer, elle a été sauvée par un ange.

Arthur pouffa.

— Et comment se présentait-il?... Je serais curieux de le savoir!

— Tu aurais été là, toi, Arthur Buies, le roi des renégats, tu ne l'aurais sûrement pas vu!

— Je ne serais pas prêt à le jurer... répondit celui-ci en s'esclaffant.

— Les gens affirment qu'un prêtre, demandé sur les lieux, s'est entretenu longuement avec l'ange.

— Ah!... Et on a entendu leur propos? parvint à articuler Arthur.

— Ils ont entendu le mot «Dieu» à plusieurs reprises, paraît-il.

— Forcément! Arthur riait de plus en plus.

— Et ces bonnes gens ne savent plus si c'est le prêtre qui a fait un miracle, ou si c'est vraiment un ange qui est descendu du ciel pour la secourir, comme s'obstine à le répéter la vieille dame.

— Évidemment, on met sa parole en doute? s'insurgea Arthur.

— Mais elle, elle y croit tellement que si elle le voyait sur la route, elle le reconnaîtrait, leur répète-t-elle.

— Parce que cet ange-là se promène au grand jour? Arthur s'amusait comme un fou.

— Oh! tu sais, je suis un peu comme toi, Arthur, les histoires d'anges, j'y croirais si j'en voyais un devant moi. Autrement...

— Oui! et pour le moment tu n'as que ton ami que tu ne peux confondre... avec aucun séraphin connu? Arthur ne se retenait plus et riait aux éclats.

Alfred se laissa gagner par la gaieté contagieuse de son ami et les deux compères oublièrent momentanément le ton désopilant qu'avait pris une nouvelle éminemment tragique.

Cette tragédie n'avait rien de drôle pour les gens démunis de Québec. Dans l'image du roc qui se brisait en morceaux, ces âmes simples voyaient comme un symbole de leur Canada français écrasé par cette nouvelle Confédération anglaise. On disait qu'on voulait leur donner une «nouvelle nationalité». Ils avaient la leur et n'en voulaient point d'autre. Quand finirait-on par comprendre ça? Ils avaient peur.

C'était des gens pauvres, qui enduraient quotidiennement mille et un tourments aussi ordinaires que le froid, la faim et le dénuement. Ils souffraient aussi de cette dérangeante promiscuité des familles nombreuses, entassées dans des maisons aux proportions réduites à leur misère. Ils avaient donc développé un instinct de survie qui ne tenait qu'à ce qui leur restait. Mais cela, ils y tenaient mordicus et devenaient mauvais quand on voulait le leur prendre. Mal à l'aise, ils voulaient bien comprendre aujourd'hui ce qui leur pendait au bout du nez, pour essayer d'y parer le mieux possible.

Alors, malgré la pluie, malgré la boue et le froid, les plus curieux s'étaient rassemblés aux Halles pour essayer d'apprendre quelque chose sur ces hommes importants qui étaient venus jusque dans leur Parlement pour «parlementer».

— As-tu une idée quand est-ce qu'y vont se déjucher, Basile?

— Mon idée, c'est quand y vont avoir fini.

— Fini quoi?

— Ben... de découper le pays, Magloère.

— Découper le pays? T'es pas fou, rien qu'un peu, Basile?

— Mettons qu'y veulent l'étirer, si t'aimes mieux.

— Ben, décide-toé.

— D'abord, avec les deux Canadas, y'en font un. Pis là, regarde moé ben: y l'étirent comme y faut, de l'océan Atlantique d'un bord, à l'océan Pacifique de l'autre bord... Basile, les deux bras tendus, tenait une carte imaginaire devant lui... En bas, jusqu'aux États, tiens ça, Magloère, continuait Basile, incitant son ami à faire comme lui. Et levant le menton: pis en haut, jusqu'au pôle Nord... Tiens c'boutte-là, Nésime.

Les autres s'approchèrent.

— C'est vot'nouveau Canada! déclara Basile sur un ton important. Ils tenaient toujours les pans de la carte imaginaire. Vous pouvez la lâcher, asteur!

— Ayoye! Magloire, l'œil narquois se frottait la joue... Y'ont pas l'idée d'faire ça tout d'une claque, toujours? Parce qu'un pays étiré pareillement, c'est comme du *ruber*, les bouttes peuvent leur péter dans face, si y font pas attention.

Autour de lui, on riait aux éclats.

— Où est-ce que t'es allé chercher une pareille invention, Basile? lui demandait-on.

— J'ai mes sources, répondit le vieil homme sur un ton sibyllin.

— On peut penser où t'as pris tes sources. Pas plus loin que l'bout de ton nez, Basile. C'est sûr que... long comme tu l'as, tu peux être une longueur de nez sur nous autres, pis en savoir plus, on sait ben, le narguait Magloire.

On riait à qui mieux mieux. Basile, mortifié, prit congé du petit groupe et s'éloigna.

— Voyons! c'est des farces, Basile! reviens!

— Arrête de faire ton sensible. Penses-tu que ça nous inquiète pas, c'te maudit pays-là?

— Pis c'te maudite race d'Anglais qui est pas du monde!

— Ça nous inquiète en maudit, nous aut'e itou.

— Reviens Basile, maudit fou!

Mais il était déjà loin. On eut beau le rappeler, rien n'y fit.

Le groupe resserra les rangs.

— Bon! Magloère! t'es un beau fin! asteur on saura pus rien.

— Accablez-moé pas, vous aut'es! vous avez ri pareil comme moé!

— Ben... se mettre à nous raconter une affaire de même, le Basile, c'est assez pour pas le croére.

— Ouais... ben, dans c'te grand pays-là, y vont ben parler rien qu'anglais!

— Une chose est sûre, c'est qu'y a juste icitte qu'on parle français, affirma Magloire.

— En tous cas, qui parle ce qu'y voudront, ça nous dérange pas, nous autres.

— On peut ben rire mais à grandeur que le pays va devenir.

on va avoir rapetissé en p'tit monsieur, nous autres, oubliez pas
ça!

— À part ça que... ça doit être toutte des protestants, ceux-
là?

— Ah! ben là c'est dangereux, par exemple!

— Ah! faut pas trop s'en faire là-dessus, nos prêtres sont là
pour nous défendre, conclut Magloire, confiant.

Basile Roy, songeur, s'en retournait chez lui. Chez lui, c'était
beaucoup dire. Veuf, il avait élu domicile avec sa fille, son
gendre et leurs quatre enfants dans les murs décrépits, suintants
et vermoulus du vieux collège des Jésuites, abandonné depuis
longtemps. On avait essayé de les en chasser. Mais ils ne pouvaient se loger ailleurs, ni rue Champlain, par exemple, ni même
rue Sous-le-cap. Quand t'as pas d'argent, t'as pas d'argent! Et ils
étaient toujours là.

L'ordre de démolir tardait toujours à venir parce que personne n'osait toucher à ce bâtiment sacré, propriété de l'Église.
Ni les membres du gouvernement ni le conseil de la ville de
Québec ne bougeaient. De part et d'autre, on espérait que cette
ruine fasse l'effort de tomber d'elle-même. Mais orgueilleuse-
ment, et comme pour encourager l'imbécillité des autorités, elle
retenait ses murs dans un entêtement digne de ses premiers
occupants. Pire! en plus d'être une menace continuelle d'acci-
dents, les chiens, chats et rats crevés qui s'accumulaient autour
et pourrissaient au soleil étaient devenus un grand foyer d'infection. Et pour comble, chacun venait y déverser ses immondices,
se servant sans plus de manière de cet endroit comme d'un
véritable dépotoir.

C'est ainsi que l'ancien collège des Jésuites était devenu la
poubelle de Québec.

Le quinquagénaire n'avait aucune illusion sur les effets de la
nouvelle Constitution. Agrandir ou étirer le pays ne changerait
rien à sa vie ni à celle de ses pauvres enfants. Se rapprochant du
vieux collège, il vit du feu sortir d'une cheminée. Il s'en réjouit,
son gendre avait dû se gagner quelques bûches aujourd'hui.
Estropié comme il l'était, il ne pouvait pas faire beaucoup plus.

Au moins, ce soir, ils n'auraient pas trop froid. Mais l'hiver s'en venait, comme un cauchemar inévitable.

Basile eut subitement envie de mourir. Il se reprit vivement et se signa. Ce n'était pas pour lui qu'il craignait, mais pour les enfants. Il en resterait combien de vivants, sur les quatre, au printemps?

Demain, il retournerait encore chez les Augustines de l'Hôpital général. Tous les jours, il allait leur rendre quelques services. Il y a toujours tant à faire dans un hôpital. Pour le remercier, elles lui donnaient chaque fois un petit quelque chose. Hier, il était revenu avec deux couvertures, usées mais chaudes. Aujourd'hui, il rapportait un gros pain, un sac de pois secs et un petit morceau de lard. Sa fille aurait tout ce qu'il faut pour faire une bonne soupe.

Il ne devait pas perdre confiance dans le bon Dieu. Il Lui avait déjà demandé de venir le chercher. Ce n'était pas qu'il ne voulut plus vivre. Même dans cet état d'extrême misère, l'instinct de survie est fort. Mais en disparaissant, c'était une bouche de moins à nourrir. D'un autre côté, s'il pouvait contribuer à garder sa famille en vie, encore un peu, il n'avait pas d'autre choix que de continuer.

Mais sur son honneur, il fit le serment de disparaître définitivement le jour où il deviendrait un fardeau pour les siens.

À l'archevêché de Québec, on s'inquiétait aussi des résultats de la Conférence. Mais pour d'autres raisons.

Dans un salon aux murs garnis de beaux tableaux religieux, aux fenêtres tendues de velours grenat, au plancher de bois recouvert en son milieu d'un tapis de laine d'Écosse, les bûches flambantes de l'âtre jetaient des lueurs dansantes un peu partout et crépitaient.

Son Excellence, assise dans un fauteuil de cuir à haut dossier, les pieds appuyés sur un petit tabouret rembourré, reprenait une à une, sur sa table de travail, les lettres reçues de ses confrères.

Chacun s'inquiétait de l'avenir de la religion catholique, si cette Confédération se faisait.

Le gouvernement britannique, en s'étendant d'un océan à l'autre, devenait par le fait même tout-puissant, encore plus protestant et non moins anglais. Changerait-il son attitude séculaire face au clergé, qu'il n'avait fait que tolérer depuis la Conquête?

Que de prouesses diplomatiques le clergé n'avait-il pas dû réaliser tout au long de ce centenaire pour faire régner la foi catholique tout en conservant son pouvoir dans ce pays.

On frappa discrètement à la porte. C'était l'abbé Caron, jeune vicaire nouvellement arrivé à l'archevêché.

— Vous m'avez fait demander, monseigneur?

— En effet, monsieur l'abbé. Je dois rencontrer demain le premier ministre du Bas-Canada, M. Cartier, et je vous prierais de m'accompagner. Écoutez sans parler, mais suivez fidèlement la conversation que j'aurai avec lui. Il est d'une extrême importance que nous arrivions à percer les vues de celui qui représente l'ensemble des Canadiens français. Cette Confédération peut marquer notre arrêt de mort. Dieu ne permettrait sûrement pas que son œuvre si bien établie ici soit détruite. Mais un tel changement constitutionnel peut être guidé par les seuls intérêts de quelques politiciens. C'est dangereux. Il faut garder l'œil ouvert. Alors, si, par inadvertance, quelques nuances m'échappaient, je compte sur vous pour me les rappeler, à notre retour.

— Si monseigneur me voit de quelque utilité...

Le prélat le regarda mieux. Ce grand jeune homme au regard franc et à l'allure désinvolte n'avait pas l'air de réaliser la gravité de la situation.

— Monsieur l'abbé, lui demanda-t-il à brûle-pourpoint, si on vous apprenait que le Canada compte s'annexer demain aux États-Unis, que diriez-vous?

— Vous me prenez au dépourvu, monseigneur.

— Vous pouvez dire le fond de votre pensée! Allez-y!

Le jeune prêtre hésitait, car plus d'un avaient encouru des remontrances de la part de ces Éminences pour avoir dit le fond de leur pensée, mais il n'avait pas le choix.

— À l'évidence, les États-Unis sont fascinants sous bien des rapports, monseigneur.

— Et quels sont-ils? demanda le prélat, déjà alerté.

— Tout d'abord, les saisons sont plus clémentes. Ensuite, les prêtres sont mieux rémunérés et mieux logés, et ils semblent exercer leur ministère avec plus de liberté... qu'ici. Mais ce que je préfère à tout cela, c'est la grande simplicité dont ils font preuve pour se rapprocher des gens.

— Cela suffit, monsieur! Asseyez-vous.

Je le savais, se dit l'abbé, qu'est-ce que je vais prendre maintenant comme chapitre.

— Écoutez-moi et, pour votre gouverne, retenez bien ce que je vais vous dire. L'Église catholique est la plus grande puissance au monde. Partie du seul Jésus-Christ, il y a 1864 ans, elle s'est développée et a pris une ampleur de plus en plus considérable sous l'effet de l'Esprit-Saint, si bien qu'elle est aujourd'hui «indomptable». «Les portes de l'enfer ne prévaudront point contre elle.» Et nous sommes là pour garder cette forteresse envers et contre tout. Eu égard à cette puissance et de par une autorité de droit divin, ne sommes-nous pas marqué d'un signe indélébile que même Dieu ne peut effacer? En conséquence, le clergé dont nous sommes, vous et moi, a donc droit à l'obéissance absolue, à une soumission sans réserve, à des marques constantes de respect dues à son rang! et ce, de la part de tous les peuples, catholiques ou non.

Des phrases de l'Évangile passaient furtivement dans la tête du jeune abbé: «Si vous ne devenez semblables à l'un de ces petits, vous n'entrerez pas dans le royaume des cieux.»

Mais comme si le prélat l'avait entendu, il pencha le buste vers l'abbé et, l'emprisonnant de son regard altier:

— Rappelez-vous toujours, monsieur, que nous sommes une aristocratie et que nous formons, par le fait même, une classe privilégiée, comparable à aucune autre. Sachez que notre hiérarchie s'apparente à celle des rois. Comme à la cour, du plus vulgaire valet vêtu d'étoffe grossière aux Majestés revêtues de satin et d'hermine, il y a toute une gamme de tissus, de couleurs et de titres qui les distinguent. Ainsi, à partir de vous, simple prêtre en soutane de serge noire, la hiérarchie ecclésiastique monte, de pourpre en violet, pour atteindre la moire blanche et les broderies de fil d'or de Sa Sainteté le pape.

Le jeune abbé était troublé. Plus l'archevêque parlait, plus il lui voyait une ressemblance avec ceux dont parlait Notre-Seigneur: «Les scribes et les pharisiens font bien larges leurs phylactères et bien longues leurs franges. Ils aiment à occuper le premier divan dans les festins et les premiers sièges dans les synagogues, à recevoir les salutations sur les places publiques et à s'entendre appeler *Rabbi* par les gens. Pour vous, ne vous faites pas appeler *Rabbi* car vous n'avez qu'un Maître et tous vous êtes des frères...»

Mais l'archevêque continuait, inconscient de l'effet de son discours sur le jeune ecclésiastique.

— Sa tiare égale en richesse la couronne d'un roi. Les tableaux et les sculptures qui ornent son palais, Vatican, surpassent tous les chefs-d'œuvre du monde entier. Ses jardins éclipsent ceux de Versailles. Ses tombeaux sont de marbre, ses vasques de porphyre. Ses objets de culte sont faits d'or et d'argent le plus pur, gravés de la ciselure la plus fine. Ses cardinaux sont des princes et leurs maisons, des palais. Leurs serviteurs ne se comptent plus. En un mot, l'Église catholique est la reine des rois et son riche domaine temporel lui est indispensable pour asseoir son autorité.

L'abbé reprenait ses réflexions, tourmenté. Jésus dans le désert n'avait-il pas été tenté, justement, de se servir de ses pouvoirs et de la richesse pour impressionner son peuple et l'amener plus rapidement à endosser sa foi en un Dieu d'amour? Mais Il s'était rappelé aussitôt qu'une religion basée sur l'amour ne peut s'enseigner que par le cœur. Pouvait-on dire que cette Église, riche et fière de l'être, avait été soumise aux mêmes tentations, et que contrairement à son Chef, elle y avait succombé?

Loin de lui l'idée de contredire son supérieur, mais l'attitude de son modèle, Jésus-Christ, venait à tout moment comme démentir celle de ce prélat imbu de sa caste.

— Monsieur l'abbé, continuait celui-ci en se rengorgeant, cette Église n'est pas que riche, elle est immense. Par ses milliers d'institutions, elle étend ses tentacules sur toute la surface de la terre. Parvenue dans un endroit, elle s'y agrippe, s'y établit fermement et croît, altière, sûre d'elle, forte, musclée, résistant à toutes les attaques du démon. Éternellement victorieuse parce que rien ne peut arrêter cette œuvre inégalable que Dieu a Lui-même créée!

Pour s'en convaincre, enchaînait le prélat, exalté, il n'y avait qu'à contempler la splendeur de Rome... (décidément, il y tenait, se disait l'abbé) où siégeait le premier représentant de Jésus-Christ. Cette ville prédestinée que déjà César avait élue ville royale... et où le pape est roi. Un roi qui mérite d'être entouré d'une cour, comme tous les monarques et qui, au nom d'une supériorité légitime, est seul digne de présenter sa mule à baiser aux plus grands de ce monde. N'est-il pas au-dessus d'eux! Ne siège-t-il pas sur le trône de Pierre! Ne remplace-t-il pas le Fils de Dieu! Ne remplace-t-il pas Dieu Lui-même!

Son Excellence s'était levé. Emporté par un sentiment d'exaltation extrême, il se haussait de plus en plus sur le bout de ses souliers à boucles, si bien que l'abbé, inquiet, s'attendait d'une minute à l'autre à le voir décoller, s'élever, survoler le trône de Pierre, s'élancer comme une flèche dans l'azur pour aboutir, nanti de tous ses titres, directement aux pieds du trône de Dieu! Et qui sait si Dieu Lui-même n'allait pas devoir lui céder Sa place...

L'abbé avait hâte que le prélat descende de sa montgolfière imaginaire et revienne à la réalité qui, à ses yeux et malgré cette performante démonstration, était tout autre.

La vision quitta graduellement le dignitaire. Il posa un regard encore un peu égaré sur l'abbé Caron.

— Êtes-vous convaincu maintenant, monsieur l'abbé, non seulement du haut rang que nous occupons, mais de l'importance de maintenir notre statut et de préserver cette image de nous aux yeux du peuple?

Il fallait répondre, mais quoi? Il y alla d'une phrase neutre. Dans cette classe aristocratique, ne leur apprenait-on pas aussi la diplomatie!

— Je vous remercie, Votre Excellence, vous m'avez fait comprendre... beaucoup de choses.

— C'est bien, monsieur l'abbé. Vous pouvez disposer.

L'archevêque tendit sa bague à baiser. Le jeune vicaire hésita imperceptiblement, mais s'inclina sur la main tendue et sortit.

Il monta directement à sa chambre. Il avait besoin de reprendre ses esprits. La scène d'hier afflua soudain à sa mémoire. Il se revoyait dans la rue Champlain, sous la pluie battante, revêtu de l'étole, signe extérieur du prêtre, tenant tête à ce jeune homme arrogant, dont la seule présence paraissait si incongrue au sein de ce sinistre.

Devant ces gens totalement démunis, son attitude lui apparaissait maintenant comme la démarche altière d'un homme d'église répétant des phrases toutes faites sorties intactes de son livre. S'il n'avait écouté que son cœur, il les aurait tous pris dans ses bras. Il aurait bercé leur douleur tout en pleurant avec eux devant leur extrême misère. Il aurait même relevé ses manches pour les aider à ramasser les décombres. Pourquoi ne l'avait-il pas fait?

Il n'y avait pas de doute qu'en sa qualité de prêtre, il avait fait ce qu'il fallait. Alors, pourquoi restait-il mal à l'aise depuis hier? Parler au nom de l'Église c'était parler comme l'Église, et parler comme l'Église, c'était penser comme Elle. Mais il n'avait plus tout à fait le même regard ravi de Son image... Et voilà que Son Éminence venait de la lui brouiller encore davantage.

Il avait appris, aujourd'hui, que celui qui lui avait tenu tête et dont on ignorait encore l'identité était le sauveur inconnu de la vieille dame. Son ange, comme elle l'appelait. Son nom finirait bien par venir au grand jour. Les choses secrètes ne le restaient jamais bien longtemps dans la ville de Québec. Ce jeune homme avait le regard moqueur, la morgue et l'air impertinent de ceux qui faisaient fi du qu'en-dira-t-on et osaient dire crûment le fond de leur pensée. Il ne semblait craindre ni dieu ni diable. Ni le clergé... ce qui lui paraissait plus audacieux encore. Dire que c'était le même qui, au prix de sa vie, n'avait pas hésité à braver les flammes pour sauver une inconnue!

Le vicaire l'envia. Être libre d'aider de toutes les façons et à toute heure du jour et de la nuit tous ceux qui en avaient besoin. Et ce, au seul nom de la charité, sans avoir de comptes à rendre à personne!

Secrètement, il osa espérer l'annexion du Canada aux États-Unis. Il lui semblait que là, dans une grande liberté, il retrouverait la simplicité du Christ et se rapprocherait de Son Message. Les trônes et les chaires lui avaient toujours donné le vertige.

Doutait-il? Ressentant soudain une grande détresse, il se jeta à genoux au pied de son crucifix et pria longtemps pour retrouver la clarté de son engagement au sacerdoce.

Il n'y avait pas que ce jeune abbé qui cherchait la lumière, tout le pays voulait savoir exactement et clairement ce que donnerait de plus ou de moins la Confédération. C'était la grande question de l'heure.

On avait déployé tous les efforts possibles pour convaincre les représentants du peuple de se méfier d'un projet que tout le Bas-Canada voyait comme subversif. Pour ce faire, on avait organisé de multiples assemblées, rencontres et discours, et fait passer toute une série de messages, d'encouragements ou de mises en garde dans tous les journaux anglophones et francophones. Malgré cela, le 22 février 1865, 91 députés appuyaient le projet de la Confédération, contre 33. Chez les députés francophones, 26 l'approuvaient contre 22.

Cruelle déception pour les rédacteurs de l'*Union Nationale* qui croyaient qu'il suffisait de prévenir les représentants du peuple du danger d'une révolte chez les Canadiens français pour être écoutés aveuglément. C'était méconnaître les politiciens.

Néanmoins, cette équipe vaillante et convaincue ne se tenait pas pour battue et l'heure était trop grave pour s'arrêter en chemin. Elle fit paraître des articles de plus en plus ardents, de plus en plus impérieux, pour mettre en garde les Canadiens français contre le piège évident qu'était la Confédération. Mais les évêques défendaient au peuple d'écouter tous ceux qui voulaient le détourner de l'autorité établie, Macdonald et Cartier ayant garanti le maintien de leurs œuvres et la garde de leurs biens s'ils convainquaient les Canadiens français de la nécessité et des bienfaits de la Confédération.

Du haut de toutes les chaires, les prêtres tenaient le même discours:

— «Bien chers frères, nous avons pour mission de vous exhorter à accepter le projet de la Confédération, tout simplement parce que c'est la volonté de Dieu. Et pourquoi est-ce la volonté de Dieu? Parce que l'on ne doit pas aller contre l'ordre établi. Ce gouvernement britannique protestant nous a gardé, à nous, vaincus, notre religion, notre langue et nos droits civils en échange de notre soumission à son drapeau. Ce même gouvernement est prêt à maintenir ses libéralités envers nous, Canadiens français, catholiques, si nous lui conservons toujours cette soumission.

Depuis la Conquête, nous sommes des privilégiés et vous l'oubliez. Nous sommes libres de bâtir autant d'églises que nous le voulons pour entretenir notre foi. Pour garder notre langue, nous possédons des dizaines d'écoles, de couvents et de collèges. Nos hôpitaux sont dirigés par des religieuses françaises. Des communautés ont pris en charge nos nombreuses garderies. On compte un grand nombre d'avocats canadiens-français pour régler nos problèmes juridiques. On nous laisse libre d'envahir les rues lors de nos processions et de nos manifestations populaires.

Que voulez-vous de plus? De quoi avez-vous peur? Que le reste de ce grand pays se remplisse d'Anglais et qu'au lieu d'être dix fois plus nombreux qu'eux, nous le devenions dix fois moins? Qu'à cela ne tienne! vous n'avez pas d'autre choix que de garder votre foi intacte, même si on doit vous en faire payer le prix dans une langue altérée, un nationalisme dilué, un drapeau bafoué. La foi catholique d'abord! Dieu, premier servi! "Je n'ai qu'une âme qu'il faut sauver de l'éternelle flamme, il faut la préserver." Voilà désormais l'hymne national de notre peuple! Tout le reste est "Vanita vanitatum, et omnia vanitas!"

Tous debout, maintenant. Nous allons chanter le *Te Deum* pour remercier Dieu de nous avoir donné des conquérants aussi tolérants. Et que Dieu sauve la reine!»

Les paroissiens, subjugués et confus, répétaient: «Que Dieu sauve la Reine!»

Et les plus émus, empêtrés dans leurs mots, répétaient avec non moins de ferveur: «Que Dieu nous sauve... de la Reine!»

Ainsi, chaque dimanche, de toutes les églises de la province de Québec retentissaient les voix vibrantes de tous les Canadiens français. Ils entonnaient sans relâche, avec de plus en plus d'abandon, d'assurance, de calme, de confiance, de foi, de sécurité, de sérénité, de quiétude, de tranquillité, de paix et d'hébétude... le *Te Deum*: chant de reconnaissance envers la Providence qui les avait faits si aptes à la soumission, selon Ses vues de plus en plus... impénétrables!!!

Mais cette belle attitude pacifique n'était pas celle de tout le monde. Du côté des journaux, les chroniques répondaient aux diatribes, les satires aux libelles quand ça n'allait pas jusqu'aux franches injures. Wilfrid Laurier, comme les plus audacieux, avait répondu aux mises en garde du clergé par une accusation sans équivoque de sa prétention à tout gouverner. Sa Grandeur de Trois-Rivières, oubliant sa grandeur, avait rendu la gifle à celui qu'elle voyait comme un démon sorti de l'enfer, et, par la voix de son journal, l'avait traité «d'impie, de monstre, d'hypocrite, de blasphémateur».

Wilfrid, blessé qu'on l'attaque personnellement alors qu'il parlait au nom d'une cause, avait riposté violemment dans *Le Défricheur*, journal qu'avait fondé Éric Dorion pour exprimer les opinions des Canadiens français qui vivaient dans les Cantons-de-l'Est et défendre leurs droits.

Et les deux camps vindicatifs continuèrent de se renvoyer la balle.

Aussi exaspérés les uns que les autres, les Anglais extrémistes et les «rouges» radicaux relançaient l'idée de l'annexion aux

États-Unis. De toute façon, les Américains allaient s'en charger eux-mêmes au moment où ils le décideraient. Ne convoitaient-ils pas depuis longtemps les Territoires du Nord-Ouest, mal délimités et mal défendus?

Mais selon les adeptes de la confédération, cette raison à elle seule ne suffisait-elle pas à justifier l'union fédérative des colonies?

Au pays, en effet, les colonies étaient politiquement séparées. Chacune avait un gouvernement distinct. Elles étaient indépendantes les unes des autres et non unies par le commerce. Celui-ci se faisait avec l'Europe ou avec les États-Unis. La Colombie-Britannique était tellement loin dans l'esprit des Canadiens français et des Anglais, qu'on l'aurait crue en Chine. Et de cette grande étendue vague des prairies de l'Ouest, tout ce que l'on pouvait dire, c'est qu'on y chassait le bison.

Unissons-nous! répétaient les politiciens, mettons de l'ordre dans nos terres, arpentons, délimitons, créons des provinces! Bâtissons des chemins de fer pour nous permettre de nous rencontrer, de mêler nos compétences, de nous mieux connaître! Traçons des routes! Cultivons, développons nos richesses naturelles, donnons une expansion accrue à notre commerce! Travaillons ensemble! Oublions nos querelles raciales, linguistiques et religieuses! Formons un nouveau peuple et devenons un pays uni, fort, prospère et puissant à la face du monde!

C'était tentant!

Mais... cela ne nous empêchera pas de subir le joug d'une monarchie constitutionnelle et d'être traités encore et toujours comme une colonie, organisée ou non!... disaient les uns!

Et si tout le pays se remplissait de Canadiens français, papistes, quelle menace d'anéantissement pour nous, disaient les autres!

Et si les *Te deum* ne nous protégeaient pas... osaient penser tout bas le bon peuple canadien-français!

VII

Me voilà donc de nouveau dans ma vieille France et,
cette fois, je le pense bien, pour ne plus en sortir...

ARTHUR BUIES

Enveloppé de sa grande cape noire, son huit-reflets calé sur
le front, Arthur, le cigare aux lèvres, se tenait accoudé au bastingage de l'*Europa*. Le paquebot, parti la veille de New York,
amorçait sa traversée vers l'Europe.

Une brume opaque s'étendait sur les grands bancs de Terre-
Neuve. Comme un bateau fantôme, le navire glissait lentement
sur la mer invisible. Le plongeon de l'étrave dans les vagues
faisait comme un bruit de taffetas sur la coque. Pour prévenir
d'éventuels navires de sa présence dans les parages, l'*Europa*
faisait entendre sa sirène presque sans arrêt. Debout quelque part
non loin d'Arthur, les passagers, qui ne se voyaient pas, rete-
naient leur souffle. Le brouillard causait toujours de l'angoisse.

C'était à l'automne et au printemps que les brumes de
l'Atlantique Nord étaient les plus répandues. Elles empêchaient
toute visibilité à un mille à la ronde, et provoquaient des colli-
sions catastrophiques. Il n'y avait pas si longtemps, l'*Arctic*
n'avait-il pas sombré corps et biens dans ces eaux? Son capitaine
avait foncé à pleine vapeur dans le brouillard, soi-disant pour en
sortir au plus vite. Le paquebot avait été heurté violemment par

le vapeur français *Vesta* avant de disparaître dans les profondeurs de la mer. Inconscient du désastre qu'il venait de causer, le *Vesta* avait poursuivi sa course dans la brume. En repensant à tous les naufrages, Arthur se récita pour lui-même:

«Oh! combien de marins! combien de capitaines
Qui sont partis joyeux vers des terres lointaines,
Dans ce morne horizon se sont évanouis!
[...] Nul ne sait votre sort, pauvres têtes perdues!
Vous roulez à travers les sombres étendues,
Heurtant de vos fronts morts des écueils inconnus...»

Mais lui, nullement désireux de s'évanouir dans ce vaste océan, reprenait la mer, encore une fois. Il y avait cinq ans déjà, il revenait de France sur un paquebot à peu près semblable à celui-ci, plus un sous en poche et son grand rêve d'écrivain sous le bras. Et voilà que, caressant toujours la même ambition, il y retournait.

Un soir dernier, alors qu'il fêtait comme d'habitude à l'hôtel Richelieu, il avait stupéfié ses amis en leur apprenant son départ imminent et définitif du Canada. La nouvelle était tombée au milieu d'eux comme une bombe! «Allons donc!», s'étaient-ils récriés, incrédules. Mais l'air exceptionnellement grave de leur compagnon avait confirmé sa déclaration. Ils avaient eu du mal à accepter l'idée de cette séparation. Bien sûr, ils s'ennuieraient de ce gaillard inégalé, mais c'est son côté ardent défenseur de la liberté qui leur manquerait le plus. Son audace, sa faconde et son panache l'avaient rendu irremplaçable! Pourquoi cette décision inattendue et irrévocable? Et surtout, cet exil volontaire et sans retour? Tous étaient confondus!

Mis à part la grande déception que la Confédération finalement adoptée lui avait causée, Arthur avait été incapable d'expliquer son départ subit sur le moment. Mais après une journée de train, deux jours d'attente à New York et une journée en mer, il avait eu le temps de réfléchir et pensait pouvoir démêler, dans ce fouillis de sentiments, les raisons qui l'avaient poussé à partir.

D'abord, il y avait toujours cette envie, obscure et irraisonnée, inexplicable et imprévisible, qui l'incitait un beau matin à tout quitter, pour s'en aller ailleurs.

Il y avait aussi qu'il voyait ses amis se marier les uns après les autres, puis devenir pères de famille. Pas qu'il les enviait, loin de là, mais tous, notaires ou avocats maintenant établis, s'installaient confortablement dans leur rôle de professionnels et consacraient moins d'énergie à la cause de la liberté. Ils s'en défendaient bien. Mais même s'ils avaient voulu continuer de la clamer haut et fort comme avant, ils en auraient été empêchés. Le clergé dissuadait ses ouailles d'aller consulter les avocats qui étaient membres de l'Institut canadien. Leur prospérité dépendait donc de leur discrétion.

Arthur avait fini par être reçu au Barreau. Un avocat de ses amis l'avait aidé à expédier les derniers cours de droit qu'il n'avait pas terminés à Paris. Mais cette profession ne répondait en rien à ses aspirations. Il voulait être écrivain et pas autre chose.

Mais comment être écrivain dans un pays où on lui refusait de s'exprimer librement? Ses propos passionnés se heurtaient de plus en plus violemment à l'attitude rigide du clergé. Celui-ci en était venu à défendre expressément aux Canadiens français de lire tout ce qui n'avait pas fait l'objet de sa censure.

Et le pire, c'est qu'à force d'être critiqué de toutes parts, il en était venu à douter de son talent. Alors, il n'avait plus eu le choix. Il avait dû fuir avant que cette race liberticide ne le laisse inféconde et idiot. Il plaignait tous ses compatriotes qui bavaient de ferveur devant ces potentats qui leur promettaient le ciel et l'enfer: les deux hors de portée, hors de prix et hors du temps! Ces maniaques, pétrisseurs de consciences qu'ils réduisaient, sans aucune pudeur, à une seule masse inerte sur laquelle ils s'acharnaient de manière laborieuse, incessante et impitoyable!

En France, Arthur respirerait enfin un air sans contrainte, indispensable à l'épanouissement de tout écrivain.

Pour le moment, entre un passé à oublier et un avenir à édifier, il devait profiter le plus possible des bienfaits de cette traversée.

Le soleil commençait à percer et la brume, à s'effacer, à mesure que la mer reprenait possession de son espace. Mais, tombant de Charybde en Scylla, le paquebot pénétrait maintenant dans un champ d'icebergs, au grand désespoir d'une partie des passagers qui effectuaient leur premier voyage vers l'Europe. Après une longue dérivation vers le sud, ces icebergs arrachés aux *inlandsis* venaient s'accumuler sur les bancs de Terre-Neuve avant d'aller fondre dans les eaux plus chaudes de l'Atlantique.

Les montagnes étincelantes de blancheur ravissaient Arthur. Ces gigantesques sculptures flottantes étaient d'une beauté indescriptible. Dérivant lentement dans les eaux glacées, elles finissaient par se heurter et par éclater en d'énormes blocs qui, repoussés par l'impact, plongeaient dans la mer en projetant de spectaculaires gerbes d'argent tout autour.

Le défi des paquebots était de louvoyer entre ces masto-dontes sans y accrocher leurs flancs; il s'agissait d'y mettre la maîtrise, l'habileté et le temps.

Arthur en était là de ses réflexions quand soudain un nuage rose lui passa par-dessus la tête. Instinctivement, il allongea le bras et l'attrapa. C'était un mignon chapeau féminin décoré de deux oiseaux de plumes à moitié enfouis dans un nid de soie.

Devinant que sa propriétaire ne devait pas être bien loin, il se retourna aussitôt... En effet, une femme dans la trentaine, grande et blonde, les cheveux décoiffés par le vent se tenait un peu confuse devant lui.

Arthur s'inclina galamment.

— Vos oiseaux s'envolaient sans votre permission, madame, ou je me trompe?

Elle sourit et répondit du tac au tac à ce passager pro-videntiel:

— En effet, monsieur, ils prenaient cette liberté. Je vous remercie de les avoir rattrapés.

Elle parlait français, mais avec un accent anglais.

— Oh! je n'ai eu qu'à tendre la main et, dociles, ils s'y sont posés.

— Mais vous l'avez fait à temps, monsieur, c'est là votre exploit.

Arthur avait du plaisir à voir cette jeune et jolie femme, distinguée et sans prétention, lui répondre aussi simplement. Son sourire révélait des dents éclatantes de blancheur qui, rajoutées à un teint rose avivé par le vent, lui donnaient un bel air de santé.

— Madame, permettez-moi de me présenter: Arthur Buies, Canadien français de Québec.

— Elsie Grey, de New York.

— Serait-ce indiscret de vous demander quels pays vous comptez visiter en Europe?

— Je me rends en France rejoindre mon mari qui s'y trouve pour affaires pendant quelques mois. J'ai laissé ma petite fille sous la garde de ma mère, à New York.

Mariée et mère! il n'en demandait pas tant!

Tout en parlant, Elsie Grey avait laissé glisser de son cou une écharpe de mousseline et essayait, non sans peine, de faire tenir son petit chapeau sur sa tête. Luttant contre le vent, elle n'y parvenait pas. Voyant son embarras, Arthur s'approcha:

— Laissez-moi vous aider. Et sans attendre sa réponse, il disputa au vent les deux pans de la mousseline rose et les lui noua sous le menton. Elle dut lever la tête pour lui faciliter la tâche et n'eut d'autre choix que de le regarder. Deux grands yeux bruns s'attachèrent aux siens pendant que ses longues mains s'attardaient un peu trop longtemps sur la boucle. Quel sourire séducteur! cet homme vous aspirait au fond de son regard avec une puissance d'envoûteur. C'était troublant.

L'Américaine s'en détourna avec effort, recula en bredouillant un «Je vous remercie infiniment, monsieur!» et d'un geste ample et aisé, elle fit virevolter sa large jupe et s'éloigna rapidement pendant qu'Arthur, aussi étonné que déçu, cherchait à s'expliquer cette dérobade. Il fit mine de la suivre puis se ravisa. Sortant de sa déception avec Emma, il n'allait pas recommencer maintenant, et surtout pas avec une femme mariée.

À son insu, il avait développé un certain sentiment pour Emma Gauthier. Quand, dernièrement, il avait appris qu'elle se fiançait, il s'était précipité chez elle pour lui faire ses aveux. Mais la jeune fille ne l'avait pas cru: «Voyons, Arthur, c'est encore une de vos farces?», lui avait-elle répondu en riant.

— Vous mettez mon sentiment en doute? s'était-il récrié, déconfit.

— Mais non, je sais que vous m'aimez bien, Arthur, et croyez que c'est réciproque!

— Alors?

— Alors, quoi? Vous n'avez quand même pas l'idée de me demander en mariage, n'est-ce pas? Ce n'est pas votre genre! Et elle avait franchement éclaté de rire.

— Le mariage... non! enfin, peut-être y aurais-je pensé plus tard.

— Vous rêvez, Arthur. Comment un bohème comme vous peut-il désirer prendre femme?

— Mais prendre une femme dans mes bras est mon désir constant! avait-il lancé en boutade, voilant ainsi sa déception de se voir repoussé avec autant de désinvolture.

Emma avait toutefois raison, il ne l'aimait pas d'amour. C'était une chaleureuse amitié qu'il éprouvait à son endroit, l'affection d'un frère, et il le savait.

Il oublia donc l'apparition de la belle Américaine, ralluma son cigare et, en farniente, passa son après-midi à contempler la valse lente des icebergs dansant au rythme du puissant courant du Labrador. Il savait bien qu'un seul faux pas d'un de ses danseurs, et leur paquebot subirait le même sort que l'*Arctic*. Ce serait certes désastreux, surtout pour la perte de son meilleur passager: Arthur Buies... ce pécheur impénitent, grande gueule et séducteur de ces dames. Par contre, le clergé au grand complet ferait sûrement chanter un *Te Deum* à ce Dieu assez bon pour les avoir débarrasser de ce mécréant nuisible, sans qu'il soit obligé de le faire lui-même. Il sourit à sa propre réflexion.

Quelqu'un s'approchait de lui. Il se retourna.

— Monsieur Arthur Buies?

Un officier sanglé dans un uniforme impeccable le saluait.

— Lui-même, monsieur!

— Le capitaine vous convie à sa table pour le dîner, à sept heures trente. Acceptez-vous son invitation, monsieur?

— Cet honneur me flatte! répondit Arthur, ravi. J'accepte avec grand plaisir.

— Bien monsieur!

Quand Arthur se présenta aux portes grandes ouvertes de la salle à manger, élégant dans son frac doublé de satin noir ajusté sur un gilet de casimir blanc, la cravate de batiste nouée avec doigté, on ne put faire autrement que de le remarquer. Sa haute taille, la beauté de ses traits et son allure aristocratique attiraient immanquablement le regard.

S'attardant sur le seuil, il embrassa d'un coup d'œil le luxe et le confort inscrits dans la décoration des murs et des plafonds, dans les lustres brillants éclairant sans violence les tables chargées de cristal et d'argenterie, dans les miroirs réverbérant mille fois les dorures et les cuivres et les animant d'une vie propre. Il sourit d'aise.

Maître Perrier et sa femme, de Québec, passagers de première classe, comme tous ceux de cette salle à manger, levèrent distraitement les yeux sur le nouvel arrivé. Le visage de M. Perrier exprima aussitôt la plus grande contrariété. Sa femme, surprise du changement subit survenu dans la physionomie de son mari, en chercha vainement la cause en regardant furtivement autour d'elle. Il était si coléreux qu'un rien le mettait en rogne. Perplexe, elle lui demanda:

— Qu'y a-t-il, mon ami?

— Tu vois, Edmée, cet homme, qui fait le paon à l'entrée de la salle à manger? C'est cet Arthur Buies qui défraie la chronique avec ses propos scandaleux contre le clergé, le gouvernement et tout ce qui a nom d'institution respectable.

— C'est donc lui?... Il me paraît distingué et fier, pourtant.

— Fier, il l'est en effet. C'est un pédant qui se croit tout permis!

— Mais que t'a-t-il donc fait pour que sa vue te mette dans un tel état? Ce jeune homme me semble bien inoffensif.

— Il ne l'est pas, crois-moi! Non seulement il est mal vu à cause des opinions outrées qu'il affiche, mais sa conduite libertine est jugée comme une honte à Montréal. Avec ses amis, Geoffrion, Doutre, Laurier et autres larrons de cet acabit, il mène une vie dissolue, indigne de sa condition. Alors, Edmée, comprends-moi bien, je te défends expressément de lui adresser la parole pendant la traversée, m'entends-tu?

— Mais oui, Casimir! inutile d'insister, j'ai compris.

Un serveur empressé s'avança vers Arthur et l'aborda: «Monsieur Buies?»

Arthur, qui le reconnut aussitôt, fut surpris de sa présence à bord:

— Glenn! mais que faites-vous ici? lui demanda-t-il sur un ton discret.

— Je m'en retourne dans mon pays, monsieur.

— Et moi, je quitte le mien!

— Oui, je l'ai su, monsieur Buies.

— Alors, souhaitons-nous bonne chance!

— Merci, monsieur. Je dois maintenant vous conduire à la table du capitaine.

— Oui! j'ai la chance d'y être invité.

— Oh! ça ne me surprend pas, monsieur Buies. Un homme de votre prestige!

Arthur sourit devant l'admiration que lui portait le jeune Irlandais depuis toujours.

— Il y en a au moins un qui reconnaît mes mérites, lui glissa-t-il, moqueur.

— Je ne suis pas le seul, croyez-moi, monsieur! Maintenant, si vous voulez bien me suivre.

Glenn le dirigea vers le fond de la salle à manger où, sur une estrade, un petit orchestre était installé. Il jouait en sourdine des airs à la mode. Le serveur s'arrêta devant une longue table dressée. Il salua l'unique occupant et disparut discrètement. C'était un homme d'un certain âge, assez corpulent, les cheveux grisonnants. Il était superbement vêtu du bel uniforme blanc rehaussé d'épaulettes dorées que portaient les capitaines aux soirées de gala. Il se leva.

— Capitaine Leblanc!

— Arthur Buies! Capitaine, je vous sais infiniment gré de votre invitation. Le capitaine lui tendit la main qu'il serra avec force.

— Vous êtes le bienvenu à ma table, monsieur Buies.

— J'avoue me demander quel titre me vaut l'honneur d'y être convié dès ce soir?

Maître Perrier, suffoquant de dépit de voir Arthur Buies invité à cette table convoitée par tous les convives, se le demandait aussi.

— Ce soir, je me paie la fantaisie de réunir les célibataires ou solitaires de cette traversée. Ils feront ainsi plus facilement connaissance. N'est-ce pas là une bonne idée, monsieur?

— C'est une idée géniale, en effet, mais... en même temps diabolique, capitaine.

— Et comment donc, diabolique?

— Imaginez qu'une femme me tombe successivement dans l'œil, dans le cœur et dans les bras, votre paquebot devient un oasis de bonheur.

— Jusque-là, je vous suis, et même je vous le souhaite, répondit le capitaine Leblanc, amusé.

— Mais imaginez que par malchance, je plaise à une femme qui ne me plaît pas et qu'elle me pourchasse de ses assiduités pendant toute la traversée. Comme je ne puis me sauver que par mer et que la France se trouve à des milliers de lieues d'ici, votre même paquebot devient alors une prison.

Le capitaine éclata d'un bon rire.

— C'est le risque qu'il faut courir, monsieur Buies. Mais vous pouvez encore vous retirer, si vous le voulez.

À ce moment-là, Glenn amenait une autre invitée à la table. Arthur se retourna pour reconnaître aussitôt, dans l'étrangère revêtue royalement d'une somptueuse robe de satin crème au décolleté audacieux, sa dame au chapeau rose.

Il se pencha légèrement vers le capitaine et lui glissa le plus sérieusement du monde: «Quitte à me noyer ou à nager jusqu'à Brest, je cours ce risque, capitaine.» Et, se tournant vers la dame, il lui sourit, s'inclina et lui baisa la main. Celle-ci répondit chaleureusement à son sourire.

— Capitaine, permettez-moi de vous présenter madame Elsie Grey, des États-Unis d'Amérique.

— C'est un grand plaisir de vous accueillir à ma table, madame Grey, dit respectueusement le capitaine en s'inclinant à son tour. Que ce soit monsieur Buies qui vous présente à moi, qui suis capitaine de ce paquebot, doit vous étonner. Je prends connaissance, dès le premier jour, des noms de tous mes passagers, mais je ne connais pas pour autant leur visage. Monsieur Buies m'était encore étranger il y a quelques minutes, mais il ne l'était pas pour vous, semble-t-il.

— Nous nous sommes rencontrés sur le pont cet après-midi, capitaine, répondit sans ambages la belle Américaine, et ce monsieur m'a été d'un grand secours.

— Vos oiseaux couraient un plus grand danger que vous, madame. Se sont-ils remis de leurs émotions?...

— En effet! ils dorment sagement dans leur boîte pour le moment. Ils n'ont plus rien à craindre et vous remercient, monsieur Buies!

Le capitaine se levait pour accueillir d'autres invités, ce qui permit à Arthur de se pencher vers sa voisine et de lui glisser:

— Mais je crains fort que les palpitantes tourterelles qui reposent dans ce nid de satin chatoyant ne vous mettent, vous-même, dans une situation encore plus périlleuse, madame.

Elsie Grey rougit sous le regard audacieux d'Arthur, mais faisant mine de s'étonner, chuchota à son tour:

— Et comment cela, monsieur?

— Elles me paraissent tout aussi prêtes à s'envoler que vos oiseaux de plume.

Prise au mirage du jeu, Elsie, malgré le danger, continua:

— Les oiseaux du soir ne vont jamais bien loin, monsieur.

— Les prendre au vol n'en sera que plus aisé, madame, répondit doucement Arthur, et plaise au ciel que j'en sois encore le sauveteur!

Rougissant pour de bon et consciente d'être allée un peu loin, Elsie Grey fut heureuse de la diversion apportée par la présentation des nouveaux invités.

— Madame Grey, monsieur Buies, permettez-moi de vous présenter Mme Eléonore Morton d'Angleterre et sa fille Mary, madame Juliana Verhner de Hollande et Father Robert Brown de l'Alabama, aux États-Unis.

Arthur se leva et les salua courtoisement. Il cligna un peu au nom de «Father», mais se rasséréna en apprenant qu'il était pasteur protestant. De belle prestance et paraissant plus âgé que lui de quelques années seulement, il lui fut aussitôt sympathique.

Par contre, Mme Morton, par son regard glacé et son air hautain, le rebuta dès l'abord. Sa fille, les cheveux noirs enserrés dans un filet d'argent, un collier d'opales entourant son cou maigre, une poitrine petite juchée trop haut dans son corsage, aurait pu être jolie, n'eût été cet air traqué qui la faisait loucher. On se demandait bien pourquoi. On l'apprit sur-le-champ. Aussitôt assise, elle se faisait déjà rabrouer par son odieuse mère. Humiliée et confuse, elle se recroquevilla, essayant de se faire oublier. On le comprit et on l'oublia.

Mme Verhner, veuve, la quarantaine alerte, ronde, le teint rose, inspirait tout de suite la sympathie. Ses cheveux enroulés dans un chignon avaient des reflets de cuivre sous la lumière. Ses yeux clairs avaient un regard franc, et son sourire, bien que réservé, était chaleureux. Elle retournait dans son pays après un séjour passé chez sa sœur, mariée à un Américain du Massachusetts. Arthur, d'un coup d'œil, l'apparia tout de suite au capitaine. Celui-ci répondait justement au sourire de la veuve par un regard engageant qui traduisait l'espoir de profiter de ses faveurs avant la fin de la traversée.

Malgré la pénible guerre de Sécession qui venait d'unir le Nord de Mme Grey au Sud du Father Brown, les deux Américains faisaient taire leur antagonisme en faisant connaissance dans la plus grande civilité.

Mais trois cent soixante mille morts de chaque côté et un nombre encore plus grand de blessés ne pouvaient s'oublier du jour au lendemain, par la simple signature d'un traité d'union.

Arthur brûlait d'aborder le sujet. Il voulait savoir ce que les nouveaux États-Unis d'Amérique feraient de leurs centaines de milliers de Noirs affranchis. Ceux-ci pouvaient-ils, le plus naturellement du monde, retourner dans le pays de leurs ancêtres, en Afrique? Et s'ils choisissaient de demeurer aux États-Unis et de continuer de travailler pour leur ancien maître à titre de citoyens libres, comment seraient-ils traités? Quel regard auraient les nouveaux patrons sur une main-d'œuvre rémunérée, dotée de droits et de privilèges, puisqu'elle serait formée d'esclaves sur lesquels ils avaient eu si longtemps droit de vie, de mort et de viol...

On disait même que certains Sudistes n'accepteraient pas qu'ils deviennent citoyens à part entière, étant donné que ces «nègres» n'avaient toujours compté que pour les trois cinquièmes d'un citoyen. À leurs yeux, leur couleur ne faisait pas le poids.

Les États-Unis d'Amérique étaient peut-être devenu la première république du monde, mais comme tous les autres pays qui s'affirment, cela ne se faisait pas sans douleur.

À combien de questions encore la curiosité d'Arthur aurait demandé des réponses! Mais l'heure et le lieu étant au badinage, il y renonça.

Il se tourna vers madame Verhner:

— J'ai une grande admiration pour votre pays, madame.

— Vous m'en voyez ravie, monsieur!... Quel bel homme! se disait-elle sans vouloir s'en défendre. Malheureusement, beaucoup trop jeune pour elle. Le capitaine... par contre, plus de son âge, avait aussi fière allure dans son superbe uniforme!...

— Les habitants d'Amsterdam font preuve d'une ténacité peu commune pour avoir bâti leur ville sur l'eau et pour s'y maintenir, continuait Arthur.

— Vous avez raison, monsieur! ils doivent être constamment sur leur garde pour ne pas que la mer, toujours présente, ne reprenne ses droits. C'est une lutte continuelle. Mais la mer, quoique menaçante, rend aussi des services. Les marées, par leur flux et leur reflux, nettoient les canaux de leur sable.

— Amsterdam doit ressembler à Venise, il me semble! prononça Arthur, rêveusement.

— On le dit, monsieur. On dit aussi que Venise est la plus belle ville du monde!

— C'est la vérité! j'y suis allé et je peux témoigner de sa beauté.

— Quand viendrez-vous visiter la nôtre, ne serait-ce que pour les comparer?

— Ce n'est pas impossible qu'un jour mes pas me mènent jusque-là. Mais ils ne me préviennent pas toujours. Les pas ont souvent un pas d'avance, si je puis dire, sur nos désirs. Voyez comme aujourd'hui, ce sont eux qui m'ont conduit sur ce paquebot. Encore la semaine dernière j'ignorais leurs projets.

Le capitaine sourit aux propos d'Arthur. Laquelle de ces femmes succomberait à ses charmes avant la fin de la traversée? Elles ne pouvaient certainement pas rester indifférentes devant ce beau célibataire — enfin, rien encore ne laissait croire qu'il était marié. Il joignait à une distinction naturelle, une culture apparemment vaste, une verve intarissable et un humour qui ne demandait qu'à s'exprimer.

En attendant, le capitaine espérait que la belle veuve lui reviendrait. Elle semblait d'ailleurs le regarder avec une certaine complaisance. Était-ce présomption de sa part... ou vanité? Le pasteur n'était pas mal non plus, mais le mariage ne devait pas être dans ses priorités, même si sa religion le lui permettait.

Accompagné tout au long du repas par la musique légère de l'orchestre, l'atmosphère aurait été détendue si Mme Morton n'avait pas passé son temps à harceler sa malheureuse fille. Cela gênait son entourage.

Arthur avait bien fait une première tentative pour la distraire de cette obsession, en lui demandant, le plus naturellement du monde, comment se portait la reine.

— La reine? Mais vous devez savoir qu'elle se porte au plus mal, monsieur!

— Et de quoi souffre-t-elle?

— Elle souffre du deuil cruel qui l'a séparé du prince Albert de Saxe-Cobourg-Gotha, son mari. Mais d'où sortez-vous donc pour l'ignorer?

— Du Canada, madame. Ce deuil ne date-t-il pas de six ans?

— Oui, monsieur!...

— Alors, il date, madame.

— Il me semble avoir compris que vous veniez de cette pauvre colonie du Canada? dit l'Anglaise méprisante.

— En effet!

— Par conséquent, notre reine est aussi la vôtre, monsieur. Que son deuil «date» ou non, vous vous devez de la plaindre en tant que fidèle sujet de la couronne britannique.

— J'ai le plaisir de ne plus l'être, chère madame!

— Votre nouvelle constitution fait de votre colonie d'hier un vaste pays pour notre reine: le Dominion du Canada. C'est un fait acquis.

— Et c'est une des raisons qui me le fait quitter.

— Et pour aller où, monsieur? L'Angleterre est partout!

— Pour aller dans un pays qui s'appelle la France et qui est limité au nord-ouest par la Manche, le Pas-de-Calais et la mer du Nord, au nord-est par la Belgique, le Luxembourg et l'Allemagne, à l'est par la Suisse, au sud-est par l'Italie, au sud par la Méditerranée et l'Espagne et à l'ouest par l'Atlantique. Trente-cinq millions d'habitants. Ce pays a commencé avec César, cent ans avant le vôtre, termina ironiquement Arthur.

— Mais vous êtes d'une impertinence inouïe, monsieur, dit Mme Morton, infiniment choquée.

— Mon impertinence se rapporte-t-elle au rappel de ces quelques notions de géographie ou au fait que vous les ignoriez, madame?

— Monsieur, vous dépassez la mesure! dit l'Anglaise d'une voix glaciale.

— La vérité dépasse toujours la mesure parce qu'elle ne se mesure pas justement. C'est comme la liberté qui me fait choisir de vivre où bon me semble. Et dans la grande famille britannique, il ne me semble ni bon ni sûr de rester.

Le capitaine, que les réparties d'Arthur amusaient de plus en plus, jugea quand même bon d'intervenir. Il leva son verre pour souhaiter la bienvenue à ses invités. Tous l'imitèrent à l'exception de Mme Morton, qui bouillait d'indignation. Et commença alors le service du repas qui promettait, dès la crème d'huîtres, d'être succulent. Soudain le bateau tangua assez fort pour que chacun en reste saisi un moment. Une peur refoulée, après cette journée éprouvante au milieu de la brume et des glaces, se réveilla à cette secousse. On leva un regard anxieux vers le capitaine. Qui mieux que lui pouvait rassurer ses passagers? À la grande surprise de tous, Mary Morton se hasarda à poser timidement une question. Sa mère, qui n'avait pas prévu une telle liberté de sa part, n'avait pas eu le temps de l'arrêter.

— Capitaine... le jour, quand il n'y a pas de brume, il est facile de voir les icebergs et de les éviter, mais la nuit, comment faites-vous?

— Chère mademoiselle Morton, les icebergs sont visibles la nuit quand ils viennent de se retourner. Ils sont alors étincelants d'eau. Par contre, s'ils flottent depuis longtemps à l'air libre, ils deviennent obscurs et ternes. Si on ne fait pas attention, une montagne sombre peut soudain surgir devant nous, et si notre vitesse est excessive, il est déjà trop tard pour éviter une collision. Une prudence de tous les instants est donc de rigueur.

Les dames se regardèrent, affolées. Arthur, toujours prêt à les apaiser à sa façon, déclara:

— Mais ne craignez rien, mesdames, le pasteur ici présent sera là pour vous donner la dernière absolution avant de vous envoler avec allégresse vers le «céleste séjour». Ne vivons-nous pas sur la terre dans l'unique attente de ce paradis? Et n'y a-t-il pas que la mort qui puisse nous y donner accès? N'est-ce pas Father?

Le pasteur Brown sourit à l'ironie d'Arthur. Il devait être athée, celui-là! Ou il jouait la complicité ou il rassurait pieusement les dames effrayées. Il opta pour la première attitude, qui était plus dans son tempérament.

— Vous avez raison, monsieur Buies. Mais on peut la retarder un peu sans nuire à cette espérance.

Arthur applaudit à cette remarque, qui fut moins bien prisée par la pimbêche Mme Morton. Il décida alors qu'il en avait assez de cette ancêtre anglaise, assise le corps raide et gardant comme un air naturel la mine renfrognée de sa reine. Il ne lui permettrait pas de gâcher plus longtemps sa soirée.

Reconnaissant les mots de la mélodie que jouait l'orchestre, il enchaîna de sa belle voix chaude, en se tournant délibérément vers Elsie Grey:

«Les oiseaux... ce sont des baisers...
Que donne le Ciel à la terre;
Sur les lacs par leur vol rasés...
Les oiseaux ce sont des baisers...»

Elsie avait rougit violemment, l'allusion était claire. Dans sa confusion, elle oubliait qu'il n'était que deux à la saisir. Elle allait inciter Arthur à se taire quand le capitaine, bénissant celui-ci d'alléger l'atmosphère, entonna le deuxième couplet, en duo, avec lui:

«Les baisers... ce sont des oiseaux...
Que l'amour sur les lèvres pose;
S'ils y font leur nid sans roseaux...
Les baisers, ce sont des oiseaux...»

Les passagers entourant la table du capitaine enchaînèrent au troisième couplet, au grand plaisir de l'orchestre, qui les accompagna avec plus d'entrain.

«L'aile palpitante aux roseaux...
Où les tient une bouche rose...

Les baisers ce sont des oiseaux...
Que l'amour sur les lèvres pose.»

Elsie, dont les mots si à-propos lui étaient comme dédiés, ne pouvait plus détacher son regard de ceux de cet homme qui les lui chantait si ardemment. Elle aurait dû baisser les yeux pour s'extraire de leur emprise, mais elle s'y refusa. Ce cadeau de séduction, elle se l'offrait délibérément. De toute façon, elle ne reverrait plus jamais ce bel étranger. En mer, les aventures ne durent que le temps de la traversée.

Arthur, de son côté, se laissait encore prendre au charme féminin. Il ne pouvait s'y dérober. Cette espèce de sensation euphorique le grisait encore une fois. Il s'y laissait couler comme dans une eau chaude, noyant le souvenir de ses anciennes désillusions pour se laisser pénétrer de ce nouveau bien-être délicieux.

Mme Morton, suffoquée par cette attitude qu'elle jugeait scandaleuse, se leva et, voulant soustraire sa fille à ce mauvais exemple, l'attrapa par le bras et la mit debout.

— Je ne puis souffrir pareille turpitude plus longtemps. Je me retire, capitaine.

Celui-ci retint un soupir de soulagement, se leva et la salua.

— Je vous souhaite une bonne nuit, madame, ainsi qu'à vous, mademoiselle Mary.

Mary Morton lui fit un imperceptible signe de tête et s'apprêta à suivre sa mère comme on suit la procession du chemin de croix. C'est du moins la façon dont Arthur analysait la scène. Il plaignait de tout son cœur la pauvre fille sans défense. Dans son corset, sûrement lacé trop serré pour souligner une taille de guêpe, au vrai sens morphologique du terme, elle lui semblait avoir le teint vert et les yeux un peu chavirés. Sa mère avait dû lui imposer cet étranglement pour répondre aux canons de la mode et lui attirer plus aisément un éventuel prétendant. Vivrait-elle assez longtemps pour le trouver? Et si elle le trouvait, celui-ci ne s'enfuirait-il pas à toutes jambes devant une belle-mère de cet acabit?

Soudain, la jeune Mary, aveuglée par sa timidité, mit imprudemment le pied sur la bordure de la robe de sa mère. Celle-ci, ayant déjà amorcé un mouvement pour partir, sentit vaguement une tension sur le bas de sa crinoline. Elle tira d'un mouvement brusque pour la dégager. Sa jupe se dégagea en effet, mais en se décrochant d'une partie de son corsage, découvrant ainsi un peu de sa chemise «bleu meurtri» et faisant entendre sous ses jupes, un infime bruit de cerceaux entrechoqués.

De rouge qu'elle était, elle devint violette et se retourna vivement pour chercher la cause de cet accrochage, quand elle lut la réponse dans les yeux égarés de sa fille. Alors, dans un vaste geste de fureur et de honte, elle se pencha et ramassa la partie traînante de sa jupe, oubliant qu'ainsi remontée, elle montrait aux passagers éberlués ses «tuyaux de modestie». Puis son regard meurtrier avisant sa fille qu'elle était mieux de suivre, elle amorça sa sortie. Et... ne la rata pas!

Pendant que la jeune fille, redoutant par-dessus tout le châtiment inévitable que sa mère devait déjà penser à lui infliger, choisissait de s'évanouir juste devant la table du capitaine, Mme Morton, voguant sur une mer démontée, atteignait enfin la sortie, toutes voiles défaites et toute honte bue. Elle laissa alors tomber les bras, naufragée! vaincue! méconnaissable!

Quand l'Angleterre tombait, elle tombait de haut, ce qui faisait encore plus mal.

Father Brown, en voyant cette pauvre jeune fille sans connaissance, ne fit ni une ni deux, se leva précipitamment, la prit dans ses bras et la transporta à l'extérieur de la salle à manger, sous les yeux ébahis des passagers qui commençaient à se demander sérieusement ce qui se passait à la table du capitaine.

L'orchestre, premier témoin de ces incidents, avait inconsciemment ralenti le rythme de ses mélodies. Le capitaine, contrarié au plus haut point, leur fit un signe impératif. Ils attaquèrent aussitôt une polka enlevante.

Arthur, un enragé de la danse sous toutes ses formes et surtout des deux dernières à la mode, la valse et la polka, oubliant tout, se leva aux premières mesures et s'inclina devant Mme Grey.

— Me ferez-vous le plaisir de m'accorder cette danse, madame?

— J'accepte, monsieur, même si je ne suis pas très experte pour danser la polka.

— J'en doute mais permettez-moi d'en juger moi-même.

Arthur la guida habilement entre les tables. Sur la piste, ils accordèrent leurs pas à la mesure, et aussitôt entraînés par le rythme, ils s'élancèrent gaiement, évoluant dans une harmonie parfaite sous les yeux admiratifs des passagers.

Mais pas de tous les passagers. Pendant que Mme Perrier, sous un masque étudié d'indifférence, ne pouvait se défendre d'admirer le charme incontestable de cet Arthur Buies, son mari le jugeait encore avec mépris. Il le voyait danser et faire le beau avec une femme mariée. C'était facile à deviner par l'anneau d'or qu'elle portait à l'annulaire gauche. Il n'y avait pas à s'y tromper. Il se pencha vers sa femme.

— Constate par toi-même, Edmée, que cet homme-là, où qu'il se trouve, est toujours une cause de scandale.

Mme Perrier préféra se taire plutôt que de renchérir ou même d'appuyer la remarque de son mari. Elle se défendait intérieurement du désir secret de se trouver à la place de cette dame, dans les bras du beau chroniqueur.

Après la polka, on joua une valse, que le couple dansa avec beaucoup de grâce, puis une autre polka, qu'il dansa avec beaucoup d'entrain. Il poursuivit avec une nouvelle valse, puis une gigue à deux, jusqu'à ce qu'Elsie Grey demande grâce.

— Mais vous êtes déchaîné, monsieur Buies!

— Plutôt enchaîné, madame. Jamais partenaire ne m'a suivi avec autant de souplesse, de brio et d'endurance, il faut le dire. Je suis séduit.

Elsie le regarda, ravie. Ils quittèrent la piste sous les applaudissements de presque tous les convives. Mme Grey s'éclipsa alors discrètement pour aller se rafraîchir quelques moments.

Arthur revint vers la table du capitaine pour la trouver désertée par tous ses occupants. Il jeta un coup d'œil vers la piste de danse et aperçut le capitaine et Mme Verhner, évoluant au rythme d'une valse romantique avec une agilité qu'on ne leur aurait pas crue. Il sourit pour lui-même. Son flair ne l'avait pas trompé.

Le pasteur revenait.

— Alors Father, et cette pauvre jeune fille, avez-vous été assez cruel pour la rendre à sa tendre mère?

— Je l'ai confié au personnel de l'infirmerie et on m'a dit qu'après l'avoir délivrée de ses atours, elle s'était remise à moitié de sa pâmoison. J'ai demandé comme une grâce qu'on la garde sous observation pour la nuit. Auriez-vous fait mieux, monsieur Buies? termina narquoisement le pasteur.

— Plus, peut-être!... mais sûrement pas mieux, Father!

Le pasteur trouvait ce jeune homme un peu libertin, mais cœur d'or, ça se voyait, sensible, ça se devinait, incorrigible, c'était certain. Il lui plaisait. Et ce sentiment se révéla réciproque.

Peu de temps après, la capitaine revenait avec Mme Verhner. Celle-ci s'apprêtait à s'asseoir quand le pasteur s'inclina devant elle.

— Si vous m'accordiez cette danse, madame Verhner, j'en serais ravi.

Celle-ci se rengorgea, flattée, et accepta avec plaisir.

Stupéfait, Arthur ouvrit les yeux, mais pour une fois, il en oublia d'ouvrir la bouche quand il vit le couple, clergyman et femme mûre au décolleté prononcé, se diriger tout bonnement vers la piste de danse.

— Capitaine!... je rêve?

— Tout dépend si vous dormez, monsieur Buies. Je vous trouve bien éveillé pour un homme qui croit rêver.

— Au Canada français, d'où je viens, comme vous le savez, non seulement les prêtres ne dansent pas, ce qui serait de la dernière indécence, mais ils défendent au peuple de danser même le plus innocent cotillon. Le croiriez-vous?

— Danser à mon avis est aussi naturel chez l'homme que marcher. Personne ne peut en faire un interdit bien longtemps sans que le peuple ne l'enfreigne d'une façon ou d'une autre! Ce doit bien être le cas chez vous, non?

— Oui, mais on est alors frappé d'excommunication. Cette pratique est devenue un sport dans mon pays.

— Craignez-vous ce châtiment, monsieur Buies?

— Il faudrait que je sois dans l'Église pour qu'on m'en sorte.

— Et où êtes-vous donc?

— Je suis dans la nature, et j'y vois Dieu partout. Et si la nature n'est pas dans l'Église, je n'y suis pas. C'est tout simple! Voilà ma foi, capitaine.

Celui-ci sourit largement.

— Vous êtes moins mécréant que vous ne le paraissez, monsieur Buies!

— Et vous, plus enjôleur que je ne le croyais, capitaine Leblanc! rétorqua malicieusement Arthur, en montrant la place libre qu'occupait Mme Verhner.

— Je gage sur des valeurs sûres, jeune homme, répondit le capitaine, en éclatant de rire.

— C'est-à-dire?

— Que je l'aurai dans mon lit avant que vous n'ayez la vôtre! et avant Brest!

— Capitaine!... fit Arthur un peu choqué.

— Ne vous offusquez pas monsieur Buies! je ne fais que prédire ce qui va nous arriver. Vous verrez.

Arthur n'eut pas le temps de riposter, le Father Brown revenait à la table, toujours aussi à l'aise en compagnie de Mme Verhner. À partir de ce moment-là, il le vit d'un autre œil.

Mais voilà que revenait sa dame aux oiseaux. Aux oiseaux «tenta-ta-ta, ten-ta-ta, tentateurs», comme disait la chanson. Il se leva aussitôt et l'aida galamment à s'asseoir, puis s'empressa de s'installer de nouveau près d'elle. Elle se pencha vers lui pour le remercier... Arthur loucha vers son corsage. Comment ne pas succomber quand ces tourterelles pouvaient par mégarde changer de nid et se retrouver dans ses mains, tellement ce corsage généreux les lui offrait spontanément... À moins de prendre la décision dès ce soir d'oublier cette femme, désirable entre toutes, et de ne pas se laisser aller «sur la pente savonneuse du vice», comme disaient ces chers prêtres du Canada qui ne connaissaient aucun frein à leur imagination!

La soirée finit sur une valse lente. Le capitaine remercia chaleureusement ses invités d'avoir accepté son invitation. Puis il se retira au bras de Mme Verhner... non sans avoir glissé un clin d'œil à Arthur.

Les passagers s'éclipsèrent les uns après les autres. Quelques hommes s'attardèrent au fumoir. Arthur reconduisit Elsie Grey à la porte de sa cabine, espérant qu'elle l'inviterait à entrer. Elle n'en fit rien, mais reconnut avoir passé une excellente soirée. Il hésitait, pensa au capitaine, mais Elsie Grey n'était pas Mme Verhner et... il y aurait d'autres soirs. Bon prince, il prit congé.

En revenant vers sa cabine, il croisa quelques servantes dans les corridors. Elles allaient aider leur maîtresse à se déshabiller et à se mettre au lit. Il avait peut-être croisé celle de son Américaine. Il aurait souhaité, en ce moment, prendre sa place pour faire sa besogne. Les servantes avaient ce rare privilège d'être témoin de leur intimité...

Dans sa cabine, il prit sa mante, son chapeau, un cigare et ressortit sur le pont. L'air vif le revigora. Comme le capitaine l'avait fait remarquer, les reflets au loin laissaient supposer la présence d'un iceberg. Arthur, soudain attentif et peut-être un peu plus craintif depuis les renseignements précis du capitaine, scrutait la mer sombre devant lui. Y avait-il d'autres icebergs que l'on ne pouvait distinguer en raison de leur couleur terreuse et qui les menaçaient dans la nuit profonde?

Comme on était à la merci des forces de la nature! Petit, impuissant et seul! se disait Arthur. Oui! la solitude tenace et oppressante était revenue, fidèle, s'appuyer au bastingage à côté de lui. Harcelante, collante, obstinée, elle le rejoignait chaque fois qu'elle le voyait seul. C'était surtout le soir, quand chacun rentrait chez soi et l'abandonnait, vulnérable, à sa nuit solitaire. Les soirs où il tenait une femme dans ses bras, on pouvait lui reconnaître la discrétion de se tenir à l'écart. Comme les vampires toutefois, elle disparaissait à l'aube.

À la lumière des lanternes éclairant ici et là la passerelle, Arthur déambulait d'un pas sûr, malgré le mouvement du navire, tout en tirant de longues bouffées sur son cigare. Il imaginait tous ces couples étendus dans l'intimité de leur cabine, et son désir pour Elsie Grey l'assaillit de nouveau.

Il avait lu le même désir dans ses yeux, pourquoi n'y avait-elle pas donné suite? Elle était mariée, certes! mais c'était là un détail qu'elle semblait avoir oublié toute la soirée. Cet heureux hasard qui les avait fait se retrouver côte à côte à la table du capitaine les avait réjouis tous les deux. Et dans un crescendo de ferveur, elle avait répondu à tous ses regards ardents par un imperceptible sourire, indice du plaisir qu'elle y prenait.

Alors pourquoi cette réserve à la dernière minute? La vision soudaine de son mari la voyant avec un autre homme? C'était plausible! La morale de sa religion? Peut-être! Au fait... était-elle catholique ou protestante? Mais peu importait! Leur étreinte, en dehors de toute convention, n'aurait été que l'assouvissement naturel de leur désir. Pas plus! Pas moins non plus!

Il était 4 heures du matin quand il décida de rejoindre sa cabine. Sur le chemin du retour, il fut surpris de croiser le pasteur Brown.

— Vous allez bien, Father?

— Oui! merci, monsieur Buies. Mais, vous-même? Vous alliez prendre l'air, à cette heure?

— J'en reviens!

— Vous n'aviez pas sommeil?

— J'avais plus urgent à faire.

— Et quoi donc, si je ne suis pas indiscret?

— J'essayais de sonder l'insondable.

— Ah!... Dieu?

— La femme, monsieur!

— J'ai bien peur que toutes les nuits de cette traversée n'y suffisent pas, monsieur Buies, dit le pasteur en riant de sa méprise.

— J'en ai bien peur aussi! Et vous, Father, les secrets de l'insondable vous tiennent-ils pareillement éveillé, que je vous croise ainsi à l'heure de mes insomnies?

— Vous avez fait une prédiction au souper qui, malheureusement, s'est accomplie. Et devant le regard perplexe d'Arthur, le pasteur s'expliqua.

— Je viens à l'instant d'assister cette pauvre Mme Morton dans ses derniers moments.

— Elle est morte?

— Oui, monsieur! d'une crise cardiaque.

— J'ai déjà entendu dire que la rage pouvait avoir de ces effets funestes.

— Le moment est mal choisi pour l'ironie, monsieur Buies.

— Loin de là mon idée, Father! Les émotions excessives causent, à ce qu'il paraît, plus de tort au corps que certaines blessures physiques. C'est de notoriété scientifique. La nouvelle du décès de cette femme ne me surprend donc pas outre mesure.

— Le pire sera, je crois, d'annoncer à Mlle Morton la mort de sa mère.

— Alors là, je me permets délibérément de penser qu'elle ne pourra que s'en trouver soulagée, enfin, d'après la façon dont on l'a vu traitée. Ne pensez-vous pas, monsieur?

— Le cœur, voilà une autre chose insondable, monsieur Buies. Qui peut mesurer le degré d'affection d'une personne pour une autre!

— En cela, vous avez raison!

— Maintenant, il serait peut-être temps d'aller dormir, n'est-ce pas? Je vous souhaite une bonne nuit, enfin ce qu'il en reste. Et à demain, si Dieu le veut!

— De la façon dont vous Le voyez, on n'est jamais sûr de rien. Vous Lui prêtez de ces caprices! Une idée, comme ça, Father... et si Dieu était une femme?

Devant l'air ahuri du pasteur, Arthur partit d'un grand éclat de rire, le salua et disparut dans sa cabine. Le prêtre, branlant la tête, choisit de sourire de l'audacieuse désinvolture de son nouvel ami. Quand, après une courte prière, il s'étendit sur son lit, le nuit pâlissait déjà sur la mer.

La cérémonie fut brève et impressionnante. Chacun des passagers frémit quand, accompagné d'un hymne funèbre, le corps ficelé dans une grosse toile et attaché à une pierre glissa lentement du tillac pour plonger dans la mer. Après un court tourbillon, il disparut dans l'eau sombre, et plus rien ne subsista de cette femme qui, la veille encore, se donnait en spectacle en jouant les mères outragées.

Le pasteur Brown réclama une minute de silence pour accompagner en pensée le corps d'Éléonore Morton, qui entreprenait sa longue descente solitaire dans les profondeurs glacées et abyssales de l'océan.

Instinctivement, on chercha des yeux sa fille mais on ne la vit point.

Les passagers se dispersèrent rapidement, tous pressés d'oublier ce moment désagréable et oppressant.

Elsie Grey et Mme Verhner se dirigèrent vers les chaises longues pour prendre un peu de soleil. Arthur les suivit des yeux un moment, hésita, et décida de ne pas les rejoindre, de peur d'importuner sa belle Américaine. Il se tourna vers le pasteur.

— Comment se porte Mary Morton ce matin?

— Elle a une forte fièvre. La nouvelle du décès de sa mère y a sûrement contribué. Dans un sens, c'est une bonne chose qu'elle n'ait pu assister à la cérémonie. Voir le corps de sa mère disparaître de cette façon inhabituelle lui aurait laissé une impression indélébile. J'irai la voir cet après-midi.

Pendant que le pasteur cherchait un endroit isolé sur les ponts pour lire sa bible, Arthur retourna à l'intérieur et se dirigea vers le fumoir. Il voulait finir de lire les journaux que l'on avait pris au départ. Pour ce qui était des nouvelles fraîches, il faudrait attendre la fin de la traversée.

Arthur pénétra dans le fumoir et salua discrètement à la ronde. Son regard s'attarda soudain sur une personne. Il reconnut aussitôt M. Perrier. Tiens, tiens! se dit-il, il est de la traversée celui-là! Le juge, l'ayant lui aussi reconnu, voulut l'ignorer et replongea le nez dans son journal. Mais Arthur, faisant fi de ce manège, s'approcha de lui en souriant et dans un geste d'une ampleur exagérée, le salua.

— Bien le bonjour, maître Perrier! Vous faites bon voyage?

Celui-ci, ne pouvant s'esquiver sans perdre la face devant les autres passagers fut bien forcé de se lever et de serrer la main du jeune homme exécré. Mais il répondit d'un ton glacial:

— Monsieur!

Il voulut aussitôt se rasseoir, mais Arthur continuait les salutations sur un ton doucereux, en se gargarisant de la rage inscrite sur les traits de l'avocat.

— Madame Perrier vous accompagne?

— OUI! monsieur!

— Et... comment se portent vos jeunes filles?

— BIEN! monsieur!

— Vous me paraissez un peu pâle, j'ose espérer que vous ne souffrez pas du mal de mer?

— NON! monsieur!

— Ah! croyez que j'en aurais été désolé. Alors, bonne lecture, maître!

Et Arthur, riant sous cape, se dirigea vers un des fauteuils de cuir, s'y installa commodément, pendant que le juge Perrier essayait de contrôler ses nerfs. Ce chroniqueur était encore plus culotté qu'il ne le pensait. Comment allait-il pouvoir l'ignorer pendant la traversée si ce cuistre continuait de le narguer aussi délibérément? Il était à chercher une solution quand son voisin, un marchand canadien-anglais, abaissant son journal, lui demanda à brûle-pourpoint:

— La Confédération est une bonne chose pour le Canada. Qu'en pensez-vous, monsieur?

L'avocat oublia momentanément Arthur Buies.

— Eh bien!... tout d'abord l'Angleterre s'en réjouit.

Mais Arthur n'était pas loin.

— Elle s'en réjouit d'autant plus, messieurs, qu'elle réduira copieusement les dépenses que lui occasionnait son ancienne colonie. Celle-ci devra maintenant se débrouiller seule, comme une grande fille.

— Assurément! le Canada, en se dotant de nouvelles provinces, s'enrichira et aura ainsi moins besoin de la métropole, répondit le marchand.

— Et en même temps, railla Arthur, le Haut-Canada verra ses dettes miraculeusement absorbées par ces mêmes provinces. Ce qui est une façon astucieuse de ne pas les payer.

Surpris de l'ironie de ce passager, le marchand s'adressa à lui:

— La Confédération est une bonne chose, monsieur, parce que d'abord elle remet de l'ordre dans la politique du pays. Vous savez que les gouvernements, ces dernières années, ont joué à la chaise musicale. Le cabinet Cartier-Macdonald a duré quatre ans, celui de Stanfield-Macdonald-Sicotte, qui lui a succédé, n'a duré qu'un an, Standfield-Macdonald-Dorion élu ensuite, est tombé un an plus tard, pour être remplacé par Taché-Macdonald-Cartier, remplacé de nouveau par Cartier-Macdonald. Une ronde étourdissante qui dure depuis trop longtemps et qui vient heureusement de se terminer avec Macdonald-Cartier.

— Le gouvernement idéal, en somme! conclut ironiquement Arthur.

— Oui, monsieur! un gouvernement qui a su rallier les conservateurs et les libéraux, en général, les conservateurs anglais, incluant même les Réformistes, et les conservateurs français y compris le clergé entier rameutant avec lui tous les Canadiens français. On retrouve tous les partis dans cette nouvelle Constitution! c'est un vrai tour de force!

— Vous voulez dire un tour de magie, monsieur, quand on sait que les Indiens ne sont pas encore au courant qu'ils font partie d'une Confédération.

— Les Indiens?

— Oui! les Indiens! disons une sorte de... chevreuils à deux pattes, avec dialectes, coutumes et religion, et qui occupent le pays depuis des milliers d'années.

— Ces tribus ne comptent pas!

— Évidemment! et vous mettez sûrement les Métis dans le même sac? Et ne compte pas non plus, je suppose, cette autre faune primitive que sont les Canadiens français, informés ceux-là malgré eux, mais à qui on n'a pas demandé leur avis?

— Bah! votre clergé bien avisé a répondu en leur nom et ils se sont tous soumis, comme vous voyez.

— Pas tous, monsieur! vous oubliez les Rouges qui, lucides et libres de tous calculs cupides, y voient le piège de l'assimilation.

Maître Perrier en profita pour jeter sa hargne.

— Les Rouges ne sont qu'une poignée d'agitateurs et de révoltés, de libertins et d'anticléricaux. D'emblée, ils sont contre tout ordre établi. Ils le seront évidemment contre la Confédération. De toute façon notre clergé a agi pour notre bien.

— Et pour la plus grande gloire de Dieu, je suppose! comme le chef des Réformistes, Brown, qui lui s'est rallié à la coalition pour la Confédération parce qu'il a eu peur que la loi proposant la reconnaissance des droits de sa minorité catholique dans le Haut-Canada ne mène à la domination des Canadiens français sur ce territoire. Il faut dire que Rome, qui n'a jamais lâché prise, a établi de nouveaux diocèses en Angleterre. Il n'en fallut pas plus pour que le spectre des cruautés répétées en son nom dans l'histoire vienne donner des cauchemars à M. Brown. Là-dessus, je ne peux l'en blâmer. Reste que de sa peur de se voir menacé par une poignée de Canadiens français catholiques lui a fait voir l'urgence d'unir toutes les provinces du pays, de l'Atlantique au Pacifique, et d'approuver la construction d'un chemin de fer fabuleux de 9000 lieues... On n'est jamais assez prudent, n'est-ce pas? continuait Arthur, sarcastique. Mais le comble, c'est que le clergé catholique français et M. Brown, protestant anglais, ont choisi le même moyen, soit la Confédération, pour protéger des droits aussi antinomiques que les leurs! Étrange et inquiétant, vous ne trouvez pas?

Les yeux de maître Perrier lançaient des éclairs.

— Dans le texte de la Confédération, notre religion est protégée et la loi garantit notre langue. Vous devriez vous renseigner avant de dire n'importe quoi, Arthur Buies.

— Elle la garantit ainsi, monsieur: «L'usage des deux langues, française et anglaise, est obligatoire dans la rédaction des archives, procès-verbaux, journaux et actes du Parlement du Canada et du Québec.» Voilà pour la paperasse! Et on rajoute: «Il est *facultatif* dans les débats des Chambres, devant les tribunaux fédéraux et devant les cours de justice de la province de Québec.»

— Alors, qu'y voyez-vous de suspect? jeta le juge, méprisant.

— Ce qu'un avocat devrait voir et qui échappe au profane! Devrai-je vous rappeler les subtilités de votre jargon, maître? répondit Arthur, sur le même ton. Le mot *facultatif* signifie, selon le dictionnaire, «ce qu'on peut faire ou ne pas faire». Ainsi, si on lui laisse le choix, il est fort probable qu'une majorité anglophone préférera parler sa langue plutôt que le français, qui est la langue de la minorité honnie. C'est pourtant clair, non?

Le marchand anglais avait peine à contenir sa colère devant ce jeune arrogant.

— Cette attitude que vous prêtez aux Anglais est une aberration de votre cerveau, monsieur.

— Je pencherais plutôt... pour de la myopie de la part de nos dirigeants. Pendant que les «Pères» posaient fièrement pour la photographie historique, une main sur le nouveau document de la Confédération, l'autre sur le cœur, le regard lointain et vague, encore perdu dans les vapeurs de l'alcool, ils oubliaient de scruter le libellé et de s'assurer d'une définition suffisamment claire et précise de «l'égalité des deux langues» dans la pratique courante. Ils devraient savoir pourtant qu'avec tous les anglicismes, barbarismes et autres fautes dont la langue canadienne-française est déjà farcie, il faut plus qu'une allusion dans un traité et plus qu'une photo souvenir pour la conserver.

— Les minorités anglaises sont dans la même situation, ne l'oubliez pas! dit le marchand.

— Non, monsieur! pour la bonne raison qu'en redoutant que les Canadiens français fassent preuve d'autant d'intolérance qu'eux-mêmes, ils ont exigé des garanties supplémentaires au chapitre des écoles dans la province de Québec, alors que nos politiciens omettaient d'en réclamer autant pour les minorités canadiennes-françaises dans les autres provinces, comptant sur votre bon cœur qui, on le sait pourtant, cède toujours le pas à vos intérêts.

— C'était à vous de surveiller les vôtres!

— Je vous donne entièrement raison là-dessus, monsieur! Les Canadiens français ont la fâcheuse habitude de faire les conciliants quand il est question de trancher.

— Si vous possédiez votre droit, Arthur Buies, vous sauriez qu'un texte fait loi.

— Nous parlons exactement de la même chose, Maître, et je vous prédis que «ce texte fait loi», dans son imprécision, sera toujours une pierre d'achoppement pour les Canadiens français. Déjà, la constante proximité des Anglais lui a fait perdre des plumes. Je me demande bien quelle genre de spécimen sera devenu le Canadien français de la Confédération au vingtième siècle!

— Eh bien! s'il est intelligent, répartit le marchand toujours pratique, il sera devenu un hybride, adapté aux circonstances. Il aura saisi que les nécessités économiques et politiques du pays devaient l'emporter sur les querelles sans fin de partis, les préjugés de races, les batailles de langue et les guerres de religions. Il sera devenu un Canadien, tout court.

— En somme, bon prince, il aura renié tout ce qu'il est pour devenir ce que vous êtes! railla Arthur.

— Un de nos politiciens disait dernièrement que ce qui dérangeait les États-Unis, c'était les Noirs, et ce qui dérangeait le Canada, c'était les Canadiens français. Si vous vous étiez assimilés à la race anglaise, tout baignerait dans l'huile dans ce pays.

— Vous avez parfaitement raison, monsieur! mais il fallait y penser avant, dès le lendemain de la Conquête, en nous coupant notre langue, nos lois et notre religion. Vous auriez pu aussi nous renvoyer en France, la solution la plus logique. Vous pouviez encore nous tuer jusqu'au dernier, la solution idéale de l'extermination. Ou nous déporter... votre spécialité. Vous n'avez rien fait de tel! tant pis pour vous!

— Ce fut une erreur, en effet!

— Et si le risque fut grand de garder aux Canadiens français leur langue et leurs droits, celui de leur conserver leur religion fut plus grand encore. Ignorant la nature omnipotente du clergé, vous vous en êtes servi pour obtenir de ses ouailles une soumission absolue. Et vous avez attendu une assimilation qui, dans votre superbe, devait se faire facilement, rapidement et définitivement. Vous avez échoué. Vous devez maintenant composer avec un peuple devenu religieux «avant tout». Un peuple qui n'obéit à aucun roi depuis la Conquête, à aucun chef politique depuis Papineau. Un peuple qui n'obéit aujourd'hui qu'à une seule voix: celle de son clergé. Et ce clergé autocrate, en maîtrisant le peuple canadien-français, a créé à votre insu un État dans un État. Vous vous réjouissez aujourd'hui d'avoir obtenu votre Confédération grâce à lui. Eh bien! dites-vous qu'en d'autres temps, ce même clergé pourra très bien la détruire si ses intérêts lui commandent de le faire. Vous êtes pris au même piège que mes pauvres compatriotes.

— Finalement... M. Brown a eu raison de se méfier de ce peuple, murmura le marchand.

— Ce n'est pas à lui qu'il doit s'en prendre mais à son clergé, vous dis-je! Vous allez me rétorquer que c'est la même chose? Non monsieur! le clergé les rassemble en ghetto, les muselle et garde leur âme en otage par toutes sortes de peurs, leur enlevant toute envie d'autonomie. Il ne faut pas accuser ce peuple, il faut le plaindre. Mais en attendant, il n'en reste pas moins qu'à cause de cette situation, ce même peuple forme un bloc qui s'obstine à vouloir parler sa langue et à croire dur comme fer à son nationalisme.

— Ça lui passera, dit le marchand. Clergé ou non, le reste de l'Amérique est de langue anglaise. Tôt ou tard, il sera avalé.

Ce n'est qu'une question de temps, rajouta-t-il, reprenant son air suffisant.

Maître Perrier cilla. Cet Anglais allait quand même un peu loin. Mais il n'osa le contredire.

— En attendant, reprit-il, il faut faire face au vrai problème, qui est la menace constante des États-Unis. Nous sommes un pays immense dont les quatre cinquièmes sont inhabitables et qui compte une faible population éparpillée de l'Atlantique au Pacifique. Seules quelques villes sont populeuses. Nous sommes à la merci de la gourmandise des Américains. C'était la Confédération ou l'annexion.

— Alors ce sera l'annexion à cause de la Confédération, monsieur, résuma Arthur, pour la bonne raison que votre beau grand pays neuf sera, en majeure partie, inhabité parce qu'inhabitable, et par le fait même onéreux. Ça ne me surprendrait pas qu'un jour, vous soyez obligé de vous annexer aux États-Unis pour survivre.

— La solution est de peupler le pays le plus possible! Et si des milliers d'entre vous veulent encore émigrer chez nos voisins, on les remplacera par autant d'Irlandais, qui sont de langue anglaise, eux.

— Mais... catholiques. Que voulez-vous, le bonheur parfait n'existe pas en ce bas monde. Et... méfiez-vous! ce peuple que vous avez martyrisé ne vous porte pas dans son cœur, et il est plus agressif que le nôtre.

— On n'a que faire des sentiments de ces gens non civilisés!

— Encore un autre genre d'animal à deux pattes dont il ne faut pas tenir compte! persifla Arthur.

— Le fait est qu'il y a des races supérieures et des races inférieures, et les colonies conquises font partie de ces dernières.

— Et vous en êtes.

— Comment cela?

— Parce que vous avez choisi une monarchie plutôt qu'une république, c'est-à-dire un régime qui relève d'un souverain plutôt qu'une forme de gouvernement dont les pouvoirs découlent du peuple et qui n'a plus de comptes à rendre à une métropole.

Rêveurs hardis d'un vaste pays et visionnaires de projets mirobolants, vous l'êtes peut-être, mais dans la mesure où vous restez agrippés à votre mère patrie. Vous vous êtes astreints à demeurer encore et toujours ses sujets soumis et quels que soient les desseins que vous nourrirez à l'avenir, votre liberté d'action s'en trouvera toujours limitée.

— Cessez donc de dénigrer les efforts de notre gouvernement, Arthur Buies, comme vous le faites de tout le reste, d'ailleurs! s'exaspéra le juge. Regardez donc plutôt ce qui est positif. Les provinces sont libres de se voter des lois pour réaliser leurs projets.

— «Que par le droit de désaveu le souverain peut annuler en tout temps», récita Arthur. Dois-je vous rappeler constamment vos leçons, cher maître? Le *Colonial Laws Validity Act*, en vigueur depuis 1865, déclare d'avance nulle et inopérante toute loi coloniale qui entre en conflit avec une loi du Parlement britannique. Nous sommes toujours une monarchie et notre Constitution, basée sur celle de la Nouvelle-Zélande, ramène les provinces au niveau de municipalités dont les pouvoirs sont réduits à leur plus simple expression. Belle liberté, en effet!

— Nous sommes encore une colonie!

— Et voilà! Confédération ou non, ce pays continuera d'être traité comme une colonie. Ses initiatives, ses projets originaux, ses plans ambitieux seront passés au crible par le Premier ministre du Canada, qui les soumettra au Gouverneur général, qui les présentera, à 3000 milles d'ici, à sa très gracieuse Majesté, qui en fera part à ses ministres, qui en pèseront le pour et le contre, compte tenu de la conjoncture économique et de la situation de la Grande-Bretagne, de ses relations avec ses autres colonies dans le monde et de ses ententes avec l'Allemagne, l'Espagne, la France, les îles Moucmouc... que sais-je encore? Tout cela pour finalement les voir signer un... «neuôow» en bas de page. Et voilà comment cette belle grande Confédération jeune, dynamique et pleine de promesses verra ses projets tripotés, critiqués et rejetés par le pouvoir décisionnel et irrévocable d'une monarchie.

— Cessez de vous dresser sur vos ergots, Arthur Buies. Par exemple, cette ligne de chemin de fer qui traversera les 3000 milles de ce vaste pays pour en faciliter le commerce, la Grande-Bretagne l'approuve. Vous voyez que de grandes choses peuvent se faire avec son accord dans notre nouveau Dominion.

— Et qui paiera la facture de ce train sans fin, monsieur, vous?

— Les États-Unis en ont bien un qui se rend au Pacifique.

— Ah!... et pourquoi pas nous? railla Arthur. Ne doutons de rien et rejetons comme des broutilles le fait qu'ils sont infiniment plus riches et dix fois plus nombreux que nous. Que nombre de villes populeuses bordent tout le parcours de leur chemin de fer actuel, lequel mesure 1000 milles de moins que celui dont vous espérez la réalisation. Mais... il ne faut pas s'arrêter pour si peu, n'est-ce pas?

— Avec de la bonne volonté, monsieur, on arrive à bout de tout! s'obstinait le juge.

— Votre bonne volonté devra compter d'abord avec un territoire immense et accidenté, coupé de gorges, de rivières, de vallées encore inexplorées.

— Les Américains ont dû faire face aux mêmes problèmes.

— Mais le Bouclier ne les a pas arrêtés, eux. Nous, nous devrons nous frayer un «petit» chemin à la dynamite sur des centaines de milles pour passer à travers le granit. Nous devrons combler des marécages dont on ignore l'étendue et la profondeur. Et une fois le Bouclier franchi, il faudra traverser les immenses territoires du Nord-Ouest pour se retrouver devant Les Rocheuses qu'il faudra forer de nouveau. Mais... on est peut-être plus capables que les Américains après tout? Il ne faudrait surtout pas se sous-estimer.

— Il n'y a rien d'impossible, monsieur, quand on veut. Bien d'autres pays ont réussi des œuvres gigantesques avec des moyens plus que rudimentaires, affirma le marchand.

— La Chine, entre autres, a réussi, en effet, à construire sa grande muraille de 1000 milles de long. Mais elle avait des millions de Chinois pour la bâtir. Elle en a même laissé tomber des centaines dans ses murs, sans s'en rendre compte. La comparaison avec notre pays est impossible pour une raison bien simple: ce qu'on trouve le plus en Chine, ce sont des Chinois, et ce qu'on trouve le moins au Canada, ce sont des Canadiens.

— Notre nouveau gouvernement est confiant, et ce ne sont pas des gens timorés comme vous qui l'empêcheront de mener à bien ses projets, quels qu'ils soient, Arthur Buies! voulut conclure le juge Perrier, une fois pour toutes.

— Et ils y arriveront d'une manière ou d'une autre, renchérit le marchand. Un lord a été jusqu'à dire que ce Dominion ferait reculer l'Angleterre dans l'ombre.

— C'est bien possible, monsieur, mais ce sont les États-Unis qui auront cette gloire, parce qu'en plus d'être habitable en son entier, ce pays aura respecté le principe de la liberté des individus: unique condition d'un monde en évolution.

— Mais... vous divaguez! explosa le juge. Quand chaque homme sera libre, comme vous l'espérez, Arthur Buies, ce sera l'anarchie. Heureusement que la masse des Canadiens français ne pense pas comme vous. On devrait bouter hors d'un pays les gens dangereux de votre espèce, qui ne peuvent qu'embrouiller la pensée d'un peuple.

— Les Canadiens français, en tant que masse, ne pensent pas, c'est malheureusement un fait. Le clergé pense pour eux. Mais quand ils se décideront à penser individuellement, sans craindre aucune menace, ils sauront ce que c'est que de vivre dans la liberté d'esprit et ne pourront plus s'en passer, croyez-moi. Maintenant, pour ce qui est de «bouter hors d'un pays» les gens de mon espèce, je n'ai pas attendu qu'on le fasse, maître Perrier. Ce paquebot me conduit en France où je m'exile volontairement. Et si jamais la nostalgie me ramène dans mon pays natal, j'aurai obéi, encore une fois, à ma seule volonté. Je vous salue bien, messieurs.

Arthur s'était levé. Il fit une brève inclination de tête et quitta le fumoir pendant que le juge Perrier exultait à la nouvelle que ce blanc-bec s'exilait. Donc, après cette traversée, on n'entendrait plus jamais parler d'Arthur Buies au Canada. Quel débarras! il ressentait comme un sentiment de délivrance.

Le marchand anglais, de son côté, se réjouissait pour une tout autre raison. Il constatait que les Canadiens français n'étaient pas aussi unis qu'on voulait bien le faire croire. *God!* qu'il n'aimait pas cette race!

Au lieu de travailler à faire de l'argent pour augmenter leur confort, se construire des châteaux comme le sien, se faire une vie agréable, visiter le monde, envoyer leurs enfants dans les plus grandes universités, avoir de belles maisons de villégiature, des écuries, des jardins, des voitures, des serviteurs, rencontrer des amis aux courses, à la chasse à courre ou à toutes ces somptueuses réceptions où la musique, le vin et les délices des soupers fins sont infiniment agréables, en un mot, au lieu de se créer de merveilleuses conditions de vie, ils construisaient de coûteuses églises, se soumettaient aux exigences des ministres d'un culte boulimique et piétinaient dans leur pauvreté. Drôle de mentalité et bien triste foi! Ils méritaient bien de fournir la basse main-d'œuvre aux industries anglaises.

Anglaises!... Il fallait le dire vite, se reprit la marchand, puisque les trois quarts des marchands anglais étaient écossais comme lui. L'Écosse, jadis, avait dû s'unir à l'Angleterre. Un jour, peut-être, reprendra-t-elle son indépendance. Un Écossais restait un Écossais! Mais pour le moment, il fallait devenir puissant et c'est l'argent qui donnait la puissance. Dans un sens, il comprenait le Canadien français de vouloir garder sa nationalité. Mais il le méprisait de la maintenir au niveau de «porteur d'eau».

Un homme intelligent, ignorant toute servitude, lucide et perspicace, instruit et renseigné, comme semblait être ce Buies, mettait évidemment un élément original dans ce peuple timoré. Et dans ce peuple, il incluait cet avocat, en partie assimilé et prêt à renier ses droits pour faire partie de l'élite.

Il préférait Arthur Buies. D'ailleurs, il lui rappelait un nommé Buïe, homme d'affaires qu'il avait rencontré en Guyane britannique quand il pensait s'y installer. Même prestance, même regard, avec quand même une lourdeur de traits chez l'autre qu'on ne retrouvait pas chez celui-ci. Cette ressemblance ne pouvait être que pure coïncidence, car si l'autre était Écossais, celui-ci semblait Français jusqu'au bout des ongles. Ne fût-ce que par curiosité, il aurait peut-être pu s'informer de ses origines.

Mais ce n'était pas important. Ce qui lui paraissait primordial pour le moment, c'était d'aller prendre l'apéritif avant de faire honneur au savoureux dîner que ce confortable paquebot ne manquait pas d'offrir à ses passagers tous les jours.

Arthur était retourné sur le pont. Après cette longue conversation, il avait besoin de prendre l'air. C'était toujours dehors qu'il réfléchissait le mieux et récupérait son énergie. Ni la pluie ni le froid ne le retenait à l'intérieur plus longtemps qu'il ne fallait. Et puis, il en avait assez de ces discussions qui, finalement, ne menaient nulle part. Quant à ce juge, il lui tapait rudement sur les nerfs. Quel personnage déplaisant!

Enfin, dans quelques jours, il serait à Brest, loin de ces faiseurs d'argent et de tous ces gens ô combien tristes et ennuyeux! Après Brest, Paris! la ville la plus belle, la plus libre, la plus sensuelle! Paris, le rendez-vous du monde!

Sans s'en rendre compte, Arthur avait parlé haut. Une dame était accoudée au bastingage, non loin de là. Se croyant abordée, elle se tourna vers lui:

— Vous disiez, monsieur?... Mais le reconnaissant aussitôt, elle se figea... monsieur Buies!...

Arthur leva son chapeau en s'inclinant légèrement.

— À qui ai-je l'honneur, madame?

— Je suis madame Perrier!... J'avais cru que vous m'adressiez la parole.

Madame Perrier! la femme de cet odieux juge! et... la mère de Laurence! La couleur de ses yeux lui rappelait, en effet, ceux de sa fille. Ils étaient encore beaux. Cette femme souriante lui parut infiniment plus sympathique que son mari. Imaginant l'air contrarié que ne manquerait pas d'avoir le cher juge s'il la voyait en sa compagnie, il poursuivit délibérément la conversation.

— Je me suis peut-être laissé aller à exprimer tout haut ma hâte de mettre les pieds sur le sol de France, madame.

— Alors, excusez-moi, monsieur, de vous avoir importuné.

— Au contraire, il m'est très agréable de vous rencontrer, chère madame. D'autant plus que je viens d'avoir une conversation très intéressante avec votre mari.

— Vraiment?...

— Vous en doutez?

— Euh... non!... pas du tout!

— Vous faites bon voyage?

— Merveilleux! c'est la première fois que je traverse l'Atlantique et j'apprécie beaucoup le confort de ce paquebot.

— Vous n'avez pas été incommodée par le mal de mer?

— Non, pas moi. Mais mon mari en a souffert un peu dans les premières heures.

— Oui, il m'a paru un peu... tendu, en effet, fit Arthur retenant un sourire.

— Vous savez, c'est un peu dans son caractère. Oh!... excusez-moi!... Adieu, monsieur Buies!

Surpris de ce départ subit, Arthur se retourna pour voir juste à temps le magistrat agripper brusquement sa femme par le bras et l'entraîner à l'intérieur du paquebot. Celle-ci avait pris un air de frayeur qui n'échappa pas à Arthur. Morbleu! ce triste sire aurait-il défendu à sa femme de lui adresser la parole? Il en était bien capable.

C'est en voyant des couples de ce genre qu'il perdait tout goût pour le mariage, s'il lui arrivait parfois d'y penser. Jamais l'amour d'une femme n'arriverait à lui faire signer pareil engagement! Non, mille fois non! Il chassa ces vilaines réflexions et reporta toute son attention sur les agréments de cette traversée.

Les jours passaient, trop rapidement au gré des passagers. Le beau temps se maintenait. On se promenait de plus en plus longtemps sur les ponts à mesure que l'on s'éloignait de la froide Amérique.

Presque chaque soir, Arthur avait mangé et dansé avec Elsie Grey. Mais quand ils se quittaient à la nuit tombante, elle lui refusait toujours l'intimité de sa cabine. Pourtant, son attitude ambivalente trahissait son désir croissant de céder à ses avances ardentes et empressées. Il en était sûr.

Cette étrangère serait toujours restée distante qu'Arthur ne l'aurait pas poursuivie de ses avances. Mais dès le premier soir, et tous les autres soirs, son comportement ambigu promettant tout sans rien donner avait aiguisé ses sens au point que l'obsession de la posséder avait pris le pas sur ce qui n'avait été, au départ, qu'une simple attirance. Il n'en dormait plus.

Le capitaine, quant à lui, ne semblait pas subir les mêmes affres. Son seul problème était de trouver assez de temps à travers ses nombreuses obligations pour ses ébats amoureux avec sa veuve grassouillette.

De son côté, le pasteur Brown s'était épris de Mary Morton. Après le décès de sa mère, on avait vu la jeune fille s'épanouir comme une fleur au soleil. Et sous le regard tendre de Robert Brown, elle embellissait de jour en jour. Ils se promenaient des heures sur le pont. Intarissables et visiblement heureux, ils faisaient des projets d'avenir. Les passagers, témoins de la scène pénible du premier soir, se réjouissaient du bonheur évident de la jeune Anglaise.

Seuls Arthur Buies et Elsie Grey ne les enviaient pas, trop attentifs à suivre la partie difficile qu'ils étaient en train de jouer. Chaque jour, chacun souhaitait et redoutait tout à la fois la nuit à venir. Elsie, par peur de céder enfin, et Arthur, par crainte d'un nouveau refus.

On en était au dernier soir de la traversée.

Pendant le banquet, le bal et le souper de minuit, dans un jeu ultime de séduction, Arthur et Elsie se poursuivirent et se perdirent mille fois en s'affriolant par des frôlements de regards, de mains, d'épaules et de tourterelles. Toute la soirée, les violons ensorceleurs les entraînèrent dans des tourbillons vertigineux ou, plus légers que l'air, ils se retrouvaient entre ciel et terre. Piégés à la dernière valse... ils ne redescendirent pas.

À l'aube, dans la petite cabine en désordre où la dentelle, la soie et le satin, éparpillés comme des fleurs par le vent de la hâte, volaient un peu partout et ne protégeaient plus rien, les oiseaux d'Elsie, soûlés de désir, se posaient enfin sur le cœur transporté d'Arthur.

Dix heures du matin, le lendemain, le soleil brillait. Brest était en vue. On arrivait. Il régnait un grand affairement sur le paquebot. Les passagers agités achevaient de préparer leurs bagages.

Arthur n'avait pas vu Elsie Grey au petit déjeuner. Elle devait être trop occupée à faire ses valises et avait préféré, sans doute, prendre son repas dans sa cabine. Après hésitation, il renonça à la rejoindre pour ne pas retarder ses préparatifs de départ. Il se tenait sur le pont prêt à la saluer et à lui demander son adresse. Il comptait bien la revoir.

Trompant le temps, il observait les multiples manœuvres de l'accostage. Ce paquebot, qui avait l'air d'une coquille de noix en pleine mer, prenait des proportions impressionnantes au port. Sur le quai, les gens venus attendre les passagers paraissaient des nains à côté de cette coque de plus de cent pieds de hauteur.

Soudain, on lui toucha le bras, il se retourna.

— Glenn! Je ne vous ai pas vu beaucoup pendant le voyage!

— Je m'occupais des passagers malades. Ce qui ne semble pas avoir été votre cas, monsieur Buies.

— Vous avez raison! J'ai été en pleine forme tout au long de la traversée.

— Alors, c'est pour de bon, monsieur, que vous choisissez la France?

— Oui! pour toujours cette fois, du moins je l'espère. Et vous, Glenn, pensez-vous pouvoir vivre dans votre pays?

— Je vais essayer, c'est tout ce que je puis dire. Il faut manger, se loger, se vêtir et pour cela, trouver du travail. Si je n'y parviens pas, je reviendrai. Au Canada, ce n'est pas le travail qui manque, c'est le pays natal. La nostalgie est un mal qui vous ronge et qui, à la longue, devient insupportable. C'est un mal sournois, monsieur Buies, peut-être vous prendra-t-il à la gorge et vous poussera-t-il à revenir, comme la dernière fois?

— Oh! On ne peut jurer de rien!

— En attendant, je vous souhaite bonne chance, monsieur.

— Bonne chance à vous aussi, Glenn.

Un mouvement se fit sur le quai, les passagers commençaient à débarquer. Arthur, distrait par sa conversation, parcourait la foule d'un regard machinal quand il vit un homme, le sourire aux lèvres, se hâter vers une femme dans laquelle, stupéfait, il reconnut Elsie Grey! Mais par où était-elle passée? Il aurait dû suivre sa première idée et l'attendre près de la passerelle. Comment faire maintenant pour la rejoindre? Elle lui avait bien dit qu'elle allait retrouver son mari en France. Mais la France, c'était grand. Où allaient-ils ? Paris? Lyon? Bordeaux?

Démonté, il la regardait intensément, quand celle-ci, comme malgré elle, leva les yeux vers le pont et l'aperçut. Il agita aussitôt la main. L'homme le vit aussi et se pencha tendrement vers sa compagne: «*Darling!* cet homme te connaît, je crois?» Elsie, dans un violent effort de volonté, se détourna d'Arthur, ravala son émotion, et parvint à répondre d'une voix détachée: «Oh! chéri! c'est un passager que j'ai dû croiser quelquefois pendant la traversée, nous étions nombreux, tu sais, sur ce paquebot!»

Et, prenant le bras de son mari, elle l'entraîna loin de ce séducteur dont le charme avait eu raison de sa volonté. Elle ne regretta rien. Elle avait cédé au rêve que toute traversée promettait et que ce jeune homme avait personnifié: un fantasme qu'un moment privilégié nous permet de réaliser. C'est ainsi qu'Elsie Grey raya de sa vie son bel amant d'un soir, ignorant combien de temps il lui faudrait pour en effacer le souvenir.

Arthur avait suivi la scène de loin et sans saisir les paroles échangées, il avait tout de suite compris. Il était évincé. Il ravala sa déconvenue. Les lendemains d'aventures lui étaient toujours aussi amers. Pourtant, incorrigible, il allait replonger tête première dans de nouvelles conquêtes.

Le couple avait disparu. Il regarda autour de lui. Nombreux et empressés, des parents et des amis joyeux entouraient les passagers. Désemparé, il se vit seul. Pendant quelques minutes, cela lui parut intolérable. Mais les raisons qui lui avaient fait quitter le Canada pour la France lui revinrent en mémoire. Il se ressaisit, raplomba son rêve d'écrivain sous le bras et entreprit avec résolution sa montée vers Paris.

VIII

Je me précipitai sur le boulevard, la terre entière était à moi,
je bousculai tous les passants et j'arrivai dans ma petite
chambre tout d'une course, haletant, fier, je dirais fumant
si j'étais un noble coursier, au lieu d'être un homme de lettres,
comme je vous prie de m'appeler dorénavant.

ARTHUR BUIES

Arthur s'était installé dans un logis confortable, à l'orée du Bois de Vincennes. De sa fenêtre, il pouvait voir le petit lac Daumesnil qu'ombrageaient de grands arbres feuillus.

Il avait voulu s'éloigner du centre de la ville pour éviter la cohue que l'Exposition industrielle universelle provoquait à Paris en ce moment; cela lui permettait, en même temps, de répondre à son besoin constant de se rapprocher de la nature. Ce parc de verdure dégageait une impression de calme et de sérénité. Il y serait parfaitement à l'aise pour écrire.

L'espoir de se faire un nom à Paris l'exaltait. Il lui tardait de se mettre à la rédaction d'un ouvrage qui le lancerait dans le milieu littéraire et amorcerait pour de bon sa carrière d'écrivain.

Il mit de côté les lettres de recommandation nécessaires pour lui ouvrir l'une ou l'autre des portes du monde journalistique et littéraire. L'une d'elles était destinée au rédacteur en chef de l'*Avenir National,* une autre à M. Cortambert, géographe, les deux premières portes auxquelles il entendait frapper. Il avait également pris avec lui des exemplaires de ses *Lettres sur le*

Canada et des textes écrits de ses conférences données à l'Institut canadien. Il croyait ces documents susceptibles d'intéresser les Français à la province de Québec tout en leur révélant son talent. Il était fin prêt pour l'attaque!

Dès le lendemain matin, 10 heures, il se présenta aux bureaux de l'*Avenir National* et demanda à voir M. Peyrat, son directeur. On le fit attendre une bonne demi-heure, mais Arthur ne voyait pas le temps passer. L'odeur du papier et de l'encre l'enivrait et cette effervescence que l'on retrouve dans toutes les salles de rédaction ravivait son ardeur de journaliste. Il se voyait devenir rédacteur d'un grand quotidien français, avec son nom étalé en première page. Chacun portait en lui une petite «Perrette...», personne ne pouvait se vanter d'être à l'abri de l'influence de cette rêveuse incorrigible. Arthur, au faîte de son exaltation, ne se rappelait plus le moindre de ses veaux, vaches, moutons, cochons, couvées, partis à vau-l'eau dans le rêve échappé du pot au lait brisé. La fièvre du moment effaçait de sa mémoire quelques-unes des précieuses fables qui le servaient si bien d'habitude.

On l'appela enfin, et il se retrouva en face du rédacteur en chef, M. Peyrat en personne. Celui-ci se souleva de son siège et, au-dessus de son bureau surchargé de paperasses, tendit une main pressée à Arthur.

— Monsieur Arthur Buies?... Je n'ai pas l'honneur de vous connaître, n'est-ce pas? dit-il, distrait.

— Avec raison, monsieur! J'arrive tout droit du Canada, de la province de Québec, plus précisément.

— Et que puis-je faire pour vous, jeune homme?

— Accepter mes articles, monsieur.

— Qui parle de quoi?

— De mon pays! l'ancienne Nouvelle-France!... Mais tout d'abord, laissez-moi vous remettre des lettres de recommandation rédigées par quelques personnalités du Canada français. Je voudrais par la même occasion vous offrir mon premier ouvrage, qui se veut un essai sur l'influence soporifique du clergé sur les Canadiens français.

Le vieux républicain anticlérical tiqua à l'évocation du clergé et cessa de fouiller dans ses paperasses. Il regarda mieux Arthur et ce qu'il y vit de fermeté, de hardiesse et de détermination lui plut.

— Comme vous avez dû le constater depuis votre arrivée, monsieur, Paris est l'hôte du monde entier en ce moment. L'Exposition industrielle universelle, ouverte le 1er avril dernier, occupe tout son temps. Le peuple lit peut-être toujours autant, mais rien d'autre ne l'intéresse que les comptes rendus des réceptions officielles que l'on retrouve à pleines pages dans tous les journaux. Il se passionne pour les descriptions détaillées des toilettes et des menus des banquets somptueux et nombreux offerts aux Altesses qui nous visitent. On se croirait revenu aux fastes d'avant la Révolution. Et les habitants de Paris se laissent gagner par la magie de cette scène d'une autre époque, comme si de rien n'était. Comme si la guillotine n'avait jamais existé. Et comme si tous les Parisiens mangeaient maintenant à leur faim. C'est dangereux.

— D'après ce que j'ai observé, en effet, Paris au grand complet semble en liesse. Et il y trouve son profit, je suppose: toutes les terrasses des cafés, tous les restaurants et tous les hôtels sont pris d'assaut. C'est une manne pour les commerçants, vous ne croyez pas?

— Ne vous y trompez pas, monsieur. Le peuple, quel qu'il soit, aime les spectacles. Mais quand toute cette gent princière aura vidé les rues, les hôtels et les palais, il aura aussi vidé les poches de ce Prince-président, opulent, extravagant et imprudent. Les taxes et les impôts grimperont et c'est alors que les Parisiens s'apercevront que la fête est finie. On avait pourtant réussi à retirer la richesse des mains d'une seule classe de privilégiés pour la redistribuer au peuple dans un effort d'équité, d'égalité et de justice...

Le vieux républicain frottait sa barbe d'une main et tapait nerveusement sur le bureau de l'autre.

— L'Empereur ne m'aime pas, monsieur, pour la bonne raison que je n'exalte pas sa manie des grandeurs. Au contraire, dans mon journal, je dénonce chacune de ses extravagances. Il y avait un besoin évident de rénover Paris mais un danger réel de tout bouleverser. On sait aujourd'hui que c'était en partie pour épater les Altesses du monde entier.

M. Peyrat semblait voir devant lui une catastrophe imminente. Il se secoua et se leva brusquement, faisant sursauter Arthur.

— Revenons-en à vous, monsieur Buies. Même si le temps ne s'y prête pas, je vous propose de me faire quelques articles sur le Canada et sur les États-Unis pour commencer. Ce dernier pays m'intéresse tout particulièrement à cause de sa république.

Arthur ne voulait parler que du Québec et de l'effet néfaste de la Confédération sur les Canadiens français. Mais il se retint, l'important était d'accepter cette proposition, somme toute intéressante, quitte à imposer plus tard son sujet privilégié.

— J'accepte, monsieur, et vous sais gré de cette confiance que vous placez dans un parfait inconnu.

— L'intuition ne me trompe pas. Vous avez l'œil curieux et la mentalité aventureuse des gens d'Amérique puisque, porté par votre seule confiance, vous vous êtes rendu jusqu'ici. Et, ce qui n'est pas peu, vous avez l'ardeur de la jeunesse qui donne toutes les audaces. Apportez-moi vos articles quand vous les aurez terminés. Si j'y vois le talent que je devine, votre avenir journalistique est assuré. Du moins dans ce journal. Adieu, monsieur Buies.

— Je vous remercie infiniment, monsieur Peyrat. Vous me reverrez sous peu. J'ai bien l'honneur de vous saluer.

En se retrouvant dehors, Arthur ne se contenait plus de joie. Il n'avait plus besoin maintenant de craindre les lendemains difficiles. Il se sentait libre et heureux. Il regretta de n'avoir personne avec qui fêter sa chance. Qu'étaient devenus ses amis d'autrefois? Il n'avait pas encore eu le temps de s'enquérir de leur adresse.

Il faisait beau à Paris ce jour-là. Juin avait des douceurs câlines et promettait tout un été de délices. Pour l'instant, Arthur croyait de toutes ses forces que cette saison serait la plus belle et la plus active de sa vie. Il débordait d'enthousiasme. Il fut tenté de retourner directement à son appartement pour se mettre aussitôt à la rédaction de son article. Mais il avait faim, et tout Paris l'attirait, y compris cette Exposition qu'il voulait visiter.

Comment avait-il pu s'absenter si longtemps de cette précieuse ville? Il voulait tout revoir en même temps. Son romantique jardin du Luxembourg, qu'il retrouvait chaque jour lors de son dernier séjour. Il n'avait qu'à sortir du lycée impérial Saint-Louis, où il étudiait, pour se retrouver dans la rue Monsieur le Prince qui y conduisait. Il se réjouissait d'avance de revoir les jardins des Tuileries et la perspective impressionnante qu'offrait la longue et élégante avenue des Champs-Élysées qui s'étirait jusqu'à la Place de l'Étoile et passait sous l'Arc de triomphe avant de se perdre au loin.

Mais il attendrait que cette avenue se repose de tous les cortèges qui l'empruntaient sans arrêt depuis le début de l'Exposition. Le bois de Boulogne aussi attendrait. C'est dans les douceurs de l'automne qu'il retrouverait ses allées ombragées et son hippodrome, une fois les milliers de visiteurs repartis. En attendant, il marcherait dans les quartiers de Paris et ses pas le conduiraient dans les anciennes rues où rôdait encore le souvenir des grands génies qui les avaient foulées.

Oubliant les remarques justifiées ou non du vieux rédacteur, il marchait en s'extasiant sur tout, comme s'il voyait cette ville pour la première fois. Ah! Paris! que de merveilles tu offrais quotidiennement au plus simple de tes habitants.

Tout en soliloquant, Arthur s'était engagé sur le pont de l'Alma lorsque quelqu'un lui mit familièrement la main sur le bras.

— Buïe!... Est-ce possible?

Arthur leva la tête et, ébahi autant qu'heureux, reconnut son ancien compagnon des Mille, celui avec qui il avait fait les quatre cents coups en Italie. Ils tombèrent dans les bras l'un de l'autre en riant aux éclats.

— Ulric de Fonvielle! Ça, par exemple! Mais que fais-tu à Paris?

— Mais j'y habite, mon cher, quelle question! Et toi, célèbre Garibaldien canadien! le seul et unique de ta race à t'être battu contre le pape, à mon tour de te poser cette question: Que fais-tu ici? Es-tu venu pour l'Exposition? Mais peut-être n'as-tu jamais quitté la France? J'ai passablement voyagé ces dernières années pour t'avoir perdu de vue.

— Pour répondre à toutes tes questions, il me faudra beaucoup de temps, et comme je n'ai pas encore mangé depuis le matin, j'ai l'estomac dans les talons. Je propose donc d'aller quelque part.

— Encore affamé! Tu te souviens qu'on parlait toujours de boustifaille dans cette garnison de malheur?

— Mais toi, chez ta comtesse italienne, tu étais comme coq en pâte, alors que nous...

— C'est que j'avais mis dans le mille, mon cher!

— Pour un... Mille, c'était bien visé.

Retrouvant leur verve, point de départ de leur ancienne amitié, les deux amis décidèrent de ne plus se quitter ce jour-là. Ils s'accoudèrent un moment au parapet du pont pour regarder couler la Seine. Arthur se pencha et, pouffant, poussa son ami du coude. Ulric, intrigué, se pencha à son tour et reconnu dans la statue agrippée à la balustrade, un zouave solitaire, appuyé sur le canon de son fusil, qui semblait scruter l'horizon pour voir s'il ne resterait pas un des Mille à la traîne...

Ils se regardèrent et jamais rire ne fusa si spontanément que celui de ces deux comparses qui se retrouvaient, comme par hasard, au-dessus du personnage qu'ils avaient si souvent ridiculisé.

Une heure plus tard, ils étaient attablés dans un petit restaurant sympathique, rue de l'Ancienne-Comédie, dans Saint-Germain-des-Prés. Ils portèrent un toast à leurs retrouvailles, puis se regardèrent un moment dans les yeux.

— Alors, Buïe? attaqua Ulric de Fonvielle, visiblement heureux de retrouver ce joyeux luron.

— Tu veux dire: Buies?

— Comment cela?

— Pour faire disparaître toute trace écossaise de ma vie, j'ai francisé mon nom et je m'appelle maintenant Arthur Buies.

— Et que dit ton père de cette trouvaille?

— J'ai rompu avec lui à l'âge de seize ans, si tu te souviens bien.

— C'est-à-dire qu'il t'avait purement et simplement coupé les vivres parce que tu t'entêtais à demeurer à Paris, précisa Ulric, narquois.

— Pire! il m'avait déshérité.

— Fichtre! mais tu dois être rentré dans ses bonnes grâces à l'heure qu'il est?

— Le voudrais-je que ce serait impossible, il est mort il y a deux ans.

— Navré!... Il ne t'a pas oublié dans son testament, j'espère? Un fils, même entêté, reste un fils!

— Eh bien oui! il m'a oublié. D'ailleurs, je n'aurais jamais accepté un seul louis de cet étranger.

— Peut-être était-il sans le sous?

— Au contraire, il était immensément riche. Comme ma sœur Victoria a été oubliée elle aussi, il faut en déduire que sa deuxième famille reste l'unique héritière de ses biens.

— Dommage!

— Je n'ai aucun regret, crois-moi, même s'il m'arrive par moments d'être complètement fauché.

— Tu vois!...

— Si, pour recevoir un héritage, il faut refuser de suivre ses aspirations, je préfère m'en passer.

— Et quelles sont ces nobles aspirations?

— Je veux vivre de ma plume. Écrire est ma seule ambition. Comme toi, d'ailleurs. *Les aventures d'une chemise rouge*, qui ont fini par me tomber entre les mains, m'ont bien amusé. Tu as fait de moi un personnage un peu farfelu. L'étais-je autant que cela ou est-ce un débordement de ta verve créatrice?

— Tu l'étais plus encore, mais pour t'épargner, je suis resté discret.

Les deux amis éclatèrent de rire.

— Et alors, tu veux devenir romancier!

— Non! journaliste! je sors justement de l'*Avenir National*
où je viens d'obtenir un contrat pour une série d'articles. J'espère
collaborer d'ici peu à plusieurs journaux de Paris.

— Vraiment? Ulric était étonné de la détermination de son
ami, lui qui l'avait connu bohème, fêtard et indiscipliné. Et de
quoi traiteront ces articles?

— Du Canada français.

Ulric fit la moue.

— Tu crois que «quelques arpents de neige» situés à des
milliers de lieues d'ici et oubliés depuis cent ans vont intéresser
la grande ville impériale, surtout en ce moment?

— Cette Exposition ne durera pas toujours. Et je veux
rappeler mon pays à la France.

— Et pourquoi donc?

— Parce que les Canadiens français ont survécu opiniâ-
trement depuis la Conquête, mais ils devront lutter plus âprement encore, maintenant que le pays est devenu un Dominion
qui s'étend de l'Atlantique au Pacifique! voilà la raison!

— Combien d'habitants êtes-vous aujourd'hui?

— Nous étions 165 000 en 1760, nous sommes maintenant
environ 700 000, sans compter les quelque 300 000 qui ont été
forcés d'aller gagner leur vie aux États-Unis.

— Si vous avez réussi à vous reproduire en aussi grand
nombre jusqu'à maintenant, pourquoi vous inquiéter?

— Tu ne comprends pas! Pour que ce Dominion soit ren-
table, il faut favoriser dans tout le pays une immigration massive
qui contribuera à le rendre prospère, n'est-ce pas?

— Ça me paraît logique, en effet!

— Et ces immigrants, d'où viendront-ils à ton avis?
D'Angleterre, d'Irlande et d'Écosse, forcément. Bref, de toutes
les possessions britanniques, où l'on ne parle que l'anglais. De
sorte que nous deviendrons une minorité engloutie dans une mer
d'anglophones si nous ne nous agrippons pas à notre langue de
toutes nos forces et ce, sans lâcher prise un seul instant.

— Évidemment, vu sous cet angle...

— Il n'y en a pas d'autre. Et nous vivons tout contre les États-Unis, qui comptent une population dix fois plus grande que le Canada tout entier et où on ne parle, là aussi, que l'anglais. Sept cent mille Canadiens français entourés de onze millions d'Anglais! Tu nous vois rapetisser à vue d'œil? C'est pourquoi on a besoin de l'aide de la France.

— Mais je t'entends parler joliment bien le français pour quelqu'un dont la langue est aussi menacée.

— C'est en partie parce que j'ai fait mes études à Paris et que j'y ai vécu six ans. De plus, je lis beaucoup. Et comme écrivain, je me dois de parler et d'écrire un français impeccable, chose assez malaisée lorsque l'on baigne dans un monde anglophone. Tu n'as pas idée, Ulric, de ce que c'est que de vivre dans un pays entièrement gouverné dans une autre langue que la tienne. Tu en perds ton latin... Tu ne comprendrais peut-être même pas mes compatriotes.

— Ils parlent patois?

— Nous n'avons pas de patois au Canada, non certes; il ne manquerait plus que cela! Mais nous avons assez d'anglicismes pour remplacer tous les patois de Bretagne et de Provence. Je te répète que toutes nos importations proviennent de la Grande-Bretagne ou des États-Unis et donc, toutes portent des étiquettes en langue anglaise. De plus, les commerçants affichent leurs produits en anglais et comme nous voyons leurs annonces tous les jours, nous intégrons à notre insu ce vocabulaire au nôtre. De sorte que tu finis par prendre l'habitude de mettre ton «wais-coat» au lieu d'endosser ton gilet, tes «stockings» au lieu d'en-filer tes bas, de te servir de ton «chaving mug» pour te «shaver», au lieu d'un bol à raser pour te faire la barbe. Pendant ce temps, on a sellé ton cheval, c'est-à-dire qu'on lui a mis ses «head stall», «cockade», «rein ring», «briddle rein», «belly band», «bit», «body bells» et le reste. Je te fais grâce de la traduction. Te voilà «ready» pour aller «à shop»... Je pourrais t'en «débouler des comme ça» jusqu'à demain matin!...

Ulric riait franchement.

— Tu es sûr de ne pas exagérer un peu, Arthur, uniquement pour impressionner un pauvre Français qui n'est jamais allé en Canada.

— Et je ne t'ai montré que la pointe de l'iceberg, crois-moi. Mais tu aurais l'insigne chance de voir le reste, Ulric, si tu posais le geste noble... d'émigrer parmi les Canadiens français pour que ta langue rayonne sur eux, et que par ton effort louable, elle retarde un peu la menace d'une anglicisation inévitable!

Arthur se retenait de rire devant la mime de plus en plus dégoûtée de son ami. Et dans une dernière poussée, il lui lança: «Alors, quand pars-tu?»

Ulric répondit par une déclaration fracassante.

— J'aime mieux avoir la tête sur le billot! la corde au cou! le cimeterre sur la nuque! les fourmis rouges dans les orifices que tu sais! En un mot, je préfère tous les supplices connus et inconnus à ce pays de neige, d'Indiens et d'Anglais, qui ne m'a jamais rien dit qui vaille! Et c'est dans le français le plus pur que je te réponds: NON! Arthur!

Arthur s'esclaffa, mais se reprit aussitôt et répondit, en s'efforçant de prendre un ton navré:

— Alors, les Canadiens français continueront de faire leur thé dans un «tea-potte», de prendre de la «djam» dans une «djar» pour l'étendre sur leurs «tôsses». Après la dernière bouchée, la «trâlée» d'enfants ira se «balanciner», la mère retournera à son «sink» et le père à son «sciotte». Et c'est ainsi qu'un peuple patriote devient un mauvais polyglotte par la faute de ses ancêtres qui s'en moquent!...

Ulric se marrait... quand une évidence le frappa.

— Mais toi-même, bougre! ne viens-tu pas de t'expatrier ici? Tu as abandonné tes compatriotes à leur triste sort et tu oses me proposer d'y aller, moi?

— C'est le clergé qui m'a chassé de mon pays, répondit Arthur, de la colère dans la voix.

— Et tu voulais m'envoyer dans ses pattes?

— Peste! tu me fais réaliser que pas un Français ne supporterait cette situation, en effet. Si les Anglais encerclent tranquillement les Canadiens français, le clergé, pour sa part, les étouffe aussi sûrement.

— Et si les écrivains comme toi les abandonnent, ils s'angliciseront beaucoup plus rapidement, non?

— C'est possible! mais ces prêtres-là peuvent te rendre fou si tu ne les fuis pas. Et au Canada français, tu ne peux te réfugier nulle part, ils sont partout!

— Alors, tu as bien fait de revenir en France!

— Je n'avais pas le choix! c'était sauver mon talent ou perdre la boule!

— Eh bien! mon cher, ici, tu vas conserver les deux. Trinquons au sauvetage d'un futur grand écrivain et goûtons ce nectar des dieux qui, lui, parle un langage universel!

Arthur, en riant, cogna son verre à celui de son ami. Il but une gorgée, qu'il savoura longtemps, avant de l'avaler.

— À vrai dire, c'est encore le langage que je préfère. J'y puise toujours de grandes voluptés.

— Meilleures que celles d'une femme?... hasarda Ulric. On n'en a pas encore parlé... mais je ne veux pas être indiscret.

À ce propos, Arthur réalisa que, pris par ses entrevues, il avait complètement oublié Elsie Grey. À son évocation, il sourit doucement.

— Une femme!... tu veux parler de la dernière?...

— C'est toujours celle qui nous reste sur le cœur!

— Soit! Sur le paquebot qui m'amenait en France, j'ai rencontré une Américaine avec qui j'ai engagé le plus merveilleux des marathons.

— Intéressant! et... où est-elle en ce moment?

— Avec son mari! entre Brest et Paris.

— Ah!...

Et où était-elle précisément entre Brest et Paris? Arthur aurait bien aimé le savoir. Réprimant un pincement au cœur, il tut les détails de son aventure à son ami. D'ailleurs, il restait toujours secret sur ses affaires de cœur.

— Et toi, Ulric! qu'es-tu devenu depuis qu'on s'est laissé sur le Pont-au-Change, il y a six ans?

— J'ai courtisé une kyrielle de femmes. Certaines m'ont aimé. J'en ai marié une.

— Quoi! tu étais marié et ne me le disais pas?

— C'est que je ne le suis plus.

— Ah!

— Tu me vois à la maison, avec femme et mioches?

— J'avoue que c'est difficile à imaginer.

— J'ai toujours eu la bougeotte et je ne vois pas le jour où je pourrai m'arrêter. Pour ta part, Arthur, tu n'as jamais prisé le mariage non plus!

— Tu as raison! Ah! les femmes! Avoir du désir pour elles? Ça, oui! De la passion? Autant et aussi longtemps qu'elles m'en inspireront. Mais comment se contenter d'une seule? On doit s'en lasser assurément! Et la garder pour la vie me semble une chose impossible!

— Et si un jour tu te laissais prendre?

— Eh bien! si j'aime être pris, j'y resterai. Mais quel pouvoir aura cette perle rare pour m'attirer dans son écrin aussi longtemps?

— Hem! déjà tes yeux brillent, Arthur! Ose dire que tu ne désires pas la découvrir!

— J'en rêve, évidemment, comme tout le monde! ce serait mentir que de ne pas l'avouer. Mais le rêve déçoit toujours quand il devient réalité.

Deux semaines s'étaient écoulées dans une activité fébrile. Arthur avait rédigé plusieurs articles pour l'*Avenir National*. Il avait rencontré d'autres rédacteurs qui paraissaient intéressés à entendre parler de la nouvelle constitution de son pays. Il avait écrit à Victoria pour lui donner son adresse et en avait profité pour lui raconter fièrement ses entrevues. Il comptait maintenant lui brosser le portrait des choses à voir à l'Exposition. Une autre lettre était destinée à Alfred. Là, il lui faisait un résumé de la teneur de ses articles. Un mot encore à ses tantes pour les rassurer sur son sort. Quelques renseignements à demander à ses amis de l'Institut canadien et sa correspondance serait à jour.

Ulric était reparti, cette fois vers l'Égypte. Ce bohème écrivait à temps perdu. Peut-être le reverrait-il à l'automne? Peut-être pas. Favorisé par une fortune personnelle, il voyageait à son gré. Il avait des amis partout et ne se privait pas de les visiter un jour, une semaine ou un mois. Ils avaient eu une chance sur mille de se rencontrer. Le hasard, quand même!...

Arthur devait maintenant trouver les adresses de ses anciens compagnons. Mettre du temps pour écrire afin de gagner sa vie était une chose, mais il avait besoin d'être entouré d'amis chaleureux pour vivre agréablement. Il s'y mit sérieusement. Quelques-uns avaient changé d'adresse, d'autres avaient quitté la ville, certains étaient probablement en vacances; tous étaient introuvables pour le moment. Arthur décida donc de retourner sur les lieux de leurs anciens rendez-vous.

Toute la semaine, il alla d'un café à l'autre. Sans résultat. Il retourna deux ou trois fois au café Procope, car il pensait vraiment réussir à y trouver quelqu'un. Même là, il n'aperçut aucune figure connue. Beaucoup d'étrangers, par contre, venus visiter l'Exposition. Un soir qu'il revenait chez lui, déçu encore une fois, il se sentit vraiment seul. Il se revit dans son café Procope de Montréal, entouré de ses amis... Que faisaient-ils en ce moment? Pensaient-ils à lui? S'ennuyaient-ils de lui?...

S'était-il expatrié à tout jamais? comme il l'avait affirmé à Ulric au moment de le quitter. Il ressentait encore l'angoisse qu'avaient provoquée ses propres mots... Allons! il n'allait pas se laisser abattre pour quelques soirées passées en solitaire. Il savait déjà pouvoir compter sur son travail pour vivre. Ses amis surgiraient bien un jour ou l'autre, il s'agissait d'avoir un peu de patience.

Dès le lendemain, il décida d'effectuer une première visite à l'Exposition. Il se rendit donc sur les lieux, au Champs-de-Mars. L'écusson impérial surmontait la porte d'entrée principale. Entre l'avenue Labourdonaye et l'avenue Suffren se dressait une file de mâts arborant des drapeaux de tous les pays du monde. Arthur s'engagea dans le vestibule d'honneur, d'une longueur de deux cent cinquante mètres, abrité par un immense velum d'étoffe verte. De chaque côté surgissaient des statues, des fontaines, des massifs! Dès lors, impressionné, il se laissa porter par la foule vers les pavillons.

Dans une salle, il fut frappé par la taille imposante, quoique réduite, du grand tumulus-dolmen de Gavr'inis, qui en occupait pratiquement tout l'espace. Il était recouvert de mystérieux caractères primitifs que personne, à ce jour, n'avait réussi à déchiffrer. Arthur aurait donné cher pour savoir ce que cette pierre racontait...

Au pavillon des choses anciennes étaient exposées des noix vieilles de 1000 ans. Par quel prodige s'étaient-elles conservées jusqu'à ce jour? Il fut tenté d'en goûter une pour voir!

Arthur passait d'un kiosque à l'autre et s'émerveillait. Dans celui où il se trouvait maintenant, il s'attarda devant la fameuse horloge du père Secchi, envoyée par Rome pour orner son pavillon. «L'horloge écrit, sur une feuille de papier qui se déroule devant les spectateurs, la direction et l'intensité du vent, l'heure et la quantité de la pluie, la hauteur du baromètre et le degré d'humidité de l'atmosphère», disait la légende. Il avait lu cette description dans les journaux sans trop y croire. Mais là, le mécanisme se déroulait sous ses yeux. Quelles inventions verraient encore le jour? se disait-il. L'homme restait une boîte à surprises qui, au moment le plus inattendu, captait une parcelle de l'inconnu, se l'appropriait, en cherchait une utilisation et l'adaptait à ses besoins... Le génie était là.

Il leva enfin la tête et se vit entouré d'ecclésiastiques qui admiraient, eux aussi, la fameuse horloge. «Les adversaires de la foi catholique, qui nous accusent d'être contre la civilisation moderne devront reconnaître, devant cette invention, que Rome est toujours à la tête des arts et de la science, n'est-ce pas?», faisait remarquer fièrement un prélat à un autre, qui lui répondit avec non moins de fierté: «Assurément!»

Arthur, bondissant à ce commentaire, leur fit face: «Faites des horloges, messieurs, et des plus perfectionnées encore, personne ne vous en tiendra rigueur, bien au contraire. Mais ce n'est pas tout de les inventer, encore faut-il les ajuster de temps en temps pour les mettre à l'heure du monde. Pour le moment, elles retardent!» Et Arthur, se souciant fort peu de leur air outré, se dirigea d'un pas nonchalant vers le pavillon de la cristallerie.

L'éblouissement le saisit dès l'entrée. La lumière tombant sur les pièces de cristal s'éclatait en mille éclats. Elle brûlait les yeux comme le soleil de midi sur l'eau d'une rivière. On y trouvait des pièces de toutes les couleurs. Captivé par la beauté de ces chefs-d'œuvre, qui s'ajoutaient à ceux déjà vus, Arthur se sentit plein d'admiration pour tous ces artisans qui avaient pu les concevoir. L'homme était vraiment un créateur. Qui ou quoi arrêterait le travail de son imagination? se répétait-il, quand toutes les guerres exterminatrices, les séismes dévastateurs et les calamités de tous genres n'avaient encore jamais tari son inspiration. C'était hallucinant! Arthur prenait conscience qu'on pouvait avoir une confiance infinie en l'homme. Une confirmation en somme, de ce qu'il avait toujours su.

Il se sentit poussé légèrement du coude: «Regardez mon ami, avec quel art on a taillé ce monumental lustre de baccarat!»

Arthur surpris, se retourna pour constater que cette inconnue qui venait d'attirer aussi familièrement son attention n'était autre que... Mme Perrier. Il éclata de rire. On avait beau être à Paris au milieu de milliers de personnes, il fallait l'admettre, le monde était petit. Sur un paquebot, cela se comprenait, mais dans la plus grande ville de France...

Mme Perrier, alerté par ce rire, leva les yeux, et... incrédule, reconnut à son tour chez ce jeune homme au sourire moqueur qui la regardait le séduisant chroniqueur. Elle rougit jusqu'aux oreilles, tout en regardant, un peu affolée, autour d'elle.

— Monsieur Buies! vous ici?

— Mes hommages, madame! dit celui-ci en s'inclinant.

— Pardonnez-moi!... mais j'avais cru, encore une fois, parler à mon mari.

— Oserais-je vous prévenir du danger que comporte cette... manie, madame?

— Mais... de quel genre? Je ne vois pas...

— Du genre «séduction», par exemple.

— Voyons, monsieur Buies, à mon âge!...

— C'est fort possible, puisque votre charme agit sur moi par vos yeux... Ces yeux toujours fort beaux dans lesquels je retrouve la couleur unique de ceux de cette jeune Laurence. Me les rappeler par votre regard, madame, me laisse une douce impression.

Mme Perrier ne se sentait plus de confusion.

— Vos compliments trop bien tournés feraient damner un saint, monsieur Buies. Un peu plus, on y croirait.

— Vous le pouvez, madame, je ne mens jamais. Même pour faire plaisir à une femme, fût-elle être la plus charmante.

Mme Perrier eut un sourire malicieux.

— Savez-vous, monsieur Buies, que si mon mari vous entendait, vous seriez un homme mort?

— Mais je serais prêt à lui répéter mes propos sans aucune crainte, croyez-moi.

La femme du juge prit un air effrayé.

— Ne tentez rien de ce genre, je vous en supplie, monsieur Buies! C'est ma vie qui serait en danger!... Je parle au figuré, bien sûr, s'empressa-t-elle de rajouter.

— Bien entendu!... Mais vous ne méritez pas, quant à moi, un «figuré» comme celui-là, madame. Arthur se demandait combien de femmes vivaient ainsi à la merci de l'humeur de leur époux.

— Oh! ce n'est pas un méchant homme, vous savez, mais il a un caractère un peu prompt.

Ils avançaient malgré eux, poussés par la foule des visiteurs.

Arthur se pencha soudain et saisit un objet qu'il éleva vers la lumière. C'était une petite carafe torsadée en cristal bleu de Bohême, un véritable bijou par sa forme et sa couleur.

— Voilà les yeux de votre fille, madame.

Celle-ci, que le comportement du jeune homme étonnait toujours, prit la petite carafe qu'il lui tendait.

— Eh bien! je cherche justement des cadeaux à rapporter au Canada. Laurence serait sûrement ravie de recevoir celui-ci. Je pourrais lui glisser qu'un certain... chroniqueur m'a aidée dans mon choix!

— Faites, madame, et à votre retour à Québec, rappelez-moi à son bon souvenir.

— Je n'y manquerai pas. Mon Dieu!... j'aperçois mon mari qui semble me chercher. Soyez gentil, monsieur Buies, éloignez-vous avant qu'il ne nous voit ensemble. Et... merci pour votre amabilité.

Mme Perrier rajouta en rougissant: «Vous savez, on se trompe sur votre compte! de tout mon cœur, je vous souhaite de réussir à Paris.»

Arthur, toujours étonné de l'attitude de cette femme qui se révélait à chaque fois plus charmante avec lui, prit sa main et la baisa courtoisement. Il la regarda une dernière fois dans les yeux, puis il s'éloigna pour se fondre dans la foule. Quand son mari la rejoignit, elle jeta discrètement un regard alentour. Il avait disparu.

Le mois d'août s'achevait et les choses n'allaient plus très bien pour Arthur. D'abord, M. Peyrat n'avait plus donné suite à ses promesses. Il lui avait refusé sa porte sans plus donner de raison. Ensuite, cette revue qui se disait d'avant-garde et qui avait semblé intéressée par ses articles n'avait paru que quelques semaines. Les autres journaux auxquels Arthur s'était adressé lui avaient fait bon accueil, mais trop occupés qu'ils étaient à couvrir les événements de l'Exposition et à discuter de sa portée économique, sociale et politique sur le pays, ils avaient reporté la parution de ses articles aux calendes grecques.

Comme l'Angleterre et la France, c'est-à-dire Victoria et Eugénie, se promenaient bras dessus, bras dessous pour le moment, toute critique de la Confédération du Canada, signée à Londres, était plutôt mal venue. On avait beau reconnaître le talent d'Arthur, les temps actuels lui donnaient difficilement l'occasion de l'exercer.

En conséquence, ses sources de revenus s'étaient de plus en plus taries. Il attendait toujours du Canada des redevances de ses terres. S'il n'arrivait pas à obtenir un autre contrat bientôt, il ne saurait vraiment plus quel parti prendre pour se sauver de la faim. Déjà qu'il avait dû quitter son bel appartement du Bois de Vincennes pour une petite chambre à loyer modeste au cœur de Paris.

Il réfléchissait sérieusement à sa situation quand Richard Cortambert, avec qui il s'était lié d'amitié, l'invita à un dîner de la Société d'archéologie. Il s'y rendit. Dans toute cette assemblée de gens instruits et cultivés, il espérait bien rencontrer une personne susceptible de l'aider.

Après le dîner, la causerie se poursuivait quand tout à coup, à sa grande surprise, il entendit Richard Cortambert le présenter à l'assistance: «Je vous présente un jeune homme qui vient tenter à Paris la fortune littéraire; vous l'accueillerez parmi vous, n'est-ce pas, et lui faciliterez ses débuts? Il arrive du Canada, ce pays français qui nous est si cher.»

Tous les regards intrigués se dirigèrent vers lui. Intimidé et impressionné par cet assemblée distinguée, Arthur hésita quelques secondes. Mais ne représentait-il pas son pays? Alors, bravement, il se leva et pendant un quart d'heure, leur parla de son Canada français.

On l'écouta d'abord avec politesse, mais quand il se rassit, il avait conquis son auditoire. On l'applaudit chaleureusement et chacun vint lui serrer la main. Dans cet ardent jeune homme au regard fier, au ton ferme, à l'éloquence déjà affirmée, mais surtout à ce langage dont on s'étonnait qu'il fleurisse encore dans ce pays lointain, on reconnaissait la France. On était prêt à l'aider. On le nomma sur-le-champ membre de la Société d'archéologie et on l'invita à présenter un travail à la conférence d'octobre. Il exultait.

Le soir même, il se mettait à sa table de travail et commençait à rédiger une histoire du Canada. Il y travailla jusqu'au matin, se reposa quelques heures, le reprit, et pendant des jours, couvrit des pages de texte. Il mangeait à peine, soutenu par son ardeur habituelle. Pendant ce temps, il attendait toujours du Canada de l'argent qui ne venait pas.

Il dut de nouveau parcourir les rues de Paris et frapper à la porte d'autres journaux. Sur un coup d'inspiration, il choisit d'abord la *Revue libérale* et d'un ton décidé, offrit un travail sur l'Amérique, travail qu'il avait déjà rédigé et mis de côté pour un rédacteur éventuel.

Dès le lendemain, intéressé par ce récit où, habilement, la France était mise en cause et, dans un ton plein de franchise et de verve, tenue en partie responsable de la situation des Canadiens français, le rédacteur non seulement l'acceptait mais il lui réservait l'espace du premier grand article pour la semaine suivante. Et, ce qui n'était pas à dédaigner, il le payait rubis sur l'ongle. Arthur jubilait.

Et comme pour les malheurs, un bonheur ne vient jamais seul. Par l'entremise de nouvelles relations qu'il s'était faites presque malgré lui dans les milieux journalistique et littéraire, il se retrouva un soir... dans le salon de George Sand!

En entrant, il ne vit qu'elle. Revêtue d'une robe de soie noire, les épaules recouvertes d'un châle de cachemire, elle semblait porter le deuil de tous les grands hommes qui s'étaient attardés dans sa vie. Entourée d'intellectuels et d'écrivains de tous âges, elle se tenait assise, un livre entrouvert sur les genoux, sujet de discussion du moment.

À son arrivée, elle se retourna et le regarda venir. Ses grands yeux noirs, toujours beaux, détaillaient avec curiosité et intérêt cet inconnu, séduisant, qui s'avançait vers elle. Arthur, de son côté, oubliant toute retenue, détaillait de tous ses yeux cette femme dont les mœurs et les amours célèbres, plus que les œuvres encore, avaient défrayé la chronique dans le monde entier.

Dans un geste d'accueil généreux, elle lui tendit les deux mains.

— Ne voilà-t-il pas un de mes «beaux messieurs de Bois-Doré» qui vient me visiter?

Arthur, ému, prit ces mains quasi célèbres, que Musset, Chopin, et combien d'autres avait caressées avant lui, les éleva jusqu'à ses lèvres et les baisa l'une après l'autre avec dévotion. Puis il s'inclina très bas.

— Mes hommages, George Sand! Les vrais mots lui manquaient pour exprimer dans une seule phrase tout ce que cette femme représentait pour lui. Fasciné, il continuait de la regarder et cette incorrigible romantique se laissait agréablement séduire par l'admiration avouée de ce regard nouveau.

— Si vous voulez bien me rappeler votre nom, monsieur?

— Arthur Buies, madame. Je suis Canadien français. Je me suis installé récemment à Paris.

— Pour longtemps?

— Pour toujours, je l'espère.

Dans le salon, on chuchotait.

— Buies? Je n'ai jamais entendu ce nom, c'est pourtant bien français.

— Cortambert, qui le connaît, dit que par sa mère, il descend du baron d'Estimauville de Beaumouchel, noblesse qui remonte au XIVe siècle. Un de ses ancêtres fut le fondateur du Havre.

— Vraiment?

— Mais son père serait Écossais et, pour une raison obscure, il aurait transformé son nom.

On le présenta aux invités. Un homme d'une quarantaine d'années lui tendit la main.

— Eugène Fromentin! Je suis heureux de vous rencontrer, monsieur Buies.

— Et moi de même, monsieur. N'êtes-vous pas l'auteur de ce roman psychologique, *Dominique*, dont on a dit grand bien? Pour ma part, je n'ai pas encore eu le bonheur de l'avoir entre les mains et je le regrette, croyez-moi.

— Que vous soyez au courant de son existence est déjà un éloge en soi. Je vous en ferai parvenir un exemplaire si vous le voulez.

— Vous m'en voyez ravi, monsieur. Je le lirai avec un grand plaisir.

Continuant de serrer des mains à la ronde, il se trouva soudain devant un homme d'une taille impressionnante, qui lui prit la main en la serrant vigoureusement.

— Gustave Flaubert! très heureux, monsieur Buies.

— Gustave Flaubert!... Vous me voyez très honoré, monsieur. Laissez-moi vous dire qu'au Canada, chez les gens instruits — je ne parle évidemment pas du clergé — *Madame Bovary* est sur toutes les lèvres... si je puis dire. On la plaint ou on l'accable. On la comprend ou on la condamne. Ce qui est incontestable, c'est qu'elle ne laisse personne indifférent. C'est un grand succès, monsieur!

— Je vous remercie, monsieur Buies. Je dois vous dire à mon tour que j'ai eu le plaisir de lire un article sur l'Amérique paru dernièrement dans la *Revue libérale* et signé «Arthur Buies». C'était donc vous! Il m'a vivement intéressé.

— Vous m'en voyez flatté, monsieur.

Un homme de belle prestance s'avança vers lui et lui tendit la main à son tour. Arthur la prit et la serra.

— Qui ai-je l'honneur de saluer?

— Alexandre Dumas! fils, évidemment, rajouta-t-il en riant.

— Je suis plus qu'honoré, monsieur! Si *Madame Bovary* trouble les consciences, votre *Dame aux camélias* émeut bien des cœurs.

— Je sais, monsieur! elle ne cesse de m'émouvoir aussi. Il y a des personnages dont il est difficile de se défaire.

Arthur ressentait une fierté sans borne à se trouver au beau milieu de cette réunion d'écrivains français dont, hier encore, il ne connaissait que les œuvres. Chefs-d'œuvre était plus juste!

Restant discret, il n'en écoutait pas moins avec avidité tout ce qui se disait. On parlait beaucoup de l'avenir de la science, qui surpasserait toutes les fictions. Ce qui n'était pas pour lui déplaire. Il en était un adepte fervent. On citait Renan. La science exacte expliquerait la foi. Après dissection et analyse, on en aurait une certitude rationnelle et scientifique incontestable. Ainsi décortiquée, elle se dégagerait de ses multiples masques accumulés par le temps, et tous les mystères, nébuleux par définition, seraient enfin élucidés. Tout ce qui existait finirait par trouver son explication logique.

La science était de tous les propos. On se fiait à elle maintenant pour éclairer enfin le chemin de l'humanité, ce qui lui éviterait dorénavant de s'égarer dans des voies chimériques. L'homme, disait-on encore, s'observant de plus près par elle, connaîtrait ses fonctions, ses aspirations et ses possibilités, et comprendrait enfin le rôle qu'il avait à jouer sur cette terre.

Arthur avait l'impression de respirer enfin de l'air pur; ses poumons lui semblaient légers comme du duvet. Les idées qui s'échangeaient dans ce salon correspondaient exactement aux siennes.

Jetant un regard sur ces célébrités du monde littéraire, l'idée lui vint soudain que tous ces écrivains sans exception étaient bannis au Canada français. Il réprima à grand-peine un fou rire.

George Sand intervenait de temps en temps dans la conversation sans perdre Arthur des yeux. Elle le vit sourire et lança à la cantonade:

— Je me demande bien ce qui amuse ainsi monsieur Buies?

Curieux, les invités se tournèrent vers Arthur qui, apostrophé de cette façon cavalière, se figea quelques secondes. Mais, à son habitude, il se reprit aussitôt et c'est sur un ton désinvolte qu'il déclara tout de go à ces auteurs distingués:

— Je me faisais la réflexion, messieurs, que chez nous, vous êtes tous à l'index et que vous lire tient de l'exploit!

Croyant à une boutade, des rires fusèrent parmi les écrivains. Arthur, encouragé, s'enhardit.

— Par exemple, vous, monsieur Flaubert, êtes condamné pour avoir suicidé madame Bovary. Monsieur Dumas, en revanche, pour n'avoir pas condamné sa Dame aux camélias. On se réjouit que Litz, qui a aimé au moins mille femmes, se soit fait prêtre, malgré qu'il n'ait jamais mis fin à ses conquêtes, mais à Lamennais, qui n'a aimé que Jésus-Christ, on ne reconnaît pas sa *Parole d'un croyant*. Beaudelaire, qui vient de s'éteindre, est voué depuis longtemps aux gémonies. Et Voltaire, n'en parlons point, on y perd son nom à prononcer le sien.

— Mais dans quel pays vivez-vous, monsieur?

— Je vivais au Canada français! pays religieux avant tout! par dessus tout! et contre tout!

— On vous a expatrié?

— On m'a excommunié!

— Et pourquoi donc?

Visiblement, l'assistance s'amusait de ce curieux personnage.

— Pour une question de liberté, messieurs!

George Sand n'avait pas aussitôt attiré l'attention générale sur ce jeune homme, qui venait pour la première fois dans son salon, qu'elle l'avait regretté. C'était un peu cruel de sa part de confronter ce nouveau venu à ces habitués. Tous des lions prêts à déchiqueter un nouvel auteur, quitte à l'encenser plus tard, quand une œuvre le révélait à la face du monde. Elle s'apprêtait à lui porter secours, quand elle le vit se défendre. Et fort bien, ma foi! Il avait un humour rafraîchissant, mêlé d'audace, qui allégeait ces discussions de salon parfois un peu guindées. Elle s'en réjouissait d'autant plus qu'elle avait voulu attirer son attention.

Cet homme la regardait maintenant et la troublait... Son cœur, depuis longtemps déjà, avait repris son poli de miroir, comme la surface d'un lac une fois le vent tombé. Irrémédiablement assouvi, il s'était s'apaisé. Enfin... elle le croyait. Mais à sentir le tumulte familier qui, à son insu, avait envahi ses sens depuis que ce jeune Canadien avait pénétré dans son salon, il n'en était rien. Le désir, n'en ayant toujours fait qu'à sa tête, l'avait prise d'assaut. Brusquement. Sans prévenir. Son dernier amant, qu'elle voyait de plus en plus rarement, ne l'avait jamais excitée à ce point.

Attentive maintenant, elle observait avec un ravissement étonné ce printemps hors saison qui bondissait en elle comme les eaux gonflées d'une rivière de mars. Elle guettait le moment où il disparaîtrait comme il était venu. Mais, tenace, il durait et la tourmentait, lui restituant toutes ses ardeurs de jeunesse. Jamais le désir ne l'avait frappée d'une façon aussi brutale et aussi absolue; capricieux et exigeant, il réclamait un impérieux assouvissement.

C'était un peu effrayant!... Elle se réjouissait déjà de la perspective d'une dernière aventure, tout en hésitant... À son âge! avec un si jeune homme surtout, ce serait d'une telle indécence! Mais, le feu aux joues, la fougueuse George Sand qui dormait sous la bonne dame de Nohant ne réfléchissait plus et gardait avec peine le contrôle de ses ardeurs qui venaient subrepticement de se réveiller. De peur de révéler son état, cette femme d'âge mûr devenait une jeune fille timide qui n'osait plus lever les yeux. Heureusement, il était tard, son salon commençait à se vider.

Il lui fallait retenir coûte que coûte ce jeune homme. Tant pis, elle n'écrirait pas cette nuit. Elle se leva et le prit en aparté.

— Monsieur Buies?

— Madame?...

— Il y a quelques années, mon fils était invité par le prince Jérôme à visiter l'Amérique du Nord à bord de son yacht. À son retour, il composa un récit. Son œil, bien qu'observateur, n'était que celui d'un visiteur. J'aimerais que vous me racontiez ce pays lointain qui est le vôtre... ses odeurs, ses couleurs, ses chants.

— Mais... croyez que ce sera un immense plaisir de revenir vous en parler, madame Sand!

— Qui parle de revenir? Décrivez-le-moi... maintenant.

Arthur, décontenancé, regarda mieux la romancière et ce qu'il vit dans ses yeux le dérouta. Il n'y avait pas à s'y méprendre, cette femme le désirait. Encore qu'il n'y croyait qu'à demi. Ce regard si célèbre l'implorait... lui?

Toujours incrédule, il la vit s'approcher, elle posa ses deux mains sur sa poitrine et levant les yeux, lui murmura: «Restez!»

Arthur n'hésita qu'une seconde, il recouvrit de ses longues mains les deux petites mains qui s'appuyaient sur lui et, trop ému pour proférer un son, acquiesça d'un mouvement de tête. Elle eut un imperceptible soupir de soulagement et, le prenant par la main, l'entraîna dans sa chambre.

Comme tous les soirs, la servante avait préparé le lit. Les lumières tamisées sous de gros abat-jour ornés de longues franges éclairaient doucement la pénombre. Sur les murs, des visages souriaient dans leurs cadres. George Sand s'assit sur une chaise longue recouverte de châles tziganes et invita Arthur à prendre place près d'elle sur un énorme pouf. Elle fit apporter du vin pour son invité et demanda qu'on ne les dérangea plus.

— Alors, monsieur Buies, et ce pays?

— Un fleuve immense qui se jette dans l'Atlantique!... des millions de lacs, de rivières, de sources, de chutes, de torrents!... des villages, des vallées, des forêts!... quatre saisons bien définies. Des hivers de neige et de glace avec des oiseaux courageux qui les bravent: geais bleus, pics, mésanges, bruants... qui s'abritent dans les conifères!... Des printemps de débâcle et de bourgeons éclatés avec le retour des tourterelles, des corneilles et des hirondelles!... Des étés chauds qui se prélassent sur les gazons verts, remplissent les arbres de feuilles bruissantes et font foisonner les fleurs sauvages!... Des automnes féeriques parés de feuilles somptueuses que désertent par volées des milliers d'oiseaux migrateurs!... Et sur tout ce pays, un vent de givre, de lin ou de soie, c'est selon, s'enroule autour des saisons comme de longues écharpes et y circule à l'aise, parce que partout, il est chez lui!... Et vivant dans ce vaste pays, des gens qui, un jour, sont partis d'ici!...

La romancière, séduite par cette description enchanteresse d'une Amérique que son fils avait trouvée un peu ingrate, avait, d'un geste spontané, pris la main d'Arthur.

— Mais comment avez-vous pu quitter ce pays?

— Les clochers, si pittoresques soient-ils, poussent aussi nombreux que les arbres — j'exagère à peine _ et le son de leurs cloches, bien qu'il me charme, couvre la voix des hommes et le chant des oiseaux.

— Que vous êtes romanesque, cher Arthur!

— Je suis surtout un anticlérical entêté! Et j'ai beau faire, tout m'y ramène.

George Sand éclata d'un rire juvénile; déjà que, placée dans la pénombre, ses rides devenaient des ridules et la rendaient sinon belle du moins désirable. Avec la nuit qui avançait, elle finirait peut-être par rattraper son âge, se dit soudain Arthur qui aussitôt sourit malgré lui à ces pensées pour le moins inconvenantes.

— Vous vous amusez encore, Arthur, et cette fois-ci à mes dépens, j'en jurerais.

Arthur, pris au piège, essaya de biaiser.

— Mais non, vous vous trompez.

— Vous ne vous défilerez pas comme ça, mon jeune Canadien. Alors, dites-moi franchement, qui ou quoi a provoqué chez vous cette hilarité, retenue j'en conviens, mais hilarité quand même. Allons! dites! dites!

Il la regarda, hésitant, mais devant son sourire espiègle, il osa et le lui dit. Alors tous deux rirent de bon cœur.

Et... d'aveux en plaisanteries, de badinages en taquineries, ils en vinrent aux petits riens chuchotés, mêlés de gestes tendres, si bien que tout doucement, par ces méandres ludiques, ils se retrouvèrent dans les bras l'un de l'autre...

Et le matin se leva sur Paris.

L'automne était déjà avancé. L'Exposition universelle était terminée. Les Altesses, repues de soupers fins, fourbues de ronds de jambe et engourdies de promesses de paix soporifiques, avaient regagné leur royaume. Paris essayait de reprendre son rythme. Dès le lendemain de sa nuit d'amour, la bonne dame de Nohant avait pris le pas sur l'impétueuse George Sand et regagné son Berry. Arthur ne l'avait pas revue. Elle lui avait écrit et, à mots couverts, l'avait remercié de son amitié...

Cette soirée chez elle lui paraissait aujourd'hui tellement irréelle qu'il se demandait s'il ne l'avait pas rêvée.

Pour le moment, l'heure n'était pas au souvenir des amourettes, si exceptionnelles avaient-elles été. Il avait trop de difficulté à vendre ses articles. Par contre, ses soirées à la Société d'archéologie l'intéressaient toujours autant et il s'y rendait avec plaisir. Le travail qu'on lui avait demandé pour la revue d'octobre avait paru et avait plu. Richard Cortambert, qui préparait une géographie universelle, lui proposa de faire la partie portant sur l'Amérique. Il se mit à l'ouvrage. Tous les après-midi, il fouillait dans les bibliothèques à la recherche de renseignements susceptibles de l'aider. Souvent, il s'y rendait très tôt le matin pour y travailler ses textes. Il avait toujours aimé l'ambiance de ces grandes salles qui fleuraient bon les livres.

Décembre arriva et une première petite neige tomba et fondit aussitôt. Une deuxième fondit aussi. La neige ne restait pas longtemps à Paris.

Puis ce fut Noël!

Arthur avait été invité à prendre le repas traditionnel de Noël dans la famille de Richard Cortambert. Un bon feu flambait dans l'âtre. La table recouverte d'une nappe blanche était dressée comme pour un festin. Les enfants, qui ressentaient le charme mystérieux de cette fête, étaient moins turbulents qu'à l'habitude.

Debout dans le salon, une flûte de champagne à la main, Arthur contemplait le sapin savamment décoré et brillant de toutes ses bougies multicolores. Il fut pris soudain d'une nostalgie poignante et réprima à grand-peine un sanglot. Le petit Alphonse devait avoir environ trois ans et demi maintenant. Quel regard émerveillé devait-il lever sur l'arbre illuminé? Et Alice, la petite fille qu'il ne connaissait pas encore, promettait d'être adorable, d'après Victoria.

Il revoyait le réveillon chez sa sœur et son beau-frère, la table décorée de branches de sapin, les tourtières dorées et fumantes, la tête fromagée et toutes ces bonnes choses qui rappelaient le pays. Ces odeurs et ces saveurs, oubliées jusqu'ici, surgissaient tout à coup au beau milieu de son ennui, le rendant presque intolérable.

Richard Cortambert s'aperçut de l'émoi d'Arthur. Il s'approcha de lui.

— Vous avez le mal du pays, Arthur, ou je me trompe?

Celui-ci, surpris dans son moment de faiblesse, resta la gorge nouée et, incapable de répondre, inclina la tête. Puis, se ressaisissant avec effort, il lança en boutade à son ami.

— Je m'ennuie même de mes vieilles tantes, c'est vous dire! Je me disais qu'elles ont six mois de plus. À leur âge, c'est six mois de moins.

— Le climat vous manque-t-il aussi? Il me semble vous avoir entendu dire maintes fois que vous n'aimiez pas l'hiver.

— C'est plutôt que je ne supporte pas le froid. Saviez-vous, Richard, que, curieusement, on est plus confortable dans les maisons du Canada qu'ici. Il y a au moins deux mois que je grelotte dans ma petite chambre parce qu'on n'y chauffe pas ou si peu. À cette époque-ci, chez nous, il y a longtemps que les foyers flambent à cœur de jour et de nuit dans toutes les pièces. De plus, les maisons sont isolées du froid par la neige, qui s'accumule tout autour.

— Qui monte même parfois jusqu'aux toits, m'avez-vous dit?...

— Oui! Cela se produit presque à chaque hiver. On a même vu, en 1828, la neige commencer à tomber peu après la Toussaint, début novembre, pour s'arrêter fin mars. On l'avait très justement appelée l'Année de la grande neige! C'est dans la région de Charlevoix, à vingt kilomètres de Québec, qu'il en tombe le plus.

— Mais vous devez geler tout rond?

— Les gens disent que «la neige, c'est le froid qui tombe!» C'est le nordet, comme on dit chez nous, qui nous amène les tempêtes de neige. Le noroît apporte un vent très froid et sec.

— Et cette température se maintient pendant toute la saison?

— Curieusement, vers la fin de janvier, il y a ce qu'on appelle un «redoux», causé par un vent du sud-ouest, le suroît. Il pleut et les arbres s'alourdissent de verglas. C'est un spectacle féerique, ces branches de cristal dans le soleil! Mais cela ne dure que quelques jours; le vent du nord revient et peut faire baisser le mercure de trente degrés en une seule nuit. Et voyez-vous, Richard, même cette vision de cauchemar n'arrive pas dissiper l'état de nostalgie aiguë dans lequel je me trouve. C'est dire!...

292

Richard Cortambert sut dès lors qu'Arthur allait bientôt rentrer chez lui. Il sonda alors son ami.

— Quel est votre pays, Arthur?

Celui-ci, étonné, regarda son ami.

— Le Canada, bien sûr!

— N'était-ce pas la France, il y a six mois, quand vous vous y êtes installé, soi-disant pour toujours?

— Il y a six ans, c'était aussi la France. Dans six ans, est-ce que ce sera encore la France? Je l'ignore. Une même force m'y amène et m'en ramène. Mon problème, voyez-vous, Richard, c'est que je suis écartelé entre ces deux patries. Et je choisis tantôt l'une, tantôt l'autre. Mais à la vérité, je ne choisis pas, je suis poussé alternativement vers l'une et vers l'autre.

— Et aujourd'hui, c'est vers vos «arpents de neige» que votre élan vous pousse? Allez-y donc, mon ami! Et ne choisissez plus! Vous avez deux pays, et alors? Aimez-les tous les deux. Et quand le cœur vous en dit, vivez dans l'un ou dans l'autre. Cette dualité est en vous et explique en partie l'aspect primesautier de votre personnalité.

— Il y a aussi qu'il faut vivre, et comme le moment n'est pas propice pour parler du Canada, je me vois difficilement rester ici encore longtemps sans mourir de faim, je vous l'avoue.

— C'est vrai que malgré les belles paroles de paix et les marques d'amitié échangées entre les Altesses, la politique de l'Europe redevient houleuse. Mais cela m'attriste de vous voir partir, Arthur. Votre talent trouverait sûrement à s'exercer dans un journal convenant à votre genre de chroniques. Je pense au *Globe*, journal au langage universel, par définition. Si vous arriviez à surmonter cette mauvaise passe et à faire preuve de patience, je réussirais peut-être à vous y faire entrer comme journaliste. Pensez-y, mon ami.

Arthur tendit spontanément la main à cet ami dévoué.

Mais c'était tout réfléchi. Quand Arthur s'était mis quelque chose dans la tête, rien au monde ne pouvait le faire changer d'idée. De retour dans sa chambre, deux lettres l'attendaient et le confirmèrent dans sa décision: la première, de ses tantes qui lui envoyaient un montant équivalent au prix de son voyage de retour, et la deuxième, de ses amis de l'Institut canadien. Ceux-ci lui annonçaient avoir reçu 500 volumes de France: des Dumas père et fils, des Alphonse Karr, des George Sand... Ils l'informaient également de la fondation d'une école de droit, affiliée à l'Université Victoria de Cobourg dans le Haut-Canada, où enseignaient notamment Joseph Doutre et Rodolphe Laflamme.

Ils avaient même glissé un extrait du discours du révérend J. Garner: «L'Institut canadien lutte pour une idée; c'est une institution-drapeau. Il combat en faveur de l'hospitalité de l'esprit, pour la liberté de penser, de lire et de parler... et en faveur de leur droit de citoyens de langue française de se rencontrer en société avec leurs concitoyens de races et de croyances différentes.»

Il n'en fallait pas plus à Arthur pour «décoller et en vitesse», comme disaient ses chers Canadiens, à qui il prêtait maintenant toutes les qualités.

Il réalisait que sa véritable place était au sein de cet Institut, auprès de ce noyau d'apôtres de la liberté auquel il appartenait et qu'il n'aurait jamais dû quitter. Il voyait déjà la surprise de ses amis et leurs éclats de rire le matin où il remettrait de nouveau les pieds à Montréal! Et surtout, il entendait leurs moqueries: «N'est-ce pas notre exilé volontaire qui nous avait brisé le cœur en nous laissant sur des adieux définitifs?...» «Je vous reviens!», s'exclamera-t-il dans un élan de ferveur. «Il nous revient, réjouissons-nous, mais pour combien de temps?», demanderont-ils. «Pour toujours, mes amis!», leur jurera-t-il, la main sur le cœur. «Pour toujours, on sait, mais pour combien de temps?...»

Et pendant quelques jours, ne le prenant plus au sérieux, il resterait pour tous les membres de l'Institut un sujet de plaisanteries. Arthur rirait aussi, et au soir de sa première conférence, il les tiendrait de nouveau... «sous le charme de son discours, avec sa verve habituelle, son éloquence et sa grande culture», comme on disait toujours, en parlant de lui. Ses amis jureraient alors de ne plus le laisser échapper et la vie reprendrait, plus belle que jamais. Dieu, qu'il les aimait!

Le 7 janvier 1868, après avoir plié bagage et fait ses adieux à ses amis les plus intimes, Arthur fuyait Paris et reprenait le chemin du Canada, animé du même enthousiasme qui lui avait fait quitter son pays sept mois plus tôt.

Appuyé au bastingage du paquebot, Arthur avait encore une fois tout le temps de réfléchir. Évaluant le chemin parcouru depuis son enfance, un détail insolite vint le frapper: il semblait que ce soit en janvier que se prenaient les virages importants de sa vie. Il était né le 24 janvier 1840. Ses parents, mariés le 23 janvier 1837, l'avaient abandonné en janvier 1841 pour aller vivre en Guyane. C'était en janvier 1856, à seize ans, qu'il était allé rejoindre son père à Berbice. Il était arrivé à Paris en janvier 1857 et rentré au Canada en janvier 1862. Et voilà qu'il revenait de France, encore en janvier!... Étrange! pensait Arthur. Vers quelle destination inconnue l'aiguillerait le prochain mois de janvier? Il était curieux de le savoir.

Et quel mois, choisira-t-il pour mourir? Janvier?...

Mais que lui prenait-il? Il était en train de se raconter des histoires de bonnes femmes! Eh! Quoi! devenait-il superstitieux? Que ce mois marque les événements les plus importants de sa vie, aussi curieux que cela puisse paraître de prime abord, ne pouvait être que pure coïncidence. Qu'y voir d'autre? Les mois se valaient tous. Et que ses anniversaires tombent toujours en janvier, il va sans dire que c'était là une réalité incontournable!

En un éclair, Arthur chassa ces balivernes de sa pensée. Il s'alluma un cigare et dirigea ses réflexions vers des choses plus sérieuses, comme son retour au pays.

IX

Le clergé n'a d'emprise que celle qu'on lui laisse prendre,
et de puissance que celle qu'on lui abandonne.

ARTHUR BUIES

Joseph sortit son grand râteau de bois et entreprit de ratisser le parterre devant le manoir. Un premier nettoyage grossier s'imposait toujours après l'hiver. Il fallait le débarrasser des débris que les nombreuses bourrasques avaient éparpillés un peu partout. Heureusement, la pluie des derniers jours avait amolli la terre et elle se laissait travailler facilement. Ainsi aérée, elle dégageait des senteurs de mousse et de racines mouillées que le serviteur aspirait avec délice comme le meilleur des parfums.

On sentait toute la vie souterraine bouger dans un mouvement irréversible de réveil. Le printemps se savait enfin arrivé à sa saison, et dans un grand sentiment de délivrance, libérait à chacune de ses ardeurs toute une flore variée née d'un rêve élaboré pendant le froid et silencieux hiver.

Au bout d'une heure, Joseph s'appuya sur le manche de son râteau pour prendre un moment de répit. Il examina la façade du manoir. Les murs blancs en bardeaux de bois et la galerie n'avaient pas trop souffert de l'hiver. Par contre, la tôle qui protégeait le bas des lucarnes étaient rouillée et la peinture s'écaillait autour des fenêtres. En plus, l'une des quatre cheminées était ébréchée.

Chaque année, c'était à recommencer. Mais rénover était encore la tâche que Joseph préférait parmi toutes celles que réclamaient les soins du manoir. Habile, il travaillait bien le bois, faisant même des petits meubles au besoin. Il voyait déjà le toit noir achevé et les lucarnes rafraîchies pour une autre saison. Ça lui donnait un bon mois pour terminer la rénovation complète du domaine avant de s'occuper du parterre. Les fleurs étaient tardives à Rimouski, mais protégées par des treillis et entourées de bons soins, elles finissaient par pousser aussi bien qu'à Québec ou ailleurs. Pour le potager, il bêchait la terre et la rendait prête pour la semence. Après, c'était l'affaire des femmes. Héloïse s'en occupait.

Derrière le manoir, le terrain qui s'étirait jusqu'au fleuve était encore plus encombré que devant, car de nombreux feuillus y poussaient à l'aise. Joseph aurait bien voulu en couper quelques-uns, mais il se heurtait au refus des seigneuresses qui y voyaient un coupe-vent naturel. En cela, elles avaient bien raison, devait reconnaître le serviteur.

Un sentier sinueux conduisait au fleuve et à un mille au large, l'île St-Barnabé semblait échouée comme une énorme baleine. La brise de mer emplissait l'air d'une odeur de varech empreinte de salin. Parfum authentique que goûtaient avec une constante ivresse les «gens d'en bas». L'hiver ne sentait rien. Mais avant même d'en apercevoir les premiers signes, on voyait déjà venir le printemps à l'odeur. Joseph respira encore un bon coup et reprit son travail.

À la fin de l'après-midi, il avait ratissé tout le devant et dégagé l'allée qui menait à la route. Malgré l'épaisseur de ses gants, il commençait à avoir les mains gelées. Dire qu'à Montréal, il faisait peut-être 60 °F et ça monterait jusqu'à 90 °F en juillet. Mais habitué depuis trop longtemps à passer les saisons estivales au bord du fleuve de Rimouski, il ne se voyait plus supporter ce climat étouffant pendant un seul été. Il en mourrait sûrement.

Ses outils rangés dans la remise, il se dirigea vers la cuisine du manoir. En entrant, il aperçut Passe-Partout, le quêteux, assis près du gros poêle.

Il était vêtu de grosses culottes d'étoffe et d'une chemise de laine brune, les pieds chaussés de bas de laine grossière. Une tasse de thé brûlant dans une main et une grande tartine de beurre d'érable dans l'autre, il semblait au septième ciel. Joseph le salua.

— Bonjour Passe-Partout! Comme ça, t'es de retour!

Celui-ci déposa sa tasse sans lâcher sa tartine, se leva et serra vigoureusement la main de Joseph. Puis il se rassit, reprit sa tasse, avala une gorgée pour faire passer sa bouchée et répondit au serviteur.

— Bonjour, Joseph! Laisse-moi te dire que ta femme fait le meilleur beurre d'érable que j'ai jamais mangé. Et je parle pas du pain, qui est tellement léger que tu dois le retenir à deux mains pour pas qu'il s'envole comme un nuage dans la brise du large.

Le lyrisme du quêteux faisait toujours rire Héloïse. Ce n'était pas un homme instruit comme tel, mais à force de bourlinguer, il avait appris à parler un langage fleuri dont il usait abondamment. Sans comprendre toutes les subtilités du langage écrit, il n'en lisait pas moins couramment les journaux, et il écrivait assez bien pour rédiger des lettres aux analphabètes qui le lui demandaient.

— As-tu passé un bon hiver, Passe-Partout? s'informa Joseph, en allumant sa pipe.

— On peut dire que, pour un quêteux, l'hiver, c'est toujours une bonne saison. Il reste chez lui à l'abri du mauvais temps. Mais toutes les saisons ont leurs bonnes et mauvaises humeurs. Le printemps, par exemple, c'est le renouveau. Les nids gazouillent dans le creux des branches et le vent les balance dans des tendresses de mère, c'est gai! Les arbres commencent à se garnir de bourgeons et nous promettent leur floraison, c'est beau! Le temps se réchauffe, c'est bon! Mais le pauvre quêteux, qui commence sa tournée au début du printemps, marche sous la pluie et dans la boue presque continuellement. Ce qui n'est pas drôle évidemment. Par contre l'été...

Avant qu'il ne passe toutes les saisons, Héloïse lui coupa la parole:

— Vous dormez ici ce soir, Passe-Partout? Votre banc est toujours là, vous savez.

— Je sais, dame Héloïse. Je vous remercie bien. Et je dis pas que je viendrai pas encore goûter une beurrée du produit unique de ce merveilleux arbre feuillu qu'est l'érable du Canada, notre emblème!

Joseph, tout en tirant sur sa pipe, jetait un regard amusé au quêteux, qui s'égarait encore dans ses envolées poétiques. Quand celui-ci arrivait au printemps, il avait sa besace remplie de choses mystérieuses et, dans sa tête, autant d'histoires et de potins à raconter. Chacun voulait l'entendre. Il rapportait aux habitants des villages isolés les échos des grandes villes et les nouvelles du pays. Même Héloïse et Joseph, qui pourtant passaient une partie de l'année à Québec, étaient curieux des faits inédits que cet infatigable voyageur avait pu glaner ici et là.

Le quêteux s'essuya la bouche du revers de la main, se leva et se dirigea vers le banc de l'entrée où il avait déposé ses effets. Il fouilla dans sa besace et en sortit deux lettres. Par mégarde, un journal glissa sur le plancher, Joseph le ramassa. Lui aussi savait un peu lire. Il s'apprêtait à le remettre à son propriétaire quand il vit: *La lanterne*, vol. 1, Montréal, 14 janvier 1869, n° 18, A. Buies, rédacteur-propriétaire.

Le quêteux tendit aussitôt la main:

— Donne-moi ça, Joseph! c'est du poison. Encore que je l'ai lu en entier, lui pis les autres, et je suis pas mort.

— Mais... c'est le journal de M. Arthur que Sa Grandeur a condamné! s'écria Joseph avec stupéfaction. Comment ça se fait que t'en traînes un avec toi, Passe-Partout? On avait dit qu'y étaient tous brûlés.

— On dit bien des choses, Joseph. Des fausses et des vraies. Arthur Buies en dit plus que les autres. Et moi, je serais porté à croire qu'y dit les vraies, répondit le quêteux sur un ton emphatique.

— Mais qui ont fait dresser les cheveux sur la tête des évêques, à ce qu'y paraît!

— Ça se dit, Joseph.

— Et qui ont fait blanchir ceux de ses pauvres grands-tantes.

— Ça se peut aussi, dame Héloïse.

— Mais entre nous, Passe-Partout, qu'est-ce qui raconte tant, M. Arthur, pour déplaire à ce point-là aux évêques? demanda Joseph, intrigué. Parce que... je crois pas que notre seigneur ait parlé contre Notre-Seigneur!

— Non!... Mais y dit, par exemple, que la vraie croix n'avait pas 360 000 pieds de haut.

— Y doit ben avoir raison là-dessus, murmura Joseph, comme pour lui-même. Malgré que... pour en avoir distribué un morceau à des millions de catholiques à travers le monde depuis pas loin de 2000 ans, ça en prenait une pas mal grande!... Pis, qu'est-ce qu'y dit d'autre?

— Y comprend pas qu'on fasse du commerce avec de l'Eau de toilette de l'Immaculée Conception, de l'huile de Saint-Joseph, des scapulaires bleus, rouges, noirs, des médailles et images de toutes sortes, quand c'est sur les vendeurs du Temple que Jésus-Christ a fait sa sainte crise de rage, se dispensant d'en faire d'autres parce qu'Y pensait qu'on avait compris.

— Mais l'eau bénite de Pâques, on nous la donne par exemple, se hâta de dire Héloïse.

— Y'a ça!... Y dit aussi qu'un prêtre tout seul peut être un excellent homme, mais quand ils se mettent tous ensemble pour aider le peuple, ils deviennent un dangereux fléau.

— Y faut peut-être leur faire plus attention...

— Y rapporte aussi que comme la Banque de Montréal s'est inspirée du Panthéon romain — ça, je sais pas ce que c'est — pour édifier sa bâtisse, l'évêque veut faire construire sa cathédrale sur le modèle de Saint-Pierre de Rome, en juste un peu plus petit... ayant pour son dire qu'y a pas de limite pour la demeure de Dieu.

— Tant qu'à ça, y'en a pas non plus pour l'évêque de Rimouski, dit vivement Joseph. Notre prélat est logé comme un pape.

— Et Arthur Buies dit que le Pape est logé comme un roi!

— Y le sait?

— Y l'a vu.

— Mais... y sont les représentants de Jésus-Christ sur la terre, oubliez pas ça! s'indigna Héloïse.

— C'est peut-être vrai, dame Héloïse, mais Arthur Buies dit que si on lit bien notre Bible, on les reconnaîtrait plutôt dans les pharisiens.

— Mais la Bible est à l'index. C'est défendu de la lire. La femme de Joseph commençait à être vraiment scandalisée.

— Alors, on le saura jamais! conclut le quêteux, philosophe.

— M. Arthur doit pas être bien vu dans la grande ville! dit Joseph, les sourcils froncés.

— À Montréal, on avance qu'Arthur Buies dit seulement tout haut ce que tout le monde pense tout bas. «Dire ce que l'on pense n'est pas seulement un droit mais un devoir, parce qu'on dit la vérité.» Ce sont ses vrais mots.

— Mais... y'a que les prêtres qui disent la vérité! Héloïse, stupéfiée, n'avait jamais entendu rien de pareil.

— Arthur Buies pense, lui, que l'émotion peut leur faire dire des choses complètement fausses parfois. Y raconte qu'un curé de campagne, en prêchant le Vendredi saint, s'est tellement emporté qu'en se tournant vers un crucifix surmonté du coq légendaire, il s'est écrié en brandissant le poing: «C'est toi, maudit coq, qui est cause que Notre-Seigneur a été *pendu* à *Rome* entre deux *autres* voleurs.»

Joseph s'esclaffa pendant qu'Héloïse perdait pied.

— Mais le Pape au moins peut pas se tromper, Passe-Partout, puisqu'y vient de se déclarer infaillible.

— Y croit pas à ça non plus, dame Héloïse.

Celle-ci resta sans voix pendant que Joseph, troublé, murmurait:

— Ah bon!...

— Pour la bonne raison qu'étant donné qu'y ont été faillibles pendant 1869 ans, y pense pas qu'y seraient capables d'être infaillibles, comme ça, tout d'un coup.

— Ouais! l'bon sens le dit, mais...

Joseph était de plus en plus perplexe.

— Y parle aussi des immigrants, continua le quêteux sans plus s'inquiéter du doute qu'il venait de semer chez ce couple si affermi dans ses croyances une heure auparavant. Arthur Buies se demande logiquement où le gouvernement prendra l'argent pour faire venir ici des milliers d'étrangers quand y'en a pas trouvé pour retenir les 300 000 Canadiens français qui ont dû s'expatrier aux États-Unis parce qu'y crevaient de faim. Y dit en toutes lettres: «Vouloir attirer des immigrants dans un pays que ses enfants désertent, c'est le sublime de l'impertinence.»

— Ça, c'est ben vrai! s'empressa de dire Joseph. Regarde Nazaire Laflamme, pis ben d'autres. Y'a plusieurs familles d'ici qui sont rendus dans le Maine! à Lowell! à Salem! à Fall River!

— C'est vrai que c'est ben navrant de voir toutes ces fermes abandonnées, rajouta tristement Héloïse. On dirait que la peste est passée dans les rangs.

— Tu vois, ma femme! reprit Joseph, soudain emporté, avec les gouvernements, on sait jamais où on s'en va! Si au moins on faisait venir des gens qui parlent français, ça serait toujours ça de pris.

— Bien! toujours d'après Arthur Buies: «Les Anglais en veulent pas, le clergé tient à ce qu'ils ne viennent pas et nous, on dit comme le clergé.»

— Ça fait qu'on va être complètement entouré d'Anglais dans pas grand temps!

— T'as raison, Joseph. «Noyés dans la masse», comme dit mon grand chroniqueur.

— Dis-donc, quêteux! tu m'as l'air de connaître tous ses écrits par cœur?

— J'ai tout lu, en effet, ou presque. J'en ai retenu pas mal. J'admire cet homme-là pour la bonne raison qu'y a peur de personne. Y'est libre de ses paroles comme je suis libre de mes allées et venues, moi, le quêteux. Tu vois, Joseph, au fond, on se ressemble, Arthur Buies et moi. On n'a pas de maître.

— Ça s'peut! mais lui, c'est différent, riposta le serviteur. M. Arthur, c'est un homme instruit qui s'adresse directement au peuple par les journaux, et c'est dangereux ce qu'y fait.

_ Comme je viens de dire, votre M. Arthur a peur de rien. Y'a pas une menace de Sa Grandeur qui peut l'effaroucher.

— Le clergé, c'est l'autorité, Passe-Partout, on peut pas être contre. Héloïse était abasourdie des énormités que le quêteux racontait aujourd'hui. D'ailleurs, rajouta-t-elle, on est pas grand-chose, nous autres, à côté de ces monseigneurs, pis de ces prêtres qui sont les ministres de Dieu.

— C'est à voir, dame Héloïse! c'est à voir!... Faut pas se prendre pour moins qu'on est. Arthur Buies leur a dit comme ça dans la face: «Si vous aviez fait des grands hommes, ces hommes eussent fait un grand pays. La fierté des gens fait les grands peuples et l'humilité en fait des poules mouillées.»

— Tiens! ça, c'est pas bête, Passe-Partout!... Pis ça donne à réfléchir.

— Justement, Joseph! c'est parce que le journal d'Arthur Buies faisait réfléchir que le clergé l'a fait disparaître!

Pendant que Joseph, sa pipe à la bouche, se balançait sur ses jambes en essayant de comprendre les dernières paroles sibyllines du quêteux, Héloïse était repartie vers ses fourneaux. Elle en avait déjà trop entendu. Les questions pour lesquelles elle ne voyait pas de réponses claires la fatiguaient. C'était tellement compliqué tout ça. Il valait mieux écouter les prêtres. C'était plus simple. En plus, on était assuré d'être du bon bord, de ne pas se tromper. Mais les hommes avaient toujours la manie de discuter sur tout, comme s'ils en avaient le droit.

Passe-Partout avait rangé son journal au fond de son sac et remis son sac sur son épaule. Il tendit les deux lettres à la femme de Joseph.

— Dame Héloïse, j'ai deux lettres pour les dames seigneuresses, y en ont chacune une.

— Merci, Passe-Partout! je vais aller leur porter tout de suite.

Pendant que le quêteux sortait du manoir, non sans avoir remercié chaleureusement le couple de serviteurs, Héloïse changea de tablier. Elle se lava les mains, prit un petit plateau d'argent dans la grande armoire, l'essuya avec un linge propre, y déposa les lettres et se rendit au salon. Elle présenta d'abord le plateau à Luce-Gertrude, puis à Louise-Angèle, qui la remercia d'un bon sourire, et se retira discrètement.

La première reconnut la longue écriture d'Arthur. Elle fit une grimace et la décacheta d'un coup sec. De son côté, Louise-Angèle tournait et retournait dans ses mains toujours un peu tremblantes une enveloppe à la teinte sépia, froissée, et dont l'adresse avait été raturée plus d'une fois. L'encre avait coulé sur le mot Angèle en effaçant les dernières lettres, ce qui donnait Louise-Ange. Elle ne reconnaissait pas l'écriture.

Intriguée, elle se leva pour aller chercher un coupe-papier sur le petit écritoire et revint s'asseoir dans sa berceuse. Elle ouvrit l'enveloppe, deux feuillets jaunis parcourus d'une écriture un peu hachée tomba sur ses genoux. Son regard chercha tout de suite la signature. Avec stupeur, elle lut: «Avec mon sentiment le plus fidèle, Maxime Feuilleraie.»

Elle murmura, hébétée: «Maxime Feuilleraie!...» Ce nom, tu depuis toujours, avait pris lui aussi la teinte sépia et la consistance éthérée du souvenir. Elle chercha la date: 3 juin 1859... Il s'était trompé d'année, on était en 1869. Mais on était le 3 juin... Louise-Angèle n'y comprenait rien. Le mieux était de lire. Le bruit des feuillets dépliés fit un froissement de feuilles mortes...

> *«Très chère amie,*
> *C'est d'une main tremblante que je vous écris. Je dois vous faire part d'un triste événement en même temps que d'une requête. Je crains les effets de l'un et de l'autre. Ma femme est décédée l'automne dernier d'une brève maladie qui a mis fin à une union de trente-sept ans. Une union platonique, je dois dire, mais qui n'en a pas moins été relativement heureuse.*
> *Donc, je suis veuf, sans enfant et complètement libre. Je sais que mon deuil est récent, mais je veux vous redire, très chère amie, que je ne vous ai jamais oubliée. Si votre sentiment pour moi n'a pas changé, je propose que nous vivions ensemble ces dernières années qui nous restent. Je passe donc outre le long temps de deuil qu'exigent les convenances et je vous demande*

respectueusement votre main. Mon bonheur dépend de votre réponse. *Si vous acceptez ma demande, je serai le plus heureux des hommes, et je volerai vers Rimouski vous l'entendre dire de votre propre bouche.*

Douce et si chère Louise-Angèle, ne me faites pas languir trop longtemps, je vous ai déjà tellement attendue!

Avec mon sentiment le plus fidèle,

Maxime Feuilleraie»

La vieille demoiselle nageait dans la béatitude. Sans tenir compte de l'anachronisme de la demande, elle savourait le bonheur de la demande elle-même. Le Maxime de ses rêves reprenait corps et vie. Grand, mince, jeune, il se penchait devant elle et la regardait avec un immense amour. Elle voyait jusqu'au fond de ses yeux bleu pâle, s'y attardait et s'y laissait aimer. Ses cheveux blonds effleuraient les siens, et sa bouche, si proche, lui murmurait en confidence qu'il aimait les geais bleus, l'ambre et les capucines. Et, bonheur suprême, serrant ses mains dans les siennes, il la demandait en mariage!

Mais voilà qu'elle voyait passer une ombre d'angoisse dans son regard. De quoi avait-il peur? Elle l'aimait. Il l'aimait. Il était libre. Ils étaient jeunes!...

— Louise!... Louise!... mon Dieu!

Luce-Gertrude, que l'immobilité de sa sœur intriguait depuis un bon moment, devint vraiment inquiète en ne recevant pas de réponse à l'appel réitéré de son prénom. Elle se leva vivement et rejoignit sa sœur qui, le sourire aux lèvres, regardait fixement devant elle.

Machinalement, Luce-Gertrude suivit son regard et ne vit qu'une branche desséchée qui effleurait un carreau de la fenêtre. Sur le coup, elle pensa à sa sœur, sinon trépassée, du moins frappée de paralysie. Mais avant qu'elle ne tente quoi que ce soit, la vieille demoiselle sortit lentement de sa torpeur et, encore hébétée, regarda autour d'elle. Elle vit sa sœur, le regard angoissé, lui presser fébrilement les mains.

Elle lui sourit et lui montra la lettre.

— Tu as lu, Luce? Quel bonheur!

Celle-ci prit les feuilles et, comme Louise-Angèle, courut à la signature: Maxime Feuilleraie!... Elle revint aussi à la date et lut: 1859. Alors, en parcourant rapidement la missive, elle comprit que cette demande en mariage datait de dix ans. Quel périple ces mots avaient parcouru avant d'échouer enfin, Dieu seul sait comment, dans la besace du quêteux. Avec quelle désespérance cet amoureux transi avait-il dû attendre une réponse qui ne vint jamais. Traduisant évidemment ce long silence par un refus définitif, il n'avait pas cru bon renouveler sa demande. Quel méprise!

Et Louise, maintenant, qui se perdait dans le temps!

— Tu me crois devenue folle, n'est-ce pas, Luce?

— As-tu réalisé que ta lettre date de dix ans? avança prudemment Luce-Gertrude.

— Sur le coup, non! je me suis réellement vue en 1859, Maxime debout devant moi, en train de me demander en mariage. J'ai rêvé cette scène tellement souvent que je l'ai cru vraie.

— Tu pourrais peut-être essayer de savoir ce qu'il est devenu, maintenant?

— Il est mort, Luce!

— Mort?... Sa sœur était certainement encore sous le choc!... Mais, comment le sais-tu?

— Tu vas me trouver superstitieuse, mais il y a quelques jours, en m'éveillant, un oiseau est venu heurter un de mes carreaux. Je suis sortie après le déjeuner et j'ai trouvé un geai bleu gisant au pied de ma fenêtre. C'est bizarre, mais dans un éclair, j'ai repensé à Maxime Feuilleraie. Dire que, qu'aujourd'hui, je reçois sa lettre. Il sera venu me dire adieu.

Louise-Angèle pleurait doucement maintenant et Luce-Gertrude se retenait pour ne pas en faire autant. La vie ne les avait épargnées ni l'une ni l'autre dans leurs amours. Dire que pour d'autres, c'était si facile.

Soudain, elle pensa à Arthur! Elle avait oublié sa lettre. Arthur et Victoria! voilà les enfants que la vie leur avait donnés!

Victoria, fille douce et simple, qui avait choisi un mari instruit et distingué, déjà mère de deux enfants et habitant dans une belle maison de la Haute-Ville de Québec.

Et Arthur! l'enfant terrible qui, à vingt-neuf ans, n'avait encore ni femme, ni enfant, ni domicile fixe, ni profession véritable. Et non seulement ne pratiquait-il plus sa religion, mais dans une rage incompréhensible, il s'acharnait sur les dignes prêtres catholiques par le truchement de son journal maudit.

Quelle honte elle avait ressentie devant les regards accusateurs des gens de Québec et de Rimouski à la parution du premier numéro de sa *Lanterne*! Heureusement que Sa Grandeur avait fait brûler tous les exemplaires. Puisse la province tout entière oublier ce torchon d'insanités!

Qu'aurait fait Léocadie, leur nièce, d'un tel enfant? Louise aurait raison encore une fois de l'excuser parce qu'il n'avait pas eu de parents comme les autres. Mais ce n'était plus un enfant, c'était un homme maintenant, responsable de ses actes et de leurs conséquences. Dire que Sa Grandeur avait condamné l'Institut canadien en mettant ses milliers de livres à l'index et en excommuniant ses membres... et Arthur, par le fait même, sans qu'il ne s'en soucie aucunement. Comme si l'enfer n'existait pas. Elle avait l'impression de vivre un cauchemar. Pour la centième fois, elle se disait que tant qu'à être une cause de scandale ici, il aurait mieux fait de rester en France. Dans ce pays impie, ses écrits ne faisaient aucune vague, elle en était sûre. Faudra-t-il le déshériter pour qu'il comprenne? Dieu, quels tourments il leur causait!

Louise-Angèle, à son tour, ne recevant pas de réponse de sa sœur, l'appela de nouveau.

— Excuse-moi, Louise, je pensais à Arthur. On a reçu une lettre de lui. La vieille dame secouait les feuilles, agacée.

— Le cher enfant! il va bien?

— En autant qu'un fraîchement excommunié peut bien se porter! répondit Luce-Gertrude, la voix acide! Il annonce son arrivée pour le mois de juillet, comme d'habitude.

— Quel bonheur! Il y a longtemps qu'on l'a vu il me semble, se réjouit Louise-Angèle, sans voir l'air renfrogné de sa sœur.

— Je ne suis pas certaine d'accepter, Louise, déclara celle-ci, sans changer d'air.

— Mais tu ne peux pas refuser l'accès au manoir au fils de notre nièce Léocadie, Luce, fit celle-ci, déroutée. Il y a droit de séjour au même titre que nous.

— C'est bien ce qui me gêne! Comment lui faire comprendre qu'il est indésirable?

— Indésirable, le petit? Comment peux-tu dire une chose pareille? Nous sommes comme ses mères, et si nous lui refusons notre porte, où ira-t-il?

— En le laissant venir ici, on laisse entrer un hérétique, ne l'oublie pas, ma sœur. Et par voie de conséquence, on se retrouve coupable au même titre qu'un excommunié.

Louise-Angèle, tourmentée, reconnaissait la véracité des propos de sa sœur. Les évêques étaient bien formels sur ce point. Mais elle plaida malgré tout en sa faveur.

— Arthur est un bon garçon, au fond. Recevons-le et faisons comme si de rien n'était.

Luce-Gertrude, indignée, regarda la vieille demoiselle comme si elle avait la lèpre.

— Et passer outre aux recommandations de l'évêque, qui loge à nos portes maintenant que Rimouski est un diocèse! Tu es folle, Louise. Arthur est capable de l'insulter en le croisant dans la rue.

Contrairement à son habitude, la vieille tante indulgente éleva le ton:

— Premièrement, Arthur est d'une grande civilité. Ce sont ses opinions qui choquent et non ses manières. Et puis, il n'est pas obligé de se promener autour de l'archevêché.

— Il sortira forcément, qu'est-ce que tu crois? On ne peut quand même pas le cacher dans le banc du quêteux.

Louise-Angèle ne put s'empêcher de sourire à la vision des deux vieilles tantes essayant de faire entrer de force leur grand neveu récalcitrant dans le banc du quêteux pour le sauver d'un danger qu'elles seules imaginaient. Elle finit par éclater franchement de rire devant cette scène aussi loufoque que saugrenue.

Luce-Gertrude, suffoquée de l'attitude franchement inexplicable de sa sœur en un pareil moment se dit qu'elle ne s'était pas complètement remise du choc de sa lettre. Réprimant non sans peine sa colère, elle prononça lentement:

— Es-tu en train de me faire comprendre, Luce, que la situation grave dans laquelle s'est mis notre neveu indiscipliné t'amuse?

Louise-Angèle secoua la tête en signe de dénégation.

— Tu sais bien que non, Luce! mais tout ce que je peux dire, c'est qu'on n'a aucun droit d'empêcher Arthur de venir «chez lui», dans «son manoir». Et ici, à Rimouski, il se plaît tellement qu'il se comporte de manière beaucoup moins agressive qu'à la ville. La seule attitude qu'il est en droit d'attendre de nous, ses tantes, c'est un accueil toujours chaleureux. Ne trouves-tu pas?

— On verra bien! trancha la digne seigneuresse en quittant la pièce.

Quand Passe-Partout arriva en vue du moulin, il s'arrêta. C'était l'ancien moulin banal des seigneuresses, que Joséphin avait racheté. La rivière, grossie par les neiges fondues, descendait en cascades dans un joyeux clapotis. Elle s'engouffrait, à moitié domptée, dans le lit creusé de main d'homme, glissait dans une dalle et tombait dans les godets d'une énorme roue hydraulique. Celle-ci avait bien vingt-deux pieds de diamètre, évaluait Passe-Partout, d'un œil de connaisseur.

De Saint-Étienne-de-Lauzon, en passant par Beaumont, Saint-Jean-Port-Joli, Saint-Pascal de Kamouraska, il n'avait pas besoin de nommer tous les moulins, rive nord, rive sud, le quêteux les avait tous faits. La plus grosse roue hydraulique qu'il avait vue mesurait vingt-neuf pieds de diamètre. C'était dans un moulin près de Montréal et il pouvait en témoigner.

Il entra chez le meunier comme on entre dans un moulin...

Joséphin venait de verser un minot de blé dans la trémie. Passe-Partout, toujours fasciné par ce métier, regarda les grains descendre dans l'auget, tomber dans la cavité centrale de la meule mouvante où ils étaient broyés, écrasés sur la gisante. Deux meules d'au moins 2000 livres chacune, évaluait encore une fois le quêteux, sûr de lui.

Il salua le meunier et les fermiers qui attendaient de faire moudre leurs grains. On lui lança à la cantonade:

— Quoi de neuf, Passe-Partout?

— Les rivières sont grosses partout en descendant et tous les moulins tournent... La senteur du froment a pas le temps de s'effacer d'un village à l'autre... Les femmes ont toutes la frénésie du ménage: les planchers, les murs et les plafonds sont lavés à grande eau, les tapis sont battus, draps et couvertures claquent au grand vent comme des voiles de goélette... Plusieurs familles ont déjà emménagé au fournil... Dans des bers qui sentent le bois neuf, on endort les enfançons... Les vaches ont donné naissance à leurs veaux, les juments à leurs poulains... Les animaux sont sortis dans les champs pour l'été et se gavent d'herbe gorgée de pluie... Les érables ont coulé pas mal cette année; on trouve du bon sirop et du sucre du pays sans pareil dans toutes les maisons... Pour le moment, devant chacune d'elles, de grands chaudrons fument, les femmes font le savon... Les hommes ont tondu leurs moutons... Les champs sont épierrés et engraissés; on va semer... Ceux qui ont choisi de rester ici encore un temps plutôt que d'aller aux États croient que ça va aller mieux quand ils voient revenir le soleil. Ils oublient l'hiver... Tout le monde est dehors, c'est le printemps!...

Les hommes, assis sur leurs sacs de grains, fumaient tranquillement leur pipe en écoutant le quêteux.

— Tout le monde est dehors sauf le meunier, qui est toujours dans son moulin, le taquina Joséphin. Et qu'est-ce qui se passe d'autre dans les villages, quêteux?

— Ils ont rajouté une aile au manoir des Aulnaies. C'est une bien belle demeure: des beaux grands planchers de pin, sept grandes pièces en bas, autant si ce n'est pas plus en haut, des antichambres, des boudoirs, des satins, des brocarts. En arrière, y a des petits lacs, des jardins, des fontaines. Un vrai petit paradis.

— Es-tu en train de nous faire croire que t'es un habitué des lieux? dit un des fermiers en faisant un clin d'œil aux autres.

— La servante m'a fait visiter pendant que les maîtres étaient absents. C'est comme ça que je suis au courant.

Les hommes, sceptiques, branlaient la tête.

— Tu mérites ben ton nom, Passe-Partout.

Celui-ci prit un air énigmatique. On se demandait toujours où le quêteux passait ses hivers, car autant il racontait les faits divers avec force détails, autant il restait secret sur sa vie privée. Avait-il une femme, des enfants? Personne ne le savait. Il portait à l'index un cabochon d'émeraude monté sur or. D'où lui venait cette bague? D'un trésor provenant d'un naufrage? ou bien... La rumeur voulait que du temps où Passe-Partout s'appelait Antoine, du temps qu'il était jeune et beau, une grande dame l'avait aimé. Mais cela n'avait toujours été qu'une rumeur et on n'en savait pas plus. À cinquante ans, c'était encore un bel homme.

Le meunier changea de meule pour faire la gaudriole[1] demandée par un des mouligniers[2]. Il mélangea d'une main experte avoine, pois et sarrasin. Comme le seigle, l'orge ou le maïs, ces grains ne se moulaient jamais avec le blé. Le blé, capricieux, avait sa propre meule de silex. Les autres meules étaient faites d'un mélange de calcaire. Cela aussi, le quêteux le savait. Il pouvait même dire que ces meules-ci venaient d'Angleterre, contrairement à d'autres que l'on importait de France. Le plus difficile, répétait-il, c'est pas d'apprendre, on n'a qu'à ouvrir les yeux et les oreilles, non, c'est de retenir. Et retenir exactement comme on l'a vu et entendu, c'était encore plus difficile, mais ça se faisait.

---

1. Farine ou moulée obtenue par un mélange de pois, d'avoine et parfois de sarrasin (*Belisle*).
2. Celui qui apporte son grain au moulin (*Belisle*).

La manivolle avait déjà enfariné Passe-Partout des pieds à la tête. On ne pouvait pas empêcher la poussière blanche de voler partout dans un moulin. Il se mit soudain à tousser à fendre l'âme.

Voyant qu'il ne pouvait plus s'arrêter, le meunier s'inquiéta.

— Dis-donc, Passe-Partout aurais-tu la consomption?

— J'ai attrapé un maudit rhume... cet hiver... qui s'est changé en «pulmonie», essaya d'articuler le quêteux, à moitié étouffé. Je serais sûrement mort... à l'heure qu'il est... si la mère Cailloux de l'Anse m'avait pas soigné à temps.

Et il sortit dehors pour essayer de reprendre son souffle, suivi des mouligniers qui lui donnaient à tour de rôle de grandes claques dans le dos.

— Où est-ce qu'à prend ses remèdes miracles? demanda l'un deux.

— À portée de la main! répondit Passe-Partout, qui commençait à se sentir mieux.

Les hommes, soudain curieux, voulurent savoir le fin mot de l'histoire. Le médicament miracle ne se trouvait-il pas carrément sous les jupes de la mère Cailloux, par exemple?

Ils firent cercle autour du quêteux et, l'œil égrillard, ils le pressèrent de parler.

Le quêteux les regarda l'un après l'autre et pointa son menton du doigt. Puis, devant leur regard surpris, il commença à déboutonner sa chemise de laine et sa combinaison. Sur son torse, maintenant découvert, on pouvait nettement voir des marques profondes de griffes aux quatre coins et sur son menton une double rangée de petits points rouges.

Les hommes, intrigués, attendaient une explication que le quêteux, estimant leur curiosité assez aiguisée, leur donna sans plus rechigner.

— Dernièrement, une nuit que je dormais chez la mère Cailloux, je me suis réveillé tout en sueur, malade sans bon sens. J'avais tout déboutonné, chemise, camisole! J'étouffais! J'aurais voulu m'ouvrir la peau pour avoir un peu d'air. Je râlais et j'avais beau essayer de me retenir parce que je ne voulais pas réveiller

la mère — les vieux ont le sommeil fragile, comme on sait —
j'étais pas capable. Toujours est-il qu'à m'entend, se lève et vient
se planter devant moi. En me voyant dans tous mes états, a me
demande: «Qu'est-ce qui se passe, quêteux, que t'es tout dépe-
naillé?» Je la regarde, les yeux à l'épouvante, incapable d'y
répondre tellement j'étouffe. Alors, a fait ni une ni deux, prend
un couteau sur la table, attrape par la peau du cou son matou qui
passait à côté d'elle, le fend en deux et dans un éclair, me
l'applique aussi vite sur l'estomac, si bien que l'animal pas encore
mort a le temps de me prendre une mordée sur le menton en
même temps qu'y s'accroche désespérément à ma peau, comme
on s'accroche à la vie. On peut pas dire des deux, lequel était le
plus surpris. Et pendant qu'y perdait le souffle, moi, je reprenais
le mien! plus les cinq marques que vous voyez là et qu'on pourrait presque comparer aux cinq plaies de Notre-Seigneur...

Passe-Partout avait terminé son récit. Il se reboutonna
tranquillement pendant que les mouligniers riaient à qui mieux
mieux. Ils ne pouvaient vraisemblablement croire à une histoire
pareille. Mais il y avait les marques...

Joséphin, debout dans la porte de son moulin, avait entendu
toute l'histoire et riait autant que les autres. Alors, le quêteux,
sans plus de façon, salua tout le monde, attrapa sa besace et
partit vers le village.

Son périple se terminait généralement à Rimouski. Cette
année, il voulait se rendre jusqu'à Matane. Ensuite il prendrait
tout son temps pour revenir vers Québec en s'attardant dans les
endroits où il était le mieux reçu. Il ne se lassait pas de sa vie
d'errance qui le menait où il voulait. Gai, il amusait les gens;
avec ses nouvelles, il les distrayait; de ses conseils, il les aidait.
Se sentir utile lui réchauffait le cœur. On pouvait dire que Passe-
Partout était un homme heureux.

Un qui l'était moins, c'était Arthur. Il venait de monter sur
le *Clyde*, le bateau à vapeur qui l'amenait vers son cher village
de Rimouski. Il était sept heures du matin. Le soleil venait de se
lever sur Québec. On leva l'ancre. Arthur sentit le navire bou-

ger. Le voyage commençait. À chaque fois, le même phénomène se répétait. Au départ, il était comme indifférent au paysage. Debout à la proue du navire, il regardait à tour de rôle les deux rives, sans leur trouver rien de plus extraordinaire qu'ailleurs. La beauté sans l'exaltation! Et sans savoir pourquoi, sans prévoir le moment, le charme opérait lentement en lui, à son insu, jusqu'à ce qu'une joie chaude, familière, le submerge et l'envahisse totalement. L'émotion le saisissait alors à la gorge, et il savait qu'à partir de ce moment précis, ce bonheur-là ne le lâcherait plus de tout le voyage. Ce qui étonnait surtout Arthur, ce n'était pas tant l'état d'euphorie lui-même, déjà étrange en soi, mais le pouvoir que celui-ci avait de le replonger infailliblement dans le même émerveillement. Les moments enchantés étaient si fugitifs et inconstants qu'on se demandait bien de quoi était fait la fidélité de celui-là!

Le cœur meurtri et désenchanté d'Arthur recevait cette joie comme un baume. Elle le rafraîchissait, l'apaisait et le réconciliait avec la vie. Cette vie pénible et contraignante dans laquelle il s'était débattu avec tant d'acharnement tous ces derniers mois.

Il avait perdu. Sa fière *Lanterne*, battue en brèche par l'implacable batterie cléricale, avait sombré corps et biens. Dieu! qu'il y avait travaillé! Pendant six mois, dans un journal de seize pages, il avait poussé son grand cri d'indignation dans une dénonciation fracassante de toutes les institutions religieuses qui exploitaient la bonne foi, en même temps que le bas de laine des crédules catholiques! Il avait rédigé tous les textes, les avait imprimés et en avait assumé tous les frais. Il avait distribué des exemplaires dans les librairies et vendu le reste en faisant du porte à porte. Il avait tout fait tout seul!

Conscient que ses propos virulents pouvaient se retourner contre lui, il ne s'était pris aucun associé. La pluie d'anathèmes ne retombait donc que sur sa personne. Le ton d'urgence de ses articles avait été perçu comme une attaque insultante et gratuite envers l'Église alors que son but était de démontrer au peuple, à la lumière de faits véritables et sans équivoque, les abus démentiels du clergé, son ingérence fanatique et son attitude morbide, dictées par une répulsion irraisonnée et aveugle de toute forme de liberté.

À cause de l'aplatissement et de l'inertie des Canadiens français, il ne se trouva qu'un petit nombre de gens amusés, incrédules ou scandalisés pour lire *La Lanterne*. Quelques rares lecteurs l'applaudirent en cachette. Et tous les autres, la masse, n'eurent aucune chance d'en prendre connaissance, le clergé se chargeant de faire disparaître le plus d'exemplaires possibles au fur et à mesure.

Quant à ses amis, la plupart s'étaient lassés de sa violence qui ne se calmait pas. Depuis l'avènement de la Confédération, ils avaient orienté leur énergie ailleurs que dans cette lutte perpétuelle contre l'ultramontanisme du clergé qui restait toujours une forteresse inexpugnable. S'entêter à vouloir la démolir devenait une utopie que seul le cerveau obstiné d'un esprit irréductible pouvait encore entretenir. C'est ce qu'on lui laissait entendre sous le couvert de la moquerie. On n'avait qu'à s'accommoder de cette religion, c'était tout. Ou la rejeter d'un bloc, mais sans faire d'éternels remous qui finissaient par agacer à la longue.

On lui reconnaissait toujours sa vaste intelligence et on appréciait encore son humour, mais on l'incitait discrètement à mettre une sourdine à ses attaques, jugées trop agressives. Ce qu'Arthur n'acceptait pas. À Paris, on vivait en toute liberté, ne cessait-il de leur répéter, sans que personne ne s'étonne de la conduite de l'autre. On ne se barrait pas dans une soutane à chaque coin de rue. L'Église condamnait bien encore les comédiens et les acteurs de toutes sortes, mais elle ne s'immisçait plus dans la vie quotidienne des gens. Ah, ça non! Le peuple ne l'aurait plus toléré.

On s'habitue si rapidement à la liberté, tellement elle va de soi, qu'en revenant ici, Arthur avait oublié le climat lourdement religieux et impitoyablement censuré de l'intraitable clergé. Mais il se rendait compte qu'il fallait être sorti du pays pour en avoir une idée exacte. La preuve, ses amis n'avaient pas la même vision que lui de la situation, et ils en étaient beaucoup moins dérangés. Tièdes comme athées ne voyaient donc dans la lutte d'Arthur qu'un combat aveugle visant à détruire coûte que coûte tout ce qui se dénommait «religion».

Ils ne comprenaient pas que ce dont leur ami souffrait, c'était de l'usage abusif et détourné que l'on faisait des paroles de Jésus-Christ. De cœur, il était disciple de Lammenais, ce prêtre qui prônait une Église pauvre, compatissante et généreuse, mais que le pape avait obligé à se taire puisqu'il ne reconnaissait pas cette image de l'Église. L'écrivain s'était retrouvé exilé et seul devant sa douloureuse interrogation; il était regardé avec suspicion, comme tous ceux qui voyaient la vérité sous un nouvel éclairage et voulait en faire profiter les autres.

Arthur, de la même façon, solitaire et isolé, mais conscient au plus profond de lui-même que ce clergé faisait fausse route, refusait de se taire. Lui n'était ni prêtre, responsable de paroisses, ni moine lié par des vœux à une communauté quelconque. Il était donc libre de toute entrave. Sa révolte, faite d'indignation de voir le peuple constamment abusé, ne lui laissait aucun repos. Il se voyait toujours revêtu d'une armure, croisant le fer avec des ennemis qui ne tombaient jamais. Comme s'il luttait avec des fantômes. Mais c'était lassant, irritant et même désespérant à la fin...

Aujourd'hui, il ne voyait plus très bien comment continuer à écrire dans les journaux actuels si on continuait à l'empêcher de défendre ses opinions et ses idées. Il se retrouvait toujours confronté au même problème. Et dire que même *Le Pays* ne le secondait plus!... *Le Pays*, qui avait défendu avec combien d'acharnement toutes les libertés!

Le Clyde avançait sur le fleuve. Arthur se tenait maintenant à la poupe et lançait des morceaux de pain sec aux mouettes qui, habilement, plongeaient dans le sillage du navire pour les attraper. Pour se maintenir constamment à cet endroit, elles devaient lutter contre le vent en faisant preuve d'une ténacité stoïque. Ces oiseaux de mer étaient aussi entêtés que lui!...

Il fut pris soudain d'un grand désir de s'arrêter et de vivre calmement dans une maison à lui avec une femme et des enfants. Un goût neuf, aigu, impérieux! Une faim! Cette errance commençait à lui peser. Partout, il était chez lui mais en même temps chez quelqu'un d'autre. Avoir un nid à soi et s'y lover en toute quiétude dans la chaleur d'une famille aimante! Et pourquoi ne pas écrire des livres sérieux aux termes bien pesés, des livres dans lesquels il ne heurterait l'opinion de personne. Était-ce trop présumer d'Arthur Buies, célibataire par choix, curieux de nature et inguérissable nomade? Il doutait déjà d'une pareille éventualité.

Eh bien! la réponse attendrait. Pour le moment, il était sur son fleuve et pouvait sans trop d'effort décider qu'il y serait heureux.

Le Clyde s'arrêtait à chaque village: Montmagny, L'Îlet, Saint-Jean-Port-Joli, Saint-Roch-des-Aulnaies, Rivière Ouelle... Il accostait maintenant à Kamouraska. Un homme, debout sur le quai, attrapa le câble que lui lançait un marin et l'accrocha à la bitte d'amarrage. Une agitation joyeuse régnait ici. Les passagers en attente se mêlaient aux arrivants. Des gamins couraient en tous sens, toujours excités par les accostages. Des commerçants venaient chercher leurs marchandises. Un groupe de touristes de tous âges se distrayait en regardant les manœuvres maritimes. Et à travers tout ce brouhaha, des pêcheurs continuaient tranquillement de lancer leur ligne à l'eau.

— Ça mord? leur demandait-on de temps en temps.

— Ah ben maudit! Ça mord en maudit! pis d'la maudite belle à part de ça!

Arthur, appuyé au bastingage, se laissait distraire par toute cette animation. À chaque village, l'accostage était plus ou moins une répétition des mêmes manœuvres, sauf qu'ici, à Kamouraska, où il revenait chaque été passer une partie de ses vacances, le spectacle lui semblait plus captivant. Il espérait apercevoir quelques connaissances. Justement, près d'un groupe de jeunes filles, un homme l'appela en lui envoyant la main.

— Je vous salue, monsieur Buies!

Arthur, qui le reconnut, lui répondit aussitôt:

— Et moi de même, monsieur Léon!

— Vous verrons-nous encore cette année?

— Sûrement, monsieur! sûrement!

— On vous attend!

M. Léon était propriétaire de l'Auberge du fleuve, où il logeait habituellement. Arthur sourit d'aise à la pensée de son prochain séjour ici. Son attention fut soudain attirée par l'agitation et les rires qui provenaient du groupe de jeunes filles. Tout en minaudant sous leur ombrelle, elles avaient l'air de bien s'amuser. Et mine de rien, reluquaient les passagers restés sur le *Clyde*.

L'une d'elle attira le regard d'Arthur. Quelque chose dans son attitude lui rappelait vaguement quelqu'un. Un coup de vent repoussa son ombrelle et découvrit son visage. Elle releva la tête et Arthur, saisi, reconnut «le regard bleu» de Laurence Perrier.

Il ne l'avait jamais vue à Kamouraska! Y était-elle venue avec ses parents? Ou accompagnait-elle une amie? Il restait sous le charme de ce regard qui montait vers lui comme un parfum, quand il vit le mouchoir de dentelle de la jeune fille s'animer... Intrigué, il se tint aussitôt aux aguets. Qu'allait-elle lui dire? Il se sentit fiévreux comme à son premier émoi quand il la vit baisser le bras et tenir son mouchoir tombant: «Je vous trouve sympathique!» Ah!... Le bras de Laurence se releva dans un mouvement discret et sous le regard fasciné d'Arthur, le nuage de dentelle s'étala lentement sur sa main: «Tentez votre chance!» Son cœur bondit! N'était-elle donc plus attirée par les beaux officiers anglais? Le mouchoir se tut et reprit furtivement sa place dans l'aumônière de Laurence.

Une idée subite le prit de changer son itinéraire! Pourquoi irait-il jusqu'à Rimouski se faire embêter par ses grands-tantes, qui ne manqueraient pas de lui faire des remarques plus que désagréables, il en était sûr. Alors qu'ici, on venait de lui parler un si beau langage. Arthur réfléchissait pendant que, faisant fi de toutes convenances, Laurence Perrier gardait toujours les yeux sur lui.

Dans sa robe de broderie blanche à laquelle le vent donnait un mouvement de voile, avec ses boucles noires qui dansaient autour de sa capeline d'organdi et avec son ombrelle rose qui valsait dans ses mains, elle personnifiait l'image du rêve: belle! jeune! aérienne! inaccessible!

Arthur, qui n'avait encore tenté aucun geste et ne pouvait se détacher de cette image, eut tout à coup l'impression de s'éloigner d'elle. Il regarda autour de lui et, saisi, réalisa que le bateau s'éloignait lentement du quai pour reprendre sa route sur le fleuve. Il courut en direction de la cabine du capitaine pour demander à celui-ci de faire demi-tour quand un rire moqueur arrêta son élan. Se retournant, il vit Laurence presque pliée en deux, se laissant aller sans retenue à une hilarité irrépressible. Avait-elle deviné ses intentions? Ses amies se mirent aussitôt de la partie et ce concert de mouettes joyeuses poursuivit, pendant quelques minutes, les passagers amusés et surpris.

Arthur, lui, n'était ni amusé ni surpris. Plutôt frustré, mécontent et déçu. Mais en voyant son «rêve» lui échapper de cette façon, il finit par rire. Les événements prenaient parfois une tournure si inattendue. Force lui fut donc de continuer jusqu'à Rimouski, reportant à plus tard son séjour à Kamouraska. Et tant pis pour son «rêve» qui devrait attendre, sans se dissiper... espérait-il. C'était mieux ainsi. Pour le moment, une période de réflexion lui était nécessaire pour remettre de l'ordre dans ses idées.

Comme il s'y attendait, l'accueil fut chaleureux quoique plus réservé qu'à l'ordinaire du côté de sa grand-tante Louise-Angèle et carrément glacial du côté de sa grand-tante Luce-Gertrude. Par son humeur, cette dernière lui faisait clairement comprendre qu'elle ne lui pardonnerait pas de sitôt son «journal satanique». On ne le nommait pas autrement! Il n'y prit garde et fit comme si de rien n'était, attendant la pluie de reproches... qui ne vint pas. Il se méfia.

Quelques jours passèrent. Dans ce grand manoir où on n'entendait plus souvent qu'autrement que les chuchotements monotones des prières des vieilles dames, curieusement, il se sentait chez lui. De temps en temps, il surprenait les regards de Joseph et d'Héloïse posés sur lui: celui du serviteur semblait amusé, tandis que celui d'Héloïse restait contraint. Ce n'était peut-être qu'une impression. Sa *Lanterne* ne s'était sûrement pas rendue jusque dans ce village éloigné du bas du fleuve, protégé de surcroît par l'évêché. Et encore moins dans cette maison.

Sa chambre donnait sur l'arrière du domaine. Sur le fleuve. Son premier geste, en se levant le matin, était d'ouvrir les fenêtres. Il s'appuyait sur le rebord et, à travers les arbres, regardait le soleil s'étaler lentement sur le dos de l'île Saint-Barnabé.

Le chant rythmé des vagues balayant inlassablement la grève le grisait toujours. Sa mélopée accompagnait les pas de la fée des grèves aux yeux gris. Si on regardait bien, on pouvait l'apercevoir quand elle venait changer les marées de sa baguette magique. Enfant, Arthur croyait à cette légende parce qu'il avait déjà surpris la petite fée... Et certains jours, comme aujourd'hui, il la sentait encore là, présente. Comme on boit de grandes lampées pour calmer la soif, il respirait goulûment son parfum, dans l'odeur du varech mouillé, et s'en enivrait. La fée des grèves, c'était sa dame. Il la cherchait parfois dans les femmes qu'il rencontrait. Mais ce n'était qu'ici qu'il détectait sa présence, et son cœur fondait quand il l'entendait venir vers lui de son pas soyeux de friselis.

Entre ses longues promenades au bord du fleuve, Arthur passait des heures à se bercer sur les grandes chaises de bois de la galerie tout en notant ses réflexions, comme en ce moment... Outre le clergé, il y avait bien d'autres sujets sur lesquels on pouvait écrire, évidemment. Il s'était fait le chevalier d'une cause perdue, puisque le peuple ne voulait pas être défendu. Pire, on lui avait fait comprendre que non seulement il n'aidait pas, mais qu'il gênait.

Et s'il écrivait pour lui maintenant? Pour le plaisir!... Il caressait cette idée, l'abandonnait, la reprenait en se sentant l'esprit de plus en plus léger. Contrairement à son habitude, il se laissait aller à des rêvasseries. Le vent jouait dans les feuilles des grands ormes et emmêlait les cheveux verts des saules pleureurs. Les oiseaux chantaient tellement fort parfois, qu'Arthur, en riant, leur disait de baisser le ton. Il devenait heureux.

Ah! que la nature est séduisante! s'exclamait-il, avec ardeur. Il en était éperdument amoureux. Elle était belle, odorante, frémissante comme la vie! comme la femme! comme le mystère! Arthur s'en soûlait sans arrêt. Il s'en imprégnait jusqu'à se confondre avec elle. Au cœur de sa griserie, il perdait jusqu'au souvenir de sa propre forme et se retrouvait dans toutes les autres, pris dans un puissant besoin d'étreinte et emporté dans un vaste mouvement d'adoration.

Il n'avait qu'à le vouloir pour plonger encore plus profondément dans l'esprit des choses, là où baignait l'Omniprésence: là où il entendait Son langage fait d'émotion pure le séduire et le posséder tout d'un coup et tout entier. Il en restait frémissant des pieds à la tête, la gorge nouée d'un incoercible sanglot. Ce sanglot bouillant, qui lui brûlait les paupières et lui gonflait la poitrine, lui révélait dans une joie intime la certitude d'avoir été rejoint au plus profond de lui-même. Alors, comme à chaque fois, il s'abandonna de toute son âme à la suavité de cette bienfaisante communion...

Soudain, une ombre mit un écran entre le soleil et lui... Et aussitôt, il entendit une voix forte qui se voulait goguenarde.

— Êtes-vous en train de méditer quelque autre œuvre diabolique, Arthur Buies?

Arthur ne sortit qu'avec peine de l'état de transport dans lequel il baignait. Sa torpeur ne se dissipait que difficilement. Il releva enfin la tête et se trouva devant l'évêque de Rimouski en personne. Ses grands-tantes suivaient à une distance respectueuse.

Arthur, oubliant de se lever, fronça les sourcils.

— Plaît-il?

Les deux tantes, dans un même élan, se précipitèrent vers la chaise d'Arthur pour l'inciter à se lever.

— Arthur! tu te trouves devant Monseigneur! presque devant Dieu, en somme, lui murmura Louise-Angèle, pressante.

Comme pour appuyer la remarque de la vieille dame, le prélat se redressa de toute sa hauteur dans un geste de revendication légitime. Arthur prit alors un air ennuyé, se leva et le regarda de la tête aux pieds.

— Dieu? Il y était, en effet, il y a quelques minutes. Mais vous venez de le faire fuir, monsieur!

— J'aimerais bien voir ce Dieu qu'un excommunié ose contempler! mâcha le prélat en respirant fortement et en joignant ses mains derrière son dos dans une attitude de domination.

Arthur, de plus en plus ennuyé, laissa tomber:

— N'y comptez pas, «Votre Grandeur»! celui-là ne se voit qu'avec les yeux du cœur.

— Quand on n'est pas atteint de vulgaire aveuglement comme vous, Arthur Buies! lança le prélat, accusateur.

— Il y a des outrecuidances qu'il vaudrait mieux ne plus dépasser! articula Arthur, qui sentait toute la colère de sa *Lanterne* remonter à la surface.

— Vous osez...

Mais il ne finit pas sa phrase. Arthur avançait lentement vers le prélat qui, incrédule, se voyait forcé de reculer, ce qui le mettait dans une situation des plus humiliantes. Arthur, hors de lui, avançait toujours, si bien que le hautain ministre de Dieu se retrouva à la limite de l'équilibre, au fin bord de l'escalier... où il se figea!

Horrifiées, les deux vieilles dames crièrent d'une même voix étranglée: «Arthur!»

Il s'arrêta et, regardant durement le prélat:

— À partir d'aujourd'hui, je n'accepte plus de me faire insulter ni par vous ni par aucun autre membre de votre sainte espèce. Tenez-vous-le pour dit, «Évêque»!

Et il resta là, à le fixer dans les yeux.

Quand l'évêque, au bord de l'apoplexie, vit qu'Arthur ne reculerait pas, il dut réussir une prouesse acrobatique pour se déplacer sans débouler dans les marches comme un simple mortel.

Arthur lui décocha un dernier regard peu amène et descendit posément le grand escalier. Il disparut vers le fleuve sous le regard encore incrédule du digne ecclésiastique, qui n'avait jamais été insulté de la sorte! À vrai dire, qui n'avait jamais été insulté tout court! Il respirait fort, essayant de reprendre son air de dignité devant les seigneuresses qui, elles, étaient presque sans connaissance.

Mais l'amour de Louise-Angèle pour son petit-neveu prit le dessus et, croyant arranger les choses, timidement, fit remarquer:

— Ce petit n'est ici que depuis quelques jours et se sent encore très fatigué, monseigneur.

— On le serait à moins, après avoir secoué la province entière de ses propos blasphématoires et de ses accusations mensongères! rétorqua le prélat, toujours congestionné. Il n'arrivait pas à se remettre du choc. Qu'on ait osé le traiter de cette façon, lui, un évêque! et devant témoin, encore! et pas des moindres, il en était malade!

— Et voyez, monseigneur, que ma pauvre sœur l'appelle encore «le petit»! Comment voulez-vous qu'il grandisse et soit conscient des conséquences de ses actes, dit Luce-Gertrude jetant un regard noir à la frêle tante, qui maintenant n'avait que l'envie de pleurer.

— Eh bien! ce ne sera pas chose facile de l'exorciser, comme vous me l'aviez demandé, mes chères seigneuresses, bien qu'il en ait le plus grand besoin. Pour insulter aussi gravement un homme de Dieu, il faut qu'il soit vraiment possédé du démon!

Sans que l'une ou l'autre des vieilles dames n'ait eu le temps de répondre, on entendit un rire sonore résonner près de la galerie.

Croyant ses grands-tantes disparues à l'intérieur du manoir avec l'évêque, Arthur revenait chercher ses notes. Et c'est alors qu'il entendit cette chose incroyable! inouïe! inimaginable! On avait eu l'intention de l'ex-or-ci-ser! lui, Arthur Buies!

Mais que n'inventeraient pas ces fanatiques pour ligoter coûte que coûte les rares qui, dans ce pays, essayaient encore de leur résister!

Devant l'énormité de la chose, l'hilarité fit soudain place à l'écœurement et une nausée lui souleva l'estomac. Il s'éloigna aussitôt du manoir pour aller prendre de grandes respirations au vent du large. Sa fureur lui revenait intacte, entière et presque meurtrière. Il était mieux de fuir avant de faire un malheur! Parce que s'il commençait à en éliminer un, il les éliminerait tous jusqu'au dernier, sans s'arrêter! C'était un autre effet du despotisme que d'amener la colère à un paroxysme tel qu'on n'était jamais sûr de la désamorcer à temps!

Un moment, Arthur regretta le temps où les griefs se réglaient avec les poings, jusqu'à ce que les deux antagonistes tombent d'épuisement. C'était plus barbare peut-être, mais plus rapide et plus sain. On vidait les querelles! et on éliminait ainsi le plus gros de son agressivité!

Mais à cette époque, dite civilisée, on se saluait cent fois par jour au nom de la politesse et on masquait ses mouvements de colère par des mots mesurés, pesés, jaugés, qui ne soulageaient rien...

Et croupissait au fond du cœur une rancœur empoisonnée.

Le soir était venu et la colère d'Arthur ne se calmait pas! «Dieu du ciel!», répétait-il. «Dieu du ciel!» De son long pas nerveux, oubliant le temps, il parcourait la grève en tous sens et ne pouvait que répéter cette exclamation qui n'était ni un juron ni une invocation, quand tout à coup un homme surgit devant lui:

— Ma parole! mais c'est toi, Arthur, qui prie comme ça? Et le docteur Bouffard éclata de rire, s'attendant à ce que le jeune homme en fasse autant. Mais c'est un cri de désespoir qui aussitôt résonna à ses oreilles.

— Docteur! Ah docteur! Je vais devenir fou!

— Mais que t'arrive-t-il, mon garçon? répondit le vieux médecin, alerté par le ton souffrant de son jeune voisin.

— Croyez que ce n'est pas tant l'évêque de Rimouski que le pouvoir odieux qu'il représente que je ne supporte plus!... Je crois bien avoir dépassé le seuil de la tolérance.

— L'évêque de Rimouski?...

— Il sort d'ici!

Le docteur Bouffard n'eut alors aucune peine à imaginer l'altercation — et le mot était peut-être faible en la circonstance — qu'Arthur avait dû avoir avec l'ecclésiastique.

— Bon!... pour commencer, Arthur, tu vas venir chez moi. On va se prendre un bon cognac. Ma vieille servante est couchée à cette heure. On va pouvoir parler tant qu'on voudra. Être veuf, ça n'a pas que des mauvais côtés, comme tu vois!

Et le vieux médecin lui mit une main apaisante sur l'épaule en l'entraînant vers sa maison. En général, il admirait l'audace, l'ardeur et la sincérité de la jeunesse. Il admirait surtout ce jeune homme téméraire qui, pour défendre ses idées, n'avait pas eu peur de se lancer dans la lutte, quitte à se mettre la province entière à dos. Ce qui était inévitablement arrivé. Et ce n'est pas lui qui le blâmerait. Ce soir, Arthur n'avait besoin d'être ni jugé ni approuvé. Il avait besoin qu'une personne au moins écoute ce qu'il avait à dire, sans que la liberté de ses propos ne l'envoie aux galères.

À 4 heures du matin, Arthur se leva enfin de son fauteuil. Le docteur Bouffard en fit autant. Ils se regardèrent un moment, et Arthur, empoignant son vieil ami par les épaules, le serra dans ses bras. Puis, sans un mot, il quitta la maison.

Le médecin resta longtemps debout à la même place. Il finit par se passer la réflexion... impie qu'au lieu de distribuer des sacrements et autres inventions de cet acabit, il valait mieux écouter les gens avec le cœur, sans les juger. Il éteignit son cigare et, content de lui, alla se coucher.

Le lendemain soir, Arthur débarquait à la gare de Kamouraska.

X

Kamouraska... les autres endroits ne comptaient pas,
et quand les familles de la ville arrivaient, elles trouvaient,
pour les recevoir, une élégante et joyeuse société
qui avait préparé d'avance des pique-niques, des danses
et des parties de plaisirs variées pour toute la saison.

ARTHUR BUIES

Dans sa hâte d'arriver à l'Auberge du fleuve, Arthur allongea
le pas. La joyeuse animation qui régnait quand il pénétra dans le
hall l'assaillit agréablement et lui redonna du coup sa bonne
humeur. Tous les touristes de Kamouraska semblaient s'être
donné rendez-vous ici ce soir.

Les portes du salon étaient grandes ouvertes, et on pouvait
voir un jeune homme jouer du piano avec entrain. D'un regard
circulaire, Arthur cherchait déjà des connaissances quand il vit
Laurence, qui se penchait vers le pianiste. Un sentiment de joie
l'envahit.

— Soyez le bienvenu, monsieur Buies! on vous attendait.

Personne ne put ignorer plus longtemps l'arrivée du nouveau
venu en entendant la voix forte de l'aubergiste.

Laurence se retourna vivement et son cœur bondit. Elle
n'eut que le temps de se ressaisir que déjà Arthur s'inclinait
devant elle et lui baisait la main.

— Quel bonheur de vous revoir, Laurence!

— Bonjour, Arthur! Vous n'êtes pas venu à la nage, j'espère?...

— À la nage?...

— Ce n'est pas ce que vous avez été tenté de faire quand le bateau a quitté le quai de Kamouraska à votre insu, l'autre jour? Et Laurence éclata de rire.

— J'ai été victime du progrès, chère Laurence! répondit Arthur, riant à son tour.

— Du progrès?...

— Mais oui! aujourd'hui, les navires sont plus rapides que nos pensées. Je me méfierai à l'avenir.

— Et à quoi pensiez-vous donc?

— À qui?... devriez-vous dire, fit Arthur en la regardant dans les yeux. Ce qui la fit rougir et lui chatouilla agréablement le cœur.

— M. Léon ne vous attendait que la semaine prochaine, je crois, dit la jeune fille, pour se donner une contenance.

Arthur eut un sourire amer.

— En vérité, je comptais rester plus longtemps à Rimouski. Mais... il y a toujours une ou deux petites choses qui vous font changer d'idée à la dernière minute, et me voici!

— Et qui s'en plaindrait? dit une voix derrière lui.

Adrienne, la nièce de l'aubergiste, célibataire, grande, maigre et pas très jolie, s'était approchée d'Arthur. Amoureuse de lui depuis longtemps, elle camouflait ce sentiment derrière une familiarité de bon aloi... qui ne trompait personne sauf l'intéressé lui-même. Celui-ci se retourna et, content de la revoir, la prit par les épaules et l'embrassa spontanément sur les deux joues. Elle en resta ahurie, puis sourit de bonheur en entendant ses chaleureuses paroles de bienvenue:

— Que je suis heureux de vous revoir, Adrienne!

De fait, Arthur l'était surtout de se retrouver parmi cette société de villégiateurs jeunes et gais avec qui il pouvait s'amuser à sa guise. Mais la jeune femme, se méprenant sur les véritables sentiments d'Arthur, se prit à espérer de douces vacances auprès de lui.

On entourait maintenant le nouveau venu et chacun s'empressait de le saluer. Outre sa réputation de journaliste tapageur, il était reconnu comme un gai luron. Boute-en-train infatigable, il était de toutes les fêtes et toujours le dernier à quitter les lieux. Là où il se trouvait, on était assuré de ne pas s'ennuyer. Arthur, ravi de cet accueil, serrait des mains, en baisait d'autres. Il en reconnaissait plusieurs qui, depuis des années, choisissaient avec un égal plaisir de revenir passer une partie de l'été sinon toute la saison à Kamouraska. Lui-même n'y venait-il pas depuis toujours? Enfant, il logeait chez ses cousins Taché, dans ce manoir qui avait été témoin de choses plus ou moins avouables. Il pensait au drame que sa jeune tante avait causé jadis et que, pendant longtemps, on avait voulu lui taire: une histoire d'amour qui s'était transformée en tragédie. Mais les murs des manoirs chuchotaient et les cimetières confirmaient les rumeurs.

On donnait encore des bals au manoir. Il y allait, mais il logeait maintenant à l'Auberge du fleuve, chez M. Léon. Les temps avaient changé.

Le jeune pianiste entamait une valse. Arthur pivota sur lui-même et chercha Laurence des yeux, mais déjà quelqu'un d'autre s'inclinait devant elle. Déçu, il se retourna pour se trouver face à face avec Adrienne, qui n'attendait que le moment de se faire inviter par l'élu de son cœur. Courtois, il lui tendit le bras et l'élan de la valse les emporta avec les autres couples.

Ils glissaient sur le parquet. De temps en temps, Laurence et son compagnon frôlaient Arthur et Adrienne pour aussitôt s'en éloigner. D'autres fois, Arthur avait juste le temps d'accrocher le regard de Laurence que déjà, entraîné par le mouvement, il en croisait un autre...

Ce n'est qu'à la troisième valse qu'Arthur put enfin prendre Laurence dans ses bras. Ils accordèrent leurs pas et leur émoi... et c'est sur un plancher de plumes qu'ils évoluèrent. Arthur, tout à loisir, plongea son regard dans celui de la jeune fille. Jamais, il n'avait vu d'aussi beaux yeux! leur couleur rare le fascinait; elle rappelait le «bleu de Dalécarlie», une teinte particulière que prenaient les lacs de cette région de Suède. Lui, qui avait le talent de décrire les plus beaux paysages, en manquait pour décrire ces yeux-là. Laurence, de son côté, admirait ceux d'Arthur. Elle les avait toujours trouvés superbes. Brun foncé à l'éclat doux comme du velours. Une impression de velours si forte qu'elle était tentée d'y toucher pour s'en caresser les doigts.

Ce fut une valse minute, avec l'impression que le premier mouvement à peine amorcé, ils achevaient déjà le dernier. L'avaient-ils même dansée? Une autre valse les entraîna aussitôt... Et une autre... Et c'est ainsi qu'ils dansèrent sans arrêt pendant un temps indéfini qui leur parut le temps d'une valse minute...

Mais comme le temps s'écoulait normalement autour d'eux, on chuchotait malicieusement sur le jeu de séduction que tentait chaque fois cet incorrigible Don Juan qu'était Arthur. Mais qui donc pouvait résister au charme de cet homme qui vous tenait dans ses bras d'une façon telle que vous ne pouviez vous retrouver qu'au septième ciel? se disaient toutes les jeunes filles présentes. Et aussi les jeunes femmes. Et même quelques-unes qui ne comptaient plus leur âge...

Adrienne s'était éloignée. Assise près d'une fenêtre, elle sirotait tristement son punch tout en regardant danser Arthur. Ce n'était pas qu'elle voulait l'accaparer toute la soirée, surtout pas le soir de son arrivée à Kamouraska. De quel droit d'ailleurs? Parce qu'il l'avait embrassée sur les deux joues?... Et sur combien de mains s'était-il penché par la suite? Mais le voir tenir cette jeune fille dans ses bras, la regarder comme il la regardait, et danser! danser! danser! comme si rien d'autre ne comptait lui paraissait plus qu'un jeu de séduction. Il aimait cette jeune fille, elle en était certaine. Lui-même ne le savait peut-être pas encore!... mais il l'aimait!

Et cette Laurence, Arthur l'attirait, c'était visible. Mais, elle l'aimait-elle? Adrienne n'aurait su l'affirmer. Elle décelait toutefois une espèce de connivence entre eux, quelque chose de familier, comme s'ils se connaissaient depuis longtemps. C'était possible après tout, justement, cet après-midi, Laurence disait qu'elle demeurait à Québec. Et Arthur y vivait la moitié de l'année; en plus, sa sœur, ses tantes et nombre de ses amis y habitaient aussi...

Perdue dans ses pensées, Adrienne ne s'était pas rendu compte qu'on ne dansait plus. On chantait. Mieux, on chantait «Adrienne, voici le soir...» Levant les yeux, elle vit Arthur venir vers elle en chantant et lui tendre les mains pour l'inviter à l'accompagner. Il se pencha, l'aida à se lever et, toujours en chantant, l'entraîna lentement vers le piano. La jeune femme avait une belle voix de soprano et, à maintes reprises, elle avait accompagné Arthur pendant les soirées.

Ce n'était pas nouveau, mais ce soir!... son retour!... et cette chanson qui portait son nom!... Sans voir son émoi, Arthur gardait les mains d'Adrienne dans les siennes, la forçant ainsi à le regarder. Il termina le premier couplet et, en duo, ils reprirent ensemble le refrain:

«Adrienne, voici le soir...
Les étoiles s'allument...
Comme vos grands yeux noirs...
Et les heures une à une...
Se gravent dans la mémoire...
D'un cœur plein d'espoir...
Adrienne...!»

Tous s'étaient tus et, ravis, les écoutaient chanter.

À la fin de la chanson, ils lancèrent la dernière note avec puissance, la portèrent à bout de voix en la maintenant dans un vibrato soutenu qui parut sans fin; chacun retenait son souffle... Et, comme l'oiseau revenant à sa branche dans un vol plané et gracieux, leurs voix vinrent se poser doucement dans un murmure que suivit un silence encore tout vibrant de résonnances. Les auditeurs captivés restèrent un moment sous le charme, puis applaudirent chaleureusement.

Le regard accroché l'un à l'autre, Arthur et Adrienne, encore tout à leur exaltation, prenaient plus de temps pour redescendre. Puis, Arthur, comme sortant d'un rêve, se pencha vers la jeune femme et lui baisa les deux mains avec dévotion, rendant ainsi hommage à sa voix exceptionnelle. Adrienne, toute rougissante, demeura saisie! ravie! puis comblée! Dut-elle ne jamais revoir Arthur, personne ne lui volerait cet instant-là!

Pendant ce temps, Laurence trépignait. Ce qu'elle appelait en ce moment «le manège d'Arthur» l'agaçait en même temps qu'il la blessait. Il n'y avait pas vingt minutes, ne la regardait-il pas intensément comme s'il n'y avait eu qu'elle sur la terre? Et voilà que sans perdre de temps, il recommençait avec une autre. Peut-être chantait-elle bien! Mieux, même! Et après?... Avec quelle ferveur, il venait de lui baiser les deux mains!... Baiser la main d'une femme n'était que pure civilité, mais lui baiser les deux mains démontrait un dévouement sans borne, comme celui que l'ardent chevalier vouait jadis à sa dame.

Qu'y avait-il entre ces deux-là? se disait Laurence, à son tour. En se retrouvant, ils étaient presque tombés dans les bras l'un de l'autre. Cette femme demeurait à Kamouraska et Arthur y revenait chaque année. À cause d'elle, peut-être?... Mais oui, c'était l'évidence même!... Bon! maintenant que les choses étaient claires, Laurence se jura de ne plus jamais se laisser prendre au charme perfide de cet enjôleur! Plus jamais! Qu'il aille au diable!

Arthur ne pouvait imaginer les réflexions que les deux jeunes femmes se faisaient à son sujet. Il ne rêvait qu'au moment où, après la soirée, il pourrait voir Laurence en tête à tête. En attendant, il nageait dans l'euphorie et savourait le bonheur inouï de se retrouver à Kamouraska, aimant ce village et en étant aimé.

Laurence logeait chez les parents de son amie Hortense qui louaient, depuis quelques années, une maison au bord de la mer. Elle passa près d'elle et lui chuchota:

— Hortense! il est presque onze heures, il faut partir, tes parents vont s'inquiéter.

Hortense la regarda, étonnée.

— Depuis quand es-tu la première à vouloir quitter une soi-rée, Laurence? Serais-tu malade, par hasard?

— Non! je ne suis pas malade, riposta la jeune fille, agacée, mais il est tard, c'est tout.

Hortense fronça les sourcils. Elle regarda mieux son amie et la surprit à jeter un œil furtif vers Arthur. Ah! se dit-elle, c'est là qu'il faut chercher. Hortense, comme tout le monde, avait vu danser le couple et pensait bien qu'Arthur la reconduirait après la soirée. Mais voilà que, bizarrement, son amie la pressait de partir.

— Qu'est-ce que tu attends? continuait à chuchoter Laurence, impatiente.

— Mais oui! mais oui! il n'y a pas le feu! il faut quand même saluer.

— Pour ma part, c'est déjà fait, je t'attends dehors! Et la jeune fille s'empressa de sortir, descendit rapidement le grand escalier de l'auberge et se retrouva sur le trottoir.

Elle respira un bon coup, soulagée, comme si elle venait d'échapper à un danger. Hortense la rejoignit presque aussitôt et les deux jeunes filles se dirigèrent vers leur maison. À tout bout de champ, Laurence jetait un regard derrière son épaule, comme si elle redoutait d'être poursuivie. Hortense, intriguée, regardait elle aussi, mais ne voyait que des gens qui, comme elles, commençaient à regagner leur demeure.

— Finiras-tu par me dire ce que tu as, Laurence?

— Moi? Je n'ai rien du tout!

— Sauf que tu guettes tout autour de toi comme une marmotte qui craindrait un prédateur!

Laurence éclata de rire. Un prédateur... Arthur? Oui, cela ressemblait assez au personnage. Mais elle, elle était loin d'être une marmotte.

— Tu veux vraiment savoir? Eh bien, voilà! je ne veux pas qu'Arthur Buies me suive, répondit Laurence, d'un ton décidé.

— Alors, si ce n'est que cela, tu peux te rassurer. Je ne vois aucun Arthur Buies derrière nous, ni personne qui lui ressemble, répondit son amie un peu moqueuse. D'ailleurs, à la vitesse où tu as disparu de l'auberge, il ne doit même pas s'être aperçu que tu n'y es plus.

Laurence se détendit enfin. En même temps, elle n'osait s'avouer que ça ne lui aurait peut-être pas déplu de voir Arthur essayer de la rattraper. Mais si, comme le dit Hortense, il la croyait encore à l'auberge!...

Une fois rendues, les deux jeunes filles décidèrent de se bercer un peu sur la galerie avant d'entrer. La maison était typique de Kamouraska. Construite en bardeaux de bois jaune paille sur deux étages, elle était recouverte d'un toit en fer blanc prolongé d'un larmier cintré, et ceinturée en partie d'une grande galerie. Deux gros érables s'épanouissaient à chaque coin et assuraient une certaine discrétion à ses résidents. Elle se dressait face à la rue principale et dos au fleuve.

Arthur s'était resservi un rhum et, tout en conversant avec les uns et les autres, cherchait Laurence des yeux. Comme il ne la voyait pas, il crut qu'elle était allée à l'étage se rafraîchir comme les autres jeunes filles. Il attendait qu'elle redescende quand il entendit dire que les deux amies étaient parties depuis une bonne demi-heure. Il en resta pantois.

Qui était cette amie? Et où demeurait-elle? Il aurait dû le lui demander, mais il ne lui était même pas venu à l'idée que Laurence pouvait loger ailleurs qu'à l'auberge. Sa joie tomba un peu. Mais il se reprit. Ses vacances commençaient. Kamouraska n'était pas Montréal. Les deux amies réapparaîtraient bien demain, au détour de quelque chemin.

Considérant depuis toujours que dormir était une perte de temps, il décida d'aller prendre l'air pour en retarder le moment. Comme Adrienne sortait de l'auberge, il lui offrit de la raccompagner chez elle tout en faisant sa promenade. Elle accepta avec jubilation.

Ils passaient devant la maison jaune quand, venant de la galerie, Arthur crut reconnaître la voix de Laurence. Il ralentit.

— Est-ce que ce sont toujours les Deschênes de Québec qui louent cette maison, Adrienne?

Les jeunes filles avaient aussi reconnu la voix d'Arthur. Camouflées derrière le rideau de feuilles, elles se tinrent coites. Adrienne lui répondait:

Le grand Buies

— Oui! leur jeune fille, Hortense, était justement avec nous, ce soir.

— Vraiment? Je ne l'ai pas remarquée.

Hortense, un peu dépitée, fit la moue.

— On sait, Arthur, que vous n'aviez d'yeux que pour la très belle Laurence, reprenait Adrienne, taquine.

«La très belle Laurence» guetta la réponse avec anxiété.

— Et je n'avais d'oreilles que pour vous, chère Adrienne, répliqua Arthur, courtois.

— Je le savais bien! murmura tout bas, Laurence, piquée au vif. Bonimenteur! Chanteur de romances!

— Qu'est-ce-que tu radotes? chuchota Hortense.

— As-tu dit que ton frère voulait aller aux chutes noires de Saint-Pascal demain?

— Je t'ai même dit qu'il voulait nous amener mais tu n'as pas semblée enthousiaste.

— C'est qu'il fallait se lever trop tôt. Mais je me ravise. C'est sûrement très beau de voir les chutes au lever du soleil.

— Très bien, on va rentrer le lui dire. Il faudra préparer un pique-nique. Tu vas voir comme c'est un beau coin.

On entendit décroître les pas des deux promeneurs. Les deux amies rentrèrent en refermant tout doucement la porte derrière elles.

Le lendemain, le soleil brillait sur le beau village de Kamouraska. Les toits argentés des maisons lançaient des éclairs blancs qui faisaient cligner les yeux. La marée montante achevait de recouvrir la grève. À marée basse, la batture s'étalait sur un mille avant de rejoindre la mer.

Arthur se leva dans une humeur radieuse. Il fit une toilette exceptionnelle et descendit déjeuner. En passant devant la réception pour se rendre à la salle à manger, l'aubergiste le salua.

— Alors, monsieur Buies, vous avez bien dormi?

— Comme un loir, monsieur Léon. J'ai une chambre confortable qui donne sur le fleuve. Que demander de plus?

— Tant mieux! Que comptez-vous faire de bon aujourd'hui?

335

— Que me proposez-vous?

— On organise la randonnée habituelle en chaloupe jusqu'au phare de l'île du Pot-de-l'eau-de-vie. Au programme: rencontre avec Mathurin, le gardien, qui se fait toujours un plaisir
d'expliquer le fonctionnement et l'importance du phare à ceux
qui n'en ont jamais vu un, ni de près ni de loin. Ensuite, pique-
nique à l'île aux Fraises. Je sais que vous avez fait cette excursion
plusieurs fois, monsieur Buies, mais vous auriez l'occasion de
revoir Mathurin, votre vieil ami, et de rencontrer les clients de
l'auberge. C'est à votre guise. Si vous acceptez de vous joindre au
groupe, on vous remet un panier pour le pique-nique. Après, si
le cœur vous en dit, vous avez la baignade. Le temps chaud de
ces derniers jours le permet. Si vous ne voulez pas attendre la
marée haute pour revenir en chaloupe, vous pouvez revenir à
pied, chaussures à la main, dans la boue, à marée basse... Il paraît
que c'est très bon pour la santé. Ça fait partie d'une nouvelle
cure. Dire que nous autres, on profite de cette cure-là depuis
notre enfance et on l'a jamais su.

— C'est peut-être ce qui vous vaut votre bonne santé d'aujourd'hui, monsieur Léon?

— Ma bonne santé dépend du confort de mes clients.
Quand ils ne sont pas satisfaits, je suis malade. La boue peut bien
retarder un peu ma maladie, ça, on sait pas! Changement de
propos, aimez-vous les gigues?

— La valse et la polka demeurent mes danses favorites, mais
j'aime tout ce qui se danse, monsieur.

— Un violoneux s'est annoncé pour ce soir. «Un virtuose de
la gigue», comme il se prétend. Il fait tous les villages, un peu
comme le quêteux. Pour salaire, il demande le gîte, le couvert,
et un peu de bière pour arroser son violon, comme il dit.

— Ça promet d'être amusant. J'y serai, monsieur Léon. En
attendant, il est grand temps que je déjeune si je ne veux pas...
manquer le bateau!

— Vous avez encore le temps. Bon appétit, monsieur Buies.

Ils étaient une dizaine de jeunes gens venus pique-niquer près des chutes noires de Saint-Pascal. La plupart s'amusaient ferme mais, curieusement, la journée s'éternisait pour Laurence. Pourtant, il n'avait jamais fait aussi beau et l'endroit était magnifique. Et Pierre, le frère d'Hortense ne cessait de l'entourer d'égards. Mais rien ne faisait bouger cette espèce de lourdeur sans nom qui pesait sur le cœur de la jeune fille aujourd'hui.

La gaieté d'Hortense, par contre, avait attiré sur elle l'attention de Julien Chamberland, médecin nouvellement diplômé venu prendre quelques jours de repos dans sa famille en attendant d'aller seconder le vieux docteur Cotnoir à l'île d'Orléans. Il comptait bien le remplacer un jour, racontait-il à Hortense. En l'écoutant parler, celle-ci se prit à imaginer la vie de femme de médecin. Une vie de dévouement! Ce genre de vie lui plairait peut-être. Elle sourit malgré elle à ce rêve, et le jeune homme, dans cette jeune fille chaleureuse et simple, vit la femme idéale qu'il souhaitait épouser un jour. Et si c'était elle?... Il sourit à son tour, et le regard dont il l'enveloppa réchauffa le cœur d'Hortense. Tout un roman venait de s'ébaucher entre ces deux jeunes gens sans qu'ils en prennent vraiment conscience, ni eux ni leur entourage.

Les touristes de l'Auberge du fleuve avaient rempli les chaloupes qui, après avoir louvoyé entre les îles, venaient d'aborder à l'île du Pot-de-l'eau-de-vie. Arthur aurait tout aussi bien pu aller se promener en chaloupe en solitaire, mais il voulait revoir Laurence et c'est pourquoi il s'était mêlé au groupe. Or, elle n'y était pas... Hortense non plus! Elles étaient donc ensemble aujourd'hui, mais où? Mine de rien, il s'était informé discrètement autour de lui, mais personne ne les avait vues. Il s'était donc résigné à suivre l'excursion jusqu'au bout. Ce qui n'était pas désagréable en soi.

Cette diversion attirait même les gens du village. Si on montait dans le phare jusqu'en haut, on avait une vue imprenable sur le fleuve et sur l'autre rive. «Tu devrais venir écrire ici, t'aurais la paix!», disait justement Mathurin à Arthur. C'était un homme d'une quarantaine d'années, affable et toujours friand de visiteurs. Demeuré veuf, il ne s'était jamais remarié et son fils unique, marin, naviguait à longueur d'année sur «les sept mers et les sept-z-océans»!...

— Ce n'est pas une méchante idée, Mathurin. Je prends ton invitation en considération.

L'excursion avait enfin pris fin. Sitôt à terre, Arthur décida de ratisser le village pour essayer de trouver Laurence. Mais il revint bredouille à l'auberge. Il monta à sa chambre pour tenter d'écrire un article. «Pas moyen!», comme disaient les Kamouraskois! Que lui restait-il à faire jusqu'au souper, sinon s'ennuyer, puisqu'il était encore trop tôt pour l'apéritif?

«Un seul être vous manque, et tout est dépeuplé!», se surprit-il à déclamer. Le poète avait bien raison. Sans Laurence, le village semblait inhabité. Cette réflexion l'agaça aussitôt. Il la trouva même ridicule. Ce n'est pas parce qu'une jeune fille l'attirait que la vie devait s'arrêter là! allons donc! Il y avait des milliers de belles femmes de par le monde, il n'avait que l'embarras du choix.

Il finit par descendre avec un livre et s'installa dans une chaise berceuse sur la grande galerie qui donnait sur la rue principale. Comme pour la plupart des autres habitations de ce village, deux grands érables en ombrageaient les deux coins, ce qui donnait le choix entre une place au soleil et une à l'ombre. Pour une fois, Arthur choisit l'ombre. Il ne tenait pas tant à lire qu'à abriter son ennui.

Le temps mort finit pas se lasser et passa. Arthur allait se lever pour commander un apéritif quand la silhouette tant désirée apparut sur le trottoir d'en face. Laurence et son amie marchaient d'un pas lent de promenade tout en bavardant gaiement. Il eut l'idée de se lever pour se manifester aux jeunes filles, mais se ravisa aussitôt. Trop absorbées par leur bavardage, ni l'une ni l'autre n'avaient tourné la tête vers l'auberge. Elles ne l'avaient donc pas vu. Pour le moment, il lui suffisait de savoir que Laurence respirait le même air que lui. Toute sa joie de vivre lui revint d'un coup. Il attendit que les jeunes filles disparaissent, et c'est avec son exubérance habituelle qu'il entra dans l'auberge pour prendre son apéritif.

Mais Laurence l'avait vu.

Et aussitôt, sa voix avait monté d'un ton. Elle parlait maintenant avec animation, elle souriait, ses yeux brillaient et ses joues avaient pris la plus belle teinte de rose. Hortense entendit le changement avant d'en constater les effets sur la figure réjouie de son amie. Toute la journée, celle-ci lui avait semblé absente, morose, et voilà que, sans raison apparente, elle jubilait. Elle aimait bien Laurence. Toutes deux avaient fréquenté le même couvent et se connaissaient depuis l'enfance. Mais quelquefois, son comportement imprévisible la déroutait. Comme maintenant, par exemple... Enfin, elle l'aimait mieux gaie que maussade, et ne chercha pas à la questionner sur son changement d'humeur.

— Il paraît qu'un violoneux, gigueur par-dessus le marché, sera à l'Auberge du fleuve ce soir, lui annonça-t-elle. Ce serait amusant d'aller l'entendre. Qu'en penses-tu, Laurence?

Celle-ci, qui cherchait justement une occasion de rencontrer Arthur, frémit de joie, mais pas question de se trahir, même devant sa meilleure amie.

— Ce sont des danses de paysans. Ça te plaît, toi? fit-elle du bout des lèvres.

— Peut-être pas tous les jours, mais ce soir, oui.

Hortense était quand même surprise de l'attitude dédaigneuse de son amie.

— Eh bien, pas moi! À force de tourner sans bon sens, on a le vertige. Et en plus, on n'a jamais le même partenaire!

— Tu préfères danser dix valses de suite dans les bras du bel Arthur? lança son amie, moqueuse.

— Quel Arthur? répondit Laurence, faisant la naïve.

— Arthur La Trémouille de la Dauversiaire de la Flotte!... tu connais?

— Tu es bête!

Les deux amies se regardèrent et pouffèrent. Elles finirent par être prises d'un fou rire incontrôlable qui les accompagna jusqu'à la maison jaune.

Huit heures du soir à l'Auberge du fleuve! Depuis une heure, le violoneux jouait de son archet comme un déchaîné, et ses pieds, scandant le rythme, touchaient à peine le plancher. Il allait tellement vite qu'on le voyait comme dans une brume. En même temps, il turluttait, et tout cela faisait un tapage musical endiablé qui accrochait l'oreille du premier client qui passait la porte de l'auberge et ne le lâchait plus.

Entre deux «reels», il «arrosait» son violon, ce qui faisait craindre, s'il en abusait, une accélération du rythme qui dépasserait la mesure, ou une décélération qui le réduirait à un pitoyable miaulement. Mais pour le moment, rien de tel ne se produisait, sa vitesse de croisière se maintenait dans un jeu d'archet frénétique de bon aloi... celui auquel on s'attend d'un violoneux virtuose.

Pour que tout le monde puisse le voir, on l'avait juché sur une table dans un coin du grand salon. Pour ce qui était de l'entendre, même en se sauvant jusqu'au deuxième village, on avait encore sa musique en sourdine dans les oreilles.

Dans les premières minutes, on avait toujours peur que, se trémoussant comme il le faisait, ce virtuose zélé ne tombe de la table et ne se casse la margoulette. Mais il avait beau pencher dangereusement vers l'avant et onduler comme un arbrisseau sous le vent, juste avant le point de non-retour, un étrange ressort le redressait et le faisait osciller vers l'arrière, où un mur hostile l'incitait fortement à retourner d'où il venait.

Il faut croire qu'il y avait un bon Dieu pour ces gens-là. De mémoire de violoneux, il n'en était jamais déboulé un. Une fois qu'on le sait, on se calme, se disaient les spectateurs dont la tension finit par se relâcher devant l'évidence. Et ils enchaînèrent sans plus de manière, faisant fi des décibels supplémentaires, «tapant des mains, tapant du pied, poussant du coude et du derrière!...»

Arthur, que cette musique et ces chansons amusaient au plus haut point, tapait... au moins des mains, en essayant d'apprendre la turlurette sans trop de peine.

Quand on en eut assez d'écouter, les quadrilles s'organisè-rent. Le «prieur» forma des couples et à la première danse, le hasard fit s'incliner Arthur devant Laurence. On avait «prié» celle-ci, sans qu'elle saisisse le sens de cette demande, et voilà que celui-là venait de lui échoir comme partenaire. Le destin, complice, lui était favorable.

Pendant qu'Arthur se réjouissait sans détour de sa bonne fortune, Laurence jouait l'indifférente, c'est-à-dire qu'elle essayait, derrière un sourire de convenance, de camoufler sa trop grande joie.

Soudain, sans crier gare, le premier accord cingla l'air et la danse enleva les couples comme un coup de vent, les fit tourner, se promener, «Saluez votre compagnie», les sépara, les fit passer de l'un à l'autre, les éloigna, les ramena, «Tournez de bord vous vous êtes trompés», les fit giguer, les fit valser, «Swing la baquèse dans l'fond d'la boîte à bois» et «Saluez encore une fois», puis les fit tout recommencer jusqu'au dernier accord sonore où Lau-rence, prise de vertige, vint s'affaler, rompue, pâmée, sur la poitrine de son cavalier...

Surpris et charmé, Arthur referma aussitôt les bras sur elle et la pressa ardemment contre lui. Leurs cœurs battaient à tout rompre après la folle frénésie de cette danse. Laurence leva enfin la tête, leurs regards s'accrochèrent et se maintinrent un moment au niveau du vertige. Les joues brûlantes, les yeux bleus électriques, une griserie accentuant un sourire de feu de Bengale, Laurence prolongeait l'enchantement de cet instant. Ils se laissèrent descendre jusqu'au fond de leur ivresse, s'en délec-tèrent, puis remontèrent lentement à la surface... et Arthur, éperdu, s'entendit murmurer:

— Le quadrille vous va bien, madame! Il essayait de maî-triser l'ardeur folle dans laquelle venait de le plonger la jeune fille.

Laurence, émue au plus haut point, ne put qu'incliner légè-rement la tête, et c'est alors qu'on les bouscula pour aller se chercher des rafraîchissements.

Cette pose donnait un moment de répit aux danseurs aussi

bien qu'au violoneux. Elle ne durait toutefois pas longtemps. Tout le monde ne pensait qu'à recommencer.

Mais pas tous. Arthur n'avait plus la tête à la danse. Il planait. Quelque chose le soûlait et ce n'était ni le rhum ni le vin. Le sentiment qu'il ressentait ne ressemblait à rien de ce qu'il avait déjà connu... Tout ce qu'il pouvait dire, c'était que la magie de deux yeux bleus venait de faire disparaître tout l'espace autour de lui! Elle avait tout soufflé!...

Et ces yeux avaient un nom: Laurence!... huit lettres qui ne formaient plus un mot mais une mélodie!... une mélodie qui contenait en elle toutes les harmoniques du monde. Un rythme sur deux notes glissant l'une sur l'autre, rappelant la cadence chuchotée des vagues... Lau... rence! Lau... rence! Un envoûtement!

Arthur avait beau secouer la tête, il ne pouvait se dégager de cet état!... Le voulait-il? Mais avait-il le choix maintenant? Il se voyait comme flottant dans une bulle. Prisonnier! oui, prisonnier d'une geôle vaporeuse sans autre mur que ce nom, leitmotiv dont son cœur ne pouvait plus arrêter l'écho.

Il sentit soudain l'air de la mer sur sa figure. Sa pensée exaltée l'avait conduit jusqu'à la grève. Il se pencha, prit de l'eau salée à pleines mains et s'en aspergea le visage. Puis, il se mit à marcher à grands pas, essayant de comprendre ce qui lui arrivait, essayant de retrouver son ancien état d'âme pour le circonscrire et se l'approprier de nouveau. Mais de bornes, il n'y en avait plus! Il filait vertigineusement ailleurs! loin de lui! malgré lui! aspiré vers un monde énigmatique où les lois physiques n'étaient plus les mêmes. Il plongeait vers le haut, lucide et grisé, docile et incrédule, entraîné dans cette fuite hallucinante vers un pays encore insoupçonné il y a quelques minutes, et pourtant familier...

Folie! mirage! délire!...

L'amour ne prévenait pas! Il surgissait de nulle part et vous prenait d'assaut!

L'amour!... L'amour?... Était-ce donc cela?... Arthur s'arrêta pile!... Il avait tellement désirer éprouver ce sentiment royal qu'il n'osait le rapprocher de ce bouleversement dans lequel il venait d'être plongé. L'amour!...

Il se remit à marcher lentement en répétant ce mot. Il le lança vers la mer, pour l'éprouver, l'écho le lui ramena...

Quand Arthur, enfin apprivoisé, laissa l'amour se poser doucement sur son cœur, la joie neuve, rutilante qui accompagnait inévitablement la découverte de cet ultime sentiment l'envahit tout entier et le fit éclater d'un grand rire triomphant qui résonna longtemps sur les flots phosphorescents de la mer.

Laurence, pour sa part, était montée précipitamment à l'étage. Elle avait besoin de s'isoler pour reprendre un peu ses esprits. Cet Arthur avait définitivement le don de l'emprisonner sous son charme. Mais ce soir, c'était pire, cela ressemblait à de l'ensorcellement. Elle sentait encore l'étreinte de ses bras autour de son corps et son cœur battre contre le sien. Et comme une douce musique, ses mots résonnaient sans arrêt à ses oreilles: «Le quadrille vous va bien, madame!...» «Le quadrille vous va bien!...» Qui, mieux qu'Arthur Buies, pouvait emprunter le langage de l'amour courtois du temps jadis!

Arthur Buies!... Juste à prononcer son nom, le cœur lui manquait. Holà, Laurence! attention! se reprit-elle dans un sursaut de volonté. Es-tu en train de tomber dans le piège de ce séducteur reconnu et... vieux garçon? Bah!...pas tellement! Arthur n'avait que vingt-neuf ans quand même, et tout pour plaire.

Laurence ne savait plus où elle en était. Elle avait juste une idée en tête, quitter ces lieux au plus vite et aller se réfugier dans son lit. Elle y serait à l'abri de tous les regards et libre de penser à sa guise!

Et si elle filait à l'anglaise!... Mais il y avait Hortense!

Quand elle se décida enfin à descendre, son amie l'attendait au pied de l'escalier et c'est elle qui lui proposa de partir. Elle avait espéré la venue de Julien, mais ni lui ni son frère Pierre n'avaient paru. Cela, elle ne l'avoua pas, prétextant plutôt la fatigue. Elles se dirigèrent vers la porte, pendant que Laurence d'une petite voix lui répondait:

— Ça tombe bien, Hortense, moi non plus, je ne me sens pas très bien. Ces danses trop rapides nous font tourner le cœur.

— Vous avez parfaitement raison, Laurence!... Ces danses nous font chavirer à un point tel qu'on ne pourra peut-être plus jamais s'en remettre!...

Arthur entrait comme les jeunes filles s'apprêtaient à sortir et il avait entendu la dernière phrase de Laurence. Celle-ci se troubla.

— Arthur!... Mais d'où venez-vous?

— Un coup de foudre m'a propulsé dans les airs et je me suis retrouvé sur la grève... encore un peu secoué, je l'avoue.

— Mais qu'est-ce que vous racontez là, Arthur? demanda Hortense, intriguée, ne saisissant pas le sens des paroles du jeune homme.

Laurence, elle, avait reçu le message en plein cœur et demeura sans voix. Elle n'aurait su dire si c'était de surprise ou de joie, mais ce qu'elle savait, c'est que jamais mots ne l'avaient rendue plus heureuse que ceux-là. Être aimée d'Arthur Buies! quelle aventure! Mais sa méfiance tenace refit surface. Combien de coups de foudre avait eu ce galant impénitent, reconnu unanimement comme tel par tous ceux qui le connaissaient?... Comment pouvait-elle lui faire confiance?

Comme la jeune fille continuait de le regarder et de se taire, Arthur s'inquiéta. Une question soudaine et logique se posa brutalement à son esprit: et si Laurence n'avait pas reçu le même coup de cœur que lui?... C'était possible, après tout! Il devait savoir à tout prix, sinon... sinon...

— Je vois que vous partiez! Puis-je vous raccompagner? s'empressa-t-il de proposer.

Hortense, pensant faire plaisir à son amie, répondit aussitôt par l'affirmative, pendant que celle-ci, toujours muette, se débattait dans des sentiments contradictoires.

Tout le long du chemin, Arthur essaya par tous les moyens de briser son mutisme. Peine perdue. Quand les trois jeunes gens arrivèrent à la petite barrière de bois de la maison jaune, Laurence, après avoir murmuré un bref «bonsoir», monta rapidement l'escalier et entra dans la maison.

Hortense, aussi surprise qu'Arthur, se tourna vers celui-ci:

— Mais que lui avez-vous fait, Arthur? demanda-t-elle sur un ton mi-sérieux, mi-taquin.

Celui-ci, figé, avait encore les yeux rivés sur la porte par où Laurence avait disparu.

— Rien!... rien, j'en ai bien peur, chère Hortense, et c'est ce qui me navre... et me laisse désemparé, je l'avoue.

— Vous! Arthur Buies! désemparé devant une bouderie de jeune fille?

— Mais cette jeune fille est Laurence! et cette bouderie peut être synonyme de désespoir pour moi!... Transmettez-lui mon bonsoir, Hortense, s'il vous plaît, et dites-lui de ma part... Et puis, non, laissez, je le lui dirai moi-même, si j'en ai l'occasion. Je vous souhaite bonne nuit.

— Bonsoir!... Arthur.

Hortense, n'y comprenant rien, referma la barrière et remonta lentement la petite allée bordée de pivoines. Avant de grimper l'escalier, elle se retourna, mais Arthur avait disparu.

Depuis le matin, les toits de fer blanc résonnaient sous le martellement monotone de la pluie. Les arbres ruisselaient. Dans les rues, de grandes flaques de boue s'étaient formées. Le temps s'étendait, morne, sur tous les petits villages de la côte. Le fleuve disparaissait dans la brume.

Dans le hall de l'*Auberge du fleuve*, Arthur ne tenait pas en place et pestait intérieurement contre le temps. À mesure que la journée avançait, il voyait son projet de promenade anéanti, et sa chance de revoir Laurence tomber à l'eau, c'était le cas de le dire!

Deux heures de l'après-midi venaient de sonner à la grande horloge et la pluie tombait toujours. Arthur se sentait pris comme un lion en cage et cela lui semblait de plus en plus insupportable. Mais c'est ce qu'il se disait depuis le matin et il était encore là, les deux mains croisées derrière le dos à se promener d'une fenêtre à l'autre, espérant toujours une accalmie. Il pensa à son ami Mathurin, seul, au milieu de la brume, dans son phare. Jamais, il n'aurait pu faire ce métier-là, il serait devenu fou.

M. Léon avait bien remarqué l'étrange comportement de son client. Un jour de pluie n'était jamais le bienvenu pour les touristes. Mais... bon!... ce n'était pas sa faute. Tout bon aubergiste qu'il était, il n'avait quand même pas le pouvoir de commander le soleil. La plupart des clients de l'auberge s'étaient trouvés une occupation. On avait formé des tables de poker, de whist, de parchési. D'autres jouaient au billard. Quelques-uns lisaient dans le petit salon converti en bibliothèque. Des dames, leur broderie à la main, bavardaient gaiement dans le solarium en attendant que le soleil revienne.

Seul Arthur n'avait pas voulu se joindre aux autres, déclinant poliment toutes les invitations. Ce n'était pourtant pas dans ses habitudes, se disait M. Léon. Pourquoi s'agitait-il ainsi? Qu'est-ce qui le tourmentait? Attendait-il quelqu'un?

Il lui fallait admettre que cet Arthur Buies était du genre peu commun. Tout le monde connaissait ses antécédents et ses liens de parenté avec les habitants du manoir. On savait aussi qu'il faisait damner l'évêque de Montréal par la virulence de ses articles. On le connaissait comme un anticlérical déclaré et comme un des derniers fanatiques libéraux. Mais ici, on le voyait autrement. Ici, on ne l'aimait pas, on l'adulait. Chaque été, on l'attendait avec impatience et la fête ne commençait véritablement que lorsqu'il était dans les parages. De plus, étant célibataire, il attirait les jeunes filles, comme les papillons de nuit la lumière. Plusieurs ne s'y étaient-elles pas brûler les ailes? L'aubergiste pensa à sa nièce, qui n'avait pas su se méfier de son charme et en était maintenant prisonnière.

— Monsieur Buies! j'ai une idée! lui lança-t-il soudain de son comptoir.

— Eh bien!... il y a un commencement à tout, réagit aussitôt Arthur en blaguant.

— J'en connais qui en ont toujours eu des tonnes jusqu'à aujourd'hui et qui n'en trouve même pas une pour se divertir un jour de pluie! riposta du tac au tac l'aubergiste, moqueur.

— Touché!... C'est que quand on se bute sur une idée, les autres n'y ont pas accès! répondit Arthur, en regardant de nouveau tomber la pluie, d'un air désolé.

Une «idée fixe», pour un jeune homme, ne pouvait être autre chose qu'un minois de jeune fille. Arthur en pincerait-il encore pour quelqu'un dans le village? se dit M. Léon. Là, c'était plus délicat. Il lui ferait quand même part de son idée de lui faire porter une lettre qui exigeait une réponse immédiate. Et justement... dans cette maison, il y avait des jeunes filles ravissantes. Elles le consoleraient de l'autre. À moins que son «idée fixe» ne se trouve parmi celles-là!...

— Monsieur Buies! connaissez-vous la maison où loge pour l'été la famille Chamberland? C'est la dernière juste avant de prendre la côte à Pincourt.

— Je ne connais pas la famille, mais je connais la maison. C'est une grosse maison blanche dont le parterre longe le chemin de la côte.

— C'est ça! on m'a laissé une lettre qui demande une réponse immédiate. Et cette lettre est adressée au docteur Julien Chamberland, fils aîné de la famille. Mon commissionnaire n'est pas encore revenu de Sainte-Anne de la Pocatière. Je vous propose d'aller la lui porter tout en admirant la pluie de plus près... Qu'en pensez-vous?

— Vous n'avez pas idée, sauf... celle que vous venez de me proposer, combien je suis heureux de sortir, répondit aussitôt Arthur. Évidemment, je n'ai besoin ni de raison ni de permission pour aller me faire mouiller. Mais l'homme est ainsi fait qu'il se cherche toujours un but précis pour agir. Donc, votre proposition vient répondre, en quelque sorte, à cette exigence. Et par surcroît, je me fais un plaisir de vous rendre ce service, monsieur Léon.

Ah! les écrivains! se dit l'aubergiste. Pourquoi ne pas répondre tout simplement: oui!

— Bon! alors, on est d'accord? Tant mieux! Avez-vous tout ce qu'il faut pour sortir par ce temps? Je peux vous prêter des bottes et un suroît.

— J'accepte le suroît. Il saura me protéger de ce déluge, en effet. Mais j'ai de bonnes bottes. Je vous remercie!

Arthur, la joie au cœur, avançait d'un pas de promenade sur la rue principale. Il avait tout son temps. Entre les maisons, il apercevait la frange grise des vagues qui commençait à sortir timidement de la brume. La marée montait, poussant inlassablement sa complainte. Sous la pluie, comme tout le reste, le chant du fleuve semblait monotone.

Passant devant la maison jaune, Arthur ralentit. Pas un mouvement ne se devinait derrière les rideaux. Il aurait donné une fortune pour se retrouver à l'intérieur!

Plus vite qu'il ne l'aurait souhaité, il se retrouva devant la maison des Chamberland. Il frappa. Une servante vint ouvrir. Arthur déclina son nom et la raison de sa visite.

— J'ai une lettre urgente pour le jeune docteur Julien Chamberland. Puis-je la lui remettre en mains propres, s'il vous plaît?

La servante, qui le prenait pour un commissionnaire, l'informa sans plus de façon que M. Julien Chamberland n'était pas là.

— Puis-je savoir où il se trouve?

— Oui, monsieur! Il est allé faire un tour chez son ami Pierre Deschênes.Le cœur d'Arthur bondit.

— Vous avez bien dit: Deschênes? C'est cette famille de touristes qui occupe la maison jaune au milieu du village?

— C'est celle-là, monsieur.

— Alors, je vais la lui porter de ce pas. Merci infiniment, mademoiselle, et au revoir.

Une fois la porte refermée, la servante s'y appuya. Elle trouvait les commissionnaires de Kamouraska bien polis. Et celui-là, elle lui «aurait bien laissé mettre ses souliers sous son lit» tellement elle l'avait trouvé beau.

Arthur volait, ni plus ni moins, au-dessus des flaques de

boue. Un miracle! un vrai de vrai! L'idée en l'air de M. Léon venait de retomber sur lui en «pluie de grâces», comme aurait dit Sa Grandeur dans ses moments d'extase les plus réussis.

Arrivé devant la porte de la maison jaune, il reprit son souffle et sonna. On vint ouvrir.

— Oui, monsieur!... Arthur?... Mais d'où sortez-vous par ce temps?

— Mais Hortense! qu'avez-vous à redire de ce temps béni qui m'amène jusqu'ici? J'ai un pli urgent à remettre à un certain docteur Julien Chamberland. On m'a dit que je le trouverais chez vous.

— Mais oui! il y est! entrez Arthur!

Arthur hésita et baissa le ton:

— Croyez-vous, Hortense, que Laurence sera heureuse de me revoir?

— Je crois... euh... oui! De toute façon, Laurence n'a rien à dire. Ici, vous êtes chez mes parents. Ils vous accueilleront sûrement avec plaisir. Entrez sans crainte et suivez-moi.

Quand Arthur pénétra dans la grande pièce familiale qui servait de salon, ses yeux cherchèrent aussitôt Laurence. Il l'aperçut, assise à une table avec deux jeunes gens, un jeu de cartes entre les mains. Elle leva les yeux et resta ébahie. Mais que venait-il faire ici?... Son cœur manqua un battement. Peut-être deux!...

Arthur, non sans effort, détourna son regard pour saluer les parents d'Hortense. M. Deschênes, un homme à l'air affable, mit tout de suite le jeune homme à l'aise. Mme Deschênes, une femme corpulente, avait un sourire chaleureux qui vous accueillait comme dix mères à la fois. Dans un élan, Arthur se pencha, lui prit la main et la baisa. Puis relevant la tête, il la regarda avec chaleur:

— Je suis infiniment heureux de vous rencontrer, madame.

Celle-ci rougit un peu devant l'ardeur du jeune homme.

— Mais... vous n'êtes pas tout à fait un étranger pour nous, monsieur Buies, nous connaissons fort bien vos grands-tantes.

— Ah! vraiment? J'ai cru un moment que vous faisiez allusion à ma réputation de chroniqueur satanique... pour une certaine catégorie de personnes, il va sans dire.

— Mais pas pour nous, répondit M. Deschênes. J'étais un fervent libéral, comme vous, monsieur Buies. J'avoue m'être modéré un peu depuis la Confédération — qui n'est pas forcément mauvaise, il faut bien l'avouer — mais j'apprécie toujours la franchise, et j'ai un penchant pour les audacieux qui n'ont pas peur d'exprimer leur opinion. Ils deviennent de plus en plus rares, et c'est un privilège d'en rencontrer un de temps en temps. Soyez donc le bienvenu chez nous, monsieur Buies.

— Vous me voyez profondément touché de vos propos, monsieur! Arthur était surpris et ému de cette déclaration spontanée.

— Maintenant, Arthur, que je vous présente, dit Hortense en le conduisant vers la table de jeu: voici d'abord Julien Chamberland, pour qui vous avez un message, disiez-vous. Le jeune homme se leva, ils se serrèrent la main amicalement et Arthur lui tendit la lettre.

— En effet, l'aubergiste me prie, monsieur, de vous remettre cette missive, qui demande une réponse sans retard, m'a-t-il dit.

Julien remercia Arthur, prit l'enveloppe et, tout en s'excusant, s'éloigna pour en prendre connaissance. Après une lecture rapide, il la replia et la glissa dans une poche de sa veste. Son visage exprimait une légère déception. Hortense s'en inquiéta mais n'osa le questionner.

Pendant ce temps, Arthur s'était rapproché de Laurence et pouvait enfin la saluer.

— Je vous présente mes respects, Laurence. Comment allez-vous?

— Mais... bien, Arthur! Elle était encore sous l'émotion que lui causait sa présence inattendue.

Arthur se tourna vers Pierre. Celui-ci devança Hortense et lui tendit la main tout en se présentant tout bonnement:

— Je suis Pierre, le frère d'Hortense. Et, rajouta-t-il malicieusement, le fils unique et bien-aimé de mes amours de parents.

Arthur resta accroché aux derniers mots: mes amours de parents!... Son front se rembrunit. Pierre s'en apercut et se troubla.

— Vous ai-je blessé... de quelque façon, monsieur Buies?

— Non! pas le moins du monde, se hâta de le rassurer Arthur. C'est seulement que... je crois qu'on ne s'habitue jamais tout à fait à vivre sans parents. Sans père ni mère, j'entends... Et voir une famille complète semble tellement naturel qu'on se demande quel méfait impardonnable peut nous avoir mérité une pareille amputation d'affection.

Arthur ne put s'empêcher de lever un regard navré vers Mme Deschênes. Celle-ci eut aussitôt un mouvement vers lui: «Monsieur Buies!...» Mais, conscient de sa faiblesse, il se reprit et essaya de rire.

— Veuillez me pardonner! mes fantômes me reviennent toujours par ce temps. La pluie n'est pas mon meilleur cordial.

M. Deschênes, à l'instar de sa femme, s'était ému des remarques du jeune homme. Dire qu'on le prenait pour un dur. Mais il était tout le contraire, et encore plus vulnérable qu'on ne pouvait l'imaginer. D'emblée, il l'adopta!

— En parlant de cordial, que penseriez-vous, Arthur, d'un rhum bien tassé? offrit M. Deschênes en se dirigeant vers le cabinet à boisson. Et vous me permettez de vous appeler Arthur, n'est-ce pas?

— Je souscris à l'une et l'autre de vos propositions qui, croyez-le, me réchauffent le cœur. Arthur était déjà rasséréné. Toutefois... je ne voudrais pas être importun!... En disant ces mots, il coula un regard vers Laurence et la vit sourire. Il voulu croire que c'était parce qu'il restait et en eut le cœur inondé de joie. Je dois me souvenir que ce n'est pas sur invitation mais pour livrer une lettre que j'ai frappé à votre porte, crut-il bon de rajouter.

— Une lettre que le destinataire, semble-t-il, aurait préféré ne pas avoir reçue, marmotta M. Deschênes. Pour ce qui est de vous imposer, jeune homme, éloignez de vous cette idée. Me croiriez-vous si je vous avouais avoir désiré depuis longtemps connaître mieux Arthur Buies? Eh bien! je suis très heureux que l'occasion m'en soit donnée aujourd'hui.

— Vous me faites trop d'honneur, monsieur, mais encore plus plaisir. Je vous en sais gré.

Pierre s'apprêtait à inviter Arthur à se joindre à eux pour continuer la partie de poker quand Julien annonça son départ, ce qui visiblement déçut Hortense.

— Prenez ma place, monsieur Buies, je dois partir. Et s'adressant à ses hôtes: monsieur et madame Deschênes, permettez-moi de m'excuser, mais il me reste peu de temps pour préparer mes bagages. Je dois prendre le bateau très tôt demain matin, déclara le jeune médecin en leur tendant la main pour les saluer.

Mme Deschênes jeta un coup d'œil vers sa fille, dont elle avait deviné l'intérêt accru pour le jeune médecin.

— Vos bagages? lui demanda-t-elle. Sans vouloir être indiscrets, pouvons-nous vous demander si ce sont de mauvaises nouvelles qui vous font partir aussi précipitamment, Julien?

— Eh bien!... On m'annonce que le docteur Cotnoir, que je devais retrouver plus tard à l'île d'Orléans, vient de tomber malade et réclame mon assistance immédiate. Je dois prendre ses patients en charge momentanément. Je me vois donc dans l'obligation d'abréger mes vacances. Je n'ai pas le choix. C'est l'un des aspects de la vie de médecin... Si on accepte cette vie, il faut en accepter les exigences. Et en disant ces mots, il s'était légèrement tourné vers Hortense. Celle-ci rougit et comprit que sa future femme devait s'attendre à voir ses projets souvent bousculés.

Discrètement, la famille laissa la jeune fille raccompagner le jeune homme à la porte. Une fois revêtu de son imperméable, Julien prit la main d'Hortense dans les siennes et la regarda dans les yeux.

— J'ai été très heureux de vous connaître, Hortense. J'ai apprécié votre gaieté et votre générosité. Les deux qualités qui comptent le plus à mes yeux. Me permettez-vous de vous écrire, si mes patients m'en donnent le temps? rajouta-t-il en souriant.

Hortense inclina la tête en signe d'assentiment et murmura un adieu pour camoufler sa joie. Et la porte se referma sur une grande espérance pour les deux.

La partie de poker avait repris, Arthur ayant pris la place de Julien. La concentration que trois d'entre eux semblaient porter au jeu ne laissait en rien deviner l'état second dans lequel chacun baignait, sauf peut-être le sourire de Joconde qui, imperceptiblement, trahissait leur jubilation intérieure. Hortense, malgré le départ de Julien, savourait déjà le bonheur que lui apporterait la lettre promise. Arthur était plongé dans un état d'euphorie proche de l'extase de se retrouver ainsi tout près de Laurence. Quant à cette dernière, toute méfiance oubliée, elle ne se défendait plus et se laissait dériver dans l'enchantement de la présence d'Arthur. L'après-midi se passa comme dans un rêve. Seul Pierre restait lucide et «en dehors», bien qu'il prenait plaisir à regarder Laurence.

Un grand rayon de soleil inonda tout à coup le solarium de la maison jaune. Spontanément, les jeunes gens jetèrent leurs cartes sur la table et vinrent regarder par la fenêtre. Le fleuve, à peine libéré de la brume, se teintait d'un bleu mauve doux et séduisant. Le vent se levait et déjà les feuilles des arbres commençaient à s'assécher.

Arthur regarda sa montre. Les convenances lui commandaient de partir. Ce serait bientôt l'heure du souper. Il s'excusa auprès de M. et Mme Deschênes.

— Vous ne voulez pas rester à manger avec nous, Arthur? C'est sans façon!

Celui-ci fut bien tenté d'accepter, mais il ne voulait pas abuser de leur hospitalité; ils étaient déjà si accueillants. Et il n'était pas certain que Laurence s'en réjouirait. C'était plus sage de refuser.

— Votre invitation me fait infiniment plaisir, madame, mais je dois la décliner pour ce soir. Je vous remercie de l'après-midi agréable que vous m'avez permis de passer au milieu de votre famille.

— Vous êtes toujours le bienvenu, Arthur, ne l'oubliez pas! répondit avec empressement M. Deschênes.

Arthur aurait voulu rester un moment seul avec Laurence. Mais ici, c'était impossible. Il brûlait de connaître ses sentiments, et il se consumait tout autant de lui révéler les siens. Comment faire pour lui parler sans témoin? Quand une prochaine occasion de la voir se présenterait-elle? Il fallait la provoquer peut-être?

— Vous êtes tenté de rester, monsieur Buies, avouez-le? Mme Deschênes voyait qu'il ne tentait aucun mouvement pour partir.

Arthur sursauta.

— S'il fallait succomber à toutes les tentations, madame, on n'y trouverait plus de plaisir. Non! Je songeais seulement à demander à ces demoiselles si elles n'étaient pas tentées... justement, d'aller faire une promenade après le souper? La côte à Pincourt aura sûrement eu le temps de s'assécher.

— Eh bien! demandez-leur, monsieur Buies!

Hortense s'empressa d'acquiescer.

— C'est une bonne idée, et ça nous fera du bien d'aller prendre l'air après toute une journée passée dans la maison. N'est-ce pas, Laurence?

Celle-ci répondit aussitôt sur un ton de défi:

— Pierre m'accompagnait déjà, mais la côte à Pincourt est à tout le monde, n'est-ce pas?

Cette réponse pour le moins inattendue surprit tout le monde. Hortense, incrédule, fronça les sourcils, Pierre se redressa de contentement et Arthur se figea. L'air changea du tout au tout. Il y eut un sentiment de gêne. Laurence regretta aussitôt ses paroles, mais il était trop tard pour les rattraper. Pierre?... Alors qu'elle ne désirait qu'Arthur? Pour l'amour du ciel, que lui avait-il pris? Elle chercha quelque chose à rajouter, n'importe quoi:

— Mais j'ai peur... que nos bottines de cuir fin ne résistent pas aux flaques de boue, hein, Hortense?

— Mais je vous porterai, au besoin, Laurence! Ce sera une joie, répondit Pierre en s'approchant d'elle.

— Et... Hortense, qu'en faites-vous? reprit Laurence, usant de la taquinerie pour cacher son malaise grandissant. Elle n'osait regarder Arthur.

— Holà! je ne suis pas une mauviette. Si les rues sont encore trop boueuses, je me chausserai en conséquence, rajouta Hortense en essayant de rire, mais non sans voir l'air malheureux d'Arthur. Son amie était vraiment déconcertante. Il lui avait pourtant semblé... elle aurait même juré que celle-ci avait un penchant pour lui.

— Alors... mesdemoiselles, je constate que vous n'avez besoin de personne d'autre pour vous accompagner ce soir, dit Arthur d'un ton neutre. Je vous souhaite quand même une bonne promenade. Il salua courtoisement M. et Mme Deschênes et sortit de la maison jaune, un sourire désenchanté aux lèvres.

Ainsi, c'était Pierre Deschênes que Laurence aimait!... Aimer était peut-être un grand mot mais, à priori, ils semblaient bien s'entendre. Et elle logeait chez lui. Celui-ci avait donc tout loisir de la courtiser. De plus, il était de son âge!...

Il avait donc prêté à Laurence un sentiment qu'elle n'avait jamais éprouvé pour lui. Arthur était comme étourdi. Il venait de tomber brutalement du haut de son rêve. Il en avait les jambes coupées. Un gros sanglot se formait lentement dans sa gorge.

Allons! il n'allait pas bêtement pleurer comme une femme. Mais en se disant cela, il sentait les larmes lui couler sur les joues. Il les essuya de honte. De quoi aurait-il l'air s'il rencontrait une connaissance? On croirait qu'il avait bu plus que de raison.

Boire! tiens! il n'y a rien de tel pour guérir les illusions. Et sans plus réfléchir, Arthur entra dans la première taverne qu'il aperçut et commanda un double rhum.

Il venait de le terminer et s'apprêtait à recommencer quand il entendit le tenancier demander à la ronde:

— Est-ce que quelqu'un va dans les îles? J'ai un paquet à envoyer à Mathurin.

— J'y allais justement! s'empressa de répondre Arthur en se levant. Donnez-moi votre colis, je le lui remettrai comme un seul homme.

Quelle bonne idée d'aller voir son vieil ami Mathurin! Il n'y aurait pas pensé tout seul. Aujourd'hui, curieusement, les gens pensaient pour lui et organisaient ses loisirs ou... les désorganisaient! Eh bien! puisque le destin en avait décidé ainsi, il irait à l'île du Pot-de-l'eau-de-vie.

Mathurin était sorti de son phare et guettait la chaloupe qui se dirigeait vers lui. Il reconnut bientôt le rameur.

— Ohé! Arthur! le cri résonna sur le fleuve. Arthur leva la tête.

— Salut, Mathurin!

Les vagues étaient grosses et claquaient fort sur les parois abruptes de l'île. Arthur devait manœuvrer habilement pour accoster au seul endroit abordable, une petite anse qui faisait face au village. Le fleuve avait bien quarante pieds de profondeur ici, on avait pas le goût d'y tomber.

Avec vigueur, il donna un dernier coup de rame et la barque s'immobilisa. Il sauta à terre et, aidé du gardien, la hissa sur la berge et l'attacha solidement à un anneau de fer cloué au roc. Sur l'île, rien n'était à l'abri du vent quand il se déchaînait. Mathurin se redressa et, visiblement content, regarda le jeune homme.

— Quel bon vent t'amène, Arthur?

— Un mauvais! ! Et ceci! Arthur tendit le colis à Mathurin. Celui-ci le prit et lui demanda, narquois:

— Serais-tu devenu commissionnaire, par hasard?

— Par hasard, aujourd'hui! Tu l'as dit, Mathurin. Et si un jour on refuse mes articles, j'en ferai mon métier. On prend l'air. Et entre deux déceptions, on prend un rhum. Et entre deux rhums, on se jure que jamais on ne prendra femme. Ah, ça non! jamais!

— Elle s'appelle comment, celle-là? hasarda le gardien, l'air goguenard. Il connaissait assez Arthur pour savoir que seule une femme pouvait le mettre dans cet état. Il avait l'air de supporter toutes les autres tempêtes comme un vieux loup de mer, mais dans les eaux tumultueuses de l'amour, il ne valait pas mieux

qu'un marin d'eau douce. Dans ces temps-là, Mathurin ne donnait pas cher pour son bateau...

Au lieu de répondre, Arthur avait viré un air peu amène au
gardien. Il n'avait pas aimé qu'il dise: celle-là. Et puis, pourquoi
pas? Valait-elle mieux que les autres?... Mais plus il y pensait,
plus il lui semblait que les dernières paroles de Laurence sonnaient faux. Hier soir, quand le quadrille l'avait fait tomber pan-
telante entre ses bras, il avait eu non seulement l'impression
mais la certitude qu'elle éprouvait le même bonheur que lui. Il
avait ressenti la même chose pendant les valses magiques,
l'avant-veille!... et cette euphorie partagée, il en était sûr, encore
cet après-midi!... Alors pourquoi lui avoir tout à coup préféré
Pierre?

Ou il s'était trompé du tout au tout sur elle, ou, ressentant
les mêmes sentiments à son égard, elle avait voulu l'éprouver par
un jeu de coquetterie!... Eh bien! si elle voulait jouer aux jeux
de prince avec lui, il entrerait dans son jeu et faute de jouer
franc-jeu, il jouerait le jeu. Essayant d'avoir beau jeu, il gagnerait
la dame au jeu. Il était peut-être vieux jeu, mais il était surtout
amoureux, et, en bon joueur, il estimait que pour cette demoiselle, le jeu en valait la chandelle.

Arthur, pris à son propre jeu, partit d'un grand éclat de rire.
Ce qui étonna — c'est le moins qu'on puisse dire — un Mathurin qui se grattait la tête depuis un bon moment pour chercher
un mot réconfortant qui puisse remonter son jeune ami. Il le
regarda, l'œil de nouveau gouailleur:

— Comme ça, ça va mieux?

Arthur pointa un index doctoral vers le gardien:

— Mathurin! n'oublie jamais ceci: «Tenere lupum auribus!»

— Ah!... j'oublierai pas!

— Tu sais ce que ça veut dire?

— Non!...

— Tenir le loup par les oreilles! ou trouver le moyen de
surmonter une difficulté, répondit Arthur en riant.

— Ça a du bon sens! Pis «monter», aimes-tu ça autant?

Mathurin, d'un mouvement des yeux, indiquait le haut du phare.

Arthur suivit le regard du gardien et rétorqua, ironique.

— Mais c'est une passion chez moi, Mathurin, que de monter cent marches dans un phare par une échelle étroite de dix pouces de largeur. Tu vas voir!

— Hé! pars pas en peur, Arthur: «Qui veut aller loin ménage sa monture!» C'est à ton tour de pas oublier ça! Pis... demande-moi pas de te le traduire en latin, pour le moment, j'ai pas l'temps! rajouta le gardien, pince-sans-rire.

Le rire sonore d'Arthur résonna sur la paroi circulaire du phare pendant qu'il prenait les devants et commençait l'escalade par l'échelle étroite.

Une fois rendu en haut, la vue était toujours époustouflante et valait la fatigue de la montée. En face, on voyait le beau village de La Malbaie, baignant légèrement dans la brume. Les Laurentides restaient encore à demi enfouies dans le brouillard. En aval comme en amont, le fleuve semblait se dégager, mais malgré quelques rayons de soleil, le temps restait incertain.

— Ça me surprendrait pas que la brume nous enterrerait d'ici une heure.

— Es-tu sérieux, Mathurin?

— Si elle avait eu à partir, ça serait déjà fait. Le vent mollit. Mais on sait pas. Y peut reprendre... En tout cas, je suis bien aise que tu sois venu me voir, Arthur, le temps est moins long comme ça.

Celui-ci pensait déjà repartir, mais il n'osa pas décevoir son vieil ami. Il lui donna une tape amicale dans le dos.

— Certes, Mathurin!

Il était sept heures et demie du soir et la brume avait de nouveau envahi le village de Kamouraska. Moins dense qu'au matin, on pouvait quand même distinguer les maisons, mais le fleuve avait disparu depuis longtemps aux yeux de ses habitants. Pas question de sortir à moins de se rendre directement chez des amis. Finie la promenade.

C'était au tour de Laurence de se déplacer d'une fenêtre à l'autre. Elle n'avait plus aucun moyen de revoir Arthur aujourd'hui. Que faisait-il en ce moment? Dans une auberge, il y avait des distractions au moins! du monde! On pouvait même y danser tous les soirs. À Kamouraska, c'était une exception, il fallait en profiter.

Pierre était sorti s'acheter du tabac au magasin général en l'assurant qu'il ne resterait pas longtemps. Comme si elle pouvait s'ennuyer de ce garçon, peut-être gentil mais fade. Et trop jeune pour elle...

Hortense était montée un moment à sa chambre après le souper. Laurence se demandait bien ce qu'elle y faisait. M. et Mme Deschênes avaient traversé chez des voisins. La jeune fille ne s'était jamais autant ennuyée. Et par sa faute, elle l'avouait.

Arthur, si gai, était toujours prêt à s'amuser, et puis il dansait divinement. Il avait même semblé un peu amoureux d'elle. Elle aurait donné cher pour retourner en arrière et effacer cette phrase qui causait son absence de ce soir. Ce n'était pas la brume qui l'aurait empêché de venir, si elle l'avait voulu. Il aurait trouvé un moyen... comme cet après-midi. Elle n'était pas dupe du rôle de commissionnaire qu'il s'était donné pour essayer de la revoir. Il l'aimait peut-être plus qu'elle ne voulait le croire. Oh! Arthur!... Le cœur lui fit mal et elle se retint pour ne pas éclater en sanglots.

Hortense redescendait l'escalier au moment où Pierre entrait dans la maison. Il avait l'air inquiet.

— Il paraît que monsieur Buies est parti en chaloupe vers 4 h et demie cet après-midi, donc en sortant d'ici à peu près, et qu'il n'est pas revenu.

Laurence ouvrit démesurément les yeux pendant qu'Hortense s'exclamait:

— Qu'est-ce que tu dis, Pierre?

— Apparemment, il s'est arrêté quelques minutes à la taverne du coin, et quelqu'un l'a revu sur le fleuve. Puis, plus rien!

— Mais voyons! tout cela n'a aucun sens. D'abord, la

taverne n'est pas beaucoup le genre d'établissement que fréquente Arthur. Et la journée était passablement avancée pour aller faire un tour de chaloupe, il me semble.

— Étant donné que notre promenade prévue pour ce soir ne l'intéressait pas, il s'est trouvé un autre passe-temps, c'est tout. Mais en attendant, tout le village s'inquiète.

Les deux jeunes filles se regardèrent. Hortense revoyait l'immense déception qu'elle avait lue dans le regard d'Arthur quand Laurence lui avait stupidement préféré Pierre. Stupidement, c'était le mot, parce qu'elle voyait maintenant, par l'air angoissé de son amie, que le beau chroniqueur était loin de lui être indifférent. À quel jeu jouait-elle?

Dans le village, on ne parlait que de l'absence d'Arthur. M. Léon avait envoyé un de ses employés quêter des renseignements dans tous les lieux publics. Et c'est ainsi qu'on finit par apprendre qu'il s'était rendu au phare à la demande du tavernier. Ce que Pierre venait de rapporter aux deux jeunes filles qui, mortes d'inquiétude, l'avaient prié de retourner aux nouvelles.

— Ça ne tient pas plus debout, Pierre, s'entêtait Hortense. À moins que M. Mathurin n'ait été malade et qu'il n'ait réclamé des soins? Ce n'est pas d'un tenancier, alors, dont il aurait eu besoin, mais d'un médecin. Et Arthur, là-dedans?

— Ce qu'on oublie, c'est que pour le moment, on sait au moins qu'il est à l'abri, avec son ami, M. Mathurin, reprit Pierre, se voulant rassurant.

— Pas si sûr! et si la brume l'avait surpris à son retour et qu'il se soit égaré sur le fleuve! et le vent qui reprend!

À l'idée qu'Arthur ait pu se noyer, Laurence, n'y tenant plus, éclata en sanglots et monta précipitamment à sa chambre.

Pierre, surpris, la suivit des yeux, puis regarda sa sœur d'un air interrogateur. Celle-ci lui jeta un air attendrissant.

— Oui!.. mon petit frère, les femmes sont bien changeantes.

— Je vois! murmura le jeune homme. Et il disparut dans le solarium, où il resta un long moment. Puis il alluma sa pipe et s'assit tristement face à la brume.

Laurence n'avait pas fermé l'œil de la nuit. L'aube éclairait maintenant la chambre. Elle se leva, alla à la fenêtre et l'ouvrit. Elle s'appuya sur le rebord en scrutant le fleuve, et ce qu'elle y vit la fit bondir de joie. Dans le soleil radieux revenu, une barque se dirigeait vers la rive, conduite avec ardeur par un rameur chantant à pleine voix.

Arthur!...

Comme s'il avait entendu son nom, il leva la tête vers la maison jaune et reconnu Laurence, appuyée à la fenêtre. À sa grande surprise, elle lui envoya la main. Oh! oh! jeux de mains, jeux de vilains! se dit-il, amusé. Il lui répondit, puis il reprit ses rames et sa chanson et disparut vers le quai.

Deux semaines s'étaient écoulées. Tour à tour indifférent, galant, distant, amoureux, tendre, dédaigneux, passionné, glacial, Arthur avait joué tous les rôles à sa bien-aimée pour qu'elle rende les armes et avoue ses sentiments pour lui. Celle-ci, prise au dépourvu, essayait de comprendre cet étrange comportement. Elle trépignait, se fâchait, pleurait, boudait. Si un jour elle décidait de ne pas lui adresser la parole, Arthur, lui, fondait de tendresse. Le lendemain, elle était tout charme, il l'ignorait. Excédée, elle en était rendue presque malade.

Et il y eut bal au manoir Taché!

C'est ce soir-là que, résolu, Arthur décida d'avouer sérieusement son amour à Laurence. Le jeu avait assez duré. Il savait, hors de tout doute maintenant, que son sentiment était partagé. Laurence l'aimait. Le manège de la jeune fille ne visait qu'à ne pas lui laisser voir ses émotions. Fausse pudeur? Tentations réprimées? Il ne lui était pas venu à l'idée que sa réputation pouvait ébranler la confiance de n'importe quelle jeune fille. On l'avait vu amoureux tellement souvent que sa sincérité était forcément mise en doute. Mais tout Kamouraska, témoin des jeux de cache-cache des derniers jours, avait deviné que le bel Arthur s'était fait prendre, et bien prendre cette fois, dans le doux piège de l'amour.

Quand, exquise dans sa robe d'organdi blanc, la jeune fille apparut sur le seuil de la porte grande ouverte du manoir, le cœur d'Arthur s'arrêta. Dieu! qu'elle était belle! et qu'il l'aimait! Toutes les fenêtres de la salle de bal étaient ouvertes. Les rideaux de mousseline ondulaient doucement sous un vent léger. Les musiciens jouaient en sourdine et les couples se formaient pour ouvrir la danse.

Arthur marcha lentement vers son apparition. Celle-ci, le cœur battant, essayait de deviner quel Arthur s'avançait vers elle ce soir. Plus il approchait, plus son cœur s'affolait!... Elle l'aimait!... Elle aimait Arthur! oui! elle se l'avouait enfin. Elle aimait cet homme d'un amour fou, passionné, irréversible! voilà!

La surprise de son propre aveu la fit frémir et l'inonda d'une joie rayonnante qui monta jusqu'à ses yeux et les firent resplendir comme des joyaux. C'est ce regard qu'Arthur reçut en plein cœur quand il s'arrêta enfin devant elle.

Bouleversé par cet ardent aveu muet, il la contempla un long moment, puis s'inclina très bas et, sans un mot, entraîna sa précieuse bien-aimée au milieu des danseurs.

Un même sortilège les ravit et les enleva... Sans jamais se quitter du regard, ils survolaient le manoir... Kamouraska... et, suivant un tracé inédit, dérivaient dans la nuit, vers les étoiles... et les dépassaient... L'amour courait devant eux et, curieusement, les rattrapait et les enveloppait dans la chaleur d'un bonheur innommé que seuls deux cœurs épris aussi ardemment l'un de l'autre pouvaient goûter. Une délectable griserie! Un rare nectar! Une enivrante ambroisie!

Quelques heures plus tard, baignant dans une douce euphorie, Laurence marchait lentement sur la grève en écoutant Arthur lui parler d'amour. Il lui parlait même... de mariage! Lui, Arthur Buies! l'amour avait enfin eu raison de ce célèbre célibataire.

— Et si vous le permettez, chère Laurence, j'irai rencontrer votre père dès votre retour de Kamouraska.

Laurence frissonna à l'évocation de son père. Il n'aimait pas

Arthur, elle le savait. Comment pouvait-elle lui dire: «Père, Arthur Buies veut vous demander ma main!» Le seul fait d'imaginer sa réaction la faisait défaillir. Elle essaya d'en différer le moment.

— Arthur! mon cœur vous est acquis, je vous en donne ma parole. Mais attendons avant de parler à mon père. Agnès, déjà...

— Oui! je sais. Vous croyez que tout en acceptant les visites de James, votre père refusera de marier votre sœur à un Anglais protestant, fut-il officier. Mais il changera d'idée, vous verrez.

— Mon père a des idées bien arrêtées; il n'en démord jamais, malheureusement.

— Mais moi, je ne suis ni Anglais ni protestant, plaida Arthur!

— Vous, Arthur? répondit la jeune fille d'un air fataliste, mais vous êtes un anticlérical déclaré, un rouge fanatique et le chroniqueur aux idées les plus controversées de toute la province. Mais vous êtes tout ce que mon père abhorre! À moins d'abdiquer vos idées politiques et de revenir sincèrement à la religion catholique, je ne vois vraiment pas comment mon père pourrait vous accepter comme gendre. Ce serait se renier lui-même, vous comprenez?

Arthur laissa tomber la main de Laurence et s'emporta:

— Ah oui? Mais lui ne se gênerait pas pour exiger que les autres renient leurs propres idées, par exemple! Et pour les traiter ensuite de lâches! Oui! je le reconnais bien là. Ce serait assez son genre!

— Mais vous vous égarez, Arthur! comment vous permettez-vous d'insulter mon père en ma présence, se rebella la jeune fille en s'écartant de lui.

Arthur, se ressaisissant, lui prit les deux mains.

— Pardonnez-moi, Laurence! seule la peur de vous perdre m'a fait dire des choses malheureuses. J'avoue ne pas ressentir d'estime pour le genre d'homme qu'est votre père. Mais si vous le défendez, c'est que vous l'aimez et si c'est le cas, c'est qu'il doit avoir un côté aimant. À ce titre, il ne mérite pas un jugement aussi arbitraire de ma part. Me pardonnez-vous, mon cœur? Je vous aime tant.

— Mais oui, Arthur! acquiesça aussitôt la jeune fille. Comment ne pas vous pardonner, je vous aime aussi. Et comment vous reprocher de ne pas aimer mon père quand moi-même, je dois l'avouer, je supporte assez mal son autorité! Mais à moins que vous n'acceptiez certaines concessions, je ne vois pas...

Arthur l'interrompit, et cette fois lui déclara fermement:

— Écoutez-moi Laurence! je tiens à être honnête envers vous. Vous, avec qui je suis prêt à engager ma vie. Je veux que vous sachiez que je ne renierai jamais mes convictions, quelles qu'elles soient, ni par amitié ni même... par amour. Il vous faudra me prendre comme je suis. Vouloir me changer serait désirer quelqu'un d'autre. Ce n'est pas ce que vous voulez, n'est-ce-pas?

Arthur avait pris la jeune fille par les épaules et la forçait à le regarder. Elle leva les yeux vers lui.

— Je ne pourrais pas vous aimer si vous étiez autrement, Arthur, c'est vrai. Du plus loin que je me souvienne, vos extravagances m'ont toujours fascinée.

— Et c'est justement ce que votre père me reproche!

— Je crois qu'on ne gagnera pas si facilement, Arthur! dit soudain Laurence en voulant s'écarter de lui. J'ai peur!... j'ai peur tout à coup que le destin nous sépare. Des larmes emplirent ses yeux. Arthur ne le supporta pas.

— Écoutez-moi, mon aimée. Je vous fais la promesse, ici même, ce soir, que je vous attendrai. J'attendrai que vous ayez convaincu votre père de notre amour. J'attendrai un an, deux ans, cinq ans! je suis prêt à vous attendre une éternité, Laurence, parce que jamais je n'ai aimé personne comme vous. Et Arthur, se penchant vers le beau visage encore anxieux levé vers lui, l'embrassa doucement, puis la pressa sur lui dans une étreinte farouche en se jurant qu'il ne laisserait jamais personne lui ravir l'élue de son cœur.

À ce moment-là, Laurence était prête à livrer toutes les batailles et à jurer tous les serments pour défendre son amour.

XI

En dehors des ressources naturelles, il est une autre chose
inépuisable en Canada, c'est le vote ministériel.
J'ai vu passer devant moi cette mer sans fond
de votes inconscients et inexplicables, et je suis resté
dessus, épave railleuse bénissant le ciel de m'avoir
conservé assez d'intelligence pour rester dans l'opposition.

ARTHUR BUIES

Dans une petite paroisse de la vallée du Richelieu, le curé
Masson, tourmenté, se rongeait les ongles avec frénésie. Il se
trouvait devant un grand dilemme. Déjà, son nom portait aux
calembours. Fils d'un des fiers patriotes, il avait hérité du franc-
parler de son père, ce qui, pendant sa jeunesse turbulente, lui
avait valu le surnom de «Franc Masson». Faisant fi de son état
religieux d'aujourd'hui, ce surnom d'hier revenait, comme pour
le narguer.

Assis à son bureau, il relisait pour la énième fois un article
paru dans l'*Écho du Cabinet de Lecture Paroissial* de février 1868,
qui disait en toutes lettres: «Ainsi, condamnable au double point
de vue de la raison et de la foi, la Franc-Maçonnerie a été justement condamnée par le Saint-Siége, qui, en cette circonstance
comme en tant d'autres, a rempli courageusement la mission
salutaire que Dieu lui a confiée. Chargée d'enseigner tous les
peuples, de proclamer et de défendre la vérité, de juger, de

démasquer, de condamner et de poursuivre l'erreur et le mal, la sainte Église a solennellement frappé de ses anathèmes la Franc-Maçonnerie, à tous ses degrés et sous toutes ses formes. Elle a *excommunié*, c'est-à-dire retranché de son sein, tous les chrétiens, *quels qu'ils soient*, qui oseraient s'y affilier, malgré sa défense formelle...» Et l'article continuait longuement sur le même ton sans laisser aucune équivoque à l'interdit.

Le curé Masson s'était levé et, les deux mains calées dans les poches de sa soutane, marchait à grands pas dans la pièce. Il revenait à son bureau, se penchait, jetait un coup d'œil sur l'article, se redressait, se grattait la tête, se frottait la nuque, se passait les doigts dans son col romain, puis, toujours aussi irrésolu, reprenait ses réflexions. De temps en temps, il allait se planter devant la fenêtre et regardait couler la rivière Richelieu. Que faire? geignait-il. Que faire, mon Dieu?

Le malheur voulait que, des deux candidats qui se présentaient aux élections dans son comté, l'un soit libéral, canadien-français et catholique, et l'autre, conservateur, anglais et... franc-maçon!!!

Au sermon de dimanche, il devait inspirer à ses paroissiens le choix du bon candidat: celui qui défendrait leurs droits et protégerait, au besoin, leur langue et leur religion.

D'une part, il ne pouvait évidemment pas leur suggérer le conservateur franc-maçon, étant donné la position arrêtée de l'Église à ce sujet. D'autre part, jamais le haut clergé du Canada n'accepterait le choix du candidat libéral, synonyme de Satan à ses yeux. Alors, que faire? Il fallait bien que ses paroissiens votent. Il en avait parlé à des confrères qui, aussi perplexes, lui avaient suggéré de s'en remettre au choix de Sa Grandeur de Montréal.

Si encore, se disait le curé Masson, il n'avait pas eu à prononcer ce sermon fracassant contre la franc-maçonnerie, justement la semaine dernière. Pour frapper un grand coup, comme l'avait souhaité Sa Grandeur, tous les curés des paroisses avaient reçu ordre de condamner, ensemble et le même jour, l'influence maléfique de cette secte diabolique, partout où elle se trouvait,

AVEC DÉFENSE EXPRESSE DE FRÉQUENTER UN SEUL DE CES SUPPÔTS DE SATAN!

C'était clair, net et irrévocable!

Pour un grand coup, c'en était un! et qui le frappait de plein fouet aujourd'hui! Les prières ferventes qu'il avait adressées au Saint-Esprit l'avaient laissé dans la plus totale obscurité. Si Celui-ci ne pouvait l'aider, il ne lui restait plus qu'à rencontrer Sa Grandeur de Montréal qui, c'était reconnu, avait quelquefois des inspirations qui dépassaient l'entendement! Il prit aussitôt rendez-vous avec l'évêque.

La question ayant été considérée comme urgente, le curé Masson fut convoqué à l'évêché dès le lendemain matin. Il n'eut pas à attendre longtemps pour voir Sa Grandeur. Aussitôt arrivé, on le fit pénétrer dans son bureau.

Le prélat se tenait debout au milieu de la pièce, la tête haute, l'œil dominateur, la solution déjà arrêtée derrière ses lèvres minces. Sa main baguée, déjà tendue, commandait l'agenouillement devant sa sacrée personne. Le curé Masson s'inclina sans mot dire. Il respectait la fonction, sinon l'homme, qui le laissait toujours mal à l'aise.

Ses opinions politiques lui avaient déjà valu plus d'une remontrance de la part de son évêque. Ce dernier savait que jamais cet entêté de curé n'avait refusé l'absolution aux paroissiens obstinés qui persistaient à voter «rouge».

Le prélat contourna son bureau et alla s'asseoir dans son fauteuil à haut dossier. Il invita le prêtre à en faire autant en lui montrant la chaise droite devant lui.

— Alors, monsieur le curé, exposez-moi clairement votre problème.

— Le problème est simple, monseigneur, c'est la solution qui ne l'est pas.

— Venez-en au fait, s'il vous plaît!

— Bien! Les deux candidats qui se présentent dans notre comté sont M. Dumont, canadien-français catholique, pour le parti libéral, et M. Baker, anglais franc-maçon, pour le parti conservateur.

— Poursuivez!

— C'est tout! répondit le curé, pour le moins étonné que son information n'ait pas fait bondir le prélat.

— Et... qu'attendez-vous de moi? demanda l'évêque, les yeux plissés de défiance.

— Que vous m'aidiez à les départager. Lequel de ces deux candidats saura protéger les droits de mes ouailles canadiennes-françaises et catholiques monseigneur?...

— Vous-même, monsieur l'abbé, qui verriez-vous le plus apte à protéger vos paroissiens de toute influence pernicieuse, perverse et diabolique? articula lentement le prélat, en fixant le prêtre, comme le chat guette la souris.

— Eh bien!... voter libéral me semblerait le moindre mal, avança le prêtre, prudemment.

— Jamais! vous m'entendez l'abbé, jamais! tonna le prélat en frappant du poing avec fureur sur son bureau. Son visage s'empourpra et ses yeux brillèrent de colère.

— Mais... comme on ne peut pas choisir le franc-maçon... hasarda le curé, démonté.

— Ne m'avez-vous pas dit qu'il était «conservateur»?

— Oui!... mais... franc-maçon!

— Et que savez-vous au juste de cet homme?

— Euh!... c'est un avocat.

— Est-il honnête?

— Comme tout avocat, répondit le curé avec une moue dubitative.

— Est-il marié? A-t-il une famille?

— Il est marié, en effet, et doit avoir quatre ou cinq enfants.

— Alors, choisissez celui-là! déclara péremptoirement l'évêque, en s'appuyant commodément à son dossier. Et il prit une grande respiration, comme si l'affaire était réglée. Comme le curé restait sans voix, Sa Grandeur y vit un mouvement d'insoumission.

— Auriez-vous une raison quelconque pour vous opposer à ma décision, monsieur le curé?

— Pas d'autre objection, monseigneur, que celle de Sa Sainteté... qui défend sous peine d'excommunication tout commerce avec des francs-maçons! répondit le curé, se voulant encore poli mais sentant la moutarde lui monter au nez. Et nous en avons fait, sur votre demande expresse, la matière du dernier sermon, osa-t-il rajouter, quitte à se faire rabrouer.

Ce qui ne tarda pas.

— D'abord, celui-là seul qui devient franc-maçon est frappé d'excommunication, rectifia l'évêque, sur un ton tranchant. Et ensuite, votre impudence oserait-elle jusqu'à m'accuser d'enfreindre la volonté de notre-Saint-Père le pape, monsieur l'abbé?

— Je ne voudrais pas aller jusque-là, monseigneur, répondit le curé en le regardant cette fois dans les yeux. Mais comment aller dire à mes paroissiens que ce qui était «pernicieux, pervers et diabolique» chez le franc-maçon de dimanche dernier ne le sera plus chez le franc-maçon de dimanche prochain?

Le prélat, nerveux, se tassa dans son fauteuil.

— Eh bien!... je compte sur vous pour leur faire comprendre où est leur devoir. Cela ne doit pas être bien difficile.

— Permettez-moi, monseigneur, de vous faire remarquer que ce ne sont pas tous des imbéciles, et que si on leur dit un jour qu'une chose est noire et le lendemain, qu'elle est blanche, ils auront pour le moins le droit de s'étonner.

— Votre insolence est intolérable, l'abbé! vous avez de qui tenir! Il se leva vivement et pointa un doigt autoritaire sur lui.

— Non seulement je vous ordonne de choisir le candidat «conservateur», mais je défends à quiconque de voter «rouge». Est-ce clair? Maintenant, allez, et obéissez!

— On ne peut être plus clair! Ils voteront donc «franc-maçon», selon votre désir, monseigneur.

Et le prêtre se pencha, baisa l'anneau que le prélat lui tendait d'une main raide, le salua avec déférence et sortit.

Une fois dehors, il respira un grand coup. Devait-il essayer de comprendre ou tout simplement obéir? Cette dernière attitude était certes la plus facile; elle ne demandait pas d'effort. On inclinait la tête et, oubliant les titillations de sa conscience, on acceptait, laissant le soin de la décision à qui ordonnait... Il était encore placé entre deux feux.

Il entra dans l'église la plus proche pour tenter encore une fois de sonder le Saint-Esprit. Il s'agenouilla et pria pour trouver l'argument massue qui convaincrait ses paroissiens que la meilleure façon de les protéger était de voter pour un conservateur, anglais, franc-maçon... Cette solution lui semblait tellement insensée qu'il n'aurait jamais oser la formuler à haute voix. Dans son désarroi, il leva la tête vers l'autel et sentit que même Dieu ne lui serait pas d'un grand secours après la décision sans appel que le plus zélé de ses ministres venait de prendre. Mais l'avait-il prise en Son Nom? insistait le curé anxieux. Tout était là! Il fixait le tabernacle d'où la réponse aurait dû jaillir. Mais pour ne pas envenimer la situation, Dieu décida de ne pas intervenir. Il demeura muet!...

En cette année 1871, deux grands événements venaient bouleverser la vie des Canadiens. D'abord, après cent ans d'occupation, la soixantième garnison britannique, stationnée à Québec, était rappelée en Angleterre. Du jour au lendemain, ce départ de 4000 hommes allait priver la ville des nombreuses activités sociales auxquelles elle s'était habituée, les parades, les bals et les banquets, en plus d'attrister le cœur de plus d'une jeune fille.

Ensuite, l'autre événement, de plus grande envergure encore, était la tenue d'élections pour la deuxième législature de l'ère confédérale. Arthur, chargé par *Le Pays* d'en faire la couverture, sillonnait la province de Québec en tous sens. Comme une queue de veau, il n'arrêtait pas. Mais cette bougeotte à laquelle il était astreint n'était pas pour lui déplaire. Il était partout en même temps, toujours à l'affût de nouvelles inédites: un pot-de-vin offert à un candidat important, un complot éventé déjouant les ruses de l'adversaire, un détail percutant renseignant sur ses faiblesses. Ici, il ridiculisait un conservateur. (Mine de rien, il n'en épargnait qu'un, Guillaume, le frère de Laurence, qui se présentait dans une circonscription près de Québec.) Là, il moussait les qualités d'un libéral. Ses reportages, truffés d'anecdotes savoureuses, enrageaient les uns et amusaient les autres.

Sa verve, sa perspicacité et son énergie inépuisable en faisaient un journaliste redoutable. Arthur ne s'était jamais autant amusé. Et c'est ainsi que par ouï-dire, il apprit la situation plus que délicate dans laquelle nageait malaisément le curé Masson. Arthur ne le connaissait pas personnellement, mais son penchant pour le parti libéral, reconnu et condamné par le clergé, suffisait à le lui rendre sympathique.

En route pour visiter son ami Wilfrid Laurier, qui se présentait dans le comté d'Arthabaska, il décida de faire halte au bord du Richelieu. Et c'est ainsi qu'en ce dimanche exceptionnel... à tous égards, il se retrouva, papier et crayon en main, sur le perron de l'église. Les portes étaient grandes ouvertes, étant donné la chaleur inhabituelle, qui avait surpris même les plus frileux. Il entra.

Il arrivait juste à temps pour voir le curé Masson monter lentement en chaire. Les paroissiens ne bougeaient pas plus que des morts. Mais ils dardaient sur leur curé un regard tendu, presque insoutenable.

Le prêtre ne s'était jamais senti aussi seul. L'évêque prenait pour le mauvais candidat. Dieu, qui voulait la paix, prenait pour son évêque. Et lui, devait leur passer le message avant les vêpres...

Il se lança à l'eau:

— Mes bien chers frères! je n'irai pas par quatre chemins. Vous connaissez les appartenances religieuses et les allégeances politiques des deux candidats qui se présentent dans notre comté! Et vous connaissez les vôtres et les miennes, ce sont les mêmes. Ainsi, même si le bon sens nous dicte de choisir le candidat libéral, canadien-français et catholique, l'obéissance, qui n'est pas toujours sa sœur jumelle, nous force, par la personne même de Sa Grandeur, à opter plutôt pour le candidat conservateur, anglais, franc-maçon!...

Oui! je vous disais dimanche dernier que les francs-maçons appartenaient à une secte diabolique rejetée par l'Église et que, par conséquent, ils représentaient un grave danger pour vos âmes. Eh bien! j'ai le plaisir de vous annoncer aujourd'hui qu'ils se sont grandement améliorés depuis une semaine, jusqu'à devenir plus inoffensifs qu'un candidat canadien-français catholique, et que voter pour M. Baker, c'est comme voter pour M. Dumont. Mais que voter contre... ce serait comme voter pour un franc-maçon de dimanche dernier. M'avez-vous bien compris???...

Les paroissiens avaient la berlue. Quelques-uns ne pouvaient plus refermer la bouche. D'autres ne pouvaient plus l'ouvrir. Certains geignaient sans pouvoir s'arrêter. D'autres, sonnés, avaient le regard fixe. Un peu partout dans l'église on branlait de la tête, on branlait des mains, on branlait du pied. Les tics et les grimaces les plus invraisemblables déformaient à peu près tous les visages.

Le curé prit peur, et avant que ses paroissiens ne deviennent complètement fous, il les récupéra à la limite de leur dernière lueur de lucidité en lançant à pleine force: «Et vive les Canadiens français catholiques!»

Ce cri les sortit de leur torpeur, les ramena à la surface, et leur redonna du coup leur nationalité! leur langue! leur fierté! et leur foi dans le clergé!...

Alors, s'égosillant, s'époumonant, hurlant, rugissant, ils se mirent à clamer sans arrêt: «Vive les Canadiens français catholiques!... Vive les Canadiens français catholiques!... Et vive les Canadiens français catholiques!...»

La petite église de la vallée du Richelieu résonnait de ce cri ardent, comme au beau temps des Patriotes.

Mais au bout d'un quart d'heure de ces vivats frénétiques, avant que le curé ne perde la raison à son tour, il les fit taire aussi net par un: «Et n'oubliez pas d'aller voter!...»

En redescendant les marches du perron de l'église, Arthur riait à s'en tenir les côtes. Eh bien! si tous les curés ressemblaient à celui-là, l'idée de se convertir lui viendrait peut-être un jour, on ne sait jamais. Pour le moment, le sujet de son article d'aujourd'hui était tout trouvé. D'un pas allègre, il se dirigea vers la petite gare d'où il prit le train pour Arthabaska.

Une fois arrivé, il s'installa à l'hôtel Central, prit un bon souper à la salle à manger et se rendit sitôt après chez son ami. En passant devant un kiosque à journaux, *L'Union des Cantons de l'Est* attira son attention, il l'acheta. Quelques minutes plus tard, il sonnait à la maison où Wilfrid et Zoé avaient pris pension.

Il fut reçu à bras ouverts.

— Arthur! Quelle joie de vous revoir!

Zoé était radieuse. Tout en ayant gardé sa réserve naturelle, elle semblait avoir perdu sa grande timidité. Et dans cet homme en santé qui lui tendait une main chaleureuse, Arthur avait peine à reconnaître le jeune homme souffreteux qu'il était encore l'année dernière. Wilfrid entra aussitôt dans le vif du sujet.

— On va avoir besoin de toi, Arthur. La lutte est dure. Tu as lu le dernier numéro? D'un mouvement du menton, il montrait le journal roulé sous le bras de son ami.

— Non, je ne l'ai pas encore lu.

Arthur jeta un rapide coup d'oeil sur la première page. Comme à son habitude, le journal mettait en garde ses lecteurs contre les candidats «rouges» des circonscriptions de la région, et s'en prenait tout particulièrement au candidat anticlérical d'Arthabaska-Drummond, membre de l'infâme Institut canadien, Wilfrid Laurier.

— Il faut leur répondre, et sur le même ton! s'indigna Arthur. Tâtant son article du matin, bien serré au fond de sa poche, il se mit à raconter à ses amis le sermon du curé Masson, ce qui eut l'heur de les amuser énormément, eux, d'ordinaire si sérieux.

— Le spectre du «rouge fanatique» d'hier est toujours si présent dans l'esprit du clergé qu'il serait prêt à choisir le diable en personne pour empêcher les gens de voter libéral, déclara Wilfrid. C'est ridicule! Il faut absolument redéfinir le parti libéral d'aujourd'hui. Tu sais qu'ils sont allés jusqu'à me traiter d'excommunié?

— Pour ça, mon vieux! comme membre de l'Institut canadien, il fallait t'y attendre.

— Mais je ne le suis plus, Arthur, depuis le 13 mai 1868.

— Je l'ignorais! et pourquoi donc?

— Pour elle! répondit Wilfrid en regardant tendrement Zoé, assise près de lui.

— Je ne comprends pas? répondit Arthur, surpris de la soudaine timidité de Zoé.

— C'est très simple. Pour épouser Zoé, sa Grandeur a posé comme condition que je renonce à faire partie de l'Institut canadien.

— Que tu renonces? Morbleu!... Et tu l'as fait?

Arthur était révolté, mais aussi déçu de son ami.

— Ne crois-tu pas que ça valait la peine pour avoir celle que j'aime? Wilfrid d'un geste doux, effleura la joue de Zoé.

Celle-ci le regarda avec tant d'amour qu'Arthur se reprocha aussitôt sa brusquerie. Il se leva et alla vers elle. Il lui prit la main et la baisa dans un geste contrit.

— Pardonnez, chère Zoé, ma réponse un peu vive. Vous méritez assurément que l'on renie tous les instituts pour vous.

— Oh! Rassurez-vous, Arthur, vous ne m'avez pas blessée. Cette réaction spontanée dénote chez vous une rare honnêteté.

— Est-ce à dire que j'en manque, ma chère femme? fit Wilfrid, toujours ombrageux.

— Oh! Je n'ai jamais rien dit de tel, se dépêcha de rectifier Zoé, mal à l'aise.

— Ce qu'elle veut dire, reprit Arthur, narquois, c'est que tu es prêt à renier certaines valeurs qui ne te servent plus pour mieux posséder ce que tu convoites. Qualité requise chez le vrai politicien, paraît-il!

— Si tu n'étais pas mon ami, Arthur, je prendrais cette remarque pour un blâme, répondit Wilfrid, légèrement choqué.

— Mais vous-même, Arthur, s'empressa de dire Zoé, qui connaissait la susceptibilité de son mari, que seriez-vous prêt à renier pour une femme?

— Mais... rien! chère Zoé!

— Rien? Mais il n'y a pas deux minutes, vous me disiez qu'on pouvait renier tous les instituts!...

— Pour vous, Zoé!

— Mais si vous aimiez une femme, Arthur, resteriez-vous autant sur vos positions?

— J'aime une femme, Zoé, et elle est déjà prévenue de ma détermination à garder mes convictions, quelles qu'elles soient.

— Et... elle a accepté?

— Elle m'aime comme je suis, paraît-il. Elle en a, de la grâce, n'est-ce pas? rajouta Arthur, en riant.

— Et à quand la noce? demanda Wilfrid, content que son ami se fixe enfin.

— J'attends que son père, modèle parfait du conservateur ultramontain, devienne plus libéral et finisse par ne plus voir le diable dans la personne distinguée que je suis!...

— En espérant peut-être... que de ton côté, ta couleur rouge pâlisse un peu? insinua son ami.

— Cela! Jamais, Wilfrid!

— Autrement dit, cette noce se fera quand les poules auront des dents!

— Oh! J'ai confiance! Les femmes sont tellement rusées, et Laurence plus qu'aucune autre. Elle saura bien de quelque manière convaincre ce juge récalcitrant que le meilleur gendre qu'il puisse espérer est encore ce chroniqueur abhorré. J'aurais préféré évidemment tomber sur un autre beau-père. Les choses auraient été plus vite faites. Mais quand je vois Laurence, je suis toujours ébloui et j'oublie que j'attends. Amnésie des amoureux.

— Et ça se voit dans votre visage, Arthur. Vous ne m'avez jamais semblé aussi heureux. Zoé se réjouissait réellement pour le jeune homme.

— Je le suis grandement, chère Zoé.

— Parler de nos amours est bien beau, mais ce n'est pas cela qui nous fera gagner les élections, intervint Wilfrid en souriant.

Zoé se leva aussitôt, comprenant que les deux hommes seraient plus à l'aise pour discuter.

— Je vais me retirer dans ma chambre, je me sens un peu lasse. Revenez, Arthur! votre visite nous procure toujours un immense plaisir.

— Je vous remercie infiniment, Zoé. Il se leva et s'inclina devant la jeune femme.

Les deux amis se servirent un cognac et s'installèrent plus commodément. Wilfrid expliqua alors ce qu'il avait conçu comme programme. Il voulait que le parti libéral soit pris au sérieux d'abord, et qu'il représente réellement et clairement les intérêts des Canadiens français au sein de la Confédération. Si Wilfrid avait carrément refusé cette forme d'association au départ, il n'était évidemment plus question pour lui de l'ignorer. Mais auparavant, il devait faire paraître un article-choc pour répondre aux propos de *L'Union des Cantons de l'Est*. Il aurait pu le rédiger lui-même, mais malgré le préjudice que le seul nom d'Arthur Buies pouvait causer — c'était un risque à courir — la plume de son ami était plus directe et plus habile, avec toujours cette pointe d'ironie qui savait infailliblement piquer l'adversaire. Il le savait de taille à répondre à toutes les insultes par les sarcasmes les plus lapidaires.

Wilfrid, lui, excellait dans les grands discours publics. Il ne s'emportait jamais et savait exposer clairement ses idées. La pondération et l'assurance qu'il démontrait depuis le début de sa campagne lui gagnaient un nombre de plus en plus grand d'électeurs.

— Tu as certainement entendu parler du parti des évêques: «les programmistes», dit soudain Wilfrid, sur un ton agacé. Ce parti, constitué d'une poignée de conservateurs plus qu'ultramontains, s'était donné comme but de «corriger les lois et les politiques anticatholiques». Sais-tu que si les conservateurs, divisés sur le sujet, ne l'avaient pas eux-mêmes refusé, il passait?

— Et nous trépassions! Eh oui! Leur audace dépasse encore plus leur importunité, et stupéfie. Jusqu'où iraient-ils si personne ne les arrêtait!

Wilfrid se leva et, nerveux, arpenta le salon.

— J'ai toujours respecté les religions, Arthur, et loin de moi l'idée de blâmer le zèle de leurs ministres ou d'entraver leur mission spirituelle auprès du peuple. Mais l'immixtion abusive et suprême dont le clergé se prétend le droit d'user encore aujourd'hui dans le monde politique s'oppose par son caractère oligarchique à l'esprit même de la démocratie. En nous poussant à nous prendre en main, notre nouvelle Confédération fera de nous des sujets de moins en moins soumis à l'autoritarisme. On ne peut plus faire marche arrière. Le clergé, devant l'évidence, sera bien obligé de se limiter à son domaine.

— À chacun son métier et les vaches seront bien gardées, conclut Arthur, philosophe. Ce qui fit sourire Wilfrid. Mais en attendant, les gens choisissent encore leur candidat un couteau sur la gorge: la menace de l'enfer.

— Oui!... la peur demeure tenace! mais quand les idées commencent à s'infléchir, la tangente est prise et les comportements changent.

Wilfrid regardait devant lui, comme s'il voyait déjà un autre monde.

Il restait un mois avant les élections, et chaque discours comptait. Arthur suivait Wilfrid dans toutes ses allées et venues. Aujourd'hui, dimanche, il y avait une assemblée contradictoire entre les deux candidats du comté.

Tous les gens des environs, hommes, femmes et enfants, revêtus de leurs plus beaux atours, se pressaient, excités, autour des deux «hustings[1]» de fortune: deux tonneaux qu'on avait placés l'un en face de l'autre, à une distance sécuritaire de vingt pieds. Un fermier rusé, sachant qu'il avait tout à gagner d'un côté comme de l'autre, avait accepté que cette assemblée se fasse sur son vaste terrain.

À 2 heures précises, l'officier-rapporteur s'avança d'un air important, se plaça entre les deux candidats, lut son préambule et les présenta: M. Conrad Tymmans, conservateur, et M. Wilfrid Laurier, libéral.

---

1. Mot anglais qui désigne une tribune de plein air d'où les candidats et leurs orateurs haranguent les électeurs. (*Bélisle*)

Pendant que les candidats, aidés de leurs partisans, grimpaient sur leur barrique et trouvaient leur point d'équilibre, les gens applaudissaient en se bousculant autour d'eux. Il advint que, sans crier gare, sous l'onde de choc de cet enthousiasme débordant, la barrique de l'Anglais, digne représentant des conservateurs, se souleva de sa base, pencha dangereusement, entraînant dans une courbe logique son occupant incrédule, qui finit par choir, fatalement, en bout de trajectoire, au beau milieu de ses électeurs ébahis. Ceux-ci ne purent faire autrement que de recevoir dans leur bras leur candidat, encore invincible il y a quelques secondes mais qui, avant même de livrer bataille, venait déjà de tomber pour la première fois. C'était de mauvais augure!

Du côté des «rouges», la réaction ne se fit pas attendre.

— Ça tombe mal, hein!

— Laisse tomber, Tymmans!

On s'esclaffait en se tapant les cuisses. Les femmes riaient haut. Les enfants espiègles s'étaient faufilés à travers les jambes des adultes et ricanaient sans vergogne sous le nez du candidat sonné. Celui-ci, se remettant difficilement de sa chute inopportune, passait par toute la gamme des émotions. Cette première faute lui parut grave dans ses répercussions et indélébile dans son éclaboussement. Mais avec courage, on dû l'admettre, il se hissa de nouveau, et sans aide cette fois, sur son piédestal de modeste dimension, mais dont il était tombé de si haut. Choisi pour parler le premier, il ne perdit plus de temps et débuta dans un bel élan.

— Jamais les conservateurs n'ont perdu la face...

— Mais y perdent l'équilibre... par exemple!

Les quolibets fusaient de toutes parts. Mais des fiers-à-bras, engagés pour maintenir l'ordre, passèrent lentement dans les rangs en brandissant les poings et en menaçant de s'en servir si on ne laissait pas parler l'orateur.

On avait intégré le comté de Drummond à celui d'Arthabaska dont 96 % des habitants étaient francophones et catholiques. Ils étaient donc en force pour parler haut même s'ils devaient tous finir par voter «bleu» pour obéir au clergé. Voter «rouge» leur aurait coûté le ciel et assuré l'enfer. Avaient-ils déjà vu un ciel rouge? Non! Un enfer bleu? Pas plus! Alors, la réponse était claire et nette et ne souffrait aucune discussion. Mais ça ne les empêchait pas d'assister à toutes les assemblées.

Une fois le discours de M. Tymmans terminé, après quelques dents cassées et des claques distribuées en masse et sans ménagement parmi les électeurs par les «protecteurs» du peuple, ce fut au tour de Wilfrid.

— Tomber d'un baril est un moindre mal et je ne vous y aurais pas poussé, monsieur Tymmans! mais vous faire tomber de votre siège de député est de mon ressort et je vous porterai ce coup fatal.

— Tiens! prends ça en attendant, dit un contestataire.

Wilfrid ne put éviter le coup: un bel œuf vint s'écrabouiller sur une de ses épaules comme la plus spontanée des décorations.

— Merci de me l'envoyer frais! Wilfrid, imperturbable, sortit son mouchoir, essuya tant bien que mal la masse visqueuse qui souillait sa redingote, et reprit tranquillement son discours.

Arthur eut honte pour son ami! Comment un homme distingué, délicat et solitaire comme Wilfrid pouvait-il se plaire parmi cette masse grouillante, bruyante et dont les réactions imprévisibles pouvaient aller jusqu'à ces grossièretés. Lui, ne se serait jamais exposé à de pareilles insultes dans le seul but de se faire élire député. Ce qui l'amusait en politique, c'était la joute que devaient se livrer deux adversaires de forces égales. Il y trouvait matière à article, mais là s'arrêtait son intérêt.

Malgré le chahut provoqué par les opposants, Wilfrid décrivait le Canada tel qu'il le rêvait et développait ses grandes idées: tout en gardant sa nationalité propre, en lui conservant ses droits inaliénables, le Canadien français devait prendre sa place dans ce nouveau grand Dominion. Et dans l'enthousiasme! Une fois le vin tiré, il faut le boire. Il avait confiance en ceux de sa race, leur disait-il fièrement. S'ils l'assuraient de leurs votes, il se portait garant de les représenter en défendant envers et contre tout la nationalité canadienne-française. Mais sans oublier ce fait essentiel que la prospérité de ce pays, unique en son genre, ne pouvait reposer que sur une entente solide entre ses deux peuples, que tout opposait. «Unissons nos forces et participons ensemble à cette constitution nouvelle que nous ajusterons au fur et à mesure de nos besoins, de nos ambitions et de nos idéaux.»

Parti sur sa lancée, Wilfrid passait du français à l'anglais et de l'anglais au français aussi facilement que s'il était né dans les deux langues.

Sans aménité, M. Tymmans lui coupait la parole, et toujours en anglais, évidemment. Pourquoi aurait-il cherché à se faire comprendre de cette race d'ignorants? pensait-il, méprisant. De toute façon, il savait d'avance que le clergé leur commanderait de voter pour le parti conservateur, et que comme des moutons, ils obéiraient.

Wilfrid traduisait les répliques à mesure, et c'est ainsi qu'en entendant le député conservateur évoquer l'honnêteté des Canadiens français envers le clergé et les encourager à continuer à se fier à lui pour les conseiller dans leur vote, il l'interrompit brutalement et lança de toutes ses forces:

— Que le clergé oblige la population à choisir un conservateur, même anglais, même protestant, plutôt que nous, du parti libéral renouvelé, passe encore, les Canadiens français ont l'habitude, mais — et j'ai la preuve en main — qu'il nous préfère un franc-maçon, cela dépasse la mesure et va à l'encontre de ses propres interdits. Allons-nous laisser faire une chose pareille?...

Le mot fatidique «franc-maçon» partit comme une balle du porte-voix de Wilfrid et alla frapper en plein front le fermier qui ramenait ses vaches du champ pour les traire. Au lieu de se diriger vers l'étable, il marcha comme un automate vers l'estrade, d'où était parti le coup, suivi de sa meute de ruminants, un peu désorientés mais confiants.

Son fils, lui, qui était à nourrir les cochons, reçut le projectile sur la nuque. Il se redressa et, négligeant de fermer la porte de la porcherie, sous le même effet hypnotique, marcha dans les traces de son père. Ses protégés fraîchement libérés profitèrent de l'occasion pour suivre allègrement... tout en grognant, le même itinéraire.

Et la fermière, penchée pour donner à manger à ses dindes, reçut le coup au derrière. L'effet immédiat la souleva et la poussa dans la même direction que ses deux congénères, entourée de ses gallinacés, contrariés dans leur souper.

Tout ce beau monde, meuglant, grognant, glougloutant, vint se mêler, indifféremment des allégeances, à la foule des électeurs qui, sans trop de manières, firent de la place aux retardataires.

Le whisky qui circulait en catimini depuis le début de l'après-midi les faisait gens de bonne compagnie. Maintenant, on n'aurait pas pu dire si les bouteilles vides étaient plus légères que ceux qui les avaient vidées. On n'aurait pas pu dire non plus, dans cette assemblée euphorique, lesquels meuglaient, grognaient et glougloutaient, et lesquels gardaient la prétention de se souvenir encore de ce qu'était un franc-maçon.

Un courant de tendresse que seul l'ivresse peut donner à toute une assemblée en même temps, adoucissait les cœurs et brouillait les couleurs. Considérant que dans «le whisky tous les partis sont gris», les conservateurs se prenaient d'amitié pour les libéraux et les dindes, qu'ils confondaient, tandis que les rouges, un «bleu» d'une main et un cochon de l'autre, les considéraient, indifféremment, comme de bons apôtres.

Faisant un salut auquel on répondit vaguement, Wilfrid sauta lestement de son tonneau, traversa la foule sans faire de commentaires, mais n'en pensant pas moins: «Bien faire et laisser braire».

Le conservateur, toujours debout sur le sien, considérait qu'ayant perdu toute lucidité, l'assemblée était mûre pour voter. D'ici au jour des élections, ils avaient le temps de se soûler et de se dessoûler plusieurs fois. Il aurait pu couper la ration et réduire ses largesses, mais avec cette race de monde, il fallait des appâts. Et il avait beau savoir que le clergé les ferait tous voter pour lui, une désagréable prémonition l'avertissait vaguement qu'avec Wilfrid Laurier, les choses pourraient bien changer.

Le cap Diamant brillait au soleil, mais pas plus que les yeux d'Arthur quand il débarqua enfin à Québec. Il avait une seule idée en tête, revoir Laurence.

La ville lui parut bien agitée. Les rues étaient remplies de monde. Il entendit une fanfare, les gens se rangèrent instinctivement de chaque côté de la route. Fiers dans leur costume rutilant, les soldats anglais de la soixantième garnison britannique de Sa Majesté avançaient en rangées bien droites et marchaient d'un pas réglé de métronome.

Arthur, distrait par la campagne électorale, avait oublié le départ imminent et définitif de la garnison pour l'Angleterre. Les gens de Québec, habitués depuis cent ans à voir ces jeunes soldats anglais stylés défiler dans leur ville ne manquaient plus une seule parade de peur de rater la dernière.

Arthur, forcé de s'arrêter, se résignait à regarder le spectacle quand, se retournant comme malgré lui, il se retrouva devant Laurence, qui accompagnait sa sœur Agnès. Il se pencha aussitôt vers elle et lui murmura, dans une ardeur contenue: «Laurence, comme je me suis langui de vous!» Celle-ci rougit sous l'aveu et chuchota son nom qu'il reçut comme une caresse. Le petit mouchoir de dentelle passa lentement d'un côté à l'autre de son menton: «Je vous aime...» Le cœur d'Arthur brûla. Au sentiment qu'il éprouvait pour la jeune fille se mêlait une reconnaissance éperdue pour le bonheur qu'elle lui donnait. Leurs regards s'accrochèrent et les unirent comme la plus passionnée des étreintes. Ils avaient oublié tout ce qui n'était pas eux, notamment Agnès qui, coincée avec eux par la foule ne savait où regarder pour ne pas être indiscrète.

Arthur finit par s'en apercevoir et se détacha avec effort du regard de Laurence. Il la salua.

— Bonjour Agnès. Vous me pardonnerez sans doute d'avoir vu votre sœur avant vous. Je suis ensorcelé, je n'y peux rien.

— Vous êtes tout pardonné, Arthur, répondit la jeune fille en souriant. Je voudrais bien avoir cette recette pour ensorceler qui vous savez. Ce disant, elle tourna la tête vers les soldats qui continuaient de défiler. L'un d'eux, que son cœur reconnut avant de le voir, la frôla sciemment mais sans ralentir et sans tourner les yeux, laissant cette imperceptible caresse, comme un subtil parfum, s'attarder autour d'elle.

C'est ce soir ou jamais! se décida James, après avoir dépassé Agnès. Il ne pouvait décemment reporter plus longtemps sa demande en mariage. Il l'aimait et Agnès le payait de retour, il en était sûr. La décision de l'armée britannique de rapatrier ses troupes l'avait pris par surprise. On prévoyait leur départ pour l'automne.

Quelques-uns de ses amis s'étaient mariés. Et si certains repartaient avec leur femme, d'autres avaient choisi de rester au Canada. Il était conscient que tous ceux-là s'étaient unis à des Canadiennes anglaises protestantes. Agnès était de langue française et de religion catholique. Mais il avait bon espoir que sa demande serait agréée.

Jamais encore il n'avait osé affronter le juge Perrier pour lui demander la main de sa fille. Non que ce petit homme pédant l'impressionnait, tant s'en faut. Il reconnaissait avoir toujours été bien reçu chez lui, quoique Anglais, et peut-être même pour cela. Mais il avait comme la certitude que dans cette famille ultramontaine, on n'accepterait un protestant que s'il se convertissait à leur religion papiste, la seule valable à leurs yeux.

Après le souper, ce même soir, Laurence entrait en trombe dans la chambre de sa sœur.

— Sais-tu qui est en bas, Agnès? lui demanda-t-elle sur un drôle de ton.

— Non! qui est-ce ? répondit celle-ci, intriguée.

— James!

— James?...

— Et j'ai cru comprendre qu'il venait voir notre père, en grand secret. Si c'était ce soir qu'il demandait ta main?

La jeune fille pâlit, eut un sourire tremblant et leva un regard fou d'espoir vers Laurence. Celle-ci en eut les larmes aux yeux. Elle espérait avoir bien saisi les propos entendus à travers la porte!

— Si c'était le cas, crois-tu que père acceptera de marier sa fille à un protestant? Il aurait bien changé en quelques années.

— Ce qui compte, pour le moment, Agnès, c'est que James se soit enfin décidé. C'est presque une chance que la garnison quitte définitivement les lieux. Autrement, il aurait attendu encore combien d'années?

— C'est un grand timide, tu sais. Agnès arpentait sa chambre en se pressant nerveusement les mains.

— Veux-tu que je descende jeter un coup d'œil, mine de rien?

— Oh oui! Laurence! tu serais gentille.

— Je pense aussi à moi. Je me vois à ta place et Arthur dans le bureau de notre père en train de lui demander ma main. Tu vois ça d'ici, Agnès? La scène leur parut tellement incongrue que les deux sœurs ne purent s'empêcher de pouffer de rire. Laurence se reprit vite. On rit, mais il devra bien s'exécuter lui aussi, s'il veut me prendre pour femme.

— Et pourquoi donc n'est-il pas encore venu?

— C'est moi qui le retiens. J'appréhende autant que toi l'autorité de notre père et ses idées bornées.

— Laurence, tu ne dois pas parler de lui avec ce manque de respect!

— Et s'il nous fait manquer notre vie?

— Il vaut mieux ne pas y penser, répondit Agnès d'une petite voix.

— Bon! je descends! Décidée, Laurence, ouvrit la porte de la chambre et descendit furtivement l'escalier. Elle s'arrêta à mi-chemin, écouta. Elle se préparait à continuer quand la porte du bureau de son père s'ouvrit brusquement, et elle l'entendit dire d'une voix glaciale: «Et ne revenez plus!»

La jeune fille se figea et remonta vivement quelques marches. Son père venait de refuser la main d'Agnès, elle en était certaine. Mon Dieu! Comment allait-elle lui annoncer la nouvelle? Elle ne s'en sentait pas la force. On aurait dit que ce refus l'atteignait personnellement. Refoulant au plus profond d'elle-même une peur irraisonnée, elle redescendit d'un pas résolu et, prenant son air le plus naturel, pénétra dans le salon.

Son père se tenait debout devant la fenêtre, tournant le dos à sa mère. Celle-ci tripotait nerveusement son mouchoir de dentelle. Ils se retournèrent tous les deux à son arrivée.

— Puisque tu es là, va donc chercher ta sœur, qu'on en finisse au plus vite, lui dit son père, d'un ton sec.

Laurence hésita un moment, regarda sa mère qui, d'un air résigné, lui fit signe d'obéir. Elle remonta l'escalier la mort dans l'âme. Agnès l'attendait sur la dernière marche. Elle n'eut qu'à regarder sa sœur pour comprendre. Elles entrèrent dans la chambre, fermèrent la porte et tombèrent dans les bras l'une de l'autre. Agnès éclata en sanglots sur l'épaule de sa sœur.

— Ce n'est pas possible! Oh! Laurence! que vais-je devenir? Tu l'as vu? murmura-t-elle, toujours pleurant.

— Qui? père?

— Mais non!.. James! et elle sanglota de plus belle.

— Non! je ne l'ai pas vu! je te jure! Mais... j'ai vu père et mère. Ils demandent que tu descendes au salon.

— Ah non! je ne pourrai pas. Enfin, pas maintenant. Va, et dis-leur... Et puis non, aussi bien que ce soit moi. Et Agnès se dirigea vers le lave-mains, prit le pichet d'eau froide et en versa dans le bassin de porcelaine. Elle y plongea les deux mains, s'humecta les yeux et tout le visage, puis elle s'essuya lentement avec la serviette de toile et, regardant sa sœur en face: «Tu vas voir!»

Elle ouvrit la porte et s'engagea dans l'escalier, laissant Laurence un peu abasourdie devant la soudaine fermeté de sa sœur.

Sa mère la vit la première et, devant les yeux rougis de sa fille, réprima un élan vers elle. Elle devait appuyer, du moins en apparence, la décision de son mari. Celui-ci s'était retourné. Il regarda sa fille. Agnès, si timide d'habitude, soutint son regard. Il cilla un moment mais se reprit aussitôt.

— Je viens de refuser ta main à un homme qui n'a pas voulu renier sa foi pour la tienne.

— Auriez-vous renier la vôtre, père? répondit la jeune fille sur un ton de défi.

Le juge sursauta.

— As-tu perdu l'esprit? Oublies-tu que notre religion, une, sainte, catholique et apostolique, est la seule vraie? La déception t'égare! Nous te trouverons un mari digne de toi, qui te fera vivre honorablement.

— Ne vous donnez pas cette peine! Si James n'était pas digne de moi, alors aucun autre ne le sera! Il n'est plus question de mariage pour moi. Et si la religion compte plus que le bonheur, je vous informe qu'à partir de demain, j'entreprends des démarches auprès de quelques communautés religieuses pour choisir celle qui saura désormais abriter ma solitude.

Le juge était resté la bouche ouverte de stupeur. Jamais sa fille Agnès, si docile, sa préférée d'ailleurs, ne lui avait parlé sur ce ton. Et qu'est-ce que c'était que cette histoire d'entrer en religion?

— Je te défends de faire ces démarches sur un coup de tête, ma fille.

— Excusez mon sans-gêne, père, mais je crois que vous avez assez défendu pour aujourd'hui. Et sous le regard ahuri de ses parents, la jeune fille sortit délibérément du salon et remonta à sa chambre. Sa belle assurance la quitta aussitôt et elle se laissa tomber sur son lit en pleurant amèrement sur son beau rêve brisé.

Laurence était retournée dans sa chambre, sachant que sa sœur préférerait être seule pour donner libre cours à son chagrin. La situation d'Agnès lui laissait un sentiment de fatalité. Elle imaginait son père dire pareillement à Arthur: «Et ne revenez plus!» Mais cette fois, ce serait sur un ton méprisant, plutôt que glacial. Sa sœur lui avait déjà dit qu'elle ne se marierait à personne d'autre qu'à James. À son âge, on pouvait la classer dans les vieilles filles, et elle le resterait.

Et elle, Laurence, à vingt-quatre ans, n'en était plus très loin. Elle frissonna. Depuis deux ans qu'elle aimait Arthur. Si son père le lui refusait, ce qui lui paraissait de plus en plus probable, que ferait-elle?... Tout était préférable au triste état de célibataire! Et, au plus profond d'elle-même, Laurence commença déjà à renoncer à l'homme qu'elle aimait.

Arthur, le cœur heureux, ignorant les drames qui se déroulaient chez les Perrier, s'était rendu chez sa sœur après avoir visité ses vieilles tantes. Victoria l'avait gardé à souper. Tout en prenant l'apéritif avec son beau-frère, il faisait sauter sur ses genoux sa petite nièce Alice. Celle-ci riait aux éclats et ne se lassait pas: «Encore oncle Arthur, encore!», jusqu'à ce que sa mère intervienne gentiment mais fermement.

— Il faut laisser oncle Arthur, maintenant, mon cœur. Prends ton livre d'images.

— Oui, maman, mais à côté d'oncle Arthur.

Alphonse, qui lisait sagement le sien, vint s'asseoir de l'autre côté.

Arthur, heureux, se pencha et leur donna un baiser à chacun. Puis il regarda sa sœur d'un air rêveur.

— Te rends-tu compte, Victoria, que bientôt, enfin je l'espère, j'aurai des fils comme Alphonse et ton bébé Maurice, et des filles comme ta mignonne Alice?

— Je te le souhaite de tout mon cœur, cher Arthur. Quand Laurence te permettra-t-elle enfin de faire la grande demande à son père?

— Je l'ignore. Je lui ai dit que je ne la presserais pas. Mais j'avoue que cette situation me pèse de plus en plus. Elle attend probablement que le prétendant d'Agnès se présente avant moi. Dans certaines familles, on respecte encore le droit d'aînesse.

Victoria souriait affectueusement à son petit frère, qu'elle voyait si heureux depuis deux ans. Édouard doutait fort qu'Arthur soit accepté dans cette famille après le coup de *La Lanterne*. Et n'avait-il pas eu l'audace de prôner ouvertement l'indépendance du Canada en créant dernièrement un nouveau journal nommé sans équivoque: *L'indépendant*, même s'il n'avait pas fait long feu? Et la haine obstinée contre le clergé qu'il affichait ouvertement n'était rien pour se gagner la sympathie d'un homme aux principes rigides comme le juge Perrier.

Mais le notaire se taisait. Sauf que, de temps en temps, il lui faisait quelques petites mises en garde sous le couvert de moqueries sans importance. S'étant pris d'une grande affection pour son original beau-frère, il souffrait déjà pour lui de l'inévitable déchirement que la perte de cette femme qu'il aimait passionnément ne manquerait pas de lui causer.

S'en relèverait-il? Ce jeune homme, bouffon à ses heures, apparemment léger et superficiel, dépravé selon les uns, athée selon les autres, était l'être le plus sensible, le plus chaleureux et le plus foncièrement honnête qu'il lui avait été donné de connaître. Il espéra ardemment que ses appréhensions ne se concrétiseraient pas.

☙❦

Dans les semaines qui suivirent, les libéraux luttèrent de plus belle contre les conservateurs déjà en place. Ceux-ci possédaient l'argent et les coups de poing ou de bâton qu'il fallait pour se gagner les électeurs. «Ça bardait d'un bord et de l'autre!» Arthur suivait de loin la campagne d'un autre de ses amis, Louis Fréchette, qui se présentait dans Lévis.

Le jour fatidique arriva enfin. Ce 11 juillet 1871, les conservateurs l'emportaient. Louis Fréchette était battu dans son comté. Mais Wilfrid Laurier devenait le député élu du parti libéral d'Arthabaska-Drummond pour la province de Québec.

Cette vie de bohème avait plu à Arthur. L'été commençait. Il entreprit de visiter les places d'eaux, et d'en faire des articles légers et amusants pour attirer ceux qui avaient les moyens de s'y rendre et pour faire rêver les autres. Il voyageait sur l'un ou l'autre des steamers de la compagnie Saint-Laurent. Il s'arrêtait où bon lui semblait.

Mais partout, à chaque quai, à chaque pension de famille, à chaque hôtel, il guettait Laurence. Et jamais elle n'y était, incapable de laisser sa sœur seule avec sa grande peine. Jamais non plus il ne pouvait recevoir ses lettres puisqu'il devait se déplacer constamment. Or, il supportait mal d'être sans nouvelles de sa bien-aimée.

«10 août 1871. Avant-hier, j'étais à la Rivière-du-Loup, hier, dans le Saguenay; j'ai passé la nuit à Cacouna, aujourd'hui je vous écris de Kamouraska. Quel voyageur! Comme le fils de l'homme, je n'ai pas une pierre où reposer ma tête; heureusement que j'ai perdu le sommeil.»

Laurence riait en lisant les chroniques d'Arthur dans le journal. Son père ne recevait pas *Le Pays*; elle le parcourait quand elle venait chez Victoria pour y chercher les lettres d'Arthur. Celui-ci, pour faciliter les choses, avait demandé ce service à sa sœur, qui l'obligeait gentiment.

Plus tard ce jour-là, bien calée dans un fauteuil de sa chambre, à l'abri des regards indiscrets, Laurence, sa lettre à la main, buvait les mots d'Arthur: «Où êtes-vous mon aimée? Je vous précède ou je vous suis? Vous hâtez-vous vers moi ou me fuyez-vous? Il y a une éternité que mon regard n'a plongé dans la mer bleue de vos yeux... une éternité que votre nuage de dentelle ne m'a glissé un doux message... Il pleuvait à Cacouna. Il faisait froid à Tadoussac. Il ventait au Saguenay. Et me voilà dans la brume de Kamouraska. Votre présence à mes côtés aurait ensoleillé tout ce temps boudeur. Loin de vous, je n'ai pas d'été et j'ai froid! Où donc êtes-vous, mon amour?...»

Laurence laissa tomber la lettre sur ses genoux et regarda rêveusement devant elle. Elle voyait le visage viril de son bel amoureux, son front plein de noblesse, son sourire un peu railleur, sa moustache fine, son menton volontaire. Mais surtout, elle voyait ses yeux qui la regardait avec tout l'amour du monde...

Oui! elle l'avait évité. Elle avait eu ce courage. Ou cette lâcheté. Mais voilà qu'enfin, il lui apprenait son retour pour la fin d'août et elle comptait les heures qui la séparaient de lui. Il la prévenait aussi qu'il ne pourrait attendre plus longtemps avant de demander sa main à son père.

Elle savait bien que tôt ou tard, il s'impatienterait. D'ailleurs, il était temps que son destin se décide d'une manière ou d'une autre... Son père trancherait. Pour le moment, il était absent. Il ne reviendrait que dans quelques jours. Elle pourrait commencer par en glisser un mot à sa mère. Qui sait? Peut-être interviendrait-elle en sa faveur?

Laurence se leva et alla prendre la petite carafe bleue que sa mère lui avait rapportée de Paris. Arthur l'avait choisie pour elle, semblait-il... Elle la passa doucement sur sa joue, le cristal resta froid, elle frissonna. Elle la reposa brusquement sur la commode et sortit de sa chambre.

Quand elle entra dans le boudoir, Mme Perrier travaillait à un délicat motif de broderie. Elle leva les yeux et vit sa fille debout, dans l'embrasure de la porte, qui n'osait avancer. Ce n'était pas dans les habitudes de sa cadette d'hésiter. Elle fronça les sourcils.

— Qu'y a-t-il, Laurence?

La jeune fille avança gauchement puis, s'enhardissant, vint s'asseoir près de sa mère. Par où commencer...

— Mère?...

— Oui?

— Je... Si... Laurence bafouillait.

— Eh bien! ma fille, est-ce si difficile à dire?

— Écoutez!... je... j'aime Arthur Buies! voilà! finit par lancer la jeune fille d'une seule traite.

Mme Perrier resta éberluée. Elle ne put que répéter:

— Arthur Buies?...

— Oui, mère! Il y a déjà deux ans que je l'aime... et qu'il m'aime! Croyez-vous que père acceptera qu'il m'épouse?

Mme Perrier regarda sa fille. Si son mari avait un faible pour son aînée, elle avait une affection particulière pour sa cadette. Si belle et d'esprit si décidé. Elle réussissait toujours à obtenir ce qu'elle voulait. Mais l'objet de ses désirs, aujourd'hui, était plus qu'un bijou ou qu'une simple soirée au théâtre. C'était, elle le savait déjà, un souhait impossible à réaliser.

Décidément, ses filles n'étaient pas chanceuses dans leur choix. Jamais son mari n'accepterait que Laurence s'unisse à ce chroniqueur tant honni. Il nourrissait à l'égard de ce jeune homme une haine maladive. Ce sentiment ne pouvait plus changer, il était trop tard.

Mais quelle séduction il avait, cet Arthur Buies!... Elle se revit à ses côtés au kiosque de cristallerie, à l'occasion de l'Exposition universelle de Paris et, rougissant malgré elle, elle subissait encore son charme. Et sur le paquebot... où il était le point de mire de toutes les passagères...

Laurence attendait, non sans appréhension, un encouragement de la part de sa mère. Elle ne pouvait deviner ses pensées mais elle crut, à un certain sourire, qu'elle n'était pas si réticente à son projet. Elle s'encouragea.

— Alors, mère, qu'en pensez-vous?

Mme Perrier sortit de ses réflexions, et ne voulant pas heurter sa fille par un refus qu'elle savait inévitable, lui répondit doucement:

— Laurence! Arthur Buies est un homme aux mœurs libres. Il ne pratique aucune religion. Il rend un culte à la liberté, pas à Dieu. Il n'est pas fait pour une jeune fille comme toi. Et c'est un grand séducteur... il est donc dangereux. On n'épouse pas ce genre d'homme-là. On en rêve, c'est tout.

Ce n'était pas la réponse d'une mère sévère à sa fille, mais plutôt celle d'une femme que le charme de cet homme avait secrètement troublée et qui, par solidarité, mettait en garde une autre femme.

Laurence la regarda mieux et derrière ce visage de mère, lui apparut celui d'une jeune fille rêvant toujours de son premier amoureux. L'avait-elle laissé passer au nom de quelques principes rigides ou de stupides convenances?

Comme si, par une indiscrétion de sa part, elle avait fait tomber une ancienne photo d'un album tenu secret jusque-là, Laurence fut soudain gênée et n'insista pas. Elle se pencha vers sa mère, l'embrassa doucement sur le front et sortit du boudoir. Elle aurait juré que celle-ci, restée accrochée à un souvenir, ne s'était même pas aperçue de son départ.

Revenant le même jour, par le même steamer, le distingué magistrat et le célèbre chroniqueur se retrouvaient face à face. Le hasard qui ne manque parfois pas d'humour et encore moins d'audace les avait réunis à la même table. Se trouver assis devant le juge Perrier dans une proximité telle qu'il pouvait presque l'entendre penser demandait un courage peu commun, surtout quand on s'appelait Arthur Buies.

Courage pour courage, il eut l'idée soudaine de sauter sur cette occasion propice pour faire sa grande demande. Mais était-ce la nervosité ou l'image d'un coq monté sur ses ergots que ce petit homme ne manquait jamais de lui inspirer, ou tout simplement cette situation invraisemblable dans laquelle ils se retrouvaient tous deux? Toujours est-il qu'Arthur sentit une irrépressible envie de rire lui monter à la gorge. Ce n'était pas le moment. Surtout que le juge, qui le regardait déjà sans aménité devinait, malgré les efforts du jeune homme pour la réprimer, l'hilarité dont il voyait poindre la lueur dans le regard.

— Qu'attendez-vous pour me servir quelques traits de cette insultante ironie dont vous faites, dans vos articles, un usage excessif, indigeste et quotidien? attaqua le juge.

— Mais... j'attends qu'on m'y invite, comme vous venez si courtoisement de le faire, monsieur.

Le juge se mordit les lèvres. Il aurait dû le laisser parler le premier. Mais la vérité, c'était qu'il ne pouvait voir cet énergumène devant lui sans avoir envie de l'insulter.

— J'emploierais encore un euphémisme si je taxais votre attitude d'insolente, Arthur Buies.

— Insolente!

— Inutile de faire le malin, vous portez cette attitude sur vous comme une seconde peau. Et dans ce dernier mot, le juge y mit tout le mépris possible.

— Je dois avouer que c'est bien malgré moi, dit Arthur d'un ton léger. Question d'hérédité... Des générations de barons m'ont donné cette patine, et je n'y peux rien, sauf prendre de plus en plus de valeur avec les années.

— Quelle suffisance! cracha le juge.

— J'évoque rarement pour ne pas dire jamais mes origines, reprit Arthur, sur un ton sérieux cette fois. Mais aujourd'hui, j'espère trouver grâce à vos yeux, sinon, par ma profession plus ou moins discutable dans votre milieu, du moins par mes titres de noblesse. Je ne vous demande pas de m'aimer, ce sentiment m'est assuré du côté de la femme que j'ai choisie, et je m'en trouve comblé.

— Que veut dire cet imbroglio? Le juge nageait dans la plus totale incompréhension.

— Il veut dire ceci! Et Arthur se leva, s'inclina et regarda gravement son interlocuteur dans les yeux: «Maître Perrier, me feriez-vous l'insigne honneur de m'accorder la main de votre fille Laurence?»

Saisissement! ébahissement! stupeur! commotion! pire, l'ultime outrage!

Le juge Perrier étouffait. Il essayait de défaire sa cravate, mais ses mains ne lui obéissaient plus. De rouge vermeil à violet, il passa par toutes les couleurs ecclésiastiques sans en retenir aucune, pour finir par glisser dans le noir total! Il voulait crier: «VOUS! JAMAIS!» Mais une paralysie le gagnait et l'empêchait de proférer un son.

Arthur avait beau lui répéter: «Remettez-vous, monsieur! remettez-vous!» Il pensait même rajouter: «Ce n'était qu'une blague!», quitte à revenir sur le sujet un peu plus tard. Mais rien ne semblait empêcher le juge de sombrer maintenant dans un gouffre dont seuls ses yeux exorbités pouvaient voir l'horreur. Dans un suprême effort, il jeta un regard torve sur cet être abject qui avait osé lui demander la main de sa fille, puis il eut comme un hoquet et tomba inanimé, le nez dans son assiette.

Pour un juge!...

Pendant qu'on se précipitait autour du magistrat pour lui porter secours, Arthur, dérouté, s'était éloigné. Si cette demande en mariage avait secoué le père de Laurence au point de lui faire perdre conscience, qu'en serait-il du mariage lui-même?... Jamais, même chez Sa Grandeur, il n'avait vu autant d'aversion ni de haine à son endroit!

Quelques jours plus tard, le médecin sortait de la chambre, suivi de Mme Perrier. Il avait l'air soucieux et celle-ci n'osait l'aborder. Il se tourna vers elle.

— Je ne peux vous cacher la gravité de l'état de votre mari, madame. Sa paralysie a été causée par une hémorragie cérébrale; elle peut ne jamais disparaître ou disparaître en totalité ou en partie. Il n'y a que le temps qui puisse le dire. Le choc a dû être assez fort, pour assommer un homme en bonne santé comme l'était le juge Perrier. En attendant, il a besoin de repos et de calme. Évitez-lui toute contrariété. Je repasserai demain.

Mme Perrier ne souffla mot, mais elle avait sa petite idée sur ce qui avait pu causer un tel choc à son mari. Ce jour-là, il avait dîner avec Arthur Buies, lui avait-on dit. C'était invraisemblable! Il le détestait trop pour avoir accepté de s'asseoir à la même table. Mais le fait est qu'ils avaient mangé ensemble.

Comme Arthur avait sollicité une rencontre avec elle aujourd'hui, elle saurait la vérité. Elle avait été tentée de lui refuser sa porte, mais c'eût été manquer à la bienséance. Elle avait craint aussi qu'il ne se retrouve devant Laurence, mais heureusement, celle-ci passait la journée chez son amie Hortense.

Deux heures sonnaient à l'horloge quand Arthur pénétra dans la belle maison cossue des Perrier. Quelques minutes plus tard, il était assis devant la mère de Laurence.

— Malgré les circonstances, je suis heureux de vous revoir, chère madame.

— Oui... nous sommes dans une situation assez tragique, répondit madame Perrier, mal à l'aise.

— Savez-vous que c'est votre fille Laurence qui a provoqué l'accident de votre mari?

— Pardon?...

— J'aime votre fille depuis la première fois où je l'ai vue, je crois, et ce sentiment est réciproque. Lors de cette rencontre fortuite avec votre mari, j'ai jugé le moment opportun de demander sa main. Un peu plus et le bonheur de Laurence le tuait tout à fait pour la simple raison qu'elle m'avait choisi, moi, pour mari. Avouez que c'est excessif comme réaction.

— Monsieur Buies!...

— Je ne sais de quel œil me voit votre mari, mais je ne suis pas un repris de justice, madame. Je suis avocat. Et si je n'exerce pas ma profession, c'est que je n'y trouve aucun intérêt. D'ailleurs, on compte beaucoup trop d'avocats pour les besoins actuels. Malgré l'aspect bohème que peut avoir le métier de journaliste, je réussis à vivre de ma plume et mon œuvre est encore devant moi. J'ose rajouter que je me pense digne de votre fille, ne serait-ce que pour l'amour immense que je lui porte. Je sais que vous me comprenez, madame, rajouta Arthur dans un élan. Depuis longtemps, j'ai deviné une grande sensibilité chez vous. Je ne me trompe pas, n'est-ce pas?

Mme Perrier ne savait à quel saint se vouer. L'emprise que ce jeune homme avait sur elle l'empêchait de penser lucidement. Elle devait se reprendre et lui faire comprendre clairement que malgré ses qualités, fussent-elles innombrables, il ne trouverait jamais grâce auprès de son mari.

— Il n'y a que la mort de mon mari, je pense bien, qui rendrait votre mariage possible... Vous ne la désirez pas, n'est-ce pas, monsieur Buies?

Voilà que l'on tombait dans la pure tragédie. Et si cet entêté allait jusqu'à mourir pour lui prouver à quel point il le refusait pour gendre! Il ne le regretterait pas, ça non, il l'avouait sincèrement. Mais s'il l'avait conduit involontairement au bord de la tombe, il ne comptait certes pas l'y pousser. Il était amoureux, pas meurtrier. Comment faire pour se sortir de cette impasse?

— Mais j'aime Laurence plus que ma vie, madame! dit Arthur, ardemment. Me demander d'y renoncer serait m'enterrer vivant, rajouta-t-il douloureusement.

— En n'y renonçant pas, vous vous préparez à de grands tourments, monsieur Buies.

— Et Laurence, dans tout cela, on ne la consulte pas?

— Ma fille est majeure, il est vrai, mais elle n'osera pas contrarier la volonté de son père. Enfin, je ne le crois pas.

Mme Perrier se leva, signalant par le fait même son congé au jeune homme. Éterniser la conversation n'aurait rien arrangé. Arthur se leva aussi, prit la main de cette femme tourmentée et la baisa. Puis, la regardant dans les yeux, il lui dit, reconnaissant:

— Je vous remercie, madame Perrier, de m'avoir permis de m'expliquer. Je vais continuer d'espérer, l'amour est plus fort que la mort, dit-on. On verra bien.

Il salua et sortit.

Arthur et Laurence étaient convenus de continuer à entourer leurs relations de discrétion jusqu'à ce que M. Perrier prenne du mieux. On était rendu en septembre et, à la surprise de tous, celui-ci avait retrouvé non seulement l'usage de la parole, mais aussi celui de ses jambes. Il se rendait lentement de son lit à son fauteuil, où il passait de longues heures à regarder par la fenêtre. Il supportait encore difficilement la présence de Laurence, si bien que celle-ci allait le voir de plus en plus rarement.

Les semaines passèrent. Un soir que Laurence se trouvait à un concert avec Agnès et Hortense, Arthur, qui y assistait aussi, l'attendit à la sortie. Il implora Agnès du regard et celle-ci comprit que le jeune homme voulait rester quelques moments seul avec sa sœur. Elle acquiesça d'une légère inclination de la tête et accapara son amie pendant qu'Arthur entraînait Laurence à l'écart.

— Laurence, comment allez-vous?

— Mais... assez bien, Arthur, répondit tristement la jeune fille.

— Écoutez! je sais que ce n'est ni le moment ni l'heure de vous faire ma proposition. Mais peu importe! Je vous demande sans plus attendre, ici même, d'accepter qu'on se marie «à la Gaumine»; il ne s'agit que d'entrer dans une église pendant qu'un prêtre officie et de se faire une promesse mutuelle. Et on irait vivre aux États-Unis, où je peux m'engager comme journaliste. Je connais plusieurs rédacteurs de journaux qui sollicitent mon assistance depuis quelques années. Il est inutile d'attendre la permission de votre père, jamais nous ne l'aurons. Mais nous sommes des adultes et nous nous aimons. Alors décidons nous-mêmes de notre bonheur et partons, Laurence!

La jeune fille resta sans voix.

— Laurence... vous ne dites rien?

— Mais Arthur!... votre proposition est d'une extravagance incroyable! Et c'est impossible!

— Elle est extravagante, j'en conviens! Il faut bien user d'imagination pour trouver des moyens originaux quand on ne peut user des moyens orthodoxes. Mais pourquoi impossible? D'autres l'ont fait avant nous et ne s'en sont pas trouvés plus mal.

— Je... je ne pourrais jamais tromper la confiance de mes parents, déjà que l'on se voit à leur insu depuis deux ans. Et puis...

Laurence se tut. Elle ne se sentait vraiment pas de taille à vivre ce destin plein d'imprévus qu'Arthur lui offrait. Elle regrettait déjà le beau mariage à l'église, l'autel décoré de fleurs, le grand tapis rouge déroulé jusqu'au pied de la balustrade. Et elle-même, revêtue d'une longue robe blanche, s'avançant au bras de son père... justement. C'était fou, mais c'était à cette cérémonie d'à peine une heure, dont elle avait toujours rêvé, qu'elle pensait.

— «Tu laisseras ton père et ta mère pour suivre ton mari!...» Vous voyez, mon aimée, que tout renégat que je suis, je n'ai pas oublié les choses importantes, la taquina, Arthur, en essayant de tromper l'inquiétude que l'hésitation de la jeune fille faisait naître en lui.

— Justement, Arthur, les mariages à la Gaumine ne sont plus tolérés depuis longtemps. Je ne serais donc pas légalement votre femme.

— On n'aura qu'à se marier aux États-Unis, alors!

— Vous n'êtes pas à court d'idées, on dirait.

— Je vous aime, Laurence, voilà pourquoi.

— Mais l'amour seul ne donne pas tous les droits. Et avec vous, Arthur, il prend toutes les audaces.

— Et c'est lui qui donne tous les bonheurs, mon cœur, murmura Arthur d'un ton bas et ardent.

La jeune fille était déroutée. Elle, qui croyait avoir tout vu chez son amoureux, commençait à comprendre le sens des propos de sa mère. Les règles de la religion ne pesaient pas bien lourd dans le bagage de ce rêveur. Le reste devait aller à l'avenant. Mais... qu'allait-elle chercher là! Elle était plus que troublée. L'aventure la tentait aussi fort dans son romantisme qu'elle la rebutait dans sa réalisation.

— Alors, ma Laurence? la pressa doucement Arthur.

Laurence frémit au son de sa voix tendre. Elle l'aimait! elle l'aimait, oui! mais pas au point de le suivre au bout du monde. Même pas au point de lui sacrifier les rites du mariage conventionnel.

— Écoutez, Laurence, ma proposition vous surprend, reprit Arthur, et je le comprends. Mais je vous demande d'y réfléchir sérieusement. J'aurais pu vous proposer d'être tout simplement votre amant. Je ne l'ai pas fait, sachant que vous auriez refusé. Pour votre tranquillité d'âme, j'ai cherché un moyen que vous appelez «honnête». Je vous laisse maintenant. Votre sœur et Hortense, complices, m'ont accordé plus de temps que je ne l'aurais espéré. Remerciez-les de ma part. J'attends votre réponse avec impatience. Adieu, ma tendre aimée!

Arthur lui baisa furtivement les doigts puis, se mêlant aux passants, disparut dans la nuit.

XII

La femme! profondeur mystérieuse et terrible! [...]
Il lui fallut, dès sa chute, un souffre-douleur, une pelote
sur laquelle elle plantât ses épingles à travers les âges; et
l'homme, avec son air bête et sa confiance bonasse,
lui sembla l'objet propre à la chose.

ARTHUR BUIES

1873. Une grande douceur dans l'air, douceur que seul septembre peut offrir! Un soleil roux, tiède. Une brise dolente. Un arôme de feuilles séchées.

En cette fin d'après-midi, après une remontée sur l'Outaouais, Arthur débarquait à Ottawa. Son fidèle ami Alfred Garneau l'attendait sur le quai.

— Tu n'aurais pas dû te déranger, Alfred, j'aurais pris un fiacre jusqu'à l'hôtel, dit-il en lui serrant affectueusement la main.

— Tu manges d'abord chez moi, Arthur. Mon cocher te conduira ensuite où tu voudras. Ma femme t'attend de toute façon, reprit-il en guidant son ami vers sa voiture.

— Ta femme est toujours aussi charmante! reconnut Arthur en montant dans la calèche.

— L'admiration que tu lui portes est réciproque, crois-moi!

— J'en suis heureux!

Les deux amis s'installèrent commodément et le cheval partit au petit trot sur la route longeant le canal Rideau.

— J'ai reçu les quelques exemplaires dédicacés de ton recueil *Voyages, humeur et caprices*. Je t'en remercie.

— Tu mérites bien cela après les corrections que tu y as apportées avant sa publication!

— J'ai été heureux de te rendre ce service, Arthur. Pour ce qui est des autres que tu m'as donnés à vendre, je vais essayer de les proposer à des amis du Parlement. Ces chroniques ne sont pas aussi légères que tu le laisses croire. Sur un ton humoristique, qu'on est loin de regretter du reste, tu décris aussi bien les paysages du Québec que la vie de ses habitants. Et tu brosses un portrait politique, religieux et social de l'époque. La drôlerie de tes anecdotes est impayable. Et ton talent descriptif est particulièrement remarquable. Mais on a déjà dû te dire tout cela?

— En effet! on a eu cette attention, tout en me faisant remarquer que de persister dans un autre genre me lasserait à la longue, en plus d'émousser mon talent. On évoquait le ton agressif de *La Lanterne*, évidemment. Cette personne mérite peut-être que je tienne compte de ses conseils.

— Cette personne?

— Oui! je l'avais rencontrée un certain soir d'octobre, lors de mon dernier séjour à Paris... rajouta Arthur, rêveur.

— Un écrivain?

— Écrivain, oui! mais une femme!... Elles ont toujours plus d'intuition que nous, c'est connu.

— Une femme! dit Alfred, feignant l'indifférent, mais lorgnant son ami du coin de l'œil.

— Mieux, une baronne! accueillante, généreuse, tendre... et qui a même du génie, ce qui est rare, avoue-le!

— Mais qui n'a rien à voir avec cette beauté québécoise qui hante tes jours et tes nuits depuis longtemps? le taquina Alfred.

Arthur se rembrunit.

— Si celle-là est déjà entrée dans la légende, celle-ci pourrait bien la suivre si je ne vois pas une solution pour bientôt!

— On en reparlera, si tu veux, dit Alfred d'un ton apaisant. Nous sommes arrivés.

La porte de la maison s'ouvrit sur une jeune femme souriante:

— Cher Arthur, vous voilà enfin! Elle eut un petit rire espiègle.

— Vous me voyez très heureux de vous revoir, Félicité! dit Arthur, en l'embrassant chaleureusement sur les deux joues.

— Il y a longtemps qu'on vous a vu, il me semble!

— Je m'occupais de la publication de mon bouquin. Mais voilà qui est fait.

Comme de vieux amis qu'ils étaient, ils s'installèrent commodément dans le vivoir et prirent leur apéritif tout en parlant familièrement de mille et une choses. Plus tard, ils passèrent à table.

— C'est un repas à la bonne franquette, ce soir, j'espère que vous ne serez pas déçu, Arthur!

— Vous ne m'avez jamais déçu en quoi que ce soit, mes amis! dit Arthur en regardant avec affection ce couple avec qui il entretenait une solide amitié depuis si longtemps et chez qui il revenait toujours avec un égal plaisir.

— Merci, mon vieux! Crois bien que c'est réciproque! lui répondit Alfred, sincère.

— Fichtre! si de mon côté je ne vous ai pas encore déçus, c'est que vous restez sourds à toutes les calomnies que l'on débite quotidiennement sur mon compte! dit celui-ci, railleur.

— C'est qu'on vous aime, Arthur! dit spontanément Félicité.

Pendant que celui-ci, soudain ému, cherchait ses mots...

— Et qu'on aime encore plus vos chroniques! rajouta malicieusement la jeune femme.

— Ah bon! Dois-je m'en réjouir ou en être jaloux?

— Soyez-en fier, Arthur! elles sont tout simplement sublimes. Je vais peut-être vous étonner, mais je les connais presque toutes par cœur.

— Vraiment?

— Vous pouvez me croire! Celle, entre autres, sur les 85 volontaires de l'artillerie de Québec, qui m'a rendue malade. Vous vous en souvenez? dit-elle, rieuse.

— Mais oui! répondit-il, en souriant.

C'est alors entrecoupé de grands éclats de rire que Félicité se mit à réciter de mémoire: «Je me trouvai en face de quatre-vingt-cinq volontaires de l'artillerie qui descendaient, l'arme au bras, en costume bleu foncé, avec d'énormes bonnets à poil [...]. Ils ont assez bonne mine tout de même [...] mais pourquoi condamner de si vaillants hommes à la mort subite loin de l'ennemi? Pourquoi, sous prétexte que les artilleurs sont de bonnes têtes, leur mettre dessus une tinette de cinq gallons par une chaleur de 95 degrés, à l'ombre...»

Félicité riait aux larmes pendant qu'Alfred et Arthur faisaient écho à sa gaieté.

— Je continue? «Le patriotisme peut se passer de cette exposition de fourrure au temps de la canicule et je crois faire acte de bon citoyen en demandant que des ventouses soient pratiquées au sommet de ces bonnets de poil pour l'aération intérieure, ou que, du moins, les artilleurs aient un parapluie fixé à leurs baïonnettes.»

Les trois amis riaient comme des enfants.

— Entre nous, Arthur, vous n'exagérez pas un tout petit peu?

— À peine, je vous jure! dit Arthur, moqueur.

— C'est comme votre prisonnier condamné à être pendu! Quelle histoire désopilante!

Et Félicité, faisant toujours appel à sa mémoire, récita, encore en riant, le texte qu'Arthur écoutait, ravi de voir qu'on pouvait autant s'en amuser:

— «Il vient de se dresser une potence dans notre heureux pays; le supplicié est un homme qui a empoisonné sa femme. Voilà un grand crime sans doute, mais combien de maris se fussent sentis indulgents en leur for intérieur.» Là, Arthur, vous êtes méchant. «Bissonnette, le condamné, a pris la chose comme si le gibet avait toujours été son idée fixe. Il a demandé avec insistance qu'on lui permit de travailler à l'échafaud. Et, quelques instants avant l'heure fatale, il voulait payer la traite à ses gardiens...» Félicité était pâmée! «Vous croyez bon de rajouter qu'il a bon cœur parce qu'il a toujours voulu empêcher ses enfants de se servir de la cuillère dans laquelle il mettait les médicaments empoisonnés. Et sur l'échafaud, il s'est lui-même coiffé de la taie d'oreiller traditionnelle.» Ah! Arthur! mais quel hurluberlu vous nous décrivez là! Félicité s'essuyait les yeux avec son mouchoir de dentelle.

— Vous ne parlez pas de moi, j'espère, Félicité?

— Je parle de ce Bissonnette, bien sûr! reprit la jeune femme, riant toujours, quoique... le terme hurluberlu pourrait également s'appliquer à un certain chroniqueur que je connais bien... J'espère, soit dit en passant, que vous prenez la plaisanterie? rajouta la jeune femme, moqueuse.

— Qu'en pensez-vous? dit Arthur, blagueur.

— On peut dire, à tout le moins, que vous n'êtes pas un écrivain sérieux, n'est-ce-pas? Vous seriez plutôt un amuseur public. Genre bouffon littéraire. Faire rire est votre but, d'ailleurs, on le voit! et vous y excellez. Est-ce que je me trompe?

— J'ai essayé maintes fois de «faire sérieux», on ne m'a pas pris au sérieux, justement. De guerre lasse, j'y ai renoncé.

— Vous avez bien fait. De toute façon, vous arrivez toujours à dire ce que vous pensez, peu importe le ton. Reste que votre esprit me séduit et sans exagérer, Arthur, personne ne se régale de vos chroniques autant que moi, j'en suis certaine!

— Eh bien, Félicité! une seule lectrice comme vous et un chroniqueur est comblé. Il n'aurait besoin de personne d'autre, si ce n'est de la nécessité de gagner sa vie qui l'oblige à vendre ses chroniques même à ceux qui n'ont pas l'esprit d'y voir de l'esprit. C'est triste. Mais ça nourrit son homme, comme on dit, populairement.

— Et Dieu sait si tu te traites bien! Cela s'avère onéreux à la longue, se permit de dire Alfred, qui connaissait les goûts de son ami pour la bonne chair, les hôtels confortables et les cabines de luxe sur les paquebots.

— C'est encore moins cher que de faire vivre une femme, je crois! railla Arthur.

— Serait-ce la raison qui vous fait retarder indéfiniment votre mariage? fit Félicité, curieuse.

— La raison tient dans le seul entêtement d'un être, mais un entêtement tel que je désespère un jour de pouvoir le vaincre.

Les amours d'Arthur intriguaient toujours Félicité. Mais il restait secret dans ce domaine. Elle allait se risquer à lui poser une question indiscrète quand deux petites filles firent irruption dans la salle à manger. Aglaé, leur fille, avait les cheveux noirs, courts, frisés, et des yeux de charbon. Son amie avait d'immenses yeux gris et une lourde tresse de cheveux d'un châtain clair, qui lui descendait le long du dos comme une longue coulée de miel. Les deux étaient très jolies, chacune dans son genre, mais autant la première avait l'air espiègle, autant l'autre avait l'air grave.

Avant de s'enquérir auprès de sa fille de ce qu'elle désirait, Mme Garneau attendit qu'elle salue leur invité.

Aglaé s'avança vers Arthur, qu'elle connaissait bien, et lui tendit la main.

— Bonjour monsieur Buies.

— Bonjour Aglaé. Tu as bien grandi depuis que je t'ai vue.

— J'ai onze ans maintenant! fit la fillette fièrement.

— Oh! c'est un âge respectable! dit Arthur sur un ton important. Et ton amie, comment s'appelle-t-elle?

— C'est Mila Catellier! Nous sommes dans la même classe.

— Bonjour Mila! dit Arthur, en lui tendant la main. Je suis heureux de te connaître.

— Moi aussi, monsieur Buies. Elle leva sur lui ses grands yeux gris, pleins de candeur. Ils lui rappelèrent la couleur de son fleuve de Rimouski. Drôle de petite bonne femme, se dit Arthur.

— Maman, pourrais-je avoir la permission de garder Mila à coucher, c'est samedi demain? demandait Aglaé à sa mère.

— Oui! si cela vous fait plaisir à toutes les deux.

Aglaé, spontanément, sauta au cou de sa mère et l'embrassa sur les deux joues.

— Oh! merci maman! lui dit-elle, tout en coulant un regard victorieux vers son amie. Elles auraient toute la nuit pour se dire leurs secrets.

Mais Mme Garneau se tourna vers Mila:

— Est-ce que ta maman est au courant, Mila?

— Je lui ai dit que je coucherais ici si vous acceptiez. Elle était d'accord.

— Il faudrait l'avertir, maintenant que tu restes ici.

Instinctivement, Mila se retourna vers Arthur, comme si l'aide pouvait venir de lui.

Arthur resta un moment surpris. Mais qu'y avait-il donc dans ces yeux gris-là qui l'émouvait ainsi? Leur douceur peut-être? Leur candeur? Spontanément, il offrit son aide.

— Donnez-moi votre adresse, jeune fille, et quitte à partir plus tôt, j'arrêterai prévenir vos parents que vous couchez chez M. et Mme Garneau. Ça va ainsi? Mila lui décerna un sourire radieux.

— Je vous remercie beaucoup, monsieur Buies.

— J'ai un grand plaisir à faire cela pour vous, Mila.

Ce besoin de plaire à cette petite fille lui parut exagéré. Et pourtant, il était sincère.

La fenêtre était grande ouverte et un vent léger faisait gonfler les rideaux de mousseline rose. Le reflet de la lune éclairait les petites fleurs des champs du papier peint qui recouvrait les murs de la chambre à coucher et en faisait comme un jardin de nuit.

Dans le grand lit haussé d'une matelas bourré de duvet neuf, les deux petites amies, bien appuyées sur leur oreiller bordé de dentelle, chuchotaient.

— J'écris mon journal tous les jours. Et toi, Mila?

— Moi, je n'écris que ce qui est important. Comme aujourd'hui.

— Tu vas écrire que tu es venue coucher chez moi?

— Peut-être! mais je vais écrire aussi que j'ai rencontré monsieur Buies.

— Monsieur Buies? Pourquoi?

— Parce que je l'aime bien.

— C'est vrai qu'il est gentil. Mais moi, il me gêne un peu.

— Moi, j'aimerais qu'il soit mon ami.

— Voyons, Mila! il a au moins l'âge de mon père. C'est un vieux qui a plus de trente ans.

— N'empêche que je l'aime bien.

— Veux-tu savoir le nom de mon amoureux? Parce que, moi, j'en ai un vrai.

— Tu me l'as jamais dit.

— Je l'aime seulement depuis une semaine. Il s'appelle Renaud.

— Il a quel âge?

— Treize ans. Son père est cocher, et il le remplace quelquefois. C'est comme ça que la semaine dernière, c'est lui qui m'a aidée à monter dans sa calèche. Il m'a regardée dans les yeux... il m'a souri.. et puis... bien... c'est tout. C'est mon amoureux! Veux-tu une pomme?

— Tu vas descendre à la cuisine?

— Non, j'en avais montées, avec des bonbons, pour manger avant de se coucher. Et Aglaé, sautant de son lit, alla ouvrir la petite porte de son lave-mains où elle avait caché ses provisions. Mila la suivit.

— Je prendrais bien une pomme.

— C'est tout?

— Ils sont à quoi les bonbons?

— Il y en a à la cannelle, au caramel et les autres à la menthe. Tiens, prends une serviette. Faut pas salir les draps.

— Mangeons sur le tapis, alors.

— C'est une bonne idée.

Les deux amies s'assirent en indienne en ramenant leur longue robe de nuit sur leurs pieds pour ne pas prendre froid, et elles continuèrent à chuchoter, tout en dégustant leur petit repas improvisé.

— La prochaine fois, Aglaé, tu viendras coucher chez moi, dit Mila.

— Tu crois que ta mère sera d'accord?

— Je vais lui demander.

Elles mangèrent bien proprement et cachèrent le reste de leurs agapes dans le lave-mains. Puis elles versèrent de l'eau dans le bassin et se lavèrent les mains.

Aglaé revint la première dans le lit, elle attrapa son oreiller et le lança à la tête de son amie qui, n'ayant pas prévu le coup, poussa un cri.

— Pas si fort! lui chuchota l'espiègle en s'esclaffant.

Sitôt remise de sa surprise, Mila attrapa le sien et le lança à son tour. Une bataille en règle, coupée d'éclats de rire, s'ensuivit. Mais soudain, elles entendirent quelqu'un monter l'escalier.

Elles plongèrent aussitôt sous les couvertures, et ce sont deux petits anges, vraisemblablement endormis, que Mme Garneau vit quand elle entrouvrit la porte pour s'assurer qu'elles dormaient bien.

Dès que la porte se fut refermée et que le bruit des pas eut disparu, on entendit deux rires cristallins fuser sous l'édredon.

— On s'amuse, hein, Mila?

— Oh oui! Aglaé!

Elles se sourirent dans le noir et tombèrent subitement dans les bras de Morphée, comme des enfants qu'elles étaient encore.

❧

Arthur achevait son séjour à Ottawa. Il devait reprendre le bateau dans l'après-midi pour Montréal. Alfred l'avait invité à dîner au restaurant du Parlement. Ils en étaient au cognac quand Arthur se décida enfin à faire part de son dernier projet à son ami.

— L'idée m'est venue d'aller m'installer en Californie. J'aurais peut-être la chance de diriger un journal de langue française là-bas.

— Vraiment? Tu y penses depuis longtemps?

— Pour être franc, j'y verrais la possibilité de gagner ma vie tout en vivant enfin avec Laurence.

— Mariés?

— Évidemment! Elle n'accepterait pas autre chose que l'état du mariage. On est au Québec, ici, tu penses! pas en France.

— Mais ne lui as-tu pas offert quelque chose d'analogue déjà, et elle avait refusé?

— C'est-à-dire que je lui ai déjà proposé un mariage à la Gaumine, pour partir aussitôt après en Nouvelle-Angleterre, où je pouvais travailler pour l'un des nombreux journaux francophones. Ou alors de partir et de se marier là-bas de n'importe quelle façon. Je ne savais plus quoi inventer, tu comprends, pour vivre avec elle, puisque son père m'a rayé à tout jamais comme gendre. Mais elle a tout refusé. Malheureusement, Laurence est issue de la petite bourgeoisie et ne peut prendre de décisions qui vont à l'encontre des conventions. C'était beaucoup trop lui demander. Cela, je l'ai compris.

— Es-tu sûr d'être heureux avec une femme qui représente tout ce que tu exècres, Arthur? demanda soudain Alfred.

— L'amour ne saisit pas ces nuances. Il ne raisonne pas, comme tu sais. J'aime Laurence, Alfred, d'une passion dont la flamme ne faiblit pas. Au contraire, le temps l'attise. Mais il commence à y avoir un peu d'exaspération dans mon attente.

— Me permets-tu de te mettre en garde contre cette femme, Arthur? dit Alfred, hésitant.

— Me mettre en garde? Arthur sourit, incrédule. Explique-toi.

— On la voit souvent avec un homme, un riche marchand à ce qu'il paraît... Ces rumeurs sont-elles venues à ton oreille?

Arthur s'empressa de rassurer son ami.

— Puisque nous ne pouvons nous courtiser ouvertement pour le moment, nous sommes convenus que Laurence pourra se faire accompagner de temps en temps, au bal ou au spectacle, pour tromper la vigilance de son père. Tu vois, ce n'est pas plus malin que cela.

Alfred n'était pas convaincu du tout. Mais pourquoi insister et inquiéter inutilement son ami. Ce n'était peut-être que des rumeurs, après tout.

— Je te trouverai de la documentation sur la Californie, si tu veux.

— J'en ai cherché hier à la bibliothèque du Parlement, et j'ai trouvé à peu près ce qu'il me fallait. Mais ne te gêne pas pour m'envoyer ce que tu trouveras, ce sera toujours utile.

⚜

L'automne passa! et l'hiver! et le printemps débuta dans une apothéose. Arthur préparait son départ pour la Californie. Il avait attendu qu'on l'accepte en bonne et due forme comme journaliste régulier au *Courrier de San Francisco* avant de faire part de son projet à Laurence.

On était rendu au dernier dimanche de mai. Le printemps royal s'étendait de tout son velours vert sur les gazons. Les arbres étrennaient leurs feuilles. Les tulipes, comme par miracle, émaillaient déjà les parterres. Les trilles couvraient les sous-bois. Les animaux sauvages nouveau-nés apprenaient à reconnaître leur habitat. Dans les nids chantaient des oiseaux neufs. Le vent, grisé de mille parfums, enivrait à son tour tout ce qu'il effleurait. Le temps était à la vie et donnait le vertige. Le cœur était à la joie et espérait tout.

C'est ce jour où tout est en place pour un nouveau départ, où tout est possible, qu'Arthur choisit pour parler à Laurence. On l'acceptait au journal, et il partait avec des lettres de recommandation flatteuses. Un oblat avec qui il entretenait de bonnes relations était prêt à les marier discrètement. Il ne manquait que l'assentiment de Laurence, et ces derniers temps, elle était devenue de plus en plus tendre, au point qu'il ne pouvait douter de son empressement à le suivre.

Donc, en ce dimanche ruisselant de soleil, Arthur se tenait à l'écart, non loin de l'église, pour guetter la sortie de Laurence. Les cloches carillonnèrent pour annoncer la fin de la grand-messe. Les gens commençaient à sortir sur le perron. Ils s'y attardaient, comme à l'accoutumée, pour se donner des nouvelles. Puis, ils commencèrent à se disperser.

Deux vieilles dames passèrent près d'Arthur sans le voir, tellement elles étaient absorbées par leur conversation. Celui-ci crut entendre le nom de Laurence. Plus par curiosité que par indiscrétion, il leur porta une soudaine attention. Elles commentaient les annonces faites pendant le prône.

— Quand monsieur le curé a publié les bans, je n'ai pas bien saisi le nom du futur de Laurence Perrier.

— Boivin, je crois! Oui, Benjamin Boivin.

— Et le mariage aura lieu à l'été, à ce qu'il paraît?

— Ça en a tout l'air!

— Ça fait bien deux ans qu'elle courtise ce marchand-là, il est grand temps qu'ils se marient!

— Les prêtres disent que les trop longues fréquentations sont dangereuses.

— Ils ont bien raison. Dans mon temps, un an, c'était «en masse».

— Fallait pas que ce soit trop court non plus, sinon, ça faisait jaser...

Pendant que les deux commères continuaient de bavarder, Arthur essayait de se faire croire qu'il était en Chine... et que par conséquent, ce qu'il venait d'entendre ne pouvait être que du chinois... et non du français... Et que de la même manière, s'il avait entendu un nom, ce ne pouvait être, mais «en aucun cas», celui de «sa» Laurence, sinon, sa raison vacillerait et il deviendrait fou, d'un coup, là, devant tout le monde!!!

Il suait à grosses gouttes, il avait des nausées. La chaleur de ce dimanche était exceptionnelle, et avoir trop chaud était tout simplement normal, c'est du moins ce qu'il essayait de se dire pour taire l'angoisse qui maintenant l'étouffait.

Il s'était adossé à un gros érable et s'épongeait le front, essayant de reprendre ses esprits, quand il la vit, toute souriante, sortir à son tour de l'église. On l'entourait pour la féliciter. Tous voulaient lui serrer la main. Alors la vérité brutale le frappa de plein fouet.

Arthur vit rouge. Et par la douleur qui le plia en deux, il sut que c'était vrai. Il était exclu de ce mariage, lui qui aimait cette femme depuis si longtemps! Lui qui l'avait attendue avec tant de patience! Lui qui était prêt à s'expatrier pour la tenir loin des foudres de son père! Il ne serait jamais le mari de Laurence!

Il s'entendit crier et on le vit bondir comme un lion enragé et grimper les marches, quatre à quatre, pour s'arrêter brusquement devant la nouvelle fiancée. Celle-ci, le voyant surgir d'on ne sait où, recula de frayeur, et si Arthur avait gardé quelques velléités d'espoir, toute trace s'en effaçait devant le regard affolé de la jeune fille. Il la prit rudement par les épaules, la secoua violemment et l'injuria sans retenue: «Perfide! félonne! hypocrite! femme rusée comme le plus venimeux des serpents! modèle parfait d'une race captieuse qui cherche à tromper depuis le commencement du monde! fille vile et lâche qui accepte l'amour d'un homme sincère quand, en même temps, son cœur trompeur se donne à un autre!»

La jeune fille terrorisée essayait de reculer pendant que des gens tentaient de la dégager de la poigne d'Arthur, mais il ne lâchait pas et continuait, furieux:

— Si vous ne m'aimiez pas, il fallait tout simplement me le dire, on parle la même langue, que je sache! j'aurais compris. Et peut-être pas... après tout! parce qu'on ne parlait plus le même langage, n'est-ce pas? Je l'apprends à mes dépens. Laurence Perrier! apprenez que vous me dégoûtez à tout jamais des femmes. Je vous rends responsable devant témoins du mal irréparable que vous me faites aujourd'hui. Vous venez de verser un fiel corrosif dans un cœur blessé trop profondément pour s'en guérir. Pour votre consolation, sachez que dans l'état où vous le laissez, ce cœur ne pourra plus jamais battre pour personne! Et c'est tant mieux!

Arthur laissa tomber ses bras et regarda la jeune fille avec toute la désillusion du monde. Puis, il lui tourna le dos et descendit l'escalier en titubant comme un homme ivre.

Quelqu'un l'attendait sur la dernière marche. Dans un geste protecteur, il lui passa un bras autour des épaules et lui dit simplement: «Viens, Arthur!» Et Édouard l'entraîna loin des regards indiscrets. Mais déjà les médisances et les calomnies allaient bon train.

À son retour chez elle, Laurence se jeta sur son lit et pleura toutes les larmes de son corps. Elle regrettait amèrement d'avoir accepté de s'unir à Benjamin Boivin. Elle ne l'aimait pas. Mais qu'aurait-elle pu faire d'autre? Il n'y avait pas d'avenir possible avec Arthur, à moins de se marier sans la permission de son père et d'aller vivre aux États-Unis. Elle n'avait pas eu la force de braver ce dernier. Et elle avait dit oui à ce marchand, plutôt que se condamner à rester vieille fille, «sa hantise», ou à s'enfermer dans un couvent, comme sa sœur Agnès.

On frappa discrètement à la porte. Laurence se ressaisit: Oui?

— Madame fait dire que monsieur Benjamin est arrivé, mademoiselle.

— Merci, Léa, je descends, s'empressa de répondre Laurence.

Elle s'épongea les yeux, prit une grande respiration et se raisonna. Son fiancé était un homme riche, qui la ferait bien vivre. Il avait d'assez bonnes manières, ne paraissait pas trop mal et disait l'aimer. Que pouvait-elle demander de plus? Maintenant que les jeux étaient faits, elle devait tourner la page et rayer à tout jamais Arthur Buies de ses pensées.

Déterminée, elle sortit de sa chambre. Et quelques minutes plus tard, c'est une jeune fille souriante qui s'avança dans le salon, main tendue, vers un homme assez corpulent, dont l'œil satisfait la contemplait en la jaugeant comme une marchandise. Benjamin Boivin, tout en baisant la main de cette fille de juge, distinguée et belle à ravir, se réjouissait encore une fois d'avoir fait une bonne affaire.

❧

Entouré de ses vieilles tantes, qui étaient venues le rejoindre à son appartement, Arthur faisait fébrilement ses bagages.

— Ne pars pas dans cet état, mon petit, se plaignait Louise-Angèle. Et surtout, pas pour toujours, rajouta la vieille dame en éclatant en sanglots. Arthur se retourna et prit dans ses bras cette petite tante qui l'avait toujours aimé comme un bébé.

— Je ne pourrais plus vivre ici, comprenez-le, tante. La ville est vite parcourue, et malgré tous mes efforts pour l'éviter, je ne pourrais manquer de revoir cette femme et je ne le supporterais pas.

— Il faudra pourtant t'y habituer, mon enfant, murmura Luce-Gertrude d'une voix enrouée. Cette peine d'amour l'accablait, elle y voyait comme une fatalité qui se continuait.

Victoria, qu'Édouard avait alertée, fit soudain irruption dans l'appartement de son frère. Ils se regardèrent un moment et tombèrent dans les bras l'un de l'autre, Arthur gardant les yeux secs, mais sa sœur donnant libre cour à son chagrin.

Ce furent de bien tristes adieux en pensant que cette fois-ci, on ne se reverrait peut-être jamais.

Comme engourdi, Arthur prit, à Lévis, le train qui le mena jusqu'à New York. Et de là commença un interminable voyage de mille deux cents lieues, voyage qui devait lui faire traverser les États-Unis d'un bout à l'autre, et l'amener vers le but qu'il s'était fixé: San Francisco, en Californie! Le bout du monde!

New York! l'Ohio! l'Illinois! l'Iowa! Cinq jours qu'il avait quitté le Canada! Fourbu, abruti, brisé, il avait l'impression qu'il avait toujours été dans ce train, et que ce bruit monocorde ne s'arrêterait jamais.

Comme anesthésiée par la monotonie du voyage, la douleur déchirante maintenant s'était tue et avait fait place à un engourdissement total. Le regard vague, rivé sur un paysage qu'il ne voyait pas, Arthur se laissait ballotter par un mouvement continu, annihilant toute volonté. S'il avait pu s'analyser, il aurait constaté qu'il était presque bien. Mais à demi conscient, il se laissait tomber, comme l'eau du haut d'une falaise. Sauf, qu'il n'aboutissait nulle part. Il tombait.

Le neuvième jour, le train s'arrêta enfin devant la baie de San Francisco. Elle baignait dans une brume légère. Arthur était au bord de l'épuisement. Les passagers, tout aussi hébétés après tant de jours d'immobilité, descendirent en titubant et, comme lui, prirent le traversier.

Accoudé maintenant au bastingage, Arthur réalisa qu'il était devant l'océan Pacifique. Toute sa douleur le déchira de nouveau. Ce trajet dément l'avait conduit d'un océan à l'autre, pour se trouver devant le même Arthur Buies et son cœur brisé. Quelle misère! Il retrouvait sa blessure intacte, et le nom de celle qui la lui avait causée le brûlant toujours comme du feu. Et pire que tout, il était seul, à trois mille trois cents milles de chez lui, et de ceux qu'il aimait. Une nausée le souleva, il se pencha par-dessus bord et vomit.

«Décidément, celui-là n'a pas le pied marin», se dit quelqu'un qui passait derrière lui.

Le traversier accosta. Arthur, comme un automate, suivit les autres passagers qui débarquaient. Il héla un cocher et donna l'adresse de son hôtel: le *Lick House*. Une fois arrivé, il contempla un moment la façade de l'imposant édifice dont le luxe le laissa parfaitement indifférent. À la réception, il remplit la fiche d'inscription. On lui donna la clef de sa chambre, le numéro 65, et on l'accompagna. Il entra. On referma la porte sur lui, et il resta planté là, debout, à côté de ses bagages.

Il était rendu. Mais où? mais pourquoi? et pourquoi ici? Il avança machinalement jusqu'à la fenêtre, comme il le faisait chez lui, pour s'assurer que le fleuve était toujours là. Mais de fleuve, il n'y avait point, ni d'océan, ni même de vue sur la ville. Que les murs d'une aile de l'hôtel qui lui bouchaient tout horizon.

Il porta les mains à son cou, il étouffait. Il était pris dans un piège, une impasse, un tombeau. Il sentit comme un étau lui serrer les tempes. Il se prit la tête à deux mains. Allait-il devenir fou? Il devait sortir à tout prix! Ramassant sa clef, il bondit hors de sa chambre, se précipita dans les corridors, dévala les escaliers et se retrouva dehors, où il s'arrêta enfin.

Il prit de grandes respirations et commença à marcher dans les rues pour se calmer. Les gens le croisaient sans le voir. Ils s'arrêtaient parfois rapidement pour saluer une figure connue, et, affairés, continuaient leur chemin. Tout ce va-et-vient témoignait d'une vie citadine bruyante, remuante, cosmopolite, où lui, Arthur, l'étranger, se trouvait complètement écarté, évincé, exclu.

Comme pour se rattacher à quelque chose, il sortit de sa poche les deux enveloppes contenant les lettres de recommandation qu'il devait remettre au directeur du journal français avant d'être définitivement accepté.

Il les regarda, les retourna dans ses mains et décida de le rencontrer tout de suite. Ce n'est pas qu'il avait particulièrement envie de le voir ce soir, mais il avait un besoin urgent de créer un lien qui le rattacherait, d'une façon quelconque, à ce monde dans lequel il venait d'aboutir.

Il s'informa du chemin à prendre et se rendit à pied au *Courrier de San Francisco*. Il entra et demanda à voir le directeur. Un commis lui répondit distraitement, sans cesser d'écrire, que le directeur était absent pour une semaine. Comme Arthur insistait en présentant sa carte, il lui répondit qu'il n'avait reçu aucune instruction à son sujet et que son nom ne lui disait rien. Arthur voulut lui laisser ses lettres de recommandation, mais le commis refusa encore sous prétexte que de toute façon, le journal n'avait besoin d'aucun journaliste pour le moment. Mais il pouvait toujours revenir quand le directeur serait là. S'il voulait bien le laisser maintenant, il avait du travail...

Cette indifférence mêlée de dédain et d'ennui blessa Arthur plus que des insultes. Il remit ses lettres dans sa poche et sortit. Il se retrouva dans la rue, loin de son hôtel. Il se mit à avancer sans penser, comme poussé dans le dos par une main pesante. Et il marcha, marcha, sans voir ni entendre autre chose que son cœur qui battait au rythme de sa désespérante solitude, jusqu'à ce que la soif lui suggère de s'arrêter pour boire quelque chose. Il regarda enfin autour de lui, vit un bar et y entra.

À chaque bar qu'il voyait sur son chemin, il entrait prendre un verre qui jamais ne le désaltérait. Au contraire, sa soif le tourmentait toujours davantage. La souffrance n'avait donc pas de limite? «Ah, Dieu! gémissait-il, tout bas. Comment survivre à tant de douleur? Je n'y arriverai jamais! Non! je n'y arriverai pas!»

Pris d'une sourde angoisse, Arthur quitta précipitamment les rues et courut se réfugier dans sa chambre d'hôtel.

À l'heure où il revint, les touristes, pour la plupart, étaient couchés. Tout était silencieux dans les corridors. Arthur imaginait les couples s'aimant avec passion, ou enlacés tendrement dans leur sommeil. Toute la douleur refoulée de sa vie de solitaire et toutes ses plaintes tues sortirent de lui dans un râle, et se résuma dans un cri déchirant: «Laurence!...»

Levant les yeux vers le miroir accroché au-dessus de la commode sur laquelle il venait de s'appuyer, il la vit! il vit son regard bleu qui le fixait! Dans un élan, il tendit ses mains vers elle, mais elle disparut aussitôt. Il resta figé, les deux bras levés, le regard encore plein de l'image de sa bien-aimée, quand on frappa à sa porte, il se retourna brusquement. C'était certainement Victoria! oui! sa chère Victoria qui venait le consoler. Il savait bien qu'elle viendrait, elle devinait toujours quand il était malheureux. Il se précipita, les bras déjà ouverts pour l'accueillir: Personne. Il s'avança... mais il n'y avait pas âme qui vive dans le corridor. Il referma lentement la porte, essayant de comprendre quand, tout à coup, le mur de la chambre recula et s'effaça devant un ciel d'aurore d'où surgit une femme, belle, jeune, radieuse, revêtue d'une longue robe aux reflets chatoyants. Aérienne, elle glissait vers lui, et souriante, lui murmurait dans une tendresse fondante: «Arthur! mon enfant à moi!»

Arthur, médusé devant cette prodigieuse apparition qui l'envahissait de bien-être, reconnut soudain... sa mère. Elle lui tendait les bras, il se jeta sur son sein avec un bonheur indicible, se gavant de l'amour maternel dont il avait été sevré si brutalement. La jeune Léocadie, radieuse, berçait son enfant en le serrant très fort sur son cœur. Arthur leva la tête vers elle et la regarda de toute la ferveur de sa tendresse retrouvée. Mais quand elle se pencha vers lui et appuya doucement ses lèvres sur sa tempe, il ne put supporter la suavité de ce baiser, et perdit connaissance.

Quand il se réveilla, il était étendu par terre et grelottait. Il se sentait courbaturé comme si on l'avait battu et n'arrivait pas à maîtriser les battements désordonnés de son cœur. Il se mit péniblement debout et regarda l'heure à sa montre, il était quatre heures du matin. Que s'était-il passé? Avait-il dormi? Il alla dans la salle de bains et se vit dans le miroir. Il était d'une pâleur mortelle et un filet de sang séché maculait sa bouche. Il se lava à grande eau, et but un verre d'eau froide. Il se sentit un peu mieux, mais le cœur lui battait tellement qu'il avait l'impression d'être secoué comme une goélette dans la tempête.

Il voulut s'étendre sur son lit, mais une douleur au cœur l'en empêcha. Incapable de rester debout, il essaya de s'asseoir prudemment dans son fauteuil, et s'y trouva un peu moins inconfortable. Il respirait à petits coups ne pouvant faire autrement sans augmenter la douleur cardiaque. Il se souvenait avoir déjà ressenti un malaise analogue une fois, à Paris, mais jamais d'une telle violence.

Il se prit à penser soudain qu'il pourrait bien mourir ici, à l'autre bout du monde, loin de ses parents, de ses amis, de son pays, de son fleuve.

— Eh bien! Arthur Buies, l'aventurier! Que penserais-tu de mourir tout seul, dans un pays étranger? se dit-il.

— Pas grand-chose de bon! se répondit-il.

— Mais tu n'as plus rien à espérer!

— Pour l'avenir, non! mais pour l'immédiat, j'aimerais bien me sentir un peu mieux!

— Si tu te sens mieux, tu vas vouloir vivre?

— Je n'ai jamais voulu mourir!

— Et ce petit pistolet que tu gardes au fond de tes bagages? Et pour une femme encore!

— Oui! quand toutes se valent! c'est ce que tu as toujours dit, n'est-ce pas?

— Entre autres! Et comme meilleur chroniqueur de ton temps, que deviendraient tes lecteurs si tu disparaissais, hein?

— Pardi! ça laisserait de la place aux autres!

— Parce qu'écrire te laisse indifférent maintenant, je suppose?

— Je mentirais si je disais oui...

— J'en étais sûr! comme je sais aussi qu'une fois rétabli, tu vas décider illico de t'en retourner dans ton pays. Je me trompe?

— Ce n'est pas impossible! Même que...

— Même que... quoi?

— Je pourrais faire un article sur le trajet de San Francisco à Québec, pour mes lecteurs autant que pour moi-même. Parce que pour l'aller, je n'ai pas vu grand-chose... pour les raisons que tu sais...

— Ah bon?

— Ce serait un sujet intéressant, non?

— Évidemment, ce n'est pas tous les jours qu'un touriste parcourt en train les États-Unis d'Amérique, d'un océan à l'autre, aller retour, histoire de faire, en l'espace de vingt jours, une petite promenade de six mille six cents milles, pour se changer les idées.

— Diable! non! Ça prenait une fichue bonne raison!

— Et une tête brûlée, tu ne crois pas?

— Il faut en blâmer le destin cruel qui m'a projeté jusqu'ici!

— Mais c'est toi, Arthur, qui a sauté délibérément dans ce train! Personne ne t'y a poussé.

— C'est juste! J'aurais tout aussi bien pu trouver un petit coin isolé dans mon propre pays pour panser mes plaies.

— Toutes ces misères, ces fatigues, ces angoisses et ces humiliations que tu te serais épargnées!

— Mes lecteurs n'en sauront rien, je te le jure!

— Ne jure de rien, Arthur! mais tu arriveras bien à les épater encore, je n'ai aucun doute là-dessus.

— J'ai beau avoir perdu des plumes, je tiens encore à mon panache!

— Eh bien, bravo! C'est encore le chapeau qui te va le mieux!

Arthur commençait à se sentir moins oppressé. Il finit par s'endormir. C'est un oiseau qui le réveilla à midi. Il chantait dans l'arbre qui ombrageait sa fenêtre. Machinalement, il passa le bout de ses doigts sur sa tempe gauche et toute sa vision lui revint en mémoire. Un sentiment de bonheur l'envahit et des larmes bienfaisantes coulèrent de ses yeux.

Aussi incroyable que cela puisse paraître, sa mère était venue le consoler au bout de son désespoir, lui faisant ainsi comprendre qu'une mère, fut-elle morte, ne perdait jamais ses enfants de vue. Ce qui laissait supposer que les cieux, qu'on situait dans des hauteurs hypothétiquement vertigineuses, pouvaient bien se loger tout simplement dans le cœur de ceux qui s'aimaient. Sa tempe gardait une trace indélébile du baiser maternel, comme preuve de sa constante sollicitude à son égard. Arthur n'avait qu'à l'effleurer de sa main pour s'en souvenir.

Il se sentit soudain gêné de cette nouvelle présence. Malgré lui, ses yeux firent le tour de la pièce... Évidemment, il n'y avait personne. Comment «évidemment», quand il l'avait bel et bien vue cette nuit! Il devait l'apprivoiser maintenant, ce n'était qu'une question d'habitude. Le mot solitude s'effaça de son vocabulaire, mais son poids, pesant depuis toujours sur son cœur, laissait un creux qui prendrait peut-être plus de temps à se combler.

❧

Aussitôt revenu au pays, il s'installa rue des Remparts, près de sa chère Victoria. Tous les jours ou presque, il allait jouer avec ses neveux. Les enfants étaient fous de leur oncle. Il savait raconter de si belles histoires.

Ses vieilles tantes le voyaient souvent; il venait régulièrement faire son petit tour chez elles. Oubliant sa sévérité, Luce-Gertrude avait adopté une nouvelle attitude envers son petit-neveu. Elle n'avait pas oublié la grande douleur qu'il avait vécue et qui lui rappelait la sienne, encore vivace. Maintenant, à la moindre occasion, elle ne demandait qu'à exprimer les trésors d'affection enfouis au plus profond d'elle-même. De plus, elle le trouvait si rangé depuis son retour.

Arthur se laissait aimer par les uns et par les autres. Ce qui l'aidait à guérir. Pour le moment, il était calme. Il rédigeait tranquillement un texte d'après les notes prises pendant son voyage. Il pensait en faire éditer un recueil, comme son dernier, *Voyages, humeurs et caprices*. Mais il avait bien le temps.

Comme Laurence vivait à Montréal avec son mari, Arthur pouvait se promener plus librement dans son Québec, qu'il avait eu tant de bonheur à retrouver. Revêtu de son ample mante noire, marcheur infatigable, il parcourait inlassablement les rues en promeneur solitaire. Il allait passer des heures sur la terrasse Durham à contempler son fleuve. Il était enfin chez lui, pour ne plus en repartir, se jura-t-il.

À Québec, on le reconnaissait maintenant comme un véritable homme de lettres. Un soir, on l'invita à donner une conférence sur le thème de son choix. Il accepta et parla de la presse canadienne-française. «Messieurs, le spectacle de la presse canadienne est tout ce qu'il y a au monde d'affligeant et d'humiliant [...]. À la trivialité basse des injures, à la stupidité accablante des choses que l'on débite viennent s'ajouter l'ignorance la plus absolue de la langue et le manque le plus complet de savoir-vivre [...]. Pourquoi la presse canadienne-française est-elle en général si profondément abaissée? Pourquoi est-elle si nulle? Pourquoi y trouve-t-on tant de choses qui soulèvent le cœur avec si peu d'aliments qui nourrissent l'esprit? C'est que l'éducation, dans notre pays, est absolument fausse, je veux dire qu'elle est étrangère aux besoins du monde moderne, aux conditions nouvelles de sociétés qu'établit le progrès des sciences, et surtout parce qu'elle méconnaît cette vérité aujourd'hui manifeste, c'est que la science est devenue une nécessité au lieu d'être un luxe comme elle l'était jadis [...]. Où sont nos cours spéciaux pour former des géologues, des minéralogistes, des chimistes, des géographes, des ingénieurs?»

Il était reparti! Après avoir dénoncé l'état pitoyable de la presse, il citait, à l'occasion d'une autre conférence, les qualités que devait posséder tout bon journaliste et il donnait à ce métier la même importance que celui d'avocat ou de toute autre profession libérale. «Cette carrière ne devrait être accessible qu'aux hommes du plus grand mérite, joignant aux talents et aux connaissances un esprit élevé, une conscience ferme et un caractère impervertible [...]. On n'écrit pas que pour le plaisir de jouer avec les mots [...]. Une œuvre uniquement littéraire n'est pas suffisante, elle devait être utile en même temps!»

Donc, pour Arthur, le rôle du journaliste, c'était d'abord comprendre, ensuite expliquer et convaincre. Cette façon populaire d'instruire les gens devait stimuler leur curiosité et leur donner la soif d'apprendre.

Ses propos avaient d'abord été écoutés avec intérêt, puis avec de plus en plus d'indifférence.

Quoique déçu encore une fois, Arthur n'était pas surpris. La province de Québec avait toujours souffert d'une maladie incurable: l'apathie. Mais loin de se décourager, il se redonna la mission de la secouer malgré elle. Pour y arriver, il prit les grands moyens et, le 27 mai 1876, paraissait un hebdomadaire consacré à l'éducation publique: *Le Réveil*.

On lisait en première page qu'Arthur Buies en était le propriétaire et le rédacteur. Le programme donnait le ton: «Notre journal suivra une ligne de conduite inflexible que nous pouvons résumer en quelques mots: exclusion absolue de tout ce qui touche aux matières religieuses; maintien énergique des droits civils et de la liberté des opinions; lutte faite aux abus de quelque nature qu'ils soient et de quelque source qu'ils proviennent; indépendance complète de tout parti politique et réforme vigoureusement poursuivie dans tout ordre de choses où elle est nécessaire.»

Arthur avait du pain sur la planche, plusieurs journaux contre lui, une élite en alerte, un clergé aux aguets. Mais ce défi le stimulait, et dans l'acharnement qui le caractérisait, il se mit résolument au travail, en commençant par un premier article lapidaire: «Or, de tous les ennemis du catholicisme, le plus dangereux pour le Canada, que nous sachions, c'était bien l'évêque de Montréal, avec sa fureur oratoire, son absolutisme effréné qu'il portait, non plus seulement dans l'ordre purement civil, mais encore jusque dans les actes les plus ordinaires de la vie, et qui poussait à la révolte les consciences incapables d'accepter l'anéantissement.»

Sa Grandeur avait démissionné. Arthur venait de lui faire un éloge à sa manière...

Mais il eut beau vanter la souplesse du clergé de Québec, l'archevêque protesta avec véhémence et lui reprocha d'avoir rompu sa promesse de ne pas toucher aux matières religieuses. Ce à quoi il lui répondit: «Mais il est impossible de rester à l'écart des questions religieuses, puisque l'Église se trouve partout; elle gouverne toutes les institutions, dispense toutes les libertés, détient tous les pouvoirs. *Le Réveil* est donc forcé de venir sur le terrain religieux, puisque toutes les questions appellent nécessairement l'idée religieuse, là où il faut faire acte de révolte, ou se soumettre absolument à votre empire, sans le discuter. Vous ne me laissez pas le choix.»

Arthur n'était pas tout seul dans ce journal, même si son nom y figurait en solitaire. Plusieurs de ceux qui en finançaient la publication, notamment Joseph Doutre, voulaient qu'il devienne l'organe radical de l'Institut canadien de Montréal, et qu'il soit imprimé à Québec, là où le clergé avait la réputation de soutenir, dans les limites du raisonnable, le libéralisme au Canada.

Pris entre les deux clergés, entre sa vision personnelle du journal et celle des fanatiques athées de Montréal, Arthur devait lutter sur tous les fronts. Il travaillait sans relâche, poursuivant son but avec un zèle de missionnaire...

Un soir toutefois, il fut interrompu dans son travail par une nouvelle qui lui causa une peine infinie. Victoria venait lui annoncer la mort de leur petite tante Louise-Angèle. Ce deuil était le premier de la famille qui le touchait de près. Bien sûr, il y avait eu le décès de sa mère, mais il ne l'avait pas connue. Quand à celui de son père, il l'avait laissé froid.

Sa grand-tante Luce-Gertrude était inconsolable. Arthur ne reconnaissait plus, dans cette vieille femme effondrée, l'imposante seigneuresse de sa jeunesse. Victoria l'entourait d'attentions et lui-même se découvrait une grande compassion pour cette octogénaire qui, il le savait bien, n'avait jamais cessé de se soucier de lui et de sa sœur, comme s'il s'était agi de ses propres enfants. De vagues remords venaient le troubler pour les tourments que sa nature indépendante et assoiffée de liberté leur avait causés.

Debout au pied du cercueil, Arthur demandait pardon à sa petite tante préférée, quand il entendit chuchoter dans son dos.

— C'est ce journal qui l'a tuée!

— Des femmes si pieuses, et qui ont un neveu qui écrit des choses aussi scandaleuses! c'est honteux!

— Elle en est morte, la pauvre!

— Le jour où elles ont accepté d'adopter les enfants de leur nièce est marqué d'une pierre noire!

— Elles auraient mieux fait de le mettre à la crèche, celui-là! Ce qu'il leur en a causé des souffrances!

— Mais Victoria! quelle bonne fille!

— Ah! pour ça oui! on peut dire qu'elle rachète l'autre!

Arthur, le cœur douloureux, essayait de ne pas entendre ces remarques blessantes. De nombreux prêtres ne cessaient d'aller et de venir, lui offrant, au passage, leurs condoléances, mais froidement, comme on accuse.

Combien de temps allait-il tenir dans cette guerre reprise contre cette puissance «sainte, catholique et apostolique», qui laissait le peuple, à son exemple, juger et condamner sans appel?

Mais quand, trois jours plus tard, Arthur vit le cercueil de sa petite tante descendre dans la fosse, et la terre la recouvrir pour toujours, il sut qu'il fallait bouger pendant qu'on était encore vivant. Et plus décidé que jamais, il retourna à son *Réveil*, où il multiplia ses efforts pour parvenir au but qu'il s'était fixé.

✥

L'un pour qui Arthur n'avait pas besoin de gaspiller son encre, c'était Passe-Partout. Il avait ses idées bien à lui. «J'ai mon opinion et je la partage», disait-il souvent. Il continuait de lire et de s'instruire par lui-même, si bien que sa façon de s'exprimer en surprenait plusieurs. On disait de lui qu'il parlait un peu comme un maître d'école. Même s'il savait que ce n'était pas tout à fait vrai, il appréciait le compliment.

Le printemps de 1876 l'avait ramené encore allègrement dans le bas du fleuve pour sa tournée annuelle. Tout l'été on l'avait vu passer avec sa besace. On était rendu en automne et ce soir, il se trouvait dans le petit village de Matane, chez Moïse Lavoie.

Après le souper, la maison s'était remplie de presque tous les gens du village. Le violoneux, Rhéule, assis en haut de l'escalier, dominait l'assistance. Il jouait des airs entraînants pendant que les familles, assises un peu partout — sur les chaises disponibles, à terre sur les catalognes, sur les rebords des fenêtres ou dans les marches basses de l'escalier — attendaient impatiemment que le quêteux commence son récit. On avait mis une bouteille de genièvre à sa disposition. Il pouvait se servir à volonté, la vider si le cœur lui en disait. Depuis sa «pulmonie», il avait gardé des petites quintes de toux qu'il fallait soigner, disait-il. On ne «farfinait» pas sur la dépense, on voulait bien l'entendre raconter son histoire jusqu'au bout.

Soudain, il fit un signe au violoneux qui arrêta net de jouer, il prit un air solennel, s'appuya confortablement au dossier de sa chaise droite, étira ses longues jambes devant lui, croisa les deux pieds l'un sur l'autre, et se décida enfin à ouvrir la bouche.

— C'est en 1869 que le «barda» a commencé, quand Sa Grandeur de Montréal a condamné les membres de l'Institut canadien, qui se réunissaient apparemment pour lire les mauvais livres des grands écrivains de France. Tous ceux qui voulaient pas en sortir étaient excommuniés. Pas longtemps après, un certain Guibord, Joseph, imprimeur du journal de l'Institut, mourait subitement sans avoir eu le temps de remettre sa carte de membre. Sa femme y avait pourtant répété que s'entêter contre le clergé y apporterait rien de bon. Comme tous les maris, y avait pas écouté sa créature...

Donc, un bon soir, y meurt. Henriette Guibord, sa veuve, qui avait toujours été une bonne catholique, se précipite chez le curé de sa paroisse pour lui demander de se rendre au chevet de son mari. Y refuse net de venir bénir le défunt, et encore moins d'y administrer les derniers sacrements. Elle essaie d'expliquer qu'y voulait remettre sa carte de membre, mais qu'y est mort trop vite. «Pas question!» dit le curé. Elle insiste, en disant que comme ça vient juste d'arriver, y est peut-être pas encore assez mort, et y pourrait profiter un peu de l'extrême-onction, sinon, elle a peur qu'en refroidissant, le corps rigide de son défunt laisse plus passer les saints effets de l'huile sainte! «La religion est la religion!», tonne le saint prêtre, on joue pas avec ça! Humiliée sans bon sens, la femme frappe à d'autres presbytères pour demander de l'aide à d'autres prêtres. Pas un qui bouge; y ont tous reçu la même consigne: Pas de sacrements aux hérétiques!

Profitant de la stupeur générale, Passe-Partout se décroisa les pieds et alluma sa pipe. Les femmes y allaient de leurs réflexions, en se passant le sac de «paparmanes»:

— Ça pas de bon sens de mourir comme ça!

— Sans sacrements!

— Pis sans prêtre!

Chacune se signait, à tour de rôle, en attendant que le quêteux reprenne son récit. Celui-ci but une gorgée de genièvre et continua:

— Y se trouvait que, par hasard, le pasteur Brown, un ami d'Arthur Buies, était en visite à Montréal avec sa femme. À la demande de son ami — le meilleur chroniqueur de toute le province, je le répéterai toujours — le pasteur protestant vient prier et assister la famille pendant les trois jours qu'on expose le défunt.

Vient le temps des funérailles! Mme Guibord, argent en main, retourne au presbytère pour faire les arrangements au sujet de l'heure et de la «classe» de la cérémonie. Le curé répond: «Pas question de funérailles pour un excommunié!» La pauvre veuve, pouvant pas imaginer son mari aller à la fosse sans passer par l'église, essaie d'expliquer encore une fois, que son mari était de bonne foi, mais le prêtre, sans rajouter un mot, la reconduit fermement à la porte.

Les gens de Matane étaient atterrés.

— Pas de funérailles?

— Ça pas de sens pantoute!

— C'est pas tout, continua le quêteux, y faut l'enterrer. Mais, pour ça, pas de problème, se rassure la veuve, puisqu'elle possède un terrain au cimetière. Elle retourne encore une fois au presbytère: «Pas question d'enterrer un renégat dans un cimetière catholique!», lui répond catégoriquement le curé. «Mais... où est-ce que je vais l'enterrer?», qu'elle lui dit. «Mettez-le dans la partie des non baptisés!», répond le curé, pratique. «Quoi? un homme de son âge! et baptisé à part ça, dans les limbes des nouveaux-nés? C'est pas possible!» La veuve s'entête, mais pas plus que le curé qui, lui, exaspéré, finit par lui lancer: «Mettez-le où vous voulez, mais ne venez plus nous importuner avec ça, ce n'est plus l'affaire du clergé!» «Par exemple! s'insurge la veuve indignée, je ne peux quand même pas le garder chez moi!» Mais la porte claque dans son dos, et elle se retrouve seule sur le perron de la maison du père spirituel, défenseur du pauvre, de la veuve et de l'orphelin...

On dit que la mort attend pas, le mort encore moins! Les choses se gâtent, si on peut dire. Déjà qu'avec ces «achalages», le décès date de cinq jours. Le pasteur Brown vient encore au secours de la pauvre femme. Par son entremise, M. Guibord trouve enfin une place dans le cimetière protestant anglais.

Pendant que Passe-Partout, sûr de son effet, interrompait son discours encore une fois pour se prendre une autre rasade de genièvre, l'aïeule, qui n'avait pas perdu un mot de l'histoire s'étouffait de surprise avec sa paparmane. On lui donna de grandes claques dans le dos, jusqu'à ce que le bonbon collant lui retombe dans les mains: «Faites attention, mémère!» Les autres, tout aussi consternés, pensaient avoir mal entendu: «Un Canadien français catholique enterré dans un cimetière anglais protestant! Fallait ben qu'y soit mort, le Guibord, pour accepter un pareil sort!»

Les émotions un peu calmées, le quêteux reprit son récit:

— La veuve Guibord ayant pas pu faire enterrer son mari dans un lot du cimetière qui y appartenait, et qu'elle avait acheté pour enterrer ses morts et pas pour cultiver des mauvaises herbes, comme elle disait, demande de l'aide à des avocats, amis de son défunt mari. Avec Joseph Doutre, un enragé, y paraît, y entreprennent une action judiciaire contre le clergé, comme ça été écrit en toutes lettres dans les journaux. Résultat: le juge donne tort à la veuve. La cause est envoyée en appel, comme y disent. Mais encore, là, Mme Guibord perd son procès. Sans se décourager, ses amis, obstinés, continuent de la défendre.

Les années passent, y a des débats sur la place publique. Y en a qui prennent pour le clergé, y en a qui prennent pour la veuve, mais ceux-ci parlent plus bas. À Londres, finalement, l'été dernier, après six ans, la Reine donne raison à Mme Guibord en disant que nos lois françaises pouvaient annuler des décisions ecclésiastiques, pour prendre ses grands termes. Sa Majesté ordonne de déterrer le défunt du cimetière protestant pour l'enterrer dans le cimetière catholique. Et la famille, en plus, doit recevoir six mille piastres pour le dérangement.

Tout ça, ça été écrit dans les journaux, ponctua Passe-Partout, qui voyait de l'incrédulité dans le regard de ses spectateurs. Il commençait à se demander comment ceux-ci prendraient la suite.

On se regardait d'un air éberlué:

— La reine d'Angleterre s'est mêlée de ça?

— On a ben fait de se battre pour les garder, nos lois!

— Six milles piastres! cé d'l'argent!

Pensant l'histoire finie, chacun y allait de ses commentaires, quand le quêteux se leva, prit un air tragique, et les regarda d'une façon telle, qu'ils en eurent le frisson. Il reprit la parole:

— Par un sombre matin de septembre, les amis de la veuve partent avec tout un attirail — cheval, voiture, cocher et pelles — avec l'intention de déterrer le défunt du cimetière protestant pour aller l'enterrer, à sa place, au cimetière catholique. On le déterre donc, et on l'amène à l'autre cimetière. Mais tout le long du parcours, des mécontents se mêlent au cortège, des «pour le clergé» et des «pour la veuve Guibord», des catholiques et des protestants, des Irlandais et des Anglais, et, tant qu'à y être, des étudiants punis injustement par leurs maîtres, des ouvriers qui en veulent à leurs patrons, des maris enragés après leurs femmes, des femmes malmenées par leurs maris, et des voyous de toutes sortes. Enfin, tout le monde en profite pour régler ses comptes sur la place publique!!!

Toute cette meute querelleuse suit la procession en criant, en s'injuriant et en se bousculant à qui mieux mieux. Le groupe Guibord finit par arriver, de peine et de misère, à la fosse. Ceux qui sont chargés de creuser se débarrassent de leur veste et commencent à soulever des pelletées de terre, pendant que d'autres s'assoient sur le cercueil pour le protéger des ennemis. Mais le groupe des «contre» arrache des branches aux arbustes qui abritent les pierres tombales et «varge» à grands coups sur les fossoyeurs, pour qu'y abandonnent leur creusage. «Les Guibord», qui commencent à en avoir assez, se défendent à grands coups de pelles.

Et là, la bataille prend pour de bon. On s'injurie à grands mots d'église. Les croix penchent, les chapeaux tombent, la boue revole. La rage aveugle tous et chacun. On prend plus le temps de se regarder, on tape sur le plus proche, et c'est rendu les «pour» contre les «pour», les «contre» contre les «contre»; on reconnaît plus personne. Tous les sentiments refoulés, les humiliations subies, les espoirs déçus se règlent ici, sur le dos de ce pauvre mort, dont le bois de la tombe craque de partout sous le poids de ses défenseurs acharnés!

Chez Moïse Lavoie, les hommes riaient en se tapant les cuisses pendant que les femmes se scandalisaient: «Cé-tu honteux!» Mais tous étaient consternés par les lourdes conséquences que l'entêtement du clergé avait occasionnées. Ces gens tranquilles n'auraient jamais imaginé des situations pareilles. Ils avaient hâte maintenant de savoir la fin de cet incroyable récit.

Le quêteux, encore debout, qui avait mimé la bataille des «pour», des «contre» et de tous ceux qui n'avaient pas d'affaire là, était en nage. Mais il continuait son histoire...

— La police arrive et refoule, non sans peine, le groupe de gens échevelés et méconnaissables qui venaient de saccager sans pudeur ce cimetière, destiné depuis toujours au recueillement. On réussit à refermer les grilles sur la populace déchaînée et on les disperse.

Devant la difficulté de l'entreprise, les amis de Mme Guibord décident de ramener le mort dans son trou protestant. Mais une fois la terre replacée sur sa tombe, l'infortuné, craintif et méfiant, hésite à se replonger définitivement dans son repos éternel... Et y a bien raison!

Le quêteux s'avança jusqu'au centre de la pièce, et sous le regard tendu des gens, reprit d'une voix lugubre:

— Un mois après, jour pour jour, Mme Guibord, accablée par le chagrin, meurt! On l'enterre sans problème dans son lot du cimetière catholique. C'est alors que ses amis, qui s'étaient calmés pour reprendre leur souffle, voient le bon moment de ramener, une fois pour toutes, Joseph Guibord à sa vraie place, près de sa femme. Y retournent au cimetière protestant mais cette fois-là, qu'y se disent, déterminés, ça va être pour de bon. Y déterrent leur ami encore une fois, le mettent sur un corbillard et l'amènent devant les grilles du cimetière catholique, qu'y trouvent scellées. Y demandent qu'on les ouvre. Mais le gardien dit qu'y a pas les clefs.

— Et où sont-elles? qu'y grondent.

— Dans les poches du chef de police.

— Et où est le chef de police? qu'y crient, menaçants.

— Aux funérailles du chef des pompiers! répond le gardien, qui hurle aussi fort qu'eux autres.

— On va l'attendre, sacrebleu!

Mais en apprenant qu'on voulait encore faire l'enterrement de ce maudit Guibord, les fervents de Sa Grandeur s'amènent et recommencent leur chahut. Y font peur aux chevaux, menacent de renverser la voiture et, par le fait même, le cercueil cabossé du malheureux défunt qui commence à penser sérieusement au suicide éternel...

Comme la police arrive pas et qu'y peuvent plus résister aux assauts de ce tas d'enragés, dix fois plus nombreux qu'eux autres, les amis, impuissants et plus amers que jamais, reprennent la carcasse désabusée de leur ami Guibord en se jurant que la prochaine fois sera la bonne, et la dernière, sinon y aura de la «tuasse»! Et en sortant du cimetière, y décident de prendre les grands moyens.

Et le quêteux prit une voix macabre:

— C'est alors qu'en ce 16 novembre 1875, par un matin froid et pluvieux, les Hussards de Montréal, le 6ᵉ Hochelaga, le Prince of Wales, le Victoria Rifles, plus une compagnie du Génie et une batterie de garnison, à peu près mille deux cents soldats, montés sur leurs grands chevaux, traversent résolument la ville pour accompagner le corbillard au cimetière, tout en chantant allègrement:

«We'll bury old Guibord
In the consecrated ground
Guibord's coffin weighs
Exactly forty tons...»

Chose étrange, notre défunt nomade avait fait parler de lui jusqu'aux États-Unis. «Décidément, ces Canadiens français sont de drôles d'énergumènes, qu'y disaient, on a évité bien des ennuis en leur laissant leur pays, mais l'événement vaut le déplacement, allons-y!» Et y arrivent nombreux, par train, par bateau, par voiture, pour assister au spectacle. Les collégiens, qui préfèrent l'actualité à l'histoire ancienne, manquent leurs cours et embarquent dans la mêlée. Les «pour» et les «contre» grossissent le cortège, et comme y se retrouvent encore côte à côte, y reprennent leurs injures là où y les avaient laissées.

Pendant ce temps-là, Joseph Guibord, pas encore remis de son dernier enterrement, sent de loin la terre vibrer sous les sabots des chevaux de l'armée. Y les entend envahir le cimetière, suivis d'une meute qui lui semble plus grosse et plus hurlante encore que la dernière fois! Qu'y ait plus ou moins de «pour» ou de «contre» le laisse froid, pourvu qu'on l'enterre définitivement. Ces allers retours posthumes menacent de plus le faire tenir bien bien longtemps en un seul morceau.

On le déterre donc et on le remet sur le corbillard. Et c'est au milieu des soldats, formés dans une belle haie d'honneur, qu'on amène enfin le modeste imprimeur à sa dernière demeure...

Le héros du jour se croit revenu de toutes les surprises, mais une autre l'attend qui le remplit, cette fois-là, d'une joie immense. Au fond de la tombe fraîchement creusée, Henriette, sa chère femme, lui tend les bras de son cercueil de bois gris. Quelles belles retrouvailles! Le couple s'apaise, confiant, se pensant enfin à l'abri des vivants!

La voix du quêteux baissa de deux tons.

— Mais dès la nuit suivante, un étrange bruit se fait entendre. Les deux dépouilles sont soudain dépouillées... de la terre qui les recouvre!... On s'affaire à couler du ciment dans leur fosse!... Et comble de l'horreur... le ciment trop lourd défonce le cercueil plus trop neuf de M. Guibord et fait choir son occupant ahuri sur celui de sa femme chérie. Il s'étale, se fige, prenant ainsi dans le béton et dans le temps... sa forme définitive. Toujours dans le plus complet silence, on recouvre la tombe de terre et on y dépose une énorme pierre de granit, taillée en forme de sarcophage, sur laquelle on peut lire l'épitaphe suivante: «Ci-gît Joseph Guibord, mort en 1869 et enterré en 1875»!

Bien malin qui voudrait s'acharner maintenant à le déterrer! Joseph Doutre et ses amis, et les amis de leurs amis pouvaient enfin dormir tranquille. On sortirait plus jamais Joseph Guibord de sa tombe, à moins qu'y le fasse lui-même... à ses risques et périls.

Le quêteux se tut. Puis il sortit dehors pour aller prendre une bouffée d'air.

Les Matanais étaient pétrifiés. Ils n'arrivaient plus à reprendre les gestes familiers. Trop d'invraisemblances leur bloquaient le cerveau!

Passe-Partout, une fois rafraîchi, rentra dans la maison et se rassit. «Alors», reprit-il d'une voix forte. Tous sursautèrent.

— Comment... c'est pas encore fini?

Le quêteux se releva d'un bond en brandissant un doigt menaçant et en clamant d'une voix forte:

— Non! mon histoire finit pas là! Ça serait mal connaître l'orgueil démesuré de Sa Grandeur l'archevêque de Montréal, qui ne se prend jamais pour battu et ne perd pas une occasion de marquer un point, surtout le dernier. On dit que le prêtre en lui a un cœur de lion, mais que l'homme a une tête de cochon! Après un combat intérieur de quelques nuits, c'est l'homme qui prend le dessus et se rend un matin, à l'aube, avec deux acolytes et leur «siau» d'eau bénite, au cimetière catholique... Y avait appris qu'une fois le cercueil placé au fond de la fosse, on y avait fait couler du ciment, et qu'en plus, on y avait déposé une pierre immense, assurant enfin au défunt un abri à toute épreuve.

Se trouvant comme insulté personnellement, Sa Grandeur l'archevêque avait réagit violemment en cherchant un châtiment... Ce renégat ne pouvait dormir à l'ombre des cyprès, si près... de tous les vrais catholiques qui, eux, avaient été jugés dignes de recevoir l'extrême-onction. S'il ne pouvait plus le sortir du cimetière, il le sortirait du ciel! avait-il juré.

Alors, à l'aube de ce matin-là, fier et outragé, Sa Grandeur s'avance entre les tombes, marchant avec précaution pour pas salir la bordure rouge de sa soutane de soie. Y arrive ainsi devant la sépulture de Joseph Guibord. Dans sa pose de gisant et du fond de sa tombe fortifiée, celui-ci ne l'a pas entendu venir. Mais il a soudain la vision d'un immense oiseau de malheur penché au-dessus de lui et, atterré, il reconnaît le redoutable prélat. «Je suis déjà mort, geint-il, et excommunié, qu'est-ce qu'il peut me faire de plus?»

Mais... comme dirait Arthur Buies, ce célèbre journaliste, «il ne faut jamais sous-estimer le zèle religieux!» Revêtu de son camail et de son chapeau romain. Sa Grandeur fait un grand signe de croix, lève les bras, les mains, la tête et les yeux vers le ciel, et «au nom du Père, du Fils et du Saint-Esprit» désacralise le petit coin de terre bénite où ce pauvre diable s'était enfin cru sur le chemin du ciel.

À grands coups de contre-bénédictions, de goupillon et de contorsions, y clame bien haut ce qui suit, pour que les autres morts l'entendent: «Là repose un révolté que l'on a enterré à la force des armes! la tombe de Joseph Guibord sera pour toujours séparée du sol consacré, amen!». Et comme pour confirmer cette sentence, l'écho répète longtemps «AMEN... Amen... amen...». Un silence menaçant s'ensuit, s'installe, s'alourdit, se ramasse sur lui-même, roule dans le ciel devenu noir et éclate dans un bruit de tonnerre qui semble se répercuter jusqu'aux enfers. Alors, dans un craquement sinistre, la grande pierre de granit se fend, devant les yeux horrifiés des deux acolytes qui, se rappelant les fameuses paroles «Les rochers se fendirent, le voile du Temple se déchira, les morts ressuscitèrent...», croient l'Apocalypse arrivée sur la terre... Plus morts que vifs, ils décampent, fuyant le plus loin possible les foudres jusque-là insoupçonnées de la colère divine!

En même temps que le mort suffoquait de tant de haine, Sa Grandeur frémissait de la fierté suprême de voir, indélébile dans la pierre brisée, la signature de Dieu pour son geste éclairé!

Mais Dieu, à bout de patience, arracha enfin à ce mauvais archange le «désacralisé» et fit dériver son âme fatiguée vers la voie lactée, avec une légion d'anges pour le protéger.

Joseph Guibord venait de sortir de l'éternité pour entrer dans l'immortalité!

Et le quêteux, enfin, se tut!

La petite maison de l'habitant de Matane pesait d'un lourd silence. Sans plus oser bouger, la tête rentrée dans les épaules, le regard de biais, tous suivaient des yeux l'âme de Joseph Guibord, qui dérivait lentement dans l'espace sans fin, se demandant si même entourée de séraphins, le prélat malin ne viendrait pas lui mettre le grappin dessus, au nez même du Divin...

Ces braves gens étaient immensément troublés. Ils ne savaient plus que penser. Mais l'aïeule, elle, dans son coin, ne pensait plus. Entraînée par l'ardeur du récit, elle était passée de l'autre bord et essayait de rattraper l'âme de Joseph Guibord, pour l'aider à arriver à bon port. «Crachez vot' paparmane, mémère! crachez-là!», lui criait sa petite-fille, affolée. Mais on eut beau la secouer, elle ne bougeait plus, gardant les yeux ouverts, pour ne pas perdre l'itinéraire du convoi planétaire...

Les gens de Matane mirent le décès de la vieille sur le compte de son âge. Ne pouvant supporter trop de vérités à la fois, ils préférèrent croire que Passe-Partout, devenu à leurs yeux comme un genre de poète, exagérait comme son chroniqueur favori, Arthur Buies. Mais la nuit venue, toutes les femmes du village se réunirent pour préparer la sépulture de l'aïeule. «On n'est jamais trop nombreux pour parer au danger», se disaient-elles. Même que par les temps qui courent, on n'est pas mieux mort que vivant! Les temps ont bien changé! Elles scrutaient la nuit par la fenêtre. «Comme la mer est grosse ce soir!» «S'il ne peut pas trop venter!» Puis, épaule contre épaule, elles firent cercle autour de la septuagénaire et commencèrent vaillamment leur veillée funéraire.

Pendant qu'à l'aube, le quêteux quittait le petit village de Matane pour se rendre ailleurs raconter d'autres histoires, Sa Grandeur en plein cauchemar, poussait une longue clameur qui réveilla tous les prêtres du palais épiscopal. Son secrétaire particulier se précipita vers la chambre de son évêque, ouvrit la porte sans frapper et s'approcha vivement du lit.

— Vous avez besoin de quelque chose, monseigneur?

Sa Grandeur, tout recroquevillé, décoiffé, rouge, suant et grelottant à la fois, regardait le prêtre d'un air hébété.

— Vous ne vous sentez pas bien? osa insister le jeune abbé.

Il osa plus encore en tentant de «raplomber» le bonnet de nuit qui avait glissé sur la tête de son supérieur et se tenait de guingois sur son oreille. Mais dans la gaucherie de son geste, le bonnet bascula sur l'autre oreille et y resta accroché. Il allait faire une deuxième tentative quand un instinct de survie l'arrêta.

Le prélat se ressaisissait lentement et finit par voir l'abbé, anxieux, penché au-dessus de lui.

— Qu'y a-t-il... l'abbé? s'enquit-il, sur un ton qu'il voulait normal, mais qui chevrotait encore.

— Monseigneur! j'ai entendu un cri venant de votre chambre et j'ai accouru.

Se reprenant tout à fait, l'évêque se redressa brusquement sur ses oreillers et reprit son ton mordant:

— Retournez vous coucher, monsieur l'abbé, et ne parlez à personne de cet incident.

— Mais...

— C'est un ordre!

— Bien, monseigneur. Excusez-moi... de vous avoir dérangé.

— Allez, maintenant!

L'abbé, déconcerté, sortit en refermant doucement la porte. Revenu à sa chambre, il s'assit dans sa berceuse et réfléchit. Ce n'était pas la première fois qu'il entendait Sa Grandeur crier en plein milieu de la nuit. Il ne s'était jamais hasardé à pénétrer dans ses appartements privés avant ce matin. Mais ce cri, plus sinistre que d'habitude, l'avait vraiment effrayé. Son évêque avait semblé assailli par une légion de démons. On sait qu'ils attaquent toujours les plus saints. Il prit son chapelet et commença à le réciter avec ferveur pour ne pas qu'ils aillent jusqu'à s'en prendre à de pauvres prêtres indignes comme lui.

Pendant ce temps, assis droit dans son lit, Sa Grandeur essayait de se remettre encore une fois de ce rêve terrifiant, toujours le même, et qui se répétait de plus en plus souvent. C'est la nuit... Il marche sur un long chemin de terre qui se perd dans une brume grise. Le chemin devient soudain une allée de cimetière, il avance lentement entre les tombes et... se retrouve devant une fosse béante. Il se penche pour voir au fond. Un cadavre est étendu directement sur la terre. Un cadavre qui le regarde de ses orbites vides. Il le reconnaît, c'est Joseph Guibord. Il veut reculer, mais une force puissante le cloue au bord de la fosse d'où il voit surgir deux bras qui s'allongent démesurément. Fou de terreur, il sent deux mains dures et froides lui entourer le cou et l'entraîner vers le fond sombre. Il essaie de crier, mais la peur le paralyse.

Et ce n'est plus Joseph Guibord mais Arthur Buies qui le regarde et qui, soudain, saute à côté de lui. Il est habillé comme Voltaire, lui fait des ronds de jambes, des courbettes et des révérences avec un respect outrecuidant. Tournant autour de lui, il lui récite justement des vers du poète maudit:

«Que son mérite est extrême!
Que de grâces! que de grandeur!
Ah! combien Monseigneur
Doit être content de lui-même!»

Il l'entend rire d'une voix caverneuse, qui résonne comme dans un gouffre sans fond, et tout à coup, il se sent tomber... tomber... tomber... Il hurle enfin, et son propre cri le réveille.

Chaque fois, ce rêve angoissant! et ces deux mêmes personnages: Joseph Guibord et Arthur Buies! Deux épines fichées dans sa vie à tout jamais. L'un mort, l'autre vivant, tous deux le hantent, comme s'ils voulaient le forcer à regretter de les avoir traités injustement.

Pour ce qui est de Guibord, même si une partie de la population et plusieurs prêtres n'avaient pas approuvé sa décision, il savait qu'il avait eu raison de le maudire pour toujours, puisque c'était un hérétique. Et grâce à son intervention, la Sacrée Congrégation n'avait-elle pas condamné cet infâme Institut canadien? Un nid de perdition dans lequel cet autre renégat d'Arthur Buies pérorait encore à qui mieux mieux.

Rome avait «approuvé et loué le zèle et la vigilance» de l'évêque. Ce qui ne pouvait que le remplir d'aise! Oui! mais Rome, si puissante soit-elle, ne pouvait le guérir de ses cauchemars!...

XIII

Les hommes de grand talent sont si rares qu'il faut bien être miséricordieux sur les peccadilles... On a pitié des simples, penses-tu qu'on n'aura pas soin des gens d'esprit?

LE CURÉ LABELLE

En ce soir de mai 1879, la réception donnée dans la grande salle de bal du parlement avait réuni tout le beau monde de Québec. Habillées de cachemire de soie, de dentelle et de satin, les dames circulaient avec grâce, en souriant doucement. Dans leurs corsages largement décolletés, leurs seins provocants se laissaient caresser par l'éclat satiné des lustres. Évoluant lentement parmi les messieurs élégants dans leur frac, ces dames rivalisaient de beauté et de grâce et rehaussaient le faste de ce gala.

Les prélats, tout en moire de soie rouge, attiraient agressivement les feux de la lumière et flambaient de superbe au milieu de cette société profane, qu'ils dominaient de leur regard hautain. Les plus hauts «titres» de la province s'inclinaient avec déférence sur l'améthyste sertie d'or, signe d'une autorité supérieure incontestée.

Arthur, debout au milieu d'un groupe d'invités, lorgnait, féroce, cette race de paons, ni mâle ni femelle, qui affichait dans la richesse de ses atours, son pouvoir, pourtant fondé sur l'intemporel. L'un d'eux s'avançait justement vers lui. Arthur le laissa venir. Le prélat, dans un geste condescendant et coutumier, lui tendit sa main à baiser.

Arthur ne broncha pas. Mais il lui fit remarquer:

— C'est une bien belle bague que vous avez là, monsieur! vous l'étrennez?

Le prélat, surpris, leva vers Arthur un regard interrogateur.

— Nullement!

— Alors pourquoi l'exhibez-vous si fièrement? s'enquit Arthur, feignant la naïveté.

— Mais... pour qu'on la baise! je suppose que ce n'est pas dans vos coutumes, monsieur Buies, rajouta-t-il d'un ton supérieur, en le reconnaissant soudain.

— Hem! Les coutumes de cet ordre ne regardent que ma vie privée, Grandissime! Pour ce qui est des vôtres, permettez-moi de ne pas trouver très hygiénique que tout un chacun lèche votre joyau, fit Arthur légèrement dédaigneux.

Un serveur s'avançait pour leur offrir du champagne. Ignorant volontairement l'air indigné du prélat, Arthur prit une coupe sur le plateau, la lui offrit courtoisement et se servit. Le dignitaire n'eut pas d'autre choix que d'accepter. Mais il cherchait une réponse adroite et cinglante pour se débarrasser de cet insolent, quand Arthur de son ton le plus doucereux lui en servit le prétexte.

— Saviez-vous, Sérénissime... que cette améthyste qui orne joliment votre doigt préserve de l'ivresse?

— Alors, monsieur Buies, vous devriez en porter. Avec la réputation que l'on vous prête, une à chaque doigt ne serait pas de trop! riposta le prélat, assez content de sa réponse.

— Encore faut-il en avoir les moyens, Illustrissime! Malheureusement, je ne suis pas un homme d'Église. Permettez-moi, monsieur, de vous saluer.

Et Arthur, un sourire moqueur aux lèvres, s'éloigna, laissant le prélat suffoqué d'indignation. Comment s'était-il vu lancer les superlatifs, les uns après les autres, comme autant d'injures, sans réagir? Cet Arthur Buies avait le génie, comme pas un, de clouer le bec à n'importe qui. Son persiflage ne tenait compte d'aucune hiérarchie. Quelle honte de s'être abaissé à parler à un tel personnage!

De son côté, sans regretter vraiment son attitude railleuse envers le prélat, car ces passes d'armes lui causaient toujours un rare plaisir, Arthur constatait que sa récente conversion craquait déjà aux entournures. Tiendrait-elle longtemps la route? Il s'était vu tellement désemparé, un soir, qu'il avait cherché refuge chez son ami oblat. Celui-ci avait su trouver pour lui des paroles de consolation. Mais de là à écouter tout le clergé, il y avait un seuil qu'il ne franchirait jamais, peu s'en fallait!

Distrait, il buta soudain sur un ventre énorme, revêtu d'une soutane. Décidément, se dit-il, ennuyé, cette race devenait encombrante dans les soirées mondaines. Et ce ventre parla:

— Vous croyez-vous dans l'arène, jeune homme?

Ayant remarqué la soutane élimée, le bouton manquant et le ceinturon posé de travers de son interlocuteur, Arthur se voulut impoli.

— Et vous, monsieur, en sortez-vous?

Un gros rire tonitruant répondit à sa remarque insolente. Choqués, des gens distingués s'éloignèrent d'eux, discrètement.

— Ai-je enfin la chance de parler à Arthur Buies? dit le gros prêtre, aussi curieux que réjoui.

Pour la première fois de sa vie, Arthur voyait un prêtre rire de ses saillies. Il l'observa, perplexe. Cet homme devait peser au moins trois cents livres et mesurer dans les six pieds. Son allure paraissait incongrue au milieu de cette société brillante. Mais d'où sortait donc cet énergumène? Il lui répondit prudemment.

— En effet, monsieur, je suis Arthur Buies. Mais à qui ai-je l'honneur?

— Serrez vos grands termes, Arthur Buies, je suis le curé Labelle.

— Le «roi du nord»? fit Arthur, surpris.

— En chair et en os! Bon! plus de chair que d'os, c'est vrai. Mais savez-vous qu'il y a déjà eu un homme au Québec qui avait deux fois mon poids?

— Est-ce possible? dit Arthur narquois.

— Vous n'avez jamais entendu parler de Modeste Mailhot? reprit le prêtre, sans se démonter.

— Non, je ne le crois pas! Arthur était de plus en plus intrigué par le bonhomme.

— Alors, mon petit garçon, ouvre bien tes oreilles: il pesait six cents dix-neuf livres et mesurait sept pieds et quatre pouces.

— Vraiment? Arthur se retenait pour ne pas éclater de rire.

— Tu peux me croire! Et sais-tu comment pesait le curé qui l'a béni à ses funérailles? Quatre cents livres. Et il mesurait six pieds.

Arthur, que le ton familier et gouailleur de ce prêtre réjouissait de plus en plus, se laissa aller à l'hilarité.

— Ce curé est-il décédé, l'abbé?

— Euh!... Oui!

— Il aurait pu vous léguer sa soutane.

— Pourquoi faire?

— Vous y auriez été plus à votre aise... Celle-ci vous serre un peu, non?

— C'est pas important, ça, mon petit garçon. Ce qui est important, par contre, c'est de remplir le nord de colons. Pis vite!

— Oui, j'ai entendu dire que c'était votre marotte.

— J'ai pensé que ça pourrait aussi devenir la vôtre, monsieur Buies, rétorqua le curé Labelle, reprenant instinctivement le vouvoiement.

— Et pour quelle raison, s'il vous plaît?

— Parce que j'ai besoin d'un bon publiciste pour vanter les beautés de mes Laurentides. Le curé semblait sûr de lui.

— Il n'en manque point dans la province.

— Peut-être, mais j'ai l'œil sur vous depuis un certain temps.

— Vous n'êtes pas le seul, dit Arthur, reprenant son ton railleur. Tout le clergé m'a déjà à l'œil et m'a déjà jugé depuis longtemps.

— Oui! mais moi, je ne veux pas vous juger mais vous faire travailler.

— Que pourriez-vous tirer de bon d'un anticlérical notoire comme moi? dit Arthur, en levant fièrement la tête comme s'il déclinait ses titres.

— Si les autres ont été assez bêtes pour ne pas te voir comme il faut, je ne suis pas obligé de faire pareil. Le curé revenait naturellement au tutoiement selon ce qu'il avait à dire.

— Et d'abord, d'où me connaissez-vous, l'abbé?

Arthur, surpris, puis amusé, vit le gros curé, défaire sans aucune gêne deux autres boutons de sa soutane et sortir d'une poche intérieure une page de journal pliée en quatre. Sans penser à se reboutonner, il la déplia. Un article occupait la moitié de la page sous le titre: «Voyage autour du Bas-Saint-Laurent. Arthur Buies.» Il la lui brandit sous le nez.

— Si vous venez décrire mes Laurentides comme vous l'avez fait de la Gaspésie, je n'aurai pas assez de terres pour y installer mes colons, monsieur Buies.

— D'une part, monsieur, je ne connais pas cette région, et d'autre part, pardonnez ma franchise, mais je ne travaillerais jamais pour un curé. J'y suis allergique.

Le prêtre ignora la remarque d'Arthur.

— Pour commencer, il faudrait venir visiter la région. Avec mon bon Isidore, nous ferions des expéditions, vous pourriez prendre des notes et rédiger un superbe article, comme vous seul savez le faire, disait le gros curé enthousiaste.

— Vous ne m'avez pas compris, monsieur! le simple contact d'un membre du clergé provoque chez moi un sentiment de répulsion dont je ne peux me défendre. Je préfère m'en tenir éloigné, rajouta Arthur, poliment mais fermement.

— J'avais entendu dire que vous vous étiez rapproché de Dieu dernièrement!

— On vous a trompé.

— Ah bon!

— Je ne me suis jamais éloigné de Dieu, mais du clergé qui me Le déformait.

— Mais... il vous est quand même arrivé quelque chose?

— Certes! dans un moment de grâce, j'ai compris qu'il

fallait avoir de l'indulgence pour tous ces coqs de clocher placés malgré eux au bon endroit pour dominer. Et j'ai saisi en même temps l'insigne privilège de ne pas en être. Je ne cesse de remercier Dieu depuis ce temps. C'est la raison pour laquelle on me voit plus souvent à l'église.

Malgré les propos on ne peut plus inconvenants d'Arthur Buies, le curé éclata de rire. Quel esprit! quoique l'homme était coriace. Allait-il en venir à bout? Il le faudrait bien, il en avait besoin.

— Venez me voir au presbytère de Saint-Jérôme, on reparlera de tout ça, monsieur Buies.

— Voyez-vous, monsieur le curé, malgré votre étonnante amabilité à mon égard, juste le mot «presbytère» évoque pour moi un ennui sans borne.

— Eh bien! venez vous en rendre compte par vous-même, reprit le curé Labelle, tenace, ne serait-ce que pour goûter au cipâte de ma mère. Je sais de source sûre que vous êtes une bonne fourchette.

— Et un bon biberon, je suppose, si toutes vos informations viennent de la même source! répondit ironiquement Arthur.

— Je sais cela aussi, monsieur Buies.

— Alors, croyez-moi, monsieur, ne perdez pas votre réputation en m'invitant chez vous.

— En ne vous invitant pas, je perdrais mon publiciste. Je le choisis donc avec tout le reste, dit le gros curé, confiant. Alors, à partir de demain, je vous attendrai. Maintenant vous allez m'excuser il faut que j'aille brasser un ou deux ministres qui ont tout le temps devant eux. Et tout l'argent aussi. Alors que mes colons et moi, nous n'avons ni l'un ni l'autre. À bientôt, monsieur Buies.

Arthur, songeur, regarda s'éloigner ce prêtre bonhomme et sans façon qui avait l'air de mettre tout le monde sur le même pied. Sympathique, ce gros curé! Tenace! Et selon toute vraisemblance, très libéral. À la rigueur, on y croirait. Mais Arthur ne se faisait plus d'illusion sur ce monde clérical. Ces prêtres avaient tous été formés à la même école, et tous œuvraient, plus ou moins, sous les ordres d'une Grandeur. Pourquoi celui-là serait-il différent des autres?

Une femme l'effleura en passant, il se retourna et tressaillit... Tout en satin bleu ciel, comme ses yeux! Laurence! Quand se décidera-t-il à l'oublier? À oublier sa perfidie et sa trahison! Encore là, elle continuait son chemin, faisant comme si elle ne l'avait pas vu ni même frôlé. Ah! ces femmes perverses! De quelles douleurs n'étaient-elles pas la cause! Et leurs attaques étaient tellement subtiles qu'elles en étaient les premières étonnées quand on les en accusait.

Les musiciens accordaient leurs violons. Les invités reculèrent en laissant le centre de la salle libre pour la danse. Arthur hésita, puis chercha la jeune femme des yeux. Elle avait rejoint une de ses amies, dans laquelle il reconnut Hortense, et elle lui parlait en aparté. Il décida de les rejoindre.

Incrédules, les deux jeunes femmes le virent venir vers elles, affichant son air le plus sarcastique. Ce fut au tour de Laurence d'être troublée. Elle en avait un peu peur. Qu'allait-il faire? Depuis cette altercation sur le perron de l'église, elle savait Arthur capable de tout. Il s'arrêta devant elle et la regarda dans les yeux... ses yeux d'un bleu unique pour lesquels il avait voulu mourir. Mais aussi soudainement que l'on tombe amoureux, il en fut guéri.

Heureusement surpris d'être enfin délivré de ce poids trop longtemps porté, il en sourit d'aise. Laurence, de son côté, retrouvait dans le velours brun des yeux d'Arthur toute la séduction ancienne. Et contrairement à lui, son amour refoulé jaillit, plus brûlant que jamais. Alors, se trompant sur son sourire, radieuse, elle lui offrit le sien. Mais Arthur, se méprenant à son tour sur les sentiments de Laurence, la traita intérieurement de fieffée coquette.

Maintenant qu'il en était libéré, ce sourire aux mille suavités n'avait plus aucun pouvoir sur son cœur. Il se retourna délibérément vers Hortense:

— Madame Chamberland, chère Hortense, me feriez-vous l'honneur de m'accorder cette valse?

La jeune femme, témoin de l'échange muet passé entre les anciens amoureux, et se trompant, comme son amie, sur les sentiments d'Arthur, hésita... mais devant son regard impérieux, elle n'eut d'autre choix que d'accepter.

Engagé dans une conversation avec un de «ses» ministres, le curé Labelle fut distrait un moment par Arthur qui, sans le voir, passait près de lui en tournoyant avec sa compagne. Ce prêtre de campagne, ignorant à peu près tout des pas de danse, reconnaissait sans effort dans cet homme du monde qu'était incontestablement Arthur Buies un virtuose de cette danse moderne. Il admirait l'aisance, l'assurance et on pouvait même rajouter la grâce de cet homme qui évoluait dans cette société comme un poisson dans l'eau. Lui, qui se sentait si gauche et ne savait parler que d'un sujet! et encore, dans un langage peu recherché!

Pendant un instant, il l'envia: beau, grand, séduisant, ayant de la verve, de la répartie, de l'esprit, de l'intelligence. Et une liberté dans tout son comportement qui le classait définitivement à part des autres. On le lui avait présenté comme un épouvantail, un païen notoire, un homme pervers. À ses yeux, cet homme n'était rien de tout cela. Sous l'ironie brillait la franchise, sous le sarcasme l'honnêteté, et sous le sourire railleur pointait l'amertume. Chose assez surprenante à son âge, il avait déjà les cheveux blancs. On avait dit de Marie-Antoinette que ses cheveux avait blanchi en une seule nuit: de terreur. Quelle douleur secrète avait blanchi prématurément ceux de ce célibataire de trente-neuf ans, de noble souche, talentueux et très populaire auprès des femmes, semblait-il?

Cet homme avait beaucoup souffert, le prêtre au cœur simple en était certain. Il l'aimait déjà. Il avait désiré l'avoir comme publiciste, il le voulut comme ami.

Quelque temps après, sur les recommandations du curé Labelle, Arthur était nommé à la Commission des Terres publiques avec pour première mission la réalisation d'une étude historique, géographique, industrielle et agricole de la région du Saguenay. On lui donnait même une équipe pour le seconder. Enfin, un travail qui lui convenait en tous points. Il était intéressant, bien rémunéré et portait sur une région qu'il aimait.

Condamné par Sa Grandeur de Québec, *Le Réveil* n'avait pas fait long feu. À peine cinq mois. L'année dernière, il avait publié ses *Petites chroniques pour 1877* et prononcé des conférences. Il n'avait pas de travail sérieux pour le moment. Ce projet intéressant venait à point nommé et l'enthousiasmait. Le 1er juin, il entreprenait la remontée du Saguenay.

Pendant qu'à Québec et à Montréal, les nombreux amis et connaissances d'Arthur se rendaient dans les différentes places d'eaux pour y couler de longues et douces vacances, celui-ci passait par toutes les transes, les fatigues, les dangers et les découvertes d'un pionnier.

Il descendait les rivières en canot, faisait du portage pour éviter les nombreux rapides, marchait péniblement dans une forêt inextricable. À travers tout cela, il prenait des notes, dessinait des croquis, mesurait, arpentait, questionnait les colons, les bûcherons, les missionnaires, les Indiens. Et ce, sous tous les temps avec, en prime, les mouches noires et les maringouins, torture que n'aurait pas dédaignée l'Inquisition, se disait-il, en se grattant furieusement. Quitte à se faire manger tout rond, et c'est ce qui se produisait forcément, il écrivait sur place ses impressions: «Les moustiques du Saguenay sont une race unique, indomptable, supérieure. Unies entre elles, par myriades de millions, elles affrontent tous les moyens de destruction connus. Elles ravagent et dévorent tout ce qui existe; aucune peau d'animal n'est à leur épreuve. Pour les anéantir, on dit des messes, mais cela ne suffit pas toujours. J'ai vu des chiens tellement éreintés, morfondus par leur lutte avec les moustiques que, pour aboyer aux voitures qui passaient, ils étaient obligés de s'appuyer sur les clôtures...»

Déjà un mois maintenant que l'expédition durait, et l'équipe d'explorateurs commençait à faiblir. «L'attelage suait, soufflait, était rendu!» Mais Arthur, qui avait l'habitude des longues

marches et adorait vivre au grand air, demeurait infatigable malgré le manque total de confort. Stimulé par le travail de description qu'on attendait de lui, il n'avait pas assez d'yeux pour
regarder, de nez pour sentir et d'oreilles pour entendre. Il n'était
pas seulement question d'arpenter le terrain, il fallait aussi faire
des observations sur les animaux sauvages et les oiseaux qui y
habitaient, les poissons qui remplissaient les rivières et les fleurs
sauvages qui recouvraient les sous-bois.

Devant cette immense région, Arthur mesurait encore une
fois la grandeur de son pays et l'espace à remplir. Quelques colons dispersés vivaient à dix, treize, parfois vingt dans une même
maison exiguë de bois rond, dans des conditions aussi insalubres
qu'inconfortables, en essayant d'arrache-pied de tirer quelques
produits de la terre. Les nombreux feux de forêt qui sévissaient
dans cette région venaient souvent détruire la récolte de l'année,
et les quelques familles, découragées, retombaient dans la vieille
angoisse de ne pouvoir nourrir leur nombreuse marmaille
pendant l'hiver. Comment les blâmer d'aller tenter leur chance
aux États-Unis? Elles étaient assurées d'y trouver du travail tout
en économisant sur le chauffage et les vêtements d'hiver. C'était
souvent l'une des rares solutions à leur dénuement. Mais y en
avait-il d'autres? commençait à se demander Arthur.

Pour encourager les gens à venir s'installer dans de pareilles
contrées sauvages, il fallait les assurer d'abord d'un minimum de
bien-être. Et tel un magicien, Arthur imagina cette immense
forêt défrichée; il y érigeait des villes, y construisait des milles et
des milles de voies ferrées; et les trains, remplis de passagers,
faisaient régner une joyeuse activité dans la région!

Trébuchant sur une racine, il faillit s'étaler de tout son long,
ce qui le ramena au moment présent. Voilà qu'il se prenait pour
le curé Labelle, se dit-il, moqueur, en ramassant ses notes épar-
pillées devant lui. Mais sa vision lui fit saisir, dans toute son
urgence, l'ampleur et l'importance du grand projet du «roi du
nord». Il commença à penser sérieusement à sa proposition.

L'année passa. Revenu de sa pénible mais fructueuse expédition au Saguenay, Arthur avait travaillé ferme à la rédaction

de son livre et l'avait publié sous le titre: *Le Saguenay et la vallée du Lac Saint-Jean*. Il en avait envoyé un exemplaire au curé Labelle, qui lui avait écrit après l'avoir lu: «J'y ai trouvé un grand plaisir et un immense intérêt.» Il le pressait d'accepter de devenir l'historien de la vallée de l'Ottawa. Arthur le remercia de ses éloges et l'assura de sa visite pour bientôt.

L'orage sévissait en cet après-midi du 1ᵉʳ août 1880. La porte du petit presbytère de Saint-Jérôme était ouverte à cause de la chaleur. On voyait passer de temps en temps une petite femme âgée tenant une branche de sapin, apparemment imprégnée d'eau bénite, avec laquelle elle devait asperger, par moment, les pièces de la maison. C'est en venant respirer un peu d'air frais sur le seuil que sous la rafale, elle vit quelqu'un refermer la barrière et s'engager rapidement dans la petite allée de gravier qui menait à la galerie. Elle s'avança pour s'enquérir de ce qu'il désirait. Un paroissien, sûrement, qui avait besoin de monsieur le curé. Elle le salua.

— Bonjour, monsieur! monsieur le curé est sorti. Si vous voulez revenir plus tard, il sera ici pour le souper. Devant l'hésitation de l'étranger, elle rajouta: «Peut-être voulez-vous vous abriter un peu avant de repartir, la pluie est pas mal grosse, hein?»

À ce moment, le tonnerre éclata dans un fracas sec qui fit bondir de terreur la mère du curé, et lui fit faire un saut mal calculé, la projetant brusquement sur Arthur qui, pour se protéger, montait précipitamment l'escalier... Il ne put faire autrement que de la recevoir dans ses bras.

La petite vieille se ressaisit aussitôt et, les joues empourprées, se remit sur ses jambes en s'excusant.

— Pardonnez-moi, monsieur, mais le tonnerre est «velimeux» des fois!

— On m'avait assuré d'un accueil chaleureux, madame, dit Arthur qui retenait mal un fou rire, mais un tel transport me laisse confondu. Et avant que Mme Labelle n'ait eu le temps de répondre, on entendit un rire aussi gros que le curé de Saint-Jérôme retentir dans le dos d'Arthur. Celui-ci, se retournant, reconnut le prêtre qui poussait la petite barrière.

— Je vous vois satisfait de l'élan de bienvenue que ma mère a eu envers vous, monsieur Buies! dit-il, en continuant de rire.

— On ne peut être plus comblé, monsieur Labelle! mais Arthur essayait de garder son sérieux devant l'embarras de la vieille dame. Celle-ci, tripotant la petite croix suspendue à son cou, murmurait, embarrassée: «Monsieur Buies? C'est monsieur Buies?»

Depuis le temps que son fils la faisait prier pour sauver une grande âme... Il lui avait même dévoilé son nom, en secret. Et voilà que cet homme était devant elle; pire, elle lui avait littéralement sauté dans les bras. À son tour, elle éclata de rire.

— Vous pensez bien, monsieur Buies, que je ne réserve pas un pareil accueil à tout le monde! Ça a pris un tannant coup de tonnerre pour me faire sortir de ma réserve!

Les deux hommes s'esclaffèrent et la répartie de Mme Labelle confirma à Arthur que dans cette ambiance gaie et simple, il n'avait qu'à le vouloir pour se sentir chez lui.

Après un bon repas, que la mère du curé Labelle s'était appliquée à préparer pour son «grand pécheur», comme elle l'appelait *in petto*, elle les avait laissés ensemble sur la galerie.

Comme deux vieux garçons, ils se berçaient en fumant tranquillement leur cigare. La pluie tombait plus doucement depuis l'orage de l'après-midi. Des odeurs d'herbe mouillée montaient à leurs narines et un petit vent les rafraîchissait de la grande chaleur du jour. Les grenouilles donnaient un concert dans quelque mare voisine. La douceur du soir les enveloppait. Ni l'un ni l'autre n'avait envie de parler. Arthur goûtait ces minutes de parfaite complicité qu'il n'aurait jamais imaginé avoir avec un prêtre.

Et comme continuant un monologue commencé depuis longtemps, le curé Labelle se mit soudain à parler: «Oui! un jour, on dira du nord que c'est la Suisse du Canada! Oui! on dira ça!...

Et on viendra de partout pour y pratiquer des sports! Mais en attendant, y a pas à dire, ça prend un chemin de fer! C'est urgent! Des terres à défricher, y en a énormément! Pis ça prend du monde!»

— Ah! donnez-moi trois cents femmes et je vous peuplerai le nord! s'écria-t-il soudain dans un élan.

Arthur partit d'un grand rire sonore.

— Baissez le ton, l'abbé, elles pourraient vous entendre... et venir *subito* répondre à vos ardeurs.

Le gros curé resta surpris un moment puis regarda son ami de travers.

— T'as l'esprit tortueux, mon Arthur!

— Cette supplication m'avait paru pourtant très claire!

— C'est clair, en effet, pour les gens simples, mais pour des esprits... fins, comme le tien, ça peut dévier comme rien. Et le sourire en coin, le curé reprit son monologue. Et sur les nombreux coteaux, on pourrait faire l'élevage des moutons... Et faire du fromage... comme ailleurs, pourquoi pas! qu'en penses-tu, toi, Arthur?

— Pour les moutons, c'est peut-être une bonne idée et je suis certain que les Canadiens français ne verraient que des avantages à vivre au milieu de ces êtres avec qui ils ont tant d'affinités.

— Bon! Arthur! reprocha amicalement le curé Labelle.

— Pour ce qui est du fromage, je soutiens qu'il s'agit d'une variété de la chaussette de gendarme qui a été donnée à l'homme pour déguiser son haleine comme la parole pour déguiser sa pensée.

Le gros curé éclata de rire.

— T'aimes pas le fromage! résuma-t-il, sur un ton bonhomme.

— Je n'ai rien contre le fromage comme tel, vous pensez bien. Mais contre le fait incontournable que le nez étant près de la bouche, on ne peut faire autrement que de le sentir avant de le manger. Je verrais ce produit plus approprié à la nourriture de vos moutons.

Le curé Labelle s'amusait grandement des réponses de son futur publiciste. Il était certain d'attirer un grand nombre de colons avec un pareil volubile. Une chose, cependant, il ne se décidait pas à le tutoyer tout de bon.

— Vous oubliez, Arthur, que ce produit fait vivre l'habitant qui le fabrique. Juste en 1868, notre pays en a exporté vingt millions de livres. C'est du fromage ça, mon petit garçon. Et de l'argent.

Arthur regarda le curé en réfléchissant à sa dernière remarque.

— Je me demande, monsieur Labelle, ce qui vous a fait choisir d'être prêtre plutôt que marchand ou propriétaire d'une grosse compagnie comme William Price du Saguenay. Vous auriez pu vous-même défricher tout ce que vous auriez voulu, sans attendre le bon plaisir du gouvernement, qui a d'autres chats à fouetter que de s'occuper du bien-être des colons.

— La prêtrise a été mon premier choix, Arthur. Le nord est venu ensuite.

— Allons, curé! vous êtes l'homme d'une seule idée! d'une seule passion: le nord! Où se situe donc votre prêtrise en dehors de cela?

— Dans l'amour pour mes paroissiens.

— Mais, l'abbé! vous n'y êtes jamais dans votre paroisse, vous allez par monts et par vaux. Vous faites comme moi, en somme.

— Sauf que je le fais pour le bon Dieu, Arthur.

— Ce sont des mots! comme vous, j'ai peiné dans des régions inhospitalières et inhabitées. J'y ai souffert tour à tour de la chaleur, du froid, de la fatigue, des piqûres de moustiques. Et sans me plaindre, puisque j'y étais de mon plein gré. Comme vous, je désire que ces régions se remplissent de colons. Comme vous, j'ai le souci que les Canadiens français ne s'exilent plus aux États-Unis et trouvent leur subsistance dans le pays qui les a vus naître. J'aime mon peuple, comme vous, l'abbé. Et, n'étant pas encore marié, Dieu m'en préserve maintenant, mon état de céli-

bat me rend entièrement disponible, comme vous! Alors, où est
la différence?

— C'est pas compliqué, Arthur, tout ce que je fais, moi, je
le fais pour obéir au bon Dieu, qui est dans le ciel que j'espère
gagner un jour en y amenant le plus d'âmes possibles. C'est
simple. Je suis encore sous le coup de l'admiration que j'éprouve
envers cette grande puissance catholique qui s'est implantée
dans ce vaste pays et y fleurit toujours depuis deux cents ans. Je
suis un de ses ministres et j'en suis fier. Je rêve d'installer des
centaines de petites églises, un prêtre dans chacune d'elles, et
des milliers de colons fervents, étendant ainsi le domaine du bon
Dieu le plus loin possible. Travailler pour Lui, qu'est-ce que tu
peux faire de mieux? Mais si tu crois pas en Dieu, Arthur, comment te faire comprendre ça?

— Parce que vous me croyez athée, vous aussi?

— Eh bien!...

— Voyez-vous l'abbé... tout est question d'interprétation.
Pour moi, *Dieu est partout* veut dire qu'Il n'est pas enfermé dans
votre institution, où des interdits Le limitent à un territoire que
vous Lui empêchez d'enfreindre. Il n'est pas plus dans votre ciel
hypothétique! Mais on le reconnaît sans peine dans toute la
nature. Et il pourrait peut-être se concentrer un peu plus dans
l'homme...

Le curé Labelle voulut intervenir, mais pressentant
qu'Arthur lui dévoilerait un peu plus de sa pensée, il se tut et
l'écouta. Ce que ses confrères n'avaient peut-être jamais eu la
présence d'esprit de faire.

— L'homme! «Animal raisonnable», a dit un fou. «Bête à
deux pieds sans plumes», a dit Platon, voulant établir une différence entre l'homme et l'oie; d'où l'on ne peut toutefois conclure
rigoureusement que l'homme est un gorille «Intelligence servie
par des organes», dit un philosophe moderne, qui croit avoir
enfin trouvé la définition exacte. Vraiment! «Connais-toi, toi-
même!» nous dit une philosophie plus sage et plus élevée. Oui,
mais comment? Nous avons en nous des mondes d'idées, de

sentiments, d'impressions et de passions. Comment saisir tout cela de façon à pouvoir le définir? L'homme renferme en petit en lui tout ce qu'il y a dans la nature entière... et l'on voudrait définir ce petit univers pensant!

Arthur fit une pose comme pour chercher ses mots. Le gros curé, restant tout oreilles, continuait de se bercer en silence, en tirant sur son cigare éteint. Il n'osait pas le rallumer de peur d'effaroucher ce drôle d'athée...

— Depuis des milliers d'années que l'homme a paru sur la terre, il est encore à se demander lui-même ce qu'il est. Tous les systèmes ont cherché tour à tour à expliquer cette étrange merveille, mais aucun n'a pu donner cette explication tant désirée.» J'en conclus pour le moment que si le propre de l'homme est de penser, c'est là qu'il faut chercher Dieu. À partir de soi-même, et pas ailleurs!

— Et Jésus-Christ, là-dedans? demanda le curé Labelle, un peu abasourdi par cet extravagant credo.

— «Le royaume de Dieu est en vous.» C'est exactement ce qu'il voulait dire! Il a bien essayé de vous l'expliquer, malheureusement vous êtes passé à côté.

— Mais on serait porté à croire que t'es le seul à l'avoir compris, toi, Arthur Buies?

— Que voulez-vous, l'abbé, comme disait le baron Haussmann: «Il faut toujours avoir l'air de ce que l'on est, même si l'on est un peu en avance sur les autres...», répondit-il, suavement.

— La modestie ne t'étouffe pas, on dirait! fit le curé, moqueur.

— La modestie cache toujours quelque chose sous ses jupes. Je préfère la franchise, comme vous savez. Maintenant, si vous avez besoin de moi pour faire le prône de dimanche prochain, monsieur le curé, ne vous gênez pas!

— Pour en faire un, je vois que vous en seriez capable, Arthur, mais il y aurait un petit problème.

— On ne me croirait pas?

— On ne vous comprendrait pas. Ces gens simples n'entendent que des choses simples.

— Mais qu'y a-t-il de plus simple que de voir Dieu dans l'homme?

— Au premier abord, ça paraît même simpliste, je vous l'accorde. Mais je vais dépoussiérer mon Thomas d'Aquin pour y déceler correctement les vices de votre raisonnement, répondit le gros prêtre, taquin.

— Ils ne feront que s'ajouter à ceux que me reconnaissent déjà les membres de votre indulgent clergé, mon cher curé, dit Arthur sur un ton léger.

— On peut dire que tu l'as aidé un peu, Arthur?

— Je n'ai fait que me comporter devant lui comme un être responsable de ses idées et de ses actes, ce que les Canadiens français catholiques ne seront jamais si le clergé continue de les garder dans un infantilisme qui les empêche de penser par eux-mêmes, et qui n'a plus de sens dans la réalité d'aujourd'hui.

— Qu'est-ce que tu vas chercher là, Arthur? Nos ouailles sont les enfants que Dieu nous a confiés, on s'en occupe du mieux qu'on peut, et ils sont bien contents.

— C'est ce que je disais! vous les appelez «vos enfants» parce que, les voyant comme tels, vous pouvez les traiter comme tels. Mais avez-vous oublié que les enfants finissent par grandir un jour?

— On n'oublie rien, Arthur, t'en fais pas! et on a toutes les grâces qu'il faut pour faire paître notre troupeau.

— Ça se gâte, l'abbé! Vos enfants sont devenus un troupeau! J'admets que c'est encore plus facile à mener, rajouta-t-il, malicieux.

— Et on trouve toujours un mouton noir parmi eux, rajouta le curé Labelle sur le même ton, et je serais porté à croire, comme les autres, que c'est vous, Arthur.

— On ne m'a jamais vu autrement. Je ne vois pas pourquoi vous feriez exception, tout curé Labelle que vous êtes, rajouta-t-il, désinvolte.

— Je me demande bien ce qui va t'arriver, toi, quand tu mangeras les pissenlits par la racine.

— Les morts ne mangent pas les pissenlits par la racine,

453

l'abbé, ils les font pousser. Le corps, le mien comme le vôtre, deviendra de l'engrais. C'est tout simple.

— Comme ça, on n'a pas besoin d'aller fleurir ta tombe... tu vas t'en occuper personnellement? dit le curé, goguenard.

— Reconnaissez qu'on n'est jamais si bien servi que par soi-même! répondit Arthur en riant.

— Ouais! En attendant, Arthur, ça serait peut-être le temps d'aller se coucher.

— Je n'ai pas sommeil, curé. J'irai plus tard si vous me le permettez.

— C'est que je voulais vous proposer de nous accompagner, Isidore et moi, demain. On remonterait la rivière du Nord un bout et on ferait peut-être une petite pêche en revenant? Les rivières sont pleines de belles truites qui attendent qu'on les prenne!

— Je vous accompagnerai avec grand plaisir, monsieur Labelle, dit courtoisement Arthur qui s'était levé pour le saluer.

— *Mouman* nous fera un bon déjeuner avant de partir.

— Il y en a qui en ont de la chance d'avoir encore leur... *mouman* pour les dorloter, osa plaisanter Arthur.

Le gros curé rentra au presbytère en riant aux éclats. Il gardait dans son idée que cet Arthur Buies était un phénomène. Ange ou démon? Peu importe, se dit-il, il va faire un bon publiciste, c'est cela qui compte pour le moment. Pour ce qui est de le convertir, je l'aurai bien dans quelque détour.

Quand Arthur se réveilla, le lendemain matin, il prit un temps avant de reconnaître les lieux. Comme il ne dormait jamais longtemps au même endroit, il lui fallait toujours quelques secondes pour se situer. La chambre était petite. Les murs étaient recouverts de papier peint aux gros motifs de fleurs roses et mauves. De chaque côté du lit s'étalait une laize en guise de tapis. Sur le lave-mains reposait un grand bassin de porcelaine blanche dans lequel un pot était rempli d'eau froide. Une petite commode à miroir occupait un angle de la pièce.

Comme à son habitude, en se levant, il alla à la fenêtre. Elle donnait sur un petit potager. Des pommiers et des cerisiers sauvages l'entouraient. Une clôture de bois l'encerclait. Il vit la mère du curé, assise sur un banc rustique. Elle tenait sur ses genoux un panier rempli de fruits et de légumes frais qu'elle venait de cueillir. Elle contemplait son petit jardin et souriait.

Quel bonheur ce devait être pour la mère et le fils de vivre ensemble! se dit Arthur, songeur. Il effleura sa tempe de la main, comme il le faisait machinalement maintenant pour se rappeler qu'il avait bien une mère, lui aussi. Il n'aurait avoué à personne que tous les matins, en s'éveillant, il la saluait en lui disant tout bas: «Bonjour, mère!». Et il l'entendait répondre, dans un doux murmure: «Bonjour, mon enfant à moi!» Comme un adulte, il se jouait ce jeu, et comme un enfant, il y croyait.

Quand il pénétra dans la cuisine du presbytère, tous les bons arômes des œufs, du pain frais, du jambon et du café assaillirent ses narines. Il en sourit d'aise. Mme Labelle le vit aussitôt et l'invita à prendre place à table.

— Assoyez-vous, monsieur Buies, je vas vous servir. Et tout en préparant son assiette, elle s'informa de la nuit qu'il avait passée.

— Avez-vous bien dormi? Vous avez pas eu trop chaud?

— Je vous remercie, madame, j'ai dormi comme un ange!

La vieille dame faillit s'étouffer. Son fils avait omis de lui dire que si son ami vivait comme un grand pécheur, ça ne l'empêchait pas de dormir comme un ange. L'œil malicieux, elle lui apporta son assiette et une grande tasse de café brûlant.

— Je vous remercie infiniment, madame Labelle. Ce déjeuner a toutes les promesses d'être succulent, dit Arthur en humant la senteur appétissante qui se dégageait de son assiette.

— Mangez, monsieur Buies, pendant que c'est chaud.

— Nous n'attendons pas monsieur le curé?

— Il a déjà mangé. Il s'en excuse, il a dû voir quelqu'un après la messe. Mais il compte sur vous pour l'accompagner à la pêche, par exemple.

— Oui! on s'était entendu sur cette petite expédition hier soir.

— Vous aimez ça, pêcher?

— J'ai cela en horreur, madame. Par contre j'adore manger du poisson.

— Vous ne trouverez pas le temps trop long, alors, avec mon fils et Isidore?

— Certainement pas. Je contemplerai la nature et je prendrai des notes. Cette omelette fond dans la bouche... Vous ne faites pas mentir votre réputation, madame Labelle. D'ailleurs, ce fils que vous nourrissez depuis toujours, le prouve amplement... si je puis dire.

— Et encore, il manque des repas quand il est trop occupé, répondit la vieille dame en riant.

— C'est qu'après, il est sûr de prendre les bouchées doubles, je suppose. Il ne doit manquer de rien avec sa mère!

Mme Labelle connaissait un peu l'histoire d'Arthur et elle s'étonnait de le voir encore célibataire à son âge. Un homme si poli, si instruit, qui avait si belle allure et qui ne manquait pas de façon non plus.

— Un homme comme vous, monsieur Buies, et beau garçon à part ça, vous n'avez jamais pensé prendre femme? se décida-t-elle à lui demander.

— Il faut croire qu'avec les qualités que vous me supposez, ce n'était pas encore assez, plaisanta-t-il, tout en mangeant avec appétit.

— C'est peut-être vous qui êtes trop difficile?

— Je n'en sais rien, madame. On m'aime, on me promet tout et on me laisse avec mon cœur brisé. Voilà le scénario qui se répète à chaque fois. J'ai beau avoir eu des coups de foudre à enflammer des villes entières, des orages venus on ne sait d'où suivaient toujours pour les éteindre. Oh! n'ayez crainte, j'ai fini par m'en consoler. Et pour ce qui me reste de cœur, je n'ai plus beaucoup à offrir non plus.

— On dit ça et un jour on tombe amoureux au moment où on s'y attend le moins. Je vais prier pour que vous trouviez une bonne petite femme, monsieur Buies. Vous allez voir.

Arthur sourit aux efforts que cette petite vieille était prête à tenter pour lui.

— Il faudrait un miracle, madame Labelle.

— Eh bien! le bon Dieu en fera un!

— Avec toutes les chances qu'Il a eu d'en faire avant, je me demande pourquoi Il se déciderait aujourd'hui?

— Oh! monsieur Buies! La vieille femme, un peu scandalisée, crut voir sur la tête d'Arthur le bout d'une de ses cornes...

À ce moment-là, le curé Labelle entra bruyamment dans la cuisine.

— Bonjour Arthur! êtes-vous prêt? À moins que vous préfériez papoter avec ma mère toute la journée?

— J'apprécie beaucoup la compagnie de madame Labelle, mais je n'ai qu'une parole, je vous suis, monsieur le «pêcheur».

— Oui, vous faites bien d'appuyer, Arthur! il suffit d'un accent... pour nous faire basculer dans des eaux troubles et dangereuses, dit le curé, en le regardant en pleine face...

— Selon certains scientifiques, une eau entièrement pure nous empoisonnerait tout autant, l'abbé.

— Je vais vous laisser le dernier mot, Arthur, ce matin. Il faut partir avant qu'il ne fasse trop chaud.

— Autrement dit, vous battez en retraite?

— Disons que c'est comme aux échecs, on va laisser les pions comme ils sont et on reprendra la partie ce soir. Ça vous va?

— Je demeure votre partenaire respectueux, dit Arthur, une main sur le cœur... Maintenant, donnez-moi quelques minutes pour prendre papiers et crayon et je suis à vous.

Arthur avait passé une quinzaine de jours à Saint-Jérôme. Il se promettait d'y revenir. Ce chroniqueur lettré, aux manières raffinées, au langage châtié, anticlérical par surcroît, avait vécu avec ce gros curé de campagne une amitié faite de respect et de complicité qui ne demandait qu'à s'épanouir.

À la fin de novembre, le curé Labelle recevait de son jeune ami une lettre lui annonçant le décès de sa grand-tante, Luce-Gertrude. Il lui répondit en l'assurant d'une place perpétuelle dans son presbytère. Sa mère se joignait à lui pour lui offrir leurs condoléances et l'attendait pour lui préparer des petits plats. Le «roi du nord», pour sa part, espérait toujours l'avoir comme publiciste, mais en attendant, il l'assurait d'une belle messe chantée pour celle qui avait eu le courage de l'élever... et avait trouvé la force de vivre malgré tout... jusqu'à cet âge respectable!

Mars était revenu, avec ses giboulées. Mais personne ne s'en souciait ce soir-là, au banquet qui se tenait à Montréal en l'honneur de Charles-Ovide Perreault. La fête battait son plein. Arthur y avait retrouvé ses amis de la première heure. Il ne les avait pas vus beaucoup au cours de la dernière année. Il s'était concentré sur ses expéditions dans les Laurentides. Le journal de Saint-Jérôme ne cessait de parler de lui en termes élogieux. On appréciait ses efforts pour faire mieux connaître le nord.

À Boston, un éditeur français acceptait de publier ses livres. Arthur avait dû s'y rendre souvent, et c'est ainsi qu'un jour, il s'était laissé prendre par le cœur, encore une fois. L'idylle n'avait pas fait long feu. Mme Labelle avait dû s'endormir un moment sur ses supplications et ces quelques minutes d'inattention avaient suffi pour que Dieu disparaisse côté cour... pendant que Betty s'enfuyait côté jardin. Le rideau tombait encore sur une désillusion. Mais Arthur, plutôt que de mourir d'amour, choisissait maintenant de vivre doublement, pour s'en guérir.

Au nombre des convives, on remarquait plusieurs jeunes libéraux qu'Arthur ne connaissait pas et qui avaient l'air d'endosser avec enthousiasme la cause des rouges. Les mets se succédaient, tous plus succulents les uns que les autres, et le vin coulait à flots. Arthur était au septième ciel. Que désirer de mieux dans la vie qu'un long et copieux repas bien arrosé avec des amis! On portait un toast pour tout et pour rien. Il entendit qu'on lui en portait un. Mais pour quelle raison? s'étonna-t-il.

— À ton mariage prochain, Arthur!

Son mariage! Il se mit debout et leva son verre:

— Vous êtes en retard sur les nouvelles, mes amis. Les Bostoniennes font des promesses aussi légères que celles de nos chères compatriotes canadiennes-françaises. La moindre brise un peu forte les emporte. Hier, j'avais une fiancée! aujourd'hui, je n'en ai plus! mais demain, j'en aurai dix... si j'en crois le proverbe! Qu'elles viennent! je leur conterai fleurette à ma manière. Mais croyez-moi, messieurs, les femmes valent bien le temps d'une fleur, mais pas plus!

Tous levaient leur verre pour approuver Arthur, quand on entendit une voix au bout de la table.

— Tu accuses les femmes de tous les malheurs, Arthur, mais il y en a qui répugnent peut-être à marier un vicaire! Il faut les comprendre.

— Oh! là! je suis publiciste pour le nord du curé Labelle. Veuillez ne pas confondre! se défendit-il.

— Travailler pour un curé, Arthur! comment es-tu tombé aussi bas? lança un vieux récalcitrant.

— Le besoin d'assurer sa subsistance peut parfois nous faire prendre des chemins inattendus.

— Même le chemin de l'église, que tu avais reniée?

— C'est dans les chemins impraticables des forêts des Laurentides que j'exerce mon talent, en bottes et culottes de peau. Et si le curé Labelle s'y trouve en même temps que moi, c'est que tout prêtre qu'il soit, il agit comme le plus efficace des ministres. J'ai d'ailleurs la joie de vous annoncer que j'ai été nommé agent général de la colonisation.

On le félicita, mais on essayait de revenir à la charge. Un jeune libéral lui lança:

— Monsieur Buies, nous connaissons votre grande expérience dans l'édition d'un journal et c'est pourquoi nous pensions en fonder un avec vous.

— Et pourquoi pas? dit Arthur, déjà intéressé.

— Mais... à côtoyer le clergé, comme vous en accusent vos amis, vous ne craignez pas que votre «rouge» ne se... pourpre et déteigne sur vos idées?

— Pour la hardiesse de votre question, je vous excuse, et qui plus est, je vous assure à ce moment même, jeune homme, que je suis des vôtres pour fonder tout journal «rouge»; je n'ai jamais renié cette couleur, foi d'Arthur Buies.

Peu de temps après paraissait le journal *Nouvelles Soirées canadiennes*, fondé par Arthur Buies et ses jeunes collaborateurs. Arthur s'installa à Montréal pour les besoins du journal et reprit l'habitude des soupers hebdomadaires avec ses nouveaux amis. La Maison dorée était l'endroit le plus populaire du moment, et Arthur y était reçu avec toutes les marques d'un habitué. Il y avait retrouvé nul autre que Glenn, forcé de revenir d'Irlande faute de moyens d'y gagner sa vie et qui occupait maintenant le poste de maître d'hôtel. Glenn avait été tout aussi surpris de retrouver Arthur Buies. Une curieuse amitié unissait ces deux hommes, malgré leurs différences.

Les salons littéraires réclamaient de plus en plus souvent la présence du célèbre chroniqueur. Il se couchait à des heures indues, se levait avant le chant du coq et travaillait avec zèle au nouveau journal.

Les mois passaient, tous pareils pour Arthur, dont l'activité ne faiblissait pas. On était rendu à la fin de l'année. Selon la tradition, il s'était arrêté quelques jours pour aller fêter la Noël chez Victoria. Édouard avait été chaleureux, comme d'habitude. Mais de voir cette famille unie, qui comptait maintenant six enfants et vivait toujours dans la plus grande harmonie, lui faisait réaliser avec encore plus d'acuité la solitude de son cœur. Oh! il affichait toujours le même air désinvolte, continuait à briller dans les salons, restait le favori auprès des dames et le point de mire des maris jaloux de sa liberté. Personne n'aurait pu déceler la tristesse qui l'habitait d'une façon permanente tellement il la camouflait avec panache.

Il festoya tant et si bien qu'un beau matin il se réveilla incapable de reconnaître les lieux où il se trouvait. Il regarda autour de lui et se vit dans une petite pièce qui ressemblait plus à une cellule de nonne qu'à une chambre proprement dite. Les murs étaient tout blancs. Sur celui qui lui faisait face pendait un crucifix. Il était à se demander s'il n'avait pas, par hasard, échouer dans un couvent, quand la porte s'ouvrit, et comme pour lui donner raison, une jeune religieuse apparut. Elle s'approcha de lui en souriant.

— Bonjour monsieur Buies. Vous avez l'air mieux aujourd'hui.

— Bonjour ma sœur! Vous dites... mieux? Ai-je donc été malade? Et où suis-je? demanda Arthur, aussi intrigué qu'inquiet.

— Vous êtes à l'hôpital Notre-Dame, monsieur.

— À l'hôpital... Notre-Dame?

Il ne put s'empêcher de penser que ce bâtiment qui servait d'hôpital aujourd'hui n'était autre que l'ancien hôtel de passe Donegana... Bien fait pour moi, se dit-il, en se retenant de sourire.

— Mais qu'est-ce que je fais ici, ma sœur? Ai-je eu un accident?

La jeune religieuse devint mal à l'aise.

— Vous ne vous rappelez pas avoir fait d'affreux cauchemars, monsieur Buies?

— Des cauchemars? Oui... peut-être! Il se souvenait vaguement avoir eu peur d'araignées géantes qui lui montaient sur le corps et marchaient sur sa figure. Et des serpents qui s'enroulaient autour de son cou et l'étouffaient... Et même la petite fée des grèves de son enfance, qui approchait son visage du sien, se changeait alors en une affreuse mégère et le forçait à l'embrasser. Pouah! il en ressentait encore un immense dégoût. J'ai fait de la fièvre, ma sœur?

— Écoutez, monsieur Buies, il faut vous dire la vérité, reprit la religieuse d'un ton ferme. C'est un excès d'alcool qui vous a conduit ici. Vous y êtes depuis une semaine.

— Une semaine? Mais c'est impossible! Je ne peux avoir été inconscient tout ce temps!

— Mais vous allez beaucoup mieux. Le médecin a constaté

une faiblesse du côté cardiaque. Il vous connaît et explique en partie votre malaise par la fatigue que vous ont causée toutes vos expéditions.

Arthur se taisait, ne sachant plus très bien quoi penser. La religieuse cru l'avoir blessé; elle posa une main compatissante sur son bras.

— Ne vous en faites pas, monsieur Buies, les grandes peines, quelles qu'elles soient, conduisent souvent à des excès. Mais avec de la volonté et l'aide du bon Dieu, on s'en remet. Vous verrez.

— À quoi devinez-vous que j'ai éprouvé de si grandes peines, ma sœur? se défendit Arthur.

— C'est... à cause du nom d'une femme, que vous avez prononcé à maintes reprises.

— Ne me le répétez pas... je l'avais oublié! Que va-t-il advenir de moi maintenant?

— Vous allez rester à l'hôpital encore une semaine, puis vous pourrez aller vous reposer chez vous.

Victoria accueillit son frère pour sa convalescence. On fit croire aux enfants que leur oncle Arthur avait eu une blessure au cœur... Et c'était la vérité.

Peu de temps après, on le destituait du poste qu'il occupait à la Commission du service civil. Tant pis! Libre, il fit des projets de voyage. Et en avril de cette année 1883, de nouveau en pleine forme, il partait dans ce train tant contesté du Canadien Pacifique, pour un périple de six mois dans l'Ouest canadien. En chroniqueur sobre cette fois, l'esprit vif, la plume alerte, le pas sûr, il reprenait la route des découvertes et se sentait revivre.

À la fin d'interminables prairies, les Rocheuses lui apparurent, belles à couper le souffle. Ce paysage de l'Ouest avait quelque chose de gigantesque et d'indompté qui devait ressembler au temps où la nature ignorait l'homme. Les pics recouverts de neiges éternelles lui rappelaient les Alpes. Les lacs, colorés du plus beau turquoise, étaient d'une limpidité telle qu'on pouvait en voir le fond. Au pied des glaciers, de la vapeur s'échappait des sources chaudes, sulfureuses. La sinueuse rivière Bow, aux reflets d'argent, serpentait paresseusement dans la vallée du même nom.

Des ours gris, énormes, que les Indiens appelaient grizzlis, fuyaient de leurs gros pas balourds devant le train bruyant. Les bisons, en troupeau, semblaient tout aussi farouches. Ces animaux sauvages avaient dû être surpris, c'est le moins qu'on puisse dire, de voir surgir un bon jour cette bête inconnue, longue comme cent bisons bout à bout, crachant la fumée comme un dragon, et qui courait si vite que pas un d'entre eux, même le plus rapide, ne pouvait l'attraper.

Arthur alla jusqu'à la dernière station achevée du chemin de fer et, à son retour, s'arrêta quelques jours à Saint-Boniface, au Manitoba. On l'invita au Cercle littéraire Provencher pour une rencontre amicale. Il se retrouva au milieu de Canadiens français qui, dans les années 1850 et 1860, avaient choisi d'émigrer ici plutôt qu'aux États-Unis.

— J'ai vu d'imposants troupeaux de bisons autour de la rivière Saskatchewan, commenta Arthur.

— Oui! le chemin de fer les a poussés plus à l'ouest, lui répondit-on. Mais cela n'empêche pas les Métis de les chasser.

— Il paraît que cette chasse est on ne peut plus impressionnante!

— Oui, mais cette chasse, que vous voyez comme un sport, est un moyen de subsistance pour les Métis. Ils en ont pour l'année à manger, à se vêtir et à faire du commerce. Le pemmican, viande séchée, pulvérisée et pressée sous forme de comprimés, leur servait à faire du troc au temps de la Compagnie de la baie d'Hudson, et il peut suppléer au manque de nourriture pendant les longues expéditions, si l'hiver s'éternise. Mais depuis que les Territoires du Nord-Ouest appartiennent au Dominion, les Métis vivent plus difficilement.

— Faut-il trouver là la cause de leur révolte, menée par ce Louis Riel?

— D'une certaine façon, oui.

— Qui est cet homme au juste?

— Un homme instruit et non un vulgaire aventurier comme on le prétend.

— Vraiment!

— Il a fait ses études primaires et secondaires dans le diocèse du Manitoba et monseigneur Taché, homme dévoué à la cause des Métis, a encouragé son père à l'envoyer étudier au collège de Montréal, où il a fait six ans de cours classique.

— Pour l'amener à la prêtrise, sans doute! fit remarquer Arthur, sarcastique.

— Oui! Ce devait être dans les vues de l'évêque. Il le voyait peut-être comme un genre de pasteur pour son peuple. C'est sous son égide que les Métis se sont réunis pour faire face aux injustices répétées dont ils étaient victimes: l'arrogance, le mépris de leur race, le vol de leurs terres. Déjà son père avant lui était leur chef. Il est évident que la création d'un pays, qui s'étend maintenant d'un océan à l'autre, bouleverse bien des régions et bien des habitudes. Mais, voyez-vous, monsieur Buies, dans notre pays, qui se dit démocratique, le gouvernement aurait pu éviter ces guerres en traitant les Métis comme des citoyens à part entière, et en leur donnant toute l'information qu'ils étaient en droit de recevoir à ce titre.

— Malheureusement, cette attitude reste au niveau des vues de l'esprit, dit Arthur, acerbe. Il serait trop long pour le gouvernement d'expliquer les raisons de dépouiller un peuple de ses terres pour les donner à ceux qu'il considère comme étant de vrais Canadiens. Les changements se font comprendre plus vite au bout du fusil.

— Justement, la révolte a vraiment débuté en 1868, quand des employés de l'État sont venus faire des travaux d'arpentage sans la permission des Métis. Pour comprendre ceux-ci, il faut se rappeler qu'avant la Confédération, les Territoires du Nord-Ouest n'étaient pas canadiens mais britanniques. Les Métis se disaient donc sujets britanniques avec, pour chef, la reine d'Angleterre, à qui ils obéissaient. Et ils se définissaient comme étant *le peuple du Nord-Ouest*. En même temps, ils vivaient comme les autres colons écossais et français, sous la domination de la Compagnie de la baie d'Hudson.

Comme on le sait, grâce à d'immenses privilèges, la Compagnie de la baie d'Hudson avait établi une administration politique, dotée d'un gouverneur et d'un conseil, et elle régnait toute-puissante. Aussi, les Métis s'y étaient associés pour leur troc et, au moment de son entrée en guerre avec la Compagnie du Nord-Ouest, en 1812, ils s'étaient engagés à la défendre.

Ils s'étaient donc installés librement près de la rivière Rouge, de la Saskatchewan et d'autres encore, et les colons qui arrivaient du Canada ou de l'Ontario faisaient de même. La Compagnie de la baie d'Hudson, son bail terminé depuis longtemps, dut s'incliner devant les exigences de la Confédération. Ce que l'on n'a pas cru bon d'expliquer aux Métis.

— Que John Macdonald, courtoisement... selon son habitude, appelle «half-castes», rajouta Arthur.

— Oui! Une attitude de mépris indigne d'un premier ministre. On n'a donc pas à se surprendre que ses pareils l'imitent. La province de l'Ontario, qui avait toujours rêvé d'étendre son emprise sur ces territoires pour en faire une immense province anglaise, s'en sentit aussitôt propriétaire. Et dès le lendemain, elle commença à y envoyer des colons anglais, les invitant à s'installer où ils voulaient, s'appropriant les terres des Métis si ça leur chantait, en alléguant qu'ils étaient chez eux. Ils ne tenaient pas plus compte de ces humains que d'un troupeau de bêtes sauvages. Ils n'avaient qu'à aller pacager plus loin, c'était tout.

Voilà, monsieur Buies, la première partie de cette histoire. La deuxième, c'est que ces envahisseurs anglais se sont surtout acharnés sur les francophones. Ce problème de Métis contre Canadiens est devenu un problème d'Anglais contre Français. Le vieil antagonisme a ressurgi. Le mépris et l'arrogance, je dirais même la haine que ces gens-là ont manifesté et manifestent encore au moindre mot français tient de l'obsession. Et leur but, depuis la Conquête, est de nous faire disparaître définitivement.

Voilà un résumé de ce qui a causé, à notre humble avis, la situation d'aujourd'hui.

— C'est assez clair, il me semble!

— Grâce à l'intervention de monseigneur Taché, entre autres, on a promis d'amnistier les Métis coupables du seul crime d'avoir défendu ce qui leur semblait être leurs droits.

— Et le calme est revenu?

— En apparence du moins. Mais pour ce qui est de Louis Riel, les Orangistes l'accusent toujours aussi férocement d'avoir exécuté l'un des leurs, et ils ont mis sa tête à prix: cinq mille dollars pour celui qui le prendrait vivant. Or, le gouvernement s'est laissé influencer et ce pauvre Métis a été frappé d'exil pour une période de cinq ans.

— Et la paix s'est installée pour de bon?

— Le feu n'aurait pas besoin d'être bien attisé pour reprendre. Même envers nous, qui ne sommes pas Métis, ces nouveaux colons anglais ne ménagent ni les insultes ni les sarcasmes. La politesse est devenue un tour de force à la mesure de notre patience, qui n'est pas illimitée. Pourtant tout ce qu'on demande dans ce pays, qui nous appartient au même titre que tous les autres qui y vivent, c'est de pratiquer en paix notre religion et de parler librement la langue de nos pères.

— C'est justement ce qui doit faire l'objet de leur hargne tenace: la grande peur de voir se former dans l'Ouest une autre province de Québec, fit remarquer Arthur. Je ne vois pas autre chose. Ils ne font pas confiance aux Canadiens français, malgré la générosité que ceux-ci ne manquent pas de témoigner chaque fois qu'il est question de sauver le pays des attaques étrangères! Le pays que ces mêmes Canadiens-français ont perdu! Avouez que pour ces derniers, c'est pécher par excès. Mais curieusement, c'est le seul abus que l'Église les force à commettre... en les poussant sur la ligne de front avec moult bénédictions.

— Vous avez une façon de dire les choses, lui fit-on remarquer en riant. Mais pour ce qui est de protéger le pays, vous avez raison, nous en avons encore eu la preuve lors de l'invasion fénienne[1], qui s'est faite de ce côté-ci de la rivière Rouge. Et cette fois, à la demande même du gouvernement, ce sont les Métis, Louis Riel en tête, qui en ont fait les frais en repoussant ces Irlandais américains, prouvant ainsi leur fidélité indéfectible à la Couronne britannique. Monseigneur Taché a reconnu lui-même que cette intervention avait gardé au Canada les Territoires du Nord-Ouest, région que convoitait depuis toujours les États-Unis.

— Il faut espérer que ce gouvernement reconnaîtra définitivement leur dévouement en honorant leurs promesses d'amnistie. Mais avec John Macdonald, il n'y a rien de moins sûr, j'en ai bien peur, laissa tomber Arthur, pessimiste.

— Il faut garder confiance. La paix entre les peuples est très importante ici, car nous sommes plus qu'isolés. Mais c'est avec acharnement que nous continuerons de lutter pour cette langue française que vous parlez si bien, monsieur Buies.

— Je vous y encourage fortement.

— Et pour notre religion.

— Là, vous avez moins ma faveur, lança Arthur en boutade.

On sourit encore une fois. La réputation pour le moins ambiguë de ce chroniqueur lettré et distingué était arrivée jusqu'à ce territoire lointain.

Quelques jours plus tard, Arthur reprenait le train pour l'Est. Les yeux rivés au paysage, il ne cessait de s'étonner de l'hallucinante superficie de ce pays. Le traverser, presque de part en part, lui avait quand même donné une idée de sa topographie. Mais de là à imaginer que puissent vivre en harmonie des peuples aussi différents au chapitre de la langue et de la religion que les Anglais, les Français et les Métis, c'était pure utopie. À moins de trouver un aigle à deux têtes, l'une anglaise et l'autre française, qui ne ferait aucune discrimination et qui saurait définir un idéal

---

1. Bandes d'Irlandais réfugiés aux États-Unis, qui cherchent à provoquer l'annexion des Territoires du Nord-Ouest, en haine de la Grande-Bretagne. Jean Bruchési, *Histoire du Canada*, Montréal, Beauchemin, 1951.

commun au-delà des différences, en faisant converger tous les efforts vers un même projet d'avenir! Oui! mais quel chef serait capable d'un tel exploit?

Le curé Labelle se démenait toujours pour son nord. À son retour, tout en rédigeant un ouvrage sur son voyage, Arthur reprit ses expéditions dans les Laurentides. Il multipliait les conférences et abreuvait les journaux de ses articles. Son enthousiasme était communicatif. On commençait à croire possible et même souhaitable d'aller s'installer dans cette région quasi idyllique, d'après ceux qui l'avaient explorée.

Le gros curé était content de son vicaire, sauf pour une chose: il pouvait disparaître pendant deux, trois ou même quatre semaines sans donner signe de vie. Et tout à coup, il réapparaissait et c'était comme s'il n'avait pas eu conscience du temps écoulé. Il avait eu une envie aiguë de voir son fleuve de Rimouski, il s'y était rendu, ou de passer une nuit au phare de l'île du Pot-de-l'eau-de-vie avec son ami Mathurin, il y était allé, ou il avait tout simplement eu le goût de se promener dans les rues de sa ville de Québec. Avait-il eu des aventures amoureuses entre-temps? Personne ne le savait parce qu'il n'en parlait à personne. Si le curé Labelle pensait l'avoir domestiqué, il se trompait lourdement. On ne domestiquait pas Arthur Buies. C'était l'homme le plus libre du Dominion! Il pouvait même, en touriste, le traverser d'un bout à l'autre si le cœur lui chantait: il l'avait fait!

Les jeunes libéraux de Montréal l'admiraient et s'honoraient de l'avoir comme collaborateur pour leurs *Nouvelles Soirées canadiennes*. Ils finissaient par comprendre que ce n'était pas si facile de faire face aux ultramontains. Croiser le fer avec eux demandait plus de courage et de ténacité qu'ils ne l'avaient cru.

L'Église se déclarait plus que jamais unique dépositaire de la Vérité par la Révélation et refusait, par le fait même, toute argumentation, s'assurant par son autorité divine la suprématie sur toutes les consciences, ce qui rendait impossible la discussion, chère aux libéraux. Les anciens, après des années de lutte, l'avaient appris à leurs dépens.

Les jeunes commençaient déjà à faiblir devant ce monumental obstacle quand Arthur, pour les aiguillonner, décida de rééditer son journal *La Lanterne*.

Quinze ans avaient eu beau s'écouler depuis la première édition de 1868, le peuple s'en scandalisait encore autant. Il ne voulait toujours pas croire à l'image qu'Arthur lui renvoyait de lui-même:

«Où les Anglais ne sont pas descendus et ne descendrons pas, nous, nous y sommes depuis longtemps.

On a dit que nous étions la race inférieure. Il n'y a pas de race inférieure, mais il y a dans le monde un peuple qui fait tout en son pouvoir pour démontrer que cette race existe, et ce peuple, c'est nous, et cette race, ce serait la nôtre.

Par quelle suite de chutes, par quels abaissements successifs, par quelles déchéances de plus en plus profondes en sommes-nous venus à ne plus compter sur notre propre sol, à n'être plus rien, même à nos propres yeux?

Pourquoi? Voilà le mot répété déjà bien des fois depuis quelques années, grand nombre de gens soupçonnent le "parce que", mais il leur fait peur. À moi il appartient de le dire.

Nous ne sommes plus un peuple, parce que depuis un quart de siècle nous avons abdiqué entre les mains des prêtres toute volonté, toute conduite de nos affaires, toute idée personnelle, toute impulsion collective.

Cet abandon, cette abstraction de nous-mêmes a été poussé si loin qu'aujourd'hui elle est devenue notre nature d'être, que nous n'en concevons pas d'autre, que nos yeux sont fermés à l'évidence, que nous n'apercevons même pas le niveau d'abaissement où nous sommes descendus, et que nous considérons comme une bonne fortune unique de n'avoir plus la charge de nos destinées.

C'est là le résultat d'un affaissement séculaire, et de l'obscurantisme érigé en système.

Vous qui m'écoutez, jeunes gens [...]. Arrivez et changez la face d'un peuple trop longtemps abruti [...]. Soyez extrêmes. Ne redoutez pas ce mot. C'est dans l'extrême seul qu'on touche le vrai; la vérité, c'est l'absolu.»

Les jeunes libéraux, fouettés par la lucidité aiguë et le langage ardent d'Arthur Buies, relevèrent la tête et proclamèrent de plus belle la libre circulation des idées, la liberté d'opinion et même la liberté de faire des erreurs, si elles servaient à apprendre. Ils y croyaient et bataillaient ferme.

La Lanterne ressuscitée venait-elle de lui donner le coup de grâce? Toujours est-il qu'à l'aube du 8 juin 1885, le glas sonnait au clocher de l'église Notre-Dame, Sa Grandeur de Montréal venait de mourir. Même si le prélat avait atteint l'âge respectable de quatre-vingt-six ans, Arthur eut un choc.

Il décida de se rendre à l'église où la dépouille de l'évêque était exposée à la vénération des fidèles. Debout, près de la tombe ouverte, il s'étonnait presque que ce corps réduit de vieillard, aujourd'hui inerte, ait pu contenir tant d'entêtement aveugle dans sa lutte engagée sans merci et sans repos contre l'Institut canadien, et plus particulièrement contre lui, Arthur Buies.

Mais lui, contre qui se battrait-il maintenant? Et Arthur se prit à sourire en pensant qu'il regretterait peut-être le plus grand de ses adversaires.

Un prélat qui gardait le cercueil surprit le sourire du chroniqueur. Outré, il lui dit, en baissant à peine le ton:

— Vous venez vous réjouir de la mort de Sa Grandeur, Arthur Buies?

Arthur, surpris, leva les yeux, mais aussitôt reprit sa morgue:

— Je viens plutôt la constater, monsieur. Et voilà qui est fait.

Et sous le regard scandalisé du prêtre, il fit demi-tour, remonta lentement la grande allée et sortit de l'église. En apprenant le décès du digne prélat, il s'était dit «Morte la bête, mort le venin». Mais on venait de lui montrer que la lutte ne finissait pas pour autant avec le départ de Sa Grandeur. Il lui faudrait continuer à batailler avec ses successeurs. Le respect de la liberté était loin d'être acquis.

Un autre fait vint le confirmer. En novembre, le clergé du diocèse de Québec condamnait *La Lanterne* une fois pour toutes, et les jeunes libéraux, comme les autres, durent mettre de l'eau dans leur vin. Arthur Buies restait à peu près le seul à s'en abstenir.

Parlant de vin, Arthur s'était mis définitivement à l'*aqua pura* et «il s'en trouvait fort bien», écrivait-il à son ami Alfred. «Mais pour combien de temps?» se disait celui-ci, tout en l'encourageant à continuer.

Son abstinence dura jusqu'au 16 novembre 1885, jour où Louis Riel, accusé de haute trahison, était pendu par le cou jusqu'à ce que mort s'en suive à six heures du matin à la prison de Régina. Le plus cher désir de l'honorable premier ministre du Canada, John Macdonald, «Riel must swing!», venait de se réaliser.

La nouvelle aussitôt propagée, tous ceux qui parlaient français, qu'ils soient rouges, bleus, riches, pauvres, marchands, magistrats, manœuvres ou gueux, se soulevèrent dans un même mouvement d'indignation et, sans se concerter, se retrouvèrent à 50 000 au Champ-de-Mars pour crier leur peine, leur impuissance et leur colère.

Arthur, consterné, s'y rendit lui aussi. Il avançait au milieu de la foule, quand il croisa son ami Wilfrid Laurier, qui s'apprêtait à monter à la tribune pour faire un discours.

— Eh bien! Wilfrid! tu viens décrier l'exécution de Riel, toi aussi?

— Oh! tu sais Arthur, cet homme dans ses pires moments n'était bon qu'à interner dans un asile, et dans ses meilleurs moments, c'était un maniaque religieux et politique. Je n'ai pas beaucoup de sympathie pour lui. Et, passant devant son ami dérouté, Wilfrid Laurier monta à la tribune pour parler à la foule vociférante. Qu'allait-il bien dire? se demanda Arthur, inquiet.

— Mes chers amis! lança le politicien d'une voix vibrante, mes chers compatriotes! ce jour est un jour de grand deuil. Je vous jure que si j'avais été sur les bords de la Saskatchewan, devant cet Anglais, j'aurais moi-même épaulé mon fusil...

Arthur n'en croyait pas ses oreilles! Wilfrid méprisait Louis Riel et en même temps l'approuvait d'avoir exécuter Scott? Mais il n'avait qu'à répéter tout haut les remarques qu'il venait de lui glisser à l'oreille pour que la foule s'en empare et le lynche au lieu de l'acclamer frénétiquement comme elle le faisait en ce moment. Le peuple se faisait toujours avoir d'une façon ou d'une autre, constata-t-il amèrement.

L'éloquence de son ami captivait la foule. Il faisait appel à leur patriotisme, l'exploitant d'une façon tellement excessive qu'Arthur eut soudain la vision de cet aigle à deux têtes que le pays attendait. Wilfrid Laurier pratiquait la religion catholique mais n'avait pas la foi. Il était Canadien français de cœur, mais *british to the core*! Il avait déjà été rouge, aujourd'hui il était libéral. Il vouait un amour sincère à sa femme Zoé et brûlait d'un amour secret pour Amélie. Il avait une santé chancelante, mais quand il devait sillonner la campagne en vue de gagner ses élections, il retrouvait une étrange vigueur. Patriote et allié, ambitieux et pondéré, solitaire et philanthrope... Cet homme apparaissait aujourd'hui aux yeux d'Arthur comme l'ambivalence même.

Et pourtant, il avait en même temps le sentiment que la seule et unique passion de Wilfrid Laurier était de prononcer des discours. Son éloquence lui valait des applaudissements sans retenue et il en retirait les plus grandes jouissances. De toute évidence, il semblait bien avoir besoin de cet encens pour se sentir vivre intensément.

Ce qui ne l'empêcherait peut-être pas de mener à bien l'avenir du pays, si après l'encens... venaient l'or et la myrrhe, de conclure Arthur dans une sagesse de mage!

XIV

Ah! De tous les souhaits qu'on m'a faits, on n'en
a oublié qu'un seul, celui d'une compagne assez parfaite
pour suppléer toutes mes imperfections, assez indulgente
pour ne pas m'en tenir compte, et assez discrète pour
ne pas s'en apercevoir. Montrez-moi ce trésor, ô, mes amis, et je
le garderai pour moi seul, au risque de passer pour un ingrat.

ARTHUR BUIES

En ce doux après-midi de juin 1887, Aglaé et Mila étaient
assises côte à côte sur la balançoire de la vaste véranda des
Garneau. Elles se parlaient de mille et une choses, tout en
brodant. Depuis mai, cerisiers, lilas, pommettiers, pommiers et
boules-de-neige, qui ornaient le grand parterre, fleurissaient à
tour de rôle comme pour offrir un spectacle continu de merveilles. Les gros taons gloutons buvaient le nectar de chaque
fleur en bourdonnant de contentement.

Toujours le même printemps miraculeux resurgissait en
force, éclaboussant de ses prouesses les autres saisons. Les cœurs
les plus désabusés se laissaient prendre à sa magie. Pour l'étranger
qui tombait au beau milieu de cet éclatement, dans ce Canada
reconnu comme un pays de neige, de glace et de brume, c'était
l'étonnement ravi!

Aglaé avait guetté les tourterelles tristes que ramenaient
immanquablement les premiers vents doux. Cette espèce

d'oiseaux vivait toujours en couple. Cette année, l'une était revenue seule. Qu'était-il advenu de son compagnon? On savait qu'elle n'en prendrait plus d'autre et vivrait solitaire jusqu'à sa mort. C'était assez incroyable de voir autant de fidélité chez un oiseau, s'étonnait la jeune fille.

— Les hommes devraient prendre exemple sur les tourterelles, lança-t-elle, sur un ton agressif.

— Mais de quoi parles-tu, Aglaé?

— Je parle de la fidélité, Mila!

Celle-ci regarda son amie et à sa moue de tristesse, en devina la cause.

— Qu'est-ce qui te fait croire que Xavier ne t'aime plus?

— Je n'ai pas reçu de lettre de lui depuis deux mois, tu trouves cela normal pour un homme qui disait ne pas pouvoir vivre un jour sans moi?

— Mais il est en Europe! le courrier n'est jamais très régulier; les tempêtes retardent souvent les navires, tu le sais. Tu en auras des nouvelles sous peu, tu verras!

— Ah! Mila! comme j'aimerais te croire! On devait se fiancer à son retour, en juillet. Et s'il avait changé d'avis?

— Mais voyons, tu te fais du mauvais sang pour rien. Pour quelle raison cet homme, si épris de toi, ne voudrait plus s'engager?

— Il a peut-être rencontré une autre jeune fille là-bas, plus belle et plus racée que moi!

— Mais l'amour n'a rien à voir avec la beauté ou l'intelligence, ni même avec l'âge, il ne tient pas compte de ces aspects. Il fleurit où il veut.

Aglaé, étonnée, regarda son amie.

— Comment peux-tu définir aussi bien ce sentiment que je ne t'ai encore vu éprouver pour aucun homme?

— Je sais que ce sera comme ça quand j'aimerai, c'est tout.

— Je me demande bien où tu trouveras cet amour, puisque tu refuses de te laisser courtiser par tous ceux que l'on te présente. Attends-tu qu'il te tombe du ciel?

— Peut-être! répondit Mila en riant.

Quelqu'un surgit sur la véranda et fit sursauter les deux jeunes filles. Mila le reconnut aussitôt. Son cœur s'émut. Il y avait quelques années qu'elle ne l'avait vu. Sauf quelques rides sur le front qui venaient de s'effacer dans un sourire et ses surprenants cheveux blancs, il faisait beaucoup plus jeune que son âge. Et ses beaux yeux, rieurs en ce moment, en faisaient toujours un homme très séduisant. Mila l'avait photographié d'un coup d'œil. Elle éprouvait un étrange bonheur à le revoir. Elle murmura:

— Monsieur Buies?...

— Monsieur Buies! s'était exclamée en même temps Aglaé, une main sur le cœur, vous nous avez fait peur.

Arthur s'avança et, s'inclinant, baisa la main des jeunes filles.

— Rassurez-vous, mesdemoiselles, je ne suis pas le méchant loup.

— Votre réputation nous ferait plutôt craindre le contraire, le taquina Aglaé, sur un ton familier. Depuis le temps qu'il fréquentait ses parents, celle-ci en était venue à le considérer un peu comme un oncle.

— Oui, il est vrai que j'ai mauvaise presse en certains milieux et on désespère toujours de m'améliorer.

— Et en quoi veut-on vous améliorer, monsieur Buies? demanda naïvement Mila.

— Mais en tout, chère demoiselle! répondit Arthur, un peu étonné que l'étiquette de renégat, collée habituellement à son nom, ne la rebute pas plus.

— J'espère que vous n'en ferez rien! continua Mila, sur le même ton posé.

— Dois-je comprendre que vous me voyez sans défaut? Vous seriez bien la première, dit Arthur en riant.

— Vous en avez sûrement, monsieur Buies! Qui n'en n'a pas? continuait Mila sans se démonter.

— Mais il paraîtrait que les miens sont tellement grands qu'ils sont impardonnables.

— Et comment vous les mesure-t-on?

— Au bruit qu'ils font, sans doute!

— Le bruit, d'habitude, n'effraie que ceux qui ont peur.

— Curieusement, ce sont les puissants qui me harcèlent le plus.

— Alors, ils vous jalousent parce qu'ils vous envient, conclut Mila tout simplement.

— Eh bien!... jeune Mila! il y en a des choses surprenantes dans votre jolie tête! remarqua Arthur, impressionné par la détermination de ses réponses.

Étrangement, devant cette jeune fille, il se sentait enfin apprécié à sa juste valeur. Son image revue et corrigée. Il ne décelait aucune tricherie dans ce regard. Aucune critique. Cette jeune personne ne semblait pas rebutée par le personnage de chroniqueur contesté qu'il était toujours, par celui de l'anti-clérical anathématisé par toutes les Grandeurs ni même par le fêtard de quarante-sept ans qui avait additionné jusqu'à aujourd'hui plus de veilles qu'aucun autre de ses amis. Son visage levé vers lui était comme un lagon offert dans toute sa limpidité. Il s'y mirait sans retenue, et se sentait étonnamment vivifié.

Tellement habitué à être jugé, et presque toujours défavorablement, Arthur ressentait comme une trêve devant ce regard toujours plongé dans le sien. Il sentit une grande tension l'abandonner. Il déposait enfin les armes. Il n'en avait plus besoin. Par une étrange magie, cette fée avait eu raison de son instinct de défense qui lui avait servi si longtemps de seconde nature... Soudain, il se revit à Rimouski, appuyé à sa fenêtre et regardant la mer. Une émotion subite le prit à la gorge. Il murmura très bas: «Ma fée des grèves...» Ses lèvres bougèrent à peine, mais Mila en vit le mouvement et, sans en comprendre les mots, les reçut comme un hommage. Elle sourit.

Elle avait d'immenses yeux gris clair dont les reflets chatoyants miroitaient comme l'eau sous la lumière. Au beau milieu, ses pupilles noires ressemblaient à des perles de jais. De longs cils sombres bordaient ce regard qu'on croyait triste au premier coup d'œil, mais qui n'exprimait qu'une grande paix. Les vues plongeantes donnaient à Arthur la même impression de beauté sereine et vertigineuse.

La porte s'ouvrit soudain. Aglaé revenait. Mais quand les avait-elle quittés? Ni Arthur ni Mila ne s'en étaient aperçus. Toute radieuse et ne se rendant nullement compte de leur émoi, elle tenait une lettre à la main, et semblait pressée de la lire à son amie.

— Monsieur Buies, j'ai averti mon père de votre visite, il vous attend dans la bibliothèque.

— Je vous remercie Aglaé, je vais le rejoindre de ce pas, répondit Arthur, d'une voix lointaine et, se détachant avec effort de l'emprise du regard de Mila, il salua brièvement et disparut à l'intérieur.

Mila resta suspendue au visage d'Arthur, comme s'il était encore là. Aglaé s'impatienta. La lettre qu'elle avait tant désirée était enfin arrivée et pourtant, Mila ne semblait manifester aucune joie.

— Descends de la lune, Mila! qu'est-ce que tu as tout à coup?

— Mais... rien! parvint à articuler la jeune fille.

— Alors, s'il n'y a rien, écoute-moi! Regarde ce que je viens de recevoir. Et Aglaé brandit sa lettre devant le visage de son amie qui, s'étant ressaisie, s'en réjouit aussitôt.

— Enfin, Aglaé! je te l'avais bien dit!

— Et écoute ce qu'il me dit: «Ma très chère fiancée... Tu as entendu? FIANCÉE, vous me permettez, j'espère, de vous appeler ainsi puisque dès mon retour, à la mi-juillet, vous le serez devenue, selon votre promesse. Je me sens tellement loin de vous que par moments des craintes m'assaillent et j'ai peur qu'en laissant ma place vacante aussi longtemps, un autre ne vienne me la prendre...»

— Tu vois, l'interrompit Mila, les amoureux sont tous pareils, ils ressentent exactement les mêmes angoisses quand ils s'aiment. Continue!

— «Êtes-vous toujours d'accord sur la date de notre mariage fixée en octobre?»

-— Je serai mariée à ce moment-là... murmura soudain Mila qui, aussitôt ces mots prononcés, sut qu'elle aimait Arthur Buies!... Elle en ressentit une joie violente!... Elle l'avait toujours aimé au fond, mais c'est comme si ce sentiment était resté en veilleuse depuis ce soir de ses onze ans, où elle l'avait vu pour la première fois ici, chez Aglaé.

Laissant échapper sa broderie, elle se leva d'un bond et, joignant les mains avec ferveur, fit quelques pas sur la véranda, savourant le bonheur inouï de cette révélation soudaine!

Aglaé, stupéfaite devant la remarque inattendue de son amie, se pencha pour ramasser le napperon et s'exclama:

— Mariée?... Mais voyons Mila? Avec qui? Ton futur mari serait-il tombé des nues à mon insu? Cela tiendrait du prodige, on a passé l'après-midi ensemble!

— Peut-être! murmura Mila en se retournant lentement et en regardant son amie. Puis, l'air énigmatique, elle vint reprendre sa place auprès d'elle.

Aglaé ne la crut pas. Elle pensa plutôt que Mila, influencée par son propre roman d'amour, s'en inventait un à son tour. Elle eut un élan de tendresse envers son amie.

— Chère Mila, je te souhaite de vivre un jour une belle histoire d'amour comme la mienne!

Mila Catellier sourit sans répondre. Les deux amies passèrent l'après-midi à rêver, chacune de leur côté, Aglaé parlant de ses projets en toute liberté et Mila caressant les siens au plus secret de son cœur.

❦

Monsieur Ludger-Aimé Catellier était registrateur général adjoint du Canada à Ottawa, et cela se sentait à son air, à son pas et à son ton. Il avait plusieurs enfants et rêvait d'une haute position sociale pour chacun d'eux.

Ce soir-là, il était attablé dans la salle à manger, avec sa famille, quand Mila lança tout de go:

— M. Buies est venu chez M. Garneau cet après-midi.

M. Catellier, surpris de se faire couper la parole, se fâcha.

— Ma fille, tu m'as interrompu!

— Oh! excusez-moi, père, je l'ignorais! répondit la jeune fille, confuse de voir tous les regards converger vers elle.

— Tu l'ignorais? Mais où as-tu donc la tête que tu n'écoutes pas ce que je dis?

— Je pensais seulement à M. Buies!...

— Mais quel intérêt as-tu donc à penser à ce décadent de la plus belle espèce?

— Père, je ne vous permets pas...

Mila n'eut pas le temps d'achever sa phrase que M. Catellier, rouge d'indignation, était debout et pointait vers elle un doigt accusateur.

— Que viens-tu de dire, ma fille?... Tu ne me permets pas?... As-tu perdu la raison? Qu'est-ce qui te prend tout à coup de m'offenser de la sorte? Comme ce n'est pas dans tes habitudes, je te permets de continuer ton repas en famille, sinon, je t'aurais prié de sortir de table immédiatement.

Mila regarda son père tranquillement dans les yeux et se leva à son tour.

— Alors, père, c'est à moi de vous demander de me retirer!

Et sans attendre la réponse, sous les yeux apeurés de ses frères et sœurs, ceux abasourdis de sa mère et ceux encore plus incrédules du registrateur général adjoint que personne n'avait encore osé défier, Mila sortit de la salle à manger en refermant doucement la porte.

Ce n'est qu'une fois rendue dans sa chambre qu'elle réalisa l'énormité de sa faute. Son père avait raison, qu'est-ce qui lui avait pris de le braver ainsi? Mais en somme, elle n'avait fait que prononcer le nom de M. Buies. Avec quel dédain il l'avait dépeint! Si on le traitait toujours de cette façon, il avait bien raison de se défendre.

Arthur Buies!... que ce nom était doux à prononcer!... Buies!... comme le bruissement d'une feuille au vent... Cette musique murmurante entra dans le cœur de la jeune fille pour ne plus en sortir. Oui! elle aimait cet homme de toute son âme et n'aimerait jamais personne d'autre! C'était dit.

೦ಸ್ಥಿ

De son côté, Arthur vivait comme sur deux plans. Il discutait avec Alfred, riait des taquineries de sa femme, se rendait tous les jours à la bibliothèque du Parlement pour rassembler cartes et documentation susceptibles de l'aider dans son voyage au Témiscamingue. La mission dont le curé Labelle l'avait chargé lui prendrait au moins trois semaines. Il devait être prêt à s'en acquitter correctement s'il voulait revenir avec assez de matière pour faire un livre intéressant et instructif. Par ailleurs, il flottait dans un état second, une griserie suave qu'étrangement il ne songeait pas à analyser.

Il n'avait pas revu Mila Catellier malgré les nombreuses visites qu'il avait faites chez les Garneau. Il ne s'en était pas soucié non plus, ne prenant pas encore conscience du sentiment éprouvé pour la jeune fille. Mais un soir, une envie impérieuse de la voir le saisit. Un besoin vital qui ne pouvait souffrir aucun retard. Sans plus réfléchir, il se dirigea délibérément vers la maison du registrateur général adjoint. Il frappa à la porte, une servante stylée vint ouvrir. Arthur Buies présenta sa carte, et demanda à voir M. Catellier. Celle-ci le fit entrer dans le hall, lui offrit de s'asseoir et disparut discrètement.

Il y avait déjà plusieurs minutes qu'Arthur attendait, impatient, quand un homme au regard autoritaire et à l'allure martiale s'encadra dans la porte. Arthur se leva aussitôt et s'avança vers lui, la main tendue. Mais celui-ci, dédaignant le geste de son visiteur, répondit par une brève inclination de la tête. Suivit aussitôt une invective qu'Arthur n'avait pas prévue.

— Que venez-vous faire chez moi, Arthur Buies?

Déconcerté par cette réception hostile, Arthur décida de l'ignorer et fonça:

— Je suis venu vous demander la permission de voir votre fille, Mila, si vous n'y voyez pas d'inconvénient, monsieur.

M. Catellier, un peu sonné, essayait de comprendre le sens de cette demande. Déjà cette semaine, sa fille avait mentionné le nom de ce chroniqueur!...

— Mais que lui voulez-vous?

— Lui parler, tout simplement!

— Et pour lui dire quoi, par exemple?

— Cela reste entre elle et moi, sauf votre respect, monsieur!

— Mais que peut-il y avoir de commun entre ma fille de vingt-quatre ans, jeune et fraîche, et vous, un viveur d'au moins deux fois son âge, pouvez-vous me le dire?

Arthur resta saisi. Il n'avait pas réalisé la différence d'âge. Quelle folie assurément d'avoir pensé seulement s'éprendre de cette jeune fille! Il leva la tête et regarda franchement ce père outragé qui n'attendait même pas de réponse tellement la question ne se posait pas!

— Vous avez raison, monsieur! un quart de siècle est un abîme infranchissable, en effet!... Arthur resta un moment accablé par l'évidence... Je vous sais gré de me le rappeler. Acceptez toutes mes excuses pour vous avoir dérangé inopinément. Il salua respectueusement et sortit.

M. Catellier resta perplexe. Tout de même, quelle courtoisie pour quelqu'un dont on disait tant de mal! Et se rappelant la façon dont le chroniqueur l'avait regardé droit dans les yeux, il reconnut que cet homme était peut-être contre tout ce qu'on voulait, mais il était franc!

Il s'apprêtait à sortir du hall quand il se heurta à Mila.

— Oh! excusez-moi, père!

— Tu sembles bien pressée?

— Est-ce bien à M. Buies que vous vous adressiez il y a quelques minutes?

— C'est à lui, en effet! s'emporta M. Catellier, qui commençait à en avoir assez d'entendre ce nom.

— Merci, père! Mila ajusta sur ses épaules le châle de

cachemire qu'elle avait emporté et, sans se hâter, passa devant lui, ouvrit la porte et sortit de la maison.

Celui-ci, devant l'aplomb de sa fille, resta figé. Mais que se passait-il dans cette famille? On ne respectait plus son autorité, maintenant?

Pendant que ce père dérouté essayait de comprendre quel vent avait fait tourner sa fille en girouette, Arthur marchait d'un pas vif, essayant lui aussi de comprendre quel élan violent et irrépressible l'avait poussé dans cette maison. Comme il longeait un parc, il décida d'y entrer et alla s'asseoir sur le premier banc, pour se ressaisir. Il y était depuis quelques minutes à peine quand il vit une femme entrer. Elle était revêtue d'une robe de lin bleu pâle, un châle blanc recouvrant ses épaules. Un large chapeau dissimulait en partie son visage. Elle passa devant lui sans le voir, cherchant apparemment quelqu'un. Mais quand elle tourna la tête de son côté, il la reconnut aussitôt.

— Mila! appela-t-il, en se levant précipitamment.

Elle se retourna et sans trop savoir comment, ils se retrouvèrent dans les bras l'un de l'autre. Le chapeau de la jeune fille tomba, sa tresse qu'elle coiffait en couronne autour de sa tête se détacha et Arthur retrouva avec bonheur cette coulée de miel qui l'avait déjà fasciné la première fois qu'il l'avait vue.

Oubliant alors toute retenue, son âge et l'endroit où il se trouvait, il serra la jeune fille à l'étouffer, lui murmurant des mots doux: «Mila!... ma douce!... ma fée des grèves!...» Avec non moins d'ardeur, la jeune fille répondait à son étreinte... quand elle laissa soudain échapper: «Je vous aime, Arthur Buies!...» Et d'une voix vibrante, elle répéta: «Je vous aime!... je vous ai toujours aimé!»

Celui-ci, entendant l'aveu spontané de Mila, l'écarta vivement.

— Qu'avez-vous dit, Mila? Que vous m'aimiez?... Ai-je bien entendu?

— Oui! monsieur Buies! et depuis toujours!... Vous souvenez-vous, un soir que vous étiez en visite chez les parents d'Aglaé? J'avais passé l'après-midi avec elle comme cela m'arrivait très souvent, et elle m'avait gardée à coucher?

— Oui, je me souviens!... et vous m'aviez étrangement impressionné. Vous n'étiez encore qu'une enfant, murmura Arthur, reprenant soudain conscience de son âge.

— Eh bien! croyez-le ou non, vous le demanderez à Aglaé, je lui avais dit: «Moi, j'aime bien monsieur Buies, j'aimerais qu'il soit mon ami!...» C'est étrange, je vous avais complètement oublié... Mais quand vous êtes apparu sur la véranda l'autre jour, mon cœur s'est réveillé d'un coup et j'ai su que je vous aimais! Et vous... monsieur Buies, m'aimez-vous?...

— Si je vous aime?... Je l'ai dit tellement de fois! mais avec vous, Mila, le sentiment que je ressens m'apporte une telle plénitude que je me demande maintenant si ce n'est pas la première fois que j'aime véritablement!...

Il la regardait intensément et la ramena de nouveau sur son cœur.

— Ah! Mila! quel bonheur de vous tenir dans mes bras! de vous aimer! et de vous entendre dire que vous m'aimez aussi! je crois en défaillir... Je ne l'espérais plus. Je me croyais un vieil homme et voilà que mon cœur bat comme à son premier émoi. Voilà que l'euphorie me rend de nouveau léger comme un nuage. Est-ce possible? Parlez-moi, assurez-moi que je ne rêve pas.

Arthur, éperdu, avait pris dans ses deux mains le visage de la jeune fille, dont les yeux énamourés levés vers lui ne pouvaient mentir.

— Non, monsieur Buies! vous ne rêvez pas! Et posant ses mains sur les siennes, elle lui murmura tendrement: «Je suis là!... je suis là et je vous aime!... Et je suis prête à braver le monde entier pour rester près de vous ma vie entière. Soudain, dans un geste inattendu, la jeune fille glissa des mains d'Arthur, recula de trois pas et, dans une révérence de cour, dit solennellement:

— Arthur Buies! je vous demande en mariage. Acceptez-vous?

Celui-ci, les yeux embués, essayait de maîtriser son émotion.

Il se pencha, la releva et, la tenant à bout de bras, lui demanda courageusement:

— M'avez-vous bien regardé, Mila? Ce quart de siècle incontournable qui nous sépare ne vous effraie-t-il pas?

— Et de quelle façon, s'il vous plaît?

— Mais... de toutes les façons: fatigue du cœur et de tout le corps, désillusion sur beaucoup de choses, espérance un peu tronquée par mille et une déceptions... je ne sais pas!

— Et quoi encore? riposta la jeune fille faisant l'impatientée. Elle lui prit les mains. Monsieur Buies... Arthur..., écoutez-moi! il y a toujours eu le même écart entre vous et moi. Quand j'avais onze ans, vous en aviez trente-quatre et je vous aimais déjà. Il est vrai qu'en avouant mes sentiments aussi franchement, ce soir, j'ai l'air de me jeter à votre tête. Mais... si vous me refusez votre main, je n'accorderai la mienne à personne d'autre parce que je n'aimerai jamais que vous.

— Mila! vous m'enlevez toute volonté... et toute sagesse aussi. Mais si vous êtes déterminée à prendre le risque de vivre avec cet oiseau rare que je suis, alors, j'accepte avec bonheur.

— Ce risque ne me paraît pas énorme. Avec vous, j'ai toutes les audaces. La preuve... c'est moi qui vous demande en mariage, on n'a jamais vu ça! Et vous acceptez, rajouta-t-elle avec transport! Elle porta ses deux grandes mains, l'une après l'autre à ses lèvres, et s'en caressa doucement le visage!... Ah! Arthur!... quel bonheur!...

Arthur fondait sous le charme de ces caresses inédites et spontanées.

— Ma petite Mila! vous me rendez tellement heureux que je voudrais le traduire plus que par de simples mots, mais je ne sais comment vous le dire.

— Alors, embrassez-moi, murmura-t-elle ardemment!...

Après avoir reconduit la jeune fille devant chez elle, Arthur se rendit aussitôt chez son ami Alfred. Il frappa impatiemment à la porte. Alfred vint ouvrir lui-même.

— J'ai à te parler. C'est de la plus haute importance, lui lança-t-il en passant en coup de vent devant lui.

— T'est-il arrivé malheur? dit celui-ci, intrigué et un peu inquiet.

Il le dirigea vers la bibliothèque où il savait ne pas être dérangé. C'était la consigne de la maison. Remplissant deux ballons de cognac, il en tendit un à Arthur, lui offrit de s'asseoir et s'installa lui-même dans son fauteuil habituel.

— Alors, que se passe-t-il?

Mais aussitôt assis, Arthur se releva et arpenta la pièce. Jamais Alfred n'avait vu son ami aussi nerveux.

— Mais que t'arrive-t-il, mon vieux?

— L'amour! Alfred!

— Encore?

— Oui! mais pour vrai, cette fois!

— Tu en es sûr?

— Sûr de notre amour à tous deux, oui, cela je le sais.

— Mais tu as un problème?

— Son père!

— Encore? répéta Alfred en riant. Tu n'as vraiment pas de chance avec tes beaux-pères, Arthur!

Mais celui-ci, toujours tendu, ne riait pas.

— Par quel moyen faire accepter à M. Catellier qui m'a refusé de voir sa fille aujourd'hui, de me donner sa main demain?

— Le registrateur général adjoint?

— Lui-même!

— Sa fille aînée?

— Non! Mila!

— !!!

— Tu ne dis rien?... Tu ne m'approuves pas?... Mon âge?... Ma réputation?... Tu trouves ça idiot?... Eh bien! mon cher, j'ai eu beau évoquer tous ces obstacles apparemment infranchissables, Mila ne veut pas les voir. Mieux, rajouta Arthur en souriant de bonheur, c'est elle qui m'a demandé en mariage.

— Et... tu as accepté? balbutia son ami, incrédule.

— Mon cœur avait dit oui, ma raison, non! mais Mila a tranché la question en prenant sur elle les conséquences de ma décision. Ah! la jeunesse, Alfred! quelle vigueur! quelle hardiesse! quelle détermination! et quelle exquise spontanéité!... Tu ne peux pas savoir! Je me sens rajeuni! J'ai vingt ans!

— Mais... réalises-tu que...

— Je réalise que tout peut arriver, le coupa Arthur, et n'importe quand. Je réalise que l'amour est enfant de bohème et ne fleurit jamais où on l'attend. Et je réalise... que les prières de la mère du curé Labelle ont fini par être efficaces, rajouta-t-il dans un grand éclat de rire. Figure-toi qu'elle priait pour moi depuis des années. Eh bien! je suis fort aise qu'elle ne se soit pas lassée, la pauvre femme. Dieu a dû avoir plus encore pitié d'elle que de moi.

— Et que comptes-tu faire, maintenant?

— Commencer par rédiger en bonne et due forme une demande en mariage que je ferai parvenir à M. Catellier. Tu sais que je dois partir pour le Témiscamingue cette semaine. Je serai absent environ deux semaines. Le père de Mila aura donc tout le loisir de réfléchir à sa réponse.

— Et s'il refuse?

— Mila est majeure, quand même!... et je la crois capable de passer outre au consentement de son père. Mais j'espère que nous n'en arriverons pas là. S'il fallait qu'après toutes les accusations qu'on m'a déjà portées, on rajoute celle de corrupteur de la jeunesse, ce serait le comble. Je n'accepterais pas que Mila soit éclaboussée par l'eau sale des commérages. Je m'éloignerai d'elle alors et... j'en mourrai probablement, rajouta Arthur sur un ton atone.

— Voyons Arthur! on ne meurt plus d'amour, c'est dépassé! Mais, pensa Alfred, Arthur n'avait-il pas un peu de Tristan en lui...

— Le cœur a beau être vaillant, Alfred, il y a un degré de douleur qu'il ne peut dépasser sans éclater.

Alfred le regarda un moment. L'ardeur et la candeur de son ami l'avaient toujours séduit. Son affection pour cet homme redoubla en cet instant. Il se leva et lui tendit la main spontanément en lui disant sur un ton affectueux:

— Arthur! en tant que meilleur ami, je te souhaite tout le bonheur possible. Et sois assuré que ma porte te sera toujours grande ouverte, à toi et à ta jeune femme.

Arthur, ému au point de ne pouvoir prononcer un mot, serra fortement la main d'Alfred, le salua d'un signe de tête et se dirigea vers la sortie.

Après avoir refermé la porte sur lui, Alfred resta un long moment immobile. Il fallait qu'Arthur ait toujours gardé une certaine innocence pour tomber encore une fois, tête baissée, dans l'amour. Et quel amour, cette fois!... Malgré ses nombreuses déceptions, il n'avait jamais dû cesser de croire en la vie, la vie qui, paraît-il, répond toujours aux attentes du cœur! Il méritait bien d'être heureux. Il se promit de l'aider au besoin.

Un midi de la semaine suivante, Alfred sortait de la salle à manger du Parlement quand il se senti toucher légèrement au coude. Il se retourna et se trouva devant le registrateur général adjoint en personne! futur beau-père de son ami Arthur, si celui-ci était agréé comme gendre. Quoique corpulent et plus ridé, il ne devait pas être beaucoup plus âgé que l'amoureux de sa fille, quelques années au plus. Alfred retint un sourire; cette situation lui paraissait aujourd'hui encore plus invraisemblable.

— Bonjour, monsieur Garneau. Vous allez bien?

— Très bien, merci, monsieur Catellier. Et vous-même?

— Oh! à part quelques contrariétés familiales, je vais assez bien.

L'idée lui vint de glisser au père de Mila quelques bonnes paroles sur son ami Arthur. Pourquoi pas? Alors qu'ils se dirigeaient tous deux vers le fumoir, Alfred continua délibérément la conversation et choisit un fauteuil près du sien. Ils allumèrent consciencieusement leur cigare.

Curieusement, c'est M. Catellier qui mit le sujet sur le tapis.

— Ma fille Mila va souvent visiter votre fille Aglaé, j'espère qu'elle ne vous importune pas, monsieur Garneau?

— Aucun de nos invités ne nous importune, monsieur, encore moins votre fille qui est très liée avec la mienne depuis sa plus tendre enfance.

— Eh bien! c'est tant mieux!

— C'est comme mon ami, Arthur Buies. Nous nous connaissons depuis tant d'années, pour ne pas dire depuis toujours. Il est chez moi comme chez lui.

— Cela fait je ne sais combien de fois que j'entends parler de cet individu depuis ces derniers jours! murmura M. Catellier entre les dents. Je ne peux croire que cet homme soit votre ami, monsieur Garneau? rajouta-t-il, en se tournant vers Alfred.

— Il est en vérité mon meilleur ami, monsieur.

— Dois-je vous le dire?...

L'homme semblait mal à l'aise.

— M. Garneau, j'ai une forte envie de vous faire une confidence, mais je vous demanderais la plus grande discrétion à ce sujet.

— Je vous la garantis, monsieur.

— Imaginez-vous qu'Arthur Buies m'a demandé tout bonnement la main de ma jeune Mila! Comment qualifieriez-vous pareille absurdité?

— Mais... s'aiment-ils?

— Là n'est pas la question. Ma fille dit l'aimer, en effet, mais c'est un leurre. Et lui aussi dit l'aimer, mais à son âge, c'est du vice!

— Saviez-vous que, de tout temps, des hommes mûrs se sont unis à de toutes jeunes filles. Champlain, par exemple! fit remarquer Alfred, choqué du terme employé pour qualifier le si beau sentiment d'Arthur. Qu'est-ce qu'on ne dira pas de lui, dans le futur? pensa-t-il et il s'en chagrina d'avance.

— Il ne faut pas mêler les époques, monsieur Garneau. Ce n'est pas à un fils d'historien que je vais apprendre cela, n'est-ce pas?

— Ce n'est que l'âge qui vous rebute chez Arthur Buies?

— L'âge et tout le reste! Je n'aime pas cet homme qui me paraît sans honneur et sans Dieu.

— Il n'a jamais caché son anticléricalisme, c'est vrai. Mais depuis quelques années, en fait depuis qu'il travaille avec le curé Labelle, il semble beaucoup moins agressif.

— Qu'il travaille? dites-vous. Mais cet homme n'a fait que baguenauder toute sa vie. Enfin, c'est ce qu'on dit.

— N'en croyez rien, monsieur. Arthur Buies, tout bohème qu'il paraisse, n'a jamais cessé d'écrire depuis son premier retour d'Europe. Saviez-vous qu'à l'heure actuelle, il est le seul écrivain canadien-français à vivre de sa plume? Il a donné des centaines de conférences sur des sujets aussi variés les uns que les autres. D'un esprit alerte et amusant, il a écrit des chroniques quasi quotidiennes pendant une quinzaine d'années. Il a rédigé des articles dans plusieurs journaux, anglais et français, ici au Canada, aux États-Unis et jusqu'à Paris.

Et contrairement à certains, s'il écrit sur l'Italie, la France et l'Irlande, c'est qu'il y est allé, s'il écrit sur tous les États américains, c'est qu'il les a traversés de part en part, s'il écrit sur l'Ouest canadien, c'est qu'il a fait tout le trajet du Canadien Pacifique. Il a décrit tous les méandres de la rivière Saguenay parce qu'il l'a remontée jusqu'à sa source. Par lui, on connaît mieux la Gaspésie, les Laurentides et les Cantons de l'Est parce qu'il a sillonné ces régions en tous sens.

Vous ne pouvez imaginer le nombre de milles que cet homme a parcourus à pied et par tous les temps pour évaluer le relief d'une région, en répertoriant les lacs, rivières, chutes, montagnes, mines et autres éléments et en les décrivant afin d'attirer une population mieux informée. Lisez son livre, *Le Saguenay et la vallée du Lac St-Jean*, paru en 1880, si vous ne l'avez déjà fait, et vous aurez une idée de son travail.

— Il encourageait l'annexion aux États-Unis, si je ne m'abuse?

— C'est plutôt qu'il préférait nettement l'état de république à celui de monarchie constitutionnelle. Mais maintenant que le mal est fait, comme il dit, il s'agit de récupérer les Canadiens français qui ont émigré aux États-Unis et qui forment là-bas presque un État à eux seuls. Aussi tente-t-il de freiner cette émigration massive en dénonçant, d'une part, les fonds que le gouvernement affecte à d'autres projets que la colonisation des terres de la province et, d'autre part, la voracité et le monopole des puissants marchands de bois qui, par un harcèlement constant, empêchent les colons de s'installer sur ces terres. Évidemment, les lois changent avec les gouvernements et on constate aujourd'hui quelques améliorations. Arthur Buies a toujours dénoncé les situations de despotisme, d'avilissement et d'exploitation outrancière avec un courage et une ténacité qui ne se sont jamais démentis.

— Comme un bon vendeur, vous me montrez votre ami sous son meilleur jour, monsieur Garneau, dit le registrateur, plus conciliant.

— Je veux tout simplement vous décrire l'homme et lui donner tout son mérite, ni plus ni moins, monsieur. Arthur Buies peut sembler superficiel au premier abord, parce qu'il nargue, raille, fait de l'esprit. Il aime aussi s'amuser. La danse l'enivre, les fêtes le ravissent. Mais ne vous y trompez pas, ce n'est pas un sybarite, c'est un bûcheur, un travailleur d'une grande conscience professionnelle. Il n'écrit pas n'importe quoi ni n'importe comment. Et s'il se trouve actuellement au Témiscamingue, c'est pour y tirer la matière d'un ouvrage sérieux et documenté comme *Le Saguenay et la vallée du Lac Saint-Jean*.

La seule particularité d'Arthur Buies, qui peut en dérouter certains, c'est que, comme tout artiste, il organise son temps à sa guise. C'est un homme qui a besoin d'une grande liberté.

— Il a une réputation détestable, en tous cas!

— C'est dû à sa grande franchise qui, il y a quelques années, refusait toutes nuances, mais de nuances, ni le monde religieux ni le monde politique n'en faisaient, il faut bien l'admettre.

— Son persiflage ne l'a jamais quitté, dit-on dans certains milieux.

— C'est son moyen de défense. On l'attaque sans vergogne. On oublie qu'Arthur Buies n'est pas n'importe qui. C'est un avocat, un poète, un chroniqueur, un géographe, un publiciste. C'est un homme qui a écrit des choses captivantes grâce à son

sens aigu de l'observation, à sa curiosité insatiable et à une philosophie bâtie au fil de ses nombreux voyages et de la multitude
de personnes qu'il a croisées. C'est aussi un ancien étudiant de
Paris, il ne faut pas l'oublier, qui écrit et parle la langue des
lettrés parisiens.

— Il en a aussi rapporté leur manque de respect pour
l'autorité!

— Il s'est battu à peu près seul contre tout un clergé omni-
potent. Oui! il a eu cette audace. Mais c'était toujours pour
défendre le droit à la liberté par la voie du libéralisme moderne
qui, tôt ou tard, deviendrait incontournable, affirmait-il dans son
optique de visionnaire. Il y a consacré toute sa vie, en sacrifiant
au besoin son confort, sa réputation, sa fortune et sa santé
parfois. Et rien ni personne ne l'empêchera de se battre encore
si ce droit est lésé.

De plus, cet homme qui a souffert plus que vous ne pouvez
l'imaginer est un homme de cœur qui a encore plus besoin
d'amour que de liberté, croyez-moi. Voilà le véritable portrait
d'Arthur Buies, monsieur.

— Que d'éloges pour un seul homme! se récria le registrateur, mi-sérieux mi-badin.

— Votre fille ne mérite pas moins! dit Alfred, mine de rien.
Il s'était levé et tendait la main au registrateur. Celui-ci se leva
à son tour et la serra.

— Grâce à votre description, je vois mieux l'homme,
répondit-il, honnêtement. Mais cela ne le rajeunit pas, malheureusement, pensa-t-il en son for intérieur, en regardant s'éloigner
Alfred.

Il ne pouvait nier, néanmoins, que cet Arthur Buies avait
encore beaucoup de charme... pour son âge. Il admit même, avec
une grimace, qu'il faisait beaucoup plus jeune que lui. Encore
heureux! se reprit-il, ce serait du joli si Mila prenait un mari
qu'on prendrait pour son père. Et toute l'énormité de cette union
lui revint, effaçant instantanément l'effet des propos d'Alfred.
Comment pouvait-il accepter ce mariage sans se rendre ridicule
aux yeux de tous ses parents, amis et confrères, surtout? Non! il

n'y fallait pas songer. Dans sa situation d'homme en vue, c'était une chose impensable.

❧

Au bord du lac Témiscamingue, à l'heure où un soleil rouge y plongeait lentement, Arthur pensait à Mila. L'air était assez frais. Assis sur un tronc d'arbre et enveloppé dans une couverture indienne, il fumait un cigare pour chasser les moustiques. Sa mission était terminée. Un peu plus loin, les autres membres de l'expédition s'affairaient aux préparatifs de départ. Le retour vers Ottawa devait s'effectuer le lendemain à l'aube.

Il était satisfait de ce qu'il avait pu observer. Mais cette fois-ci, Mila s'était superposée à tout ce qu'il avait regardé, comme s'il voyait à travers un voile et que sur ce voile était peint son visage... Et ce visage lui était comme une caresse continuelle qui le gardait dans une ardente euphorie. Cette présence avait chassé jusqu'au souvenir de la solitude, laissant toute la place à cet amour nouveau qui s'y était lové. Un vif sentiment de reconnaissance monta en lui pour la vie qui lui offrait à son âge un tel bonheur.

À Ottawa, ce même soir, Mila faisait face à son père qui tentait de la dissuader de poursuivre son projet insensé. Elle le regardait calmement tout en lui répondant d'une voix ferme:

— Je vous répète, père, que j'aime Arthur Buies et que je veux vivre ma vie avec lui. Si vous ne donnez pas votre consentement à notre mariage, nous devrons nous en passer, mais ce ne sera pas sans peine, croyez-moi.

— Tu es majeure, ma fille, et tu sais très bien que tu peux te marier sans permission. Mais moi, ton père, je te dis que marier un homme de cet âge est une folie. Tu seras veuve avant ton tour.

— On meurt à tout âge!

— Et de quoi vivrez-vous? Hein? J'ai entendu dire qu'Arthur

Buies est un dépensier. À son âge, il devrait avoir une maison et un compte en banque. Il n'a ni l'un ni l'autre.

— Mais oui! il a son manoir à Rimouski et un appartement à Québec.

— Son manoir, si imposant soit-il, n'est qu'une maison d'été. Et peut-être a-t-il un pied-à-terre à Québec aujourd'hui, mais demain, il l'aura à Montréal ou à Kamouraska, ou à Paris, ou à Boston! C'est un nomade, ma fille, que cet homme-là, et un célibataire de quarante-sept ans qui a toujours vécu où son caprice l'amenait. Comment pourras-tu en faire un mari rangé et sédentaire, peux-tu me le dire?

— Mais je n'essaierai pas, père! Je l'accepte tel qu'il est et je le suivrai. Qui prend mari prend pays!

— Alors, apprends à faire tes bagages, ma fille, parce que des pays, tu vas en voir plus d'un avec lui.

— Est-ce là tout ce que vous lui reprochez?

— Pour être honnête... on m'en a dit beaucoup de bien. Mais la valeur seule d'un homme ne lui apporte pas toujours du beurre sur son pain. Oui! je lis dans tes yeux que l'amour et l'eau claire, même sans pain, te suffiraient. Alors le beurre, tu pourrais t'en passer facilement pour le moment.

M. Catellier se leva, contourna son bureau et vint se planter devant la jeune fille qui ne broncha pas. Il se croisa les bras.

— Et si je te privais de ta dot?

— Mais vous ne le ferez pas!

— Et pourquoi donc, ma fille?

— Parce que ce serait vous contredire, père. Vous reprochez à ce mari que je me suis choisi de ne pas avoir assez d'argent pour me faire vivre convenablement, vous ne renchérirez pas en me privant de ma dot.

M. Catellier regarda Mila dans les yeux, il lui reconnaissait autant de détermination et de jugement que lui. Secrètement, il l'admira. Il retourna s'asseoir à son bureau.

— Maintenant, laisse-moi, ma fille, on reparlera de tout cela plus tard, dit-il d'une voix bourrue.

— Mais... Arthur revient du Témiscamingue cette semaine,

père, et il s'attend à une réponse avant son départ pour Québec, osa insister la jeune fille.

— C'est vrai qu'à son âge... il n'a pas de temps à perdre s'il veut être père avant d'avoir l'air d'un grand-père, dit M. Catellier, conscient de sa mauvaise plaisanterie.

— Comme vous dites si justement! répondit Mila, recevant la flèche sans broncher. On attend votre réponse.

La jeune fille sortit posément du bureau et s'en alla dans sa chambre. Mais une fois la porte refermée, elle laissa couler les larmes qu'elle avait retenues avec peine devant son père.

Elle était prévenue, maintenant. Voilà ce qu'elle entendrait autour d'elle quand elle se promènerait au bras de son mari. Eh bien! elle y ferait face! Au fond, son père lui avait rendu service en la blessant le premier. Ce serait aussi le dernier. En épousant Arthur Buies, elle l'acceptait avec son âge, ses habitudes et ses fugues. Plus les médisances et les calomnies à venir! Elle l'aimait!

∽❧

Arthur, appuyé à la balustrade de la terrasse Dufferin, relisait la lettre

Elle lui avait déjà écrit plusieurs fois depuis son retour à Québec. Si ses parents, dans un moment de faiblesse, avaient accepté leurs fiançailles, ils avaient refusé par la suite de conduire leur fille à l'autel pour le mariage. Ils ne pouvaient supporter le ridicule de cette situation, disaient-ils.

Devant cette attitude, Arthur avait cru revivre la scène qu'il avait eue avec les parents de Laurence. Et si Mila redoutait son père au point de refuser de le marier!... comme Laurence!... il ne pourrait maintenant plus le supporter!

Il était resté prostré quelques jours puis, comme on envoie une bouteille à la mer, il lui avait envoyé une lettre, brève comme un télégramme, urgente comme un appel de détresse, ardente comme un cri d'amour: «Mila, si vous m'aimez comme vous le dites, venez me rejoindre à Québec où on se mariera devant deux seuls témoins. Je vous espère de toute mon âme. Arthur.»

Elle lui avait répondu par retour du courrier: «Je vous aime! J'arriverai le 7 août par le train de 11 heures. Mila.» Et c'est ce billet qu'Arthur baisait maintenant avec dévotion avant de le glisser précieusement dans la poche de sa redingote, du côté du cœur.

Le 7 août, dès 10 heures, Arthur faisait les cent pas dans la gare. Extrêmement nerveux, il guettait tous les bruits suscep-tibles de ressembler au roulement d'une locomotive. Pour passer le temps, il récapitulait le programme de la journée. D'abord, amener Mila à l'hôtel où il lui avait réservé une chambre. Ensuite, présenter officiellement sa fiancée à Victoria et Édouard, qui les attendaient pour le souper. Demain matin, se rendre à la chapelle Saint-Louis; le mariage était prévu pour 6 heures. Sans être devenu le plus dévot des hommes, il avait sauvegardé quelques élans de sa conversion. Assez pour accepter de faire un mariage religieux, oubliant que l'évocation même de cette idée lui avait toujours répugné. Mais aujourd'hui, il y avait Mila et rien d'autre ne comptait.

Après la cérémonie du mariage, récapitulait toujours Arthur, ils passeraient la journée à faire leurs préparatifs. Dans la soirée, ils prendraient le train pour Charlevoix, où ils comptaient passer trois semaines en voyage de noces. Arthur tâta les billets dans sa poche pour s'assurer qu'ils y étaient toujours. Les fleurs étaient commandées pour décorer la chambre d'hôtel: deux douzaines de roses pêche pour les vingt-quatre ans que sa jeune femme lui apportait dans sa corbeille de mariage. Avait-il oublié un détail? Incroyable le nombre de choses auxquelles il fallait penser. Heureusement qu'il ne faisait pas un grand mariage, il aurait perdu la tête.

Onze heures sonnaient! Arthur sursauta!

Le train entra lentement en gare, en sifflant, laissant flotter un long panache de fumée derrière lui. Enfin, il s'arrêta! Arthur se rendit sur le quai, le cœur battant. Toutes les portes s'ouvrirent en même temps et les voyageurs commencèrent à descendre. Des porteurs s'empressaient de prendre les bagages. On voyait des gens de toutes sortes parmi les passagers: vendeurs, jeunes couples venant visiter leurs parents, familles complètes d'estivants de retour de vacances, nouveaux immigrants foulant d'un pas hésitant le sol de cette ville étrangère.

Arthur allait d'une porte à l'autre, cherchant à reconnaître Mila parmi tous ces visages inconnus. Pendant un moment, personne ne descendit. Puis toutes les portes se refermèrent en même temps... et le train repartit lentement!!!

Une longue minute s'écoula avant qu'Arthur, hébété, ne réalise que MILA N'ÉTAIT PAS VENUE!!! Mais encore là, une sorte d'engourdissement-secours prolongeait le plus possible cet état de stupeur dans lequel il s'enlisait et, avec précaution, enveloppait ce cœur qui, sous le choc, menaçait de s'écrouler!... Doucement!... doucement!... lui murmurait Arthur. Surtout ne t'affole pas. C'est un mauvais rêve... Ce n'est qu'un mauvais rêve... Nous allons prendre notre temps pour essayer de comprendre. J'ai bien reçu sa lettre, n'est-ce pas?... Et elle m'annonçait son arrivée pour ce matin, le 7 août?... Mais sommes-nous bien le 7 août?... Oui! il n'y a aucun doute là-dessus. L'erreur est donc dans l'heure d'arrivée. Où ai-je mis sa lettre?... Ah! la voici. «...par le train de 11 heures». C'est bien cela. Le 7 août, 11 heures. Nous sommes le 7 août, il est 11 heures 20. Et le train est arrivé et reparti. Sans elle!...

Arthur regarda machinalement autour de lui, le quai était désert. Il entra dans la gare, celle-ci était vide. On ne s'attarde pas dans une gare, on ne fait qu'y passer. Ressentant soudain une immense fatigue, Arthur alla s'asseoir sur un banc. Il regarda devant lui sans penser. Surtout, ne pas penser! Pas tout de suite en tous cas, on verrait plus tard. Pour le moment, il s'agissait de gagner du temps!...

Il commença à compter lentement les vitres de la gare... Et quand il eut fini, il compta les planches du parquet de la gare... Et les gens qui longeaient la gare. Puis il fredonna. Dans l'embrasure de la porte restée ouverte, il s'aveugla un moment à fixer la lumière que faisait le soleil sur les rails. Il en eut les yeux pleins de larmes... et il s'aperçut qu'il pleurait pour vrai.

Pourquoi pleurait-il?... Quelque chose de douloureux voulait se réveiller en lui, mais Arthur continuait à en faire le tour sans vouloir s'en approcher... S'il le faisait maintenant, il était perdu. Il se sentit oppressé. Doucement... mon cœur, doucement..., lui répétait-il pour l'apaiser.

Quand il se sentit prêt, il se permit enfin, mais à très petite dose... d'absorber l'amertume de sa déception. Mila!... Mila n'était pas venue le rejoindre!... À quoi pensait-elle en ce moment?... Ne savait-elle pas que cette dernière déception pouvait le tuer?... Il n'était plus très jeune après tout!

En disant cela, il éclata d'un rire amer qui le sortit brusquement de sa torpeur. C'était l'évidence! Comment une fraîche jeune fille comme Mila pouvait-elle accepter de marier un vieux comme lui! Un sentiment violent le submergea! Un vieux!... un vieux!... un vieux!... cria-t-il avec colère! Il avançait dans la gare en brandissant le poing vers un ennemi invisible. Mais l'écho, sans égard, lui renvoya son âge!...

Laissant tomber les bras, Arthur revint lentement se rasseoir et resta prostré un long moment.

— Que faire maintenant?...

— Vous pouvez toujours aller manger un morceau en attendant!

Arthur se pensait seul, mais le contrôleur venait d'arriver et l'avait entendu.

— En attendant quoi, monsieur, le Messie? répondit Arthur agressif.

— Le Messie?... L'express! monsieur!

— L'express? répéta Arthur, saisi.

— Oui, monsieur! l'express de 2 heures. Il y en a qui préfère prendre ce train. Il est plus rapide. Et ceux qui ont manqué le premier ont la chance de se rattraper avec celui-là, sans trop de retard.

— L'express!... Ceux qui ont... manqué le premier... balbutiait Arthur, inondé de nouveau d'un fol espoir. Mais comment n'avait-il pas pensé à cette éventualité?

Il ne put retenir sa joie et, avant que le contrôleur n'ait eu le temps de réagir, il le prit dans ses bras et l'embrassa sur les deux joues.

Celui-ci, ahuri, se passa machinalement la main sur la figure.

— Ça doit être une coutume de votre pays?... Il avait remarqué l'accent français d'Arthur et son attitude étrange.

— En effet, monsieur! et surtout quand on est heureux, répondit Arthur surexcité. Puis, réalisant qu'il était affamé, il se dirigea vers le buffet de la gare.

Deux heures sonnèrent à la grande horloge quand l'express arriva.

Arthur, se tenant en retrait cette fois-ci, avait les mains moites et le cœur comme du coton. Mais il n'eut pas à attendre, quand les portes des wagons s'ouvrirent. Mila, la première, sauta sur le quai. Elle le chercha aussitôt du regard et quand elle le vit, s'élança en courant à travers les voyageurs et lui tomba sur le cœur. Arthur referma aussitôt ses deux bras sur elle, heureux à en mourir!

Muets, enfermés dans leur étreinte, sourds à tous les autres bruits environnants, les deux amants n'écoutaient que leurs cœurs battre à grands coups. Le temps passait... Puis sans se séparer, ils levèrent la tête et plongèrent leur regard l'un dans l'autre... l'amour fougueux, impétueux, pressé passait des yeux bruns aux yeux gris et transmettait des messages tellement ardents qu'aucun mot n'aurait pu les traduire.

Autour d'eux, on s'étonnait. Les jeunes femmes enviaient secrètement Mila. Les jeunes hommes enviaient Arthur. Et les plus vieux, devant les cheveux blancs et les cheveux dorés mêlés aussi intimement, soulageaient leurs vieilles rancœurs en laissant tomber des remarques calomnieuses.

Mais, pour le moment, les amoureux étaient hors d'atteinte.

Les nouveaux mariés avaient poussé jusqu'à Tadoussac. Ils y étaient depuis une semaine.

— Pour notre dernière journée ici, mon cœur, je vous propose une excursion exceptionnelle, lui disait Arthur tout en finissant de nouer sa cravate.

— Où donc, cher Arthur?

— Au phare du cap de Bon-Désir!

— Pour y voir... quoi de nouveau? demanda malicieusement Mila qui, debout devant l'armoire à glace, piquait une dernière épingle dans ses cheveux.

— Vous plairait-il d'y voir quelque chose d'autre que votre époux, mon amour? demanda Arthur qui avait saisi l'allusion un peu audacieuse de sa jeune femme et s'en amusait grandement.

— Votre présence me comble, dit la jeune mariée en venant entourer amoureusement son mari de ses deux bras. Et je n'imagine pas plus belle excursion que mes nuits dans vos bras.

Arthur regarda ardemment sa femme, si jeune, si belle et surtout si aimante. Il doutait encore qu'elle se soit unie à lui pour la vie.

— Je me dois de varier les spectacles, mon cœur, si je ne veux pas que vous vous lassiez de votre vieux mari.

— Avec votre réputation, Arthur, j'ai bien peur que ce ne soit vous qui vous lassiez de moi!

— Il est trop tard maintenant pour penser à d'autres aventures, je dois me contenter du bonheur parfait! C'est mon lot désormais, et je n'ai plus qu'à m'y résigner...

— Eh bien, mon cher martyre, pour ma part, je suis prête à me sacrifier et à partager votre triste sort pour le restant de mes jours!

Ils éclatèrent de rire et s'étreignirent avec fougue, savourant d'avance tout ce temps de bonheur qui s'étalait sans fin devant eux.

Ils s'étaient rendus au village des Grandes-Bergeronnes, à une quinzaine de milles de Tadoussac. Avec la permission du gardien, Arthur et Mila étaient montés en haut du phare du cap de Bon-Désir. Debout sur la passerelle, ils regardaient, émerveillés, plonger et replonger un nombre impressionnant de baleines. Un bateau de pêche, surpris au milieu d'elles, s'était immobilisé.

— Regardez, Arthur, la baleine qui tourne autour de l'embarcation. N'est-ce pas dangereux?

— C'est un rorqual, Mila. Et voyez les blanches qui sautent toutes ensemble comme dans un ballet, ce sont des bélugas, que les gens d'ici appellent «marsouins». Une autre qu'on appelle le rorqual commun peut atteindre soixante-dix pieds. On va sûrement en voir surgir un avant longtemps.

Aussitôt, une énorme masse sortit presque complètement de l'eau, se tint un moment en équilibre et plongea en dressant sa queue comme un immense oiseau noir.

— Oh! mais regardez celle-là, c'est un mastodonte!

— En effet! On l'appelle la «bleue», dit Arthur dans un regard admiratif. Elle mesure au moins cent pieds de long et doit bien peser cent tonnes. Il paraît que c'est le plus gros animal de la création.

— Mais ils peuvent renverser n'importe quel navire. N'est-ce pas dangereux, Arthur? répéta Mila.

— Curieusement, jamais ces baleines ne causent de naufrages. Je crois que pour venir respirer à la surface de l'eau, elles recherchent la lumière et évitent de ce fait l'ombrage que font les embarcations.

— Mais pourquoi ces grands mammifères ne restent-ils pas en haute mer?

— On dit qu'il y a une grande fosse marine au large de ce village et, depuis des temps immémoriaux, ces baleines viennent s'y prélasser du printemps à la fin de l'automne.

— Pour quelle raison? Pour la chaleur? La nourriture? Pour se reproduire, peut-être?

— Pour toutes ces raisons sans doute! Comme nous... mon aimée, ne pensez-vous pas? Arthur entoura Mila de son bras et la serra contre lui.

— Et... vous voulez combien de baleineaux, Arthur?

— Eh bien! s'il pèse six tonnes, un seul me suffira. Mais s'il pèse six livres, on pourrait penser à plusieurs. Qu'en dites-vous, mon cœur?

— Je dis qu'il faudra bien peser... notre décision si on ne veut pas qu'elle dépasse nos espérances!...

— Que vous me plaisez mon amour! dit Arthur, en riant de l'esprit fin de sa jeune femme.

Ils passèrent le reste de l'après-midi à regarder batifoler les cétacés, tout en mêlant les taquineries, les mots doux et les baisers tendres dont seul était témoin le gardien discret du cap de Bon-Désir.

Le lendemain, au Central House Hotel de Pointe-au-Pic, la plupart des touristes prenaient l'apéritif dans le grand salon dont la vue donnait sur la mer quand «M. et Mme Arthur Buies» pénétrèrent dans le hall. C'est du moins ainsi que venait de les saluer M. Duberger.

Un silence se fit peu à peu sous l'effet de la surprise. Cet établissement voyait venir Arthur chaque année, toujours seul, et par le fait même empressé auprès du beau monde féminin. On s'était tellement habitué à le voir fréquenter l'hôtel en célibataire qu'on considérait presque comme une trahison de le retrouver aujourd'hui, une épouse à son bras. On avait beau le regarder, on n'y croyait pas. Et pourtant le couple était là, signant le registre: Arthur, fier comme Artaban, et sa jeune femme, tout sourire auprès de lui.

Mme Duberger sortit de la salle à manger et vint les rejoindre. Elle les salua chaleureusement.

— Monsieur Buies, vous êtes le bienvenu! nous vous attendions. Et voilà votre jeune femme sans aucun doute! Mais elle est ravissante!

— Je vous remercie, madame Duberger, dit Arthur en l'embrassant sur les deux joues. C'est ma femme, en effet. Elle se prénomme Mila. Et je puis déjà dire qu'elle a toutes les qualités que je cherchais chez une épouse. Et plus encore... J'ai bien fait d'attendre aussi longtemps, je suis comblé.

Il se pencha vers Mila et la baisa légèrement sur la tempe. Celle-ci leva les yeux vers lui et leurs regards trahirent sans retenue un amour réciproque.

— Le bonheur vous va bien, Arthur. On dirait qu'il vous rajeunit de vingt ans, se réjouit l'aubergiste en le regardant sous le nez.

— Eh bien!... c'est tout ce que ça me prenait pour me retrouver à l'âge de ma femme. Je vous remercie madame Duberger, dit Arthur malicieusement.

— C'était un compliment, monsieur Buies, dit l'aubergiste, confuse.

— Croyez que je l'ai pris comme tel, chère madame Duberger. Je blaguais!

— Je l'espère monsieur Buies! Venez maintenant que je vous montre votre chambre, leur glissa-t-elle, en baissant le ton. Je vous ai préparé celle de l'angle gauche. Une fenêtre donne sur le fleuve et l'autre sur la forêt. Vous serez tranquilles, rajouta-t-elle complice.

Pendant qu'ils montaient l'escalier, Arthur disait à sa femme:

— Je dois vous dire, Mila, que Mme Duberger a toujours été une mère pour moi.

— Oh! vous le méritez bien, dit celle-ci, en se retournant à demi vers Arthur, ne serait-ce que pour l'entrain que vous mettez dans les soirées. Cette année toutefois, je peux vous donner congé si vous préférez la solitude. Elle fit un clin d'œil à Mila qui rougit aussitôt.

Mais quand la porte se referma sur eux, la jeune mariée perdit toute timidité et enlaça son mari. Arthur aussitôt l'enveloppa de toute sa tendresse. Il ne se rassasiait pas de ce regard énamouré levé vers lui depuis qu'ils s'étaient unis.

— Tu m'aimes, mon cœur? lui demandait-il, en lui caressant les cheveux. Tu m'aimes, c'est vrai?

— Je t'aime! je t'aime! je t'aime!... lui répéta-t-elle dans un élan de ferveur. Oui, Arthur Buies, je vous aime! je vous aime d'amour, là! Arthur se pencha et leurs bouches s'unirent dans un long baiser chaud, fondant, ils prenaient tout leur temps, se goûtant et se savourant dans d'exquises ardeurs.

Soudain, Arthur lorgna le lit... les draps frais bordés de dentelle... les deux oreillers gonflés... la douillette moelleuse... Il eut envie de s'y étendre avec sa bien-aimée et de la caresser pendant des jours et des nuits...

Mila avait surpris le regard de son aimé et deviné son envie d'elle. Elle aussi le désirait. Elle avait déjà connu des plaisirs inattendus dans ses bras depuis le premier soir, plaisirs qui lui avaient laissé comme une faim dans tout le corps. Ce n'était pas du tout ce que sa mère lui avait laissé entendre... Mais peut-être était-elle douée pour l'amour?

Le soleil descendait lentement sur le fleuve. Par la fenêtre entrouverte, on entendait les vagues lécher la grève dans un chuintement berceur. L'odeur enivrante du varech embaumait l'air d'un parfum fort. Les murs de la chambre se teintaient de rose. C'était une heure à tendresse... Mila regarda Arthur dans les yeux et commença à déboutonner son corsage... elle fit glisser sa robe à ses pieds... puis ses jupons de batiste... sa chemise de soie... et se retrouva nue devant Arthur qui, charmé dès le premier geste, n'avait oser bouger.

Émerveillé, il la contemplait!... Il contemplait ce corps parfait de jeune fille qui s'offrait si spontanément à lui... Il amorça une longue caresse sur son visage, sur son cou gracile, glissa sur ses épaules rondes, effleura ses deux seins fermes aux mamelons roses et gonflés, qui se tendirent sous la caresse... Il les cueillit dans ses paumes et les baisa un à un... Mila frémit, mais les mains d'Arthur étaient déjà sur son ventre plat, ses longues cuisses... N'en pouvant plus de désir, Mila prit la tête d'Arthur à deux mains et le ramena à ses seins... qu'il baisa goulûment, puis à ses lèvres qu'elle lui offrit et qu'il prit avidement, tout en l'entraînant vers le lit accueillant. Ils s'y jetèrent pour se livrer enfin, sans retenue, à toutes les caresses éperdues qu'un désir fou, impérieux, passionné exigeait. Tour à tour assoiffés, assouvis, assoiffés de nouveau, ils s'aimèrent sans mesure dans les ardeurs exquises d'une passion partagée.

Le soleil avait plongé depuis longtemps dans la mer quand fusèrent les derniers cris d'une longue joie libérée!

Contentés, heureux, alanguis, les deux amoureux se tenaient la main et écoutaient le chant des vagues. Arthur se redressa sur un coude et contempla sa jeune femme. Ses longs cheveux châtains étaient éparpillés sur l'oreiller de dentelle. Son regard gris avait des reflets mauves. Sa bouche gonflée par les baisers souriait doucement. Elle incarnait la femme dans toute sa séduction: son charme! sa jeunesse! sa ferveur! sa fragilité! son abandon! Arthur se dit que jamais bonheur ne pouvait être plus parfait qu'en ce lieu, en ce moment! Son cœur brûlait d'un doux feu!

Ils se rhabillèrent lentement pour le souper.

— Tu as vu la tête de toutes ces femmes quand on est entré dans l'hôtel, disait Arthur en riant. Elles étaient jalouses!... mais jalouses!

— Seraient-elles toutes d'anciennes amoureuses? Si cela était, je le serais moi aussi. Prenez garde, mon Don Juan!

— Oh! toi, Mila! tu n'as rien à craindre, tu le sais bien! Et peut-être même qu'un jour, tu réussiras à me faire marcher à la baguette. On peut prévoir le pire dans le mariage, rajouta-t-il, jouant la frayeur.

— Jamais, Arthur! Je vous en fais même le serment. Tel je vous ai pris, tel je vous garderai, croyez-moi.

— Mais je te crois, mon ange. Viens dans mes bras que je te le dise de plus près.

Ils arrivèrent les derniers et un peu en retard au souper. Tout dans leurs gestes, leur regard et leur sourire disait plus clairement que des aveux qu'ils venaient de se livrer à de tendres ébats. On les enviait. Cet Arthur était privilégié, se disaient les hommes. Il avait toujours eu le beau rôle. Des femmes autant qu'il en avait voulues. Une vie agréable de célibataire jusqu'à ce dernier coup de foudre. Et pour finir en beauté, un mariage avec cette toute jeune fille, plus que belle et visiblement très amoureuse de lui. C'était beaucoup pour un seul homme!

Les femmes, de leur côté, mariées ou pas, étaient jalouses et mélancoliques. Un célibataire gardait toujours un attrait; il personnifiait l'homme idéal, encore libre, que l'on avait rêvé d'aimer et que l'on espérait encore! Maintenant, elles voyaient Arthur Buies définitivement rangé dans la masse anonyme des gens mariés. En choisissant une femme aussi jeune, il fallait quand même convenir qu'il se démarquait de la masse...

Et parce qu'il étonnait encore, sa séduction prit le dessus et d'un même mouvement du cœur, les femmes lui vouèrent de nouveau leur admiration. D'ailleurs, à l'encontre de tous les autres écrivains, n'avait-il pas parlé en leur faveur, en faisant des déclarations comme: «L'homme vaut plus que la femme mais la femme vaut mieux que l'homme!... L'homme ne sera libre que lorsque la femme sera émancipée!... La femme doit être notre égale, mais elle ne le sera qu'en recevant notre éducation; qui veut la fin prend les moyens!...»

Évidemment, ces vœux pieux étaient une utopie à la Arthur Buies! Jamais on ne verrait de femmes avocats, médecins ou ingénieurs, mais qu'importe, leur chroniqueur favori avait eu l'audace d'aborder ce sujet invraisemblable à la face du pays. Elles lui en étaient reconnaissantes.

Pendant le repas, quand Arthur, comme on offre une fleur, dédia un regard à chacune d'elles, toutes répondirent spontanément par un sourire. Elles lui pardonnaient son mariage.

Le souper terminé, on se proposait de faire des jeux de société, mais Arthur et Mila, préférant leur intimité, choisirent de faire une promenade jusqu'au quai.

— Je devrais peut-être prendre mon châle, Arthur, il fait un peu froid.

— Ne bougez pas, mon cœur, je monte vous le chercher.

Arthur disparut dans l'escalier, laissant sa jeune femme assise dans une bergère sur la grande galerie.

Il longeait le grand corridor du deuxième étage pour se rendre à sa chambre quand une femme surgit inopinément devant lui. Sa taille corpulente bloquait en partie le passage. Elle lui parut bizarre.

— Arthur! chuchota-t-elle.

— Madame?... Il faisait assez sombre et Arthur ne la reconnut pas.

— Voyons Arthur, c'est moi, Laurence! Laurence Perrier, dut-elle rajouter. Elle ne pouvait croire qu'il l'avait oubliée.

— Oui, fit Arthur, indifférent.

— Mais Arthur! tu te souviens de moi, n'est-ce pas? Ne nous sommes-nous pas aimés?

— Vous avez employé, à bon escient, le passé, madame. Croyez-bien que ces sentiments sont morts depuis longtemps.

— Morts!... Non, Arthur! je t'ai toujours aimé. Et je t'aime encore plus qu'avant, si c'est possible! la voix de Laurence se brisa.

— Oui!... c'est bien possible, en effet, que vous m'aimiez plus qu'avant, pour avoir l'audace de vous jeter à ma tête comme vous le faites aujourd'hui! Cette audace que vous n'avez pas eue, jadis, pour braver votre père afin de me suivre, quand je ne demandais que cela.

— Je... n'en ai pas eu le courage, Arthur.

— Eh bien! une autre l'a eu ce courage, et j'en ai fait ma femme!

— Votre... femme? c'est donc vrai! vous êtes marié?

— Espériez-vous que je vous pleure toute ma vie? Si cela est, navré de vous décevoir. Maintenant, si vous voulez bien avoir l'obligeance de me laisser passer, je dois me rendre à ma chambre prendre un châle pour ma femme. Et sachez que quand je la tiens dans mes bras, au creux de mon cœur, elle n'a besoin de rien d'autre que mon amour pour la réchauffer... Adieu! madame Benjamin Boivin!

Et sur ce trait un peu méchant, Arthur repoussa poliment mais fermement Laurence et se dirigea vers sa chambre.

Quand, quelques minutes plus tard, il rejoignit Mila, il avait un air fermé qu'elle ne lui connaissait pas. Troublée, elle lui demanda d'une petite voix:

— Vous ai-je déplu en quelque chose, Arthur?

— Vous, mon ange! fit-il surpris. Il l'enveloppa de son châle et garda ensuite son bras autour de ses épaules. Mais qu'est-ce qui peut vous faire croire cela? Il se pencha, effleura ses cheveux de ses lèvres et lui déposa un baiser discret sur l'oreille.

— Je ne sais pas au juste. C'est depuis que vous êtes revenu...

— Ah! c'est que... il fait noir dans les corridors et j'ai cru voir un fantôme! dit Arthur en prenant exprès une voix caverneuse.

La jeune femme éclata de rire.

— Arthur! vous n'êtes pas sérieux. Je commence à me demander si des deux, ce n'est pas moi la plus âgée, fit-elle taquine.

Elle lui prit la main et ils s'engagèrent sur le chemin qui conduisait au quai. Ils marchèrent d'un bon pas en humant cet air salin que Mila ne connaissait pas, et dont maintenant elle craignait de ne plus pouvoir se passer.

Au moment d'arriver au quai, ils croisèrent une femme qui s'arrêta en reconnaissant Arthur. Mila commençait à en avoir l'habitude. À peu près tous les touristes de l'hôtel l'avaient salué depuis leur arrivée. C'était fou ce que son mari était connu.

— Arthur! quel plaisir de vous voir, ici! disait cette dame. Je ne vous savais pas arrivé. Je vois que vous avez toujours une femme pendue à votre bras. Vous les choisissez de plus en plus jeune et de plus en plus jolie, on dirait! Comment faites-vous?

— Il arrive que je les marie, Émilie! Permettez-moi de vous présenter ma femme, Mila Catellier. Mila, je te présente une grande amie à moi, Émilie Lavergne.

— Bonjour madame! dit Mila souriante.

— Marié! vous, Arthur? Mais personne ne l'a su? Wilfrid... est-il au courant?

— À l'heure qu'il est, sûrement, Émilie. J'ai volé Mila au registrateur général adjoint du Canada, à Ottawa, monsieur Ludger-Aimé Catellier, son père. Elle a accepté de suivre son mari jusqu'au bout du monde! N'est-ce pas, mon cœur? la taquina-t-il, en se penchant affectueusement vers elle.

— C'est le moins que vous m'avez promis, Arthur, répondit Mila sur le même ton, en levant tendrement son regard vers lui.

Émilie sentit une telle complicité entre les deux amoureux qu'elle en eut un coup au cœur. Mais ce qui lui fit le plus mal, c'est que ces deux-là avaient la liberté de s'aimer à la face du monde...

Elle les regarda l'un après l'autre et leur dit sincèrement:

— Je vous souhaite tout le bonheur possible, Arthur! Aimez-le, Mila, il le mérite tellement. Et... bénissez ce temps qui vous est donné.

— Nous vous remercions infiniment de vos souhaits, chère Émilie!

Émilie Lavergne fit un léger salut et s'éloigna rapidement, de peur d'éclater en sanglots.

Les deux amants continuèrent leur promenade.

— Elle m'a paru bien triste, cette dame! remarqua Mila.

— Elle l'est! Tout le monde n'a pas la chance de vivre un amour comme le nôtre! À propos, Mila, vous ne m'avez pas encore donné la raison de votre arrivée par express, qui a failli me coûter la vie?

— Que me racontez-vous là, Arthur? dit la jeune femme soudain affolée.

Arthur ne voulut pas l'inquiéter davantage et prit le ton de la plaisanterie.

— La vie, c'est beaucoup dire... disons que cela m'a coûté un repas. L'attente m'avait creusé l'appétit!...

— Eh bien, ça alors! et moi qui me faisais du mauvais sang en vous imaginant dans les affres d'une profonde angoisse, dit Mila en s'arrêtant devant lui, les deux poings sur ses hanches. Je m'en souviendrai, Arthur Buies!...

— Il faut savoir prendre les choses avec philosophie, mon amour, sinon on ne survit pas!... Arthur était amusé de l'attitude de sa jeune femme. Alors, me direz-vous ce qui vous a fait préférer l'express, ma mie?

— Je n'ai pas eu le choix, Arthur! J'ai bien failli ne pas prendre de train du tout!

— Vous n'aviez pas changé d'idée... n'est-ce-pas?

— Pas moi! mon père! Avec l'aide d'Aglaé, j'avais réussi à faire mes bagages. J'avais rangé tout mon trousseau dans une grande caisse. Tout était prêt, quand mon père fit irruption dans ma chambre le matin de mon départ. Il tenait à me rappeler, au cas où je l'aurais oublié, l'histoire du méchant loup qui voulait dévorer le petit chaperon rouge.

— Et que lui avez-vous dit pour qu'il vous expose finalement sans remords à cette horrible fin?

— Que je préférais me laisser dévorer par un loup que j'aime que me laisser gruger par le monstre de l'ennui. Il m'a regardée longuement et il est sorti. Alors, j'ai pris un fiacre et me suis précipitée à la gare mais le train venait de partir. J'ai dû attendre l'express. Je ne vous dirai pas, Arthur, tout ce que j'ai ressenti pendant ces trois heures d'attente. J'ai failli mourir!... Ma grande peur était que, fâché, vous ne m'ayez pas attendue. Qu'aurais-je fait alors?

À se rappeler ces moments d'angoisse, Mila avait les yeux plein de larmes. Arthur s'en aperçut. Ému, il s'arrêta et la prit dans ses bras. Elle se serra contre lui. Leurs douleurs s'étaient rencontrées sans se le dire et, plus qu'aucun serment, prouvaient la réciprocité de leur amour. Mais cet amour était venu si soudainement que même ce soir, Arthur avait encore de la peine à y croire. Il s'était si longtemps déshabitué du bonheur. Il l'écarta de lui et la regarda ardemment.

— Vous ai-je assez remerciée pour cette félicité que vous avez fait entrer dans ma vie, mon cher trésor?

— À peine, mon amour!... répondit Mila, moqueuse, mais je vous vois chaque soir rempli de bonnes intentions!...

— Seriez-vous en train de rire de votre mari, par hasard? Arthur la secouait gentiment. Mila éclata de rire.

— Et si on rentrait... lui murmura-t-il, soudain? Je pourrais peut-être vous prouver encore ma reconnaissance et diminuer ma dette d'autant... Qu'en pensez-vous, mon cœur?

— Je pense, Arthur chéri, que malgré toute votre bonne volonté, vous n'y arriverez pas tout seul!... J'offre volontiers mon concours, mais avant... il vous faudra me rattraper. Et Mila, ramassant ses jupes à deux mains, se mit à courir dans ses bottines de cuir fin sur le rugueux chemin de terre qui longeait le fleuve... Arthur, surpris, n'hésita que quelques secondes et sans se soucier des promeneurs abasourdis qu'il croisait, courut à la poursuite de sa jeune femme qu'il finit par rattraper dans l'allée de l'hôtel. Ils tombèrent dans les bras l'un de l'autre, essoufflés et riant à perdre haleine!

— Je viens de perdre ce qui me restait de réputation, dit soudain Arthur, feignant la consternation.

— Et moi, j'ai perdu la mienne en vous épousant, Arthur Buies. Nous sommes quittes.

— Mais le jeu en valait la chandelle, n'est-ce pas? Arthur prit sa jeune femme par la taille. Et... en parlant de jeu et de chandelle, lui glissa-t-il à l'oreille...

— Tout vous ramène à votre dette, on dirait!... Et Mila, se haussant vers lui, lui chuchota à son tour: «Et moi, tout me ramène à mon amour!...»

Le 9 février 1888, alors que le bal du lieutenant-gouverneur battait son plein, M. et Mme Buies, en tenue de grand soir, valsaient lentement en se souriant.

— J'ai une nouvelle à t'annoncer, Arthur, dit la jeune femme mystérieusement.

— Vraiment? J'en ai une aussi, Mila!

— Dis la tienne en premier!

— Eh bien! grâce encore au curé Labelle, je suis chargé d'un travail de recherche pour le gouvernement. On m'assure un bon salaire et on s'engage à assumer mes frais d'exploration et de voyage.

— Bravo, mon Arthur! j'en suis très heureuse et je suis fière de toi!

— Je te remercie mon cœur. À toi maintenant de me dire ta nouvelle?

— Monsieur Arthur Buies, je tiens à vous féliciter... de votre future paternité!

— Paternité?... Arthur, comprenant soudain, arrêta brusquement de danser et, bouleversé, serra sa femme dans ses bras. Ému au-delà de toute expression, il balbutia:

— Mila!... est-ce possible que pareille fortune m'arrive à moi?

— Mais... c'est le fruit de ta reconnaissance... Arthur!

— Celui qui ne laisse derrière lui que des feuilles volantes risque bien de ne pas se survivre, ai-je écrit il y a quelques années. Mais voilà que mon nom se perpétuera dans un enfant!... Ah! Mila! avec toi, le bonheur n'a plus de limite. Comment te le rendre?... Une lueur s'alluma soudain dans son regard. Et si on rentrait?... lui chuchota-t-il.

— On quitterait en plein milieu du bal?...

— Il y a des dettes... qui n'attendent pas, mon aimée!

Une fossette se creusa dans la joue de Mila.

— On m'avait bien dit que, sous les apparences, vous étiez un homme d'honneur... Arthur Buies!

FIN

Montréal, 1er janvier 1994

Épilogue

Je sais gré à l'auteure d'avoir arrêté le récit de ma vie au point culminant de mon bonheur.

Elle a compris que je n'aurais pu supporter d'entendre évoquer la mort de ce premier fils que nous avions attendu avec tant de joie Mila et moi; finalement, sur cinq enfants qui nous sont nés, seuls Yvonne et Arthur ont survécu. Revivre le cauchemar de la perte brutale de mon cher curé Labelle m'aurait été tout aussi pénible. Bien que j'aie retrouvé ici tous ceux que j'aimais, il n'est jamais bon de brasser la douleur.

J'ai quitté cette terre, assis dans mon fauteuil, la plume à la main, le soir du 26 janvier... 1901. Janvier!... mois de tous mes départs!

On a dit que j'avais fait «amende honorable», en ce qui concerne mes attaques contre le clergé... La vérité est que, absorbé par le souci de faire vivre décemment ma famille, je l'ai momentanément oublié. Mais mes derniers mots, devenus inaudibles peut-être pour mon entourage, furent un dernier hommage à la liberté! À l'instar de Galilée, je ne pouvais renier ce qui avait fait l'objet de l'unique bataille de ma vie!

On a épilogué sur moi tant et tant que j'avais perdu tout espoir de recevoir une appréciation juste et équitable de mon œuvre. Mais voilà qu'un homme de bien, lucide et perspicace — il aura fallu cent ans pour qu'il s'en trouve un — me rend cette justice. Francis Parmentier dit de moi aujourd'hui: «Il était devenu une espèce d'institution. On rendait hommage à son talent, à son intelligence; on reconnaissait les services qu'il avait rendus à la société québécoise. Mais il subsistait une certaine méfiance à l'égard du mécréant. Ce diable d'homme ne s'en était jamais laissé conter, et il resta indomptable jusqu'au bout.»

Ces derniers mots m'auraient fait une belle épitaphe.

ARTHUR BUIES, chroniqueur au XIXe siècle

Ascendance d'Arthur Buies

De l'union de JOSEPH DRAPEAU et de MARIE-GENEVIÈVE NOËL naissent six filles:

- Luce-Gertrude, mariée à Thomas Casault
- Marguerite-Adélaïde, mariée à Augustin Kelly
- Louise-Angèle, célibataire
- Marguerite-Josephte, mariée à Louis-Pascal Achille Tachée, seigneur de Saint-Louis de Kamouraska (mort assassiné)
- Joséphine-Éléonore
- Marie-Josephte, mariée à Jean-Baptiste d'Estimauville et qui donnera naissance à la mère d'Arthur, Marie-Antoinette-Léocadie, à Québec le 13 mars 1811:

LÉOCADIE D'ESTIMAUVILLE prend pour époux WILLIAM BUÏE (île de Wiay, Hébrides, Écosse, 1805, Berbice, Guyanne britannique, 1865). Le mariage a lieu à Sorel le 23 janvier 1837. De cette union naissent deux enfants:

- Marie-Isabelle-Victoria, à New York le 17 octobre 1837
- *Joseph-Marie-Arthur*, à la Côte-des-Neiges le 24 janvier 1840 (Arthur changera son nom de famille de Buïe à Buies.)

Bibliographie

ŒUVRES D'ARTHUR BUIES:

Réminiscences, Les jeunes barbares (S. I., S. D.).

Petites Chroniques pour 1877, Québec, Imprimerie de C. Darveau, 1878.

Lettres sur le Canada, Étude sociale, 1864-1867, Montréal, Éditions l'Étincelle, 1978.

Au portique des Laurentides, L'Outaouais supérieur, Québec, Imprimerie de C. Darveau, 1891.

Le Saguenay et la vallée du lac St-Jean, Québec, Imprimerie A. Côté et Cie, 1888.

Lettres, Biblio-Centrale de Montréal, Fonds Gagnon 9 920. 21. B93 COO.

ÉTUDES SUR ARTHUR BUIES:

GAGNON, Marcel A., *La Lanterne d'Arthur Buies, Propos révolutionnaires et chroniques scandaleuses, confessions publiques*, Textes choisis et commentés, Montréal, Les Éditions de l'Homme, 1957.

MAILHOT, Laurent, *Anthologie d'Arthur Buies*, Montréal, Hurtubise HMH, coll. «Textes et Documents littéraires», Cahiers du Québec, 1978.

PARMENTIER, Francis, *Arthur Buies, Chroniques 1*, BNM, Montréal, Les Presses de l'Université de Montréal, 1986.

PARMENTIER, Francis, *Arthur Buies, Chronique II*, BNM, Montréal, Les Presses de l'Université de Montréal 1991.

PARMENTIER, Francis, *Arthur Buies, Correspondance (1855-1901)*, Montréal, Guérin littérature, 1993.

BIOGRAPHIE D'ARTHUR BUIES:

DOUVILLE, Raymond, *La vie aventureuse d'Arthur Buies*, Montréal, Éd. Albert Lévesque, coll. «Figures Canadiennes», 1933.

LAMONTAGNE, Léopold, *Arthur Buies, Homme de lettres*, Québec, Les Presses universitaires Laval, 1957.

AUTRES OUVRAGES LUS ET CONSULTÉS:

FAUCHER DE SAINT-MAURICE, *Contes et récits*, Montréal, VLB éditeur, 1977, Présentation de Serge Provencher.

AUCLAIR, Élie J., *Le curé Labelle*, Montréal, Librairie Beauchemin, 1930.

BÉLANGER, Réal, *Wilfrid Laurier*, Québec, Les Presses de l'Université Laval, 1986.

BERGERON, Léandre, *Petit manuel d'histoire du Québec*, Montréal, Éditions québécoises, 1970.

BÉLANGER, Diane et Lucie ROZON, *Les religieuses au Québec*, Montréal, Libre Expression, 1982.

BERTON, Pierre, *Le grand défi — Le chemin de fer canadien*, Traduction de Pierre Bourgault, Montréal, Éd. du Jour, 1975.

BIZIER, Hélène-Andrée et Jacques LACOURCIÈRE, *Nos racines*, nos 41-60, Éd. T.L.M., 1979.

BOSSUAT A. et E. Bruley, *Histoire contemporaine*, classe de troisième, Cours Victor L. Tapier, Paris, A. Hatier éditeur 1948.

BRUCHÉSI, Jean, *Histoire du Canada*, Montréal, Éditions Beauchemin, 1954.

BRUCHÉSI, Jean, *Canada, réalités d'hier et d'aujourd'hui*, Montréal, Éditions Beauchemin, 1954.

BURGER, Beaudoin, *L'activité théâtrale au Québec (1765-1825)*, Montréal, Les Éditions Parti pris, 1974.

CHALON, Jean, *Chère George Sand*, Paris, Flammarion, coll. «Grandes biographies», 1991.

DUVAL, André, *Québec romantique*, Montréal, Boréal Express, 1978.

CRÉTÉ, Liliane, *La femme au temps de Scarlett, les Américaines au XIXᵉ*, Paris, Éd. Stock & Laurence Pernoud.

DUBÉ, Philippe, Jacques Bloin, photographe, *Deux cents ans de villégiature dans Charlevoix*, Québec, Les Presses de l'Université de Laval, 1986.

FORTIN, Réal, *La guerre des Patriotes le long du Richelieu*, S.L., Éd. Mille roches, S.N.O., 1988.

GAGNON, Ernest, *Le fort et le Château Saint-Louis*, Montréal, Librairie Beauchemin, 1925.

HÉBERT, Léo-Paul, *Le Québec de 1850 en lettres détachées*, Ministère des affaires culturelles du Québec, coll. «Civilisation du Québec», 1985.

HARE, John, *Histoire de la ville de Québec: 1608-1871*, Montréal, Boréal, 1988.

LAGACÉ, Jeannette et Robert, *1867, comme si vous y étiez*, Boucherville, Éditions de Mortagne et Éditions Mémoire, 1985.

LAGARDE, A. et L. Michard, *XIXᵉ siècle*, Paris, Bordas, coll. «Littéraire», 1964.

LESPÉRANCE, John, *Les Bostonnais*, Laprairie, Québec, Éditions des Deux mondes, 1984.

D'HIBERVILLE MOREAU, Luc, *Montréal perdu*, Montréal, Les Éditions Quinze, 1975.

MUHLSTEIN, Anka, *Victoria*, Paris, Gallimard, 1978.

OUIMET, Adolphe, et B.A.T. de MONTIGNY, *Riel, la vérité sur la question métisse*, Desclez éditeur. (L'édition originale de cet ouvrage est un manifeste paru en 1889 sous le titre *La Vérité sur la question métisse au Nord-Ouest*, par Adolphe Ouimet.)

POTVIN, Damase, *Le Saint-Laurent et ses îles*, Montréal, Leméac, 1984.

RAJOTTE, Pierre, *Les mots du pouvoir ou le pouvoir des mots*, Montréal, L'Hexagone, 1991.

ROBY, Yves, *Les Franco-Américains de la Nouvelle-Angleterre*, Sillery, Septentrion, 1990.

VILLENEUVE, Francine Adam et Cyrille FELTEAU, *Les moulins à eau de la vallée du Saint-Laurent*, Montréal, Les Éditions de l'Homme.

BARRY, Joseph, *Versailles, passions et politique*, Paris, Seuil, 1987.

BROWN, Craig, *Histoire générale du Canada*, Montréal, Boréal, 1987.

KETCHAM WHEATON, Barbara, *L'Office et la bouche, Histoire des mœurs de la table en France, 1300-1789*, Paris, Calmann-Lévy, 1984.

KYBALOVA, Ludmilla, Olga HERBÉNOVA, Miléna LAMAROVA, *Encyclopédie illustrée de la mode*, Paris, Éd. Grund, 1970.

FONDS LABELLE, *Lettres du curé Labelle*, Salle Gagnon, Bibliothèque centrale, Montréal, 325. 714L. 116. Co.

LAMOUREUX, J. Irénée Rosario, *Au-delà de 1000 origines canadiennes*, Montréal, Les éditions Ville franche, 1943.

LESSARD, Michel et Huguette Marquis, *Encyclopédie de la Maison québécoise*, Montréal, Les Éditions de l'Homme, 1972.

PERROT, Philippe, *Les dessus et les dessous de la Bourgeoisie du XIXe siècle*, Paris, Fayard, 1981.

PROVENCHER, Jean, *Les quatre saisons dans la Vallée du Saint-Laurent*, Montréal, Boréal, 1988.

RUMILLY, Robert, *Histoire de Montréal*, tome 2, Fides, 1970.

RUMILLY, Robert, *Histoire de Montréal*, tome 3, Fides, 1972.

TESSIER, Albert, *Neuve-France, Histoire du Canada*, tome I, Québec, Canada, Éd. du Pélican, 1957.

VRAY, Nicole, *Les femmes dans l'Ouest au XIXe siècle, 1800-1870*, France, Éd. Ouest-France, 1990.

WALL, Robert, *L'âge d'or des grands paquebots*, Éditions Bordas, Paris, 1978.

AUTRE DOCUMENTATION:

L'Écho du Cabinet de Lecture Paroissial, Revue religieuse, scientifique, historique, littéraire et artistique, Montréal, numéros reliés en volumes, 1862-63, 1864-65, 1867, 1868, 1869.

Les contemporains, 26 biographies, Paris, 5, rue Bayard, 1921.

Le Mémorial du Québec, tome IV (1890-1917), La Société des éditions du Mémorial (Québec), Montréal, 1981.

Cap-aux-Diamants, Revue historique, vol. 5, n° 3, automne 1989; n° 27, automne 1991; n° 28, hiver 1992.

MORENCY, Pierre, *Lumière des oiseaux*, Montréal, Paris, Boréal-Seuil, 1992.

CHANSONS:

L'écrin du chanteur, J.G., Montréal, Yion éditeur, 1901.

La rigolade, J.G., Montréal, Yion éditeur, 1902.

Chant des Patriotes, J.G., Montréal, Yion éditeur, 1903.